Carol Wyer
Die Frucht der Rache

Das Buch

Der Mord an einem einflussreichen Unternehmer zwingt DI Kate Young, früher als geplant von ihrer Auszeit zur Polizei von Staffordshire zurückzukehren. Doch als kurz darauf ein zweiter Mord geschieht, bei dem der Killer erneut sein Opfer qualvoll erstickt, ist sie der Lösung noch nicht näher gekommen. Plötzlich wird ihre Kompetenz als Ermittlerin angezweifelt.

Unterstützt von ihrem Mann Chris, einem Journalisten, beginnt für Kate und ihr kleines Team ein Wettlauf gegen die Zeit. Dabei stößt sie auf tödliche Machenschaften, die mehr mit ihrem eigenen Leben zu tun haben, als sie es sich in ihren schlimmsten Albträumen hätte vorstellen können ...

Die Autorin

Carol Wyer, Gewinnerin des People's Book Prize, ist Bestsellerautorin und Stand-up-Comedian, die Komödien und packende Krimis schreibt.

Ein Wechsel auf die »dunkle Seite« erfolgte 2017 mit »Little Girl Lost«, dem ersten Band der beliebten DI-Robyn-Carter-Reihe, mit dem sie es auf Platz 2 bei Amazon, auf Platz 9 der meistverkauften Hörbücher bei Audible und in die Top-150-Bestsellerliste der »USA Today« schaffte. Bald folgte eine zweite Serie um DI Natalie Ward, und bis heute haben sich ihre Kriminalromane über 600.000 Mal verkauft und wurden in verschiedene Sprachen übersetzt, unter anderem ins Norwegische, Italienische, Türkische, Ungarische, Slowakische, Tschechische und Polnische.

Carol Wyer wurde in zahlreichen Radiosendungen zum Thema »Reizbarer-Mann-Syndrom« und »Schmachvoll alt werden« sowie im BBC-Frühstücksfernsehen interviewt und hat für zahlreiche Zeitungen geschrieben. Derzeit lebt sie auf einem windigen Hügel im ländlichen Staffordshire mit ihrem Mann, Mr Grumpy – der sehr, sehr mürrisch ist.

CAROL WYER
DIE FRUCHT DER RACHE

EIN FALL FÜR DETECTIVE KATE YOUNG

Aus dem Englischen von Tanja Lampa

Die englische Ausgabe erschien 2021 unter dem Titel
»An Eye for an Eye« bei Thomas & Mercer, Seattle.

Deutsche Erstveröffentlichung bei
Edition M, Amazon Media EU S.à r.l.
38, avenue John F. Kennedy, L-1855 Luxembourg
Dezember 2021
Copyright © der Originalausgabe 2021
By Carol Wyer
All rights reserved.
Copyright © der deutschsprachigen Ausgabe 2021
By Tanja Lampa

Die Übersetzung dieses Buches wurde durch Amazon Crossing ermöglicht.

Umschlaggestaltung: semper smile, München, www.sempersmile.de
Originaldesign: Dominic Forbes
Umschlagmotiv: © Andrei Cosma /ArcAngel
Lektorat: Rotkel Textwerkstatt
Gedruckt durch:
Amazon Distribution GmbH, Amazonstraße 1, 04347 Leipzig /
Canon Deutschland Business Services GmbH, Ferdinand-Jühlke-Str. 7, 99095 Erfurt /
CPI books GmbH, Birkstraße 10, 25917 Leck

ISBN: 978-2-49670-974-2

www.edition-m-verlag.de

Prolog

März 2021

Kate schob ihre Ungeschicklichkeit auf das unberechenbare Schwanken des altmodischen Zuges und nicht auf den Wein oder die kleinen weißen Pillen, die sie sich gegönnt hatte, um das lange Herumstehen und Händeschütteln durchzustehen. Sie zog es vor, an einem Fall zu arbeiten, anstatt für ihr Handeln oder das ihres Teams gelobt zu werden. Die Pillen waren nötig gewesen, der Wein nicht.

In der kleinen Zugtoilette ließ sie kaltes Wasser über ihre Handflächen laufen. Sie hatte die Feier überstanden und konnte sich nun wieder auf das Tagesgeschäft konzentrieren. Anstatt sinnlose Kontakte zu knüpfen, hätte sie lieber ein paar Drogendealer verhaftet. Das Summen ihres Handys unterbrach ihre Gedanken. Sie schüttelte sich die Hände trocken und zog es aus ihrer Tasche. In dem Moment ruckte der Zug nach links und ihr Telefon fiel neben die Toilette. Kate schnalzte verärgert mit der Zunge und beugte sich vor, um es aufzuheben, doch es hatte sich hinter dem Spülkasten verkeilt. Sie schob sich zwischen Toilette und Wand und glitt mit dem Arm nach unten, um es mit ihren langen, schlanken Fingern zu fassen. Kaum hatte sie es erwischt, ruckelte der Zug erneut, die Klotür flog auf und schlug klirrend gegen die Stahlschüssel.

Das Geräusch überraschte sie. Das dämliche Schloss war nicht richtig eingerastet. Oder hatte sie nicht abgeschlossen? Daran war der Alkohol schuld. Er hatte ihre Fähigkeiten beeinträchtigt. Wahrscheinlich hatte sie vergessen abzuschließen. Nun wurde sie hinter der Tür eingeklemmt und schob sie verärgert mit dem Ellbogen zurück. Durch das Schwanken des Zuges schloss sich die Tür, und sie konnte sich mit dem Telefon in der Hand aufrichten und einen Schritt von der Toilette zurücktreten. Auf dem Bildschirm stand »Unbekannter Anrufer«. Sie trat auf den Gang und wandte sich nach rechts zu den Türen mit der Aufschrift »Erste Klasse«, die in das Milchglas geätzt worden war, blieb dann aber stehen, um in dem ruckelnden Zug das Gleichgewicht zu finden. Zunächst registrierte sie das Knallen nicht, das an einen Sektkorken erinnerte, aber als es ein zweites Mal ertönte, sah sie auf. Sie blinzelte.

Nein.

Das ist nicht möglich. Nicht schon wieder.

Ihr Gehirn versuchte, sich einen Reim auf die Szene vor ihr zu machen. Ihre Wahrnehmung, die bisher verschwommen gewesen war, klarte auf und der Wein, den sie getrunken hatte, verwandelte sich in ihrer Kehle zu einem riesigen sauren Klumpen.

Vor ihr marschierte eine männliche Gestalt durch den Waggon. Sie hielt den Arm erhoben und schwenkte eine Waffe nach links und rechts, während sie systematisch die Passagiere erschoss.

Plopp!

Ein durchdringender Schrei erklang, nur um vom Rattern des Zuges übertönt zu werden.

Eiseskälte durchfuhr jede Ader ihres Körpers und zum ersten Mal in ihrem Leben war DI Kate Young vor Angst gelähmt.

Plötzlich ergab die aufschwingende Toilettentür einen Sinn. Der Mann hatte sie eingetreten, um nachzusehen, ob jemand drinnen war. Dass sie vergessen hatte abzuschließen, hatte ihr vielleicht das Leben gerettet.

Ihr blieb keine Zeit zum Nachdenken. Ein Teil ihres Gehirns schrie, sie solle weglaufen und sich verstecken, der andere befahl ihr, an Ort und Stelle zu bleiben.

Es passierte schon wieder. Ein bewaffneter Mann löschte alle Insassen im Zug aus. Was, wenn er nicht allein war, sondern Komplizen hatte, die ohne jede Emotion Männern, Frauen und Kindern das Leben nahmen? Hinter ihr könnte ein zweiter Mörder stehen. Was sollte sie tun?

Plopp!

Sie starrte hinter sich zu den geschlossenen Metalltüren, die die Waggons voneinander trennten. Da war niemand. Zumindest noch nicht. Der Mann in der ersten Klasse könnte ein Einzeltäter sein. Sie hoffte, dass er es war. Ausbildung und Instinkt gewannen schließlich die Oberhand, als sie sich mit schlotternden Knien und hämmerndem Herzen gegen die Wand des holpernden Zuges drückte. Sie musste handeln, und zwar schnell. Sie atmete tief ein, langte dann nach dem Türgriff, drückte ihn nach unten und huschte durch den Spalt, als sich die Türen öffneten. Der Mann war direkt vor ihr. Vier Schritte … drei Schritte … zwei Schritte. Sie war in Schlagdistanz. Sie streckte den Arm aus, um ihn in den Schwitzkasten zu nehmen, zu Boden zu werfen und zu entwaffnen, als jemand aufsprang und den Durchgang versperrte.

»Kate!« Es war ein leises Knurren. Superintendent John Dicksons Miene war düster. »Setzen Sie sich, Kate.«

Der Zug schaukelte von einer Seite zur anderen und rüttelte sie zurück in die Wirklichkeit. Ein nicht verriegeltes Fenster klappte zu. *Plopp!* Der Mann, den sie fast angegriffen hatte, lief ahnungslos weiter durch das Abteil und verschwand an seinem

Ende durch die Tür. Er hielt keine Waffe in der Hand, sondern eine zusammengerollte Ausgabe der »Metro«. Sie spürte den festen Griff von Dicksons warmer Hand auf dem Oberarm. Seine Finger gruben sich in ihr Fleisch. Verwirrung breitete sich in ihr aus. Sie war sich so sicher bei dem gewesen, was sie gesehen hatte. Sie lehnte sich in ihrem Sitz zurück. John schob sich neben sie.

»John, was ist da gerade passiert?«, flüsterte sie.

»Sie hätten beinahe einen unbescholtenen Bürger verletzt, hatten aber Glück im Unglück, weil ich ein Auge auf Sie hatte. Sie fürchten sich vor Ihrem eigenen Schatten seit … seit … Nun, wir brauchen das Thema nicht zu diskutieren. Nicht hier.«

Seine Stimme klang irgendwie weit weg. Sie starrte vor sich hin und umklammerte die Armlehne, während ihr Herz in ihrer Brust hämmerte. Was war los mit ihr? Sie hatte nie etwas falsch verstanden.

»Kate … Ich sage das als besorgter Kollege, nicht als Ihr Chef. Ihre Reaktion war verständlich. Sie standen in letzter Zeit unter enormer Anspannung, aber Sie dürfen sich nicht länger selbst unter Druck setzen. Ich weiß, dass Sie im Januar keine längere Auszeit nehmen wollten und sich entgegen aller Ratschläge in die Arbeit gestürzt haben, aber das hier beweist, dass wir uns zu Recht Sorgen um Sie machen. Sie sollten nicht hier sein.«

Sie starrte ihn an. Was meinte er damit? Sie hatte sich als souverän erwiesen, oder etwa nicht? Der Vorfall vor zwei Monaten war traumatisch gewesen, aber sie hatte wie die anderen Beamten, die betroffen waren, eine Auszeit genommen und die angebotene Beratung akzeptiert.

Das hier war ein Ausrutscher. Die Pillen. Wahrscheinlich hatten die Pillen sie zu voreiligen Schlüssen verleitet. Sie verfluchte sich selbst dafür, sie mit Alkohol gemischt zu haben.

Sicherlich wusste Superintendent Dickson, dass dieser Ausrutscher untypisch für sie war, oder nicht?

Sie starrte auf seine Lippen. Er redete immer noch und sie konzentrierte sich wieder auf ihn. Seine Stimme klang butterweich. »Ich möchte, dass Sie sich eine Weile freinehmen. Vielleicht fahren Sie in Urlaub und lassen sich von der Sonne verwöhnen. Das würde Ihnen guttun.«

Sie hatte hart gearbeitet – vielleicht zu hart, aber das war doch verständlich, oder? Sie hatte zwei Monate lang versucht, die Wahrheit herauszufinden. Sie konnte sich nicht freinehmen. Nicht jetzt.

Dicksons Miene drückte pure Aufrichtigkeit aus, aber eine Stimme in ihrem Kopf, die wie die ihres Mannes Chris klang, spottete: »Eine Auszeit von der Polizei, damit du niemandem auf die Füße treten kannst.«

»Mir geht es gut. Ich bin nur ein wenig müde … Das ist der Wein.«

»Nein, Kate. Sie müssen sich eine angemessene Auszeit nehmen. Und das ist ein Befehl.« Dann widmete er sich wieder dem Buch, das mit dem Cover nach unten auf dem Tisch gelegen hatte, und überließ sie ihren Gedanken.

Er ist besorgt, Kate. Und besorgte Männer haben etwas zu verbergen.

Kapitel 1

FREITAG, 4. JUNI 2021 – VORMITTAG

Kate versuchte, nicht zu schreien. Ein gequältes Heulen hallte in ihrem Kopf wider. Sie suchte nach einer vernünftigen Erklärung, die sie schließlich in den Tiefen ihres Verstands fand. Sie wusste, dass sie träumte. Denselben Albtraum, den sie seit zwei Monaten fast jede Nacht hatte. Sie würde aufwachen. Sie musste es aushalten, es kontrollieren, wie Dr. Franklin ihr erklärt hatte.

»Ein Teil Ihres Gehirns wird verstehen, dass Sie einen Albtraum erleben, egal wie real er sich anfühlt, und Ihr Verstand wird Sie schützen. Lassen Sie Ihr Bewusstsein aufnehmen, was mit Ihnen geschieht, und mit der Zeit wird es lernen zu beeinflussen, was in dem Albtraum passiert. Sie können es kontrollieren.«

Sie stand im schwankenden Gang des Fünf-Uhr-Zuges von Euston, presste den Rücken gegen die Wand, stellte die Füße etwas auseinander, um das Gleichgewicht zu halten, und tippte auf dem Handy. Was sie wie angewurzelt auf ihrem Platz hielt, war der Anblick der schattenhaften Gestalt hinter den geschlossenen Türen, die Kopf und Schultern nach links und rechts drehte, während sie den Gang entlangging und systematisch die Passagiere auswählte, einen nach dem anderen.

Dr. Franklin hatte recht. Das war ein luzider Traum, und egal wie sehr Kate seinen Ausgang beeinflussen wollte, sie konnte nichts anderes tun als beobachten. Der Mörder bewegte sich langsam, so langsam. Kates schweißnasse Finger glitten über den Bildschirm des Handys und sie presste das Telefon ans Ohr.

Das Zischen und Scheppern der Kupplung, während sich der Zug im Gang auseinander- und wieder zusammenzog, übertönte die Stimme am anderen Ende der Leitung. Kate sprach, aber nichts war zu hören, so als wäre die Tonspur in ihrem Kopf stummgeschaltet worden. Dann ertönte ein anderes Geräusch, das wie das Schnattern von tausend aufgeregten Papageien klang.

Es wurde lauter und die Papageien verwandelten sich in etwas Vertrauteres, in ein regelmäßiges Geräusch: einen Alarm. Kate konnte Arme und Beine nicht bewegen. Sie wollte die Hand heben und das Geräusch, das von ihrem Nachttisch kam, zum Schweigen bringen, aber sie gehorchte ihr nicht. Zu benebelt vom Schlaf blieb Kate unbeweglich. Dann war ein Grunzen hinter ihr zu hören und der Lärm verstummte.

Kate versuchte verzweifelt, wach zu werden und den schrecklichen Albtraum abzuschütteln.

»Schlecht geschlafen?«, fragte Chris. Diese Frage stellte er fast jeden Morgen, auch wenn sie meistens nicht antwortete. Das brauchte sie nicht. Das schweißgetränkte Kissen war Antwort genug.

»Ja, wie immer.«

»Der Arzt meinte, dass es eine ganze Weile so bleiben wird. Weißt du, Kate, diese Pillen helfen dir nicht. Vielleicht solltest du die Finger von ihnen lassen.«

Ihre Lippen fühlten sich taub an, als sie »Das werde ich« murmelte.

»Ich meine es ernst, Kate. Du bist … nun … in letzter Zeit nicht du selbst. Du solltest die Pillen weglassen und darüber nachdenken, wieder zur Arbeit zu gehen.«

»Was ist, wenn ich wieder einen Aussetzer habe und dieses Mal tatsächlich einen Unschuldigen verletze?«

»Das wirst du nicht.«

»Ich hätte es vielleicht schon getan. Wenn Dickson nicht da gewesen wäre …«

»Kate, hör mir zu«, sagte er mit strenger Stimme. »Wir haben darüber gesprochen. Du hast einen Fehler gemacht. Du warst gestresst. Der Typ sah verdächtig aus. Du hast angemessen auf das reagiert, was du in diesem Moment dachtest, was passieren würde. Das ist keine große Überraschung, wenn man bedenkt, was passiert ist, als …«

»Nicht. Sag es nicht. Sei sofort still.« Sie zog die Bettdecke über die Ohren und wollte nicht länger darüber reden. Sie hatte es vermasselt, und das tat weh. Sie hatte immer großen Wert auf ihren Ruf gelegt und sich gefreut, in die Fußstapfen ihres Vaters getreten zu sein. Sie war stolz auf das, was sie erreicht hatte. Und dann hatte eine Aktion alles zunichtegemacht, was sie sich aufgebaut hatte. Die Tatsache, dass ihr vor Dickson ein Fehler unterlaufen war, machte es noch schlimmer.

Chris schwieg einen Moment und fragte dann: »Bist du okay?«

»Ja, danke.«

Chris war immer für sie da gewesen. Er würde sie nie im Stich lassen. Da war sie sich absolut sicher. Sie liebte diesen Mann bis ins Mark. *Bis ins Mark.* Das war einer der Ausdrücke ihres Vaters gewesen. So nervend sie gewesen waren, in diesem Fall traf er zu. Sie hatte Chris im September 2015 an einem Unfallort kennengelernt. Sie war nicht im Dienst gewesen, als sie Zeuge wurde, wie ein ausländischer Lkw von der mittleren Fahrbahn der M6 auf die Überholspur auswich, ohne den überholenden BMW zu bemerken, und das Auto in den Mittelstreifen schleuderte. Es wurde durch den heftigen Aufprall durch die Luft gewirbelt, überschlug sich und landete zertrümmert auf der gegenüberliegenden Fahrbahn. Die Hilfskräfte trafen sehr schnell ein, aber Kate war sofort zur Stelle gewesen. Der Fahrer des Wagens lebte noch und hatte Verletzungen im Gesicht, das die offensten Züge und grünsten Augen besaß, die sie je gesehen hatte. Seine Beine waren vom Lenkrad und den zerknautschten Metallteilen eingeklemmt worden, aber er schien nicht überfordert von dem zu sein, was gerade passiert war. Der Schock und das Adrenalin schützten ihn, weshalb Kate bei ihm blieb und die ganze Zeit mit ihm sprach, während sie auf Hilfe warteten.

Er war angesichts seiner Situation überraschend wortgewandt. »Ich weiß, das klingt jetzt ziemlich dumm«, hatte er zu ihr gesagt, »aber könnten Sie meine Hand halten? Ich würde mich dann besser fühlen.«

Sie hatte seine kräftige Hand in ihre genommen und sie sanft gehalten.

»Sie haben wunderbar weiche Hände«, hatte er gesagt und seine Augenlider flatterten, als er das Bewusstsein verlor.

Sie würde ihn verlieren. Das konnte sie nicht zulassen. Sie drückte seine Hand und grinste ihn an, damit er sich auf sie konzentrierte. »Das ist nicht die schlechteste Anmache, die ich je gehört habe.«

»Wenn ich hier rauskomme, lade ich Sie mit ein paar richtig schlechten Sprüchen ein.«

»Ich freue mich schon darauf. Aber ich zahle.«

»Ziemlich herrisch.«

»Ja, das bin ich.«

»Das gefällt mir.«

Sie war geblieben, bis die Sanitäter und Feuerwehrleute sie baten, zur Seite zu gehen. Sie hatte der Aufforderung widerwillig

Folge geleistet, aus Sorge um den Fremden, der inzwischen bewusstlos war. Sie hatte am Straßenrand gestanden, während sie ihn aus dem Wrack geschnitten und in den Rettungswagen gehoben hatten, der ihn ins Krankenhaus brachte. Sie war gleich darauf die vierzig Meilen zum Krankenhaus in Stoke-on-Trent gefahren, wo sie darauf gewartet hatte, dass man ihr sagte, wie es ihm ging. Sie war die ganze Nacht geblieben, und als er am nächsten Morgen um fünf Uhr aus dem OP kam, wo man sein zerschmettertes Bein wieder zusammengeflickt hatte, war sie seine erste Besucherin gewesen. Der Mann mit den meergrünen Augen hatte irgendwie den unsichtbaren Panzer durchschlagen, mit dem sie sich vor zu tiefen Gefühlen geschützt hatte.

Die Bettdecke verschob sich, als Chris sich aufsetzte, und ein kühler Luftzug vertrieb die angenehme Wärme.

Ihr Herz fühlte sich leichter an. Die ersten Lichtstrahlen krochen durch den Spalt zwischen den Vorhängen. Draußen startete ein Auto und der Motor tuckerte vor sich hin. Die Leute rührten sich, um ihren Alltagstrott aufzunehmen. Kate würde ihrem nachgehen. Sie würde joggen, duschen und dann … Der Schlaf holte sie wieder ein, wickelte seine Tentakel um sie und zog sie von der Oberfläche zurück. Diesmal entspannte sie sich und ließ sich von ihm in seine weiche Umarmung ziehen, bevor sie in einen traumlosen, betäubenden Schlaf sank.

* * *

Als sie später erwachte, war ihr Mund trocken und schal, eine Folge der Medikamente. Der Geschmack war so bitter, dass sie eine Grimasse schnitt. Sie stapfte die Treppe hinunter, immer noch im Schlafanzug – eines von Chris' alten Arbeitshemden. Keiner würde sie sehen. Was machte es schon, wenn sie im Nachthemd in der Wohnung herumhing? Es war ja nicht so, dass sie irgendwo hingehen musste. Von einem plötzlichen

Schamgefühl erfasst, überlegte sie, ihre Laufhose anzuziehen und hinauszugehen. Sie hatte ihr Training in letzter Zeit ziemlich schleifen lassen. Es war schon eine Weile her, dass sie die übliche Strecke durch den Park und um den See herum genommen hatte, wobei sich Sprints mit längeren Joggingphasen abwechselten, bevor sie neben dem knorrigen Kastanienbaum eine strikte Übungs- und Dehnungsroutine absolvierte, die sie schweißnass und voller Endorphine zurücklassen würde. *Zwei Monate, um genau zu sein.* Ein weiterer freier Tag würde nicht schaden. Die Pillen. Chris hatte recht. Sie sollte sie absetzen, aber sie beruhigten ihre Nerven und halfen ihr durch die aufreibenden Tage. Sie brauchte sie. Vielleicht könnte sie die Dosis reduzieren. Nach und nach.

Sie goss gefiltertes Wasser in ein Glas, drückte zwei Tabletten aus der Silberfolie heraus und spülte sie hinunter. Die Flüssigkeit glitt ihre Kehle hinab, ein kühles, erfrischendes Rinnsal. Sie ließ sich auf den Barhocker neben der trendigen Kochinsel fallen und alle Gedanken verflüchtigten sich, während sie ins Leere starrte.

Das Klappern des Briefkastens brachte sie wieder zur Besinnung. Sie hatte keine Ahnung, wie lange sie regungslos dagesessen hatte. So verbrachte sie inzwischen viel Zeit. Die Betäubung war gut. Sie hob den Brief auf – Werbepost – und warf ihn auf den Küchentresen, wobei ihr Blick auf die Müslischachtel fiel. Chris hatte einen Zettel daraufgeklebt. Sie las ihn und kicherte.

»Die sind lecker. Bitte kaufe noch mehr davon.«

Er hatte einen Smiley hinzugefügt. Chris frühstückte immer, egal um welche Zeit er aufstand. Sie hatte ihn auch schon nachts um zwei Uhr mit einer Schüssel Müsli gesehen. Diese Sorte enthielt Schokoladenstücke. Sie würde ihm Nachschub besorgen, wenn sie zum Lebensmittelgeschäft ging. Würde sie heute einkaufen gehen? Sie schaltete das Radio an und fast sofort wieder aus. Die Musik schmerzte ihr in den Ohren und ließ sie zusammenzucken. Wer hätte gedacht, dass der Gehörsinn so sensibel sein konnte. Sie ging zur Spüle und starrte in den Garten, wobei sie sich auf einen Busch wilder Mohnblumen mit leuchtend scharlachroten Blütenblättern konzentrierte, die sich entschieden hatten, im Gartenbeet zu wachsen. Warum hatten sie gerade hier Wurzeln geschlagen? Mohnblumen waren ein Symbol der Erinnerung und sie wollte sich nicht erinnern. Sie wollte vergessen.

Eine örtliche Landschaftsgärtnerei hatte den Bereich für das viel beschäftigte Paar entworfen, das keine Freude an der Gartenarbeit hatte, und einen Garten mit pflegeleichten Pflanzen und Sträuchern geschaffen, die das ganze Jahr über blühten, Kunstrasen, der echt aussah, und eine Holzterrasse, auf der man herrlich entspannen konnte. Die Terrasse hatte sie ausgewählt, die Feuerstelle für Barbecues mit den halbrunden Steinsitzen Chris. Im ersten Jahr hatten sie Lichterketten in Form von Palmen aufgehängt, um eine tropische Atmosphäre zu schaffen, und an den warmen Sommerabenden hatten sie es sich mit gegrilltem Fleisch auf dicken Kissen gemütlich gemacht, um dem Feuer zuzusehen, das karmesinrot und tieforange glühte, bis es schließlich erlosch. Im zweiten Jahr hatte der Sommer es nicht mehr so gut mit ihnen gemeint und sie hatten weniger Zeit draußen verbracht. Die Kissen, die in dem blau gestrichenen Schuppen am unteren Ende des Gartens untergebracht waren, hatten sie schon lange nicht mehr herausgeholt. *Fünf Jahre?* Chris hatte weitere Aufträge übernommen und die Anerkennung erhalten, die er verdiente, aber dieser Erfolg bedeutete, dass er länger von zu Hause fort war. Und sie? Nun ja, Kate war immer eine Karrierefrau gewesen. Sie sollten sich mehr Zeit nehmen, um die Feuerstelle und die romantische Sitzgelegenheit zu genießen. Sie würde die Lichterkette herausholen und sehen, ob sie noch funktionierte …

* * *

Die Gestalt geht durch das Abteil, mit dem Rücken zu ihr, die Waffe in der Hand.

* * *

Sie blinzelte heftig, um das Bild zu vertreiben. Die Pillen zeigten ihre Wirkung. Ein vertrauter Nebel stieg auf, der sich wie eine unsichtbare weiche Decke um sie legte. Sie schlang schützend die Arme um sich. *Tief durchatmen. Ein. Aus. Ein.* Das Bild des Waggons verschwand aus ihrem Blickfeld, als sie einen letzten langen Atemzug ausstieß. Langsam ging sie zum Wasserkessel und füllte ihn. Sie musste die Lichterketten auspacken. Es wäre schön, wenn man draußen sitzen könnte, und so langsam wurde es abends wärmer. Das Klingeln der Türglocke riss sie aus ihrer Träumerei und sie kehrte noch einmal in den Flur zurück.

Die Person, die sie begrüßte, war die letzte, mit der sie gerechnet hätte. DCI William Chase stand in Jeans und kariertem Hemd, das eher zu einem Cowboy als zu einem achtundfünfzigjährigen Detective passte, unbeholfen da und hielt einen kleinen Blumenstrauß in den fleischigen Händen. Seine kastanienbraunen Augen sahen sie entschuldigend an, während er die Augenbrauen etwas hochzog, als erwartete er eine Konfrontation.

Er streckte ihr die Blumen entgegen. »Von den Jungs. Es sind ihre Lieblingsblumen.«

Mit den »Jungs« meinte William seine Bienen. Er war ein begeisterter Imker mit mehreren Bienenstöcken in einem Schrebergarten und setzte sich aktiv für den Schutz der Bienen ein. Sie nahm den Strauß Freesien, roch an ihnen und bewunderte die reichen Goldtöne ihrer zarten Blütenblätter.

»Komm rein, William«, sagte sie.

»Es tut mir leid«, murmelte er. »Passt es gerade nicht?«

»Es passt nie.« Sie ließ die Tür offen und trat zurück, damit er sich die Füße abtreten und ihr in die Küche folgen konnte. Er nahm Platz, ohne dass sie ihn dazu aufgefordert hätte, und sah schweigend zu, wie sie eine Glasvase mit Wasser füllte und die Blumen hineinstellte, bevor sie sie auf dem Küchentisch platzierte. »Sie sind wunderschön. Sag den Jungs, sie haben einen guten Geschmack.«

»Das werde ich.« Er sah sie aufmerksam an. »Kate, ich will nicht um den heißen Brei herumreden.«

Kate hatte sich immer außergewöhnlich gut mit William verstanden. Er war mehr als ihr DCI; er war ein enger Freund der Familie, jemand, der ihr privat und beruflich immer zur Seite gestanden hatte.

»Was ist los?«

Williams Wangen hingen herunter und bildeten Falten an seinem Hals, was ihm das Aussehen einer Schildkröte verlieh, ein Eindruck, der sich noch verstärkte, als er den Hals krümmte, um in Richtung Garten zu schauen. Im Laufe der Jahre waren seine einst tiefschwarzen Augenbrauen genauso grau geworden wie sein Haar, das wiederum dünner geworden war und den Blick auf einen mit dunklen Leberflecken übersäten Schädel freigab. Aber seine Augen strahlten immer noch wie an dem Tag, an dem er die Abteilung übernommen hatte.

Mit diesen Augen starrte er sie nun an. »Superintendent Dickson will, dass du zurückkommst. Er hat nach dir gefragt.«

»Das hat er?«

»Ja.«

»Ich glaube, ich bin noch nicht so weit«, sagte sie und wandte sich von ihm ab. Draußen fielen ein paar Regentropfen gegen das Fenster. Vielleicht war heute kein guter Tag, um die Kissen und Lichterketten aus dem Schuppen zu holen.

»Ich weiß, dass es hart für dich ist, und ich verstehe, dass du dir eine längere Auszeit nehmen willst, aber du musst dich der Tatsache stellen, dass du irgendwann zurückkommen wirst. Du bist nicht der Typ, der aufgibt, Kate.«

William war einer der engsten Freunde ihres Vaters gewesen. Wenn sie die Augen schloss, konnte sie ein Bild von den beiden heraufbeschwören, wie sie in der Küche ihres Vaters Bier aus Dosen tranken, lachten und scherzten. William war einer der Gründe gewesen, warum sie zur Polizei gegangen war, und trotz seiner Beziehung zu ihrem Vater hatte er sie bei der Arbeit nie bevorzugt. Er hatte sie so behandelt wie alle seine Beamten, und so hatte sie es auch gewollt. Er wäre heute nicht hierhergekommen, wenn es keinen triftigen Grund gäbe, sie zu bitten, zur Arbeit zurückzukehren. »Warum ich?«

»Weil du die Beste bist, die wir haben.«

»Was ist, wenn ich wieder Mist baue? Ich habe im Zug und vor ihm versagt. Es überrascht mich, dass er mich zurückhaben will.«

William unterbrach die Stille nicht, die nun folgte, sondern ließ den Blick durch die makellose Küche schweifen. Sie sah aus, als wäre sie für das Fotoshooting eines Haus-und-Garten-Hochglanzmagazins vorbereitet worden – fast zu sauber, nichts war fehl am Platz und es gab keinen Hinweis darauf, dass sie tatsächlich benutzt wurde.

»Du übertreibst. Du standest unter außergewöhnlichem Druck und hast einen Fehler gemacht, der keine schlimmen Folgen hatte.«

»Er hat mich gesehen, William. Der Superintendent hat mich daran gehindert, einen Unschuldigen zu verletzen, und wenn er mich nicht rechtzeitig zurückgeholt hätte, wäre weiß der Himmel was passiert.«

»Aber es ist nichts passiert und er hätte dich nicht angefordert, wenn er nicht der Meinung wäre, dass du deinen Job machen kannst. Kate, wir brauchen dich. Sieh dich an. Was machst du den ganzen Tag? Putzen? Du vergeudest hier dein Talent. Du brauchst Menschen um dich herum. Du musst dich wieder als Teil eines Teams fühlen. Du verkriechst dich hier wie ein Eremit.«

Sie unterdrückte den Drang zu antworten: »Nein, ich habe Chris.«

Als sie stattdessen ihre Füße anstarrte und seinem Blick auswich, fragte er leise: »Willst du den Rest deines Lebens so verbringen? Die Kate, die ich kenne, würde sich zurückkämpfen, wieder aktiv werden und Unrecht wiedergutmachen. Das ist es, was die Kate tut, die ich kenne, und sie ist verdammt gut darin.«

Kate schluckte. »Ich glaube, ich bin nicht mehr diese Kate.«

»Okay, dann sag mir eins. Würdest du für mich ein kleines Team leiten, nur du und zwei Beamte deiner Wahl? Ich bin derjenige, der dich bittet zurückzukommen. Ich brauche dein Fachwissen in dieser Sache, Kate. Du bist immer noch mein bestes Pferd im Stall.«

»Da bin ich mir nicht so sicher.« Kate dachte an das endlose Ritual des Hausputzens, das sie sich zu eigen gemacht hatte, an das Abwischen der Oberflächen, als ob sie so die Vergangenheit, die nebelverhangenen Tage, den fehlenden Sinn in ihrem Leben und die Erinnerungen auslöschen könnte, die sie so gern verbannen würde. Würden sie nicht länger jeden wachen und schlafenden Moment beherrschen, wenn sie sich auf einen Fall konzentrieren würde? Ihr lag sehr viel an William. Als ihr Vater ins Pflegeheim verlegt worden war, hatte William ihn jede Woche besucht, ohne Ausnahme, selbst als ihr Vater niemanden mehr erkannte: nicht William, nicht Chris und nicht Kate. Sie schüttelte die düsteren Gedanken ab.

Als ob er sie gelesen hätte, sagte William: »Es wird dir helfen, dich selbst wiederzufinden. Ich kenne dich, Kate. Ich weiß, wie du arbeitest, und du wirst dich in den Ermittlungen vergraben, bis du ein Ergebnis hast, und gestärkt daraus hervorgehen. Ich kenne dich, seit du ein Kind warst. Ich habe dich aufwachsen sehen. Ich bitte dich aus anderen Gründen als Superintendent Dickson, zurückzukommen. Ich möchte, dass du es für *dich* tust. Ich möchte, dass die alte Kate wieder zurückkommt. Sie ist nur vorübergehend abgetaucht. Sie ist immer noch da. Sie muss nur hervorgelockt werden.«

Die Freundlichkeit in seiner Stimme schnürte ihr die Kehle zu. Eine Erinnerung blitzte in ihrem Kopf auf, von William, die Augen glasig vor Tränen, aber den Rücken kerzengerade und den Kopf hoch erhoben, wie sie Schulter an Schulter nebeneinandergestanden hatten, während der Sarg ihres Vaters in die Erde gesenkt wurde.

»Okay«, sagte sie schließlich. »Ich mache es.«

KAPITEL 2

FREITAG, 4. JUNI – SPÄTER VORMITTAG

Der Leiter der Kriminaltechnik, Ervin Saunders, führte Kate in das Labor. Helles Licht fiel durch hohe Fenster in den Raum, von denen aus man den darunter liegenden Universitätscampus nicht sehen konnte. Eine Frau mit makellosem dunklen Teint schaute von einem Mikroskop auf. Sie schien eher auf einen Laufsteg als in ein Labor zu passen. Ihr schwarzes glänzendes Haar hatte sie kunstvoll zu einer Banane hochgesteckt. Ihr Gesicht war nahezu symmetrisch und ein perfektes Beispiel für das, was man den »Goldenen Schnitt« nannte.

»Faith Katakwa, unsere neueste Mitarbeiterin«, stellte Ervin sie vor. »Sie wollte unbedingt bei uns arbeiten und schrieb mir unzählige E-Mails. Mein Ruf ist furchterregend.« Er zog mit einer übertriebenen Geste seine Weste glatt.

Die meisten seiner Kollegen hielten Ervin für etwas schräg, weil er wie die Mischung aus einem verrückten Professor und einem Dandy aus dem 19. Jahrhundert wirkte. Er hatte Kate einmal anvertraut, dass er seine Kleidung in Wohltätigkeitsläden oder ausgefallenen Boutiquen kaufte, um andere mit ähnlicher modischer Eleganz zu beeindrucken, und dass ihm eine Nähmaschine nicht fremd war. Viele seiner extravaganteren

Outfits hatte er selbst geschneidert. Bei der Arbeit kleidete er sich jedoch zurückhaltender. Heute trug er ein dreiteiliges Tweed-Ensemble mit glänzenden Budapestern.

Kate mochte Ervin sehr gern. Während manche ihn für bizarr und pedantisch in seinen Überlegungen hielten, fand sie ihn gründlich und engagiert. Nichts entging seiner Aufmerksamkeit, nicht das kleinste Beweisstück oder Detail.

Faith zuckte mit den Schultern. »Ich hatte gehört, er sei der Größte.«

»Psst! Mein Ego kann so viel Hätschelei nicht vertragen. Wenn du mir weiterhin so schmeichelst, kann man den Rest des Tages nicht mehr mit mir arbeiten«, antwortete er mit einem Augenzwinkern.

Ervin führte Kate zu einem Tisch, auf dem er mehrere Fotos und einen Bericht für sie ausgebreitet hatte.

»Alex Corby«, sagte er und tippte auf das erste Bild. »Eine ziemlich hässliche Sache. Nicht dass ein Mord jemals etwas Schönes wäre, aber dieser hier lässt sich in drei Worten zusammenfassen: nüchtern, berechnend und gründlich.«

Kate studierte das erste Foto von Alex Corby, das Gesicht verzerrt und blutverschmiert, die dicke Zunge hing heraus. Ervin verschränkte die Arme und nahm die Haltung eines Dozenten ein, der vor einer kleinen Gruppe von Studenten sprach – den rechten Fuß nach vorne gestellt, den Kopf zur Seite geneigt.

»Das sind natürlich alles nur Vermutungen meinerseits, aber ich weiß, dass du gern meine Meinung hörst, und ich denke, dass der Mörder Alex gefoltert hat, indem er ihm den Mund mit einem Werkzeug aufgerissen hat, das nicht am Tatort zurückgelassen wurde. Es gibt Anzeichen äußerer und innerer Blutergüsse um Mund und Lippen. Wir fanden keine Fasern im Mund, aber mikroskopisch kleine Metallfragmente, woraus ich schließe, dass es sich um einen Metallgegenstand handelte.«

Kate nickte. Ervin löste die Arme und zeigte auf das zweite Bild. »Wie du sehen kannst, waren seine Hände und Füße mit Kabelbindern gefesselt, wie man sie in jedem Baumarkt kaufen kann.« Das Foto zeigte Corby wie beschrieben mit offenem Mund und mit hinter der Lehne eines verschnörkelten Esszimmerstuhls gefesselten Händen. »Und zu guter Letzt wurde eines seiner Augen entfernt, das wir bisher noch nicht gefunden haben.«

»Vor oder nach seinem Tod?«, wollte Kate wissen und nahm das Foto in die Hand, um es genauer zu betrachten. Alex' rechte Augenhöhle war leer und mit rostfarbenem Blut verkrustet.

»Da sind wir uns nicht sicher. Harvey Fuller ist in diesem Fall der Pathologe und wird zweifellos eine bessere Vorstellung davon haben.«

Kate schluckte. Corbys Gesicht war furchtbar zugerichtet.

»In seinem Rachen steckte ein Fremdkörper, den wir als ein winziges Apfelstück identifiziert haben. Es war wahrscheinlich die Todesursache. Wir fanden Reste eines in Würfel geschnittenen Apfels am Tatort.«

Er zeigte auf ein weiteres Foto, auf dem ein weißer Porzellanteller zu sehen war, auf dem ein roter, in Stücke geschnittener Apfel lag, dessen weißes Fruchtfleisch durch die Luft dunkel geworden war. Daneben lag ein antikes silbernes Obstmesser mit einem glitzernden Perlmuttgriff.

»Nur damit ich das richtig verstehe«, sagte Kate. »Der Mörder entfernte das Metallinstrument, mit dem Corby gefoltert wurde, ließ aber den Apfel zurück, mit dem er erstickt wurde, und dieses Messer?«

»Richtig. Und jetzt kommt die Überraschung: Das Messer ist eine Antiquität, ein Colen Hewer Cheshire, hergestellt um 1880 und mindestens sechzig Pfund wert. Es gehört zu einem Set, das wir in einer Besteckschublade im Esszimmer gefunden haben. Der Mörder kannte entweder seinen Wert nicht oder war nicht daran interessiert, es mitzunehmen.«

Kate rieb sich die Wange. Das Messer störte sie. War der Mörder so gebildet, dass er einen Apfel mit einem Obstmesser zerschnitten hatte? »Gab es noch andere Messerarten in der Schublade?«

Ervin nickte wissend. »Kleine und große, doch der Täter wählte das Obstmesser.«

»Was ist mit dem Apfel? Hatte er sich schon im Haus befunden?«

»In der Küche stand eine Obstschale, aber darin lag nur ein Bündel Bananen, und da keine anderen Äpfel im Kühlschrank waren, kann ich diese Frage nicht mit Sicherheit beantworten.«

»Okay, danke.«

»Gern geschehen. Frag einfach, was du wissen willst. Wir haben die strikte Anweisung, dich so gut es geht zu unterstützen.«

Dieser Befehl musste von Superintendent Dickson gekommen sein. Sie hatte während ihrer Unterhaltung mit William herausgefunden, dass Dickson und Corby Zimmergenossen im Internat gewesen und seitdem gute Freunde geblieben waren. Es überraschte Kate nicht, dass er in dieser Sache von allen uneingeschränkte Kooperation wünschte.

»Kann es sein, dass es ein Einbruch war, der schiefgelaufen ist?«

Ervin schüttelte den Kopf. »Corby trug eine Rolex und einen Ehering. Wir fanden seine Brieftasche mit mehreren Kreditkarten und etwa hundert Pfund in Scheinen auf dem Küchentisch. Außerdem fehlte nichts Offensichtliches: Fernseher, Computer, Handy, PlayStation, alles noch da. Und es gab auch keine Hinweise darauf, dass der Täter gestört worden wäre. Es waren keine Schubladen herausgezogen oder irgendwelche Bilder entfernt worden. Wir entdeckten einen Safe in einem Kleiderschrank im Hauptschlafzimmer, aber er war verschlossen und es gab keine Fingerabdrücke darauf, außer denen von Corby. Kurz gesagt, der Täter hat keine Beweise hinterlassen. Natürlich untersucht eines unserer Teams noch immer gründlich das Haus, und Faith und ich sichten alle potenziellen Beweise, die wir erhalten haben, aber im Moment sieht es so aus, als wäre jemand einzig mit der Absicht dort eingedrungen, Corby zu ermorden. Und er hat sich dabei viel Zeit gelassen.«

»Irgendeine Ahnung vom Todeszeitpunkt?«

»Wir vermuten gestern. Zwischen Vor- und Nachmittag.«

»Danke, Ervin. Und Ihnen auch, Faith.« Sie nickte in Richtung der Frau, die die ganze Zeit schweigend Objektträger untersucht hatte.

Faith erwiderte ihr Lächeln. »Es hat mich gefreut, Sie endlich kennenzulernen.«

»Ich spreche besser mit Harvey und sehe nach, wie er zurechtkommt. Ich rufe später an. Darf ich diese Fotos mitnehmen?«

Ervin schob sie mit einer Bewegung zusammen und legte sie in ihre Hände. »Sie gehören dir, Kate.« Er begleitete sie zur Tür, wo er sie leise fragte: »Sei ehrlich, wie geht es dir?«

Ihr Herzschlag begann zu galoppieren und Panik drohte sie zu übermannen, aber sie konnte sie lange genug unter Kontrolle halten, um zu antworten: »Mir geht es gut. Wirklich.«

Er beugte sich ein wenig vor, legte die Hände sanft auf ihre Schultern und sah ihr direkt in die Augen. »Ich weiß, du glaubst, dass du alles ohne Unterstützung bewältigen kannst, aber einige von uns wollen dir wirklich helfen, Kate. Ruf mich an, wenn du etwas brauchst. Egal was.«

Sie nickte stumm und ging, bevor sie das Zittern nicht mehr verbergen konnte. *Konzentriere dich*, ermahnte sie sich. *Konzentriere dich auf diesen Fall.* Sie presste die Augen zusammen und holte tief Luft …

* * *

Der Zug rattert wie ein wahnsinniges Monster über die Schienen, ohne sich um das Blutbad an Bord zu kümmern. Die schemenhafte Gestalt bewegt sich unerbittlich durch den Erste-Klasse-Wagen.
Ein Schrei.
Der Knall einer Pistole. Schreie.

* * *

Graue Nebelschwaden trübten ihre Sicht, als sie davonfuhr. Sie kämpfte gegen die aufsteigende Angst an. Sie könnte das tun. Sie *könnte* ihren Kollegen gegenübertreten, obwohl die Nachricht ihres Zusammenbruchs vermutlich jeden von ihnen innerhalb einer Stunde erreicht hatte. Dass sie an dem Tag, an dem sie im Zug Mist gebaut hatte, ihr Gesicht verloren hatte, schmerzte sie zutiefst. Es würde ein langer, harter Weg zurück in die angesehene Position sein, die sie vor ihrem Fauxpas genossen hatte.

Die dunkelgrauen Wolken saugten alle Farbe aus der Landschaft und selbst die regenbogenfarbenen Pflanzkübel am Buswartehäuschen wirkten farblos. Jemand hatte das Wort »Abschaum« über den Köpfen der Fahrgäste, die auf einer Plastikbank kauerten, auf die Rückwand des hölzernen Unterstands gesprüht. Die Blicke der Wartenden schienen ihr zu folgen, als sie an ihnen vorbeifuhr. Die Autoreifen wirbelten das Wasser in den frischen Pfützen auf.

Vom Universitätscampus, auf dem sich das forensische Labor befand, war es nur ein Katzensprung zur Polizeistation, einem massiven Backsteingebäude mit wenigen Fenstern und einer verblassten blauen Holztür, das seit Jahrzehnten nicht mehr modernisiert worden war. Draußen hing sogar noch die originale alte Polizeilampe. Die Tür musste zum Öffnen kräftig angehoben werden und Kate bemerkte, dass sie noch immer das beruhigende Ächzen von sich gab. Niemand hatte die Scharniere seit ihrer Abwesenheit geölt, was sie aus irgendeinem Grund erfreute. Bevor sie eingetreten war, hatte sie in ihrem Auto einige Male tief ein- und ausgeatmet, bis ihre Hände nicht mehr zitterten. Sie würde als erfahrene, selbstsichere Polizistin durchgehen, auch wenn sie innerlich auf die unvermeidlichen Sticheleien, Bemerkungen oder dummen Sprüche wegen des Vorfalls im Zug wartete. Manche Leute zogen große Genugtuung aus den Fehlern anderer, und obwohl das Ganze bereits im März passiert war, war sie auf sämtliche sarkastischen Kommentare vorbereitet. Der Eingangsbereich war ebenso altmodisch wie die Fassade und bestand aus einem hüfthohen, schlichten Schreibtisch am Ende eines schäbigen Raumes mit Wartezimmerstühlen vor cremefarbenen Wänden, an denen Fotos von Vermissten und Hinweise zum Schutz vor Einbrechern hingen. Das hier war nicht die Hauptwache, sondern ein Nebengebäude der modernen, hoch technisierten und eigens zu diesem Zweck errichteten Zentrale – und der Ort, an dem sie in den letzten drei Jahren eine Spezialeinheit geleitet hatte. Dieser Ort mochte verstaubt sein und nach einer vergangenen Ära riechen, aber Kate fühlte sich mit ihm verbunden; nicht nur, weil er ihr so vertraut vorkam, sondern auch, weil ihr Vater dort vor ihr gearbeitet hatte.

Sie grüßte den diensthabenden Polizisten und ging durch eine Tür zum Korridor und der schmalen Holztreppe hinter der Rezeption, um zu ihrem früheren Arbeitsplatz zu gelangen. Mit jedem Knarren der Stufen fühlte sie sich wohler. Sie kannte diesen Ort. Er war Teil ihrer DNA. Auf dem ersten Absatz blieb sie stehen. Ihr altes Büro, das an einen belebten Betriebsraum angrenzte, befand sich im Obergeschoss, aber sie würde es nicht benutzen. Ihr war ein anderes Zimmer auf dieser Etage zugewiesen worden. Schwere Schritte donnerten die

Treppe hinunter und Neil Cousins, einer der anderen DIs aus dem oberen Stockwerk, stieß fast mit ihr zusammen. Er machte einen Schritt zurück, als er sie erkannte. Auf seinem Gesicht spiegelte sich ein Wechselbad der Gefühle von Überraschung bis Besorgnis wider. Er sprach zögernd und mit einer Stimme, mit der man mit einem todkranken Verwandten sprach.

»Kate! Ich hatte nicht erwartet, dich so schnell wiederzusehen, nachdem …«

Sie zuckte mit den Schultern. »Irgendwann musste ich ja zurückkommen. Ich hatte es satt, zu Hause herumzusitzen, die Füße hochzulegen und den ganzen Tag fernzusehen. Nachmittags laufen einfach keine guten Polizeiserien. Nur Quizsendungen und Seifenopern. Für so etwas hatte ich noch nie etwas übrig.« Sie schloss den Mund, damit sie nicht weiterplapperte, und bereute es sofort, als sie den Blick sah, den sie gefürchtet hatte – den mitfühlenden Blick.

»Du weißt es bestimmt am besten, aber lass es ruhig angehen. Du hast wirklich etwas Schreckliches durchgemacht …«

»Kate!«, unterbrach eine andere Stimme das Gespräch. Es war Morgan, einer der Beamten, die sie für die Ermittlungen ausgewählt hatte. Mit seiner Größe von über einem Meter achtzig und der sportlichen Figur hätte DS Morgan Meredith eigentlich Sportler werden müssen. Er hatte in seiner Jugend zwar auf Bezirksebene Fußball gespielt, aber anstatt eine Sportlerkarriere zu verfolgen, war er mit achtzehn Jahren zur Polizei gegangen und inzwischen einer der aufsteigenden Stars in der Abteilung. Mit seinen vierundzwanzig Jahren hatte er alle Chancen, die Karriereleiter ganz nach oben zu klettern, bevor er vierzig wurde. Kate hatte ihn ausgewählt, weil sie in der Vergangenheit bei mehreren schwierigen Fällen eng zusammengearbeitet hatten und sie von seinem Engagement und seiner Energie beeindruckt war. Morgan war nicht nur vernünftiger als andere in seinem Alter, er konnte auch nächtelang durcharbeiten, ohne sich zu beschweren, und er war diskret.

Sie war dankbar für den jungen Mann, der nun mit einem Grinsen auf dem Gesicht auf sie zukam. »Ich muss dich leider losreißen, Chefin. Ich soll dich ins Büro vom Boss begleiten. Als ob du vergessen hättest, wo es ist.«

Neil verabschiedete sich mit einem »Klar, wir laufen uns sicher noch über den Weg«.

Morgan sah ihm nach, bevor er mit gesenkter Stimme meinte: »Ich wurde nicht gebeten, dich zu holen. Du sahst aus wie ein Kaninchen im Scheinwerferlicht und ich dachte mir, du könntest jemanden gebrauchen, der unerwünschte Aufmerksamkeit abwendet.«

Ihre Schultern sackten ein wenig zusammen. Neil hätte sie fast dazu gebracht, zu ihrem Auto zurückzulaufen. Obwohl sie dankbar für Morgans offensichtlichen sechsten Sinn war, schämte sie sich, dass sie sich ihre Panik hatte anmerken lassen. Neil hatte sie bestimmt ebenfalls bemerkt. Sie war zweifellos die Lachnummer des Reviers und musste ihren Kram schnell geregelt kriegen, wenn sie das hier überstehen wollte. »Danke. War wohl die Aufregung vor dem ersten Tag. Verrückt, nicht wahr?«

Sein Gesicht wurde ernst. »Nein. Völlig verständlich.«

Sie schaltete in den Arbeitsmodus. »Sind wir startklar?«

»Ja. Emma versucht gerade herauszufinden, wie man die Ausrüstung in dem unterbringen kann, was man nur als Besenkammer bezeichnen könnte. Verdammte Budgetkürzungen. Man sollte meinen, sie hätten uns ein Zimmer im neuen Gebäude zugewiesen.«

Sie hörte das Lächeln in seiner Stimme. Die Dielen protestierten knarrend, als Morgan neben ihr herging. »DCI Chase hat uns kurz informiert. Das heißt, er hat uns gesagt, dass wir dir direkt unterstellt sind und die ganze Sache geheim gehalten werden soll. Er meinte, du würdest uns aufklären, wenn du eintriffst. Da wären wir.«

Er stieß die Tür zu einem Raum neben einem Schrank mit Reinigungsmitteln auf. Er hatte nicht übertrieben. Der Raum war mit zwei Rücken an Rücken zusammengeschobenen Schreibtischen und einem dritten an der Wand bereits überfüllt. Außerdem gab es ein Fenster, das mit Vogeldreck beschmiert war, und einen Teppich, der einer Tierhaut ähnelte. In eine Ecke hatte man ein Whiteboard und einen Stift gequetscht. Als sie darauf zeigte, zuckte Morgan mit den Schultern. »Das war das Beste, was sie für uns tun konnten.«

Die dreiundzwanzigjährige DS Emma Donaldson, in weißer Bluse, schwarzer Hose und Stiefeln mit niedrigen Absätzen, tippte auf einer Computertastatur herum. Im Licht, das durch das Fenster fiel, schimmerte ihr rabenschwarzer Bubikopf in einem tiefen Blauton und betonte ihr blasses, zartes Gesicht. Emma mochte auf manche zerbrechlich wirken, aber der Schein trog: Die junge Frau, die mit ihrer Großmutter in einer schwierigen Wohnsiedlung in Stoke-on-Trent lebte, konnte sich in jeder Situation behaupten. Emma war nicht nur mit sechs älteren Brüdern aufgewachsen, sondern auch Expertin in Taekwondo und trainierte die meisten Abende in der Kampfsport-Akademie ihres Bruders Greg. Sie war ebenso ehrgeizig wie Morgan und zusammen bildeten sie ein hervorragendes Team. Kate hätte keine bessere Wahl treffen können.

Emma beendete ihre Aufgabe und stand auf, um ihre Chefin zu begrüßen. Sie hob eine Handvoll Stifte hoch, die neben den Notizblöcken lagen. »Hi, Kate. Ich habe uns ein paar Vorräte aus einem der Besprechungsräume ausgeliehen und die Computer zum Laufen gebracht, also sind wir einsatzbereit. Oh, und ich habe uns etwas Wasser aus der Kantine geholt. Ich habe Iris gesagt, dass es für dich ist, woraufhin sie mir das alles gegeben hat.«

Auf dem hinteren Schreibtisch standen zehn einzelne Wasserflaschen. Iris, eine Witwe in den Sechzigern, hatte Kate immer gut behandelt. Sie würde zur Kantine gehen müssen, um sich zu bedanken, aber jetzt noch nicht. Sie war noch nicht bereit, auf Kollegen oder andere Mitarbeiter zu treffen.

Sie lächelte Emma an, stellte ihre Tasche auf einem der Stühle ab und sagte dann zu den beiden: »Zunächst einmal vielen Dank, dass ihr euch bereit erklärt habt, in diesem Team zu arbeiten.«

Morgan lehnte mit dem Rücken an der Wand und wirkte in dem kleinen Raum riesig. »Eine Elitetruppe. Das sind wir – eine Elitetruppe.«

»Wir sind keine Truppe. Eine Truppe besteht aus vielen Personen. Wir sind nur zu dritt. Wir sind ein Team«, sagte Emma.

Morgan zog die Schultern nach hinten und nahm eine Bodybuilder-Pose ein, die Fäuste geballt, die Muskeln angespannt. »Wie das A-Team.«

Kates Mundwinkel zuckten. Die beiden arbeiteten immer gut zusammen. »Was auch immer wir sind, es muss unter Verschluss bleiben. Wir haben es hier mit einem sensiblen Thema zu tun – mit dem Mord an einem VIP.«

Morgan warf Emma einen Ich-habe-es-dir-ja-gesagt-Blick zu.

Kate holte die Fotos heraus, die Ervin ihr gegeben hatte, und legte sie vor sich auf den Schreibtisch. »Alex Corby.«

Emma verzog das Gesicht. »*Der* Alex Corby von Corby International?«

»Corby International?«

»Morgan, du musst doch schon mal von Corby International gehört haben! Das ist ein großer Exporteur britischer Lebensmittel – von Frühstücksflocken bis hin zu gekühlten Fertigmahlzeiten – mit Sitz in Stafford. Alex Corby war

2019 unter den Top Ten der britischen Unternehmer. Er ist millionenschwer. Und er wurde zu einem der sexyesten Männer Großbritanniens gewählt – auch im letzten Jahr«, klärte Emma ihn auf. »Er ist ziemlich attraktiv für sein Alter.«

Morgan stieß einen übertriebenen Seufzer aus. »Ah, das ist es. *Attraktiv.* Das erklärt, warum du so viel über ihn weißt.«

Emma ignorierte seine Sticheleien. »Sämtliche Medien werden darüber berichten. Wann ist es passiert?«

»Seine Leiche wurde gestern Nachmittag entdeckt. Seine Sekretärin, Lisa Handsworth, wollte ihn kontaktieren, und als sie ihn nicht erreichen konnte, ging sie zu ihm nach Hause und entdeckte durch ein Fenster seine Leiche. Sie löste den Alarm aus. Bisher wurden noch keine Informationen an die Medien weitergegeben. Superintendent Dickson hat vorerst eine Nachrichtensperre verhängt, teils aus Respekt vor seiner Witwe und seinen Kindern, teils um uns einen Vorsprung zu verschaffen, bevor die Meute von Reportern Wind davon bekommt. Nur zur Information – Alex und er sind zusammen zur Schule gegangen und waren gute Freunde.«

»Das werden wir nicht lange geheim halten können«, meinte Morgan, der sich von der Wand weggeschoben hatte und sich nun über die Fotos beugte.

»Ich weiß. Deshalb müssen wir so schnell wie möglich arbeiten, weshalb ich euch kurz auf den neuesten Stand bringen möchte. Alex Corbys Frau Fiona und ihre beiden Kinder Hugh und Jacob wollten die Ferien in ihrer Villa in Südfrankreich verbringen und Alex blieb allein zu Hause zurück. Irgendwann, wir glauben zwischen Vor- und Nachmittag, als seine Leiche gefunden wurde, öffnete Alex Corby einem oder mehreren Unbekannten das Sicherheitstor und ließ sie ins Haus. Sie überwältigten ihn, fesselten ihn mit Kabeln an einen Esszimmerstuhl und folterten ihn.«

»Wie?«, wollte Emma wissen und zog neugierig eine Augenbraue hoch.

»Der Mörder führte ein metallenes Werkzeug in Alex' Mund ein, spannte die Kiefer auseinander und fütterte ihn mit kleinen Apfelstücken, von denen eines in seinem Hals stecken blieb und zum Erstickungstod führte. Obwohl die Reste des Apfels zurückgelassen wurden, wurde das Instrument, mit dem er gefoltert wurde, vom Tatort entfernt – davon gehen wir im Moment zumindest aus. Wir wissen nicht, was es war, aber es verursachte Schnitte und Abschürfungen an der Innenseite von Alex' Wangen, Gaumen und Zunge.« Sie tippte auf die entsprechenden Fotos, während sie sprach. »Die Spurensicherung durchsucht zurzeit noch das Haus und das umliegende Gelände.«

Emma hob das Foto des Messers und des verfärbten Apfels hoch und meinte kopfschüttelnd: »Er wurde in mikroskopisch kleine und nahezu identische Stücke geschnitten.«

»Der Mörder ist entweder Koch oder hat eine Zwangsstörung«, sagte Morgan.

»Das ist ein berechtigter Punkt, den wir uns merken sollten. Er hilft uns, ein Profil des Mörders zu erstellen. Methodisch. Ordentlich. Das war ein gut geplanter Anschlag. Wir wissen nicht, ob Teller, Messer und Apfel schon bereitlagen, als der Mörder hereinkam, oder ob er danach gesucht hat. Behaltet beide Möglichkeiten vorerst im Hinterkopf.« Sie hielt kurz inne. Sie hatte sich schon auf dem Weg zur Wache überlegt, nach welcher Strategie sie in dieser Ermittlung am besten vorgehen sollte. Es war an der Zeit, ihre Überlegungen in die Tat umzusetzen. »Ich werde mit Harvey Fuller, dem für diesen Fall zuständigen Pathologen, sprechen, um zu bestätigen, was ich euch gesagt habe. Ich möchte, dass du, Emma, mehr über Alex Corby und sein Geschäft in Erfahrung bringst. Finde heraus, ob Corby International Gesellschafter oder Vorstandsmitglieder hat oder ob es vielleicht sogar einen stillen Teilhaber gibt, und sprich mit jedem Einzelnen von ihnen. Überprüfe außerdem, ob es irgendwelche auffälligen Vorkommnisse gab oder ob jemand die Firma oder Corby direkt bedroht hat.«

Emma machte sich auf einem der neuen Blöcke Notizen, während Kate weitersprach. »Aufgrund der Abgeschiedenheit des Corby-Anwesens ist es unwahrscheinlich, dass irgendjemand das Kommen und Gehen bemerkt hat. Man erreicht das Haus über einen Weg, der von der B5013 abzweigt – der Hauptstraße, die Uttoxeter und Abbots Bromley mit Rugeley verbindet und über das Reservoir führt.«

Das Blithfield Reservoir, angelegt in einem flachen Tal, das einst aus Ackerland und dem Fluss Blithe bestanden hatte, war ein achthundert Hektar großer, künstlicher See, der von kleinen Hügeln umgeben und durch den Damm in zwei ungefähr gleich große Hälften geteilt war. Es war auch die Heimat vieler Wildtiere und als wichtiger Lebensraum für Wildvögel anerkannt, was bedeutete, dass viele Besucher die alten Wälder erkundeten oder Freizeitaktivitäten wie Segeln und Angeln nachgingen. Für Emma bedeutete es jedoch nur eines.

»Ich kenne es. Es liegt auf der Ironman-Strecke«, sagte sie.

Emma hatte bereits dreimal an diesem anspruchsvollen Ironman in Staffordshire teilgenommen und war 1,9 Kilometer geschwommen, 90 Kilometer Rad gefahren und schließlich 21,1 Kilometer gelaufen.

»Dann weißt du ja, wie ländlich es da draußen ist. Alex Corbys Haus liegt am Ende einer Privatstraße, die in der Nähe von Admaston von der Lea Lane abgeht, und ich glaube, dass man von dort aus über den Stausee blicken kann. Die nächsten Nachbarn sind fast eine Meile entfernt. Könntest du es uns auf einer Karte zeigen?«

Emma rief eine Landkarte auf ihrem Bildschirm auf und zoomte das betreffende Gebiet näher heran.

Kate zeichnete einen unsichtbaren Kreis um das Anwesen. »Aufgrund seiner Lage wird es in der Nähe, wenn überhaupt, nur wenige Überwachungskameras geben. Trotzdem möchte ich dich bitten, diesen Bereich auf Fahrzeugbewegungen hin zu untersuchen. Wir sind besonders an jedem Wagen interessiert, der irgendwann zwischen Donnerstagmorgen und dem frühen Nachmittag auf der B5013 unterwegs war. Das überlasse ich ebenfalls dir, Emma.« Bei einer solch zeitraubenden Aufgabe konnte Kate sich auf ihre scharfen Augen und ihre Geduld verlassen. »Ich möchte sein Haus so schnell wie möglich überprüfen. Seine Frau wurde gestern Abend kontaktiert und ist derzeit auf dem Rückweg von Frankreich zu ihrem Elternhaus in der Nähe von Uttoxeter, aber wir erwarten ihre Ankunft erst im Laufe des Nachmittags. Ich würde sie gern befragen, sobald sie dort eintrifft. Außerdem möchte ich mit der Sekretärin von Alex sprechen, Lisa Handsworth. Morgan, du begleitest mich.«

»Chefin.«

Vor der Wache hupte ein Lastwagen lautstark, was Kates Herzschlag zum Rasen brachte ...

* * *

Das Makrofon des Zuges ertönt, als er an einem Bahnhof vorbeirauscht. Es lässt nicht nach. Es hört nicht auf. Niemand kann ihnen helfen.

* * *

Sie fing sich wieder, die Augen auf die Fotos gerichtet. »Da ist noch etwas. Wie ihr sehen könnt, wurde Alex' rechtes Auge entfernt. Der Mörder scheint es mitgenommen zu haben, wahrscheinlich als Trophäe.« Die Mitnahme einer Trophäe würde dazu beitragen, die Fantasien des Täters über das Verbrechen zu verlängern und sogar zu nähren. Manche stahlen die Brieftasche ihrer Opfer, ihren Ausweis, eine Haarlocke oder ein Schmuckstück. Es war selten, dass ein Mörder ein Körperteil behielt, es sei denn, es hatte eine Bedeutung für ihn. »Ich akzeptiere das gern als Theorie, aber die Augen gelten als Fenster zur Seele und es könnte einen weitreichenderen Grund geben, warum der Täter es mitgenommen hat. Mehr habe ich im Moment nicht zu bieten. Noch Fragen?«

Emma schob sich die Haare hinter die Ohren, ein Zeichen, dass sie einsatzbereit war, und antwortete für beide. »Nein. Alles klar.«

»Morgan, gib mir ein paar Minuten, um kurz mit dem Pathologen zu sprechen, und dann statten wir Alex' Sekretärin einen Besuch ab.«

Er beugte und streckte seine Finger, als ob er sich aufs Klavierspielen vorbereitete. »Ich fange schon mal für dich mit den Überwachungskameras an, Emma.«

»Danke, Großer.«

Kate ließ die beiden gewähren, trat auf den Flur und rief in der Pathologie an. Sie wurde mit einem Akzent begrüßt, der sie an eine Reise erinnerte, die Chris und sie, kurz nachdem sie zusammengezogen waren, in die Norfolk Broads unternommen hatten. Chris hatte ein Sportboot gemietet, das die perfekte Größe für ein Pärchen hatte, wobei er ihr verraten hatte, dass er tatsächlich die Fair Jubilee steuern könnte. Es war das erste Boot, auf dem Kate jemals gewesen war, und sie war fasziniert von seinem Luxus, dem geräumigen Schlafzimmer und der Eck-Whirlpool-Badewanne gewesen. Sie hatten die Abende an Deck verbringen, Wein trinken und die Sterne beobachten wollen, aber das Wetter hatte andere Pläne gehabt, sodass sie schließlich, genervt vom Dauerregen, das Boot verlassen und sich in einem Pub nicht weit von dem Ort entfernt betrunken hatten, an dem sie das Boot gemietet hatten. Sie riss sich von der Erinnerung los und konzentrierte sich auf die gedehnte Sprechweise am Ende des Telefons, als Harvey sich meldete und ihr seine Ergebnisse erklärte.

»Alex starb durch gewaltsames Ersticken. Der Fremdkörper, der zum Verschluss der Luftröhre führte, saß am Übergang zwischen Rachenhöhle und Luftröhre. Insgesamt fanden sich zwölf Apfelstücke in seinem Magen. Die unglückliche Dreizehn, die etwas größer als die anderen war, hat ihn getötet.«

»Ist es möglich, dass er mit ihnen zwangsgefüttert wurde, bis er erstickte?«

»Die Beweise deuten darauf hin. Es finden sich kleine Läsionen auf seiner Kopfhaut, die einer Krafteinwirkung auf die Haarfollikel entsprechen, was darauf hindeutet, dass jemand ziemlich fest an seinen Haaren gezogen hat, um seinen Kopf in eine liegende Position zu bringen. Die Abschürfungen an den Mundwinkeln und an den Wangeninnenseiten sowie die mikroskopisch kleinen Partikel stammen zweifellos von einem Metallwerkzeug, das in seinen Mund eingeführt wurde, um ihn offen zu halten und so zu verhindern, dass er irgendwelche Nahrung kauen konnte. Außerdem gibt es Anzeichen von Petechien um und auf der Oberfläche seines linken Auges. Diese Blutungen, die durch Druckaufbau verursacht werden, deuten darauf hin, dass er zu husten versucht hat, um das Objekt in seinem Hals zu entfernen. Außerdem kam es zu einer bläulichen Färbung um seine Lippen, die wir normalerweise mit Erstickung in Verbindung bringen. Das Objekt hat seine Atemwege nicht vollständig blockiert, sodass er wahrscheinlich noch einige Minuten bei Bewusstsein gewesen war. Der Hirntod ist etwa vier bis sechs Minuten nach dem Einführen des Apfelstücks eingetreten. Um es laienhaft auszudrücken, er starb an Sauerstoffmangel.«

»Was ist mit seinem Auge? Hat er noch gelebt, als es herausgenommen wurde?«

»Nein, es wurde ihm nach dem Tod entfernt.«

»Haben Sie es an einer anderen Stelle an oder in seinem Körper entdeckt?«

»Nein.«

»Was glauben Sie, wann er getötet wurde?«

»Der Tod trat irgendwann zwischen elf Uhr dreißig und vierzehn Uhr ein.«

»Gab es irgendwelche Anzeichen für einen Kampf?«

»Nein, nichts. Keine Spur einer zweiten DNA. Wir müssen das Blut noch auf Drogen untersuchen und dann sind wir mit ihm fertig. Falls sich noch etwas ergeben sollte, melde ich mich sofort.«

»Danke, Harvey. Schicken Sie den kompletten Bericht rüber?«

»Natürlich. War nett, mit Ihnen zu plaudern. Ich habe so viele gute Dinge über Sie gehört. Sie haben es in letzter Zeit sicher nicht leicht gehabt, aber jetzt sitzen Sie wieder im Sattel.«

Chris hatte sie gewarnt, dass einige Leute immer noch nach Informationen über den Vorfall im Zug fischen würden. Harvey tat es, also musste sie den Hörer auflegen, bevor er noch etwas sagen konnte. Sie entschuldigte sich und drückte auf »Anruf beenden«.

Sie kehrte ins Büro zurück und fasste das Gespräch zusammen, das sie gerade geführt hatte. »Sucht beim Material der Überwachungskameras nach Fahrzeugen in der Zeit zwischen zehn und vierzehn Uhr, wobei wir dieses Zeitfenster ausdehnen werden, falls wir das für nötig halten. Dieser Mord war so methodisch, wie wir vermutet haben. Alex verschluckte sich nicht nur an einem etwas größeren Stück, es war das dreizehnte.«

»Triskaidekaphobie«, sagte Morgan. »Die Unglückszahl Dreizehn. Stephen Ho von der Sitte hat mir erzählt, dass die Nummer vier in der chinesischen Kultur als Unglückszahl gilt, weil sie fast genau so klingt wie das chinesische Wort für Tod.«

»Gute Arbeit, Detective, du hast festgestellt, dass unser Mörder wahrscheinlich kein Chinese ist«, witzelte Emma.

»Du solltest deine scharfe Zunge zügeln«, konterte Morgan mit gespielt ernster Miene. »Ich bleibe unvoreingenommen, wie es in solchen Situationen angemessen ist. Der Mörder könnte abergläubisch sein oder einem Zahlenmythos folgen.«

Emma rollte mit den Augen. »Fang endlich an zu leben. Du verbringst zu viel Zeit damit, Wikipedia zu lesen.«

Obwohl sie stets etwas für moralisch aufbauendes Geplänkel übrighatte, lenkte Kate das Gespräch wieder auf die Ermittlungen. »Der Mörder zog kräftig an Alex' Haaren, um seinen Kopf nach hinten zu zwingen. Ich frage mich, ob wir vielleicht zwei Verdächtige suchen: einen, der ihm das Essen in den Mund fallen ließ, und einen, der seinen Kopf in der richtigen Position hielt. Es ist nur ein Gedanke, aber wir sollten ihn im Hinterkopf behalten. Okay. Morgan, wir sollten jetzt seine Sekretärin aufsuchen.«

Morgan hielt das Video der Landstraße an, die durch das Dorf Abbots Bromley in der Nähe des Stausees führte. Die Uhr in der Ecke zeigte Donnerstag, 10.27 Uhr an, und ein grüner Traktor mit Anhänger füllte den Bildschirm. »Bisher gab es nicht viel zu sehen, Emma. Nur ein paar Lieferwagen. Ich habe mir die Zeiten notiert. Jetzt bist du dran.«

Das Handy ans Kinn geklemmt hob Emma den Daumen. Kate schnappte sich ihre Tasche und trat auf den Flur. Niemand war in der Nähe und sie hoffte, dass sie das Gebäude verlassen konnte, bevor jemand Bekanntes stehen blieb, um mit ihr zu sprechen. Die Folienpackung in ihrer Manteltasche knisterte beruhigend, als sie ihre Finger darum schloss und zögerte. Der Drang, ein paar Pillen zu nehmen, war stark. Sie hatte eine der Wasserflaschen nur zu diesem Zweck mitgenommen, aber Morgans feste Schritte hinter ihr ließen sie es sich noch einmal überlegen. Sie wollte nicht, dass Morgan es sah. Irgendwie fühlte es sich beschämend an, ihre Abhängigkeit vor ihren Kollegen zu offenbaren.

Also drückte sie die Verpackung zur Beruhigung und versuchte, ihre Aufmerksamkeit auf das zu richten, was sie Alex' Sekretärin sagen würde. Die Pillen würden nur ihr Urteilsvermögen beeinträchtigen. Sie würde später ein paar nehmen, wenn ihr Körper nach ihnen verlangte, vorher nicht.

Kapitel 3

FREITAG, 4. JUNI – NACHMITTAG

Das Wetter passte zu Kates Stimmung. Die dunklen Wolken hingen tief über der Skyline und lösten ein Gefühl der Klaustrophobie aus.

»Ist nicht weit«, sagte Morgan. »Freitags um diese Zeit unterwegs zu sein, ist ein Albtraum. Verdammter Verkehr. Ich schätze, die Hälfte der Leute hier versucht, übers Wochenende aus der Stadt zu kommen.«

Kate starrte auf das Auto vor ihr, dessen Heck mit drei Fahrrädern auf einem Ständer beladen war. Davor kroch ein Wohnmobil und hinter dem Streifenwagen ein Auto mit einer Dachbox. Morgan hatte recht. Die Leute fuhren meilenweit, nur um für achtundvierzig Stunden ans Meer zu kommen, weit weg von ihrem Zuhause und dem Alltagsstress. Sie konnte sich nicht erinnern, wann Chris und sie sich das letzte Mal eine Auszeit am Wochenende gegönnt hatten.

»Sie wohnt hier um die Ecke.« Morgan war in eine Straße in der Nähe des Stadtzentrums eingebogen, die von geparkten Autos gesäumt war, und sie schlichen auf der Suche nach Lisa Handsworths Haus vorwärts, während sie die Nummern an den identischen viktorianischen Doppelhaushälften lasen, die allesamt Aufmerksamkeit und Reparaturen benötigten. Nummer 58 unterschied sich nicht von den anderen Gebäuden in der Straße und sie parkten in einiger Entfernung auf dem einzigen freien Parkplatz und liefen zu Fuß dorthin. Die rostigen Scharniere des Eingangstors protestierten laut, als Morgan es aufstieß und sie den rissigen, mit Unkraut überwucherten Weg hinaufmarschierten. Die schmuddelige rote Farbe an der Tür war an einigen Stellen abgeblättert, sodass braune und gelbe Farbflecken zum Vorschein kamen. Die Klingel heulte mehrmals klagend auf, bevor sie hörten, wie die Riegel energisch zurückgezogen wurden.

Lisa öffnete die Tür einen Spalt und spähte wie eine Kurzsichtige hinaus. Nachdem sie beide Ausweise eingehend geprüft hatte, öffnete sie die Tür vollständig und gab den Blick auf einen grau gefliesten Boden und einen dunklen Flur frei. Noch bevor sie vollständig eingetreten waren, flüchtete eine dicke rothaarige Katze, die auf einem blauen Teppich gesessen hatte, beim Anblick der Besucher die Treppe hinauf.

»Das ist Butterscotch«, sagte Lisa. »Er mag es nicht, wenn viele Menschen auf einmal kommen.« Sie führte sie nach hinten in die Küche, wo sie sich daranmachte, die Essensreste von den Tellern in einen Mülleimer zu schieben und das Geschirr in eine Spülmaschine einzuräumen. »Entschuldigung, die Wohnung ist ein bisschen unordentlich. Ich bin kaum zu etwas gekommen, seit ...«

»Es tut mir sehr leid wegen Mr Corby«, sagte Kate mit sanfter Stimme. »Es war sicher ein furchtbarer Schock, als Sie ihn entdeckten.«

Lisa zog an einer dunklen Haarsträhne, die sich aus ihrem Haarreif gelöst hatte. Während A-Promis wie Paloma Faith oder Rachel Weisz den Achtzigerjahre-Look durchaus tragen konnten, wirkte das pflaumenfarbene Samt-Accessoire auf dem Kopf der Sekretärin geradezu lächerlich. Sie gab es auf, ihr Haar zu ordnen, zog ein Taschentuch aus dem Ärmel ihrer ausgebeulten Strickjacke und putzte sich die Nase.

Ihre Augen füllten sich mit Tränen, während sie sprach. »Es war furchtbar. Ich glaube nicht, dass ich diesen Anblick jemals vergessen werde.«

»Kommen Sie und setzen Sie sich«, meinte Kate.

Lisa ließ den Abwasch liegen und folgte der Aufforderung mit gesenktem Kopf.

»Fühlen Sie sich in der Lage, mit uns darüber zu sprechen?« Nachdem Kates Frage mit einem Nicken beantwortet wurde, fuhr sie fort: »Wir wissen Ihre Kooperation und Ihr Stillschweigen sehr zu schätzen. Das gibt uns einen Vorsprung bei den Ermittlungen. Können Sie uns genau sagen, was gestern passiert ist – warum Sie zu dem Haus gegangen sind, wie es dazu kam, dass Sie dorthin gegangen sind –, einfach alles, was Ihrer Meinung nach relevant sein könnte?« Lisas Finger bearbeiteten die Ränder des Taschentuchs, während sie nachdenklich antwortete.

»Alex rief mich gestern Morgen an und meinte, dass er nicht ins Büro komme und von zu Hause aus arbeite. Mit der Morgenpost traf ein Vertrag ein, auf den wir bereits gewartet hatten, also rief ich ihn an und er meinte, er würde ihn am frühen Nachmittag abholen kommen.«

An dieser Stelle unterbrach Kate sie. »Um wie viel Uhr haben Sie Alex wegen des Vertrags angerufen?«

»Ich glaube, es war gegen halb elf. Die Post kommt meistens zwischen zehn und halb elf an und ich habe sie durchgesehen, sobald sie ins Büro gebracht wurde.«

Wenn Lisa mit ihren Angaben richtiglag, wussten sie nun, dass Alex zu diesem Zeitpunkt noch gelebt und sich bester Gesundheit erfreut hatte. »Danke. Bitte erzählen Sie weiter.«

»Er kam nicht wie versprochen, also rief ich ihn mittags wieder auf seinem Handy an, aber es meldete sich nur die Mailbox.

Ich hinterließ eine Nachricht, dass ich ihm den Vertrag am Nachmittag vorbeibringen würde, falls ich bis dahin nichts von ihm gehört hätte.« Lisa blinzelte ein paar Tränen weg. Sie hatte das Taschentuch beiseitegelegt und widmete sich nun einem losen Baumwollfaden am unteren Knopf ihrer Strickjacke. »Ich habe das Büro gegen halb eins verlassen. Als ich vor seinem Haus ankam, standen die elektrischen Tore offen, also nahm ich an, dass er zu Hause war und mich erwartete. Ich klingelte, aber niemand antwortete, und ich dachte, er wäre vielleicht in der Orangerie auf der Rückseite des Hauses und hätte die Klingel nicht gehört. Ich ging durch das Seitentor und am Esszimmer vorbei, das zum Garten geht. Ich weiß nicht, warum ich hineinschaute, aber ich tat es ... und bereute es sofort. Alex war an einen Stuhl gefesselt und es war ... entsetzlich ... Sein Gesicht war voller Blut und ... ich geriet in Panik. Der Angreifer hätte noch im Haus sein können, also rannte ich zurück zu meinem Auto, stieg ein, verriegelte alle Türen und wählte den Notruf. Dann fuhr ich zur Straße hinunter, wo ich auf die Polizei wartete.«

Ihre Version stimmte mit dem überein, was Kate bereits wusste. Der Notruf war um 14.25 Uhr eingegangen.

»Haben Sie noch jemanden im Haus gesehen oder glauben Sie, jemanden gesehen zu haben?«

»Nein. Es ging alles so schnell. In der einen Minute rief ich nach Alex und dann entdeckte ich ihn und dann ... Ich hatte eine Scheißangst. Ich rannte zu meinem Auto.«

»Es ist okay. Das war eine ganz normale Reaktion und Ihre Angst ist verständlich. Ich weiß, wie schwer das für Sie ist, aber können Sie sich an irgendein Detail erinnern, das uns helfen könnte, auch wenn es Ihnen noch so unwichtig erscheint?«

»Nein.«

»Und Ihnen ist niemand gefolgt, als Sie wegfuhren?«

Lisa schüttelte den Kopf.

»Sie haben niemanden an sich vorbeifahren sehen, während Sie auf die Polizei gewartet haben?«

»Tut mir leid, nein«, flüsterte Lisa. Plötzlich sprang sie auf, stürmte zum Waschbecken und begann zu würgen. Nach mehreren Versuchen stöhnte sie laut auf. »Das ist alles so furchtbar.«

»Das ist wahrscheinlich ein verzögerter Schock. Haben Sie heute schon etwas gegessen?«, wollte Kate wissen.

»Nein.«

»Das müssen Sie aber. Wir haben Mitarbeiter, die für solche Situationen ausgebildet sind. Soll ich jemanden vorbeischicken?«

Lisa stützte die Hände in die Hüften und holte mehrmals tief Luft, bevor sie antwortete: »Ich komme schon klar. Außerdem kommt meine Freundin Sam später vorbei. Es ist so ein Schock. Ich habe zweieinhalb Jahre lang sehr eng mit Alex zusammengearbeitet. Er war mehr als nur ein Chef.«

Kate dachte kurz über diese Information nach. »Waren Sie jemals mehr als …«

»Nein.«

»Aber Sie waren schon mal bei ihm zu Hause? Sie wussten, dass er in der Orangerie arbeitete.«

»Manchmal, wenn er von zu Hause aus arbeitete, bat er mich, dorthin zu kommen.«

»Kennen Sie auch seine Frau und seine Kinder?«

»Nicht persönlich. Ich habe mich um Geburtstagskarten, Geschenke, Überraschungen, Restaurantbuchungen, Theaterbesuche und so weiter gekümmert, alles in Alex' Namen. Alle relevanten Termine stehen in meinem Terminkalender. Ich kann Ihnen eine Menge über Fiona erzählen, einschließlich ihrer Kleidergrößen und ihres Lieblingsparfüms oder welche Musik sie gern hört und welches Essen sie bevorzugt.«

»Sie würden also sagen, dass er ein guter Arbeitgeber war?«

»Auf jeden Fall. Ich mochte ihn sehr. Wir haben uns so gut verstanden und waren … Freunde. Ich kann mir nicht vorstellen, wie es ohne ihn sein wird.« Ihre Mundwinkel verzogen sich nach unten und Tränen rannen wieder über ihre Wangen.

»Ich vermute, dass es eine interessante Arbeit ist.«

»Wenn ich den Leuten erzähle, dass ich Sekretärin bin, meinen sie, dass ich den ganzen Tag Briefe oder E-Mails tippe, aber da irren sie sich. Natürlich gehört das auch zu meinen Aufgaben. Und ich nehme Anrufe entgegen, arrangiere Meetings, Skype-Anrufe und andere Sekretariatsaufgaben, aber in dieser Position geht es noch um so viel mehr. Ich reiste mit ihm ins Ausland und übernachtete in richtig tollen Hotels – Orte, die ich nie gesehen hätte, wenn ich nicht für ihn gearbeitet hätte. Einmal trafen wir einen Kunden in einem Casino in Monaco!«

»Sie haben also viel Zeit miteinander verbracht, in Hotels?«

Lisa schüttelte auf Morgans Frage hin den Kopf. »Nicht so, wie Sie vielleicht denken. Das war rein beruflich.«

Es gab keine Hinweise auf eine männliche Person im Haus, keine Schuhe oder Mäntel im Flur, durch den sie gegangen waren. Also fragte Morgan: »Sind Sie in einer festen Beziehung?«

»Ich habe mit jemandem zusammengelebt, aber wir haben uns vor einem Jahr getrennt.«

»Wegen Ihrer Überstunden?«, fragte Kate und bemerkte, wie Lisas linkes Auge plötzlich zuckte.

»Er war eifersüchtig. Er dachte, ich hätte eine Affäre mit Alex.«

»Aber dem war nicht so.« Kate beobachtete, wie sie erneut am Knopf ihrer Strickjacke zog.

»Nein, aber mein idiotischer Ex-Freund hat mir nicht geglaubt und ich hatte keine Lust, ihn vom Gegenteil zu überzeugen. Er ist schließlich ausgezogen und ich habe seitdem nichts mehr von ihm gehört.«

Kate wechselte das Thema. »Wie ist Ihre Beziehung zu Alex' Frau?«

»Ganz okay.«

»Ist sie jemals gemeinsam mit Alex und Ihnen verreist oder war sie auf andere Weise ins Geschäft involviert?«

»Warum fragen Sie mich nach ihr? Ich dachte, Sie wären wegen Alex hier.«

»Wir versuchen, Informationen von allen Personen zu sammeln, die Alex kannten, und Sie standen ihm nahe.«

»Entschuldigung«, meldete sich Morgan zu Wort, »dürfte ich Ihre Toilette benutzen?«

Lisa nickte. »Die erste Tür die Treppe hoch.«

»Danke.«

Er schob sich die Küche hinaus und Kate nahm die Befragung wieder auf. »Hat Alex jemals mit Ihnen über seine Frau gesprochen?«

»Er hat sein Privatleben nicht mit mir besprochen.«

»Schien er in letzter Zeit wegen irgendetwas besorgt zu sein?«

»Nicht mehr als sonst. Alex war fast immer wegen irgendetwas aufgeregt – aber es ging stets um die Arbeit. Tatsächlich machte er sich letzte Woche Sorgen wegen eines neuen Startup-Unternehmens in Indien. Die Anwälte rangen seit Wochen um den Vertrag und er befürchtete, dass die Firma aus dem Geschäft aussteigen würde. Daher wusste ich, dass der Vertrag wichtig war. Deshalb wollte ich ihn zu ihm bringen.«

»Können Sie mir sagen, wann Sie gestern das Büro von Corby International verlassen haben?«

»Gegen dreizehn Uhr dreißig. Die genaue Uhrzeit weiß ich nicht.«

»Hat Sie jemand gehen sehen?«

»Unser Büro befindet sich im obersten Stockwerk und es gibt eine Hintertreppe, die direkt in die Tiefgarage für die Mitarbeiter führt. Ich habe sie benutzt und niemanden unten gesehen. Das ist schlecht, oder? Das bedeutet, dass ich nicht beweisen kann, wann ich gegangen bin.«

Kate zog ihren Notizblock und Stift heraus. »Geben Sie mir Ihr Kennzeichen und wir werden die Überwachungskameras überprüfen. Ich bin sicher, dass Ihr Alibi korrekt ist.«

»Aber es gibt keine Kameras auf dem Parkplatz.« Lisas Finger kehrten zu dem Knopf an ihrer Strickjacke zurück und ihre Stimme klang besorgt.

»Es gibt Kameras entlang der Strecke, die Sie genommen haben: Blitzer, Kameras zur automatischen Nummernschilderkennung. Die Straßen sind voll davon.«

»Ich habe nicht die Hauptstraßen genutzt, sondern die Landstraßen über Milford und entlang der B5013 in Richtung Admaston und des Stausees. Ich habe dort noch nie Kameras gesehen. Sie werden also meine Geschichte nicht überprüfen können.«

»Die Standorte der Kameras werden in der Regel nicht öffentlich bekannt gegeben und es besteht die Möglichkeit, dass Ihr Auto auf dem Weg dorthin erfasst wurde, egal in welche Richtung Sie gefahren sind.«

Lisas Finger wickelten den losen Faden zu einem winzigen Knäuel, während sie Kate das Kennzeichen ihres Fiat 500 gab.

Kate notierte es sich und fragte: »Haben Sie einen Schlüssel zu Alex' Büro? Wir würden uns gern darin umsehen.«

Lisa stand auf und griff nach einer pinken Ted-Baker-Tasche mit einer goldenen Schleife auf der Vorderseite, die auf dem Boden unter dem Tisch lag. Sie kramte darin herum, zog einen silbernen herzförmigen Schlüsselanhänger heraus und reichte ihn Kate. »Das ist der Schlüssel zu meinem Büro«, sagte sie und zeigte auf den kleineren der beiden Messingschlüssel, »und der andere gehört zu dem von Alex. Dies hier sind die Aktenschrankschlüssel.« Die vier anderen Schlüssel waren so klein, dass sie an Armbandanhänger erinnerten. »Möchten Sie, dass ich Sie begleite? Ich kann Ihnen zeigen, wo alles ist.«

»Es wäre besser für Sie, hierzubleiben und sich im Moment so unauffällig wie möglich zu verhalten. Nehmen Sie sich etwas Zeit, um darüber hinwegzukommen. Wenn jemand von der Presse versucht, Sie zu kontaktieren, sagen Sie nichts. Ich kann nicht genug betonen, wie wichtig es ist, die Sache so lange wie möglich geheim zu halten.«

Lisas Augenlider flatterten und sie senkte den Kopf, um den Knopf zu untersuchen, an dem sie gezogen hatte.

Kate wurde das Gefühl nicht los, dass die Frau irgendetwas verbarg. »Fällt Ihnen sonst noch etwas ein? Vielleicht etwas, das Alex Ihnen im Vertrauen gesagt hat?«

Das Nein, das folgte, war kaum mehr als ein Lufthauch.

»Nur noch eine letzte Frage. Was haben Sie mit dem Vertrag gemacht?«

Lisas Kopf schnellte hoch und sie blinzelte einige Male verwirrt. »Vertrag?«

»Ja, der Vertrag, den Sie Alex bringen wollten.«

Lisa blinzelte erneut und schrie mehrmals kurz auf. »Verdammt, das weiß ich nicht mehr. Ich muss ihn irgendwo in der Nähe des Hauses fallen gelassen haben. Ich war so … nachdem ich Alex gesehen habe … Ich weiß nicht, was mit ihm passiert ist. Ist das wichtig?«

Kate zog eine Visitenkarte aus einem flachen Plastiketui in ihrer Gesäßtasche. »Lassen Sie es mich wissen, falls Sie ihn finden. Ich würde ihn mir gern mal ansehen. Hier steht meine Handynummer. Rufen Sie mich an, wenn Ihnen noch etwas einfällt. Wir werden die Schlüssel bald zurückgeben.«

Lisa starrte auf den Namen auf der Karte und las: »Kate Young. Ich kenne Sie. Ich habe Sie Anfang des Jahres in den Nachrichten gesehen … Der Schütze im Zug.«

Ihre Stimme ratterte weiter. Kates Sicht verschwamm, als sie plötzlich von einer Panikwelle erfasst wurde. Chris hatte sie darauf vorbereitet. Er hatte ihr gesagt, dass die Leute von Natur aus neugierig seien und alle blutigen Details wissen wollten, und ihr geraten, nichts zu sagen. Sie hielt sich daran und schwieg, während Lisa weiterredete.

»Ich habe darüber in der Zeitung gelesen. All diese toten Menschen ...«

Morgans Stimme unterbrach ihren besorgten Monolog. »Verzeihen Sie die Störung, Ma'am, aber wir werden sofort auf dem Revier gebraucht.«

Kate entschuldigte sich und eilte so schnell aus dem Haus, wie es ihre bleiernen Füße zuließen. Ihre Finger berührten wieder die Verpackung der Tabletten und sie drückte sie fest zusammen. »Das ist schon das zweite Mal an einem Tag, dass du mich gerettet hast«, meinte sie, als Morgan die Autotür aufschloss.

Er zuckte mit den Schultern. »DCI Chase meinte, wir hätten Glück, dass du an diesem Fall mitarbeitest, weil du noch ,zerbrechlich' wärest. Er bat uns, dafür zu sorgen, dass du nicht belästigt wirst.«

Zerbrechlich! Dachten sie wirklich, dass sie das wäre? Jemand, der mit Vorsicht behandelt werden musste? Obwohl sie verärgert war, war sie dennoch dankbar für Morgans Einmischung. »Ich bin nicht so zerbrechlich, wie DCI Chase vielleicht glaubt, aber trotzdem danke, dass du in die Bresche gesprungen bist. Ich war einfach zu lange weg.«

»Kein Problem ... Chefin ... Wenn du darüber reden willst, was passiert ist, ich bin ein guter Zuhörer und ich tratsche nicht.«

»Danke, aber eigentlich geht es mir gut.«

Morgan ließ sich auf den Fahrersitz fallen. Kate löste den Griff um die Pillen. Sie konnte den Tag auch ohne sie überstehen, wenn sie sich auf das konzentrierte, was sie bisher erfahren hatten.

Sie rutschte auf den Beifahrersitz. »Würdest du Lisa überprüfen, wenn wir wieder auf dem Revier sind? Ich habe den Eindruck, dass sie Alex ziemlich gern hatte. Vielleicht sogar mehr als gern. Sie könnte sogar hinter dem Mord stecken – unerwiderte Liebe und all das. Wir können zu diesem Zeitpunkt nichts ausschließen.«

»Wird gemacht. Ich muss gestehen, ich habe mich kurz umgesehen und nichts gefunden, was mich beunruhigen könnte, obwohl ihre Regale von oben bis unten mit Liebesromanen und wahrscheinlich jeder Schnulze gefüllt sind, die jemals auf DVD erschienen ist.«

»Also ganz schön romantisch veranlagt?«

»Auf jeden Fall. Und Rosa … so viel Rosa … überall. Wände, Kissen, Teddys … sogar rosafarbenes Toilettenpapier.« Er verzog das Gesicht.

Kate brachte ein kurzes Lächeln zustande. »Ich möchte einen kurzen Blick in Alex' Büro werfen, bevor wir seine Frau treffen.«

»Klar.«

Sie reihten sich in den nächsten Stau ein. Die Stadt schien belebter als sonst und sie konnte zunächst nicht ergründen, warum; doch dann fiel es ihr ein. Die Schulferien hatten begonnen und es wimmelte vermutlich nur so von Familien, die nach Beschäftigungsmöglichkeiten für ihre Kinder suchten. Ein Schmerz explodierte wie ein dumpfes Feuerwerk in ihrer Brust. Sie hatte immer gedacht, dass sie inzwischen Kinder haben würde, aber ihre Karriere hatte sie völlig in Anspruch genommen und der Zeitpunkt schien nie der richtige gewesen zu sein.

Sie schob diese Gedanken beiseite, tippte eine Nummer in ihr Handy und hob es ans Ohr. Ervin nahm nach dem zweiten Klingeln ab. »Hi, Ervin. Ist jemand aus deinem Team zufällig auf einen an Alex Corby adressierten Brief gestoßen? Es könnte sich um einen A4-Umschlag handeln, der möglicherweise einen indischen Poststempel trägt und einen Vertrag enthält.«

»Ich arbeite heute Nachmittag an einem anderen Fall, frage aber bei den Jungs nach und melde mich *tout de suite* bei dir.« Kate konnte sich vorstellen, wie er seine feinen Hände wie ein Zauberer schwenkte, während er mit perfektem französischen Akzent sprach.

Morgan stützte die Ellbogen auf das Lenkrad und starrte auf die Autos vor ihm in der Schlange, die alle blinkten, während die Leute darauf warteten, nach rechts ins Einkaufszentrum abzubiegen. »Ich glaube, Lisa hat gelogen. Es ist doch seltsam, dass sie sich nicht daran erinnert, was mit dem Vertrag passiert ist.«

»Das sehe ich genauso. Ich finde es außerdem verdächtig, dass sie sich die Mühe gemacht hat, ihn zu ihm nach Hause zu bringen, zumal sie wusste, dass seine Frau im Ausland war. Werden Verträge heutzutage nicht per E-Mail verschickt? Und selbst wenn er per Briefpost ins Büro geschickt wurde, hätte sie ihn einscannen und elektronisch an Alex weiterleiten können. An der Sache ist meiner Meinung nach etwas faul.«

»Vermutlich hatten die beiden eine Affäre.«

»Das denke ich auch, obwohl sie es abgestritten hat.«

»Die Leute sagen alles Mögliche, wenn sie sich in die Enge getrieben fühlen. Man kann nicht mal die Hälfte von dem glauben, was sie einem erzählen.«

»Wie wahr.« Morgan hatte recht. Die Leute taten allerlei, um die Wahrheit zu verbergen.

KAPITEL 4

FREITAG, 4. JUNI – NACHMITTAG

Der Hauptsitz von Corby International war für ein so erfolgreiches Unternehmen überraschend bescheiden. Das zweistöckige braune Backsteingebäude, die Zentrale eines millionenschweren Unternehmens, lag in einem kleinen Gewerbegebiet mit acht anderen ähnlich unscheinbaren Gebäuden und schien eher zu einer Buchhaltungsfirma zu passen. Wie Kate wusste, fanden an diesem Ort jedoch nicht die Firmenaktionen statt. Corby besaß mehrere riesige Lagerhäuser außerhalb von Stafford, in denen sämtliche Aufträge verpackt und bearbeitet wurden.

Kate blieb am Eingang stehen und spähte durch die Glastür in einen schmalen Empfangsbereich, der nur mit runden Ledersesseln und großen Hockern ausgestattet war. Die Tür war verschlossen und ein Zettel unter einem Summer informierte sie darüber, dass sie klingeln musste, um Einlass zu erhalten.

»Versuchen wir es im Parkhaus«, sagte sie und lief zur Seite des Gebäudes und in einen breiten Tunnel, der eine Etage tiefer führte. Ihre Schritte hallten wider, während sie den Asphalt hinuntermarschierten und in die Tiefgarage, wie Lisa sie genannt hatte, eintraten, die von automatischen Leuchtröhren erhellt wurde und Platz für bis zu zwanzig Fahrzeuge bot. Darin waren nur zwei Autos geparkt, und Kate nahm an, dass die meisten Mitarbeiter angewiesen worden waren, sich den Tag freizunehmen.

Die von Lisa erwähnte Treppe befand sich auf der Rückseite der Parkgarage, und Kate hielt kurz an einem Platz neben der Treppe an, der für Alex Corby reserviert war, bevor sie schließlich die Steintreppe hinauf und durch eine schwere Tür gingen. Diese führte zu einem mit Teppich ausgelegten Korridor und einer Mahagonitür mit sechs Kassetten ohne Hinweistafel. Daneben befand sich ein Aufzug.

»Ein Aufzug? Nur für eine Etage?«, rief Morgan ungläubig. »So etwas könnten wir auf der Wache gut gebrauchen, dann müssten wir nicht ständig diese klapprigen Treppen rauf- und runterlaufen.«

Kate drehte den Schlüssel, die Tür sprang auf und ihr Blick fiel in ein gemütliches Büro, das mit demselben wollreichen Axminsterteppich mit schottengelbem und grauem Muster ausgelegt war wie der Flur. In dem Raum stand ein halbmondförmiges Empfangspult aus dunklem Holz, auf dem sich drei metallene Dokumentenablagen und ein Computer befanden. An der Wand hing eine gemalte Weltkarte, in der die Länder nicht eingezeichnet und eingefärbt, sondern mit ihren Namen in verschiedenen Schriftgrößen versehen waren. Morgan ging zum Schreibtisch und öffnete eine Schublade nach der anderen. Schließlich zog er ein Buch heraus und hielt es hoch, damit Kate den Titel sehen konnte. Es war eine viel gelesene Ausgabe eines Romans mit dem Titel »Eine stürmische Affäre mit dem Boss«. »Siehst du! Sie ist eine hoffnungslose Romantikerin. Habe es ganz hinten in der unteren Schublade gefunden. Muss übersehen worden sein.«

»Hast du sonst noch etwas gefunden?«

»Nein, die anderen Schubladen sind leer. Ich werde einen Blick in ihren Computer werfen.«

Er tippte drauflos, während Kate sich im Raum umsah. Die Aktenschränke, die Lisa erwähnt hatte, standen in der hinteren Ecke. Die Schubladen waren alphabetisch beschriftet. Kate schloss die oberste auf, blätterte die Buchstaben A bis F durch und fand nur Informationen über Lebensmittellieferanten. Morgan gab ein kurzes Grunzen von sich und zeigte damit an, dass er vorankam. Kate ließ ihn gewähren und schloss die Verbindungstür zu Alex' Büro auf. Sie holte tief Luft, als sie eintrat, und rümpfte überrascht die Nase. Mit den beiden schwarzen Ledersesseln, die im rechten Winkel zueinander standen, und dem marmorierten Couchtisch dazwischen glich es mehr einem Wohnzimmer als einem Arbeitsraum. An der Wand hinter einem der Sofas stand ein Schrank aus schwarzem Holz. Sie öffnete ihn und bestaunte die beeindruckende Auswahl an Flaschen, darunter einen Bruichladdich Black Art 1992 Whisky und – einer ihrer persönlichen Favoriten – einen Talisker 10.

Die Aktenordner auf dem Regal neben dem Schreibtisch lieferten keine hilfreichen Informationen. Auch in den Schubladen befand sich nichts anderes als Briefpapier. Hinter der Sitzecke stand ein schlichter Schreibtisch aus Ebenholz. Kate trat zu ihm und betrachtete das Foto, das darauf stand. Es zeigte nicht seine Familie, sondern Alex mit einer Gruppe von fünf Freunden, aufgenommen vor einer Skihütte, auf deren Dach eine Schneeschicht lag. Die Männer, angemessen gekleidet in dicke Skijacken und Wollmützen, lachten in die Kamera, sodass ihre Zähne zu sehen waren. In vertrauter Kameradschaft die Arme um die Schultern des anderen gelegt, sahen sie eher wie eine Gruppe junger Studenten und nicht wie die Dreißigjährigen aus, die sie waren. Der Mann links neben Alex kam ihr bekannt vor. Sie nahm den Rahmen in die Hand und schaute sich das Bild genauer an. Es war ihr Vorgesetzter, Superintendent John Dickson.

Während sie es ansah, hallten Chris' wütende Worte in ihrem Kopf wider: *»John Dickson bestand darauf, dass du einen längeren Urlaub nimmst? Ich gebe ja zu, dass du im Zug eine falsche Entscheidung getroffen hast, aber für mindestens drei Monate Urlaub nehmen zu müssen, ist verrückt! Er hat einen Plan, Kate. Ich traue ihm kein bisschen.«*

Sie glaubte ihm und es kam ihr fast vor, als stünde er in diesem Moment neben ihr.

»Hab was!« Morgans Stimme dröhnte in ihren Ohren und ließ sie zusammenzucken. Sie war wieder in Gedanken versunken gewesen.

»Was denn?«

»Lisa hat diesen Computer benutzt, um ihr Facebook-Konto zu überprüfen.«

Kate stellte das Foto zurück, eilte zu Morgan und sah ihm über die Schulter. »Du bist in ihr Konto gekommen? Wie das?«

Morgan grinste. »Sie hat es mir leicht gemacht. Sie tat, was die meisten Menschen tun, wenn sie ein Passwort festlegen. Sie verwendete den Namen ihrer Katze, Butterscotch, als Passwort für ihren Computer, und ihr Facebook-Konto ist so eingestellt, dass es auf diesem Gerät permanent angemeldet ist. Sie machte sich offensichtlich keine Sorgen darüber, dass jemand ihren PC benutzen könnte.«

Kate gab ein »Ts, Ts« von sich.

»Das E-Mail-Konto ist auch geschützt, aber mit einem anderen Passwort, und das kann ich nicht knacken«, meinte Morgan.

»Irgendetwas Interessantes auf ihrer Facebook-Seite?«

»Jede Menge Zeug, wie sie mit ihrem Chef durch die Gegend reist, Fotos von Hotelzimmern ... und das hier«, sagte er und deutete auf eine Aktualisierung von Lisas Status.

Kate las ihn laut vor. »Was für ein Glück, für einen der bestaussehenden Männer der Welt zu arbeiten und das Wochenende mit ihm in einem Fünfsternehotel in Thailand zu verbringen. #bestjobintheworld #sexyboss« Sie verzog das Gesicht. »Ich glaube, sie war in ihn verknallt und bereit, das öffentlich zuzugeben. Alex hätte das leicht herausfinden können. Doch das beweist immer noch nicht viel. Sieh dir die Seite kurz an, vielleicht findest du noch etwas.«

Sie sah zu, wie Morgan immer wieder mit der Maus klickte und durch die Seiten navigierte.

»Ihr Profil ist voll von dem üblichen Zeug«, sagte er.

Kate sah sich die Katzenfotos, Selfies mit Freundinnen und Online-Quizze an. »Ja, nichts wirklich Seltsames. Sie hatte definitiv Spaß an ihrer Arbeit.«

Morgan sah sich weiter die vergangenen Updates über die Wahl der Outfits für wichtige Meetings und Geschäftsreisen mit Alex an. »Sie hat Hunderte von Freunden. Scheint viel Zeit online zu verbringen«, stellte er fest.

»Was ist mit den privaten Nachrichten an verschiedene Freundinnen? Samantha Granger?«

»Könnte das die Freundin sein, die sie erwähnt hat? Sam?«

Kate nickte. »Möglich. Steht in ihren Nachrichten etwas über Alex?«

Morgan scrollte sie so schnell durch, dass Kate keine Zeit hatte, irgendwelche Informationen aufzunehmen. Dann kehrte er zu einer zurück, die sie am Freitag, dem 28. Mai, um neun Uhr dreißig an Sam geschickt hatte. »Nur in dieser hier.«

Kate las: »Alex ist total mies drauf. Die Schlampe macht ihm das Leben schwer, weil er wieder nicht mit ihr und den Kindern in den Urlaub fährt. Er hat sich im Büro eingeschlossen und mir gesagt, ich könne gehen, wenn ich mit der Post fertig bin. Also habe ich heute frei, wenn du Lust hast, können wir uns in der Stadt auf einen Kaffee treffen. Ich liebe diese überraschend freien Tage. Drei Stück in den letzten beiden Wochen. Vielleicht gehe ich ein bisschen shoppen. Hast du Lust, Babe?«

»Sonst konnte ich nichts entdecken, was die Alarmglocken schrillen lässt«, sagte Morgan.

»Das ist okay. Das hast du gut gemacht. Die Nachricht deutet darauf hin, dass sie Alex' Frau nicht leiden kann, obwohl sie mir das Gegenteil erzählt hat, und dass Alex die Angewohnheit hatte, ihr ohne triftigen Grund freizugeben. Ich denke, wir belassen es vorerst dabei. Am besten reden wir mit Fiona Corby.«

Morgan fuhr den Computer herunter und stand auf. »Wohin als Nächstes, Chefin?«

»Blithfield Reservoir. Fiona ist bei ihren Eltern, die auf der anderen Seite wohnen, irgendwo an der Hauptstraße Richtung Uttoxeter, in der Nähe von Bagot's Wood. Der Ort heißt Pine Trees. Wir werden zu Corbys Haus fahren, nachdem wir mit ihnen gesprochen haben.«

* * *

»Glaubst du, Lisa könnte etwas damit zu tun haben?«, fragte Morgan, während er den Gang einlegte und losfuhr. »Wir treffen zwar öfter auf Verbrechen aus Leidenschaft, aber das scheint doch eine ziemlich brutale Art zu sein, seinen Liebhaber oder Schwarm zu töten. Ich kriege diese kitschige Romantikerin, für die wir sie halten, nicht mit der Frau unter einen Hut, die ihren Liebhaber fesselt, foltert und ihm ein Auge stiehlt.«

»Ich auch nicht. Es fällt schwer, jemanden, der süße Kätzchen und Filme wie ›Notting Hill‹ mag, mit einem Mörder in Verbindung zu bringen, der seinem Opfer Essen in den Hals stopft, bis es würgt und stirbt.«

Kate grübelte wieder über die Möglichkeit nach, dass Lisa in ihren Chef verliebt war. Könnte hinter der Frau mehr stecken, als sie zunächst gedacht hatte? Und könnte sie zum Mord an Alex getrieben worden sein?

Ihr Handy surrte in ihrer Tasche. Sie zog es heraus und starrte auf den Bildschirm. Ihr Magen kribbelte bei dem Namen: Tilly, ihre Stiefschwester. Es war fünf Uhr dreißig in Großbritannien, in Australien also halb drei in der Nacht. Tilly wurde immer hartnäckiger. Es war das zweite Mal in drei Tagen, dass sie Kates Nummer wählte. Kate lehnte den Anruf ab und legte den Kopf gegen die Sitzlehne. Tilly würde sich in die Schlange derer einreihen müssen, die behaupteten, um ihr Wohlergehen besorgt zu sein. Kate war nicht bereit, mit einem von ihnen zu reden.

Kapitel 5

FREITAG, 4. JUNI – SPÄTER NACHMITTAG

Fiona Corby war Mitte vierzig, aber mit ihrer makellosen mokkafarbenen Haut und den vollen Lippen konnte sie leicht für Anfang dreißig durchgehen. Sie schlang ihre eleganten Finger um einen teuren Porzellanbecher, der mit smaragdfarbenen Schmetterlingen bedeckt war. Ihr Verlobungsring klirrte leicht an der Seite und lenkte Kates Blick auf den riesigen Diamanten. Unbewusst tastete sie nach ihrem eigenen Saphirring, der zwar weitaus bescheidener im Preis, aber für sie äußerst wertvoll war. Fionas Lippen zitterten, aber es flossen keine Tränen. Alex' Frau stand entweder unter großem Schock oder war nicht so erschüttert von der Enthüllung, dass ihr Mann ermordet worden war, wie man vielleicht erwartet hätte. Sie kauerte auf einem Hocker in der Landhausküche ihrer Eltern und trug eine verblichene Jeans, die an den Knien modisch zerrissen war, und ein T-Shirt von Dolce & Gabbana mit Herzapplikation und aufgedrucktem Logo in italienischer Sprache. Der Look stand ihr sehr gut. Ihre Mutter, Gwen, hatte die beiden Jungen ins Wohnzimmer gebracht. Ihr Vater, Bradley, stand an den Herd gelehnt, während sein gesenkter Kopf ungläubig nach links und rechts schwang.

Morgan saß schweigend mit seinem Notizblock da, während Kate mit Fiona sprach. »Hat Ihr Mann Ihnen gesagt, dass er Besuch erwartete?«

Fiona starrte weiter auf ihren Becher. »Nein, hat er nicht.«

»Haben Sie eine Ahnung, was er gestern vorhatte?«

Fiona schaute Hilfe suchend zu ihrem Vater, doch sein Blick blieb auf den Boden gerichtet. »Ich ... Wir ... Ich habe nicht gefragt ... Es lief gerade nicht gut zwischen uns.«

»Gab es Schwierigkeiten in Ihrer Ehe?«, fragte Kate so freundlich wie möglich.

»Nicht wirklich. Wir haben uns gestritten, bevor ich wegfuhr, und ich war so sauer auf ihn, dass ich ihn die ganze Woche nicht angerufen habe. Ich wusste weder, was er vorhatte, noch interessierte es mich. Ich wusste sowieso nie, was er tat. Alex war Geschäftsmann durch und durch. Seine Familie kam immer erst nach dem verdammten Geschäft.« Sie starrte den Becher an, als ob er alle Antworten auf ihre Probleme enthielte. »Alex ist ... Alex *war* ein freundlicher Mann, aber er hatte es nicht so mit Gefühlen. Verstehen Sie mich nicht falsch. Bei uns hat es funktioniert. Ich machte mein Ding und er seines, und wir hatten auch gute Zeiten zusammen, wenn er sich von der Arbeit losriss.«

»Was nicht oft genug war.« Die schroffe Stimme überraschte Kate. Bradley Chapman hatte bis zu diesem Moment geschwiegen. »Er war kalt wie ein Fisch und wusste nicht zu schätzen, was er an meiner Fiona und den Jungs hatte.«

»Dad!«

»Ich sage nur, was ich denke, Fiona. Ich verstehe, dass dies vielleicht nicht der richtige Zeitpunkt oder Ort ist, aber so ist es nun mal. Du weißt, was ich von ihm gehalten habe. Ich habe von Anfang an gesagt, dass er nicht der Richtige für dich ist.«

Fiona zuckte zusammen, als hätte man sie geschlagen. »Er hätte bei uns in der Villa sein sollen. Wenn er wie geplant gekommen wäre, wäre er nicht getötet worden.«

»Sollte Alex gestern eigentlich in Frankreich sein?«, fragte Kate.

»Er schaffte es wegen des Geschäfts nicht immer, in den Urlaub zu fahren, aber dieses Mal hatte ich ihn überredet, uns zu begleiten. Wir hatten ein paar harte Monate hinter uns und ich wollte, dass wir uns den Jungs zuliebe mehr Mühe gaben. Ich dachte, ein gemeinsamer Urlaub würde uns allen guttun – außerdem war es ja nur eine Woche. Alex versprach, sich eine Auszeit zu nehmen. Er sprach sogar davon, für ein paar Tage ein Boot zu chartern. Aber am Tag vor unserer Abreise erklärte er mir dann, dass er nicht mitkommen könne, weil es irgendein wichtiges Geschäft zu regeln gäbe. Ich bot ihm an, die Reisepläne aufzugeben und bei ihm zu bleiben, aber das wollte er nicht.«

»Wirkte er ängstlicher oder besorgter als sonst?«

Fiona zuckte mit den Schultern. »Nicht mehr als sonst auch. Es gibt immer Probleme, wenn man ein Unternehmen führt, besonders eines wie Corby International, aber er hat sich mir nicht anvertraut, weil ich nicht Teil des großen Corby-Imperiums bin. Tatsächlich habe ich nichts damit zu tun, außer gelegentlich eine Soiree zu veranstalten oder an irgendeiner Veranstaltung teilzunehmen.«

»Wer außer Ihnen und Alex hat Schlüssel oder Zugang zu Ihrem Haus?«

»Unsere Putzfrau, Kelly Innes.«

Morgan sah von seinen Notizen auf. »Wie schreibt man Innes? Mit einem oder mit zwei ›n‹?«

Kate wartete, während Fiona ihm die Angaben zur Reinigungskraft gab, und fuhr dann fort: »Und an welchen Tagen arbeitet Kelly?«

»Montags und donnerstags.«

»Dann müsste sie gestern im Haus gewesen sein?«

»Nein. Da wir in den Ferien verreisen wollten, hat sie sich die Woche ebenfalls freigenommen, um Verwandte in Irland zu besuchen.«

»Und sie ist die einzige andere Person, die Zugang zu Ihrem Anwesen hat?«

»Ja. Nein. Nun … Da ist auch noch Rory, unser Gärtner, aber er hat keinen Hausschlüssel – nur die Schlüssel für den Schuppen und die Garage. Rory Winters«, fügte sie hinzu und suchte in ihrem Handy nach seinen Kontaktdaten.

Morgan notierte auch diese.

»Wie oft kommt Rory zu Ihnen?«, fragte Kate.

»Einmal pro Woche, je nach Wetterlage.« Fiona legte das Telefon in den Schoß und ließ die Schultern hängen.

Kate würde herausfinden, wann er das letzte Mal den Rasen gemäht und ihr Haus aufgesucht hatte. Da Fiona die ganze Woche nicht mit ihrem Mann gesprochen hatte, wusste sie wahrscheinlich nicht, ob oder wann Rory zuletzt dort gewesen war. »Was ist mit Ihren Finanzen? Hatte Alex irgendwelche Schulden oder Geldsorgen?«

»Das glaube ich nicht. Er hat nie genau verraten, was er verdient, aber es lastet weder eine Hypothek auf diesem Haus noch auf der Villa und er hat alles gezahlt: Autos, Schulgeld, Haushaltsausgaben, alles. Und er gab mir ein großzügiges monatliches Taschengeld.«

»Sie haben kein gemeinsames Bankkonto?«

»Nein, nur getrennte.«

»Und haben Sie ein eigenes Einkommen, abgesehen von dem, was Sie von Alex erhielten?«

Fiona errötete. »Bei Ihnen klingt das so, als wäre ich käuflich. Nein, ich arbeite nicht. Ich war in den letzten zehn Jahren Vollzeitmutter und Hausfrau.«

»Das ist ein Job für sich, und zwar ein wichtiger«, warf Bradley ein.

»Ich impliziere sicher nichts anderes, sondern stelle nur Fakten fest. Es ist wichtig zu verstehen, warum das mit Alex passiert ist, und ich wäre Ihnen dankbar, wenn Sie uns Einsicht in seine privaten Bank- und Sparkonten gewähren würden«, sagte Kate. »Um zu sehen, ob es irgendwelche Unstimmigkeiten gibt oder ob er irgendwelche Schulden hatte, von denen er Ihnen nichts erzählt hat.«

Fiona fuhr die Umrisse eines gemalten Schmetterlings an der Seite ihrer Tasse nach. »Wann können wir nach Hause gehen?«

»Es tut mir leid, aber das wird noch ein paar Tage dauern.«

»Aber ich muss die Sachen der Jungs holen. Sie brauchen ihre Schuluniformen ... Sportsachen ... Rucksäcke und Bücher. Sie müssen am Montag wieder in die Gilmore High School zurück und dafür brauchen sie ihre Sachen. Die Hausmutter ist da sehr streng.«

Bradley trat auf sie zu und legte ihr eine kräftige Hand auf die Schulter. »Die Jungs müssen noch nicht zurück in die Schule, Schätzchen. Sie brauchen etwas Zeit, um damit klarzukommen.«

Sie schaute verwirrt auf. »Aber ... sie werden den Unterricht verpassen. Und ihre Freunde warten auch schon auf sie.«

Er drückte ihre Schulter. »Alex ist tot, Fiona. Du kannst die Jungs nicht ins Internat stecken und erwarten, dass sie weitermachen, als wäre nichts geschehen. Ich weiß, das ist schwer, Liebes, aber du musst jetzt stark sein.«

Fiona schluchzte auf und lehnte den Kopf an die Brust ihres Vaters. Er streichelte ihr Haar und machte beruhigende Geräusche. »Am besten, Sie gehen jetzt und lassen uns eine Weile in Ruhe«, sagte er.

»Natürlich. Das ist eine schwere Zeit für Sie alle, vor allem weil Ihr Schwiegersohn so bekannt war. Wir versuchen, es vor den Medien geheim zu halten, aber sie werden es bald herausfinden. Vielleicht sollten Sie Ihr Telefon ausschalten oder sogar für ein paar Tage wegfahren.«

Bradley grunzte. »Ich bezweifle nicht, dass es eine Herausforderung werden wird. Wir passen auf sie auf. Sie bleiben hier, bis sich die Aufregung gelegt hat. Unsere Hunde halten uns das neugierige Pack vom Leib.«

Die beiden Deutschen Schäferhunde, die er damit meinte, hatten Kate und Morgan wild angebellt, als sie geklingelt hatten, und waren nun in einem Raum auf der Rückseite des Hauses eingesperrt.

»Ich muss Sie das fragen, Sir. Das ist reine Routine.« Kate machte sich auf die Antwort des kräftigen Mannes mit den breiten Schultern gefasst, dessen zerklüftetes Gesicht von Kummer gezeichnet war. »Können Sie mir sagen, wo Sie gestern waren?«

»Nach dem Frühstück machte ich mit den Hunden wie immer einen einstündigen Spaziergang und fuhr dann zur Arbeit. Meine erste Schülerin hatte ich um zehn Uhr in Abbots Bromley.«

Kate hatte vorhin den weißen Mini mit einem rot-weiß-blauen Blitz auf der linken Seite sowie dem Logo und Firmennamen auf der Motorhaube entdeckt – »BKC Driving Tuition«.

»Könnten Sie mir den Namen der Schülerin sagen, Sir?«, fragte Morgan.

»Sierra Monroe. Sie wohnt in der Yeatsall Lane.«

»Danke.«

Bradley fuhr fort: »Ich fuhr mit Sierra eine Stunde durch die Gegend und hatte dann eine Weile frei, also fuhr ich nach Lichfield und hielt vor dem Brown's Café, um eine Tasse Tee zu trinken und die Zeitung zu lesen. Meine nächste

Unterrichtsstunde war in Cannock um dreizehn Uhr dreißig, also bin ich gegen dreizehn Uhr losgefahren.«

»Wer war dort Ihr Schüler?«

»Charles Seagar.« Bradley gab Morgan die Adresse. »Meine letzte Schülerin, Roberta Bird, hatte eine zweistündige Intensivstunde, die um fünf Uhr dreißig enden sollte, aber ich erhielt gegen vier Uhr fünfzehn einen Anruf der Polizei von Staffordshire, die mir mitteilte, dass Alex tot sei. Also brach ich die Stunde ab und kehrte nach Hause zurück.«

»Und was ist mit Ihrer Frau? War sie den ganzen Tag zu Hause?«

»Gwen besuchte mit Freunden in einem Freizeitzentrum ein paar Kurse und aß dort mit ihnen zu Mittag. Sie war zu Hause, als ich sie anrief, um ihr die schreckliche Nachricht mitzuteilen.«

Er streichelte seiner Tochter sanft den Rücken, als wäre sie ein Kind. Sie löste sich von ihm und wandte sich wieder Kate zu. Zwei dünne Streifen rußiger Wimperntusche hatten ihre Wangen befleckt.

»Fällt Ihnen noch etwas ein, das uns helfen könnte, Mrs Corby?«

Fiona schluckte schwer und schüttelte den Kopf. »Ich habe keine Ahnung, wer ihn umbringen wollte.«

»Könnte es ein Einbrecher gewesen sein?« Bradley sah Kate direkt in die Augen.

»Wir prüfen diese Möglichkeit noch, obwohl es nicht so aussieht. Mr Corby trug noch Ehering und Uhr, und seine Brieftasche mit den Kreditkarten lag auf dem Küchentisch. Wenn Mrs Corby sich dazu in der Lage fühlt, kann sie nachsehen, ob etwas fehlt.«

Fiona fuhr sich mit der Spitze ihres Zeigefingers unter die Augen, um eventuelle Flecken wegzuwischen. »Die wertvollsten Dinge befinden sich in einem Bankschließfach. Alex mochte die teuren Gegenstände nicht im Haus aufbewahren. Es gibt aber einen Safe in unserem Schlafzimmerschrank, in dem einige ausländische Währungen und Dokumente liegen. Ich kann Ihnen die Kombination geben.«

Morgan machte sich erneut Notizen. Als er fertig war, sah Fiona ihren Vater mit feuchten Augen an. Er legte ihr eine Hand auf die Schulter, sprach aber mit Kate. »Gibt es sonst noch etwas? Wenn nicht, denke ich, dass wir jetzt gern etwas Zeit für uns allein hätten. Die Jungs haben noch nicht ganz die Tragweite dessen verstanden, was passiert ist, und ...« Seine Stimme stockte.

Kate erhob sich. »Natürlich. Ich möchte Ihnen nochmals mein Beileid aussprechen.«

Er nickte stumm und führte Kate und Morgan zur Haustür. Sie gingen am Wohnzimmer vorbei; die Tür war leicht angelehnt und Kate konnte die Geräusche eines Fernsehers hören. Zweifellos saßen die Jungen drinnen bei ihrer Großmutter. Wenigstens würden sich Menschen, die sie liebten, um sie kümmern und ihnen durch diese Tragödie helfen.

Bradley öffnete die Tür. Kate bedankte sich noch einmal und wollte schon hinausgehen, als er an sie herantrat. Er senkte seine Stimme. »Wenn Sie mich fragen, war er ein egozentrischer Mann, der nicht wirklich zu schätzen wusste, was er hatte. Er liebte sein Geschäft weit mehr als seine Familie, und wenn er seine Prioritäten richtig gesetzt hätte, wäre er heute noch hier.« Er schüttelte den Kopf. »Sie wird nie darüber hinwegkommen, wissen Sie?« Er drehte sich um und verschwand im dunklen Flur.

Morgans Mundwinkel verzogen sich nach unten. »Er war definitiv nicht Alex' größter Fan.«

Kate wollte gerade zustimmen, als ihr Handy klingelte.

Es war Emma. »Ervin sagt, er habe weder einen Umschlag noch einen Vertrag gefunden.«

»Wir sind gerade auf dem Weg in sein Haus. Wie kommst du voran?«

»Offensichtlich hat Alex das Unternehmen im Alleingang geführt, also erscheint er in den Büchern als einziger Direktor – als Geschäftsführer, um genau zu sein. Er nutzte externe Dienstleister für seine Buchhaltung und Rechtsberatung: Mark Swinton, ein unabhängiger Buchhalter, und Digby Poole, ein Rechtsanwalt und Mitinhaber der Kanzlei Babcock & Poole. Ich habe mit zwei von Alex' Verkäufern gesprochen. Sie sind schockiert und entsetzt über das, was passiert ist, und keiner von ihnen hat etwas Schlechtes über ihn gesagt. Um sie zu zitieren: ›Er war ein toller Kerl‹.«

Lisa hatte ihnen jedoch erzählt, dass Alex oft angespannt war. Die Verkäufer sahen entweder eine andere Seite von Alex oder waren mit der Wahrheit sparsam. »Wurden ihre Alibis überprüft?«

»Ja. Beide waren den ganzen Tag an ihrem Arbeitsplatz. Sie haben mir versichert, dass ihre Kollegen das bestätigen könnten, weil sie sich das gleiche Großraumbüro teilen. Ich bin noch dabei, ihre Aufenthaltsorte zu überprüfen.«

»Alex kann nicht so erfolgreich geworden sein, ohne andere gegen sich aufzubringen, also grabe weiter. Kannst du außerdem noch Bradley Chapman überprüfen, Alex' Schwiegervater? Und wenn du ein paar Minuten Zeit hast, frage nach, ob sich jemand im Brown's Café in Lichfield daran erinnern kann, dass Bradley gestern Mittag dort war.«

»Ich kümmere mich darum. Ich habe das Technikteam gebeten, die Aufzeichnungen der Videoüberwachung und der Überwachungskameras durchzugehen, um uns etwas Zeit zu sparen. Wir haben jetzt eine Liste der Fahrzeuge, die zwischen zehn Uhr dreißig und vierzehn Uhr dreißig von der Kamera auf der B5013 aufgenommen wurden, ich muss diese Fahrzeughalter aber noch kontaktieren. Und nur damit ihr

Bescheid wisst, Alex' Buchhalter, Mark Swinton, wird später auf die Wache kommen.«

»Gute Arbeit, Emma. Weißt du ungefähr, wann er dort sein wird?«

»Sobald er seine Termine beendet hat, also erst in einer Stunde oder so.«

»Ich würde mich gern kurz mit ihm unterhalten. Kannst du ihn bitten zu warten, falls wir bis dahin nicht zurück sind?«

»Klar.«

Kate legte auf und erzählte Morgan, was sie erfahren hatte. »Wem sollen wir glauben? Manchen von ihnen oder allen?«

Bei den Ermittlungen konnte man sich nicht auf Hörensagen oder Meinungen von Leuten verlassen. Was man brauchte, waren eindeutige Beweise, und die hatten sie bisher nicht.

»Mein Bauchgefühl sagt mir, dass niemand, mit dem wir bisher gesprochen haben, einen derart tief sitzenden Ärger hegt, den man braucht, um jemanden auf diese Weise zu ermorden und ihm ein Auge herauszureißen«, meinte Morgan. »Wer auch immer das getan hat, war entweder rasend vor Wut auf Alex oder versuchte, ihm durch Folter wichtige Informationen zu entlocken.«

Kate hatte weder etwas an seiner Logik noch an seiner Intuition auszusetzen, aber Annahmen führten manchmal zu schlechter Polizeiarbeit und zu Fehlern, wie ihre Schlussfolgerung im Zug mit Dickson bewiesen hatte. »Da bin ich ganz bei dir. Aber so gern ich diese Leute auch von der Liste der Verdächtigen streichen würde, wir müssen uns an das Prozedere halten. Also werden wir alle Bewegungen durchgehen, um sicherzustellen, dass niemand von ihnen etwas mit der Tat zu tun hat.«

Morgan fluchte, als ein überbreiter Traktor ihr Auto gegen die dornigen Äste drückte, die am Lack kratzten. Kate biss bei dem schrillen Knirschen, das wie Fingernägel auf einem

Schwarzen Brett klang, die Zähne zusammen. Das Fahrzeug rumpelte an ihnen vorbei, ohne dass der Fahrer hoch oben in seiner Kabine den finsteren Blick bemerkte, den Morgan ihm zuwarf.

Regen prasselte rhythmisch auf die Windschutzscheibe. In der Ferne spiegelten sich die Wolken, die in Schwaden über den trüben Himmel zogen, im aufgebrachten blaugrauen Wasser des Blithfield Reservoirs. Die Wischerblätter mühten sich redlich und jede ihrer Bewegungen wurde von einem Quietschen begleitet.

Als sie den Stausee hinter sich gelassen hatten und in Richtung Lea Lane fuhren, rief Emma zurück. »Ich habe ein paar Infos über Bradley Chapman.«

»Schieß los«, sagte Kate und schaltete den Lautsprecher ein.

»Er war vierzehn Jahre lang beim SAS, dem Special Air Service, von 1982 bis 1996. Sein jüngerer Bruder, Jack Chapman, sitzt momentan eine fünfjährige Haftstrafe wegen schwerer Körperverletzung im Gefängnis von Winson Green ab. Er hat einem Barkeeper ein Glas ins Gesicht geschlagen und ihn schwer verletzt. Außerdem ist er wegen Autodiebstahls und Drogenbesitzes vorbestraft. Bradley dagegen hat eine blütenreine Weste. Unmittelbar nach seinem Ausscheiden aus dem SAS wurde er Wachmann bei der Baufirma ERC in Stafford, bevor er vor zehn Jahren seine eigene Fahrschule eröffnete. Oh, und er ist Mitglied der Krav Maga Elite, Stafford.«

»Was ist Krav Maga?«, fragte Kate.

»Das ist hebräisch und bedeutet ›Kontaktkampf‹. Es ist eine Mischung aus Kampfsport, Kampftechniken und Selbstverteidigung und wurde ursprünglich den Soldaten der israelischen Armee beigebracht. Ich habe es nie selbst ausprobiert, aber im Fitnessstudio meines Bruders gibt es einen Typen, der es unterrichtet, und ich habe gesehen, wie sie ihre Bewegungen durchführten. Das ist knallhartes Training – körperlich und mental. Ich kann nur sagen: Bradley muss ein tougher Typ sein, wenn er das macht.«

»Dann hätte er Alex ohne Schwierigkeiten überwältigen können«, sagte Morgan.

»Absolut«, stimmte Emma ihm zu.

»Aber das macht ihn nicht gleich zum Mörder«, mahnte Kate.

»Aber Krav Maga! Das klingt für mich so, als ob er sich immer noch ernsthaft bemüht, um in Form zu bleiben. Einsatzfähig«, fügte Morgan hinzu.

Kate konnte dem nicht widersprechen, aber sie konnten nicht darauf schließen, dass er zu einem Mord fähig war, nur weil er ein Ex-SAS-Soldat war, der sich für Kampfsportarten interessierte.

Emma hatte noch mehr Neuigkeiten. »Ich habe auch den Barista angerufen, der gestern im Brown's Café Dienst hatte, und ihm ein Foto von Bradley gemailt. Er erkannte Bradley nicht und konnte sich auch nicht daran erinnern, ihn bedient zu haben. Aber er meinte, es sei viel los gewesen und er könne sich Gesichter nicht gut merken.«

»Das ist seltsam. Ich würde sagen, Bradley ist eine ziemlich auffällige Erscheinung«, sagte Kate. Tatsächlich fiel er mit seinem dichten weißen Haar, dem markanten Gesicht und seinem Körperbau auf. Bestimmt hätte der Barista ihn bemerkt, auch wenn es im Café sehr voll war. Oder interpretierte sie da zu viel hinein?

»Also entweder hat der Barista wirklich ein schlechtes Gedächtnis, was Gesichter angeht, oder Bradley hat gelogen«, sagte Emma.

»Würdest du das Technikteam bitten, für uns die Kamerabilder auf der Straße von Abbots Bromley nach Lichfield durchzugehen und herauszufinden, wann sein Auto welche Stellen passiert hat?«

»Ich habe bereits eine Anfrage gestellt.«

»Gute Arbeit. Wir müssen abwarten, was sie finden.« Ein vages Kribbeln auf Kates Kopfhaut begleitete ihre Worte. Bradley liebte seine Tochter und seine Enkel und hegte offensichtlich eine Abneigung gegen seinen Schwiegersohn. Nach Kates Erfahrung waren Liebe und Hass zwei starke Mordmotive.

KAPITEL 6

FREITAG, 4. JUNI – ABEND

Kaum waren sie in die Lea Lane eingebogen, riss die Wolkendecke auf. Die Sonne kam wieder zum Vorschein und brachte Licht und Farbe zurück in den Tag. Winzige Dampfwolken stiegen von der Straße auf, als die Wärme den Regen kondensierte. Sie erreichten Alex' Haus und passierten das offene imposante Holztor. Unter den Reifen knirschten die gelben Steine, die im hellen Licht wie Topase funkelten. Dies war der einzige Weg, der zum Grundstück hin und von ihm weg führte, und mit der dichten Zypressenhecke, die es umgab, war der Mörder kaum auf einem anderen Weg hineingelangt. Morgan fuhr neben Ervins VW Beetle Cabrio vor.

Das Haus war eine umgebaute Fachwerkscheune aus dem 18. Jahrhundert. Kate erinnerte der ganze Ort mit den gepflegten Privatgärten, den makellosen Blumenbeeten und dem Blick auf eine Koppel, auf der zwei Pferde friedlich grasten, ohne zu bemerken, was im Haus vor sich ging, an ein mondänes Hotel oder ein Kurbad. Sie erwartete fast, dass ein Pfau zum Eingang stolzierte oder ein Portier herausstürmte und um ihr Gepäck bat. Sie konnte sich nicht vorstellen, in einem solchen Palast zu leben. Morgan musste derselbe Gedanke gekommen sein, denn er schnaubte laut, als er aus dem Auto stieg und das Anwesen begutachtete, bevor er seine Schutzkleidung aus dem Kofferraum holte. Kate tat es ihm gleich und gemeinsam zogen sie sich an, schlüpften in die obligatorischen Latexhandschuhe, Masken und Plastiküberschuhe, bevor sie dem Beamten an der Tür ihre Ausweise zeigten und hineingingen.

»Hi, Kate.« Ervin stand im Inneren, das Kate nur als prächtig bezeichnen konnte und mit den reich gemusterten Teppichen auf dem Marmorboden, den Bronzestatuen in jeder Ecke und der breiten Treppe in einem BBC-Historiendrama nicht fehl am Platz gewirkt hätte. Links im Flur stand ein kunstvoll geschnitzter Tisch, daneben die Statue einer Balletttänzerin, die ihr Bein in einem unmöglichen Winkel angehoben hatte. Marinefarbene Augen und ein kastanienbrauner Pony waren alles, was von der Beamtin zu sehen war, die auf Knien nach Abdrücken suchte.

Kate hob grüßend eine Hand, bevor sie zu Ervin ging, der seine Arme weit ausbreitete. »Das wird viel länger dauern als gedacht. Es ist ein absolut riesiges Haus – fünfzehn Zimmer insgesamt, wenn man die Bäder mitzählt – und wir müssen sie alle untersuchen. Komm mit, ich zeig dir, wo Alex getötet wurde.«

Morgan, der kurzzeitig von einem schimmernden achtstöckigen Kronleuchter mit stabförmigen LED-Leuchten abgelenkt worden war, bildete das Schlusslicht. »Und sie haben nur eine Reinigungskraft, die zwei Tage in der Woche arbeitet! Ich hätte gedacht, dass man für so ein Haus eine ganze Armee von Leuten braucht.«

»Ich bin sicher, dass sie nicht alle Räume regelmäßig nutzen«, sagte Ervin. »Einige dienen rein zu Unterhaltungszwecken. Hier entlang.«

Kate und Morgan folgten ihm in ein Esszimmer, in dem verschiedene Markierungen auf den Oberflächen angebracht worden waren und an die Dinge erinnerten, die zur weiteren

Untersuchung mitgenommen worden waren. Die Ermittler waren in diesem Raum fertig. Apfel, Messer und Teller waren verschwunden und durch kleine Fähnchen ersetzt worden, die ihre Positionen anzeigten. Auch Alex' Leiche hatte man fortgebracht, aber für Kates geschärfte Sinne roch der Raum immer noch nach Tod und Terror – in der Luft hingen Reste von Blut und Schweiß, die den Stuhl vor ihr durchdrungen hatten; jenen Stuhl, auf dem Alex gefangen gehalten und gefoltert worden war.

* * *

Blut spritzt auf die Türen des Erste-Klasse-Abteils. Gedämpftes Flehen und Angstschreie überlagern das Rumpeln des Zuges, der eilig seinem Ziel entgegenrast. Der bewaffnete Mann geht durch den Waggon und mäht einen nach dem anderen nieder. Sein Körper dreht sich nach links. Ein Geschäftsmann, der sich auf dem Heimweg von einem Meeting befindet, ist der Nächste, der fällt.

* * *

Kates Finger schlossen sich automatisch um die Blisterpackung in ihrer Tasche, aber sie ließ sie schnell wieder los und verbannte das Bild aus ihrem Kopf. Stattdessen konzentrierte sie sich auf den Raum. Die Person, die ihn gestaltet hatte, hatte sich für einen viktorianisch-gotischen Stil entschieden: silbergraue Tapeten und dunkelgraue Samtvorhänge vor weiß gerahmten Balkontüren; Kerzenleuchter, die von einer cremefarbenen Decke herabhingen; ein großes Schwarz-Weiß-Gemälde mit dem Porträt eines Mannes; ein breiter Mahagonitisch, der wie geschliffenes Glas glänzte und auf dem ein Paar identischer schwerer Silberleuchter stand. Zehn Stühle, deren Rücken mit schwarz-weißem Gobelin bezogen und deren Sitze grau gepolstert waren, standen in perfekter Symmetrie um den Tisch herum, bis auf einen, der zum Fenster hin weggezogen worden war. Die tiefen rotbraunen Flecken auf seinem Polster deuteten darauf hin, dass Alex an genau diesen Stuhl gefesselt worden war.

Sie rief sich das Bild von Alex mit geneigtem Kopf und offenem Mund in Erinnerung. Apfel, Messer und Teller müssen rechts von ihm gestanden haben, als er hier gesessen hatte, unfähig, Hilfe zu holen oder zu entkommen. Sie stellte sich vor, wie der Mörder in aller Ruhe Obststücke in Alex' offenen Mund fallen ließ und an seinen Haaren zerrte, um sicherzustellen, dass er den Kopf nicht hob. Vielleicht stand er sogar hinter Alex und hatte auf die gleiche Szene wie sein sterbendes Opfer hinausgesehen. Was für ein Mensch würde sich so verhalten? War das, was sie sehen konnte, relevant? Sie suchte nach Hinweisen, warum Alex genau an diese Stelle gesetzt worden war: ein Rasen, ein Blumenbeet mit hohen weißen Lilien; eine Blume, die mit dem Tod assoziiert wurde. Hatte Alex' Mörder gewollt, dass er sie sah und ihre Bedeutung erkannte? Kate konnte sich nicht sicher sein. Jenseits des Gartens schimmerte in der Ferne der Stausee, eine gigantische, stimmungsvolle Wasserfläche. Vielleicht hatte er beim Sterben darauf starren sollen.

»Warum hat der Täter den Stuhl hierhergestellt, sodass er zum Garten zeigt?«, fragte sie.

Ervin schaute hinaus. »Keine Ahnung. Alles, was ich sehe, sind ein schöner Garten und eine spektakuläre Aussicht.«

Vielleicht war es so einfach. Der Mörder hatte Alex die Schönheit dessen sehen lassen, was er gerade für immer verlor.

»Der Mörder war gut vorbereitet«, meinte sie schließlich. »Er wusste, dass Alex allein war.«

Irgendetwas an diesem ganzen Szenario machte ihr zu schaffen. Alex war vor das Fenster gesetzt und an Händen und

Füßen gefesselt worden, bevor er gefoltert wurde, doch er hatte sich nicht gewehrt. »Harvey hat keine Abwehrverletzungen an Alex' Leiche gefunden. Er blieb die ganze Zeit über unterwürfig, selbst als er erstickte, und das überrascht mich. Ich verstehe nicht, warum er sich nicht gewehrt hat.«

»Es könnten zwei Angreifer gewesen sein«, meinte Morgan, der ihr aufmerksam zugehört hatte. »Er war wahrscheinlich gefügiger, wenn ihm einer der beiden eine Waffe an den Kopf gehalten oder ihn auf andere Weise bedroht hat.«

»Ja, das könnte sein.« Kate nickte nachdenklich. »Oder er wurde unter Drogen gesetzt und konnte deshalb nicht mehr reagieren. Denn auch wenn er sich gegen seine Fesseln nicht wehren konnte, so hätte er doch instinktiv reagiert, als das, was auch immer benutzt wurde, um seinen Mund aufzuhebeln, eingeführt wurde oder als ihm bewusst wurde, dass er erstickte. Ervin, hast du eine Ahnung, was der Angreifer dafür benutzt hat?«

»Wir haben noch nichts gefunden, was dazu passen würde.«

»Was auch immer es war, es wurde benutzt, um ihn zu foltern«, sagte Kate.

Morgan starrte weiter auf das Wasser, das von dort, wo er stand, wie ein endloses Meer erschien. »Aber warum?«

Kate zuckte mit den Schultern. »Informationen? Etwas, das mit seinem Geschäft zu tun hat. Oder ein Code oder ein Passwort.«

»Die Kombination vom Safe?«, schlug Morgan vor.

Ervin schüttelte den Kopf. »Niemand außer Alex hat den Safe angefasst.«

»Vielleicht haben sie ihn gezwungen, ihn zu öffnen, und ihn dann gefesselt«, erwiderte Morgan.

Das war eine weitere Theorie, die nicht von der Hand zu weisen war. »Morgan, gib Ervin die Kombination«, forderte

Kate ihn auf. »Fiona meinte, dass sich darin nur Devisen und einige Dokumente befänden, keine Wertsachen.«

»Wir werden es überprüfen und fotografieren, was auch immer darin liegt. Und dann kannst du es der Familie des Opfers vorlegen, damit sie prüfen können, ob etwas fehlt.«

»Danke. Was kannst du uns noch sagen?«

Ervin fuchtelte mit den Armen herum wie ein Reiseleiter, der auf wichtige Sehenswürdigkeiten hinwies. »Das Zimmer ist makellos. Nichts auf der Kommode oder auf den Bilderrahmen. Ich vermute, es wurde kürzlich gereinigt.«

»Vom Mörder?«

»Es wäre nicht das erste Mal, dass ein Mörder hinter sich aufräumt«, antwortete er.

»Gibt es überhaupt keine Abdrücke?«

»Ein paar Teilabdrücke auf den Stuhllehnen und auf der Tür zu diesem Raum, aber ich würde mir keine großen Hoffnungen machen. Ich habe den starken Verdacht, dass sie zu den Familienmitgliedern gehören.«

»Ervin, wir haben das hier gefunden.« Die Beamtin, die in der Halle Staub gewischt hatte, war erschienen.

»Danke, Charlie, wo war es?«

»In der Eingangshalle. Steckte hinter einem Heizkörper.«

»Ich habe dort keinen Heizkörper gesehen«, wunderte sich Kate.

»Ein antiker Tisch steht davor«, erklärte Charlie ihr.

»Ah.«

Der Umschlag war an Alex bei Corby International adressiert und in Indien abgestempelt worden. Kate nahm ihn von Ervin entgegen, öffnete ihn und studierte den Inhalt. Es war der Vertrag.

»Kannst du herausfinden, ob einer der Abdrücke auf diesem Brief und dem Vertrag mit denen im Haus übereinstimmt?«

»Natürlich.«

Kate schaute auf ihre Uhr. Sie wollte mit Alex' Buchhalter sprechen, aber das hier war wichtiger: Der Fund bedeutete, dass Lisa ins Haus gekommen war, obwohl sie vorhin etwas anderes behauptet hatte. »Ich hasse es, einfach abzuhauen, aber wir müssen noch einmal mit der Frau reden, die seine Leiche gefunden hat.«

»Schon okay. Ich knacke derweil den Safe«, sagte Ervin und zwinkerte ihr zu.

»Danke für die Infos.«

Er salutierte knapp und rauschte davon. Sie stapfte wieder nach draußen, wo sie ihre Handschuhe auszog und in den Mülleimer warf. Morgan tat es ihr nach. Sie zerrte an ihrem Papieranzug, ließ ihn über die Schultern und zu Boden gleiten und sah zu ihm auf. »Lisa Handsworth hat uns angelogen. Sie ist ins Haus gegangen.«

»Wie ist der Vertrag hinter einem Heizkörper gelandet?«

»Keine Ahnung, aber eines weiß ich mit Sicherheit – sie hat uns eine Lügengeschichte aufgetischt. Also los. Gehen wir der Sache auf den Grund.«

Kate faltete ihren Anzug zusammen, legte ihn zu den Handschuhen und Überschuhen und marschierte zurück zum Auto. Sie hatten Fortschritte gemacht und eine Verdächtige im Visier.

Der Wunsch, sich zu rehabilitieren, brannte tief in ihrem Inneren, wurde aber von Vorsicht gemildert. Sie hatte im Zug mit Dickson einen Fehler gemacht und sie wollte nicht noch einen machen. Sie musste sämtliche Fakten und Beweise zusammentragen, bevor sie sich sicher sein konnte, dass Lisa etwas mit dem Mord an Alex zu tun hatte.

Eine Notiz, die sie geschrieben hatte und auf der Dicksons Name rot eingekreist war, blitzte vor ihrem inneren Auge auf. Superintendent Dickson, der Mann, der darauf gedrängt hatte, dass sie die Ermittlungen in diesem Fall leitete. Es kam ihr immer noch merkwürdig vor, dass er nach ihr gefragt hatte …

* * *

»Sir, warum haben Sie die Ermittlungen zum Vorfall im Euston-Zug an ein anderes Team abgegeben? Wir waren als Erste vor Ort. Er hätte in unserem Bereich bleiben sollen.«

Er stößt einen langen Seufzer aus. »Mir wäre es lieber, Sie würden meine Entscheidung nicht infrage stellen.«

»Es ist verrückt, sie nach London zu verlegen. Ich möchte sie hier leiten.«

»Kate, es tut mir leid. Nein.«

»Sir!«

»Da gibt es nichts zu diskutieren. Also lassen Sie es sein.«

»Sir, sorgen Sie wenigstens dafür, dass der Fall bei einem Team hier oben in Stoke bleibt.«

»Das wäre dann alles, Kate.«

* * *

Warum hatte er diesmal auf ihre Beteiligung bestanden? Zumal er derjenige gewesen war, der sie zu einem längeren Urlaub gezwungen hatte. Und Kate wollte es. Sie wollte die Chance, sich zu rehabilitieren, einen Verdächtigen zu verhaften, Dickson sagen zu können, dass sie es geschafft hatte, doch sie wollte sich nicht kopflos in den Fall stürzen. Egal wie sehr sie es für sich selbst brauchte, sie würde die Ermittlungen so führen, wie sie immer gearbeitet hatte, gewissenhaft und sorgfältig, damit es keine Schlupflöcher gab und sie die richtige Person erwischten.

»Alles in Ordnung, Chefin?«, fragte Morgan.

»Klar.«

»Sie haben vor sich hingemurmelt.«

»Ich spiele nur mit ein paar Ideen herum und manchmal hilft es, sie laut auszusprechen.«

»Ja, das stimmt.« Morgan riss seinen Blick von ihr los und ließ den Motor an.

Sie musste vorsichtiger sein. Sie konnte es sich nicht leisten, dass ihre eigenen Beamten an ihrem Verstand zweifelten.

Kapitel 7

Freitag, 4. Juni – Abend

Kate hämmerte an Lisas Tür, die Lippen zu einer missbilligenden dünnen Linie zusammengepresst. Sie wurde weit geöffnet, und Lisa begrüßte sie mit einem »Haben Sie etwas im Büro gefunden?«.

»Können wir bitte reinkommen?«, fragte Kate steif.

Statt zu antworten, trat Lisa zur Seite, um die beiden Beamten hereinzulassen. Das Geräusch von Stimmengemurmel überraschte Kate für einen Moment, bis ihr klar wurde, dass es aus dem Fernseher kam. Lisa schlurfte vorweg, ihre weichen Pantoffeln knirschten auf den nackten Fliesen wie Skier auf Pulverschnee. Kate und Morgan folgten ihr ins Wohnzimmer, wo sie sich auf ein mit Kissen in sämtlichen Größen überfülltes Sofa fallen ließ und eines fest an ihre Brust drückte. Sie bot ihnen keinen Platz an.

»Wäre es in Ordnung, wenn wir uns hinsetzen und uns unterhalten?«, fragte Kate.

»Ja.«

Kate ließ sich auf der Kante eines Stuhles neben Lisa nieder und beugte sich zu ihr vor. »Sie haben uns angelogen, Lisa. Sie waren gestern in Alex' Haus. Wir haben den Vertrag gefunden.«

»Ich wollte nicht lügen ... Ich war so erschrocken. Ich war im Haus und ich wusste, dass Sie denken würden ... Aber das könnte ich nicht. Ich könnte Alex nie etwas antun.« Sie umklammerte das Kissen fester, als wäre es ein Schutzschild, um abzuwehren, dass Kate sie mit den Fragen bombardierte, die ihr ins Gesicht geschrieben standen.

»Sie verstehen, wie ernst diese Sache ist?«

»Ja.«

»Dann erzählen Sie mir, was wirklich passiert ist.«

»Ich ... habe ... Ich habe ihn nicht ... getötet.« Sie drehte sich erst zu Morgan, dann wieder zu Kate. Dann drückte sie das Kissen zusammen, als wäre es ein Akkordeon, bevor sie weitersprach. »Es war nicht alles erfunden. Ich habe den Vertrag gegen zwei Uhr zu Alex' Haus gebracht. Sein Auto stand draußen, also habe ich geklingelt, aber er hat nicht aufgemacht. Und als ich an die Tür geklopft habe, ist sie einfach ... aufgegangen. Ich ging hinein, halb im Glauben, er hätte die Tür absichtlich für mich offen gelassen, und rief seinen Namen. Ich legte den Vertrag zusammen mit meiner Handtasche auf den Tisch in der Halle.« Das Bild des blauäugigen Kätzchens auf dem Kissen war nun zu einem dicken Flusenball zusammengedrückt. »Ich weiß nicht, warum ich ins Esszimmer gegangen bin. Ich glaube, ich hörte ein Geräusch, und die Tür war nicht geschlossen, also ging ich rein und ... da war Alex. Ich geriet in Panik. Ich dachte, der Angreifer sei vielleicht noch im Haus, also rannte ich hinaus, schnappte mir meine Tasche und lief zu meinem Auto. Den Vertrag hatte ich total vergessen.«

»Warum haben Sie uns das nicht schon vorhin gesagt?«, fragte Kate.

»Ich weiß es wirklich nicht. Ich hatte wohl Angst, dass Sie denken, ich hätte ihn umgebracht, und ich stand unter Schock.«

»Aber indem Sie uns angelogen haben, haben Sie die Ermittlungen behindert, und das ist eine Straftat.«

Lisas Mund klappte auf und das Kätzchen wurde wieder breiter. »Nein! Das wollte ich nicht.«

Kate redete schnell weiter. »Sie sagten, Sie dachten, Sie hätten vielleicht ein Geräusch gehört. Was für ein Geräusch?«

Lisas Mund blieb für ein paar Sekunden offen stehen. »Es könnte ein Knarren gewesen sein.«

»Haben Sie noch andere Geräusche gehört?«

»Nein.«

»Oder jemanden gesehen?«

»Nein.«

»Aber Sie sind weggelaufen, weil Sie dachten, dass Alex' Mörder noch im Haus sei?«

»Ja. Ich hatte furchtbare Angst.«

Kate fand es seltsam, dass Lisa direkt ins Esszimmer gegangen war und nicht zuerst woanders nach Alex gesucht hatte. Sie beschloss, sie durch wiederholte Fragen möglicherweise aus dem Konzept zu bringen, um eventuelle Ungereimtheiten aufzuspüren. Doch Lisa hielt an ihrer Geschichte fest.

»Und wo genau haben Sie den Vertrag hingelegt?«

»Auf den Tisch im Flur. Ich habe ihn unter meine Handtasche gelegt.«

Kate verschränkte die Arme und musterte Lisa, bevor sie fragte: »Warum? Warum haben Sie nicht sowohl den Vertrag als auch die Handtasche in der Hand behalten? Schließlich waren Sie doch ins Haus gegangen, um Alex den Vertrag zu geben. Ich würde nicht in das Haus von jemandem gehen und meine Tasche abstellen, vor allem nicht, wenn man mich nicht eingeladen hatte.«

»Es war ein Zeichen, um Alex wissen zu lassen, dass ich in der Nähe bin. Wenn er draußen oder oben gewesen wäre und mich nicht gehört hätte, wäre er vielleicht überrascht gewesen, mich zu sehen. Wenn er meine Tasche gesehen hätte, hätte er gewusst, dass ich da war.«

»Er hätte Ihr Auto gesehen.«

Sie ließ den Kopf hängen. »Das klingt jetzt so dumm.«

»Die Tür war verschlossen, als die Polizei eintraf. Haben Sie sie hinter sich geschlossen?«

»Ich habe sie zugeknallt, für den Fall, dass ich verfolgt wurde. Man braucht Zeit, um diese Tür zu öffnen. Ich habe einen ähnlichen Selbstverriegelungsmechanismus an meiner Wohnungstür. Ein paar Sekunden hätten mich retten können. Sehen Sie, es tut mir so leid, dass ich Ihnen das nicht früher gesagt habe. Aber ich stand völlig neben mir. Ich hatte Alex gefunden und … Ich konnte überhaupt nicht klar denken.«

»Das verstehe ich. Aber ich fürchte, wir können uns nun nicht einfach auf Ihr Wort verlassen, da Sie uns bereits eine falsche Version der Ereignisse geliefert haben. Bis wir Sie entlasten können, bleiben Sie Teil unserer Ermittlungen. Das heißt, Sie müssen auf dem Revier eine vollständige Aussage machen sowie zum Abgleich Ihre DNA und Fingerabdrücke abgeben. Ich möchte, dass Sie morgen auf die Wache kommen.«

Lisas Kinnlade klappte herunter. »Ich wollte nie, dass das passiert. Ich hatte Angst. Sie glauben mir doch, oder?«

Kate erhob sich. »Wir sehen uns morgen.«

* * *

Morgans Magen knurrte und erinnerte Kate daran, dass sie beide seit der Mittagspause arbeiteten. Es war kurz vor halb acht, und obwohl sie keinen Hunger verspürte, fragte sie: »Wollen wir anhalten und uns etwas zum Mitnehmen holen?«

»Klar. Irgendwelche Vorlieben? In der Nähe gibt es eine Fish-and-Chips-Bude.«

»Was immer du willst. Ich zahle.«

»Wenn ich das gewusst hätte, hätte ich das tolle indische Lokal in Stafford vorgeschlagen.«

Sie hielten in der Nähe der Imbissbude an und bestellten Kabeljau und Pommes frites bei einem Mann mit einem bunten Kopftuch. Das Essen kam in Pappkartons, die mit Zeitungsbildern bedruckt waren.

»Seit wann servieren sie das nicht mehr in richtigem Zeitungspapier?«, fragte sie, während sie den Essig in ihre Schachtel goss und eine dicke Kartoffelspalte mit einer grünen Plastikgabel aufspießte.

»Ich glaube, seit den Nullerjahren nicht mehr«, witzelte Morgan. »Wann hast du das letzte Mal Fish and Chips gegessen?«

»Ich weiß nicht mehr genau. Als ich ein Kind war, hat mich mein Vater jeden Freitag verwöhnt, wenn der Fish-and-Chips-Wagen in unser Dorf kam.«

Die Erinnerung an die Hand ihres Vaters, die ihre festhielt, während sie darauf warteten, dass der Mann mit dem weißen Hut ihr Abendessen briet, machte sie traurig. Das war, bevor ihre Stiefmutter Ellen und ihre Stiefschwester Tilly auf der Bildfläche erschienen waren. Damals hatte es nur sie beide gegeben – die perfekte Kombination – Vater und Tochter. Sie begutachtete die Fritte, die an ihrer Gabel baumelte, und schob sie in den Mund.

Sie drehte sich um und sah zu, wie ein anderer Kunde die große rote Flasche hob und reichlich Ketchup über sein Essen goss. Das leuchtende Rot stach hervor, ein großer Farbball, und ohne Vorwarnung begann sich die Szene aufzulösen. Die Farbfragmente explodierten und brachen auseinander, um sich dann wieder neu zusammenzusetzen, bis das Fahrzeug zu einem Zugwaggon wurde.

Kate lief mit bleiernen Füßen die Länge des Bahnsteigs neben dem Waggon entlang. Sie ging an Fenstern mit der Aufschrift ›Erste Klasse‹ vorbei und versuchte verzweifelt, ihren Blick geradeaus auf die Rücken der Kollegen zu richten, die in Höhe der offenen Tür auf ihre Ankunft warteten. Trotz ihrer Bemühungen wurde ihr Blick gegen ihren Willen auf das Fenster direkt vor der Tür gelenkt, karmesinrote Farbspritzer, ein Gesicht gegen das Blut gepresst.

»Kate? Geht es dir gut?«

Die Worte zerschlugen die Illusion, sie hustete ein paarmal und schlug sich mit der Faust gegen die Brust. »Ja. Alles gut. Ich habe wohl zu schnell gegessen und mich verschluckt.« Sie klappte den Deckel der Schachtel herunter. »Ich hole noch etwas für Emma und dann fahren wir zurück.« Sie ließ ihn stehen, ging zum Wagen hinüber, warf ihre Schachtel in den Mülleimer und bestellte Emmas Essen. Diesmal war sie davongekommen, aber von nun an würde sie Vorsicht walten lassen müssen.

Die Halluzinationen konnten jederzeit auftreten und wurden von einem so heftigen Schrecken begleitet, dass sie meistens zu Chris laufen wollte. Die Medikamente hielten sie in Schach. Sie schob die Hände in die Jackentaschen, wo ihre Finger zwei Pillen suchten und herausholten. Sie drehte Morgan den Rücken zu und schluckte sie trocken herunter. Dann ging sie ein paar Schritte vom Wagen weg, damit Morgan ihre plötzliche Unruhe nicht bemerken konnte. Sie brauchte nur ein paar Minuten, um sich zu sammeln; die Zeit, die es dauern würde, bis Emmas Essen zubereitet war. Sie beschäftigte sich, indem sie ihr Handy prüfte, und entdeckte eine SMS von Chris. Sie konnte sich nicht daran erinnern, dass das Telefon vibriert hatte. Im Hintergrund brutzelte die Fritteuse, während sie sie las:

Sorry, Schatz. Schlechter Empfang hier.

Melde mich bald.

Ich liebe dich.

Es war eine willkommene Nachricht, die sie – zusammen mit den Pillen – wieder aufrichtete. Sie nahm das Essen und eilte zurück zum Auto, wo Morgan mit der Nachricht wartete, dass Alex' Buchhalter, Mark Swinton, auf dem Revier zur Befragung bereitstand. Sie rutschte auf den Beifahrersitz, ihre Ruhe war wiederhergestellt. Sie konnte sich wieder konzentrieren.

KAPITEL 8

FREITAG, 4. JUNI – ABEND

Ian Wentworth entließ den Kellner mit einer hochmütigen Handbewegung. Auf keinen Fall wollte er dem inkompetenten Kasper, der in diesem überteuerten Etablissement arbeitete, ein Trinkgeld geben. Das Essen war eine totale Enttäuschung gewesen: Der Wein war nicht ausreichend gekühlt, seine Portion Wolfsbarsch erbärmlich klein und die sogenannten *frites maison* so blass, dass er sich fragte, ob sie nicht vielleicht direkt vom Blanchieren kamen und die Bratphase umgangen hatten. Natürlich hatte er sich beschwert, aber in dieser Gegend wusste niemand, wer er war.

Nicht nur das Essen war eine komplette Zeitverschwendung gewesen; seine Begleitung für den Abend war nicht erschienen. Ian hatte eine halbe Stunde gewartet und sich in Erwartung dessen gewunden, was kommen würde, bevor er erkannt hatte, dass sie nicht auftauchen würde. Um vor dem Kellner nicht das Gesicht zu verlieren, tat Ian so, als würde er den Anruf eines fiktiven Kollegen entgegennehmen, und sagte lautstark, dass es schade sei, dass sich sein Flug verspätet habe, sie das Treffen jedoch auf den nächsten Tag verschieben könnten.

Er war sich nicht sicher, ob der Kellner ihm die Nummer abkaufte, was ihn jedoch nicht mehr interessierte. Er bestellte sein Essen und spülte ein weiteres Glas des teuren Sancerre hinunter, den er ausgewählt hatte. Er war nicht so raffiniert wie manches, das er in seinem Leben genießen durfte, aber durchaus genießbar.

Während der Kellner irgendwo weiter hinten stand und sich zweifelsohne bei seinen Kollegen über seinen geizigen Gast beschwerte, warf Ian seine Serviette auf den Tisch und stand langsam auf. Er hatte sich wegen der Tischnischen mit den roten Lederbänken für dieses Restaurant entschieden und einen Platz im hinteren Teil des Raumes so weit wie möglich vom Eingang entfernt gewählt, damit niemand ihn und seine Begleitung hätte entdecken können. Es mochte ein wenig bekanntes Restaurant in der Nähe des Peak District sein, aber Ian wusste, dass immer die Möglichkeit bestand, erkannt zu werden und, schlimmer noch, aus den falschen Gründen in die Schlagzeilen zu geraten.

Er hatte nicht die Absicht, sein Date zu kontaktieren, um herauszufinden, warum er versetzt worden war. Ian hatte Jazz auf einer exklusiven Dating-Seite kennengelernt und benutzte bei den Online-Chats einen anonymen Namen. Zweifelsohne hatte Jazz das auch getan. Es war das Beste, die Sache auf sich beruhen zu lassen.

Draußen war es windig, aber mild. Hier in den Ausläufern des Peak District National Park gab es weniger Lichtüberflutung als in der Stadt, und als er nach oben blickte, wurde er mit einer klaren Sicht auf den Großen Wagen belohnt, das einzige Sternbild, das er identifizieren konnte. Er atmete tief ein. *Vergiss Jazz.* Er würde in sein Cottage zurückkehren und stattdessen online gehen. Vielleicht hatte er Glück und fand jemand anderen, der Lust auf eine heiße Nacht hatte.

Sein Auto stand am anderen Ende des Parkplatzes, hinter dem nichts als Felder lagen. Ian war kein Fan des Landlebens. Er vermisste den Lärm, das Gewusel und die netten Cafés. Sein Cottage diente einem einzigen Zweck. Es erlaubte ihm, für eine Weile anonym zu sein, und war ein Versteck, in dem er sich seinen Fantasien hingeben konnte, vorausgesetzt natürlich, er hatte jemanden, mit dem er sie ausleben konnte.

Die Tür zu seinem alten Land Rover öffnete sich mit einem lauten Knarren. Das Auto war eine Klapperkiste, aber es passte in die ländliche Umgebung und ermöglichte es Ian, nicht aufzufallen. Mit ihm könnte man ihn glatt für einen einheimischen Farmer halten und nicht für den Städter, der er in Wirklichkeit war. Die Fahrt zurück zum Raven Cottage dauerte zehn Minuten. Ein gewundener Pfad führte zu dem kleinen Gehöft, das an einem Hang lag. Ian musste zugeben, dass das Haus vom Schlafzimmer im Obergeschoss aus eine spektakuläre Aussicht bot. Aber das Beste war, dass es keine störenden Nachbarn gab. Er hatte es spottbillig von einer Waliserin gekauft, die es seit Jahrzehnten nur als Ferienhaus genutzt hatte. Mit der Zeit und dem Alter hatte sie jedoch die Freude daran verloren und hatte Ians Angebot mehr als glücklich angenommen. Für tausend Pfund extra hatte sie den Land Rover dazugegeben.

Er parkte vor dem Grundstück und sprang sportlich aus dem Auto. Er war stolz auf seine Fitness. Er trainierte regelmäßig im Fitnessstudio und sorgte dafür, dass er sein Gewicht hielt. Er war weder mit Größe noch mit gutem Aussehen gesegnet, was er kompensieren musste, indem er dafür sorgte, dass der Rest seines Körpers attraktiv war. Niemand würde die dünne Hakennase und die blasse, hohe Stirn mit dem immer dünner werdenden Haar bemerken, solange er einen flachen Bauch und einen festen Hintern hatte. Für einen Einundsechzigjährigen war er in respektabler Form und regelmäßige Botox-Spritzen halfen ihm, sein jugendliches Aussehen zu erhalten.

Er schloss die Haustür auf, knipste das Licht an und warf seine Autoschlüssel auf einen Holztisch, der bereits reichlich Patina angesetzt hatte. Doch es war kein Laut zu hören – ganz anders als in seiner Penthouse-Wohnung in Lichfield, die auf einem ehemaligen Krankenhausgelände gebaut worden war. Er war einer der ersten gewesen, die die Wohnungen vom Reißbrett weggekauft hatten, und hatte das gesamte oberste Stockwerk eines schönen dreistöckigen Wohnblocks mit Blick auf einen Park erworben, der an den meisten Wochenenden von Familien und Joggern bevölkert war. Er streichelte das weiche Leder seiner Gucci-Slipper, als er sie auszog und in Richtung Küche trug. Schuhe sagten eine Menge über einen Mann aus und Ian hatte eine Vorliebe für teures Schuhwerk. Er hatte sie in einer Londoner Boutique gekauft und auch nach einem Jahr ging von ihnen noch der Geruch frischen Leders aus, den er mit Qualitätsschuhen gleichsetzte. Die Küchentür war cremefarben und hatte einen gusseisernen Heberiegel. Sie sprang mit einem energischen Klicken auf und er hob die verzogene Tür wie immer vorsichtig an, um sie zu öffnen. Er hatte sie nicht reparieren oder austauschen lassen. Sie war Teil des alten Charmes der Hütte. Ian tauschte seine Schuhe gegen Pantoffeln aus und untersuchte die Untersohlen der Halbschuhe auf Anzeichen von Schmutz. Zufrieden, dass sie ausreichend sauber waren, stellte er sie auf ein Schuhregal neben der Hintertür. Er strich sich mit der Hand über die Hüfte und ging durch die Küche zu einer anderen Tür, die zum Arbeitszimmer führte, in dem er seinen Laptop aufbewahrte. Er würde sich auf einer der wenigen exklusiven Websites einloggen, die er bevorzugte, und die Enttäuschung des heutigen Abends mit Jazz überwinden, denn dort würde er mit Sicherheit einen wunderschönen jungen Adonis finden, der darauf erpicht war, eine oder zwei Nächte in feiner Gesellschaft und berauschendem sexuellen Vergnügen zu genießen.

Ihm war sofort klar, dass etwas nicht stimmte, als er die Tür aufstieß. Der gelbe Schein einer Tischlampe fiel sanft auf seinen Schreibtisch. Er hatte alle Lichter ausgeschaltet, bevor er zu seiner Verabredung gefahren war. Er trat zaghaft einen Schritt nach vorne und blieb dann abrupt stehen. Sein Blick wurde von dem Schreibtisch angezogen, auf dem normalerweise sein Laptop stand. Er war immer noch da, aber sein Blick haftete auf dem Gegenstand daneben – ein Glas, in dem eine gallertartige Substanz schwamm. Er näherte sich Schritt für Schritt, bis er erkennen konnte, was es war. Dann tastete er nach seinem Telefon und wählte den Notruf.

* * *

Mark Swinton trug Jeans und Sweatshirt und war ganz grau im Gesicht. Er nippte an dem bereitgestellten Glas Wasser und starrte Kate mit großen Augen an. »Ich kann es immer noch nicht glauben. Ich habe erst gestern Morgen mit ihm gesprochen, um ihm zu sagen, dass ich die Umsatzsteuererklärung abgegeben habe.«

»Wir hatten gehofft, Sie könnten uns etwas über Corby International sagen – ob das Unternehmen in finanziellen Schwierigkeiten steckt oder ob Alex Probleme mit einem seiner Lieferanten hatte.«

Mark nahm seine Drahtbügelbrille ab und rieb sich unter den Augen, bevor er antwortete. »Das Unternehmen steht super da. Alex hatte dieses Jahr Rechte erworben, in mehreren ausländischen Ländern zu operieren, und jedes Depot hat sich gut entwickelt. Aus finanzieller Sicht gab es keine Probleme und er hat mir gegenüber sicherlich auch keine erwähnt.«

»Was genau macht die Firma?«, fragte Morgan, der neben Kate im Befragungsraum saß.

»Das ist ein einfaches Schema: Das Unternehmen bringt Lebensmittellieferanten in Großbritannien dazu, Corby International zu erlauben, ihre britischen Produkte im Ausland zu verkaufen. Sie werden dort in verschiedenen Läden und Supermärkten platziert. Es ist im Grunde ein Modell von Angebot und Nachfrage.«

Kate verstand. Alex hatte ein erfolgreiches Geschäft aufgebaut, indem er als Mittelsmann fungierte. »Warum die Lagerhallen? Wenn er als Zwischenhändler diente, brauchte er doch keine Waren zu lagern, oder?«

»Corby International lagert einen *Teil* der Waren ein, vor allem für kleinere Lieferanten, die selbst über keine eigenen adäquaten Lagermöglichkeiten verfügen und sonst die hohe Nachfrage nach ihren Produkten nicht erfüllen könnten. CI stellt ihnen die Lagergebühren in Rechnung und organisiert den Transport der Waren.«

»Und Alex leitete das Unternehmen allein?«

»Nicht ganz allein. Er war der Geschäftsführer, beschäftigte jedoch Leute, um Platzierungen und Produktkäufe zu verhandeln. Wie Sie wissen, kümmere ich mich um die Buchhaltung von Corby International und Digby Poole kümmert sich um die juristischen Belange, vor allem um die Verträge im Ausland. Wir drei trafen uns regelmäßig, um den reibungslosen Ablauf des Geschäfts zu gewährleisten.«

Morgan hörte auf zu schreiben und fragte: »Wann haben Sie sich zuletzt getroffen?«

»Vor ein paar Wochen. Ich musste nur ein paar Zahlen durchgehen und Alex wollte mit Digby über den Indien-Vertrag sprechen, also ließ ich die beiden allein, als ich fertig war.«

»Wie wirkte er auf Sie?«, wollte Kate wissen.

»Er war ... einfach Alex ... das heißt, professionell. Er war dem Unternehmen verpflichtet. Hat alles nach Vorschrift gemacht. Er war einer meiner besten Kunden ... der Beste. Niemand sonst kommt an seine Gründlichkeit heran.«

Kate setzte ihre Befragung fort. »Arbeiteten Sie schon lange für ihn?«

»Seit er Corby International gegründet hat.«

»Was ist mit seinen privaten Finanzen? Haben Sie sich auch um die gekümmert?«

»Ja.«

»Und wie sah es mit ihnen aus?«

»Sehr gut.«

»Er hatte keine Schulden?«

»Nein.«

»Um wie viel Uhr haben Sie Alex gestern angerufen?«

»Um neun Uhr dreißig.«

»Wie wirkte er?«

»Ganz okay, aber ...«

Kate legte den Kopf schief. »Aber was?«

»Nun, er arbeitete von zu Hause aus, weil er nicht ins Büro gehen wollte. Er hatte Probleme mit Lisa.«

Morgan sah von seinen Notizen auf. »Seiner Sekretärin?«

»Seiner ehemaligen Sekretärin.«

Kate ignorierte den Blick, den Morgan ihr bei dieser plötzlichen Enthüllung zuwarf, und fuhr fort. »Er hat Lisa gefeuert?«

»Das ist korrekt. Alex hat sie am Dienstag entlassen.«

»Also am Dienstag, dem 1. Juni?«, hakte Kate nach.

»Ja.«

»Warum hat er sie rausgeworfen?«

»Ich habe keine Ahnung. Er wollte nicht mit mir darüber sprechen.«

»Hat er Lisa gestern Morgen erwähnt, als Sie mit ihm telefoniert haben?«

»Er hat nur gemeint, dass er mit Digby gesprochen hatte und alles in Ordnung war, aber dass er sich den Vormittag freinehmen würde, während Lisa ihren Schreibtisch ausräumte.«

»Und mehr wissen Sie nicht?«

»Tut mir leid, nein.«

Nachdem das Gespräch beendet war und Mark den Raum verlassen hatte, wandte sich Kate an Morgan. »Schon wieder Lisa. Warum hat sie uns nicht gesagt, dass sie gefeuert wurde?«

Morgan zuckte mit den Schultern. »Außerdem hat sie nur in den höchsten Tönen von ihm gesprochen.«

»Ehrlich, ich habe so langsam die Nase voll von dieser Frau. Haben wir Digby Pooles Kontaktdaten?«

Morgan sah seine Unterlagen durch und gab sie ihr. Kate wählte sowohl sein Handy als auch sein Festnetztelefon an und schüttelte dann den Kopf. »Ich kann ihn nicht erreichen. Aber wir müssen dieser Sache nachgehen.«

»Von mir aus. Ich nehme an, Sie wollen nicht bis morgen warten?«

»Nein, das ist doch kein Problem, oder?«

»Nicht für mich.«

»Okay, bringe Emma auf den neuesten Stand und finde alles über Lisa Handsworth heraus, was du kannst. Ich rufe DCI Chase an und dann fahren wir zu ihr.«

»Und wenn sie schon schläft?«

»Dann wecken wir sie auf«, antwortete Kate und stand hastig auf.

»In Ordnung.« Morgan nahm sein Notizbuch und ging hinaus, um nach Emma zu suchen, während Kate zurückblieb, um ihren Anruf zu tätigen.

Im Hintergrund lief Jazzmusik und William lachte, als sie sich erkundigte, ob sie eine Dinnerparty stören würde. »Nein, ich bin allein zu Hause. Es lief nichts im Fernsehen, also dachte ich, ich lege eine CD ein und lese eine Weile. Wie kann ich dir helfen?«

Kate erklärte, wo sie bei den Ermittlungen standen. Sie ging ihre Erkenntnisse und Gedanken über die Personen durch, die ihr Anlass zur Sorge gaben – Lisa Handsworth und Alex' Schwiegervater, Bradley Chapman. »Obwohl ich diese Personen im Auge behalten möchte, bin ich zum jetzigen Zeitpunkt nicht davon überzeugt, dass einer von ihnen ein ausreichendes Motiv hat, um einen Mord zu begehen, vor allem auf so brutale Art und Weise.«

»Hör mal, Kate, ich habe volles Vertrauen in dich. Ich weiß, dass du der Sache auf den Grund gehen wirst. Superintendent Dickson wird erfreut sein, dass ihr so große Fortschritte macht.«

»Ich bin mir nicht sicher, wie groß unser Fortschritt tatsächlich ist. Wir haben eine Verdächtige, die gelogen und uns Informationen vorenthalten hat, und einen Verdächtigen, der das Opfer nicht mochte. Von einer Festnahme sind wir jedoch weit entfernt.«

»Trotzdem bist du auf dem richtigen Weg, Kate. Schau, wohin diese Ermittlungen dich führen und folge deinem Instinkt. Der hat dich noch nie im Stich gelassen.«

Sie starrte auf ihr Spiegelbild in dem geschwärzten Fenster – groß und dünn, so dünn, dass sie an Unterernährung grenzte. Sie fuhr sich mit einer Hand durch ihr schlaffes Haar. Sie sah völlig fertig aus und war kaum ein gutes Beispiel, um die Ermittlungen in einem so wichtigen Fall zu leiten. Sie musste sich am Riemen reißen. William hatte leutselig weitergeredet und sie hatte nicht alle seine Worte mitbekommen, nur das Ende eines Satzes: »... und ich werde einen Durchsuchungsbefehl für Lisa Handsworth beantragen.«

Sie war immer offen zu William gewesen, hatte ihm nie Informationen vorenthalten, doch in letzter Zeit hatte sich etwas geändert. Seine Haltung; das ungerechtfertigte falsche Lob.

Natürlich hatte ihr Instinkt sie schon einmal im Stich gelassen – an dem Tag, als sie auf der Zugfahrt mit Superintendent John Dickson fast einen unschuldigen Passagier ausgeschaltet hätte. Warum verhielt sich William so? Und warum würde er Dickson auf dem Laufenden halten, wenn sie ihm nichts Konkretes zu bieten hatten? Sie bedankte sich und beendete das Gespräch. Da war sie wieder. Die Angst, die sich in ihrem Magen ausbreitete. Irgendetwas an alldem fühlte sich nicht richtig an. Sie musste vorsichtig vorgehen. Sehr vorsichtig.

KAPITEL 9

FREITAG, 4. JUNI – SPÄTER ABEND

Es war schon nach zehn Uhr, als sich Kate und ihre Kollegen Zugang zu Lisas Haus verschafften und mit der Durchsuchung begannen. Ihre Freundin Sam, eine junge Frau mit Igelschnitt, gepiercter Oberlippe und mürrischer Haltung, bedachte Morgan mit bitterbösen Blicken, als er mit Lisas Laptop unter dem Arm das Wohnzimmer verließ.

»Warum behandeln Sie Lisa wie eine Kriminelle? Sie hat nichts falsch gemacht«, wiederholte Sam zum x-ten Mal. Sie war fünf Minuten nach Kate und ihrem Team angekommen und Lisa war ihr tränenüberströmt in die Arme gefallen.

Sam klopfte ihrer Freundin auf die Schultern. »Es wird alles gut, Süße. Lass dich von denen nicht herumschubsen. Ich halte zu dir.«

»Sie können im Zimmer bleiben, wenn Lisa das möchte, aber nur, wenn Sie sich still verhalten.« Kates Augen funkelten. Sie war nicht in der Stimmung für ein theatralisches Getue von einer der beiden Frauen. »Lisa, Sie müssen uns genau erzählen, was zwischen Alex und Ihnen am Dienstagnachmittag passiert ist.«

Lisa schluchzte noch lauter. Sie sah sie mit roten Augen an und schüttelte den Kopf.

Stattdessen sprach Sam. »Oh, um Himmels willen. Lassen Sie sie in Ruhe. Sehen Sie denn nicht, wie fertig sie ist?«

»Ich habe Sie gebeten zu schweigen. Wenn Sie das nicht können, müssen Sie gehen.«

Sam zog Lisa an sich und hielt sie fest im Arm.

»Lisa, was ist am Dienstag passiert, dass er Sie fristlos entlassen hat?«

Lisa schnäuzte sich, setzte sich aufrecht hin und schüttelte dabei Sams Hand ab. Sie schluckte. Ihre Stimme klang angestrengt und abgehackt. »Er hat mich nicht entlassen. Ich habe gekündigt. Alex rief mich ins Büro, gleich nach dem Mittagessen. Ich dachte, ich solle Notizen machen, aber er hatte ein Glas in der Hand und lud mich ein, mit ihm zu feiern, weil er die Bestätigung erhalten hatte, dass der Indien-Vertrag unterschrieben und unterwegs zu ihm war. Ich sollte mich auf das Sofa setzen und er schenkte mir ein Glas Whisky ein. Ich trinke nur selten Alkohol und erst recht nicht am frühen Nachmittag. Ich fühlte mich benebelt und konnte das Glas nicht austrinken, also sagte ich ihm, dass ich ein paar E-Mails zu versenden hätte. Er bestand jedoch darauf, dass ich mein Glas leer trank.« Ihre Lippen begannen zu zittern. »Er setzte sich neben mich, so nah, dass sein Schenkel gegen meinen drückte. Er küsste mich auf den Mund. Ich stieß ihn weg, sprang auf und sagte ihm, dass ich das nicht ... tun würde. Ich erinnerte ihn daran, dass er ein verheirateter Mann war ... und dann ist er ausgeflippt. Er warf mir vor, dass ich ihn erst heißgemacht hätte und ihn nun abblitzen lassen würde. Er packte mich und zwang mich zurück auf die Couch und ...« Ihre letzten Worte gingen in ein leises Schluchzen über. Sam war angesichts dieses Geständnisses sprachlos.

»Wollen Sie damit sagen, dass Alex Corby Sie vergewaltigt hat?«, fragte Kate in einem für diese Situation angemessenen Tonfall.

»Ich konnte ihn nicht abwehren. Ich habe es versucht. Ich flehte ihn an aufzuhören. Doch das tat er nicht. Dann war es vorbei und er war plötzlich wieder der alte Alex. Er sagte, es täte ihm furchtbar leid, er habe zu viel getrunken und meine Gefühle für ihn falsch eingeschätzt und er hätte mich nicht dazu zwingen dürfen. Er wiederholte immer wieder, wie leid es ihm tat. Ich fühlte mich ... schmutzig und benutzt. Ich konnte mich nicht bewegen. Ich saß da und weinte. Er ging auf die Knie und flehte mich an, es niemandem zu erzählen, und versprach, dass es nie wieder passieren würde. Ich kann nicht erklären, wie ich mich gefühlt habe. Ich wusste nicht, wie ich mich verhalten sollte. Ich wusste nicht, was ich tun sollte. Er schlug vor, dass ich mir den Rest des Tages freinehmen solle, um zu entscheiden, ob ich weiter für ihn arbeiten wolle. Ich war wie betäubt, völlig betäubt. Ich ging nach Hause, ließ ein heißes Bad ein und blieb über eine Stunde in der Wanne. Ich musste wieder sauber werden. Ich warf alle Kleider in den Müll, die ich getragen hatte. Ich konnte nicht klar denken. Ich war mir nicht sicher, ob ich ihm jemals wieder gegenübertreten könnte.

Er rief mich am nächsten Morgen an. Er wollte es wiedergutmachen und sagte, wenn ich zur Arbeit käme, könnten wir die Sache besprechen. Ich ging in sein Büro und er entschuldigte sich noch einmal, aber ich hatte über Nacht darüber nachgedacht und sagte ihm, dass ich nicht über das Vorgefallene sprechen wolle und es das Beste wäre, wenn ich mir einen anderen Job suchen würde. Er bestand darauf, mir eine Entschädigung zu zahlen und eine glänzende Referenz zu geben. Ich sagte, ich würde darüber nachdenken, und ging dann in die Stadt, weil ich mich in einer Menschenmenge sicherer fühlte. Ich wollte nie wieder mit ihm allein im Büro sein.«

»Und trotzdem sind Sie am Donnerstag zur Arbeit gegangen.«

Lisa nickte. »Ich rief ihn an, um ihm zu sagen, dass ich sein Angebot annehmen würde, und bat ihn, nicht ins Büro zu kommen, damit ich meine Sachen abholen konnte. Er war einverstanden und sagte, er würde in der Zeit zur Bank gehen, um Geld für mich als Ausgleich abzuheben. Dann bat er mich um einen letzten Gefallen: Falls der Vertrag für Indien eintreffen sollte, sollte ich ihn mitbringen, wenn ich mein Geld bei ihm abhole.«

»Wie viel wollte er Ihnen geben?«

»Fünfzigtausend Pfund.«

Sam schüttelte fassungslos den Kopf. »Du warst bereit, für Geld zu schweigen? Er hat dich vergewaltigt! Kein Geld der Welt kann das jemals wiedergutmachen.«

Lisas Augen füllten sich wieder. »Ich weiß, aber ich kann nicht erklären, wie ich mich gefühlt habe. Es war, als ob ich auf Autopilot wäre. Ich wollte doch nur, dass es vorbei war. Deshalb war ich mit seinem Vorschlag einverstanden. Es war das Einfachste, was ich tun konnte. Wer würde mir glauben? Er ist so mächtig und wichtig. Wie könnte ich beweisen, dass er mir etwas angetan hat?«

»Hätten Sie ihn angezeigt, hätte die Polizei geholfen. Wir haben Spezialisten, Ärzte, Mitarbeiter – alles Experten auf diesem Gebiet. Die hätten Sie behandeln und Beweise sammeln können, die wir gegen ihn hätten verwenden können.«

Kate studierte Lisas Gesicht und suchte nach der Wahrheit. Ihre Geschichte klang nicht ganz wahr. Es war alles zu bequem: die angebliche Vergewaltigung, die Bezahlung, zu Alex' Haus zu gehen, um das Geld zu holen, und ihn tot aufzufinden. Da gab es eine Frage, die sie immer noch beschäftigte. »Sie haben zugestimmt, allein zum Haus dieses Mannes zu gehen, selbst nachdem er Sie vergewaltigt hat?«

Lisa schluckte. »Ich weiß, das klingt leichtsinnig, aber ich habe Vorkehrungen getroffen: ein Pfefferspray und mein Handy in der Hand. Ich wollte nie ins Haus gehen. Er sollte mir das Geld an der Tür geben und ich wollte ihm den Vertrag in die Hand drücken und wieder gehen.«

»Das klingt für mich immer noch ziemlich leichtsinnig«, sagte Kate.

»Er schuldete mir das Geld. Das machte die Sache nicht besser, aber dieser Bastard war mir etwas schuldig und das wollte ich mir nehmen!«

»Sie hätten ihn anzeigen müssen«, beharrte Kate.

»Und was hätte die Polizei getan? Man hätte mich vor Gericht gezerrt und meine Version der Ereignisse angezweifelt. Das hätte ich nicht ertragen können. Ich wollte nicht, dass es jemand erfährt. Sie können sich gar nicht vorstellen, wie es sich anfühlt, wenn Ihnen so etwas passiert. Es verändert Sie. Sie wollen sich verstecken. Ich hielt große Stücke auf Alex, und doch behandelte er mich wie den letzten Dreck und tat mir das an. Sie werden nie verstehen können, wie ich mich fühle.«

Kate sah zu, wie dicke Tränen über Lisas Wangen liefen. Die Wahrheit war, dass sie es verstand. Sie hatte andere Frauen getroffen, die ähnliche Erfahrungen gemacht hatten. Ihre Stiefschwester war als Teenager vergewaltigt worden. Tilly hatte völlig verleugnet, was mit ihr geschehen war, und sich geweigert, über den Überfall zu sprechen. Doch nachts litt sie unter Albträumen und wachte tränenüberströmt auf, und Kate hatte sie getröstet. Sie hatte bald verstanden, dass Tilly nicht akzeptieren konnte, was ihr widerfahren war, auch wenn sie das vehement bestritt. Tilly wollte nicht an den Vorfall erinnert werden und hatte danach eine Zeit lang Angst vor allen Männern. Daher konnte Kate Lisas Bereitschaft nicht verstehen, ihren Peiniger aufzusuchen, obwohl sie wusste, dass er allein zu Hause war – Geld hin oder her.

Emma, die das Haus durchsucht hatte, während Kate Lisa befragte, klopfte leise gegen den hölzernen Türpfosten. Kates Kopf schnellte hoch.

»Chefin.« Ihr Ton war leise, aber dringlich. Kate verließ die Frauen und ging zu Emma in den Flur, damit sie außer Hörweite waren. »Wir haben draußen in der Mülltonne eine Tüte mit Kleidung gefunden – Bluse, Rock und Unterwäsche. Sie sind ziemlich neu, zeigen kaum Gebrauchsspuren und riechen, als wären sie gewaschen worden.«

Kate stöhnte. »Wenn es die Kleidung ist, die sie getragen hat, als Alex sie überfallen hat, werden wir wahrscheinlich keine DNA-Spuren darauf finden, oder? Sonst noch etwas?«

»Nichts Ungewöhnliches.«

»Wir müssen ihren Vorwurf durchaus ernst nehmen. Fragen Sie bei Ervin nach, ob er fünfzigtausend Pfund im Safe gefunden hat. Wenn nicht, könnte der Mörder das Geld mitgenommen haben.«

Als Kate ins Wohnzimmer zurückkehrte, hielt Sam Lisa immer noch im Arm, die weiterschluchzte.

»Lisa, können Sie mir sagen, warum Sie Ihre Kleidung gewaschen und dann weggeworfen haben?«

Die Frau hob das Gesicht, dessen runde Wangen mit wütenden roten Flecken übersät waren. »Ich konnte nicht klar denken. Ich wollte die Erinnerung an das, was passiert war, auslöschen, aber selbst als sie sauber und trocken waren, wusste ich, dass ich sie nie wieder tragen würde. Ich hätte sie nicht waschen sollen, oder?«

»Es wäre besser gewesen, wenn Sie das nicht getan hätten.«

»Ich weiß. Ich weiß. Es tut mir leid.«

»Machen Sie sich darüber jetzt keine Gedanken. Kehren wir zum Donnerstag zurück. Als Sie im Haus waren, haben Sie da zufällig Geld herumliegen sehen?«

»Nein. Ich habe nur Alex gesehen. Ich habe ihn nicht umgebracht.«

Kate blieb hartnäckig. »Hören Sie, es ist wichtig, dass Sie mir gegenüber ehrlich sind. Haben Sie das Geld entdeckt und es genommen, weil Sie das Gefühl hatten, es gehöre Ihnen?«

»Nein. Natürlich nicht. Ich stehle nicht.«

»Das wäre verständlich gewesen. Schließlich hat er Ihnen etwas Furchtbares angetan.«

»Ich habe kein Geld genommen! Ich bin keine Diebin.«

»Das behauptet auch niemand. Wir versuchen, Alex' Mörder zu finden. Haben Sie irgendjemandem erzählt, dass er Sie überfallen hat?«

Lisa schüttelte den Kopf. »Ich habe mich zu sehr geschämt, um es jemandem zu sagen.«

»Du hättest es mir sagen müssen, Süße«, meinte Sam. »Ich hätte mich um dich gekümmert.«

»Es tut mir leid, aber wir werden Sie dazu noch weiter befragen müssen, Lisa.«

»Ich kann nicht. Bitte. Ich bin ... so ... müde.«

»Also gut, ich schlage vor, wir machen morgen weiter. Versuchen Sie, sich etwas auszuruhen. Sam, können Sie hier übernachten?«

»Auf jeden Fall. Ich werde sie nicht allein lassen und gleich morgen früh zur Wache fahren.«

Emma wartete draußen im Auto auf sie und sprach, sobald sie eingestiegen war. »Ervin sagt, in dem Tresor sei nichts gewesen außer Hausversicherungsunterlagen und Euros in Höhe von ungefähr tausend Pfund. Kein anderes Geld.«

»Entweder hat Lisa die ganze Geschichte erfunden oder sie hat das Geld herumliegen sehen und es an sich genommen oder der Mörder hat sich damit aus dem Staub gemacht.« Kate warf einen Blick auf ihr Telefon. Es war weit nach elf Uhr. »Wir machen Schluss für heute. Ist Morgan wieder auf dem Weg zurück zur Wache?«

»Ja, er sagte, er wolle sich noch um Lisas Laptop kümmern.«

»Das kann warten. Wir alle brauchen eine kurze Pause. Mit diesem Tempo verausgaben wir uns nur unnötig.« Sie wies Emma an, sie vor ihrem Haus abzusetzen, bevor sie Morgan anrief und ihm befahl, ebenfalls nach Hause zu gehen.

Emma schwieg während der Fahrt. Kate dachte über den Fall nach. Sie konnte die Puzzleteile nicht zusammenfügen. Die Neigung des Menschen zur Gewalt verblüffte sie immer wieder. Sie schloss die brennenden Augen und für eine Sekunde konnte sie wieder das Rattern des vorbeifahrenden Zuges hören und die Umrisse des Mannes im Waggon erkennen. Sie versuchte, die Erinnerung abzuschütteln. Doch sie würde zurückkommen. Sie würde sie heimsuchen, wenn sie kurz vor dem Einschlafen war, und sosehr sie sich auch auf diese Ermittlungen konzentrierte, sie würde es nicht verhindern können.

* * *

Zu Hause angekommen, nahm sie ein paar Pillen und ging direkt ins Bett. Als sie gerade einschlafen wollte, hörte sie ein »Hi, wo bist du gewesen?«

»Ich bin heute wieder zur Arbeit gegangen. John Dickson hat nach mir gefragt.«

»Hat er das wirklich getan? Das ist ja interessant.«

»Ich untersuche den Mord an einem seiner Freunde.«

Eine längere Pause folgte. Sie wusste, dass er sie zur Vorsicht mahnen würde. »Wie weit vertraust du Dickson?«

»Ich weiß es wirklich nicht. Zuerst befahl er mir, einen längeren Urlaub zu nehmen, weil er dachte, ich würde nicht damit klarkommen, und jetzt hat er ausdrücklich darum gebeten, dass ich die Ermittlungen in diesem Fall leite.«

»Genau. Und wer hat den Fall im Januar an eine Londoner Spezialeinheit übergeben?«

»Das war er gewesen.«

»Dabei hättest du die leitende Ermittlungsbeamtin sein sollen.«

»Ich weiß.«

»Und warum, glaubst du, wollte er nicht, dass du sie leitest?«

»Wir befinden uns hier auf unsicherem Terrain, Chris.«

»Hör mir zu. Er hat den Fall absichtlich nach London verlegen lassen, damit er nicht mehr in deinen Händen und in deinem Bereich lag, sodass du nicht herausfinden konntest, was da vor sich ging. Er behauptete, du wärest der Aufgabe nicht gewachsen, obwohl wir beide wissen, dass du es warst. Dann nahm er dich im März mit nach Birmingham, und das nicht nur mit dem Zug, sondern in der ersten Klasse. Er wusste, was er tat. Er wartete nur darauf, dass du einen Fehler machst, damit er dich beurlauben konnte. Und dann besteht er darauf, dass du zurückkehrst, bevor die drei Monate um sind.«

»Er will, dass ich wieder Mist baue, nicht wahr?«

»So würde ich das sehen, ja. Und warum sollte er das wollen?«

»Es könnte daran liegen, dass ich nach ein paar Antworten über den Vorfall in Euston gesucht habe.«

»Es könnte?«

»Es liegt wahrscheinlich daran, dass ich Fragen gestellt und in dem Fall herumgewühlt habe.«

»Genau.«

Sie spürte, wie sich ihr Pulsschlag beschleunigte. Sie wollte nicht noch einmal an das Gemetzel erinnert werden, das sich Anfang des Jahres im Halb-fünf-Zug ab Euston ereignet hatte. Kate hatte zu den Ersthelfern gehört, die am Tatort eingetroffen waren und das Abteil der erschossenen Passagiere entdeckt hatten. Es war kein Wunder gewesen, dass sie so reagiert hatte, als sie auf der Heimreise mit Dickson auf einen vermeintlichen weiteren Bewaffneten traf. »Ich habe mich diskret erkundigt.«

»Nicht diskret genug. Er fand es heraus und stellte dir eine Falle. Er sorgte dafür, dass du völlig verwirrt von dem Treffen zurückkamst, und zwang dich dann, Urlaub zu nehmen. Er wollte, dass du nicht länger nachforschst.«

»Aber wie hat er es geschafft, die Situation mit dem falschen Schützen zu inszenieren?«

»Das Wie ist nicht so wichtig, eher das Warum. Und die Antwort darauf ist: Er wollte dich sich vom Leib halten.«

»Aber warum hat er mich gebeten, diese Untersuchung zu leiten?«

»Weil er denkt, dass du gebrochen bist, Kate. Er will jemanden, den er manipulieren kann, jemanden, der vielleicht Fehler macht.«

»Er würde doch sicher jemanden wollen, von dem er glaubt, dass er den Fall lösen kann?«

»Vielleicht hofft er, dass du ihn nicht lösen kannst«, kam die Antwort.

Chris schwieg, während Kate seine Gedanken verdaute. Sie vertraute ihrem Mann hundertprozentig. Er war scharfsinnig und besaß die unheimliche Fähigkeit, jegliches Fehlverhalten aufzuspüren und aufzudecken; eine Gabe, die ihm in seinem Beruf großen Respekt eingebracht hatte. Er würde nicht ohne Grund Vorwürfe erheben. Vielleicht würde diese Untersuchung ihr eine Chance geben, die Wahrheit über John Dickson herauszufinden. Sie würde es zu ihrer persönlichen Mission machen.

KAPITEL 10

SAMSTAG, 5. JUNI – FRÜHER MORGEN

Die schwachen Strahlen der frühmorgendlichen Sonne fielen durch die Baumkronen. Mit leichten Schritten joggte Kate den mit Blättern übersäten Weg durch den Wald entlang, vorbei an Eichen, Platanen, Ahornbäumen und Kiefern. In der Nähe erklang das leise Klopfen eines Spechtes, der nach Insekten bohrte, gefolgt von einem plötzlichen Flügelschlag, als ein Fasanenpaar, das durch ihre Ankunft gestört wurde, anderswo nach Sicherheit suchte. Es war kühl im Schatten und therapeutisch. Die Bewegung gab ihr Zeit, über den Fall nachzudenken. Sie war sich bewusst, dass Chris direkt hinter ihr war, doch er drängte sie nicht weiter, sondern war nur ein Laufpartner.

Sie war noch nie um das Blithfield Reservoir gelaufen. Aus einer Laune heraus hatte sie beschlossen, um fünf Uhr morgens zum Parkplatz zu fahren und eine der drei Routen zu wählen, die normalerweise zum Wandern genutzt wurden. Sie lief die längste, die gelbe Route, die sich zunächst durch den Wald in Richtung einer Senke und einer Vogelfutterstation schlängelte. Obwohl sie das Flattern der Flügel wahrnahm, hatte sie keine Zeit, die verschiedenen Arten zu beobachten, die von Futterstelle zu Futterstelle flogen, sondern konzentrierte sich stattdessen auf ihren rhythmischen Atem. Gleichzeitig hielt sie Ausschau nach Baumwurzeln oder anderen Hindernissen. Ein leichtes Ziehen in den Wadenmuskeln zeigte ihr an, dass der Weg anstieg, was sie heftig schnaufen ließ. Chris und sie ließen die Aufforstung hinter sich und durchquerten eine mit gelben Bärlappblüten übersäte Wildblumenwiese, bevor sie Stansley Wood erreichten, wo sie von blassblauen Farbblitzen überrascht wurden – spätblühende Glockenblumen, zerbrechliche, ramponierte Köpfe, die sich im Gleichklang bogen und verbeugten. Ihr Atem ging kurz und stoßweise. Sie war aus der Form und verfluchte ihren inneren Schweinehund, der sie bisher von ihrem Training abgehalten hatte.

»Sieh mal ... Glockenblumen«, schnaubte sie.

»Erinnerst du dich an das Naturschutzgebiet Hem Heath Woods?«

»Natürlich.«

* * *

»Halt an!« Chris löst den Sicherheitsgurt, stößt die Tür auf und springt hinaus in Richtung eines Holzgatters. Er klettert darüber und verschwindet in den Wald.

Sie starrt untätig auf die üppig belaubten Äste, die die dunkle Szene einzurahmen scheinen, und je intensiver sie starrt, desto mehr erkennt sie die Schönheit der zarten Farnwedel, die auf einem Teppich aus grünem Moos balancieren, und die subtilen Farben des Laubes, das den Wald bedeckt. Das Navi zeigt an, dass sie sich in Hem Heath Woods befinden. Für Kate ist es der Stoff, aus dem Märchen sind, und sie erwartet fast, dass ein Kobold oder ein Reh auftaucht. Plötzlich bewegt sich etwas, aber es ist kein Waldwesen, das vor ihr auftaucht, sondern Chris, mit einem Strauß leuchtend blauer Glockenblumen in der Hand. Er bringt ihre Frische und ihren süßen Duft mit ins Auto und hält sie ihr hin.

»Wofür sind die?«, fragt sie.
»Glockenblumen sind ein Symbol für Dankbarkeit, aber auch für ewige Liebe und Beständigkeit.« Dann grinst er schelmisch. »In Wirklichkeit musste ich dringend pinkeln. Dabei habe ich sie im Wald entdeckt und mir gedacht, ich sammle ein paar Pluspunkte, die heute Abend nach einem Essen und einer Flasche Wein eingelöst werden.«

Sie kann nicht anders, als sein Grinsen zu erwidern. »Einverstanden, Pluspunkte gesammelt.«

* * *

Ihre Füße klatschten auf den Boden, ein gleichmäßiges, hypnotisches *Klatsch, Klatsch, Klatsch*, und bald waren sie auf der Zielgeraden, der Parkplatz nur noch fünf Minuten entfernt. Das letzte Stück war hügeliges Gelände und da machte ihr die Erschöpfung einen Strich durch die Rechnung.

Der Wald wurde grau und entglitt ihrem Blick, verwandelte sich verschwommen in das Innere eines Zugwaggons, und eine Gestalt löste sich aus dem Schatten einer Eiche und bewegte sich vor ihr, die Waffe nach links und rechts schwingend.

Kate kämpfte gegen den Schrecken an, der ihr das Blut in den Adern gefrieren ließ, und ging sämtliche Möglichkeiten durch. Ihr blieb so wenig Zeit. Sie würde nicht alle retten können, aber sie musste handeln. Der bewaffnete Mann würde durch dieses Erste-Klasse-Abteil und ins nächste gehen, wo noch mehr ahnungslose Passagiere saßen, die ihm zum Opfer fallen würden. Für das ältere Ehepaar, das seine Enkelkinder besuchte, war es zu spät, aber es gab andere, die Hilfe brauchten: ein blondes Mädchen, das einen Paddington-Bären umklammerte, die Augen vor Angst weit aufgerissen.

Kate stürmte den Abhang hinauf, um den Bewaffneten zu verfolgen, doch dann tauchte ebenso schnell, wie sie sich verändert hatte, die Landschaft wieder auf, und sie fand sich neben hohen Baumstämmen wieder. Das Herz hämmerte wild gegen ihren Brustkorb. Sie beugte sich vor, die Hände auf den Knien, und konnte Chris' Besorgnis wegen des Trommelns in ihren Ohren nicht hören. Sie konnte ihm nicht sagen, was passiert war. Sie konnte niemandem von ihren Albträumen erzählen. Sie musste selbst damit fertig werden. Sie musste die Kontrolle zurückgewinnen, und das würde sie. Das hier musste aufhören. Sie sog die Luft ein und unterdrückte die Tränen der Wut. Wann würde dieser Terror endlich enden?

* * *

Kate trank das Glas Wasser in einem Zug leer. Selbst nach dem Joggen war ihr Kopf noch schwammig vom Schlafmangel und ihr Mund trocken. Wie viele Pillen hatte sie letzte Nacht genommen? Sie erinnerte sich daran, dass sie zwei vor dem Schlafengehen eingenommen hatte, aber war sie in der Nacht aufgestanden, um noch einmal zwei zu nehmen? Sie konnte es nicht sagen.

Chris' Worte aus der Nacht zuvor klangen ihr in den Ohren. John Dickson. Was auch immer Dickson über ihren Geisteszustand denken mochte, sie würde ihm das Gegenteil beweisen und ihn, wenn nötig, zu Fall bringen. Plötzlich überkam sie der Drang, noch einmal mit Chris darüber zu sprechen, und sie rief seine Nummer an, nur um von einer automatischen Stimme informiert zu werden, dass Chris' Mailbox voll sei. Also schrieb sie ihm eine SMS:

> Hey! Ich wollte mich nur dafür bedanken, dass du mit mir gelaufen bist.
>
> Bitte ruf mich an, wenn du kannst.

Übrigens, deine Mailbox ist voll. Am besten löschst du ein paar Nachrichten.

Ich liebe dich.

Sie ließ das Handy auf der Ablage über dem Waschbecken liegen, zog den Duschvorhang zu und griff nach der Brause. Als sie plötzlich an Lisa denken musste, hielt sie inne. Ihr Verhalten verwirrte sie immer noch. Obwohl die junge Frau erklärt hatte, warum sie ihre Kleidung erst gewaschen und dann weggeworfen hatte, wusste Kate noch immer nicht, ob sie ihr glauben konnte. Da waren Ungereimtheiten in ihrem Verhalten, die Kate nicht gefielen: Abgesehen von der Kleidung war da die Tatsache, dass Lisa ihre Gefühle für ihren Chef in den sozialen Medien öffentlich gemacht hatte. Hatte Alex diese Posts gesehen und angenommen, dass sie Sex mit ihm haben wollte? Sie atmete tief aus. Irgendetwas fühlte sich nicht richtig an, aber sie konnte nicht sagen, was genau sie störte.

Während das heiße Wasser über ihre Schultern floss, dachte sie über die Möglichkeit nach, dass Alex und Lisa eine Beziehung hatten. Wasser rann an den Seiten der Duschkabine hinunter wie fette durchsichtige Schnecken. Sie wischte es weg, wobei sie einen Fleck freimachte, von dem aus sie ihr eigenes Spiegelbild sehen konnte – nasses Haar, das ihr im Gesicht klebte, und ein Auge, das sie anstarrte. Neue Gedanken kamen ihr in den Sinn und wanderten von Lisa zu Alex. Warum hatte der Mörder Alex' Auge gestohlen?

Ihr Handy klingelte, als sie sich gerade abtrocknete. Chris. Er hatte ihre Nachricht gelesen und rief sie zurück. Sie schnappte sich das Telefon, aber es war jemand anderes am anderen Ende der Leitung.

»Endlich. Ich versuche seit Tagen, dich zu erreichen. Warum bist du nicht rangegangen?« Tillys nasale Stimme klang so mürrisch, wie Kate sie in Erinnerung hatte. Das war typisch Tilly: verwöhnt und eingeschnappt. Aber die Stiefschwestern hatten es geschafft, sich für eine Weile zu vertragen und ihre Eifersucht zu überwinden. Kate hatte die Vorstellung verabscheut, dass eine andere Frau ihre tote Mutter in der Zuneigung ihres Vaters verdrängen würde, und Tilly hatte es gehasst, einen neuen Vater zu bekommen. Am Ende hatten beide Mädchen ihre Rivalität aufgegeben und waren Freundinnen geworden – gute Freundinnen sogar, besonders nach Tillys furchtbarem Erlebnis. Bis Tilly das Undenkbare getan hatte – etwas, das Kate ihr immer noch nicht ganz verzeihen konnte. Nach ihrer Genesung war sie mit Kates Verlobtem, Jordan, durchgebrannt.

Tilly war erst vor einem halben Jahr wieder in Kates Leben aufgetaucht, voller Gewissensbisse und dem Wunsch, die Vergangenheit hinter sich zu lassen. Sie hatte Kate per E-Mail kontaktiert und gesagt, das Leben sei zu kurz, um Groll zu hegen. Ellen, ihre Mutter, war gestorben. Kates Vater war tot. Sie hatten nur noch einander und dann war da noch Daniel – Kates vierjähriger Neffe, der seine Tante brauchte. Tilly wollte einen Neuanfang mit ihrer Stiefschwester, obwohl sie nun Tausende von Meilen entfernt in Australien lebte. Kate hatte mit Chris darüber gesprochen, der meinte, dass Familie alles sei, und auch wenn Tilly nicht ihre leibliche Schwester war, so war sie doch ein Teil ihres Lebens. Tilly habe auch gelitten, argumentierte er. Ellens tragischer Tod durch einen irren Motorradunfall, nur einen Monat nach dem Tod von Kates Vater, hatte eine große Lücke in ihrem Leben hinterlassen. Dank Chris hatte Kate Tilly schließlich angerufen, die dankbar geweint und wiederholt hatte, dass sie sich wünschte, sie könnte die Zeit zurückdrehen und wäre nicht mit Jordan abgehauen. Kate hatte erkannt, dass Jordan von Chris verdrängt worden war und keinen Platz mehr in ihrem Herzen hatte. Diese Narben waren verheilt, und so hatte Kate ihre Feindseligkeit aufgegeben und Tilly verziehen.

»Also, warum bist du nicht rangegangen?«, fragte Tilly erneut.

»Die Arbeit«, murmelte Kate. »Ich stecke mitten in einem Fall.«

»Kate! Hältst du das für eine gute Idee? Wieder zu arbeiten?«

»Mein Chef dachte, ich sei bereit für die Rückkehr.«

Tilly schnaubte spöttisch. »Die sind wohl eher unterbesetzt. Sicherlich merkt er, dass du für den ganzen Druck und die Verantwortung noch nicht bereit bist. Du solltest dir eine richtige Auszeit nehmen – ein Jahr oder sechs Monate mindestens; komm doch einfach her und bleib hier. Ich biete es dir ständig ...« Sobald Tilly auf ihrem hohen Ross saß, gab es kein Halten mehr.

»Ich arbeite nicht Vollzeit, sondern mit ein paar Beamten aus meinem alten Team an einem kleinen Fall.«

Sie hörte, wie Tilly durch die Zähne Luft einsaugte. »Kate, ich weiß nicht. Bist du noch bei Dr. Franklin?«

Bei dieser Frage zuckte Kate zusammen. Sie hatte die letzten Termine beim Psychologen abgesagt. Sie würde das alles in ihrem eigenen Tempo durchstehen, mit Chris an ihrer Seite, und nicht, indem sie mit einem Mann, der ständig traurig aussah, über das schreckliche Ereignis im Januar sprach.

Sie war stolz darauf, ein ehrlicher Mensch zu sein, wozu ihr Vater sie immer ermutigt hatte. Also antwortete sie: »Nein, ich bin in letzter Zeit nicht zu den Sitzungen gegangen.«

Diesmal war die Pause länger und für eine Sekunde dachte Kate, Tilly hätte aufgelegt. Doch dann folgte ein langes Seufzen am anderen Ende der Leitung. »Du solltest wieder zu ihm gehen. Du kannst das nicht allein durchstehen.«

Kate wollte sagen, dass sie nicht allein war; sie hatte Chris. Aber das würde nur eine Diskussion auslösen und ihr fehlte die Energie, um sich zu streiten. Also sprang sie zu einem Thema, von dem sie wusste, dass es Tilly auch nach all der Zeit treffen würde, aber da sie in den letzten zehn Jahren geholfen hatte, ein Zentrum für missbrauchte Frauen zu leiten, war sie wahrscheinlich die einzige Person, die Kate hiernach fragen konnte.

»Tilly, ich brauche dein Fachwissen. Ich habe eine Frau befragt, die behauptet, von ihrem Chef vergewaltigt worden zu sein. Nach dem Vorfall ging sie nach Hause, nahm ein Bad, wusch ihre Kleidung und warf sie dann in den Müll. Kennst du ein ähnliches Verhalten von einem der Opfer, mit denen du gesprochen hast?«

Sie konnte hören, wie Tilly ihre Lippen befeuchtete, um zu antworten. Es war fast zwanzig Jahre her, dass sie vergewaltigt worden war. Tilly hatte damals versucht, den Vorfall in den Tiefen ihres Gedächtnisses zu begraben und so zu tun, als wäre alles in Ordnung, obwohl es das offensichtlich nicht war. Ellen hatte dagegen nur zu gern akzeptiert, dass ihre Tochter damit zurechtkam. Kate hatte das nicht getan und war für Tilly da gewesen, als sie schließlich zusammengebrochen war.

»Ich kenne Frauen, die ihre Unterwäsche verbrannt haben, nachdem sie sie immer wieder gewaschen haben, bis sie völlig ausgebleicht war, und die sich selbst so stark geschrubbt haben, um den Geruch des Mannes loszuwerden, der sie angegriffen hat, dass sie geblutet haben. Ich würde annehmen, dass sie zuerst alle Spuren der Vergewaltigung wegwaschen und dann die Kleidung trotzdem wegwerfen wollte, weil sie sie ständig daran erinnern würde – ob gewaschen oder nicht. Die arme Frau. Ich hoffe, du kümmerst dich um sie.«

Tillys Worte brannten sich in ihr Gedächtnis ein. Vielleicht sollte sie nicht an Lisas Motiven für das Entsorgen ihrer Kleidung zweifeln. »Ja, schon. Die Vergewaltigung ist nicht der Fall, an dem ich arbeite. Es geht um einen Mord. Das Opfer ist der Mann, den sie beschuldigt.«

»Aha.« Tilly ließ ungesagte Worte in der Luft hängen.

»Ich habe Schwierigkeiten, ihre Handlungen zu verstehen. Sie hat jede Spur ihres Angreifers beseitigt und hinterlässt der Polizei keine Anhaltspunkte – keine DNA, nichts. Warum, Tilly? Das widerspricht jeder Vernunft.«

»Wenn du kein Detective wärst, das Protokoll nicht kennen würdest oder nicht wüsstest, wie das System funktioniert, was würdest du tun, wenn du dich in dieser Situation befändest? Würdest du logisch denken und dich auf dem Revier melden oder würdest du instinktiv handeln, an einen sicheren Ort laufen, zum Beispiel nach Hause, und alles loswerden, was dich an das erinnert, was dir widerfahren ist? In diesen Situationen sind die Vernunft und der Gedanke daran, den Täter zu fassen, oft wie weggeblasen. Ein Opfer will nicht mit der Familie oder Freunden darüber sprechen, geschweige denn mit der Polizei. Es empfindet vielleicht, wie ich, Selbstverachtung, Ekel und Scham – so viel Scham. Ich weiß genau, wie sich das anfühlt, Kate. Du denkst, dass dir niemand glauben wird. Du fragst dich, womit du das verdient hast. Du hasst die Person, die dir das angetan hat, und vor allem hasst du dich selbst. Die Vernunft kommt nicht ins Spiel – der Selbstschutz schon. Du handelst, ohne nachzudenken, um deinen Verstand zu schützen. Du tust so, als wäre es nicht passiert, und wenn das bedeutet, deine Kleidung zu verbrennen oder zu waschen und dann wegzuwerfen, wirst du das tun. Behandele diese Frau mit Respekt und Mitgefühl. Sie ist wahrscheinlich furchtbar durcheinander wegen dem, was passiert ist. Sie könnte sogar bezweifeln, dass es tatsächlich passiert ist. Sei freundlich. Ich weiß, dass du das sein wirst. Du warst es bei mir. Du hast mir geholfen, obwohl ich dich weggestoßen habe. Du warst geduldig und fürsorglich, als ich es am meisten brauchte, auch wenn ich nicht wusste, dass ich es brauchte. Erinnere dich daran und es wird dir helfen zu verstehen, was diese Frau durchmacht.«

Kate atmete leise aus. »Das werde ich, Tilly.«

»Und versprich mir, dass du wieder einen Termin bei Dr. Franklin vereinbarst. Übrigens, Daniel lässt grüßen. Er hält dich für die mutigste Tante der Welt und will Polizist werden, wenn er groß ist.«

»Er soll sich einen anderen Beruf aussuchen. Dieser hier wird sich in seine Seele fressen.« Kate meinte es ernst.

»Wir sind so stolz auf dich, Kate. Vergiss das nicht. Hast du noch einmal darüber nachgedacht, uns zu besuchen?«

Obwohl sie inzwischen Chris kennengelernt hatte, war sich Kate immer noch nicht sicher, ob sie es verkraften würde, Tilly und Jordan zusammen zu sehen. »Ich lasse es dich wissen. Noch denke ich darüber nach.«

»Gut. Bitte tu das. Wir würden uns alle freuen, dich zu sehen. Ich muss jetzt los. Ich wollte nur mal hören, wie es meiner großen Schwester geht.«

»Mir geht es gut, Tilly.«

»Das nächste Mal schreibst du mir eine SMS oder gehst ans Telefon, wenn ich dich anrufe. Ich mache mir Sorgen um dich, Kate. Ich liebe dich.«

»Ich liebe dich auch, Tilly.« Kate wusste, dass sie die Worte ernst meinte. Es war viel passiert zwischen ihnen beiden, aber Chris hatte recht gehabt. Tilly und sie hatten sich nahegestanden und viele Erlebnisse geteilt. Es wäre töricht, noch länger einen Groll gegen sie zu hegen. Sie legte auf und schaute auf die Uhr. Es war acht Uhr morgens. Zeit, zur Arbeit zu gehen.

Kapitel 11

SAMSTAG, 5. JUNI – VORMITTAG

Kate war überrascht, Morgan an seinem Schreibtisch zu sehen, als sie eine halbe Stunde später im Büro eintraf. Sie kam jedoch nicht dazu, seine Pünktlichkeit zu kommentieren, weil er zuerst sprach. »Lisa Handsworth ist seltsam.«

»Was meinst du mit ›seltsam‹?«

»Sie entfernte mehrere Dateien und löschte einen Teil ihres Browserverlaufs von ihrem Laptop, hat aber nicht mit meinen technischen Fähigkeiten gerechnet. Das hier habe ich bis jetzt gefunden.«

Kate sah sich die umfangreiche Liste an und ihre Augen weiteten sich bei einigen der Suchanfragen: »›Verführungstechniken für eine Frau‹, ›Wie du mit deinem Chef flirtest‹, ›Bringe deinen Chef dazu, sich in dich zu verlieben‹, ›Sieben Wege, wie du deinen Chef dazu bringst, sich in dich zu verlieben‹ … Das macht die Dinge noch komplizierter. Falls sie aber doch die Wahrheit sagt, müssen wir sehr behutsam mit ihr umgehen.«

»Da stimme ich dir zu, aber hier ist noch etwas, das dir helfen könnte herauszufinden, wer die Wahrheit sagt. Ihre Mutter Anne wird derzeit in einer staatlichen Klinik für Alkohol- und

Drogenentzug in Shropshire behandelt. Sie wurde zum fünften Mal in diese Einrichtung eingewiesen. Anne ist vorbestraft wegen Besitzes von Drogen der Klasse A und wurde zweimal wegen Ladendiebstahls verurteilt. Lisa kam 2007 in eine Pflegefamilie. Sie war damals zwölf Jahre alt, lief aber weg und behauptete, die Pflegeeltern hätten sie missbraucht.«

»Und?«

»Die Anschuldigungen waren unbegründet und wurden zurückgewiesen. Lisa kam zu einer anderen Pflegefamilie und kehrte achtzehn Monate später, 2009, wieder zu ihrer Mutter zurück. Sie belegte einen Teilzeitkurs als Sekretärin, den sie 2013 erfolgreich abschloss, und arbeitete drei Jahre lang als Aushilfe in einer Agentur, bevor sie im September 2016 Alex' persönliche Assistentin wurde.«

Kate nahm ihre Autoschlüssel wieder in die Hand. »Das ist gut zu wissen. Ich werde Fiona Corby aufsuchen und sehen, ob ich noch etwas über die Beziehung von Alex zu seiner Sekretärin herausfinden kann. Wann kommt Digby Poole zur Befragung?«

»Sobald sein Flugzeug aus Frankfurt landet und seine Sekretärin ihn erreichen kann. Sie versicherte mir, dass sie ihn über Alex' Tod und das dringende Bedürfnis, mit uns zu sprechen, informieren würde. Ich werde vorerst weiter in Lisas Laptop herumwühlen und sehen, ob ich noch mehr herausfinde, während ich darauf warte, dass er sich meldet.«

»Gute Idee. Wir sehen uns später.«

Sie fuhr den Weg zurück, den sie am Morgen zum Stausee genommen hatte, und folgte dem Damm über das Wasser. Winzige weiße Wellen hüpften über die Oberfläche und ein Schwarm Möwen dümpelte herum wie Plastikenten auf einem Jahrmarkt. Ein silberner Bus vor ihr nahm ihr die Sicht, und als sie sich seinem Heck näherte, konnte sie den Namen lesen – *First Class Travel*. Ihr Herz klopfte bedrohlich, als die Worte verschwammen, nur um dann auf einer Milchglastür zu erscheinen, die aufgeschoben wurde. Sie zögerte eine Sekunde, bevor sie in das Erste-Klasse-Abteil des Halb-fünf-Zuges ab Euston trat. Jede Bewegung war unbeholfen, marionettenhaft. Linker Fuß. Rechter Fuß. In den Gang. Der Geruch des Todes traf sie sofort. Sie hatte gewusst, was sie hier erwartete, aber den vollen Horror noch nicht erlebt.

Zu nah! Der Bus nahm ihre komplette Windschutzscheibe ein. *Stopp!* Sie trat auf das Bremspedal und sofort wurde der Abstand zu dem anderen Fahrzeug wieder größer. Zum Glück war niemand hinter ihr. *Verdammt!* Sie atmete tief ein und durch die zusammengepressten Lippen aus und wiederholte den Vorgang noch zweimal, um die Kontrolle wiederzuerlangen. Das war knapp gewesen.

Sie fuhr auf der Kuppe des Hügels rechts ran, wischte sich die verschwitzten Handflächen an der Hose ab und beruhigte sich. Wenige Minuten später hielt sie vor dem Haus der Chapmans und drückte auf die Sprechanlage am Torpfosten. Die Hunde bellten furchterregend und waren ziemlich erpicht darauf, den Eindringling zu verjagen. Ein durchdringender Pfiff ließ sie zurück zum Haus rennen, bevor sich die Tore mit einem müden Stöhnen und Surren öffneten, um sie einzulassen.

Bradley, der eine dunkle Jogginghose und ein enges T-Shirt trug, das den Blick auf einen muskulösen Bizeps und einen dicken Hals freigab, ließ sie ins Haus. »Haben Sie Alex' Mörder schon gefasst?«

»Noch nicht, Sir. Ich würde gern noch einmal mit Fiona sprechen.«

Er schnaubte leise und ließ sie im Flur stehen, während er seine Tochter holte. Kate drehte sich um, als sie ein Klimpern hinter sich hörte. Gwen Chapman stand in einem baumwollenen Morgenmantel, der ihre schlanke Statur schier erdrückte, in der Tür und rührte mit einem Löffel in einer Tasse.

»Das war ein furchtbarer Schock für die Jungs und für uns alle.« Ihre Stimme war so schwach, dass Kate Mühe hatte, ihre Worte zu verstehen. Gwen musste mindestens zehn Jahre älter als ihr Mann und früher einmal eine auffallende Frau gewesen sein. Sie hatte immer noch pralle, weiche Lippen, die Fiona geerbt hatte, und ähnliche Augen, die die Farbe eines klaren Himmels an einem perfekten Sommertag hatten. Doch im Gegensatz zu Fiona waren ihre Wangen mit dem Alter eingesunken, was die messerscharfen Knochen betonte und ihr Gesicht länger werden ließ.

Kate konnte ihr keinen Trost spenden. Es würde lange dauern, bis die Narben eines solchen Verlusts verheilt waren.

»Sie haben darüber nachgedacht, sich zu trennen«, meinte Gwen geistesabwesend. »Ich sagte Fiona, sie solle gründlich darüber nachdenken, bevor sie eine solche Entscheidung trifft, weil es für die Jungs ohne einen Vater in der Nähe schwierig werden würde. Ich habe gesehen, welchen Schaden eine Scheidung in Familien anrichten kann, und ich wollte nicht, dass sie so etwas durchmachen müssen. Jetzt sehen Sie, was passiert ist.«

»Was ist passiert?« Bradley hatte das Ende der Treppe erreicht und trat zügig auf seine Frau zu.

»Nichts.«

»Geht es dir besser?«, fragte er und legte einen Arm um ihre Schulter.

Sie schob ihn weg. »Nein, nicht besonders, aber es geht ja auch nicht um mich, oder?« Mit diesen Worten kehrte sie in die Küche zurück.

»Fiona ist auf dem Weg nach unten«, sagte er und folgte seiner Frau, wobei er die Tür hinter sich schloss. Kate schaute sich im Flur um, ihr Blick fiel auf den rustikalen Konsolentisch neben der Tür und ein Foto der Chapmans: Bradley in Uniform und Gwen in einem rostroten Seidenkleid, das sich an ihre Figur schmiegte. Ihre blonden Haare hatte sie hochgesteckt. Es gab noch zwei weitere Fotos: eines von der gesamten Familie, einschließlich der Kinder, und eines von Fionas und Alex' Hochzeit, das an einem Strand aufgenommen worden war. Fiona und Alex standen unter einem Bogen aus leuchtend orangefarbenen und gelben Blumen, hinter ihnen glitzerte das aquamarinblaue Meer. Alex trug einen weißen Cut und Fiona ein göttliches perlenbesetztes, trägerloses Kleid. Sie strahlten sich an und hielten Händchen. Kate fand, dass ihre Liebe fast greifbar war.

»Wie füreinander geschaffen«, meinte eine Stimme hinter ihr.

Kate drehte sich langsam um. Lila Halbkreise hingen unter Fionas Augen und sie seufzte schwer, als sie den Seidengürtel des schlecht sitzenden Morgenmantels fester um ihre schmale Taille zog.

Fiona nickte in die Richtung des ersten Fotos. »Die beiden feiern im September ihren dreiundvierzigsten Hochzeitstag. Der gehört meiner Mum.« Damit meinte sie das Kleidungsstück, während sie seinen Gürtel zusammenknotete, damit es nicht verrutschte.

»Es tut mir leid, dass ich Sie so früh störe.«

»Ist schon okay. Konnte sowieso nicht schlafen. Die Jungs waren die ganze Nacht unruhig und Dad schaut alle fünf Minuten nach mir, um zu sehen, ob es mir gut geht.«

»Ich muss Ihnen ein paar persönliche Fragen über Alex und Sie stellen.« Kates Augenbrauen hoben sich entschuldigend.

Fionas Miene blieb regungslos. Sie ging auf die nächste Tür zu, öffnete sie und gab Kate ein Zeichen, ihr zu folgen. »Am besten gehen wir hier rein.«

Das Zimmer war einfach eingerichtet, verströmte aber einen vertrauten Geruch: eine Mischung aus Leder und Politur. Er erinnerte sie an das Arbeitszimmer ihres Vaters – ein umgebautes Esszimmer, das sie nie zum Essen benutzt hatten und in dem Kate oft in einem der abgewetzten Ledersessel zusammengerollt gelesen hatte, während er am Schreibtisch arbeitete.

»Was wollen Sie wissen?«

»Es tut mir leid, aber es wurden schwere Anschuldigungen gegen Ihren Mann erhoben. Er soll eine Frau vergewaltigt haben.«

Fionas Lippen zuckten und sie stieß ein Geräusch aus, das wie eine Mischung aus einem Lachen und einem Schnauben klang.

»Wie ich schon sagte, ist es eine ernste Anschuldigung und wir prüfen, ob sie mit seinem Tod in Verbindung steht.«

Fiona verschränkte die Arme, der diamantbesetzte Verlobungsring glitzerte an ihrer Hand. »Das ist unmöglich.«

»Natürlich wollen Sie ihn verteidigen, aber wir müssen das ernst nehmen.«

»Wer? Wer hat behauptet, dass mein Mann sie vergewaltigt habe?«

Kate schüttelte den Kopf. »Diese Information dürfen wir im Moment nicht preisgeben.«

»Sagen Sie ihr, wer auch immer sie ist, dass sie ein verlogenes Miststück ist.« Fionas Wangen erröteten vor Wut.

»Die betroffene Person beharrt darauf, dass ihre Version der Ereignisse wahr ist.«

»Schlampe! Ihm, *uns*, so etwas anzutun. Er ist tot und sie behauptet solche Dinge. Das ist unmöglich. Einen Monat nach seinem sechzigsten Geburtstag bekam Alex keine Erektionen mehr. Der Arzt erklärte ihm, dass es altersbedingt sei. Der Testosteronspiegel kann bei älteren Männern ab einem bestimmten Alter dramatisch abfallen, was sich nicht nur auf ihre sexuelle Leistung, sondern auch auf ihre Stimmung auswirkt. Zuerst probierten wir es weiter, aber irgendwann wurde es für ihn zu einem Problem und er wollte es nicht länger versuchen. Ich schlug Viagra vor, aber er wollte keine Medikamente nehmen. Alex hätte nicht einmal Pillen gegen Kopfschmerzen oder Grippe genommen. Er behauptete, die Natur habe einen Weg, mit allem umzugehen. Er war absolut gegen Medikamente. Alex litt unter Erektionsstörungen. Er kann sie nicht vergewaltigt haben.«

»Und Sie sind sicher, dass dieses Problem nicht«, Kate zögerte, »auf Sie beschränkt war? Auf Ihre Beziehung?«

»Nein, definitiv nicht. Er wollte … Er konnte nicht. Und außerdem hätte er mich niemals betrogen oder eine Frau angegriffen.«

»Ich weiß es sehr zu schätzen, dass Sie so offen darüber sprechen.«

»Ich will nicht, dass irgendein herzloses Miststück so einen Schwachsinn erzählt. Ich werde Ihnen die Kontaktdaten unseres Arztes geben. Ich werde ihn sogar anrufen und ihm sagen, dass er die Schweigepflicht oder was auch immer brechen kann, um mit Ihnen zu sprechen. Er wird bestätigen, was ich Ihnen gesagt habe. Alex bekam keinen hoch, egal was er auch versuchte.«

»Ihre Mutter meinte, Sie hätten über eine Trennung nachgedacht. War das wegen der sexuellen Probleme?«

Die Worte kamen ihr nur langsam über die Lippen. »Ich kämpfte mit mir. Wir hatten seit über achtzehn Monaten keine körperliche Beziehung mehr und bei Alex ging es immer nur ums Geschäft. Also ja, ich habe meiner Mutter gegenüber erwähnt, dass ich darüber nachdachte, ihn zu verlassen. Wenn er nur nach Frankreich gekommen wäre, hätten wir unsere Ehe vielleicht retten können. Aber viel wichtiger ist, dass er dann heute noch hier wäre und meine Jungs noch ihren Vater hätten.« Sie entschuldigte sich und zog ein Taschentuch aus der Tasche des Morgenmantels, um sich die Nase zu putzen. Sie blinzelte die Tränen weg, bevor sie weitersprach. »Was auch immer über Alex gesagt wurde, ist unwahr. Er war ein guter Mensch.«

»Danke.« Für den Moment hatte Kate alle Informationen, die sie brauchte.

Fionas Abschiedsworte klangen aufrichtig. »Bitte finden Sie heraus, wer meinen Mann ermordet hat, und lassen Sie nicht zu, dass diese Frau seinen Ruf ruiniert. Er bedeutete ihm so viel.«

KAPITEL 12

SAMSTAG, 5. JUNI – VORMITTAG

Morgan wartete auf Kate und legte los, sobald sie im Büro auftauchte.

»Das hier habe ich auf Lisas Laptop gefunden.«

Kate starrte das Foto an, bevor sie ein irritiertes Zischen ausstieß. Lisa hatte es mit einer App verändert, indem sie Fiona herausgeschnitten und stattdessen ein Bild von sich selbst eingefügt hatte, auf dem sie ein weißes Kleid mit einem passenden weißen Haarreif trug. Nun sah es so aus, als würde Alex nach Lisas Hand greifen, während beide unter dem Blumenbogen standen, wie auf dem Hochzeitsfoto, das Kate im Haus von Fionas Eltern gesehen hatte.

»Es gibt noch weitere Fotos von ihm – viele Fotos. Sie muss ihn seit geraumer Zeit gestalkt haben. Es gibt Bilder von ihm in seinem Auto, an seinem Telefon, außerhalb des Gebäudes, im Gespräch mit anderen Menschen. Sie war besessen von ihm.«

»Also hat diese Frau uns schon wieder angelogen! Je länger wir der Sache nachgehen, desto weniger überzeugt mich ihr Vergewaltigungsvorwurf, obwohl Alex sie vielleicht doch angegriffen hat. Fiona Corby ist sich sicher, dass er es nicht getan haben kann, weil er an Erektionsstörungen litt. Finde heraus, mit wem Lisa zuletzt zusammengelebt hat – der Typ, der eifersüchtig darauf war, dass Alex ihr Chef ist – und ob er uns irgendetwas über sie erzählen kann. Sprich auch mit ihrer Freundin, Sam. Ich möchte nicht, dass wir uns hier zu sehr verzetteln, aber wir sollten herausfinden, ob sie an seiner Ermordung beteiligt gewesen sein könnte.«

In diesem Moment stürmte Emma ins Büro. »Ich hatte keine Lust, mit allen Fahrzeugbesitzern zu sprechen, die sich am Donnerstag zwischen zehn Uhr dreißig und vierzehn Uhr in der Gegend aufhielten, also ging ich das Filmmaterial der Kamera durch, die am unteren Ende der B5013 steht, in der Hoffnung, dort etwas zu entdecken. Und das tat ich. Mir fiel ein Radfahrer auf, der ein speziell angefertigtes Oberteil des Bramshall Cycling Club trug und auf dieser Strecke unterwegs war. Also rief ich bei dem Klub an und erfuhr seinen Namen – Kyle Jameson. Ich kenne ihn. Wir haben uns bei einem Ironman kennengelernt. Er wartet unten im Befragungsraum B und hat etwas, das ihr vielleicht sehen wollt – das Foto eines Wagens, ein weißer Mini, wie er am Donnerstagmorgen in die Lea Lane einbog.«

»Ich möchte auf jeden Fall mit ihm sprechen.«

Kate folgte Emma die Treppe hinunter in den Befragungsraum. Kyle sah aus wie alle begeisterten Radfahrer, die sie kannte – schlank, schmalgesichtig und langbeinig.

Er sprang auf, als sie eintrat. »Kyle Jameson«, sagte er und schüttelte ihre Hand.

»DI Young. Ich habe gehört, dass Sie einige Fotos haben, die uns nützlich sein könnten.« Sie gab ihm ein Zeichen, sich zu setzen, und er ließ sich wieder auf den Stuhl fallen.

»Das ist richtig. Ich hatte bemerkt, dass ein Auto eine ganze Weile hinter mir fuhr, und winkte es vorbei, aber es überholte nicht. Also schaute ich mich um und sah, wie es in die Lea Lane einbog. Ich fahre immer mit einer GoPro-Kamera auf dem Helm, damit ich Videos auf meinem Youtube-Kanal hochladen kann. Emma fragte mich, ob ich Fotos vom Auto aus dem Filmmaterial herunterladen kann, und das habe ich getan. Hier sind sie.«

Er breitete drei Fotos auf dem Tisch aus, die die leicht verschwommene Seitenansicht des fraglichen Fahrzeugs zeigten. Er hatte nur die hintere linke Seite des Autos erfasst. Weder Nummernschild noch Fahrer waren zu sehen, aber da war ein unverwechselbarer rot-weiß-blauer Blitz, genau wie der, den sie auf dem Mini der Fahrschule von Bradley Chapman gesehen hatte – BKC Driving Tuition. Datum und Uhrzeit waren in der oberen linken Ecke eingestanzt – *3. Juni 11.30 Uhr*.

»Das Video ist ziemlich lang, weil ich die gesamte Strecke gefilmt habe, aber ich habe es trotzdem an Emma gemailt.«

»Danke. Haben Sie den Fahrer gesehen?«

»Nein, tut mir leid.«

»Egal. Das Foto ist sehr hilfreich und auf dem Video könnte etwas sein, das wir übersehen haben.«

»War mir ein Vergnügen. Ist das alles?«

»Für den Moment, ja, und noch mal danke.« Kate erhob sich und er sprang ebenfalls auf.

»Machst du dieses Jahr nicht beim Ironman mit, Emma?«, fragte er.

»Hatte noch keine Gelegenheit, ernsthaft zu trainieren«, antwortete sie.

Er zwinkerte ihr zu. »Wenn du mal einen Partner fürs Radfahren brauchst …«

»Dann rufe ich dich bestimmt an.«

* * *

Zurück im Büro studierte das Team gemeinsam die Bilder. Morgan zog sein Notizbuch heraus und ging Bradleys Bewegungen am Donnerstagmorgen durch. »Er ging mit den

Hunden spazieren, bevor er um zehn Uhr seine erste Schülerin abholte, Sierra Monroe, und ihr eine Stunde Unterricht gab. Danach fuhr er zum Brown's Café in Lichfield, wo er um ein Uhr wieder aufbrach, um rechtzeitig in Cannock zu sein und Charles Seagar für seine Stunde um halb zwei abzuholen. Die Unterrichtszeiten wurden von seinen Schülern bestätigt.«

»Wo wohnt Sierra Monroe noch mal?«, fragte Kate.

»Yeatsall Road, Abbots Bromley. Das ist die Straße, die hinten um Abbots Bromley herumführt und gerade mal zwei Minuten vom Stausee entfernt liegt.«

Kate kratzte sich am Kinn. Bradley war in der Tat sehr nahe an Alex' Haus gewesen. Es war unwahrscheinlich, dass er pünktlich um elf Uhr mit der Stunde fertig war und sofort losfuhr. Vielleicht hatte er noch die Stunde mit seiner Schülerin besprechen oder die nächste vereinbaren wollen. Und dann hatte er vor der Abfahrt noch einmal die Plätze tauschen müssen. Das Timing passte. Da blieb nur eine Möglichkeit. »Wir werden noch einmal mit ihm sprechen.«

»Nur zur Information: Ich konnte Lisas Auto nirgends auf den Überwachungsaufnahmen finden, um ihre Aussagen zu bestätigen«, sagte Emma.

»Lisa hat behauptet, sie habe die Nebenstraßen genommen. Und auf denen gibt es bekanntlich keine Kameras«, sagte Morgan.

Emma verzog das Gesicht. »Ich weiß, aber ich hätte gedacht, dass ihr Auto auf der B5013, wo ich Kyle entdeckt habe, von einer Kamera erfasst worden wäre. Die kann sie nicht umfahren haben, es sei denn, sie hat einen Umweg gemacht, und das ergibt keinen Sinn. Warum hätte sie nicht den direkteren Weg nehmen sollen?«

Kate wusste den Fleiß ihrer Mitarbeiter zu schätzen. »Das sehe ich genauso. Suche weiter.« Das Gespräch wurde von ihrem Handy unterbrochen und eine sonore Stimme, die perfekt für eine Late-Night-Radioshow gewesen wäre, verkündete, dass er Digby Poole sei. Er entschuldigte sich, dass er sich nicht schon früher gemeldet habe, und verabredete sich mit Kate in einer Stunde in seinem Büro in Stone.

* * *

Digby Poole öffnete den obersten Knopf seines Hemdes und zerrte am Knoten seiner malvenfarbenen Krawatte, um sie mit den pummeligen Fingern zu lockern. Sobald er seinen Hals befreit hatte, streckte er ihn von einer Seite zur anderen, bevor er sich mit den Unterarmen auf dem Schreibtisch abstützte und Kate in die Augen sah. Ein wütender Ausschlag, der an seinem Hals emporstieg, betonte seinen fahlen Teint, und die gelbe Lederhaut seiner Augen deutete auf einen Mann mit grundlegenden Gesundheitsproblemen hin. »Ich will nicht um den heißen Brei herumreden. Tatsache ist, dass Alex' Sekretärin Lisa drohte, seinen Ruf zu ruinieren, indem sie behauptete, er hätte sie vergewaltigt. Natürlich wies Alex die Anschuldigung weit von sich und ich glaubte ihm voll und ganz. Meiner Meinung nach ist die Frau eindeutig gestört.«

Kate hatte nicht vor, die Meinung eines Arbeitskollegen zu akzeptieren, der den Mann nur auf geschäftlicher Ebene kannte. »Wie können Sie sich da so sicher sein?«

Er presste die Finger so fest zusammen, dass ihre Spitzen weiß wurden. Seine Stimme war beruhigend, melodisch, und er hielt ihrem Blick stand. »Er war nicht im Entferntesten an Lisa interessiert oder an irgendeiner anderen Frau, was das betrifft. Alex hatte nur eine Liebe und eine Geliebte in seinem Leben – Fiona und sein Unternehmen. Da war kein Platz für eine andere, und auf keinen Fall hätte er seinen Ruf aufs Spiel gesetzt, schon gar nicht, indem er eine Angestellte zum Sex mit ihm zwang.«

»Sie sagten, er und Fiona seien glücklich verheiratet gewesen, aber Fiona deutete an, dass sie ein paar Probleme hatten.«

»Keine, von denen ich wusste.«

»Hat Alex nie erwähnt, dass Fiona ihn vielleicht verlassen könnte?«

Er schüttelte langsam den Kopf. »Fiona bewunderte Alex und sie liebte den Lebensstil, der damit einherging, Mrs Corby zu sein. Außerdem hat sie einen Ehevertrag unterschrieben. Im Falle einer Scheidung hätte sie auf alle Gelder und jeglichen Anspruch auf Corby International verzichtet. Von daher halte ich es für sehr unwahrscheinlich, dass sie ihn verlassen hätte.«

»Was hat Alex Ihnen erzählt, was zwischen ihm und Lisa passiert sei?«

»Am frühen Dienstagnachmittag erhielt Alex den Anruf, auf den er gewartet hatte. Es ging um den Indien-Vertrag. Es hieß, er sei fertig und würde in den nächsten ein oder zwei Tagen bei ihm eintreffen. Kurze Zeit später tauchte Lisa mit einer Flasche Wein auf. Sie wollte unbedingt auf den Erfolg anstoßen und er wollte ihr gegenüber nicht abweisend sein. Also entkorkte er die Flasche und bot ihr ein Glas an. Sie akzeptierte und erhob das Glas auf den neuen Vertrag. Alex sagte, sie sei ungewöhnlich wortreich gewesen und habe von einem Bruder in Neuseeland und dem Gästehaus ihrer Mutter in Cornwall geschwärmt. Dann habe sie aus heiterem Himmel gesagt, dass sie den wahren Grund wüsste, warum er sie zu einem Drink mit ihm eingeladen habe, und dass sie diesem Wunsch nur zu gern nachkommen würde. Sie knöpfte ihre Bluse auf und wollte ihn küssen. Er wehrte sie ab und erklärte ihr, dass sie die Bluse wieder schließen solle. Er vermutete, dass sie schon ein paar Drinks gehabt hatte, denn das war völlig untypisch für sie. Dann drehte sie den Spieß plötzlich um und beschuldigte ihn, sie verführen zu wollen.« Er rollte bei dem Gedanken mit den Augen. »Wie auch immer, Alex sagte ihr, dass sie sich das alles nur einbilde, und schlug vor, dass sie in eine andere Abteilung wechseln solle. Anscheinend brach an diesem Punkt die Hölle los und sie drohte, den Zeitungen zu erzählen, dass er sie vergewaltigt hätte. Sie würde seinen Ruf ruinieren und dafür sorgen, dass jeder erfuhr, was für ein Betrüger und Lügner er sei.«

»Was haben Sie ihm geraten?«

»Erstens sagte ich ihm, er solle sich keine Sorgen machen – schließlich könne sie ihm mit leeren Drohungen nicht schaden. Wäre sie tatsächlich zur Polizei oder zur Presse gegangen, hätte sie handfeste Beweise gebraucht – DNA, Belege, dass sie angegriffen wurde – und sie hatte absolut nichts. Alex hatte sie nicht angerührt, außer, um sie von sich wegzustoßen. Ich schlug ihm vor, ein Treffen mit ihr und mir zu arrangieren, um die Angelegenheit zu besprechen und eine Vereinbarung mit ihr zu treffen. Das war doch nur heiße Luft, was sie von sich gab. Sie hätte das nie getan, aber wenn doch, wollte ich darauf vorbereitet sein, um die Sache auszufechten und Alex' Namen reinzuwaschen. Ich überzeugte ihn davon, dass er sich keine Sorgen machen musste, und schlug vor, ihr ein oder zwei Tage aus dem Weg zu gehen, damit sie sich beruhigte.«

»Hatte Sie das, was passiert war, überrascht?«

Er legte den Kopf schief. »Ich vermutete bereits, dass sie in Alex verknallt war. Während unserer Meetings starrte sie ihn die ganze Zeit an und warf ihm immer diesen Rehblick zu, wenn er sie bat, etwas zu tun. Nein, ich bin nicht überrascht, höchstens darüber, dass sie den Mut aufgebracht hat, sich ihm an den Hals zu werfen.«

In diesem Moment rief seine Sekretärin an, um ihm zu sagen, dass sein erster Mandant eingetroffen sei, und er entschuldigte sich mit einer letzten Beteuerung. »Alex hat Lisa nicht vergewaltigt oder verletzt oder auch nur angefasst. Das kann ich Ihnen versprechen. Ich hoffe, Sie finden seinen Mörder. Er war ein aufrichtiger Mann.«

Als Kate sein Büro verließ, schwirrte ihr der Kopf vor Fragen. Die meisten von ihnen wurden von einer großen Sorge überschattet: Wenn Digbys Version der Ereignisse stimmte und Lisa Alex bedroht und dann Kate nicht nur einmal, sondern zweimal angelogen hatte, wozu war die Frau dann noch fähig? War sie labil oder wütend genug über seine Zurückweisung gewesen, um Alex zu töten? Doch dann fiel ihr wieder Tillys Bitte ein, freundlich zu Lisa zu sein. Diese beiden erfolgreichen Männer waren ihr gegenüber in Machtpositionen gewesen. Sie könnten diese Version der Ereignisse abgesprochen haben, damit ihr Wort gegen ihres stehen würde. Es bestand immer noch die Chance, dass Lisa die Wahrheit sagte.

* * *

Das Büro war leer. Kate ließ sich in ihren Sitz sinken und saugte die Stille in sich auf. Sie war noch nie gut darin gewesen, auf sich allein gestellt zu sein; sie arbeitete besser, wenn sie Teil eines Teams war und Ideen von anderen aufgreifen konnte. Allein in dem beengten Raum überkam sie eine irrationale Panik. Ihre Handflächen begannen zu schwitzen und trotz ihrer Bemühungen gelang es ihr nicht, sich auf die Ermittlungen zu konzentrieren. Eine Vision des Zugwaggons begann, sich vor ihren Augen zu materialisieren. Sie brauchte Chris. Sie rief auf seinem Handy an und erreichte wieder nur den Anrufbeantworter, der ihr mitteilte, dass seine Mailbox voll sei. Sie warf das Telefon auf den Schreibtisch und zwang das aufkommende Grauen zurück. Sie konnte nicht jedes Mal zu ihrem Mann rennen, wenn sie einen Anfall hatte. Sie musste lernen, damit klarzukommen.

Sie fuhr mit den Händen über ihre Oberschenkel und versuchte, ihre Atemübungen durchzuführen. Fünf Sekunden

einatmen ... Sechs Sekunden halten ... Sieben Sekunden ausatmen.
Plopp!
Ein Mann sackt nach vorne, der Kopf fällt auf den Tisch.
Sie versuchte, die Erinnerung abzuschütteln. Ihre Stirn war feucht. Die Pillen. Sie brauchte ihre Pillen. Sie kramte in ihrer Tasche und suchte nach der Verpackung, wurde aber abrupt unterbrochen, als die Tür aufgestoßen wurde. Emma marschierte hinein, begleitet von Morgan.
»Wir haben Bradleys Schüler befragt und alle Zeiten stimmen überein. Wir waren auch im Brown's Café. Der Barista erinnert sich immer noch nicht, ihn gesehen zu haben. Fairerweise müssen wir aber sagen, dass der Junge nicht gerade die hellste Kerze auf der Torte ist. All das bedeutet, dass wir nicht genau wissen, wo sich Bradley zwischen elf und dreizehn Uhr aufgehalten hat.«
»Wir müssen herausfinden, ob der Mini ihm gehörte. Bringt Bradley her. Emma, du führst die Befragung durch.«
»Willst du das nicht machen, Chefin?«
»Nein, kümmere du dich um ihn. Ich kümmere mich um Lisa.«
»Ist sie immer noch im Rennen?«, wollte Morgan wissen.
Kate verzog fragend das Gesicht. »Könnte sein.«
Morgan ging zu seinem Tisch und schaltete den Computer ein. »Irgendetwas störte mich an ihren Facebook-Fotos, die sie angeblich gemacht hat, während sie mit Alex im Ausland war. Sie sind alle zu professionell und sie hat kein einziges Selfie in irgendeinem Hotel gemacht. Von jemandem, der endlos Fotos von sich selbst schießt, hätte man erwarten können, dass sie für ein paar in einem protzigen Hotel posieren würde. Das würde ich ganz sicher tun. Bilder von mir im schicken Badezimmer oder wie ich mich an der Minibar bediene oder am Pool in der Sonne liege. Jedenfalls suchte ich im Internet nach Bildern

der Hotels, in denen sie angeblich abgestiegen waren, und stieß auf genau dieselben Fotos, aufgenommen aus demselben Winkel – es waren alles offizielle Fotos, kopiert von den Websites der Hotels. Falls sie Alex zum Burj Al Arab in Dubai und zum Mandarin Oriental in Hongkong begleitet hat, hat sie diese Fotos definitiv nicht selbst gemacht. Sie hat also nicht nur an Fotos von sich mit ihrem Chef herumgedoktert und ihn anscheinend gestalkt, sie hat sich auch diesen ganzen anderen Mist ausgedacht.«

Emma schnaubte. »Sie ist die weibliche Version von Walter Mitty.«

Morgan schüttelte den Kopf. »Lisa ist mehr als eine Tagträumerin oder jemand, der davon träumt, seinem Alltag zu entkommen. Sie ist eine pathologische Lügnerin. Ich glaube, sie lügt, sobald sie den Mund aufmacht.«

Emma beugte sich über Morgans Schulter und starrte auf die Facebook-Seite. »Du glaubst, sie könnte Alex getötet haben?«

»Ich halte es für möglich, dass jeder, der in einer solchen Fantasiewelt lebt, zu mehr als nur zu lügen fähig ist.«

»Vielleicht, aber wir können nicht spekulieren. Wir arbeiten mit Fakten. Komm schon, Morgan, wir sollten Bradley zur Befragung herbringen«, sagte Emma.

Morgan stand auf und folgte Emma. Kate kramte noch einmal nach ihren Pillen, spülte sie mit einem großen Schluck Wasser herunter und wartete darauf, dass das Hämmern in der Brust aufhörte. Lisa war nicht die einzige Person, die eine Lüge lebte.

KAPITEL 13

SAMSTAG, 5. JUNI – NACHMITTAG

Ian Wentworth döste gerade in seinem Polstersessel, als ihn die leise Stimme mit einem Ruck zur Besinnung brachte. Er hörte, wie sein Name in einem unheimlichen gezischten Singsang gerufen wurde, der ihm eine Gänsehaut bereitete. »I-aan.« Mit inzwischen weit aufgerissenen Augen verharrte er bewegungslos und versuchte zu verstehen, was gerade vor sich ging. Er hatte das Radio ausgeschaltet, um sich besser auf einen interessanten Artikel über Stent-Implantationen in Stirnhöhlenschleimhäuten im »British Medical Journal« konzentrieren zu können. Also konnte das Geräusch nicht von dort kommen. Es war jemand mit ihm im Raum.

Dieser Gedanke erfüllte ihn mit solchem Schrecken, dass er sich am liebsten zu einem kleinen Ball zusammengerollt hätte, wie er es viele Jahre zuvor in den meisten Nächten getan hatte, wenn er sich als Kind in der Dunkelheit aus Angst vor den Monstern versteckte, die in seinem Kleiderschrank oder unter dem Bett lauerten.

In diesem Raum gab es keinen Kleiderschrank. Er war offen gebaut und nahm den Wohn-, Ess- und Küchenbereich der Wohnung ein. Ian hatte einen Top-Designer bezahlt, um ihm einen maximalen Wow-Faktor zu verleihen. Er hatte Stil in Hülle und Fülle: eine weiße Treppe, die vor raumhohen weißen Bücherregalen zu schweben schien, ein riesiger Wohnraum, der von einem Steinway-Flügel dominiert wurde, weiße runde Stühle im italienischen Design mit königsblauen Kissen und ein Scheinkamin, der zu einem Drittel in die Wand eingelassen war. Der Wohnraum war durch einen T-förmigen Küchentresen aus schwarzem Marmor, an dem acht ledergepolsterte Hocker standen, von der Küche mit ihren maßgefertigten Armaturen abgetrennt. Hier konnte sich niemand verstecken.

Er strengte sich an, um irgendein Geräusch zu hören. Da war nichts. Er musste es sich eingebildet haben, als er gerade einschlafen wollte. Er war angespannt. Die Polizei hatte schnell auf seinen Anruf reagiert und seine Bedenken wegen des Einbruchs im Cottage zur Kenntnis genommen. Doch da nichts gestohlen worden war und er keine Ahnung hatte, warum jemand ein Glas mit einem Augapfel auf seinem Schreibtisch zurückgelassen hatte, fand sie kaum Anhaltspunkte. Ein Beamter mit einem verlebten Gesicht hielt es für das Werk von ein paar Witzbolden, die herausgefunden hatten, dass er HNO-Arzt war, und vermutete, dass das Auge von einem Tier stammte. Ian hatte geduldig erklärt, dass er kein Augenchirurg sei, aber seine Worte an den Polizisten waren verschwendet gewesen, der sich sicher gewesen war, dass dies nicht mehr als ein Streich war, der Ian wegen seines Berufs gespielt wurde.

Er versuchte, sein pochendes Herz zu beruhigen. Sein Verstand spielte ihm Streiche. Die Wohnungstür hatte einen Selbstverriegelungsmechanismus und niemand konnte ohne Schlüssel eintreten. Dennoch verspürte er plötzlich den Drang, zur Sicherheit die wenig genutzten Riegel oben und unten durchzuziehen. Er stand auf, drehte sich um und stieß dann ein halbherziges Lachen aus. Es war niemand zu sehen. Die Papiere, die er gelesen hatte, lagen auf dem Boden. Sie waren ihm vom

Schoß gefallen. Er sammelte sie ein und legte sie auf den Tisch, wobei seine Hände leicht zitterten. Um Himmels willen, war er nervös.

Der Raum war riesig. Er hatte die Wohnung genau aus diesem Grund gewählt. Er brauchte Platz um sich herum. An wärmeren Tagen öffnete er die Tür vom Hauptschlafzimmer zu einer privaten Dachterrasse und saß dort oben, versteckt hinter einer verzierten Steinwand, während er den Geräuschen unter sich lauschte. Es war perfekt, um ein Sonnenbad zu nehmen, ein ruhiges Essen oder einen Aperitif zu genießen, obwohl Ian nie jemanden hierher einlud: keine Geschäftskollegen oder gar Freunde. Er traf sie stets woanders, in Cafés, Restaurants, Hotels oder anderen öffentlichen Plätzen. Dieser Ort war ihm heilig und er würde niemals in Erwägung ziehen, auch nur irgendetwas davon zu teilen. Das war auch der Grund gewesen, warum er das Raven Cottage in der Nähe des Peak District National Park gekauft hatte. Es diente zur Unterhaltung seiner Liebhaber, obwohl er angesichts des jüngsten Vorfalls vielleicht darüber nachdenken musste, es aufzugeben. Wenn die Einheimischen ihn jagen würden, wäre es vielleicht besser, seine Verluste zu begrenzen und sich lieber früher als später einen anderen Ort zu suchen. Wer wusste schon, was sie sich als Nächstes ausdenken würden.

Er ging auf die Eingangstür zu, vorbei an Alexandre Cabanels »Gefallenem Engel«. Es war eine authentische Reproduktion des Originalgemäldes und eines seiner wertvollsten Kunstwerke. Er liebte die wütende Miene und den dunklen Blick des nackten Mannes. Er hielt kurz inne, um es anzuschauen, und erstarrte auf der Stelle. Aus den Augenwinkeln sah er, dass die Eingangstür ein wenig offen stand. Er hatte sie nicht wie üblich fest zugedrückt.

Das Trommeln in seiner Brust setzte wieder ein. Er eilte zur Tür und schlug mit der Handfläche dagegen. Sie fiel mit einem

Klicken ins Schloss, genau wie er sich sicher war, dass sie es getan hatte, als er vorhin hereingekommen war. Er hatte neben seiner Aktentasche auch eine Plastiktüte mit Lebensmitteln getragen und die Tür mit dem Fuß zugestoßen. War sie ins Schloss gefallen? Er konnte sich nicht erinnern. Er war mit den Gedanken beim Raven Cottage gewesen und sauer darüber, dass Jazz ihn nicht kontaktiert hatte, nicht einmal, um sich dafür zu entschuldigen, dass er ihn versetzt hatte. Ian war frustriert und müde gewesen. Vielleicht hatte er sie nicht fest genug zugestoßen. Hastig schob er sicherheitshalber die Bolzen in Position. Jetzt konnte niemand mehr hereinkommen.

Er drehte sich wieder um, die Augen huschten von einer Zimmerecke zur anderen, bevor er in Richtung Küche ging, um sich einen Drink einzuschenken. Er musste sich entspannen. Er zog eine Flasche Montrachet aus dem Weinkühler und entkorkte sie. Auf der Suche nach einem Glas in einem Schrank über ihm blieb er noch einmal stehen, den Arm ausgestreckt. Auf dem Tresen lag eine weiße Plastikkarte, so groß wie eine Kreditkarte. Sie gehörte ihm nicht. Er zog sich einen Schritt nach dem anderen zurück in Richtung Wohnungstür, die er verschlossen hatte. Sein Gehirn suchte nach einer Möglichkeit, um die Situation in den Griff zu bekommen. Jemand war mithilfe der Plastikkarte in seine Wohnung eingebrochen. Er musste raus – sofort fliehen. Er hatte nicht vor, den Eindringling zu stellen. Sein Instinkt sagte ihm, dass er in Gefahr war. Er machte noch einen Schritt zurück und war nun fast auf gleicher Höhe mit dem Gemälde des gefallenen Engels, als er panisch die Garderobe rechts hinter sich registrierte. Dort hingen nur ein paar seiner Mäntel und ein Regenschirm, aber sie war immer noch groß genug für eine Person, um sich darin zu verstecken.

Für eine Sekunde war er wieder ein kleiner Junge, der sich unter seiner Bettdecke vor dem fürchtete, was sich hinter seiner Schranktür befand. Doch dieses Mal war er allein mit seinen

Ängsten. Seine Mutter würde nicht ins Zimmer kommen und ihm sagen, dass er keine Angst haben müsse. Sie würde nicht die Tür öffnen und ihm zeigen, dass hinter den Kleidern nichts lauerte. Sie würde ihn nicht in den Arm nehmen und ihm sagen, dass alles gut werden würde. Ian war auf sich allein gestellt.

Er spürte die Anwesenheit eher, als dass er sie hörte – eine Wärme hinter ihm. Der schwarze Mann war doch gekommen, um ihn zu holen. Er öffnete den Mund, um zu schreien, aber eine leise Stimme, die ihm ins Ohr zischte, schnitt ihm den Ton ab.

»Buh!«

Kapitel 14

SAMSTAG, 5. JUNI – NACHMITTAG

Bradley Chapman saß steif auf dem Stuhl, die Arme verschränkt, und starrte Emma grimmig an.

Unbeeindruckt von seiner Feindseligkeit, begann sie mit der Befragung. »Mr Chapman, würden Sie bitte noch einmal Ihre Version der Ereignisse vom Donnerstagmorgen schildern?«

»Ich habe Ihnen bereits gesagt, was ich gemacht habe.«

»Ja, und ich habe hier ein Blatt Papier vor mir liegen, auf dem steht, was Sie uns gesagt haben. Aber ich möchte, dass Sie es mir noch einmal erzählen, denn wir haben Beweise, die darauf hindeuten, dass Sie in der Nähe des Hauses Ihrer Tochter waren.«

»Das war ich nicht. Ich verließ die Yeatsall Lane in Abbots Bromley gegen elf Uhr und fuhr direkt nach Lichfield.«

»Welche Route haben Sie genommen?«

»Der direkteste Weg, der durch das Zentrum von Abbots Bromley führt, ist die B5014.«

»Wie lange haben Sie gebraucht, um dorthin zu kommen?«

Bradley wiegte den Kopf hin und her, während er über die Frage nachdachte. »Ich schätze, es waren etwa fünfundzwanzig Minuten.«

»Wo haben Sie geparkt?«

»In einer Seitenstraße in der Nähe des Stowe Pools.«

»Wie heißt die Straße?«

Er verzog das Gesicht. »Mein Gott, ist das wichtig?«

»Ja, Sir.«

»Ich erinnere mich nicht an ihren Namen.«

»Ich hätte gedacht, dass Sie als Fahrlehrer alle Straßennamen kennen.«

»Im Allgemeinen schon, aber ich habe nicht viele Fahrschüler aus der Gegend von Lichfield, weil es in der Stadt viele andere Fahrschulen gibt. Ich ziehe eher Kunden an, die auf dem Land leben, deshalb bin ich nicht oft in Lichfield.«

»Aber Sie müssen dorthin fahren, um mit Ihren Schülern Stadtfahrten zu üben«, entgegnete Emma.

Bradley schlug mit der Faust auf den Tisch. »Hören Sie, das ist irrelevant. Ich erinnere mich nicht an den Namen der verdammten Straße, okay? Wenn Sie mit mir kommen, kann ich Ihnen exakt die Parklücke zeigen, in die ich eingeparkt habe, aber ich weiß wirklich nicht, wie die Straße hieß.«

Emma gab nach. »Laut einem Zeugen sind Sie am Donnerstagmorgen um elf Uhr dreißig in die Lea Lane eingebogen.«

»Schwachsinn.«

»Sie bestreiten also, dass Sie nach Ihrer Fahrstunde mit Sierra Monroe von der Yeatsall Lane über den Stausee gefahren und in die Lea Lane abgebogen sind?«

»Verdammt richtig, das tue ich. Ihr Zeuge irrt sich«, sagte er gleichmütig.

Morgan legte die drei Fotos nacheinander auf den Tisch und schob sie vor Bradleys Nase, der sie wortlos betrachtete.

»Ist das Ihr Fahrschulauto?«

Er rieb seine Lippen aneinander, bevor er antwortete. »Kein Kommentar.«

»Sind Sie am Donnerstagmorgen zum Haus Ihres Schwiegersohns gefahren?«

»Kein Kommentar.«

»Ihnen ist klar, dass wir angesichts Ihrer ›Kein Kommentar‹-Antworten kaum eine andere Möglichkeit haben, als zu vermuten, dass Sie etwas mit dem Mord an Alex zu tun haben?«

»Kein Kommentar.«

»Ich fürchte, wir müssen Sie für weitere Verhöre festhalten, Mr Chapman. Sie sollten sich vielleicht mit einem Rechtsanwalt besprechen. Mein Kollege wird Sie zu einem Telefon führen.« Emma schob ihren Stuhl zurück und ging mit erhobenem Kopf aus dem Raum. Draußen im Korridor trat sie gegen die Wand, bevor sie in Richtung Büro stapfte, wo Kate vor ihrem Bildschirm hing.

»Der Mistkerl sagt kein Wort.«

Kate legte den Kopf schief. »Nicht eines?«

»Er blieb bei seiner Geschichte, dass er ins Café gegangen sei, aber als wir ihm die Fotos von seinem Mini zeigten, wie er in die Lea Lane einbog, gab er keinen Pieps mehr von sich.«

»Wie wirkte er, als ihr ihn hergebracht habt? Hilfsbereit oder zögerlich oder streitlustig?«

»Er war zwar nicht gerade begeistert, schien aber damit einverstanden zu sein. Er meinte, wenn wir versuchen würden, ihm den Mord an Alex anzuhängen, würde er einen Anwalt einschalten und sich über uns beschweren.«

»Hat er sofort nach seiner Ankunft nach seinem Rechtsbeistand gefragt?«, fragte Kate.

»Nein, hat er nicht.«

»Wie hat er sich verhalten, bevor ihr ihm die Fotos gezeigt habt? Antwortete er nur widerwillig?«

»Nein. Er bestand darauf, dass er direkt nach Lichfield gefahren sei, und obwohl er sich nicht an den Namen der Straße erinnern konnte, bot er freiwillig an, mir die genaue Stelle zu zeigen, an der er geparkt hatte. Er wurde nervös, nachdem wir meinten, dass er von Sierras Haus zur Lea Lane gefahren sei. Er stritt es kategorisch ab, bis wir ihm die Fotos zeigten. Ab dem Moment wollte er keinen weiteren Kommentar abgeben.«

Kate wedelte mit dem Finger in der Luft, während sie sprach. »Damit ich das richtig verstehe: Nachdem er das Foto gesehen hatte, weigerte er sich, auf weitere Fragen oder gar Anschuldigungen zu antworten?«

»Genau.«

»Die Fotos beweisen, dass er gelogen hat, also vermute ich, dass er keine Antwort weiß, mit der er sich nicht selbst belastet, weil ihr ihn überrumpelt habt. Er hatte keine Ahnung, dass sein Auto vor allem an der Abzweigung zur Lea Lane fotografiert werden würde, und war auf diese Möglichkeit nicht vorbereitet. Lasst ihn eine Weile zappeln. Wir werden uns später mit ihm befassen.«

»Okay, aber ich bin trotzdem stinksauer.«

»Er wird reden. Warte es ab. Die Zeit lockt sie normalerweise immer aus der Reserve.«

»Superintendent Dickson war sehr daran interessiert, dass wir schnell Ergebnisse erzielen.«

»Das weiß ich, aber wir wollen keine Fehler machen. Wir werden später mit Bradley reden. Schau dir in der Zwischenzeit den Gärtner der Corbys an, Rory Winters. Wir haben bisher noch nicht mit ihm gesprochen. Wir haben keine Ahnung, wann er zuletzt im Garten der Corbys gearbeitet hat.«

»Ja, natürlich. Ich kümmere mich darum.«

Kate widmete sich wieder ihrer Arbeit, behielt ihre Kollegin aber im Auge. Emma war eine gute und pflichtbewusste Polizistin, aber Kate würde nicht zulassen, dass man sie oder irgendjemanden von ihnen herumschubste. Dickson verlangte zwar schnelle Ergebnisse, aber zu schnelles Arbeiten führte manchmal zu Fehlern, und die wollte sie nicht machen. Sie hielt inne, den Stift in der Luft, während tausend imaginäre Ameisen an ihren Unterarmen hinaufmarschierten und ihr Gänsehaut verursachten. *Fehler.* Hoffte Dickson, dass sie einen Fehler machte? Die Antwort lag auf der Hand: Ja, genau das tat er.

KAPITEL 15

SAMSTAG, 5. JUNI – NACHMITTAG

Obwohl sie überzeugt war, dass Lisa in Bezug auf den Überfall log, folgte Kate ihrem üblichen Muster, zunächst gründliche Nachforschungen über ihre Verdächtigen anzustellen, bevor sie sie weiterbefragte. Diese Vorgehensweise hatte ihr in der Vergangenheit gute Dienste geleistet, und sosehr sie sich auch wünschte, diesen Fall schnell zu lösen, konnte sie nicht von ihren pedantischen Methoden abrücken.

Kate war schon immer eine Planerin gewesen. Der Grund lag in ihrer Kindheit, die sie allein mit ihrem Vater, einem Polizisten, verbracht hatte und in der sie den Haushalt geführt hatte, weil sein Job ihm wenig Zeit für Hausarbeit oder Kochen ließ, und die Zeit, die sie hatten, wollte er mit seiner Tochter verbringen. Als Erwachsene schrieb sie immer noch Einkaufslisten auf einen Magnetblock, der am Kühlschrank befestigt war, und ergänzte sie täglich, damit nichts vergessen wurde. Bevor es GPS gab, hatte sie jede Reise und jeden Ausflug mit militärischer Präzision in einem Notizbuch geplant und Ankunftszeiten oder Zwischenstopps auf dem Weg ausgearbeitet. Und wenn es um die Arbeit ging, war niemand methodischer als Kate Young. Chris war mit seiner unbekümmerten Haltung und dem Hang zur Spontaneität das Yin zu ihrem Yang. Sie hielten sich gegenseitig im Gleichgewicht: Er bewahrte sie vor einer zu ernsten Lebenseinstellung und sie erdete ihn, wann immer eine wilde Laune ihn dazu bringen wollte, etwas zu tun, das so verrückt war, dass es an Tollkühnheit grenzte. Ihre Welt bestand aus Ordnung. Einige fanden sie zu ernsthaft und waren von ihrer Haltung irritiert. Andere, wie William Chase, lobten sie dafür, weil sie Ergebnisse lieferte.

In diesem Fall hatten sich ihre anstrengenden Bemühungen ausgezahlt. Sie hatte in den Aufzeichnungen einer Überwachungskamera vor einem Pub gegenüber dem Bahnhof von Rugeley Trent Valley, nur vier Meilen von Alex' Wohnort, einen wichtigen Beweis entdeckt. Lisas Auto hatte am Donnerstag deutlich sichtbar zu der Zeit vor dem Pub geparkt, in der sie angeblich auf der Arbeit gewesen war. Kate notierte sich die Ankunfts- und Abfahrtszeiten und ermittelte dann über die Website des britischen Wahlregisters den Namen und die Adresse von Lisas Ex-Freund, Robbie Davenport, einem Postboten, der außerdem einen mobilen Disco-Service betrieb.

Sie wählte seine Nummer und stellte sich kurz vor, bevor sie ihm den Grund für ihren Anruf erklärte.

Bei der Erwähnung von Lisas Namen schnaubte Robbie spöttisch. »Die Frau ist nicht ganz dicht.«

»Könnten Sie das näher erläutern, Sir?«

»Sie macht sich etwas vor. Lebt in Wolkenkuckucksheim.«

»Wenn möglich, würde ich gern mehr Details erfahren.«

»Ich habe sie zum ersten Mal getroffen, als ich im August 2018 als DJ auf einer Geburtstagsparty in einem Sportzentrum aufgelegt habe. Sie blieb auch noch nach dem Ende der Veranstaltung und half mir beim Aufräumen. Wir unterhielten uns. Sie wollte für ihre bevorstehende Geburtstagsparty eine Disco veranstalten und fragte mich, ob ich dafür den DJ spielen würde. Sie hatte bereits einen Veranstaltungsort gebucht und hundert Leute eingeladen. Sie freute sich richtig darauf und meinte, es sei die erste Party, die sie seit ihrer Kindheit feiern würde. Jedenfalls rief sie Ende des Monats noch einmal an und fragte, ob wir uns in einer Bar treffen könnten. Plötzlich war sie ein ganz anderer Mensch – in Tränen aufgelöst, weil man ihr die Identität gestohlen hatte. Sie konnte auf keines ihrer Bankkonten zugreifen, was bedeutete, dass sie keine Rechnungen bezahlen konnte, auch nicht die für die Party. Sie wollte meinen Auftrag stornieren. Sie tat mir damals sehr leid und ich hatte nicht erwartet, wieder von ihr zu hören, aber am nächsten Tag rief sie an und machte mir einen Vorschlag. Während unserer kurzen Unterhaltungen hatte sie erfahren, dass ich zu Hause bei meinen Eltern wohnte und auf eine eigene Wohnung sparte. Sie schlug mir vor, in das freie Zimmer in ihrem Haus zu ziehen. Ich würde ihr die Miete in bar bezahlen, sodass sie ihre Rechnungen bezahlen konnte, bis sie die ganze Sache mit dem Identitätsdiebstahl geklärt hätte, und sie könnte dann auch die Party veranstalten. Das Ganze schien eine Win-win-Situation zu sein.«

Kate erinnerte sich an die Tränen, die Lisa vergossen hatte, als sie von Alex' Angriff erzählt hatte, und fragte sich, ob sie nach Belieben losheulen konnte. Es war eine gefühllose Vermutung, aber Kate fiel es schwer, irgendetwas zu glauben, was diese Frau sagte. Vielleicht wäre es ihr leichter gefallen, wenn es die ganzen falschen Facebook-Posts nicht gegeben hätte.

Robbie fuhr fort. »Sie war quirlig und freundlich und ich dachte mir, es könnte nicht schaden, bei ihr einzuziehen, also stimmte ich zu. Die ersten paar Wochen kamen wir gut miteinander aus, aber dann fing sie nicht nur an, mit mir zu flirten, sondern erzählte den Leuten, wir seien ein Paar. Als ich davon hörte, war ich ziemlich sauer, weil ich gerade versuchte, mit einer Arbeitskollegin anzubandeln, die ich sehr mochte. Ich sprach mit Lisa darüber, und sie wurde plötzlich ganz traurig und meinte, sie habe es nicht böse gemeint, aber ihre Arbeitskolleginnen würden sie hänseln, weil sie immer noch Single war, also dachte sie, es wäre nichts dabei, ihnen zu sagen, dass sie einen Freund habe.«

Kate presste den Hörer fester an ihr Ohr. Wieder Tränen und Lügen. Beides schien für Lisa Gewohnheit zu sein.

»Ich werde nicht auf alle Details eingehen, aber ein paar Monate später fand ich heraus, dass sie auf Facebook gepostet hatte, dass wir zusammen ausgingen, was wir nicht taten, dass wir zusammen in Urlaub gewesen wären, was wir nicht gewesen waren. Und es gab Fotos von mir, die sie gemacht hatte, während ich im Sessel schlief, und die sie mit dämlichen Kommentaren versehen hatte wie ›Ist er nicht süß, wenn er schläft?‹ und so einen Mist.«

Das kam Kate ziemlich bekannt vor. Ein ähnliches Szenario hatte Lisa mit Alex durchgezogen, als sie behauptet hatte, sie seien zusammen im Ausland gewesen, und so getan hatte, als stünden sie sich sehr nahe. Sie wollte Robbies Geschichte nicht so verdrehen, dass sie zu ihrem eigenen Verdacht passte, aber was sie bisher gehört hatte, bestätigte ihn.

»Ich wollte das nicht länger dulden. Zu dem Zeitpunkt ging ich bereits mit Stephanie aus und ich konnte es nicht gebrauchen, dass Lisa sich so benahm, also erklärte ich ihr, dass ich zum Ende des Monats ausziehen würde. Da ist sie völlig ausgerastet und drohte mir.«

»Womit drohte sie Ihnen?«

»Mit total verrückten Sachen. Sie griff nach einem Messer und meinte, sie würde sich selbst damit verletzen, dann die Polizei anrufen und sagen, ich hätte sie angegriffen. Zum Glück tauchte mein Kumpel Gav unerwartet auf und half mir beim Packen, sodass ich auf der Stelle ausziehen konnte. Weiß der Himmel, was sie getan hätte, wenn er nicht gewesen wäre. Ich habe nie wieder von ihr gehört. Gott sei Dank.«

Kate kritzelte ein großes Fragezeichen auf ihren Notizblock. All das bestätigte, was sie von anderen über Lisa erfahren hatte. Die Beweise gegen sie häuften sich, und Kate ärgerte sich zunehmend über die Frau, die wertvolle Zeit verschwendet und – wenn sich die Geschichte als wahr herausstellte – ungerechtfertigt Mitleid erhascht hatte. Es gab andere Frauen wie Tilly, die wirklich gelitten hatten. Lisas Lügen verhöhnten sie und das, was sie ertragen hatten.

»Hat sie ihren Chef, Alex Corby, erwähnt?«

Er stöhnte leise. »Sie hat ständig von diesem Mann geredet.«

»Was genau hat sie Ihnen erzählt?«

»Sachen wie ›Alex hat mich nach Kuala Lumpur eingeladen, wo er ein Geschäft abschließen will‹, ›Alex nimmt mich nächsten Monat mit nach London zu einem Wohltätigkeitsball‹, ›Alex hat mir dieses Armband als Dankeschön für meine harte Arbeit gekauft‹. Zuerst dachte ich, der Mann muss verrückt sein, wenn er für sie schwärmt, aber dann wurde mir klar, dass das alles nur erfunden war. Eines Tages kam sie mit einem Pandora-Armband nach Hause, von dem sie behauptete, es sei ein Geschenk von ihm, aber ich fand eine Kreditkartenquittung dafür im Mülleimer. Sie hatte es selbst gekauft.«

Kate konnte ihren Ärger über Lisas Dreistigkeit kaum aus ihrer Stimme heraushalten. »Würden Sie sagen, dass sie auf ihren Chef fixiert war?«

»Ohne Zweifel. Sie hatte sogar ein Foto von ihm auf ihrem Schminktisch.«

Kate bedankte sich bei Robbie und bat ihn, zur Wache zu kommen, um dort seine Aussage zu machen. Er schien nichts dagegen zu haben.

»Hat sie etwas Verrücktes gemacht?«, fragte er.

»Es steht mir nicht frei, irgendwelche Informationen preiszugeben, Sir, aber ich danke Ihnen für das Gespräch.«

»Klar. Ich verstehe.«

Kate beendete das Telefonat und lehnte sich in ihrem Stuhl zurück. Sie hatte darüber gelesen: zwanghaftes Lügen, auch bekannt als Pseudologia phantastica oder Mythomanie, ein Zustand, bei dem der Lügner so zwanghaft lügt, dass er nicht mehr zwischen der Wahrheit und der von ihm erdachten Fiktion unterscheiden kann. Es war schwer festzustellen, aber Kate hatte genug Informationen, um zu erkennen, dass Lisa definitiv daran litt. Sie musste nur herausfinden, ob Lisa auch eine Mörderin war.

Kapitel 16

SAMSTAG, 5. JUNI – NACHMITTAG

Lisa kauerte auf ihrem Hocker wie ein Häufchen Elend. Ihre Augen waren so glasig, dass Kate ihr eigenes Spiegelbild darin sehen konnte. Sam stand hinter ihr, ein Schutzengel in Schwarz, und hatte eine Hand schützend auf die Schulter ihrer Freundin gelegt. Offene Drohungen und harsche Worte würden hier nicht funktionieren, und von Lisa die Informationen zu bekommen, würde schwierig werden, aber die Beweise sprachen für sich und Kate war zuversichtlich, dass das Gespräch zu ihren Gunsten verlaufen würde.

»Lisa, ich möchte Ihnen helfen, aber das kann ich nur, wenn Sie ehrlich zu mir sind.«

»Das verstehe ich.«

Davon war Kate nicht überzeugt. Sie hatte nicht die Absicht, Lisa die Information zu entlocken. Die Frau würde harte Fakten nicht leugnen können. Sie zog ein Standbild aus den Aufnahmen der Überwachungskamera vor dem Pub an der Straße zu Alex' Haus hervor. »Das ist Ihr Auto, nicht wahr?«

Lisa warf einen Blick auf das Foto und sackte noch weiter in sich zusammen.

»Können Sie erklären, warum Sie an dem Morgen, an dem Alex getötet wurde, auf dem Parkplatz des Pubs waren und nicht im Büro, wie Sie behauptet haben? Können Sie mir erklären, was Sie dort gemacht haben?«

Sams Antwort kam prompt. »Sie hat ihn nicht umgebracht.«

Kate brachte sie mit einem Blick zum Schweigen. »Ich verstehe, dass das alles beängstigend und verwirrend für Sie ist, Lisa. Sie haben sehr viel von Ihrem Chef gehalten, nicht wahr?«

Lisa schniefte.

»Sie wollten, dass er Sie bemerkt und respektiert, richtig?«

Kate wurde mit einem kleinen Grunzen belohnt.

»Und ich bin sicher, das hat er. Sie waren schließlich sehr engagiert.« Sie hielt inne.

Lisa grunzte wieder leise. Kate lockte sie langsam aus der Reserve.

»Alex war ein guter Chef und er brauchte eine Sekretärin wie Sie, jemanden, der sich besonders anstrengte, wenn es nötig war. Er schätzte Sie, Lisa.«

Lisa fuhr sich mit dem Taschentuch, das sie umklammert hatte, unter die Nase und schien sich ein wenig zu entspannen.

»Sie würden sagen, dass er ein guter Chef war, nicht wahr?«

Die Antwort war ein kaum hörbares Ja.

»Er war ein guter Chef. Ein Familienmensch.« Kate ließ ihre Worte sacken, bevor sie weitersprach. »Lisa, Alex hat Sie nicht vergewaltigt, oder?«

Die feuchten Augen trübten sich weiter, aber Lisa antwortete nicht.

Kate hatte es nicht eilig. »Er hat Ihnen auch nicht angeboten, Sie mit fünfzigtausend Pfund auszuzahlen, oder?«

Stille.

»Lisa, ich weiß, was am Dienstag im Büro wirklich passiert ist. Ich weiß, dass Sie versucht haben, ihn zu verführen. Und ich weiß, dass er Sie deswegen entlassen hat.«

Sam zog die Hand von Lisas Schulter. »Ist das wahr, Süße?«
Lisas Kopf schien sich wieder in ihre Schultern zurückzuziehen, und Sam trat einen Schritt zurück und starrte ihre Freundin mit zusammengekniffenen Augen an.

Kate winkte mit dem auf dem Parkplatz aufgenommenen Foto. »Sie waren viel früher in Alex' Haus, als Sie behauptet haben. Das hier beweist, dass Sie nur vier Meilen vom Haus der Corbys entfernt waren. Die Kameraaufnahme zeigt, dass Sie um 11.20 Uhr im Pub ankamen und fünfzehn Minuten später, um 11.35 Uhr, wieder gingen. Dieses Foto zeigt Ihr Auto, das nach rechts in Richtung Admaston abbiegt, wo Alex wohnte. Dieses Mal müssen Sie mir sagen, was wirklich passiert ist. Verstehen Sie den Ernst Ihrer Lage?«

Die Worte hingen wie unsichtbare Wolken im Raum und Sam schüttelte den Kopf.

»Verdammt, Lisa. Was hast du getan?«

Kate hielt den Atem an. Es bestand immer noch die Möglichkeit, dass Lisa die Wahrheit sagte. Und wenn sie das tat, hatte Kate ihr einen grausamen Schlag versetzt. Sie war sich der Schuld der Frau sicherer gewesen, als sie begonnen hatte, sie zu befragen, aber jetzt, als sie Lisas verzweifeltes Gesicht sah, hatte sie das schreckliche Gefühl, dass sie eine weitere Fehlentscheidung getroffen haben könnte.

Lisa sprang auf und warf die Arme in die Luft. »Sam, ich habe ihn nicht umgebracht. Er hat mich vergewaltigt. Du glaubst mir doch, oder? Sie denkt sich das aus, um mir den Mord in die Schuhe zu schieben.«

Sam machte einen weiteren Schritt von ihr weg und schüttelte den Kopf. »Ich möchte dir wirklich glauben, Süße, aber ...«

»Nichts aber! Du bist meine beste Freundin. Du kennst mich besser als jeder andere. Du weißt, dass ich niemanden umbringen könnte.«

»Warum hast du wegen der Vergewaltigung gelogen?«, fragte Sam.

»Verdammt!«, schrie Lisa. »Du hörst tatsächlich auf sie und glaubst, ich hätte Alex töten können.«

»Nein ...«

Die Wut war echt und Lisas Stimme laut. »Hau ab! Eine echte Freundin würde zu mir halten und nicht an mir zweifeln. Los, verschwinde, du Schlampe!«

Sams Mund klappte auf und sie wollte schon protestieren, schnappte sich dann aber ihre Autoschlüssel von der Küchenablage und marschierte zur Tür.

»Sam, würden Sie bitte draußen auf mich warten?«, fragte Kate.

Nachdem Sam gegangen war, setzte sich Kate auf den Hocker neben Lisa, die sich wieder hingesetzt hatte. »Ich kann nicht genug betonen, wie ernst die Lage für Sie ist. Ich glaube nicht, dass Sie Alex getötet haben, aber ich kann Ihnen nicht helfen, wenn Sie mich weiterhin anlügen. Dann bin ich gezwungen, Sie anzuklagen, wenn nicht wegen Mordes, so doch wegen Rechtsbeugung, was eine Gefängnisstrafe nach sich zieht.«

Lisa ließ den Kopf in ihre Hände fallen und stöhnte.

»Keine ausgedachten Geschichten mehr, um sich den Rücken freizuhalten. Alex hat Sie zurückgewiesen und Sie waren verletzt. Sie haben Dinge gesagt, die Sie nicht so gemeint haben. Die Sache geriet außer Kontrolle. Das interessiert mich alles nicht. Ich will nur seinen Mörder finden. Sie etwa nicht? Sie haben ihn doch gerngehabt, Lisa. Helfen Sie mir, den Schuldigen zu finden.«

»Ich möchte ja helfen.«

»Das ist gut.«

»Sie haben recht. Er hat mich nicht angegriffen.«

Kate bemühte sich, ihre unwillkürliche Reaktion auf Lisas Geständnis zu unterdrücken. Sosehr sie auch an ihr gezweifelt hatte, ein Teil von ihr war bereit gewesen, die Frau zu schützen und ihre Version der Ereignisse zu akzeptieren. Wie konnte sie jemanden verleumden, den sie angeblich mochte? Sie unterdrückte die aufsteigende Wut. »Erzählen Sie mir, was am Donnerstag wirklich passiert ist.«

»Ich dachte, er hätte mich aus einer Laune heraus entlassen, und ging am Mittwoch wie gewohnt zur Arbeit, um die Dinge zwischen uns wieder in Ordnung zu bringen. Ich wollte mich für meinen Wutanfall entschuldigen ...«

* * *

Lisa wartet den ganzen Tag auf den richtigen Moment, um sich zu entschuldigen und ihm zu erklären, warum sie zur Arbeit gekommen ist, obwohl sie es nicht sollte.

Sie schafft es, sich zusammenzureißen, aber sie weiß nicht, wie lange sie das noch durchhalten kann. Soll sie an die Tür klopfen oder warten, bis er herauskommt?

Sie hatte die ganze Situation fehlinterpretiert und falsch reagiert. Sie war sich sicher gewesen, dass seine Ehe in die Brüche gegangen war, und glaubte, Alex würde etwas für sie empfinden. Sie hatte sich geirrt. Ganz gewaltig. Sie erschaudert bei der Erinnerung an sein Gesicht, angewidert von ihrem unbeholfenen Versuch, ihn zu küssen. Trotzdem kann sie den Gedanken nicht ertragen, nicht mehr für ihn zu arbeiten, nicht mehr in seiner Nähe zu sein.

Ihre emotionale Not ist so groß, dass sie sich auf ihre Hände setzen muss, damit sie nicht zittern. Es ist halb fünf und sie kann die Spannung nicht mehr ertragen. Sie wird an seine Tür klopfen, ihm sagen, wie furchtbar leid es ihr tut, und um eine zweite Chance betteln, mit dem Versprechen, sich nie wieder so ungebührlich zu benehmen. Er wird ihr verzeihen. Er kann nicht ohne sie auskommen. Sie arbeiten schon zu lange zusammen, als dass er sie abweisen könnte. Sie steht auf, streicht ihren knielangen Rock glatt, kontrolliert, ob ihr oberster Knopf zu ist, das Bild einer sittsamen Sekretärin. Plötzlich öffnet sich die Tür zu seinem Büro, was sie überrascht, und Alex kommt heraus, die Augen zusammengekniffen. Er riecht nach holzigem Aftershave und ihre Knie werden weich beim Anblick dieses Adonis, von dem sie jede Nacht träumt. Sie ist sprachlos und die Entschuldigung kommt ihr nicht über die Lippen.

Seine Stimme ist eiskalt. »Ich weiß nicht, was Sie hier abziehen, aber ich möchte Sie ab morgen nicht mehr hier sehen. Was mich betrifft, sind Sie bis zur disziplinarischen Anhörung suspendiert.«

Sie bekommt vor Schreck keine Luft mehr. »Aber ... ich ...«

Er ignoriert ihr Gestammel. »Ich erwarte, dass Sie Ihre persönlichen Gegenstände entfernen und Ihre Schlüssel am Empfang abgeben. Sie werden ein Schreiben erhalten, in dem Sie eingeladen werden, die Angelegenheit mit mir und dem Firmenanwalt, Mr Poole, zu besprechen, und dort werden wir weitersehen.«

Sie traut ihren Ohren nicht und erkennt den Mann vor sich nicht mehr wieder. So hat er noch nie mit ihr gesprochen.

Heiße Tränen laufen über ihr Gesicht. »Morgen«, sagt sie und hofft, dass sie eine letzte Gelegenheit haben wird, sich zu erklären und entlastet zu werden. Sie will die Firma nicht verlassen. »Kann ich meinen Schreibtisch morgen räumen?«

Er nickt knapp und marschiert aus dem Raum. Sie geht auf dem Teppich in die Knie. Wie kann sie das Blatt noch wenden?

* * *

Lisas Stimme klang aufrichtig. »Er ist am Donnerstagmorgen nicht zur Arbeit gekommen. Ich wusste, dass er auf die Kopie des Vertrags wartete, also nahm ich an, dass er das Büro meiden würde, bis ich weg war. Ich glaubte, wenn ich irgendwie von Angesicht zu Angesicht mit ihm reden könnte, würde er sich das mit der Kündigung noch einmal überlegen. Ich erkundigte mich bei der Empfangsdame, ob Alex darum gebeten hatte, seine Anrufe umzuleiten, und sie bestätigte, dass sie zu ihm nach Hause durchgestellt wurden. Als der Vertrag mit der Post ankam, nahm ich ihn zum Anlass, ihn am späten Vormittag zu Hause zu besuchen. Ich blieb vor dem Pub stehen, um genau zu überlegen, was ich ihm sagen wollte. Es war meine letzte Chance, mich zu rehabilitieren, verstehen Sie? Sobald ich genug Mut gefasst hatte, bin ich weitergefahren, direkt zu seinem Haus.«

»Und was geschah, nachdem Sie dort angekommen waren?«

»Das Tor stand offen und ich wollte gerade in seine Einfahrt einbiegen, als ich draußen ein anderes Auto entdeckte – einen weißen Mini. Ich geriet in Panik und bin weitergefahren. Wenn man sich sammelt, um etwas zu sagen, und es dann nicht tun kann, nimmt es einem den Wind aus den Segeln. Ich kehrte ins Büro zurück und saß völlig aufgelöst da. Ich konnte die Sache so nicht stehen lassen. Ich musste mit ihm sprechen. Also fuhr ich kurz vor zwei Uhr noch einmal los, und als ich diesmal sein Haus erreichte, standen zwar die Tore noch offen, aber der Mini war verschwunden. Ich parkte und wollte klingeln, aber die Haustür war nur angelehnt. Also stieß ich sie auf und rief seinen Namen.« Lisa atmete geräuschvoll ein und presste die Augen zusammen. Als sie sie wieder öffnete, waren sie feucht von Tränen. »Ich wünschte ... ich wäre nicht reingegangen!«, stotterte sie.

»Lassen Sie sich Zeit. Erzählen Sie mir genau, was Sie gesehen haben, jedes Detail, an das Sie sich erinnern können.«

»Er antwortete nicht, also ließ ich meine Handtasche und den Vertrag auf dem Tisch im Flur liegen und beschloss, ihn zu suchen. Ich rief wieder seinen Namen. Die Küchentür stand weit offen und er war nicht drin, aber die Tür nebenan war geschlossen, also klopfte ich. Als er nicht antwortete, öffnete ich sie. Alex saß direkt vor dem Fenster, den Kopf nach hinten gelehnt, als ob er an die Decke schaute, und das Blut ... Ich rannte zurück, schnappte mir meine Tasche und lief hinaus, wobei ich die Haustür hinter mir zuschlug. Ich fuhr, so schnell ich konnte, weg und rief während der Fahrt die Polizei an. Ich schwöre, dass ich Ihnen diesmal die Wahrheit sage.«

»Warum sind Sie hineingegangen, obwohl er nicht geantwortet hat?«

Lisa sah Kate direkt in die Augen. »Ein sechster Sinn. Es fühlte sich nicht richtig an –dass die Tür offen stand und er nicht antwortete. Ich habe auf mein Bauchgefühl gehört.«

»Aber hatten Sie nicht Angst, dass Sie jemanden stören könnten? Vielleicht sogar einen Einbrecher?«

»Das ist mir nicht in den Sinn gekommen. Ich hatte nur einen Gedanken – Alex zu finden und meinen Job zurückzubekommen. Ich wünschte, ich wäre nicht hineingegangen. Ich wünschte, ich hätte nie versucht, ihn zu verführen. Hätte ich das nicht getan, wäre er mir nicht aus dem Weg gegangen und zu Hause geblieben, und dann wäre er heute noch hier. Und ich wünschte, wir hätten uns nicht gestritten. Ich habe ihn geliebt.«

Viele Menschen töteten aus Leidenschaft und Zurückweisung und Lisa hatte beides zugegeben, und obwohl Kate das Gefühl hatte, dass sie den Mann, den sie liebte, nicht gequält haben konnte, konnte sie dieser Frau, die sich als eine vollendete Lügnerin erwiesen hatte, nicht glauben. Für den Moment würden sie unvoreingenommen bleiben, aber solange keine Beweise für Lisas Beteiligung auftauchten, hatten sie keinen Grund, weiter in diese Richtung zu ermitteln.

»Um wie viel Uhr sind Sie bei Alex angekommen?«

»Ich weiß es nicht genau, aber das Haus liegt zehn Minuten Fahrt vom Pub entfernt. Diese Straße ist schmal und hat ein paar Kurven. Da kann man nicht schnell fahren.«

Kate rechnete im Kopf die Ankunftszeit durch. »Können Sie mir noch etwas über das weiße Auto sagen, das gegen Viertel vor zwölf vor dem Haus stand? Vielleicht das Nummernschild? Oder irgendwelche weiteren Details?«

»Nein, tut mir leid. Sobald ich es gesehen hatte, habe ich gedreht und bin wieder weggefahren.«

»Sie haben niemanden im Fahrzeug oder in der Nähe bemerkt?«

»Nein.«

»Aber es war definitiv ein Mini?«

»Definitiv.«

Hätte sie doch nur Streifen oder Farbmuster gesehen oder sich an irgendeinen Teil des Kennzeichens erinnert. »Sie müssen mich aufs Revier begleiten und dort eine offizielle Aussage machen.«

»Ja.« Lisa stand auf und ging mit wackeligen Beinen zum Spülbecken, die Knöchel wurden weiß, als sie sich mit beiden Händen an den Seiten festhielt. »Ich kann niemandem mehr in die Augen sehen. Ich habe es so was von vermasselt. Sam ... sie ist die einzige richtige Freundin, die ich je hatte.«

Kate hatte keine tröstenden Worte für sie übrig. Es wäre sicher nur eine Frage der Zeit, bis Lisa sich erholen, wegziehen und sich wahrscheinlich ein ganz neues Leben aufbauen würde.

»Ich brauche eine Minute, um mir das Gesicht zu waschen. Ich sehe furchtbar aus.«

»Ich werde kurz mit Sam reden und draußen auf Sie warten.«

Lisas Freundin lehnte an ihrem Auto, die Arme verschränkt, eine brennende Zigarette in ihrer Hand. »Blöde Kuh. Warum in aller Welt hat sie sich diesen ganzen Mist ausgedacht? Ich habe ihr geglaubt und jetzt fühle ich mich so ... verarscht.«

»Panik kann Menschen dazu bringen, sich irrational zu verhalten.« Kates Worte verbargen den Zorn, der in ihrer Magengrube schwelte. Lisa hatte nicht nur ihre Zeit bei den Ermittlungen in einem wichtigen Fall vergeudet, sie hatte sich auch nicht um die Konsequenzen ihrer Anschuldigung gekümmert – die Rufschädigung ihres Chefs und die Auswirkungen auf seine Familie – oder auch nur einen Gedanken an die echten Vergewaltigungsopfer verschwendet, von denen einige nie wieder ein normales Leben führen konnten. Kates Nasenlöcher bebten, aber sie sprach ihre Gedanken nicht aus.

Sam schnippte etwas Asche von ihrer Zigarette. »Ich bin mir nicht mehr sicher, ob ich ihr noch vertrauen kann. Sie spinnt total. Aber egal, warum wollten Sie, dass ich hierbleibe?«

»Um Sie um Diskretion zu bitten. Würden Sie bitte alles, was Sie gehört haben, für sich behalten? Wenn etwas nach außen dringt, könnte das unsere Ermittlungen gefährden.«

»Ich verstehe. Ich werde kein Wort sagen.«

»Danke. Lisa kommt mit mir, um ihre Aussage zu machen.«

»Okay.«

Wie aufs Stichwort kam Lisa den Weg zu ihnen hinunter. Als sie Sam erreichte, legte sie eine Hand auf den Arm ihrer Freundin. Sam zog ihn wütend weg.

»Es tut mir so leid, Süße. Ich bin so eine Närrin gewesen. Das alles … ist außer Kontrolle geraten. Das habe ich nicht gewollt. Und ich hätte dich nicht anlügen sollen – nicht dich. Was auch immer du von mir denkst, ich habe absolut nichts mit Alex' Tod zu tun.«

Sam warf die Zigarette auf den Bürgersteig und trat sie mit dem Absatz aus.

»Ich habe Alex so sehr geliebt, dass ich nicht mehr klar denken konnte. Aber ich liebe dich auch, Sam. Du bist meine beste Freundin. Gib mich nicht auf.«

Als sie wegfuhren, überlegte Kate, dass sie jetzt eine zweite Zeugin hatten, die einen weißen Mini gesehen hatte. Bradley Chapman sollte sich besser ein paar Antworten einfallen lassen, wenn er nicht hinter Gittern landen wollte.

Kapitel 17

SAMSTAG, 5. JUNI – SPÄTER NACHMITTAG

»Lisa hat am Donnerstagmorgen einen Mini vor Alex' Haus gesehen«, sagte Kate.

Morgan schaute zu ihr auf. »Und wir sind auf das hier gestoßen.«

Kate warf ihre Autoschlüssel auf den Schreibtisch und schaute ihm über die Schulter. Morgan rief eine Website eines Escortservices auf – die Cindi Kaufer Escort Agency – und zeigte auf ein Foto.

»Ich habe ihn noch nicht erreichen können, aber der Gärtner der Corbys, Rory Winters, arbeitet gleichzeitig auch als männlicher Teilzeit-Escort.« Kate beugte sich vor, um die Biografie zu lesen. »Okay. Er spricht Russisch und Französisch und mag Kunst und Literatur. Wer ist diese Cindi Kaufer, die die Agentur leitet?«

»Das wissen wir noch nicht genau, aber wir prüfen es gerade.«

»Gut. Habt ihr sonst noch etwas herausgefunden?«

Emma hielt ihren Notizblock hoch. »Ja. Ich habe mit der Putzfrau der Corbys gesprochen, Kelly Innes. Sie erinnert sich daran, Fiona und Alex am Donnerstag vor den Ferien streiten gehört zu haben. Noch wichtiger ist aber, dass Kelly sicher ist, dass Fiona Corby eine Affäre hat. Anscheinend verhielt sie sich seltsam – heimliche Telefonanrufe, Textnachrichten, die sie erröten ließen, und sie kleidete sich ›aufreizend‹, um einkaufen zu gehen. Außerdem gab es mehrere Blumenlieferungen.«

»Nichts davon deutet darauf hin, dass sie tatsächlich eine Affäre hat. Hinter alldem könnte auch Alex stecken.«

»Kelly war sich sicher. Sie sagte, dass Fiona die Karten versteckte, die mit den Blumen kamen.«

»Das ist immer noch kein stichhaltiger Beweis, aber wir werden es im Hinterkopf behalten. Lisa sitzt im Befragungsraum B, um ihre Aussage zu machen. Wer von euch beiden hat Lust, sie aufzunehmen?«

»Ich mache das.« Morgan sprang auf.

»Danke, Morgan. Du musst noch jemanden auftreiben, der sie anschließend nach Hause zurückbringt.«

»Sie ist nicht mehr verdächtig?«

»Sie hat ihre Geschichte so oft geändert, dass ich sie nicht ganz von der Liste streichen kann, aber angesichts dessen, was sie mir erzählt hat, möchte ich Bradley noch einmal befragen. Außerdem überlege ich, ob wir nicht auch Fiona befragen sollten. Findet heraus, ob sie eine Affäre hat und, falls ja, mit wem.« Sie tippte mit einem Zeigefinger gegen ihr Kinn und versuchte zu entscheiden, wie sie weiter vorgehen sollten. »Wir werden zuerst Bradley befragen. Sollte er weiterhin schweigen, werden wir ihn verhaften.«

»Wofür?«

»Dafür, dass er nervt«, antwortete Kate.

Die Tür ging auf und DCI William Chase tauchte auf der Schwelle auf. »Ich dachte, ich hätte dich auf dem Flur gesehen, Kate. Ich fürchte, die Nachricht über Alex' Tod ist durchgesickert. Dickson hat mich gebeten, mit der Presse zu sprechen.

Ich dachte, ich warne euch rechtzeitig vor, dass wir in einer Stunde eine Erklärung abgeben.«

»Verdammt! Was wirst du sagen?«

»Dass Alex Corby am Donnerstagnachmittag unter verdächtigen Umständen tot aufgefunden wurde und wir derzeit seinen Tod untersuchen. Ich werde es so kurz und zweideutig wie möglich halten. Das war zu erwarten. Jeder, der an seinem Haus vorbeikam, wird die Wagen der Spurensicherung gesehen haben.«

»Er wohnt am Ende einer Sackgasse. Niemand geht da einfach so vorbei.« William zuckte leicht mit den Schultern. »Und wir könnten mehr Zeit gebrauchen, ohne im Rampenlicht zu stehen.«

»Habt ihr schon Fortschritte gemacht?«

»Bradleys Auto wurde um elf Uhr dreißig beim Einbiegen in die Lea Lane gesehen, und eine Viertelstunde später sah ein zweiter Zeuge den Wagen vor dem Haus. Aber er sagt kein Wort und ich glaube nicht, dass wir zu diesem Zeitpunkt genug Beweise haben, um ihn anzuklagen.«

»Okay. Die Entscheidung überlasse ich dir.« William wandte sich zum Gehen, doch ihre Stimme hielt ihn auf. »William, halte meinen Namen aus der Presseerklärung heraus.«

»Du weißt, dass ich das tun werde.«

Kaum hatte er die Tür geschlossen, begannen Kates Hände zu zittern. Obwohl sie erwartet hatte, dass sich die Medien einmischen würden, verunsicherte sie die Erkenntnis, dass sie nun die Ermittlungen verfolgen würden. Sie ballte die Fäuste, und die Fingernägel gruben sich tief in ihre Handflächen.

»Alles in Ordnung, Chefin?«, wollte Morgan wissen.

»Alles gut. Ich bin nur sauer, dass es nach außen gedrungen ist. Lasst uns loslegen. Morgan, geh und nimm Lisas Aussage auf. Emma und ich werden Bradley noch einmal befragen.«

Sie eilte zur Tür und hoffte, den Korridor hinunter gehen zu können, ohne dass sie jemand ansprach. Sie brauchte diese wertvollen Minuten, um sich zu beruhigen und sich zu überlegen, was sie Bradley sagen sollte. Sie schob die Hände in die Taschen und fuhr über die Folienpackung der Tabletten. Trotz der Versuchung nahm sie keine. Sie brauchte einen klaren Verstand, und das nicht nur für diesen Fall. Sie musste herausfinden, was John Dickson vorhatte. Wenn er sie bewusst sabotieren wollte, konnte es dafür nur einen Grund geben – den Vorfall im Januar.

Kapitel 18

SAMSTAG, 5. JUNI – SPÄTER NACHMITTAG

Bradley Chapman starrte geradeaus, die Augen auf einen Punkt über Kates Kopf gerichtet. Sein Anwalt, ein stämmiger Mann Anfang fünfzig, fuhr sich mit den Fingern durch sein silbergraues Haar, schraubte dann in aller Ruhe die Kappe eines bereitliegenden tiefschwarzen Füllfederhalters ab und räusperte sich, bevor er mit dröhnender Stimme verkündete: »Mein Mandant möchte klarstellen, dass er Alex Corby zu keinem Zeitpunkt am Donnerstag, dem 3. Juni, besucht hat.«

»Wir haben einen Zeugen, der Mr Chapmans Auto gefilmt hat, wie es um elf Uhr dreißig in die Lea Lane einbog, und einen anderen, der behauptet, gegen Viertel vor zwölf einen weißen Mini gesehen zu haben, der vor Alex Corbys Haus parkte«, widersprach Kate.

»Mr Chapman bestreitet, zu diesen Zeiten auf dem Anwesen der Corbys gewesen zu sein, und ich möchte darauf hinweisen, dass der Mini eine beliebte Automarke ist.«

»Dieser Tatsache bin ich mir durchaus bewusst. Allerdings hatte dieser Wagen einen einzigartigen rot-weiß-blauen Blitz an den Seiten, genau wie Mr Chapmans Fahrschulauto.«

»Einzigartig? Das ist fraglich«, hielt der Anwalt dagegen.

»Mr Chapman, ich würde die Frage lieber Ihnen als Ihrem Anwalt stellen. Stand Ihr Auto am Donnerstagmorgen vor dem Haus von Alex Corby?«

Bradley antwortete nicht und sein Anwalt blinzelte träge, bevor er fragte: »Hat sich einer Ihrer Zeugen das Kennzeichen des Fahrzeugs gemerkt oder es notiert?«

»Nein.« Kate ballte die Fäuste. Sie ahnte, worauf er hinauswollte.

»Hat einer Ihrer Zeugen beobachtet, wie Mr Chapman gefahren oder sogar aus dem Auto ausgestiegen ist?«

»Nein.«

»Dann glaube ich nicht, dass wir diese Befragung weiter fortführen müssen.«

Kate hielt seinem Blick stand. »Es gibt keine ausreichenden Beweise dafür, dass Mr Chapman über die B5014 nach Lichfield fuhr, wie er behauptete. Sein Auto hat am Donnerstagmorgen zwischen elf und zwölf Uhr zu keinem Zeitpunkt die Überwachungskamera an der Strecke passiert.«

»Möglicherweise ist oder war die Kamera defekt. Haben Sie überprüft, ob sie richtig funktioniert?«

»Wir haben keinen Grund zur Annahme, dass sie defekt sein könnte. Außerdem kann sich niemand im Brown's Café daran erinnern, ihn in dem Zeitraum gesehen zu haben, in dem er behauptet, dort gewesen zu sein. In Anbetracht dieser Informationen und der Tatsache, dass Mr Chapman nicht mehr weiß, wo er geparkt hat, wodurch wir nicht feststellen können, ob sein Auto zu dem von ihm angegebenen Zeitpunkt tatsächlich in Lichfield war, müssen wir die Möglichkeit in Betracht ziehen, dass er nicht nach Lichfield gefahren ist, sondern von der Yeatsall Road in Abbots Bromley zum Haus seiner Tochter und seines Schwiegersohns in der Lea Lane.«

Der Anwalt legte seinen Stift auf einen Block und nahm das Foto. Er grunzte zustimmend, bevor er fortfuhr: »Die

Fotos zeigen ein Fahrzeug, das in die Lea Lane einbiegt. Sie sagen, dass die Markierungen einzigartig sind, aber Aufkleber, die mit diesen identisch sind, können in jedem Fachgeschäft oder online gekauft und an Fahrzeugen angebracht werden. Es gibt kein Foto vom Nummernschild oder irgendeinen Beweis, dass mein Mandant dieses Auto gefahren hat. Daher haben Sie keinen Grund, ihn anzuklagen, und nur wenig Grund, ihn weiterzubefragen.«

Kate fing den grimmigen Blick auf, den Emma auf den Mann richtete, der sich davon nicht beirren zu lassen schien.

»Haben Sie etwas anderes als Vermutungen? Haben Sie irgendwelche kriminaltechnischen Beweise, die Mr Chapman mit dem Tatort in Verbindung bringen?« Er nahm ihr Schweigen als die Antwort, die er erwartet hatte. »In diesem Fall, DI Young, bitte ich darum, diese Befragung zu beenden. Mr Chapmans Frau, seine Tochter und seine Enkelkinder brauchen seine moralische Unterstützung in dieser schwierigen und erschütternden Zeit.«

»Wir könnten Mr Chapman für weitere Befragungen hierbehalten oder ihn wegen Rechtsbeugung anklagen«, antwortete Kate. Sie hasste selbstgefällige Anwälte und es gab kaum einen Selbstgefälligeren als diesen.

»Das glaube ich nicht, DI Young. Mr Chapman ist Ihnen gegenüber offen gewesen und hat Ihnen alles gesagt, was er weiß. Er war nicht am Tatort.«

Kate gingen die Argumente aus. Dieser dämliche Anwalt würde irgendeinen obskuren Paragrafen hervorholen und darauf bestehen, dass sein Klient die Wache verlassen durfte. Es wäre besser, ihn gehen zu lassen und sich wieder auf die Fakten zu konzentrieren. Fakten und Beweise würden sie zu dem Mörder führen, und wenn sich herausstellen sollte, dass es Bradley war, würde kein Anwalt auf diesem Planeten ihn freibekommen, nicht bis Kate ihren Fall gegen ihn fertig vorbereitet hatte.

Also beendete sie die Befragung und lehnte sich in ihrem Stuhl zurück. »Okay. Aber Mr Chapman, wenn Sie schweigen, helfen Sie dem Mörder Ihres Schwiegersohns und behindern darüber hinaus unsere Ermittlungen.«

»Das ist meinem Mandanten bewusst«, sagte der Anwalt. Er steckte die Kappe auf seinen Stift, stand auf und signalisierte Bradley, dass sie gehen konnten.

Kate hatte keine Zeit zu verlieren. Sie würde mit Fiona sprechen. Wenn Alex' Frau tatsächlich eine außereheliche Beziehung hatte, könnte dies eine weitere Spur sein. Da sie einen Ehevertrag abgeschlossen hatte, der ihr im Falle einer Scheidung jeglichen Anspruch auf Corby International oder sein Vermögen verwehrt hätte, hatte sie ein Motiv, ihren Mann ermorden zu lassen.

Emma folgte Kate mit einem finsteren Gesichtsausdruck ins Büro. »Aalglatter Bastard.«

»Lass es gut sein, Emma. Wir werden mit Fiona sprechen.«

»Ich werde die Kamera auf der B5014 überprüfen lassen. Dieser Mistkerl ist definitiv die Lea Lane hochgefahren und nicht nach Lichfield. Er ist zu Alex' Haus gefahren.« Emma knallte ihren Aktenordner auf den Schreibtisch.

Kate wusste, wie es sich anfühlte, sich einer Sache so sicher zu sein, dass man wollte, dass sie wahr ist. »Es ist vielleicht etwas weit hergeholt, aber zeige Lisa Handsworth ein Foto des Fahrschulautos und frage sie, ob es das Auto ist, das sie in der Einfahrt gesehen hat. Vielleicht löst das eine Erinnerung bei ihr aus.«

Emma schaute kurz auf. »Er lügt, Kate. Und ich werde es beweisen.«

Kate sah auf ihre Uhr. Es war kurz vor vier und William würde bald mit der Presse sprechen. Sie musste vorher verschwinden. Sie stahl sich die Nottreppe hinunter, um den

Reportern auszuweichen, die sich vor dem Gebäude versammelt hatten, und rief Fiona an.

Fiona klang wütend. »Wo ist mein Vater?«

»Ich glaube, er ist auf dem Heimweg.«

»Meine Mutter hat einen Nervenzusammenbruch. Warum haben Sie ihn auf die Wache gebracht? Er hat nichts Unrechtes getan.« Ihre Stimme erinnerte Kate an Tillys – weinerlich und schrill.

»Er hat uns bei unseren Ermittlungen unterstützt. Fiona, ich würde auch gern mit Ihnen reden. Wir sind auf etwas aufmerksam gemacht worden, was wir besprechen müssen.«

»Was? Wovon reden Sie?«

»Darüber muss ich mit Ihnen persönlich sprechen.«

Fiona seufzte. »Meiner Mutter geht es nicht gut, daher wäre es besser, wenn Sie nicht hierherkommen, und ich will nicht auf die Wache. Wie wäre es, wenn wir uns im Truly Scrumptious Café in Abbots Bromley treffen? Wissen Sie, wo es ist?«

»Ja, ich kenne es. Können wir uns in einer halben Stunde dort treffen oder ist Ihnen das zu früh?«

»Nein, das ist in Ordnung. Ich werde da sein.«

Kate eilte zum Audi und sprang auf den Fahrersitz, ohne einen Blick in William Chases Richtung zu werfen, der sich gerade an eine Meute von Journalisten wandte. Sie knallte die Tür zu und schnappte nach Luft. »Oh! Du hast mich überrascht. Was machst du hier?«

»Ich wollte sehen, ob Dickson seine Erklärung abgeben würde, aber das hat er nicht«, sagte Chris.

»Du denkst, dass eigentlich er mit der Presse sprechen sollte?«

»Auf jeden Fall. Er konnte es kaum erwarten, mit ihnen über den Vorfall im Zug von Euston zu reden, oder?«

Das Bild eines düster dreinblickenden Dickson in vollem Ornat, der den Familien sein Beileid ausspricht, erschien vor

Kates innerem Auge. Es stimmte. Er war stets der Repräsentant, der sich den Kameras stellte.

»Er hat es seinem Lieutenant überlassen, seine Drecksarbeit zu machen. Schade, dass du nicht von den Lippen ablesen kannst.«

»Die Drecksarbeit? Wovon redest du? William gibt nur ein paar Details bekannt.«

»Schau genau hin, Kate. Für jemanden, der nur ein paar Details bekannt gibt, redet er sehr viel. Und er beantwortet Fragen.«

Sie kniff die Augen zusammen, um besser sehen zu können, was vor sich ging. Es sah tatsächlich so aus, als würde er den eifrigen Journalisten antworten.

»Ich wette, er erwähnt auch dich.«

»Das würde er nicht tun.«

»Er würde es tun, wenn man es ihm befehlen würde.«

»Aber das würde Dickson nicht tun, oder?«

»Es würde Druck auf die Ermittlungen ausüben und dich ins Rampenlicht drängen. Und stelle dir die Auswirkungen vor, wenn die Presse herausfindet, dass du die Ermittlungen in diesem Fall leitest. Wir Journalisten lieben gute Storys und es würde ihnen einen Vorwand geben, den Amoklauf im Euston-Zug wieder auszugraben.«

Kate schluckte schwer. Das war das Letzte, was sie wollte.

»Sag mir noch mal, Kate, was hast du über den Vorfall herausgefunden?«

»Das weißt du ganz genau. Nichts.«

»Und warum nicht?«

»Du weißt, warum.«

»Tu mir den Gefallen und sage es mir.«

»Weil mir der Zugang zu den Ermittlungs- und Fallakten verweigert wurde.«

»Und wer hat das veranlasst?«

»Dickson.«

Sie legte die kühlen Hände auf ihre erhitzten Wangen. Dickson hatte dafür gesorgt, dass ihr keine Akteneinsicht gewährt wurde, und sogar persönlich mit dem ermittelnden Beamten gesprochen, um sicherzustellen, dass sie aus den Ermittlungen herausgehalten wurde – eine Tatsache, die sie dank eines alten Kollegen herausgefunden hatte, der im selben Gebäude arbeitete wie die Kriminalabteilung, die sich um den Amoklauf im Euston-Zug gekümmert hatte.

»Kate, denk darüber nach, was ich sage. Das könnte Teil von Dicksons Plan sein, um den Druck auf dich aufrechtzuerhalten. Wenn du dich von der Presse bedrängt fühlst, ist die Wahrscheinlichkeit größer, dass du zusammenbrichst oder Fehler machst.«

»Das kann ich im Moment nicht, Chris. Ich muss eine Verdächtige befragen.«

»Hätte Dickson für diesen Fall eine Nachrichtensperre oder ein Medienverbot beantragt, würde keiner dieser Journalisten dort stehen und du hättest die Zeit, die du brauchst, um Alex Corbys Tod zu untersuchen.«

Sie sah zu, wie William den Kopf schüttelte und die Hand hochhielt, um das Ende der kurzen Pressekonferenz zu signalisieren.

Chris sprach weiter. »Hast du die Möglichkeit in Betracht gezogen, dass Dickson irgendwie in seinen Tod verwickelt ist und dich absichtlich in die falsche Richtung lenkt?«

»Um Himmels willen, Chris! Das geht einen Schritt zu weit.«

»Tut es das wirklich? Wie das alte Sprichwort besagt, gibt es keinen Rauch ohne Feuer. Dickson sollte diese Erklärung abgeben, nicht William. Er distanziert sich aus einem bestimmten Grund von den Ermittlungen. Beantworte mir eine Frage: Hat er dich direkt kontaktiert, um zu fragen, wie du vorankommst?«

»Nein.«

»Kommt es dir nicht seltsam vor, dass der Mann, der dich ausdrücklich gebeten hat, die Ermittlungen zu leiten, im Hintergrund bleibt?«

»Hör mal, ich kann mich jetzt nicht damit befassen. Ich muss los.«

»Muss ich es dir vorsagen oder kommst du von allein darauf?«

Kate ignorierte ihn, sah nach vorn und wartete darauf, dass Chris ausstieg, damit sie weiterarbeiten konnte. Dann fuhr sie davon, ohne zurückzublicken. Chris war weg.

* * *

Eine Glocke bimmelte fröhlich über der Tür des Truly Scrumptious Café, in dem kein Gast saß, als Kate eintraf. Sie nahm den hellen Raum und die Kreidetafel neben der Theke in Augenschein, auf der alle Torten des Tages mit einer verlockenden Beschreibung angepriesen wurden: gesalzener Karamell und frische Sahne, Pistazie mit frischem Zitronen-Joghurt-Topping und Bananen-Butterkaramell-Sahne-Torte. Am unteren Rand der Tafel stand ein Name – Annette-Hannah – die stolze Besitzerin des Cafés.

Eine Frau Mitte dreißig mit einer Schürze, auf der Cartoon-Katzen prangten, erschien – zweifellos Annette-Hannah selbst. Kate bestellte einen schwarzen Kaffee.

»Kann ich Sie vielleicht zu einem Stück des heutigen Specials verführen – einem teuflisch leckeren Schokoladenkuchen? Ich habe noch ein Stück übrig.«

»Nein, danke.« Als Kate den enttäuschten Gesichtsausdruck der Frau sah, wurde ihr bewusst, dass sie vielleicht unfreundlich geklungen hatte. »Ich stehe nicht so auf Süßes. Mein Mann hätte sich aber bestimmt überreden lassen. Er ist verrückt nach Schokolade.« Warum hatte sie Chris erwähnt?

»Dann nehmen Sie es ihm mit – auf Kosten des Hauses. Es wird über Nacht nur austrocknen. Außerdem bin ich zuversichtlich, dass es ihm so gut schmeckt, dass er Sie zurückschickt, um noch mehr davon zu besorgen.« Annette-Hannah ignorierte Kates Proteste, schob das Stück in eine Papiertüte und reichte sie ihr.

Die Türklingel ertönte erneut und kündigte die Ankunft eines weiteren Gastes an. Fiona trat ein und Kate schob den Kuchen geistesabwesend in ihre große Handtasche.

»Nur einen Tee, bitte«, sagte Fiona zur Café-Besitzerin, bevor sie sich an Kate wandte und fragte: »Wo möchten Sie sitzen?«

»Ich bringe Ihnen die Getränke«, sagte Annette-Hannah und überließ den Frauen die Tischwahl.

Kate wählte den, der am weitesten von der Theke und der Tür entfernt war, und nahm Platz. Fiona warf ihre Tasche über die Rückenlehne des gegenüberliegenden Stuhles und setzte sich.

»Danke, dass Sie sich mit mir treffen, vor allem in dieser schweren Zeit«, begann Kate das Gespräch.

Fiona stützte die Ellbogen auf den Tisch und beugte sich etwas vor, bevor sie leise sagte: »Sie haben keine Ahnung, wie schwer sie ist. Und Sie waren nicht besonders hilfreich, als Sie meinen Vater mit auf das Revier nahmen. Meine Mutter war heute nicht sie selbst und ich kann damit nicht umgehen. Es ist schon schlimm genug, sich um alles andere kümmern zu müssen; die Jungs verstehen nicht, was los ist, und blasen im Haus Trübsal, und wir können nicht nach Hause gehen oder zur Normalität zurückkehren, weil es nie wieder normal sein wird! Es ist, als ob jemand mein Leben auf den Kopf gestellt hätte. Und zu allem Überfluss kann ich nicht begreifen, was passiert ist. Manchmal denke ich, dass nichts davon real ist, und ich muss mich daran erinnern, warum ich im Haus meiner Eltern wohne und mein Jüngster in seinem Schlafzimmer weint, und dann erinnere ich mich daran, dass mein Leben ein riesiges, beschissenes Chaos ist.«

Annette-Hannah kam mit einem Tablett mit Getränken an, unterbrach den Monolog und stellte die Tassen auf den Tisch.

Nachdem sie außer Hörweite war, sprach Kate wieder. »Sie werden Zeit brauchen, um sich daran zu gewöhnen, aber Sie haben Unterstützung – eine Familie, die sich um Sie sorgt. Und es wird leichter werden.«

»Glauben Sie wirklich, dass es das mit der Zeit wird?«

Kate ließ eine Hand in ihre Tasche gleiten, tastete nach den Pillen und strich über die Folienpackung.

Ohne eine Antwort auf ihre Frage abzuwarten, hob Fiona ihre Tasse und starrte unglücklich hinein. »Worüber wollten Sie mit mir sprechen?«

Es war nicht nötig, um den heißen Brei herumzureden. »Ich wollte Sie nach Ihrer Affäre fragen.«

Fiona schluckte schwer bei dieser Enthüllung. Ihre Antwort kam schnell, aber nicht schnell genug, um ihren beunruhigten Blick zu verbergen. Kate wusste sofort, dass sie log, als sie sagte: »Ich habe keine Affäre.«

»Kommen Sie, Fiona. Verkaufen Sie mich nicht für dumm. Die Technikabteilung wird nicht lange brauchen, um Ihre mobilen Geräte zu durchsuchen und festzustellen, dass Sie sich mit jemandem getroffen haben. Wir können auf Telefonaufzeichnungen, Online-Aktivitäten, auf fast alles zugreifen – sogar auf gelöschte Sachen. Und es wird nicht lange dauern, bis wir diese Person identifizieren und Sie beide zur Befragung mitnehmen müssen.«

»Inwiefern hat meine Affäre etwas mit dem Mord an Alex zu tun?«

Kate sah zu, wie der Dampf von ihrem Kaffee aufstieg und Fiona mit sich rang.

»Ich war nicht einmal im Land, als Alex getötet wurde. Wie kommen Sie also darauf, dass ich etwas damit zu tun habe?«

»Fiona, es liegt an Ihnen, mir hierbei zu helfen. Ich kann nur mit Fakten arbeiten und ich weiß, dass Sie einen Ehevertrag unterschrieben haben, also hätten Sie bei einer Scheidung nichts von Alex' Vermögen bekommen. Im Falle seines Todes erben Sie dagegen seine weltlichen Besitztümer, was ein ziemlich starkes Mordmotiv ist. Zumindest würden das manche Leute so sehen.«

Fiona stellte ihre Tasse ab und klemmte die Hände unter die Achseln. »Ich könnte so etwas nicht. Ich habe es nicht getan.«

Kate zuckte leicht mit den Schultern. Sie musste sie nicht stärker bedrängen, Fiona knickte von allein ein. Die Worte kamen leise, kaum mehr als gehaucht. »Ich habe mich mit jemandem getroffen, aber es war nichts Ernstes. Was ich Ihnen darüber erzählt habe, dass Alex keine Erektion bekommen konnte, stimmt. Ich war frustriert. Das ist ganz natürlich. Ich bin noch keine vertrocknete alte Frau. Ich hatte etwas Spaß. Mehr nicht.«

»Haben Sie sich von dieser Person getrennt?«

»Das wollte ich tun, sobald ich aus Frankreich zurückkam, und dann ist das passiert.«

»Die Beziehung ist also noch nicht vorbei?«

»Für mich schon.«

»Mit wem haben Sie sich getroffen?«

»Muss ich Ihnen das sagen? Es ist so peinlich. Wenn das jemand herausfindet ...« Sie schaute sich noch einmal um, aber von Annette-Hannah war keine Spur zu sehen. Sie war in der Küche verschwunden. Im Hintergrund lief Musik, eine Disco-Nummer aus den Siebzigerjahren. Trotzdem senkte Fiona ihre Stimme. »Ich schwöre, ich habe nichts mit Alex' Tod zu tun.«

Kate wiederholte ihre Frage. »Mit wem haben Sie sich getroffen?«

Sie zählte bis fünfzehn, bevor Fiona antwortete. »Rory Winters.«

Kate war nicht überrascht. Rory war ein auffälliger junger Mann, der gut aussah und eine tolle Figur hatte. Wenn er so charmant war, wie sein Escort-Profil behauptete, wäre er ein passender Geliebter für Fiona.

»Bitte sagen Sie meinen Eltern kein Wort davon. Ich könnte es nicht ertragen, wenn sie es herausfänden. Sie wären so enttäuscht von mir. Und meine Jungs – was, wenn sie es erfahren?« Da war wieder die weinerliche, flehende Stimme.

»Ich werde mit Rory sprechen müssen.«

»Ich nehme an, dass Sie das müssen. Ist das alles?«

»Für den Moment, ja. Wir haben den Computer aus Ihrem Haus mitgenommen. Die Spurensicherung untersucht ihn gerade. Außerdem hätte ich gern Ihr Handy und die Erlaubnis, auf Ihre E-Mails, Social-Media-Konten und Textnachrichten zuzugreifen. Ich werde den Gesprächsverlauf zwischen Rory und Ihnen untersuchen.«

»Und wenn ich mich weigere?«

»Ich kann Sie auch zu einer Verdächtigen erklären und es trotzdem beschlagnahmen, aber ich würde es lieber auf die zivilisierte Art machen.«

Fiona schob ihr Smartphone über den Tisch. »Wann kann ich es wiederhaben?«

»Sobald wir damit fertig sind.«

»Ich überlasse Ihnen diese Informationen, um zu beweisen, dass ich nichts mit Alex' Tod zu tun habe.« Sie zog ein Notizbuch hervor, riss eine Seite von weiter hinten heraus und kritzelte einige Passwörter auf. »Das ist der Sicherheitscode meines Telefons und das sind die Passwörter für meine Social-Media- und E-Mail-Konten, aber das Telefon ist nach der

Aktivierung so eingestellt, dass es sich automatisch bei diesen Konten anmeldet.«

»Hatten Sie keine Angst, dass Alex Ihr Handy kontrollieren und die Sache mit Rory herausfinden würde?«

Fiona schüttelte den Kopf. »Er hat mir entweder vertraut oder es hat ihn nicht gestört, dass ich mich mit jemand anderem treffe. Er hat mich nie zur Rede gestellt. Ich wünschte, er hätte es getan. Das hätte beweisen können, dass ihm mehr an mir lag, als ich vermute.« Die Tränen begannen zu fließen. Sie schob die Tasse zur Seite, ohne sie ausgetrunken zu haben, zog einen Zehn-Pfund-Schein heraus und legte ihn auf den Tisch. »Die Getränke gehen auf mich. Ich muss gehen. Die Kinder werden schon fragen, wo ich bin.«

Kate begleitete sie nach draußen, wo sie den weißen Mini bemerkte, der hinter ihrem eigenen Auto geparkt war. Er hatte einen rot-weiß-blauen Blitz an der Seite.

»Sie sind mit dem Fahrschulauto gekommen?«

»Mit einem von ihnen. Dieses hier wird nicht mehr für die Schule genutzt.«

»Ihr Vater besitzt zwei identische Minis?«

Fiona nahm die Schlüssel in die Hand. »Er hat letztes Jahr einen neuen gekauft, um diesen hier zu ersetzen, nachdem er anfing, Probleme zu machen. Er wollte ihn verkaufen, bekam aber nicht den gewünschten Preis geboten, also reparierte er ihn selbst und behielt ihn als Stadtauto für meine Mutter.«

»Ich dachte, Ihre Mutter fährt einen Range Rover?« Kate hatte den Wagen bei ihrem letzten Besuch vor der Garage geparkt gesehen.

»Der frisst ziemlich viel Benzin. Der Mini ist sparsamer bei kürzeren Fahrten. Aber da meine Mutter lieber den Range Rover fährt, kommt er nur selten aus der Garage.«

Kate merkte sich das Nummernschild, als Fiona wegfuhr. Dann rief sie Emma an, um sie auf den neuesten Stand zu bringen, und wurde von einer aufgeregten Stimme begrüßt.

»Ich habe mir die Aufnahmen der Überwachungskamera auf der B5014 angesehen, um sicherzugehen, dass sie nicht defekt ist, und rate mal, was ich um zwölf Uhr dreißig entdeckt habe, eine Stunde später als gedacht.«

»Sag schon.«

»Bradleys Auto, das auf der Straße in Richtung Lichfield fährt. Ich habe die Datenbank des Verkehrsamts überprüft, um sicherzugehen, dass es sein Fahrzeug war, und fand heraus, dass zwei weiße Minis auf seinen Namen registriert sind.«

»Wenn Bradley die Yeatsall Road in Abbots Bromley gegen elf Uhr verlassen hat, wie sowohl er als auch seine Schülerin Sierra behaupten, warum ist sein Auto dann nicht früher an der Kamera vorbeigefahren? Über diese eine Stunde wird er uns noch Rechenschaft ablegen müssen.«

»Eine Stunde, in der er Zeit gehabt hätte, Alex zu ermorden und nach Lichfield zu fahren.«

»Plausibel, aber ich hatte gerade ein interessantes Gespräch mit Fiona. Anscheinend wird eines dieser Autos nicht mehr für die Fahrschule genutzt, sondern ab und an von Gwen. Kannst du den Aufenthaltsort von Gwen Chapman für Donnerstag überprüfen? Angeblich war sie mit Freunden aus. Vielleicht sollten wir herausfinden, ob sie tatsächlich bei ihnen war. Übrigens, gute Arbeit.«

Kate hatte inzwischen den Damm erreicht. Ein riesiger Schwarm Kanadagänse, die sich aus dem silbrigen Wasser erhoben und im Chor triumphierend schnatternd den Stausee überquerten, übertönte sie. Während sie unter den zahlreichen Flügelschlägen weiterfuhr, dachte sie über die Bedeutung des zweiten Minis nach.

Ihr Instinkt sagte ihr, dass das wichtig war, aber sie wagte nicht zu glauben, dass die Antwort sie zu Alex' Mörder führen würde. »Tatsachen, Kate. Die Tatsachen lassen dich nie im Stich.« Chris' Mantra. Sie würde der Spur weiter folgen. Was blieb ihr sonst übrig?

KAPITEL 19

SAMSTAG, 5. JUNI – SPÄTER NACHMITTAG

Rory Winters lebte sechs Meilen von Abbots Bromley entfernt in einer modernen Doppelhaushälfte in einer Wohnsiedlung in Rugeley.

Bay Road Nummer 14 war nicht besonders bemerkenswert oder markant. In Wahrheit war es nicht mehr als ein Backsteinkasten mit Kunststofffensterrahmen und braunen Dachziegeln. Im Gegensatz zu den meisten anderen Grundstücken war der Rasen vor dem Haus jedoch durch dunkelrote Pflastersteine ersetzt worden, auf dem drei Töpfe mit kegelförmigen Buchsbäumen standen. Kate, die um einen mitternachtsblauen Pick-up herumging, der in der Auffahrt geparkt war, fuhr mit den Fingern über den Nächstgelegenen des Trios, wobei ihre Finger von den winzigen wachsartigen Blättern etwas klebrig wurden. Die Sträucher würden in Chris' und ihrem Garten wunderschön aussehen. Jemand hatte ihre Ankunft hinter der Jalousie beobachtet und Rory öffnete die Tür, bevor sie klopfen konnte. Sie hielt ihren Ausweis hoch, der an einem Schlüsselband um ihren Hals hing.

»DI Young. Dürfte ich hereinkommen und Ihnen ein paar Fragen stellen?«

Der junge Mann starrte auf den Ausweis und strahlte sie mit vollkommen weißen Zähnen an. »Worüber?«

»Über Alex Corby.«

Das Lächeln verschwand. »Er hat sich doch nicht über mich beschwert, oder?«

»Können wir reingehen, Sir?«

Sie wurde in ein Wohnzimmer geführt – ein kleiner, aber funktionaler Raum. Auf dem blassblauen Sofa lag eine Fernbedienung und auf dem an die Wand geschraubten Flachbildfernseher war ein Standbild eingefroren.

»Ich binge gerade ›Better Call Saul‹«, sagte er und schaltete das Gerät aus. »Kennen Sie die Serie?«

Kate schüttelte den Kopf.

»Sie ist besser als ›Breaking Bad‹. Ich hänge schon den ganzen Tag davor.« Er streckte sich träge. »Worum geht es denn? Was hat Alex gesagt?«

»Sie haben es noch nicht gehört?«

»Was gehört?«

Falls er von Alex' Tod wusste, tat er gut daran, das Gegenteil zu behaupten.

»Mr Corby wurde am Donnerstag tot in seinem Haus aufgefunden.« Kate wartete auf eine typische Reaktion – ein ›O nein‹ oder ›Wie furchtbar!‹ oder sogar ein ›Wie ist er gestorben?‹. Doch Rory sagte nichts. Stattdessen ließ er sich auf das Sofa fallen und sah sie bedächtig an.

»Und was wollen Sie von mir?«, fragte er sie schließlich.

»Ich würde mich mit Ihnen gern über Fiona Corby unterhalten.«

»Was ist mit ihr?«

»Sie haben eine Affäre mit ihr.«

»Sie sagen ›Affäre‹, ich sage ›Liaison‹.«

»Und worin liegt da der Unterschied?«

»Eine Liaison ist ein romantisches Stelldichein, eine unerlaubte sexuelle Beziehung sinnlicher und amouröser Natur. ›Affäre‹ ist ein sehr kaltes Wort, das nicht ganz unsere Beziehung beschreibt.«

Auf Rorys wortgewandte Antwort war Kate nicht vorbereitet gewesen. Sie versuchte, niemals eine Person vorschnell zu beurteilen oder sich eine voreingenommene Meinung über sie zu bilden, aber sie war überrascht von seinen Worten und seinem glasklaren Tonfall, der weit entfernt von dem lokalen Akzent war und auf eine wohlhabende Herkunft oder eine Ausbildung an einer Privatschule schließen ließ.

»Wie lange sind Sie schon mit Fiona Corby liiert?«

Seine Mundwinkel zogen sich nach oben. »Fast drei Monate. Seit dem 10. März.«

»Ist es etwas Ernstes?«, fragte Kate.

»Ja, das ist es.«

»Wie ernst?«

»Ich habe sie gebeten, bei mir einzuziehen.«

»Und hat sie zugestimmt?«

»Sie wollte darüber nachdenken, während sie in Frankreich ist.«

»Wann haben Sie das letzte Mal mit ihr gesprochen?«

»Am Tag vor ihrer Abreise.«

»Also am Freitag, dem 28. Mai?«

»Wenn Sie es sagen. Es war auf jeden Fall ein Freitag. Sie wollte am nächsten Morgen nach Frankreich fahren.«

»Hat sie Sie in der letzten Woche überhaupt kontaktiert?«

»Nein, und das hatte ich auch nicht erwartet. Sie wollte etwas Raum und Zeit, um darüber nachzudenken, was sie wirklich wollte. Sie hatte Alex' Launen und ihr ganzes Leben satt, aber sie machte sich Sorgen um die Kinder. Ich habe sie nicht gedrängt. Sie musste es selbst herausfinden.«

»Haben Sie im Haus der Corbys gearbeitet, während sie weg war?«

»Nein. Ich war die ganze Woche ziemlich beschäftigt, weil ich plötzlich den Auftrag bekam, ein großes Grundstück für einen Hausverkauf zu räumen. Ich beschloss, dass der Rasen in der Lea Lane noch eine Woche warten konnte.«

»Also haben Sie Alex Corby letzte Woche nicht aufgesucht?«

»Warum sollte ich?«

»Als ich mich vorhin vorstellte und erklärte, dass ich über Alex sprechen wollte, haben Sie sofort gefragt, ob er sich über Sie beschwert hat. Warum?«

»Ich dachte, er hätte das mit Fiona und mir herausgefunden.«

»Es ist unwahrscheinlich, dass er wegen einer solchen Angelegenheit die Polizei gerufen hätte.«

Rory gluckste leise und brach den Blickkontakt zu ihr ab. »Okay, erwischt. Ich habe mir seinen Aufsitzrasenmäher ausgeliehen, um einen anderen Auftrag zu erledigen. Ich dachte, er hätte vielleicht eine Beschwerde eingereicht.«

»Und warum hätte er Sie damit nicht direkt konfrontieren sollen? Sie sind ein schlechter Lügner, Mr Winters.«

Er runzelte kurz die Stirn. »Im Ernst, das ist die Wahrheit. Er hat mit mir darüber gesprochen, aber ich habe ihn dummerweise angelogen, weil ich seinen Auftrag nicht verlieren wollte. Sie müssen mich entschuldigen. Mein Verstand ist ein bisschen benebelt, nachdem ich den ganzen Tag ferngesehen habe, und als Sie mir sagten, Sie seien Detective, habe ich automatisch die falschen Schlüsse gezogen und gedacht, er habe die Polizei eingeschaltet.«

Kate hatte schon einige schwache Ausreden gehört, aber diese war bis jetzt eine der schlechtesten, die ihr untergekommen war. »Ich würde gern wissen, wo Sie letzten Donnerstag waren.«

»Den ganzen Tag?«

»Warum nicht?« Allmählich wurde Kate der großspurigen Arroganz überdrüssig.

»Ich habe in dem Garten gearbeitet, den ich eben erwähnte.«

»Die Adresse?«

»Holly Bush Road, Newborough. Ich war dort in einer der umgebauten Scheunen – den Stables.«

»Und für wen haben Sie gearbeitet?«

Er seufzte. »Für Mrs Lancaster, eine ältere Witwe. Sie wird das bestätigen.«

»Um wie viel Uhr sind Sie dort angekommen?«

»Punkt acht Uhr, und ich war den ganzen Tag da. Ich habe den gesamten Garten sauber gemacht. Er war mit Unkraut überwuchert und ich musste alles mit einer Sense stutzen, bevor ich den Rasenmäher benutzen konnte. Dann habe ich Unkraut gejätet und die Wiese gemäht. Ich war gegen sieben Uhr fertig.«

»Sie waren zu keinem Zeitpunkt im Haus der Corbys?«

»Wie gesagt, ich war den ganzen Tag auf dem Grundstück von Mrs Lancaster.«

»Was hielten Sie von Alex Corby?«

Rorys Lippen zuckten kurz. »Ich habe ihn weder gemocht noch nicht leiden können. Er war ein netter Kerl. Viel mehr kann ich über ihn nicht sagen – schließlich bin ich mit seiner Frau liiert.«

»Wussten Sie, dass Fiona einen Ehevertrag unterschrieben hat, nach dem sie im Falle einer Scheidung von Alex mit nichts dagestanden hätte – kein Geld, keine Rechte am Haus, nichts?«

Seine Lippen zuckten wieder. »Ich wusste es nicht, aber es hätte keinen Unterschied gemacht. Ich bin nicht auf ihr Geld aus. Ich habe ein Haus und verdiene genug, um eine Familie zu ernähren.«

»Übrigens, wie kam sie damit klar, dass Sie für einen Escortservice arbeiten?«

Unbeeindruckt von dieser Wendung antwortete Rory: »Sie hatte nichts dagegen.«

»Es hat sie nicht gestört, dass Sie mit anderen Frauen ausgehen?«

»Es ist nichts Schäbiges an dem, was ich tue. Ich begleite Menschen, die sich sonst nicht wohlfühlen würden oder nicht an gesellschaftlichen Veranstaltungen teilnehmen könnten. Fiona hat das verstanden.«

»Menschen? Meinen Sie nicht vielmehr Frauen?«

»Gelegentlich braucht auch ein Gentleman einen Begleiter. Ich mache da keinen Unterschied. Ich biete eine Dienstleistung an und bin ein Profi. Ich begleite Leute zu Promi-Galas und Opern und war sogar schon einmal bei einer politischen Veranstaltung, auf der ich den Premierminister getroffen habe. Fiona war fasziniert von einigen der Leute, mit denen ich zu tun habe. Ich bin ein Begleiter, kein Callboy, DI Young.«

»Das scheint im Widerspruch zu Ihrer Berufswahl zu stehen.«

»Sie meinen die Gartenarbeit? Ich bin mein eigener Chef und verdiene damit gutes Geld. Die Arbeit hält mich fit und ich kann so viel arbeiten, wie ich möchte, um sowohl mein gesellschaftliches Leben als auch meine andere Beschäftigung unter einen Hut zu bringen. Und ich bezahle damit die Hypothek für dieses Haus.« Er legte die Beine übereinander und stützte eine Hand auf einen Knöchel, während er sie offen ansah.

Es war eine interessante Körpersprache, die Selbstvertrauen und Jugendlichkeit widerspiegelte, aber auch eine aggressive oder wetteifernde Natur offenbarte. Rory, wie er leibt und lebt, dachte Kate. »Haben Sie mit Alex über Ihre Beziehung zu Fiona gesprochen?«

»Natürlich nicht! Soweit ich weiß, hatte er keine Ahnung davon.«

»Er hat Sie nicht damit konfrontiert?«

»Glauben Sie, ich würde noch für ihn arbeiten, wenn er das getan hätte?«

Kate musste zugeben, dass Alex wahrscheinlich nichts von der Affäre wusste. »Danke. Wenn es Ihnen nichts ausmacht, würde ich gern eine DNA-Probe und Ihre Fingerabdrücke zu Ausschlusszwecken nehmen.« Sie zog die notwendigen Sets aus ihrer Tasche.

»Ich schätze, mir bleibt in dieser Angelegenheit keine Wahl.«

»Nicht wirklich.« Sie machte sich an die Arbeit und beschränkte das Gespräch auf eine Reihe von Anweisungen.

»Das wäre für den Moment alles. Ich lasse Ihnen meine Nummer da. Falls Ihnen noch etwas einfällt, rufen Sie mich an.«

Sie legte eine Visitenkarte auf den Couchtisch und folgte ihm zur Eingangstür. Er begleitete sie wortlos hinaus. Die Tür schloss sich hinter ihr mit einem festen Klicken.

Obwohl er ein Alibi hatte, würde sie es überprüfen und mit Mrs Lancaster sprechen. Rory schien sicher zu sein, dass sie seine Aussage bestätigen würde, doch das bedeutete nicht, dass er den Mord nicht arrangiert haben könnte. Aber dann war da noch die Folter. Kate runzelte die Stirn. Rory schien nicht der Typ dafür zu sein.

Sie trat vom Bürgersteig zurück, um einem Kleinkind auszuweichen, das mit dem Fahrrad fuhr und von einem älteren Kind auf einem Roller verfolgt wurde. Ihre Mutter rief ihnen nach, dass sie abbremsen sollten, und warf Kate einen entschuldigenden Blick zu, während sie an ihr vorbeihastete. Ein paar Häuser weiter schoss ein Motorrad aus der Einfahrt und raste mit lautem Motorengeräusch davon. Die Siedlung war zwar recht ruhig, aber das ständige Brummen des Verkehrs auf der Hauptstraße von Rugeley nach Stafford war dennoch hörbar. Und die Häuser hier waren nichts im Vergleich zu den protzigen Villen, in denen Fiona zu leben gewohnt war. Es schien zweifelhaft, dass sie ihren Lebensstil aufgegeben hätte, um hierherzuziehen.

Der Audi blinkte auf, als das Auto entriegelt wurde, und sie rutschte auf den Fahrersitz. Natürlich bestand die Möglichkeit, dass Fiona und Rory Alex' Tod gemeinsam geplant hatten, aber wenn dem so war, blieb die Frage, was mit dem zweiten Mini war und wie er in all das hineinpasste.

Sie warf einen Blick auf ihr Telefon, bevor sie den Motor startete. Sie hatte einen Anruf von Ervin verpasst, aber er hatte eine Nachricht hinterlassen.

Seine Stimme klang dringend. »Kate, könntest du ins Labor kommen, sobald du das abhörst? Es gibt etwas, das ich mit dir besprechen muss.« In dem Moment sprang das Auto an. Hoffentlich hatte Ervin ein paar Beweise, die ihr den Durchbruch verschaffen würden, den sie dringend brauchte.

* * *

Kate eilte die Treppe zum forensischen Labor hinauf. Der Sicherheitsbeamte am Schreibtisch kontrollierte ihren Ausweis und ließ sie im gesperrten Bereich durchschnaufen. Ihre Schritte hallten nach, während sie zügig den Korridor hinunterging und vor der Sprechanlage stehen blieb.

Es war Ervins neue Assistentin, die ihr die Tür öffnete und sie begrüßte. »Sorry, Sie haben Ervin verpasst. Er bekam einen Anruf und raste davon.«

»Ich musste das hier sowieso abgeben«, sagte sie und reichte ihr Rorys Wangenabstrich und Fingerabdruckkarte. »Er wollte etwas mit mir besprechen. Wissen Sie zufällig, um was es geht?«

Faith huschte zu einem Schreibtisch und hob einen dünnen Hefter hoch. »Es ging um Folgendes: Wir haben den toxikologischen Bericht über Alex Corby erhalten.«

Kate nahm den Hefter und öffnete ihn. »Das ging aber schnell.«

»Ervin hat sie überredet, dem Fall Priorität einzuräumen. Ich glaube, die Order kam von weiter oben.«

Normalerweise konnte es Tage oder Wochen dauern, bis man einen Bericht bekam. Kate fragte sich, ob Dickson an der Sache beteiligt gewesen war. Es schien logisch, vor allem angesichts seiner Freundschaft mit Alex.

Kate las den Bericht durch. »Spuren von Gamma-Hydroxybutyrat, GHB oder K.-o.-Tropfen …?« Sie sah zu Faith auf.

»Das ist richtig.«

»Aber Alex wurde nicht vergewaltigt, oder?«

»Nein. Es gab am Tatort nichts, was darauf schließen lässt, obwohl uns der Bericht des Pathologen bisher noch nicht vorliegt.«

»Wie ist das GHB in seinen Körper gelangt?«, fragte Kate.

»Genau das wollte Ervin mit Ihnen besprechen. Wir wissen es nicht. Wir haben keine Spuren von GHB im Haus gefunden, also hat der Angreifer entweder das, was er benutzt hat, entsorgt oder es gründlich gereinigt und ersetzt.«

»Aber Sie glauben, dass Alex damit betäubt wurde?«

»Ja.«

»Das würde erklären, warum er keine Abwehrverletzungen hatte und keinen Widerstand leistete.«

»Das dachten wir auch. Sorry, dass wir nicht mehr für Sie haben.«

»Nein, das ist sehr nützlich. Vielen Dank.«

»Wie kommen Sie voran? Gibt es schon Verdächtige?«

»Wir verfolgen im Moment mehrere Spuren. Was ist mit Ihnen?«

Faith blies die Wangen auf und wedelte mit einer Hand in Richtung der Tischplatten, die mit Beweisbeuteln übersät waren. »Ich pflüge mich durch diesen Haufen. Wir haben immer noch ein Team am Tatort, aber noch nichts Hilfreiches gefunden. Der Mörder ist ein Geist. Hat keine Spuren hinterlassen.«

»Er muss etwas hinterlassen haben. Ein Haar, DNA oder irgendetwas.«

Die junge Frau zuckte mit den schlanken Schultern. »Bis jetzt nicht, Kate. Wir bleiben aber dran.«

»So ein Fall wie dieser ist ziemlich anstrengend. Da bleibt einem keine Zeit für sich selbst. Haben Sie Familie hier?«

Faith schüttelte den Kopf. »Meine Eltern sind beide tot. Ich habe eine Schwester in Simbabwe, aber wir verstehen uns nicht so gut.«

»Was für ein Zufall.«

»Sie auch?«

»Ja. Ich habe meine Mutter verloren, als ich fünf Jahre alt war. Mein Vater starb 2017. Ich habe eine Stiefschwester, aber sie lebt in Sydney. Wir telefonieren ab und zu.«

»Sie besuchen sie nicht?«

Kate sah sich den toxikologischen Bericht noch einmal an und versuchte, beiläufig zu klingen. »Es kam zum Bruch und wir kommen uns erst allmählich wieder näher.«

»Ich verstehe das. Familie, was? Gut, dass wir unseren Beruf haben, auf den wir uns konzentrieren können.«

Die Frau, die auf ihrem Hocker saß und einen Hauch von Traurigkeit, aber auch von Empathie ausstrahlte, gefiel Kate. »Ja, das stimmt. Und Sie nehmen Ihre Arbeit so ernst, dass Sie den ganzen Weg hierhergereist sind, nur um in Stoke-on-Trent mit dem großen Ervin Saunders zu arbeiten.«

Sie wurde mit einem strahlenden Lächeln belohnt. »Er ist ein echt cooler Typ.«

»Ja, er ist einer der Besten. Okay, ich gehe jetzt besser. Es ist spät und ich muss noch ein paar Sachen erledigen, bevor ich Feierabend mache.«

»Hören Sie, ich will nicht aufdringlich klingen, aber wenn Sie mal mit jemandem reden wollen, brauchen Sie nur anzurufen.«

»Okay, danke.«

Kate huschte wieder über den Flur. Sie verstand sich gut mit Emma, aber außer der Arbeit hatten sie wenig gemeinsam und Emma verbrachte einen großen Teil ihrer Freizeit mit dem Training im Fitnessstudio ihres Bruders. Selbst wenn sie zusammen etwas trinken gingen, waren sie immer mit einer Gruppe anderer Polizisten unterwegs. Kates Leben war überwiegend von Männern geprägt, daher war es eine angenehme Abwechslung, mit einer Frau zu reden, die ähnliche Erfahrungen gemacht hatte wie sie selbst.

Sie wünschte dem Wachmann eine gute Nacht und ging hinaus. Sie bemerkte kaum den späten Abendverkehr auf der Straße oder den Betrunkenen, der an eine Wand gelehnt war. Sie war so in die Theorie vertieft, dass Alex jemanden zu Gast gehabt hatte, der ihn unter Drogen gesetzt hat, dass sie auch den Mann in Jeans und blauem Hemd nicht bemerkte, der am Eingang wartete.

Er beobachtete sie, während sie in Richtung Tür ging. »DI Kate Young?«

Sie hielt inne, überrascht von seiner freundlichen Art, bevor sich ihr sechster Sinn meldete. »Kein Kommentar«, sagte sie, riss die Tür auf und marschierte hindurch.

»Hey, Kate, warte mal. Ich habe mit Chris gearbeitet…«

Seine Worte verklangen hinter ihr, während sie am Empfang vorbeistampfte, der mit einer Beamtin besetzt war.

»Sind noch mehr Journalisten da?«, fragte Kate und zeigte in Richtung des Mannes.

»Ich dachte, sie wären alle gegangen, nachdem DCI Chase mit ihnen gesprochen hatte. Sorry, den da habe ich nicht gesehen.«

Kate grunzte eine Antwort und machte sich wieder auf den Weg in ihr Büro. Ihr Herz hatte das vertraute Hämmern begonnen, das sie mit einer Panikattacke assoziierte, aber sie hatte nicht vor, den weißen Pillen zu erliegen. Sie kam der Antwort immer näher. Die Beweise waren verworren, aber sie würde sie Faden für Faden entwirren.

William Chase rief sie, als sie an seiner Tür vorbeikam. »Kate, komm bitte rein.«

Sie blieb stehen. Williams Stimme klang schwer. Hatte er sich entschieden, sie doch von dem Fall abzuziehen? Sie schlich in sein Büro, ein recht kleiner Raum für einen so wichtigen Mann. Mit den vielen Akten, die sich in den Regalen stapelten, und dem Schreibtisch, der versetzt vor einem Fenster stand, war kaum Platz für den Mann selbst.

Er stand auf, um sich ihr zuzuwenden, und stützte die Handflächen auf den Schreibtisch. »Du sollst wissen, dass es nicht von mir kommt. Ich weiß nicht, wer die Information weitergegeben hat.«

»Welche Informationen?«

»Dass du die Ermittlungen im Mordfall Alex Corby leitest.«

Die Härchen auf ihren Armen stellten sich auf. Chris hatte ihr beigebracht, Lügen zu erkennen, und plötzlich war sie nicht mehr sicher, ob sie William glaubte. Sie konnte ihn nicht herausfordern. Damit würde sie die Katze aus dem Sack lassen. Stattdessen reagierte sie so, wie er es erwartete. »O verdammt, William! Ich kann nicht arbeiten, wenn mir eine Meute von Presseleuten im Nacken sitzt. Ich hasse das verdammte Rampenlicht. Ich kann das nicht. Du musst dir jemand anderen suchen. Hol dir einen der DIs aus Stafford, um die Ermittlungen zu leiten.«

»Kate, das hatten wir schon. Schmeiß jetzt nicht hin. Was ist die Alternative? Du kannst dich nicht für immer in deinem Haus verstecken. Dein Vater würde mir nie verzeihen, wenn

ich mich jetzt von dir abwenden und dich gehen lassen würde.«
Kates Vater hatte William wie einen Bruder geliebt. William war dabei gewesen, als Kates Mutter gestorben war, und auch, als ihre Stiefmutter Ellen abgehauen war, um zu Tilly und Jordan nach Australien zu gehen. William würde immer nur ihr Bestes im Sinn haben. »Lauf nicht davor weg.«

Seine Worte verfehlten ihre Wirkung nicht. Sie war noch nie vor irgendetwas weggelaufen, oder doch …?

* * *

Sie taumelt aus dem Zug, unfähig zu denken oder zu sprechen. Williams Hand umschließt fest ihren Oberarm und er führt sie weg von dem Horror im Abteil. Sie nimmt den Boden unter sich nicht bewusst wahr und sie treiben wie zwei Gespenster auf der Plattform entlang. Sie fühlt nichts als seinen Griff, Finger, die sich in ihr Fleisch graben. Und als sie sich umdreht, um in seine Augen zu schauen, sieht sie dort nichts als Schwärze.

* * *

Spielte William mit ihren Gefühlen? War auch er entschlossen, sie zu brechen? Was würde Chris ihr raten? Sein journalistischer Zynismus war unübertroffen und er würde unumwunden behaupten, dass William mit ihr spielte. Wem glaubte sie? Chris oder William? Die Antwort war: ihrem Mann. Er war der einzige Mensch, dem sie wirklich vertrauen konnte. Sie musste das Spiel mitspielen.

Sie benötigte eine Sekunde, um ihre Entscheidung zu treffen. »Okay. Aber ich brauche deine Hilfe.«

»Auf die kannst du zählen, Kate. Jederzeit.«

KAPITEL 20

SAMSTAG, 5. JUNI – SPÄTER ABEND

Als Kate ihr eigenes provisorisches Büro erreichte, hielt sie an der Tür inne. Sowohl Morgan als auch Emma standen mit dem Rücken zu ihr und hatten ihre Ankunft nicht bemerkt.

»Ich habe gehört, wie sie vorhin im Flur vor sich hinmurmelte.«

»Was hat sie gesagt?«

»Ich weiß nicht, aber ich bin mir sicher, dass sie Chris erwähnt hat.«

»Verdammt! Ich dachte, sie wäre darüber hinweg.«

»Vielleicht ist sie es nicht. Wir glaubten, sie käme gut zurecht, bis sie diesen Zusammenbruch im Zug hatte und fast einen Zivilisten angegriffen hätte.«

Emma schüttelte den Kopf. »Nein, sie hat keinen weiteren Nervenzusammenbruch. Sie ist voll auf diesen Fall konzentriert, da bin ich mir sicher. Sie arbeitet den ganzen Tag nonstop und leitet einen Fall mit hoher Priorität. Da ist man schon mal gestresst. Ich führe manchmal auch Selbstgespräche, wenn ich die Dinge noch einmal durchgehe. Du hast dich vielleicht nur verhört.«

»Nein, er hat recht mit dem lauten Murmeln«, sagte Kate. »Ich war mit dem Fall beschäftigt und hatte nicht viel geschlafen. Manchmal ergeben die Dinge mehr Sinn, wenn man sie tatsächlich ausspricht. Aber ich habe Chris nicht erwähnt.«

»Verdammt! Sorry, Kate. Ich wollte nicht andeuten, dass ...«

»Vergiss es. Wir stehen alle unter Druck. Aber keine Sorge. Mir geht es sehr gut. Keine Ausfälle, Zusammenbrüche oder falschen Entscheidungen mehr.«

Emma stand mit knallroten Wangen auf. »Wir beide machen uns Sorgen. Das ist alles.«

»Das müsst ihr nicht. Okay, kommen wir zurück zu unseren Ermittlungen. Wo stehen wir damit?«

Emma räusperte sich. »Fionas Mutter, Gwen, traf sich mit ihren Freundinnen Barbara Jones und Wendy Barrington im Palm Leisure Centre am Stadtrand von Uttoxeter, wo sie einen Bauch-Beine-Po-Kurs gebucht hatten und anschließend eine Aqua-Aerobic-Einheit im Pool absolvieren wollten. Der erste Kurs endete um zehn Uhr dreißig, aber Gwen wollte am zweiten nicht mehr teilnehmen. Sie behauptete, starke Kopfschmerzen zu haben, und sagte, sie würde stattdessen in die Sauna gehen, eventuell eine Massage erhalten und sich dann mit ihren Freundinnen im Restaurant vor Ort zum Mittagessen treffen. Gwen war um zwölf Uhr nicht da, und um zwölf Uhr fünfzehn erhielt Barbara eine SMS von ihr, in der sie schrieb, dass ihre Kopfschmerzen in eine Migräne übergegangen seien und sie deshalb nach Hause gefahren sei, um sich auszuschlafen.«

»Hatte sie eine Massage gebucht?«, fragte Kate.

»Das weiß ich nicht, der Klub ist bis morgen früh geschlossen. Soll ich sie zur Befragung herholen?«

Es war spät und Bradley würde sich zweifellos lautstark bei ihren Vorgesetzten darüber beschweren, dass sie die trauernde Familie hetzen würden. Sie wog die Auswirkungen gegen das ab, was sie aufgedeckt hatten. Da Dickson jede ihrer Bewegungen beobachtete, musste sie ihre Reaktion vorsichtig überdenken. Wenn Bradley sich über sie beschwerte, hätte Dickson einen Grund, sie vom Fall abzuziehen.

Schließlich stimmte sie zu. »Wir sollten auf jeden Fall mit ihr reden, aber behutsam vorgehen. Sie ist ziemlich aufgewühlt und hat vielleicht eine ganz einfache Erklärung. Seid vorsichtig. Wir wissen nicht mit Sicherheit, wann sie den Freizeitklub tatsächlich verlassen hat und ob sie den Mini gefahren hat.«

Morgan schnaubte spöttisch. »Wenn nicht sie hinter dem Steuer saß, dann bin ich ... Jack Sparrow.«

»Jack Sparrow? Was Besseres fällt dir nicht ein?«, fragte Emma ungläubig.

»Er ist ein cooler Typ. Was ist falsch daran, Jack Sparrow zu sein?«

»Egal. Kommst du? Ich muss mich vielleicht gegen diese Hunde wehren und könnte dein Holzbein gut gebrauchen, um sie zu füttern, Sparrow.«

»Jack Sparrow hat kein Holzbein«, sagte Morgan und folgte ihr nach draußen.

Kate hörte Gesprächsfetzen und ein Lachen. Trotz ihrer Albernheiten waren sie ein gewissenhaftes und konstruktives Polizistenduo. Sie vertraute ihnen, dass sie die richtige Entscheidung treffen würden.

Sie ignorierte das Knurren ihres Magens, der sie daran erinnern wollte, dass sie fast den ganzen Tag nichts gegessen hatte, und schaltete den Computer ein. Gwen hatte vielleicht ein paar Antworten für sie, aber die Möglichkeit, dass sie Alex an seinen Esszimmerstuhl gefesselt und ermordet hatte, schien nicht plausibel. Mit diesem Gedanken im Hinterkopf tippte sie Rorys Namen auf der Webseite des Escortservices ein und las die Erfahrungsberichte.

KAPITEL 21

SAMSTAG, 5. JUNI – SPÄTER ABEND

Ians Magen rebellierte, während er sich wieder zu Bewusstsein kämpfte. Draußen war es nicht mehr hell, also war er stundenlang weg gewesen. Der Todesengel tauchte wieder vor ihm auf, verschmolz mit dem weißen Bücherregal und schwebte vor ihm. Der Tod, sinnierte er, trug kein Schwarz. Er trug Weiß. Ein Kichern versuchte, sich den Weg durch seine Kehle zu bahnen, blieb aber in der Speiseröhre stecken und verwirrte ihn. Sein Mund stand weit offen und seine Kehle war trocken. Seine Bemühungen, die Lippen zu schließen, waren vergeblich. Sein Mund blieb wie ein Mülleimerdeckel offen stehen. Die Muskeln im Kiefer schmerzten dumpf, und als die Schläfrigkeit wich, beugte sich der weiße Engel über ihn. Von seinem Gesicht war nichts zu sehen außer einem Paar dunkler, wütender Augen, so ähnlich wie die Augen des gefallenen Engels auf Ians Lieblingsgemälde. Da war ein Hindernis in seinem Mund – ein metallisch schmeckender, scharfer Gegenstand, der gegen den Gaumen drückte und gleichzeitig seine Zunge so tief in den Kiefer presste, dass Stellen schmerzten, die er noch nie zuvor gespürt hatte. Er gab ein gurgelndes Geräusch von sich.

Das göttliche Wesen stürzte auf ihn zu.

Ian blinzelte Tränen des Schmerzes weg, als sich das, was in seinen Mund eingeführt worden war, weiter in den weichen Gaumen grub und etwas Feuchtes an der Innenseite seiner Wangen und seiner Kehle hinunterlaufen ließ. Das war kein Speichel. Das war Blut. Ians Augen weiteten sich vor Schreck. Der Todesengel legte einen weißen Finger auf einen unsichtbaren Mund.

»Pst! Beruhige dich. Atme vorsichtig ein und aus, sonst erstickst du an deinem eigenen Blut.«

Ian konnte die geflüsterten Worte kaum hören. Er starrte den Engel an und flehte leise um Gnade. Er lag in seinem Polstersessel, aber seine Hände waren so stramm hinter der Lehne festgebunden, dass sich die Fesseln in sein Fleisch schnitten. Er würde sich nicht befreien können. Seine Füße waren auf ähnliche Weise gefesselt.

Der Seraph schwebte aus dem Blickfeld. Ian blieb zurück und starrte auf das Ende seiner wunderbaren Treppe. Die freitragende Treppe ohne Stütze zwischen den Stufen erzeugte die Illusion schwebender Stufen. Stufen zum Himmel. Sein Verstand kämpfte darum, die Situation zu verstehen. War das ein Albtraum?

»Alex Corby hat sich gewehrt.« Der Engel war noch in seiner Nähe. Er war überhaupt nicht verschwunden. »Versuche stillzuhalten.«

Verdammt! Das war kein Albtraum. Das geschah wirklich. Ians Herz hämmerte wild gegen seine Rippen.

»Ich fürchte, Alex starb einen langsamen und qualvollen Tod, aber nicht bevor er mir gesagt hat, was ich wissen musste. Er hat eine ganze Weile durchgehalten, aber ich kann sehr überzeugend sein. Er hat mir alles erzählt.«

Der Seraph tauchte plötzlich wieder in seinem Blickfeld auf und hielt einen Apfel hoch. »Ich hoffe, du hast Hunger.«

»Warum?« Das Wort, das Ian verzweifelt zu artikulieren versuchte, kam als wütendes Krächzen heraus, das den Engel amüsierte.

»Hat dir mein Geschenk gefallen?«

Ian blinzelte verwirrt. Sein Kiefer schmerzte und sein Rachen war so trocken, dass er dachte, er müsste würgen.

»Ich habe dir ein Geschenk in deinem Cottage hinterlassen – einen kleinen Vorgeschmack auf das, was kommen wird.«

Der Augapfel im Glas. Ian gab ein weiteres Geräusch von sich, diesmal ähnlich dem Quieken eines Schweines, und blinzelte mehrmals. Diese Kreatur würde nicht ... Sie würde ihn nicht auf die gleiche Weise quälen, oder?

»Ah, wie ich sehe, erinnerst du dich. Ja, es war Alex' Auge. Ich fand es nur passend, es einem seiner lieben Freunde zu schicken, mit dem er so viel geteilt hat.«

Das Pochen in Ians Brust wurde stärker. Der Engel verschwand für einen Moment, nur um dann wieder vor seinem Gesicht aufzutauchen, diesmal mit einem scharfen Messer in der Hand, das er vor Ians Augen schwang.

Ian unterdrückte einen weiteren Schrei und presste die Augen zusammen.

Gedämpftes Lachen verspottete ihn. »Ich werde dir nicht das Auge ausstechen, Ian. Ich werde dir etwas zu essen geben. Ich habe dir einen schönen saftigen Apfel aufgeschnitten. Ideal für deine arme trockene Kehle. Komm schon, mach die Augen auf. Sofort! Oder soll ich dir die Lider herausreißen?«

Das Wesen hielt ihm einen Teller hin – einen seiner eigenen edlen weißen Porzellanteller. Darauf befanden sich mikroskopisch kleine Häppchen. Er runzelte verwirrt die Stirn.

»Zähle sie, Ian.«

Es waren zwölf Stück. In dem Moment fiel ein etwas größeres Stück auf den Teller.

»Also, wie viele sind es?«

Ians Herz hämmerte in seiner Brust. Er hoffte, dass es bald aufgeben würde. Alles wäre besser als die Folter, die ihm bevorstand. Der Engel glitt in sein Blickfeld und verschwand wieder daraus, bevor er sich schließlich über ihm niederließ.

»Zeit für das Abendessen. Mach den Mund weit auf. Oh, das hast du ja schon.«

Kapitel 22

SONNTAG, 6. JUNI – FRÜHER MORGEN

Die Tür des Abteils wird aufgeschoben und Kate schlüpft durch den Spalt, ganz auf das konzentriert, was sie tun muss. Das Zischen der sich öffnenden Tür wird vom Knall der Waffe und gedämpftem Schluchzen überdeckt. Sie darf niemanden ansehen. Sie muss sich voll auf ihre Aufgabe konzentrieren. Es kommt ihr wie eine Ewigkeit vor, seit sie das Blut gegen die Glastür spritzen sah, aber in Wirklichkeit ist es keine Minute her.

Der Mann mit der Waffe steht kaum einen Meter von ihr entfernt und dreht ihr den Rücken zu. Sein langes Haar ist schwarz und glatt. Seine dunkelblaue Jacke hängt locker an seinem schlanken Körper, während er sich zielstrebig vorwärtsbewegt.

Der Zug rattert weiter und das Schluchzen wird intensiver. Der Schütze erreicht eine Frau mit blonden Haaren. Kate stiehlt sich vorwärts, stößt aber auf ein Hindernis – der Körper eines älteren Mannes versperrt den Gang und sie muss über seine Leiche steigen.

Beeilung, Beeilung, Beeilung, drängt der Zug. Kate meidet den Blick in den Augen des Toten, der zu sagen scheint: »Du kommst zu spät.«

***

Kate wachte durch das Schrillen ihres Weckers auf, der auf sechs Uhr morgens eingestellt war. Chris' Seite des Bettes war leer, also tappte sie nach unten in die Küche, ließ sich an der Spüle ein Glas Wasser einlaufen und starrte in den Garten. Der Himmel schien in Flammen zu stehen, ein leuchtendes Karmesinorange, das laut ihrem Vater schlechtes Wetter ankündigte. Kate hatte seinen Aberglauben nie übernommen.

Sie ging zu dem, was sie scherzhaft Chris' Höhle nannten: eine fensterlose Kammer unter der Treppe, die gerade groß genug für einen kleinen Schreibtisch und einen Aktenschrank war. Überall lag Papierkram herum. Kate hatte einmal versucht, die Blätter für ihn aufzuräumen, nur um ermahnt zu werden. »Ich mag es so. Ich weiß, wo alles ist«, hatte er wütend gemeint, als sie ein einziges Mal wichtige Dokumente in den Aktenschrank geräumt hatte. Es war sein Raum und der einzige im Haus, den Kate nur selten betrat. Sie hatte gelernt, dass Chris seine eigene Arbeitsweise hatte und dass es das Beste war, wenn sie sich nicht einmischte.

Die Tür war nur angelehnt. Sie öffnete sie nicht ganz, sondern rief durch den Spalt: »Chris?«

»Ja.«

»William ist irgendwie auch in die ganze Sache verwickelt. Er meinte, jemand habe meinen Namen an die Presse weitergegeben, aber ich glaube, dass er es selbst war.«

»Warum glaubst du das?«

Chris hatte einen Riecher für solche Dinge. Er würde ihre Gründe verstehen. »Es ist eher eine Vermutung als Fakten. Ich achte sehr genau auf seine Mimik, und obwohl er vorgibt, besorgt zu sein, sehe ich manchmal Zeichen, die etwas anderes sagen. Ich habe sie gestern gesehen.«

»Du hast eine ausgezeichnete Wahrnehmung, Kate. Vertraue darauf. Weißt du, wenn du recht hast, und ich glaube, das hast du, dann werden beide – Dickson und er – versuchen, dich durcheinanderzubringen und daran zu hindern, die Wahrheit in diesem Fall aufzudecken.«

»Ich bin stärker, als sie denken.«

»Das weiß ich.« Er verstummte.

Kate öffnete den Mund, schloss ihn wieder, änderte dann ihre Meinung und meinte: »Vor der Wache stand ein Mann … Er sagte, er kenne dich … Ihr hättet früher zusammengearbeitet.«

»Vergiss ihn. Du hast Wichtigeres zu tun.« Er klang irritiert, zweifellos weil sie ihn von der Arbeit abhielt. Er hatte Abgabetermine, die er einhalten musste, und sie störte ihn.

Ihr Gespräch wurde durch das Klingeln ihres Handys unterbrochen und sie rannte nach oben, um das Gespräch anzunehmen.

Die Frau sprach sehr leise. »Guten Morgen, ich hoffe, ich rufe nicht zu früh für Sie an. Ich bekam eine Nachricht, diese Nummer anzurufen und nach DI Kate Young zu fragen. Ich bin Dora Lancaster. Es geht wohl um meinen Gärtner.«

»Guten Morgen, Mrs Lancaster. Ich bin DI Young. Danke, dass Sie mich so schnell zurückrufen.«

»Ich fürchte, ich habe Ihren Anruf gestern Abend verpasst. Normalerweise mache ich spätestens um neun Uhr Feierabend und lese noch eine Weile, und ich schalte mein Handy immer auf lautlos.«

»Ich verstehe. Ich wollte über Rory Winters sprechen. Er hat letzten Donnerstag in Ihrem Garten gearbeitet, nicht wahr?«

»Ja, das ist richtig.«

»Können Sie bestätigen, dass er den ganzen Tag bei Ihnen war?«

»Oh ja. Es gab so viel zu tun. Ich hatte den Garten schleifen lassen – meine Arthritis, verstehen Sie – und es gab viel

Arbeit. Rory kam gegen acht Uhr morgens und blieb bis etwa neunzehn Uhr. ›Emmerdale‹ ging gerade los, als er an die Tür klopfte, um mir zu sagen, dass er alles zusammengepackt hatte und gehen wollte.«

»Sie waren auch den ganzen Tag dort?«

»Ja. Ich gehe heutzutage nicht mehr weit weg.«

»Und, nur zur Bestätigung … er war die ganze Zeit in Ihrem Garten?«

»Abgesehen von der Mittagszeit, als er kurz verschwand, um einen Aufsitzrasenmäher zu besorgen. Ich fragte ihn am Vormittag, ob er die Wiese mähen könnte, aber mit dem mitgebrachten Mäher konnte er es nicht schaffen. Zum Glück hatte er einen Freund, der in der Nähe wohnte und ihm eine Maschine lieh, die für diese Aufgabe besser geeignet war. Er war etwa vierzig Minuten weg.«

»Wann ist er gegangen, um den Mäher zu holen?«

»Da bin ich mir nicht so sicher, aber es war auf jeden Fall vor dem Mittagessen, und ich esse immer um zwölf Uhr.«

In diesem Moment begannen sich die Fragen zu häufen. Rory hatte nicht mehr als zehn Minuten von Alex' Haus entfernt gearbeitet und war um die Zeit des Mordes verschwunden. Er hatte Kate bereits erzählt, dass er sich Alex' Rasenmäher geliehen hatte, warum hatte er also nicht zugegeben, dass er ihn für Mrs Lancasters Wiese gebraucht hatte? Sie war plötzlich begierig darauf, erneut mit dem Mann zu sprechen.

»Wirkte Rory irgendwie besorgt?«

»Nicht, dass ich das mitbekommen hätte … obwohl … da war etwas … als ich ihm einen Tee und Kekse brachte. Er stand mit dem Rücken zu mir mit dem Handy am Ohr. Er schien … wütend zu sein. Ich bin nicht neugierig, also habe ich nicht gelauscht. Ich stellte den Tee auf der Bank ab und überließ ihn sich selbst. Es ist ihm doch nichts zugestoßen, oder?«

»Nein, ich kann Ihnen versichern, dass es ihm gut geht. Ich überprüfe nur einige Fakten im Zusammenhang mit Alex Corbys Tod. Kannten Sie ihn?«

»Alex Corby«, wiederholte sie langsam. »Der Name kommt mir bekannt vor, aber ich kann mich nicht erinnern, woher ich ihn kenne.«

»Kein Grund zur Sorge.«

»Nun, ich hoffe, ich konnte Ihnen weiterhelfen.«

»Das haben Sie ganz sicher. Wenn Ihnen noch etwas einfällt, rufen Sie mich bitte noch einmal an.«

Kate legte auf und grübelte über die Fakten nach. Je mehr sie darüber nachdachte, desto überzeugter war sie, dass Rory am Donnerstag zu Alex' Haus gefahren war, um den Aufsitzrasenmäher abzuholen.

Sie rief Ervin an, der fröhlich und ausgelassen klang. »Morgen, Kate. Wie läuft's?«

»Ich habe vielleicht eine Spur.«

»Ausgezeichnet! Tut mir leid, dass ich dich gestern Abend verpasst habe. Ich musste nach dem Team im Corby-Haus sehen. Wir sind dort fast fertig, also ziehe ich sie heute noch von dort ab.«

»Okay. Ich habe eine kurze Frage: Hast du oder hat jemand aus deinem Team einen Aufsitzrasenmäher in der Garage der Corbys bemerkt?«

»Da gibt es keinen Mäher. Nur einen Porsche GTR.«

»Okay. Danke.«

»Oh, nebenbei bemerkt: Du hast gestern Abend einen ziemlichen Eindruck auf Faith gemacht.«

»Habe ich das?«

»Ohne Zweifel. Sie hat mir erzählt, dass ihr euch nett unterhalten habt. Das freut mich. Sie hat hier keine Freunde und ich mache mir Sorgen, dass sie zu viel arbeitet.«

»Es muss schwer für sie sein, so weit weg von Familie und Freunden zu leben und zu arbeiten. Wie kommt es, dass sie Afrika verlassen hat und hierhergekommen ist? Das ist eine ziemlich dramatische Veränderung.«

»Nun, das ist in der Tat sehr interessant, denn sie hat am Institut für Rechtswissenschaften in Simbabwe Kriminalistik und Verbrechensbekämpfung studiert und dann ein Abschlussprogramm am UCL, dem University College London, absolviert, um ihre Qualifikation zu zertifizieren. Sie schloss als Jahrgangsbeste ab und wurde zum Master-Science-Programm eingeladen. Danach wurde ihr angeboten, an ihre Alma Mater zurückzukehren, um dort eine Vorlesung zu halten, aber sie hatte das Gefühl, dass sie etwas ›globalen Kontakt‹ zur Kriminaltechnik brauchte. Sie hatte gehört, was wir hier in Stoke machen, und wollte sich uns anschließen. Eigentlich ist sie für diese Stelle absolut überqualifiziert, aber sie wollte ganz unten anfangen, sich hocharbeiten und sehen, wie unterschiedlich wir Ermittlungen handhaben, welche Methoden wir anwenden und so weiter. Es wird nicht lange dauern, bis sie den Laden hier leitet.«

»Aber das wird nicht passieren, oder? Du hast nicht vor, uns zu verlassen?«, fragte Kate. Sie würde Ervin vermissen, wenn er ginge.

Er lachte. »Nein ... nein. Sie bleibt nur für ein Jahr oder so und kehrt dann nach Simbabwe zurück. Sie ist unglaublich fleißig und wir sind froh, sie zu haben. Ich mache mir allerdings Sorgen, dass sie zu isoliert ist.«

»Vielleicht solltest du sie und ein paar deiner Freunde einladen. Sie würde sie lieben.«

»Liebes, meine verrückten Freunde würden sie zu Tode erschrecken und sie würde mit dem nächsten Flugzeug nach Afrika zurückfliegen.«

Während er plauderte, kramte Kate nach ihrer Tasche. Sie musste los, aber sie hatte immer Zeit für Ervin, der mehr als ein Arbeitskollege war; und seine Freunde waren wirklich verrückt, aber lustig. Es war ewig her, dass sie mit ihnen ausgegangen war. Sie fand die Tasche, die auf dem Boden neben dem ungemachten Bett lag, hob sie auf und ging nach unten, wo sie ihre Autoschlüssel in einer Keramikschale auf dem verzierten Konsolentisch neben der Eingangstür entdeckte. »Ich bewundere deine Freunde, und Chris tut das auch«, sagte sie, während sie in ihre Schuhe schlüpfte.

Es entstand eine unangenehme Pause, bevor Kate ihre Jacke von der Stange nahm und die Tür aufschloss. Sie musste sich Rorys Bewegungen für Donnerstag ansehen. Seine Worte gingen ihr durch den Kopf. »Okay, danke noch mal.«

Rory musste den Aufsitzrasenmäher genommen haben. Hatte er Alex getötet, während er dort war? Das war ein neuer Ermittlungsansatz, den sie mit dem Team besprechen würde. Sie musste genau nach Vorschrift vorgehen und durfte auf keinen Fall einen Fehler machen – nicht wenn Dickson und die gesamte Presse sie beobachteten.

* * *

Auf dem Revier war es ziemlich ruhig und nur ein Beamter saß am Empfang, als sie um halb acht eintraf. Die Tür zu ihrem Büro stand weit offen und Morgan arbeitete an seinem Schreibtisch. Er schaute sofort auf. »Morgen, Chefin.«

»Morgen. Wie ist es gestern Abend mit Gwen gelaufen?«

»Sie behauptet, sie sei im Palm Leisure Centre gewesen, habe so starke Kopfschmerzen gehabt, dass sie versucht habe, eine Massage zu buchen, anstatt am Aqua-Aerobic-Kurs teilzunehmen, und als sie keinen Termin bekommen habe, sei sie in die Sauna gegangen. Nachdem sie herauskam, konnte sie das Mittagessen nicht mehr ertragen, also kehrte sie nach Hause zurück. Sie behauptet, sie habe den Range Rover gefahren, aber wir glauben ihr nicht. Ihre Körpersprache sagte etwas anderes. Emma ist bereits losgezogen, um das Videomaterial der Überwachungskameras zu prüfen. Wir haben sie nicht zur weiteren Befragung einbestellt, weil wir keine konkreten Beweise hatten, die ihre Geschichte widerlegen, und wir wollten keine Wellen schlagen. Ihr Mann war nicht erfreut, uns wiederzusehen.«

»Verständlich. Ich habe ein paar neue Informationen über Rory.«

Sie zog die Akte mit den Informationen hervor, die sie am Vortag über Rory gesammelt hatte, und gab Morgan einen kurzen Überblick über das, was sie herausgefunden hatte.

»Wir haben einen Verdächtigen, der ein Motiv und eine Gelegenheit hat, aber ich kann in dieser Akte nichts finden, was die Alarmglocken schrillen lässt. Er hat keine Schulden, obwohl er eine Hypothek auf ein Haus mit einem Wert von zweihundertfünfzigtausend Pfund hat, und laut den Angaben seiner Firma verdient er über sechzigtausend Pfund pro Jahr. Obwohl Geld ein starker Motivator ist und Leidenschaft auch, mache ich mir so meine Gedanken über die Vorgehensweise des Mörders. Ich kann mir nicht vorstellen, warum Rory, wenn es sich um ein Verbrechen aus Leidenschaft handelte, das Bedürfnis verspürt hätte, Alex zu foltern, oder wie er überhaupt genügend Zeit gehabt haben sollte, den ganzen Plan auszuführen: ins Haus zu kommen, sein Opfer zu überwältigen, es zu foltern, dann aufzuräumen, den Aufsitzrasenmäher zu holen und zu Mrs Lancasters Haus zurückzukehren. Was denkst du?«

»Das klingt für mich ein wenig weit hergeholt, es sei denn, er hatte einen Komplizen. Aber das klingt irgendwie nicht plausibel, oder?«

»Nein, tut es nicht.« Sie rieb sich den Nacken. Was auch immer Morgan und sie glaubten, sie mussten sich an die Vorgaben halten. Sie seufzte schwer. »Wir haben keine andere Möglichkeit. Wir müssen ihn befragen und den Aufsitzrasenmäher finden.« Sie griff wieder nach ihren Autoschlüsseln. Dieser Fall war ein wirres Netz aus Täuschung und Verwirrung, aber gute Polizeiarbeit würde zu den gewünschten Ergebnissen führen, vorausgesetzt, sie machte keine falschen Schritte. Sie tastete nach den Pillen in ihrer Tasche. Es würde nicht schaden, sie zu nehmen, bevor sie das Gebäude verließen, um die schlechten Erinnerungen, die Gesichter der Menschen im Zug, in Schach zu halten.

»Bist du okay?«

»Warum fragst du mich das ständig?«, schnauzte sie ihn an.

»Du hast etwas von Geistern gemurmelt.«

»Ich habe nur gesagt, dass der Mörder wie ein Geist ist; er hinterlässt keine Spuren. Ich treffe dich in zwei Minuten am Auto.« Hitze stieg in ihrer Kehle auf und sie verließ das Büro, bevor er ihr Unbehagen bemerkte oder sie weiter ausfragte. Alles war in Ordnung. Es ging ihr gut.

Kapitel 23

SONNTAG, 6. JUNI – VORMITTAG

Rory öffnete nur mit Boxershorts bekleidet die Tür. Er fuhr sich mit der Hand durch sein zerzaustes Haar und blinzelte seine Besucher überrascht an.

»Was ist hier los?«, fragte er und schaute zu Morgan, der ihn um gut zehn Zentimeter überragte.

»Wir würden gern einen Blick in Ihre Garage werfen, und wenn es Ihnen nichts ausmacht, sich etwas anzuziehen, möchten wir uns noch einmal mit Ihnen unterhalten«, antwortete Kate.

Wortlos gab Rory ihnen ein Zeichen zum Eintreten und zeigte dann nach vorne. »Sie kommen durch eine Seitentür in der Küche zur Garage.«

Mit diesen Worten lief er nach oben und überließ die beiden sich selbst. Morgan ging vor und trat in einen Raum, in den ein kleines Auto gepasst hätte, der aber mit Pappkartons, Plastiksäcken, Werkzeugen, Farbeimern und etwas, das wie zusammengeklappte Gartenmöbel aus Holz aussah, gefüllt war.

»Ein bisschen eng hier«, sagte Morgan und atmete ein, während er zwischen einer Reihe von Schränken und etwas, das unter einem Staubtuch versteckt war, hin- und herschlurfte. Er hob eine Ecke an und enthüllte einen John-Deere-Aufsitzrasenmäher.

»Der muss von Alex sein«, sagte er.

»Sieht so aus. Komm, wir reden mit ihm darüber.« Kate kehrte in die Küche zurück und überließ es Morgan, sich den Weg aus der Garage zu bahnen. Er rieb sich den Staub an der Hose ab.

»Keine Spur von ihm?«

»Noch nicht. Sieh mal, da stehen dreizehn Gläser«, sagte Kate und zeigte auf ein Gewürzregal mit Glasflaschen, die jeweils mit Korken versehen und mit vielen bunten Gewürzen gefüllt waren.

»Interessant. Du glaubst doch nicht ...«

Sie wurden von Rory unterbrochen, der sich Jeans und Polohemd angezogen hatte, aber immer noch barfuß war. Kate bemerkte seine manikürten Zehennägel und die glatten Fersen. Ihre eigenen Füße waren in einem weitaus schlechteren Zustand und ihre Nägel mussten dringend geschnitten werden.

»Ich werde gleich zum Punkt kommen. Erzählen Sie uns von dem John Deere in Ihrer Garage«, sagte sie.

Er ließ sich auf einen Hocker fallen, stellte die Füße auf eine Metallsprosse und starrte sie durch noch zu frisierende Haarsträhnen an. »Er gehört Alex. Ich habe ihn letzten Donnerstag ausgeliehen, um Mrs Lancasters Wiese zu mähen. Das war so nicht geplant gewesen. Ich hatte vielmehr meinen eigenen Honda-Rasenmäher mitgebracht, der für diese Aufgabe jedoch nicht stark genug war. Um sie nicht zu enttäuschen, beschloss ich, die Straße hinunterzufahren, mir Alex' Aufsitzrasenmäher zu leihen und ihn zurückzubringen, sobald ich fertig war.«

»Warum haben Sie mir das nicht gesagt, als ich das letzte Mal mit Ihnen gesprochen habe?«, wollte Kate wissen. »Sie haben mich angelogen.«

Er zuckte mit den Schultern. »Ich wollte einfach verhindern, dass Sie denken, ich hätte Alex ermordet. So einfach ist das. Es war nicht klug, Sie anzulügen, aber ich wusste, wenn ich Ihnen von dem Aufsitzrasenmäher erzählen würde, würde das bestenfalls zu weiteren Befragungen führen.«

»Nun, ob es Ihnen gefällt oder nicht, jetzt ist es so gekommen und Sie hätten mir Zeit und Unannehmlichkeiten ersparen können«, sagte Kate.

Er entschuldigte sich nicht, sondern sah Kate nur an, die fragte: »Wie lange dauert es, von Mrs Lancasters Haus zu Alex zu fahren?«

»Ich bin mir nicht sicher.«

Morgan schnalzte verärgert mit der Zunge. »Jetzt eiern Sie hier nicht so rum. Es dauert sieben Minuten von Tür zu Tür, richtig? Wir haben es ausprobiert, bevor wir hierherkamen.«

Rory sackte etwas zusammen. »Ja, sieben oder acht Minuten.«

Kate fuhr fort: »Sagen wir, es dauerte acht Minuten, um zu Alex' Haus zu kommen, weitere acht, um zu Mrs Lancaster zurückzukehren, und etwa genauso lange, um den Mäher startklar zu machen. Es kann nicht länger als fünfundzwanzig Minuten gedauert haben, und doch waren Sie vierzig Minuten weg. Können Sie uns das erklären?«

Ein Muskel spannte sich in seinem Kiefer an.

»Ich warte.« Kate starrte den Mann unverwandt an, aber es kam keine Antwort. »Alex war nicht bei der Arbeit, als Sie den Aufsitzrasenmäher geholt haben, oder?«

Rory senkte den Blick und zwang Kate, ihn weiter in die Ecke zu drängen. »Kommen Sie, Rory. Helfen Sie uns hier weiter. Sagen Sie uns, was passiert ist, sonst müssen wir das auf dem Revier machen, was nur noch länger dauert und unsere Ermittlungen weiter verzögert. Es sei denn, Sie möchten den

Mord an Alex gestehen.« Sie lehnte sich in ihrem Stuhl zurück, verschränkte die Arme und starrte ihn an. Ihre Taktik ging auf.

»Sie haben recht. Ich hatte erwartet, dass er bei der Arbeit wäre, aber sein Auto stand in der Auffahrt, und sobald ich es sah, drehte ich um und fuhr zurück nach Newborough. Auf halbem Weg änderte ich jedoch meine Meinung. Ich hatte Mrs Lancaster bereits zugesagt, die Wiese zu mähen. Außerdem lohnte es sich finanziell und ich mache Mrs L. gern eine Freude, weil sie mich an ihre Freunde weiterempfiehlt. Also drehte ich um, diesmal mit der Absicht, Alex zu fragen, ob ich mir seinen Mäher ausleihen könnte. Ich läutete an der Tür, aber er antwortete nicht. Ich dachte, er sei ausgegangen und habe sein Auto zu Hause gelassen, also beschloss ich, das Gerät wie geplant zu holen. Das verdammte Ding sprang aber nicht an, weil es kein Benzin mehr hatte, also musste ich einen Benzinkanister suchen. Und dann hatte ich Schwierigkeiten, ihn auf den Truck zu laden. Es hat gut dreißig Minuten gedauert, bis ich endlich so weit war.«

Kate hielt die Arme verschränkt, während sie ihre Fragen stellte. »Warum haben Sie den Mäher nicht zurückgebracht, nachdem Sie mit der Arbeit fertig waren?«

Er seufzte und schüttelte den Kopf. »Das wollte ich. Eigentlich war ich schon auf dem Rückweg, aber als ich mich dem Haus näherte, sah ich blinkende Blaulichter und ich ... bekam Panik.«

»Warum?«

»Ich dachte, Alex hätte bemerkt, dass der Mäher weg war und die Polizei gerufen. Ich habe gedreht und bin abgehauen.«

Morgan kniff die Augen zusammen. »Sie hätten den Polizisten erklären können, warum Sie ihn genommen haben. Niemand hätte Sie deswegen belangt.«

»Das ist genau das, was ich hätte tun sollen, aber ich war völlig kaputt von der Arbeit und konnte nicht klar denken. Ich beschloss, ihn am nächsten Tag zurückzubringen, wenn er bei der Arbeit war, und hoffte, dass er es dabei belassen würde.«

»Ich würde sagen, das war ziemlich naiv von Ihnen. Mr Corby wäre sicher zu dem Schluss gekommen, dass Sie ihn genommen haben. Sie haben doch die Schlüssel zu seinem Schuppen und seiner Garage, oder?«

»Ja.«

»Dann wäre er gleich darauf gekommen, dass Sie es waren.«

Morgan würde es Rory nicht leicht machen, also überließ Kate ihm das Wort.

»Da stimme ich Ihnen zu. Als ich sah, dass die Polizei bei ihm zu Hause war, schossen mir sämtliche verrückte Ideen durch den Kopf, einschließlich der dummen Vorstellung, dass Alex die Situation zu seinem Vorteil ausnutzen würde … um mich zu diskreditieren und mir das Leben schwer zu machen.«

»Warum?«, fragte Morgan.

Rory räusperte sich. »Er wusste von meiner Beziehung zu Fiona.«

»Wie können Sie sich dessen sicher sein?«, fragte Kate.

»Er hatte mich bereits gewarnt.«

»Hat er Sie bedroht?«

»Nicht wirklich. Er sagte mir, ich solle mich zurücknehmen und von Fiona fernhalten. Andernfalls würde er dafür sorgen, dass ich alles verliere, wofür ich gearbeitet habe. Er hat mir fristlos gekündigt.«

»Wann war das?«

»Am Freitagmorgen. Ein Tag vor Fionas Abreise.«

»Also arbeiteten Sie nicht mehr für ihn, als Sie am darauffolgenden Donnerstag zurückkamen, um sich den Rasenmäher auszuleihen?«, wollte Kate wissen.

Er seufzte wieder. »Nein.«

»Und trotzdem hatten Sie noch die Schlüssel für den Schuppen und die Garage?«

»Ja.«

»Sie hatten tatsächlich kein Recht, sein Grundstück zu betreten.«

»Im Nachhinein betrachtet, wahrscheinlich nicht. Sehen Sie, ich bin zurückgegangen, um ihn um Erlaubnis zu fragen. Ich wollte den Rasenmäher nicht stehlen, sondern nur ausleihen«, stellte er empört klar.

»Sie haben ihn gestohlen, Rory«, beharrte Kate.

»Ich habe ihn ausgeliehen.«

»Warum haben Sie nach der Konfrontation mit Alex Ihre Schlüssel nicht in der Garage gelassen?«

»Ich habe es vergessen und er hat nicht danach gefragt.«

»Wie praktisch«, murmelte Morgan.

»Ich habe es vergessen«, wiederholte Rory.

Morgan schnaubte leise und sagte dann: »Also, diese Begegnung mit Alex letzten Freitag – was genau ist da passiert?«

»Alex war auf dem Sprung, als ich auftauchte. Er stieg aus seinem Auto aus und stellte mich zur Rede. Sobald er gesagt hatte, was er zu sagen hatte, stieg er wieder ein und fuhr davon.«

»Haben Sie irgendjemandem davon erzählt?«, fragte Kate.

»Nein.«

»Nicht einmal Fiona?«

Kate ließ sich von seinen aufgerissenen Augen, die sein Dementi begleiteten, nicht täuschen. »Sie haben Fiona nicht erzählt, dass Alex in Zukunft auf Ihre Dienste als Gärtner verzichten würde?«

»Sie war mit den Reisevorbereitungen beschäftigt und hatte schon genug Dinge im Kopf. Außerdem war ich überzeugt, dass sie diesen Mistkerl verlassen würde. Also war es mir wirklich egal, ob ich für ihn arbeitete oder nicht. Alex hatte vielleicht geglaubt, das Geld würde Fiona an ihn fesseln, aber die Wahrheit war, dass sie ihn nicht mehr wollte. Sie wollte mich.«

»Haben Sie Alex Corby angegriffen?«

»Nein, das habe ich nicht.«

»Haben Sie ihn in irgendeiner Weise bedroht?«

»Auf keinen Fall. Er hat nicht aufgemacht, als ich geklopft habe. Ich schwöre, ich habe ihn die ganze Zeit, die ich dort war, nicht gesehen. Ich habe Alex nicht umgebracht. Ich hatte keinen Grund, ihn zu töten. Ich hatte seine Frau bereits.«

»Vielen Dank, Mr Winters. Das war für den Moment alles. Wir werden sicherlich noch einmal mit Ihnen sprechen. In der Zwischenzeit verzichten Sie bitte auf Pläne, die Stadt zu verlassen.«

* * *

Auf dem Weg zurück zum Revier war Morgan sehr aufgeregt. »Ich bin nicht so ganz von seiner Unschuld überzeugt. Was, wenn der Streit zwischen Alex und ihm heftiger war, als er behauptet hatte, und Alex gedroht hat, Rory und sein Geschäft zu ruinieren?« Kate hatte diese Möglichkeiten bereits in Betracht gezogen, aber es war gut, Morgans Argumentation zu hören. »Dann hätte Rory ein Motiv, ganz zu schweigen von einem Haufen Geld, wenn Fiona Alex' Nachlass erbt. Er wusste, dass die Familie im Urlaub war.«

Kate schüttelte den Kopf. »Die Sache hat nur einen Haken. Rory war nicht davon ausgegangen, dass Alex zu Hause war, als er den Aufsitzrasenmäher holen wollte.«

Morgan blieb hartnäckig. »Was, wenn er Alex angerufen und verlangt hat, ihn im Haus zu treffen? Was, wenn die ganze Sache geplant war, um sich ein Alibi zu verschaffen?«

»Er konnte nicht wissen, dass Mrs Lancaster ihn an diesem Tag bitten würde, die Wiese zu mähen. Eigentlich sollte er nur ihren zugewucherten Garten herrichten.«

»Er könnte es selbst vorgeschlagen haben. Oder Andeutungen gemacht haben oder subtile Botschaften, die sie aufgegriffen hat.«

»Das sind ziemlich viele Vermutungen, Morgan.«

»Was haben wir denn sonst? Die meisten Morde werden vom Ehepartner oder von jemandem begangen, der das Opfer kannte.«

»Das stimmt und du hast recht. Ich kann nicht genau sagen, was an diesem Szenario falsch ist, aber wenn es Rorys ausgeklügelter Plan war, den Ehemann seiner Geliebten zu beseitigen, hing er von zu vielen Zufällen ab. Und warum hat er dann kein wasserdichtes Alibi, sondern nur so ein Wischiwaschi über das Ausleihen eines Aufsitzrasenmähers?«

Morgan drückte das Gaspedal durch. »Ich mag ihn nicht.«

»Du weißt, dass wir in diesem Beruf keine Vorurteile haben dürfen, Morgan. Wir können nicht über Menschen urteilen und entscheiden, ob wir sie mögen oder nicht. Wir halten uns an Fakten – schlicht und einfach.«

»Verstanden«, murmelte er.

Sie spürte, wie sein Kampfgeist schwand. Er war jung und eifrig. Es war nur natürlich, dass er eine gewisse Frustration verspürte, besonders da Kate auf eine sanftere Herangehensweise bestand, als er es vielleicht bevorzugt hätte. Sie ließ die Sache auf sich beruhen und sie schwiegen für den Rest der Fahrt.

Emma fuhr genau zur gleichen Zeit wie sie auf dem Mitarbeiterparkplatz vor, sprang aus ihrem Fahrzeug und lief direkt auf Kate zu. »Auf den Überwachungsaufnahmen des Palm Leisure Centre ist deutlich zu sehen, dass der weiße Mini, der auf Bradley Chapman zugelassen ist, am Donnerstagmorgen um zehn Uhr auf dem Parkplatz des Freizeitzentrums steht. Die Kamera ändert alle zehn Minuten ihre Position und bewegt sich von links nach rechts und wieder zurück. Jedes Mal, wenn die Kamera an ihre ursprüngliche Position zurückkehrt, fokussiert sie auf den Mini, der bis zehn nach elf an Ort und Stelle bleibt. Dann verschwindet er und ist um zwanzig nach elf nicht mehr zu sehen, als die Kamera das nächste Mal zu dieser Stelle zurückkehrt. Es gibt keine Aufnahmen, die zeigen, wie Gwen den Parkplatz überquert oder der Mini wegfährt. Ich habe auch an der Rezeption nachgefragt, ob sie eine Massage gebucht hat, und sie sagten, dass sie weder eine gebucht noch es versucht hatte. Es wären noch Termine frei gewesen, also hat sie gelogen.«

»Wie lange würde sie brauchen, um vom Freizeitzentrum zur Lea Lane zu fahren?«

Emma warf ihr einen süffisanten Blick zu. »Ich habe zwölf Minuten gebraucht.«

Kate nickte zustimmend. Bei dem Timing hätte Gwens Mini etwa zu der Zeit die Abzweigung zur Lea Lane erreicht, als der Radfahrer dort vorbeifuhr. Sie traten durch den Vordereingang ein, wo der diensthabende Beamte Kate anhielt.

»Sie haben eine Besucherin im Befragungsraum D. Sie wollte keinen Namen nennen, bestand aber darauf, auf Sie zu warten. Sagte, es sei sehr wichtig, und weigerte sich, mit jemandem außer Ihnen darüber zu sprechen.«

Kate rief zu Emma und Morgan hinüber: »Ich komme gleich nach.«

Sie eilte zum Zimmer und öffnete die Tür, um dann überrascht stehen zu bleiben. Die Frau, die am Fenster stand, war niemand anderes als Gwen Chapman.

Kapitel 24

SONNTAG, 6. JUNI – NACHMITTAG

Gwens Augenlider waren so geschwollen, dass sie ihre blutunterlaufenen Augen fast verdeckten. Ihr Lippenstift war verschmiert und hinterließ einen karmesinroten Streifen unterhalb der Unterlippe, der ihr zusammen mit den schwarzen Mascaraschlieren das Aussehen eines traurigen Clowns verlieh.

»Meine Familie weiß nicht, dass ich hier bin.« Die Frau trat von einem Fuß auf den anderen.

»Möchten Sie vielleicht eine Tasse Tee?«, fragte Kate.

Sie schüttelte den Kopf. »Nein. Ich will das nur hinter mich bringen.«

»Sie standen in den letzten Tagen unter erheblichem Stress. Das war alles andere als leicht für Sie gewesen.« Kate hielt ihre Stimme ruhig und besänftigend, während Gwen am Fenster stehen blieb und die Griffe ihrer Umhängetasche um ihre Knöchel wickelte. Kate zog einen Stuhl vor und ließ sich darauf fallen. »Warum setzen Sie sich nicht zu mir?«

Gwen trat langsam vor und nahm auf dem Stuhl gegenüber von Kate Platz, wobei sie die Tasche auf ihrem Schoß umklammerte. Ihre Stimme war kaum mehr als ein gehauchtes Flüstern.

»Ich habe Alex am Donnerstag besucht und mit ihm gesprochen. Aber ich habe ihn bestimmt nicht umgebracht.«

»Lassen Sie sich Zeit. Sie können eine Pause machen, wann immer Sie möchten.« Kate wechselte in eine entspanntere Haltung. In der Vergangenheit hatte das bereits funktioniert, und Zeugen und sogar Verdächtige hatten sie unbewusst nachgeahmt. Gwen jedoch ließ ihre Tasche los, schlug die Hände vor das Gesicht und schluchzte. Kate wartete. Sie hatte Zeit. Zeit war fließend. Es schien eine Sekunde oder eine Stunde zu vergehen, je nach den Umständen.

Schließlich kramte Gwen in ihrer Tasche nach einem Taschentuch, putzte sich die Nase und sprach dann, wobei ihre Worte nur mühsam kamen. »Fiona rief mich am Mittwochabend an. Sie war furchtbar verärgert, weil Alex ihnen nicht nach Frankreich nachgereist war ...«

* * *

»Nicht weinen, mein Schatz. Das sieht dir nicht ähnlich.«

»Ich habe es total vermasselt. Ich wollte mich geliebt fühlen. Ich fühlte mich so ... leer.«

»Was hast du getan, Fiona?«

»Ich habe mich mit einem anderen Mann eingelassen.«

»Oh, Fiona!«

»Ich weiß. Ich weiß. Das war ein großer Fehler. Aber er war so aufmerksam und wir verstanden uns gut, und er gab mir das Gefühl, begehrt zu sein ... und er ließ mich erkennen, wie sehr ich Alex liebe. Ich wollte es beenden, aber ich fand nicht den richtigen Zeitpunkt, um es ihm zu sagen. Und dann, letzten Donnerstag, ließ ich dummerweise mein Handy auf dem Bett liegen, während ich duschte. Als ich ins Schlafzimmer zurückkam, lag Alex im Bett und der Ausdruck auf seinem Gesicht verriet ihn – er wusste es. Es war eine Nachricht eingegangen, während ich im Bad war. Alex

hatte sie nicht geöffnet, aber er hatte zweifellos die ersten Worte gelesen, als sie auf dem Bildschirm aufleuchtete, und gesehen, wer sie geschickt hatte.«

»*Ach du meine Güte! Was ist passiert?*«

»*Er sagte kein Wort. Er legte sein Buch weg, drehte sich um und schlief ein. Auch am nächsten Morgen brachte er es nicht zur Sprache, aber er war distanziert und antwortete mir nur einsilbig. Ich wusste nicht, wie ich das Thema angehen sollte, und so bat ich ihn erneut, mit nach Frankreich zu kommen. Ich dachte, es wäre einfacher, weit weg von zu Hause und dem Geschäft mit ihm zu sprechen und ihm zu sagen, wie viel er mir bedeutet. Er weigerte sich. Er sagte, er sei zu beschäftigt. Ich habe die ganze Woche darauf gewartet, dass er anruft und sagt, dass er es sich anders überlegt und einen Flug hierher gebucht hat oder uns sogar mit einem Besuch überrascht, aber nichts geschah. Er hat nicht einmal die Jungs angerufen, um zu fragen, wie es ihnen geht. Ich habe es komplett vermasselt. Er wird die Scheidung einreichen, während ich hier bin, und wenn ich nach Hause komme, ist alles vorbei.*«

»*Sch! So schlimm wird es schon nicht werden.*«

»*Es wird noch viel schlimmer werden. Das ist alles meine Schuld. Was soll nur aus Hugh und Jacob werden? Sie bewundern ihren Vater. Sie werden mich für immer hassen.*«

»*Nein, werden sie nicht. Alex kann dich immer noch anrufen. Es ist erst Mittwoch. Vielleicht kommt er übers Wochenende nach.*«

»*Glaubst du das wirklich?*«

»*Er will dich doch nicht verlieren, Fiona. Vertrau mir. Ich bin deine Mutter.*«

* * *

Gwen sah Kate in die Augen. »Haben Sie Kinder?«

»Nein.« Kate musste die Wolke, von der sie sicher war, dass sie über ihre Züge huschte, bewusst vertreiben.

Gwen schien es nicht zu bemerken. »Fiona war eine Frühgeburt und kämpfte die ersten sechs Wochen in einem Brutkasten um ihr Leben, während sie durch Schläuche ernährt wurde. Sie war so winzig und hilflos, dass ich überzeugt war, wir würden sie verlieren. Aber das haben wir nicht. Sie erwies sich als Kämpferin, überlebte und wuchs zu einer schönen Frau mit eigenen Kindern heran. Ihr Glück steht immer an erster Stelle. Ich kann nicht in Worte fassen, wie wichtig sie für mich ist, und ich würde alles für sie und meine Enkelkinder tun. Nach unserem Gespräch konnte ich vor Sorge nicht schlafen. Wenn sie recht hatte und Alex sich von ihr scheiden lassen wollte, weiß ich nicht, wie sie das verkraftet hätte. Es hätte sie bis ins Mark erschüttert und dann waren da auch noch ihre wunderbaren Kinder, an die sie denken musste. Also beschloss ich, mich einzumischen. Bradley hatte nie viel für Alex übrig, aber ich habe ihn immer respektiert. Er war in all den Jahren gut zu meiner Fiona gewesen und ich weiß, dass er sehr an ihr und den Jungs hing, aber ich habe mich nicht getraut, Bradley zu sagen, was ich vorhatte. Er hätte mich aufgehalten, weil … nun, nichts hätte ihn mehr gefreut, als zu sehen, wie Fiona und Alex sich trennen.«

»Ich nehme an, er hat ihre Beziehung nicht gebilligt?«

Gwen seufzte schwer. »Er hat von Anfang an klar gemacht, dass er Alex nicht leiden konnte, aber ganz ehrlich, er mochte keinen von Fionas Freunden und hat die meisten von ihnen abgeschreckt. Alex war die Ausnahme. Er ließ sich von Bradleys mürrischem Gehabe oder bissigen Kommentaren nicht entmutigen und stand über den abfälligen Bemerkungen. Er hat ihm die Stirn geboten und ich habe ihn dafür respektiert, dass er Fiona genug liebte, um es mit ihrem Vater aufzunehmen, ihn mit Respekt zu behandeln und ihn zu ertragen. Bradley hatte keine spezielle Abneigung gegen Alex, er hasste jeden, der die

Dreistigkeit besaß, ihn in Fionas Zuneigung zu ersetzen. Sehen Sie, Fiona ist auch die wichtigste Person in seinem Leben.«

Kate verstand, was sie meinte. Bradley war eifersüchtig gewesen auf seinen Schwiegersohn.

»Ich ging am Donnerstagmorgen wie geplant zum Palm Leisure Centre, aber auf dem Weg dorthin rief ich Alex an und fragte, ob ich ihn in seinem Büro besuchen könnte. Er sagte mir, dass er nicht dort sei, sondern von zu Hause aus arbeite, und schlug vor, dass ich gegen halb zwölf vorbeikommen solle. Dann hätte er Zeit für ein Gespräch. Ich konnte mich nicht auf die Übungsstunde konzentrieren und wollte meinen Freunden nicht sagen, was los war, also täuschte ich Kopfschmerzen vor und sagte ihnen, ich würde später zu ihnen stoßen. Alex erwartete mich bereits und ich kam direkt zur Sache. Ich wiederholte, was Fiona mir erzählt hatte, und flehte ihn an, nach Frankreich zu fahren, mit ihr zu sprechen und die Sache zu klären.« Sie befeuchtete die Lippen. »Er versprach, noch am selben Tag einen Platz in der Abendmaschine zu buchen, um die Dinge wieder in Ordnung zu bringen. Das Letzte, was ich von ihm sah, war, wie er mir nachwinkte.«

»Hat er oder Fiona Ihnen gesagt, mit wem sie eine Affäre hatte?«

»Nein, und um ehrlich zu sein, war es mir egal, wer der Mann war. Meine einzige Sorge war, sie wieder zusammenzubringen.«

»Wie lange waren Sie im Haus?«

Gwen zögerte. »Fünfzehn ... zwanzig Minuten höchstens.«

»Was haben Sie danach gemacht?«

»Ich fuhr zur Metzgerei in Uttoxeter – Reynolds and Sons. Ich kam gegen Viertel nach zwölf dort an. Archie Reynolds, den wir seit Jahren kennen, ärgerte sich über die verspätete Lieferung und meinte, es sei sinnlos, dass die Pasteten am Nachmittag ankommen, wenn er sie für den morgendlichen

Ansturm braucht. Er wird sich höchstwahrscheinlich daran erinnern, dass ich zu dieser Zeit im Laden war.«

»Warum haben Sie sich nicht früher gemeldet? Sie hätten uns eine Menge Ärger ersparen können.«

»Ich wollte nicht, dass Bradley erfährt, dass ich mich eingemischt habe. Er ... mag es nicht, wenn ich mich einmische, besonders nicht in Fionas Leben. Und Alex ... na ja, wie ich schon sagte. Er mochte Alex nicht. Er wäre ... ziemlich wütend geworden.« Sie starrte auf ihre Hände, und Kate verstand blitzschnell: Gwen hatte Angst, ihren Mann zu verärgern.

»Ich sollte Ihnen sagen, dass wir einen Zeugen haben, einen Radfahrer, der Ihr Auto beim Abbiegen in die Lea Lane zufällig mit seiner Helmkamera gefilmt hat. Wir glaubten, dass es Bradleys Auto war, und sprachen mit ihm darüber. Zu diesem Zeitpunkt wussten wir nicht, dass es ein zweites identisches Auto gab, und er verweigerte jede Aussage.«

Sie stöhnte leise. »Ich erinnere mich an das Fahrrad. Der Radfahrer winkte mich vorbei, aber es erschien mir wenig sinnvoll, weil ich ein paar Meter später ohnehin abbiegen wollte.«

»Bradley wird sicher herausgefunden haben, dass Sie hinter dem Steuer saßen. Hat er Sie nicht danach gefragt?«

Gwen klemmte ihre Hände zwischen ihre Beine. Da war sie wieder, dachte Kate: diese große Angst. »Nein. Ich bin nur hier, weil Ihre Kollegen eine Lücke in meinem Alibi gefunden haben. Warum hat er nicht gesagt, dass ich den Wagen manchmal benutze?«

»Diese Frage kann ich nicht beantworten. Das wird er selbst tun müssen. Ich kann nur vermuten, dass er Sie beschützen wollte.«

»Vor was? Er kann doch unmöglich glauben, dass ich irgendetwas mit Alex' Tod zu tun habe!«

»Wir müssen noch einmal mit ihm darüber sprechen, denn er hat sich geweigert, uns etwas zu sagen.« Kate rechnete in Gedanken nach, und wenn Gwens Version der Ereignisse zutraf, hätte sie keine Zeit gehabt, Alex zu ermorden. Kate hatte noch eine Frage. »Ihr Mann sagte uns, er sei kurz nach elf Uhr von Abbots Bromley nach Lichfield gefahren, aber sein Auto wurde erst eine Stunde später auf der B5014 außerhalb von Hamstall Ridware, auf halbem Weg nach Lichfield, von einer Überwachungskamera erfasst. Haben Sie eine Idee, warum das so war?«

Gwens Gesicht wurde weiß.

Kate fuhr sanft fort: »Es gab einige Unstimmigkeiten in seiner Geschichte, aber er weigerte sich zu kooperieren. Er hat Alex vielleicht nicht gemocht, aber er liebt seine Familie. Sicherlich würde er wollen, dass wir den Fall abschließen. Also warum denken Sie, dass er nicht mit uns reden will?«

Gwen blinzelte Tränen zurück. »Da fällt mir nur eine mögliche Erklärung ein – Alex war nicht der Einzige, der betrogen wurde.«

»Sie glauben, Ihr Mann hat eine Affäre?«

»Er hatte sie in der Vergangenheit gehabt. Er hat geschworen, dass er das nicht mehr macht, aber ich kann mir nicht vorstellen, warum er sonst für eine ganze Stunde verschwunden ist und sich weigert, Ihnen zu sagen, wo er war.«

»Haben Sie eine Idee, mit wem er sich treffen könnte?«

»Wenn er zu seinen alten Gewohnheiten zurückgekehrt ist, wird es eine seiner Schülerinnen sein. Seine früheren Geliebten waren immer Fahrschülerinnen gewesen.« Sie biss sich auf die Lippe. Ihre Augen füllten sich wieder mit Tränen. »Das würde auch sein Verhalten in letzter Zeit erklären – er war ... unnahbarer als sonst und dann sind da noch die Telefonate, die er immer führt, wenn er allein ist. Manchmal geht er nach einem Anruf hinaus, ohne eine Erklärung, wohin er geht oder wie lange er wegbleibt. Jetzt verstehe ich ... Er trifft sich mit jemandem, ganz sicher.«

»Warum haben Sie ihn nicht zur Rede gestellt?«

Eine Träne löste sich von ihren Wimpern und rann über ihre Wange. »Ich habe die Zeichen nicht erkannt. Ich war mit anderen Dingen beschäftigt und, was noch wichtiger war, ich vertraute ihm. Er hat geschworen, dass es nie wieder passieren würde.« Sie wischte sich die Träne weg und hob den Kopf. »Ich habe Ihnen alles gesagt, was ich über Alex weiß. Über den Verbleib meines Mannes am Donnerstagmorgen weiß ich nichts. Dazu müssen Sie ihn selbst befragen.«

Kate nickte mitfühlend. »Danke, dass Sie gekommen sind und die Dinge aufgeklärt haben. Ich hoffe, es macht Ihnen nichts aus, aber ich benötige von Ihnen eine offizielle Aussage darüber, wann Sie Alex das letzte Mal gesehen haben. Es wird nicht lange dauern.«

»Und dann kann ich gehen?«

»Natürlich.«

Kate bat den Polizeibeamten im Flur, die Aufnahme einer Aussage zu veranlassen, und war auf halbem Weg die Treppe hinauf, als Emma hinuntergesprungen kam.

Ihre Stimme klang dringend. »Kate, es gibt eine neue Entwicklung.«

»Welche?«

»Die Spurensicherung von Derbyshire hat sich gemeldet. Sie haben Alex' Auge gefunden.«

»Was?« Kate stürmte die restliche Treppe hinauf und ging mit Emma den Korridor entlang, die schnell redete, während sie mit ihr Schritt hielt.

»Es wurde am Freitagabend in einem Cottage in der Nähe des Peak District gefunden. Die örtliche Polizei erhielt einen Anruf des Hausbesitzers, der behauptete, jemand sei in sein Haus eingebrochen. Als sie am Tatort ankamen, stellten sie fest, dass nichts gestohlen worden war, aber ein mit Formaldehyd gefülltes Marmeladenglas, in dem sich das Auge befand, war auf einem Schreibtisch abgestellt worden. Die Beamten hielten es für einen Scherz und nahmen an, dass es sich um das Auge eines Tieres handelte. Das Glas wurde an die Forensik in Derbyshire geschickt, wo es wegen eines Fehlers der Wochenendvertretung erst heute untersucht wurde. DNA-Tests haben bewiesen, dass es Alex' Auge ist. Sie haben uns sofort kontaktiert, nachdem sie es identifiziert hatten. Der leitende Beamte hat sich entschuldigt und eine Untersuchung eingeleitet, wie das passieren konnte.«

»Verdammter Mist! Auf solche Rückschläge können wir gut verzichten. Okay, wer ist der Hausbesitzer?«

»Ich habe nur mit der Spurensicherung gesprochen. Du musst das mit DI Terry Robinson klären. Er erwartet deinen Anruf.«

Morgan reichte Kate ein Stück Papier.

»Gwen macht gerade in Befragungsraum D ihre Aussage«, sagte Kate. »Kann einer von euch sie einsammeln, wenn sie fertig ist? Darin erklärt sie, was sie am Donnerstagmorgen gemacht hat.«

»Ich muss mal kurz auf die Toilette. Ich hole sie auf dem Rückweg ab«, sagte Morgan und verließ das Büro.

Kate tippte die Nummer auf dem Papier ein und schnappte sich dann einen Stift, um sich Notizen zu machen. DI Terry Robinson klang aufgeregt und überarbeitet, und obwohl er ihren Anruf erwartet hatte, dauerte es mehrere Minuten, bis er die richtigen Papiere gefunden hatte und Kate die gewünschten Informationen geben konnte.

Er las die Aussage umständlich vor und machte am Ende jedes Satzes eine lange Pause. »Am Freitag, dem 4. Juni, ging um zwanzig Uhr dreißig ein Anruf von Mr Ian Wentworth vom Raven Cottage in Ashbourne ein. Er war nach Hause gekommen und hatte festgestellt, dass in sein Haus eingebrochen worden war, und er hatte Angst, dass der oder die Eindringlinge noch auf dem Grundstück seien. Die Beamten wurden sofort zum

Haus geschickt, aber bei ihrer Ankunft gab es keine Hinweise auf einen Eindringling. Mr Wentworth sagte aus, dass anscheinend nichts von Wert gestohlen, stattdessen jedoch ein Glas mit einem Auge auf dem Schreibtisch in seinem Arbeitszimmer zurückgelassen worden war. Er wies die Beamten an, den Behälter zu entfernen, wünschte aber weder die Anwesenheit der Spurensicherung noch weitere Maßnahmen.«

»Wollte er nicht wissen, wer das Glas zurückgelassen hatte?«

»Nein. Den Beamten zufolge wirkte er nervös, was unter den gegebenen Umständen verständlich war, und er bat sie, das Glas sofort wegzunehmen. In dem Glauben, es handele sich um einen Scherz, brachten sie es zur Wache, wo es zur genaueren Untersuchung an das forensische Labor der Universität Derby geschickt wurde. Ich fürchte, es gab ein Problem bezüglich der Wochenenddienste, und es wurde übersehen.«

»Ja, das habe ich gehört. Es hätte uns sehr geholfen, wenn wir das früher gewusst hätten.«

»Offensichtlich, aber wie ich schon sagte, war es eine Verkettung unglücklicher Umstände.«

Kate verkniff sich noch mehr wütende Worte. Sie würden keinen anderen Zweck erfüllen, als einen Kollegen im nächsten Bezirk zu verärgern. »Wissen Sie etwas über Ian Wentworth?«

»Wir sind zurzeit unterbesetzt. Ich habe diese Information erst vor Kurzem erhalten und sobald wir die Identität des Auges festgestellt hatten, habe ich Sie kontaktiert, sodass ich noch keine Gelegenheit hatte, seinen Hintergrund zu beleuchten. Ich glaube, er ist ein HNO-Chirurg, aber weiter reicht mein Wissen nicht.«

»Hat er irgendeine Verbindung zu Alex Corby?«

»Nochmals, ich hatte keine Gelegenheit, das zu überprüfen.«

»Wie lange wohnt Mr Wentworth schon in Raven Cottage?«

»Ich habe diese Information nicht zur Hand und kann Ihnen daher nur sagen, dass es sein Ferienhaus ist. Sein

Hauptwohnsitz befindet sich in Ihrem Bezirk, weshalb ich Sie so schnell wie möglich informiert habe.« Er raschelte weiter mit Papieren und suchte nach der Adresse. »Hier ist es. Festival House, Lichfield.«

»Haben Sie seine Telefonnummer?«

Er las sie ihr vor. »Ich hoffe, er kann Ihnen bei Ihren Ermittlungen helfen. Haben Sie sonst noch Fragen?«

»Nein, danke. Wir schauen uns die Sache an.«

»Wenn wir noch etwas entdecken sollten, lasse ich es Sie wissen.«

Plötzlich hatten sie mehrere Richtungen und Spuren. Kate brachte Emma auf den neuesten Stand. »Alex' Auge ist in einem Cottage aufgetaucht, das Ian Wentworth gehört, einem Einwohner von Lichfield.«

Emma hob eine geballte Faust und schlug in die Luft. »Eine neue Spur. Soll ich dich begleiten?«

»Nein. Ich möchte, dass du noch einmal mit Sierra Monroe sprichst. Gwen glaubt, ihr Mann habe eine Affäre mit einer seiner Schülerinnen, und da er Sierra von zehn bis elf Uhr eine Fahrstunde gab und wir seinen Aufenthaltsort in der darauffolgenden Stunde nicht feststellen können, ist sie die wahrscheinlichste Kandidatin.«

»Er hat eine Affäre?« Emma verzog überrascht das Gesicht.

Kate fummelte mit ihrem Stift herum und klickte mehrmals auf die Spitze, während sie versuchte, sich einen Reim auf das Auge zu machen, das in einem Glas aufgetaucht war.

»Du glaubst, Bradley hat eine Affäre mit einer Zwanzigjährigen?«, wiederholte Emma und riss Kate aus ihren Gedanken.

Sie legte den Stift weg. »Es spielt keine Rolle, was wir denken – wir müssen Gwens Behauptung nachgehen. Fang mit Sierra an, dann rede mit allen anderen Schülerinnen.«

Emma verzog das Gesicht. »Ich kann nicht glauben, dass er ein Mädchen vögelt, das jünger ist als seine eigene Tochter.«

»Geh der Sache einfach nach, Emma. Vielleicht könnte es ihn entlasten«, sagte Kate.

In diesem Moment tauchte Morgan auf. »Wem entlasten?«, fragte er und legte Gwens Aussage auf Kates Schreibtisch.

»Wen entlasten«, sagte Emma. »Es heißt wen, nicht wem.«

»Was?«

»Egal«, antwortete sie mit einem schiefen Grinsen. »Bradley hat vielleicht ein Alibi für Donnerstag.« Sie rutschte zu ihrem Schreibtisch hinüber und tippte auf der Tastatur herum.

Kate richtete ihre Aufmerksamkeit auf Morgan. »Finde über den Hals-Nasen-Ohren-Arzt Ian Wentworth heraus, was du kannst. Er wohnt im Festival House, Lichfield. Es muss einen Grund geben, warum er Alex' Auge erhalten hat.«

Morgan loggte sich in die allgemeine Datenbank ein und meinte: »Er hat eine Website.« Er drehte den Bildschirm um, sodass Kate das Foto eines unfreundlichen Mannes mit großer Nase und tiefschwarzen Haaren sehen konnte, der Mitte fünfzig zu sein schien. Da war etwas Vertrautes in seinem Gesicht, als ob sie ihn kennen würde, obwohl sie seinen Namen bis zu diesem Tag noch nie gehört hatte. »Lies die Informationen auf der Website durch, während ich in der allgemeinen Datenbank suche.«

Ian hatte die Schule in Sutton Coldfield besucht und war von dort aus an die Universität London gegangen, um Medizin zu studieren. Alex hatte keine der beiden Einrichtungen besucht. Wenn Ian Alex gekannt hatte, dann nicht durch das gemeinsame Studium, also hatten sie sich vielleicht privat getroffen oder Alex war einer seiner Patienten gewesen. Kate war sich sicher, dass Chris eine andere Theorie haben würde. Er würde zweifellos darauf wetten, dass es eine Verbindung zwischen Wentworth und Dickson gab.

Emma räusperte sich leise. »Ich habe etwas Interessantes gefunden. Sierras Vater, Cooper Monroe, ist ebenfalls ein ehemaliger SAS-Angehöriger, der nicht nur zufällig Teilzeit als Wachmann in den Lagerhäusern von Corby International arbeitet, sondern auch in der gleichen Staffel wie Bradley Chapman war. Soll ich Sierra immer noch befragen?«

Kate dachte über die Frage nach. Es gab keinen Grund, nicht mit dem Mädchen zu sprechen. Die Tatsache, dass ihr Vater und Bradley gemeinsam bei den Streitkräften dienten, schloss nicht aus, dass sie eine Affäre hatten. »Ja, bleib da dran, und Morgan, du kümmerst dich um Cooper. Stelle seine Bewegungen für Donnerstag fest. Ich werde mit dem Arzt sprechen.«

Während beide Polizisten im Einsatz waren, rief Kate Ian an, aber sie hörte nur eine aufgezeichnete Nachricht, die ihr mitteilte, dass er ihren Anruf nicht entgegennehmen könne. Sie hinterließ ihm eine Nachricht, dass er sie zurückrufen solle.

Kaum hatte sie aufgelegt, legte William eine Hand auf den Türrahmen und spähte hinein. »Hi, Kate. Superintendent Dickson hat mich gefragt, wie du vorankommst. Es sind jetzt drei Tage und er möchte ein Update.«

»Wie du schon sagtest, es sind drei Tage«, antwortete sie.

»Wie weit seid ihr?«

Das klang nicht nach William. Er war sonst immer zugänglich und ein Schmeichler, kein Drängler.

»William, was erwartest du denn in dieser kurzen Zeit? Was ist los?«

»Nichts, ich versuche nur festzustellen, wo ihr bei den Ermittlungen steht. Als wir das letzte Mal gesprochen haben, habt ihr Lisa Handsworth und Bradley Chapman unter die Lupe genommen. Gibt es da irgendetwas Neues?«

»Lisa scheint eine Sackgasse zu sein und wir arbeiten immer noch an Bradleys Alibi.«

»Gibt es noch andere Verdächtige?«

»Wir kümmern uns im Moment um Rory Winters und Fiona Corby. Die beiden haben offensichtlich eine Affäre.«

»Irgendwelche Lücken in ihren Alibis?«

»Bis jetzt nicht. Gwen Chapman war zwar an dem Tag, als Alex starb, in seinem Haus, aber ich glaube nicht, dass sie ihn getötet hat.«

»Du glaubst? Was ist mit Fakten, Kate?«

»Sie war nicht lange genug dort, um Alex zu ermorden, und nachdem ihr Gespräch mit ihm beendet war, fuhr sie zur Metzgerei in Uttoxeter.«

»Und du hast diese Geschichte überprüft, ja?«

»Noch nicht.«

Er starrte sie an, der Punkt ging an ihn.

»Sie hat ihn nicht umgebracht.«

»Ich bin sicher, du wirst das alles in deinem Bericht detailliert aufführen. Sag mir sofort Bescheid, wenn du etwas Neues erfährst.« Er klopfte an den Türrahmen und verschwand, was sie etwas ratlos zurückließ. Warum war er so barsch zu ihr gewesen? Irgendwie verhielt er sich in letzter Zeit seltsam. Aus diesem Grund und wegen des zunehmenden Verdachts, dass sowohl er als auch Dickson darauf aus waren, sie zu Fall zu bringen, hatte sie nichts von Ian Wentworth gesagt. Sie wollte diese Information unter Verschluss halten, bis sie mit dem Mann gesprochen hatte. Sie konnte William nicht trauen und mit dieser Erkenntnis kam die Panik zurück. Sie musste raus aus der Wache und weg von allem und jedem.

Sie schnappte sich ihre Tasche und die Autoschlüssel und stürmte die Hintertreppe hinunter auf den Parkplatz, wo sie tief einatmete. Die Szene veränderte sich erneut, der Parkplatz verwandelte sich in einen Bahnsteig und die Reihe der geparkten Autos in einen silbernen Zug mit zehn Waggons. *Nein! Nicht jetzt.* Sie schaffte es bis zu ihrem Audi, wobei sie den Blicken der flehenden Gesichter auswich – den Gesichtern der Geister, denen sie nicht helfen konnte. Sie glitt auf den Fahrersitz, drückte eine einzelne weiße Pille aus der Folienpackung, schluckte sie trocken hinunter und lehnte sich gegen die kühle Kopfstütze, bis die Gegenwart zurückkehrte und die Vergangenheit wieder verbannt war.

Sobald sie sich in der Lage fühlte, startete sie den Motor, begierig darauf zu entkommen.

Aus den Augenwinkeln sah sie den Mann, der sie am Abend zuvor angehalten hatte – den Journalisten – und trat das Gaspedal durch. Er hob eine Hand in ihre Richtung, aber sie ignorierte ihn und raste von dem Parkplatz, um so schnell wie möglich Abstand zwischen ihnen zu schaffen.

Kapitel 25

SONNTAG, 6. JUNI – NACHMITTAG

Das Festival House, benannt nach den Gärten gegenüber dem berühmten Uhrenturm von Lichfield, überragte eine der vielen Grünflächen, die speziell für die Stadtbewohner innerhalb der Siedlung angelegt worden waren. Obwohl Lichfield immer noch als eine der kleinsten englischen Kathedralenstädte galt, war seine Einwohnerzahl im Laufe der Zeit auf über einhunderttausend angewachsen und auf dem Gelände, auf dem einst ein Krankenhaus gestanden hatte, lebten nun mehrere Tausend Menschen in einer Siedlung. Kate fuhr auf den öffentlichen Parkplatz und legte die kurze Strecke zu dem Block, in dem Ian wohnte, zu Fuß zurück.

Der gesamte Bereich war geschmackvoll gestaltet worden, sinnierte Kate. Er war sehr gepflegt, mit akkurat geschnittenen Hecken und gestutzten Rasenflächen – eine Oase der Ruhe. Als sie näher kam, schwammen auf dem Teich neben dem Festival House zwei Schwäne anmutig in ihre Richtung in der Hoffnung, gefüttert zu werden.

Das Gebäude glich eher einer dreistöckigen Remise als einem Apartmentblock. Die Fassade war cremefarben mit aufgesetzten Bögen, die die drei separaten Eingänge verdeckten und den Eindruck erweckten, als führten sie jeweils in ein separates Haus. Sie fand die Klingel für das Penthouse neben der mittleren Tür und läutete. Niemand antwortete. Sie trat einen Schritt zurück und schaute zum obersten Stockwerk hinauf, konnte jedoch keinen Blick auf die Wohnung erhaschen, da sie leicht zurückgebaut war und von einer Betonbrüstung verdeckt wurde.

»Suchen Sie jemanden?«

Die Stimme überraschte sie. Sie gehörte zu einer Frau, die einen Buggy schob, in dem ein zufriedenes pummeliges Baby saß, das auf einem Plastikring kaute.

»Ich suche Ian Wentworth. Aber er scheint nicht zu Hause zu sein.«

»Sein Auto ist da. Ich habe gerade direkt neben ihm geparkt. Vielleicht ist er zu Fuß in die Stadt gegangen. Das ist einfacher, als dort einen Parkplatz zu finden.«

»Wohnen Sie hier?«

»Im Erdgeschoss. Ian wohnt ganz oben.«

»Ich nehme nicht an, dass Sie mich reinlassen können, damit ich an seine Tür klopfen kann?« Kate zeigte ihren Ausweis.

Die Frau verzog das Gesicht. »Hat er etwas verbrochen?«

»Nein, ich möchte ihm nur ein paar Fragen über einen Einbruch stellen.«

»Was, hier wurde eingebrochen?«

»Nein, in Derbyshire.«

Die Frau seufzte erleichtert. »Gott sei Dank. Ich will nicht komisch sein oder so, aber ich war heute ein bisschen nervös. Ich bin in den frühen Morgenstunden in die Küche gegangen, um die Milch für das Baby zu holen, und ich war mir sicher, dass da drüben in der Gasse jemand herumlungerte. Mein Mann ging nach draußen, um nachzusehen, aber er sah niemanden.«

»Können Sie die Person beschreiben?«

»Nein. Es war zu dunkel, um etwas anderes als vage Formen und Bewegungen zu sehen.«

»Um wie viel Uhr war das?«

»Gegen zwei Uhr morgens. Sie glauben doch nicht, dass jemand das Haus ausspähen und einbrechen wollte, oder?«

»Es könnte ein Betrunkener gewesen sein oder jemand, der auf dem Weg nach Hause war und zum Pinkeln angehalten hat. Ich würde mir keine Sorgen machen. Wie ich schon sagte, es geht nicht um einen Einbruch in diesem Haus.«

»Ja, vermutlich haben Sie recht. Ich bin in letzter Zeit übermüdet, weil die Kleine mich jede Stunde aufweckt.«

»Wie heißen Sie?«

»Hayley. Hayley King.«

»Nun, Hayley, wenn Sie wieder jemanden sehen, der in den frühen Morgenstunden hier herumschleicht, rufen Sie die Polizei.«

»Das werde ich.«

»Könnten Sie mich in das Haus lassen?«

»Ja, sicher.« Hayley zog einen Schlüssel aus ihrer Tasche und steckte ihn in das Schloss. Die Tür schwang auf und gab den Blick auf einen gefliesten Flur und eine Metalltreppe frei. »Meine Wohnung ist hier«, sagte sie und zeigte nach links. Kate hielt die Tür auf, während Hayley den Kinderwagen hineinschleppte, dann stieg sie die Treppe hinauf und fand sich vor einer weißen Tür wieder, die nur angelehnt war.

»Mr Wentworth?«

Keine Antwort.

»Mr Wentworth, hier ist die Polizei. Ich komme jetzt rein«, rief sie.

Als keine Antwort kam, zog sie ein Paar Einweghandschuhe aus ihrer Jackentasche und streifte sie über. Sie stieß die Tür auf und trat ein, äußerst wachsam für den Fall, dass sich ein Einbrecher in der Wohnung befand. Der Geruch, der an verrottendes Obst erinnerte, traf sofort ihren Geruchssinn, was sie dazu veranlasste, den Atem anzuhalten und stehen zu bleiben. Sie erkannte die ersten Anzeichen einer verwesenden Leiche. Die Wohnung bestand aus einem riesigen offenen Raum mit Diele, Ess-, Küchen- und Wohnbereich. Ihr Blick fiel auf das hintere Ende, wo ein Flügel vor einer weißen Schwebetreppe stand, bevor er zu dem Stuhl vor den Bücherregalen gezogen wurde. Sie ging vorsichtig weiter, wobei sie jeder Schritt näher an die grausige Szene heranbrachte.

Ein Mann saß mit weit aufgerissenem Mund auf dem Stuhl. Sie wusste bereits, was sie erwartete. Die offene Tür hatte sie vorbereitet und die karmesinroten Spritzer auf dem cremefarbenen Teppich unter dem Polstersessel bestätigten ihre Befürchtungen. Sein rechtes Auge war aus der Augenhöhle gerissen worden.

Der Tatort musste zwar gesichert werden, aber zuerst musste sie nach Lebenszeichen suchen – für ihren eigenen Seelenfrieden, bevor sie von einer Vision überrollt wurde, die so lebendig war, dass sie auf der Stelle erstarrte …

* * *

Die Leiche eines älteren Mannes ist in den Gang gefallen und versperrt ihr den Weg. Der Schütze ist sich ihrer Anwesenheit nicht bewusst. Sie hebt einen Fuß und steigt über den Mann, ohne sein Gesicht anzusehen.

Plopp!

Eine Frau mit blonden Haaren liegt mit dem Gesicht nach unten auf dem Tisch, ihr Freund kauert in der Ecke, karmesinrote Flecken auf der Kopfstütze.

Plopp!

Kate kann nicht atmen. Der Geruch des Todes ist überall. Sie macht einen weiteren Schritt. Immer näher an den Angreifer heran. Dann fällt ihr Blick auf den Schuh eines Kindes.

* * *

Kates Finger zitterten, während sie vergeblich nach einem Puls an der Halsschlagader suchte. Ian war schon seit Stunden tot. Auf dem Teller auf dem Couchtisch neben seiner Leiche lagen elf mikroskopisch kleine Obststücke. Der Rest des Apfels lag daneben. Ian hatte es nicht bis zum dreizehnten Stück geschafft. Er war schon viel früher erstickt.

Sie rief Ervin an und sagte ihm, er solle sie sofort in der Wohnung treffen, bevor sie DCI William Chase informierte.

»William, der Mörder hat erneut zugeschlagen.«

»Wo bist du?«

»Im Penthouse im Festival House in Lichfield. Es gehört Ian Wentworth.«

»Ist er das Opfer?«

»Ja.« Sie bildete sich ein zu hören, wie er den Atem einsog. »Kennst du ihn?«, fragte sie.

Seine Antwort kam schnell. Ein bisschen zu schnell. »Nein. Hast du die Spurensicherung informiert?«

»Ich habe zuerst Ervin angerufen, dann dich.«

»Gut. Okay. Wir müssen die Sache unter Verschluss halten. Behalt den Tatort im Auge, ich treffe dich dort, sobald ich kann.«

Als sie das zerstörte Gesicht vor sich studierte, wurde sie das Gefühl nicht los, den Mann zu kennen oder ihn schon einmal irgendwo gesehen zu haben – so wie sie es gedacht hatte, als sie sein Porträtfoto auf seiner Website gesehen hatte.

Doch ihr blieb wenig Zeit, um länger darüber nachzudenken. Sie hatte eine Aufgabe zu erfüllen: den Tatort zu sichern und zu dokumentieren und dafür zu sorgen, dass er nicht kontaminiert wurde, bevor die Spurensicherung und der Pathologe eintrafen.

Zuerst rief sie jedoch Morgan an, dessen Stimme immer wieder abbrach. »Hi, Kate. Ich bin … auf dem Rückweg. Ich kann nicht … Cooper … zu Hause … Sierra hat nicht die geringste Ahnung, wo er sein könnte.«

»Okay, das kann warten. Wir haben ein weiteres Opfer und ich brauche Emma und dich so schnell wie möglich in Lichfield.«

»Ich gebe Emma Bescheid. Wo bist du?«

Nachdem sie Morgan die Adresse genannt hatte, eilte sie die Treppe hinunter und klopfte an die Türen, um die Bewohner zu bitten, das Gebäude zu verlassen. Doch es war niemand zu Hause. Selbst Hayley King öffnete nicht die Tür.

Kate fragte sich, ob die Frau in den frühen Morgenstunden tatsächlich jemanden gesehen hatte – wenn ja, könnte es der Mörder gewesen sein. Sie trat hinaus, wobei sie darauf achtete, dass die Eingangstür offen blieb, und stellte sich vor das Gebäude, um die Leute fernzuhalten, bis eine offizielle Absperrung eingerichtet worden war. Aber es war keine Menschenseele in Sicht. Ein Flugzeug rumpelte über ihr, das vom Flughafen Birmingham abgeflogen war, und sie sah zu, wie es in den azurblauen Himmel flog. Sie überprüfte gerade ihr Telefon auf neue Nachrichten, als Chris' Stimme sie überrascht aufblicken ließ.

»Kate.«

»Was machst du hier?«

»Sichergehen, dass es dir gut geht. Du siehst beunruhigt aus.«

»Das bin ich auch ein wenig. Es geht um William.«

»Was ist mit ihm?«

»Er kannte den Namen des Opfers, Ian Wentworth. Ich konnte es in seiner Stimme hören. Er war ... reserviert. Ich muss herausfinden, ob Ian Alex kannte ... und Dickson. Aber jetzt kann ich ihn das nicht mehr fragen. Das ist ... frustrierend.«

»Aber vielleicht praktisch für jemand anderen – den Mörder. Ian kann dir nicht mehr sagen, was du wissen musst. Du musst dir die Informationen auf andere Weise beschaffen.«

»Sein Gesicht ... kommt mir bekannt vor.«

»Inwiefern? Hast du ihn schon einmal getroffen?«

»Nein. Ich hatte nur den gleichen Eindruck, als ich sein Foto auf seiner Website gesehen habe.«

»Foto. Denk nach, Kate.«

Sie schloss für einen Moment die Augen. Ja, natürlich! Sie hatte Ian schon mal gesehen. Er war nicht so sehr gealtert wie die anderen, aber es war definitiv die gleiche Person. Ian Wentworth war auch auf dem Foto von Alex Corby und John Dickson, das auf der Skipiste entstanden war. Dickson kannte beide Männer!

»Dicksons ... Foto.«

Der Klang entfernter Sirenen informierte sie über die Ankunft des Teams.

»Sei vorsichtig, Kate.«

»Das bin ich«, sagte sie geistesabwesend und starrte noch einmal zu dem silberglänzenden Fleck und den Kondensstreifen, die das Flugzeug hinterlassen hatte.

Corby, Wentworth und Dickson. In was hatte sie sich da bloß hineinziehen lassen?

Kapitel 26

SONNTAG, 6. JUNI – ABEND

Innerhalb kurzer Zeit wurde das Festival House abgesperrt und ein Team der Spurensicherung unter Ervins Leitung in die Penthouse-Wohnung geschickt. Kate und ihre beiden Kollegen schlossen sich in voller Schutzkleidung den Ermittlungen im Flur des Gebäudes an, während uniformierte Polizisten die neugierigen Beobachter in Schach hielten. Die Sache sprach sich schnell herum. Es war unmöglich gewesen, die Leute von der Kriminaltechnik mit ihren Papieranzügen und weißen Metallkoffern zu übersehen, die über den Parkplatz liefen, oder die Polizeibeamten, die gerade von Tür zu Tür gingen.

Emma sprach mit gedämpfter Stimme. »Sierra schwört, dass sie am Donnerstagmorgen um Viertel nach elf den Bus nach Uttoxeter genommen hat, wo sie im Cinebowl Entertainment Centre arbeitet. Sie sah Bradley zuletzt in seinem Auto vor ihrem Haus, als er mit jemandem telefonierte. Sie winkte ihm zum Abschied zu und er erwiderte die Geste, aber sie sah nicht zu, wie er wegfuhr. Sie hat ein wasserdichtes Alibi, denn es gibt nicht nur die Überwachungskameras in den Bussen, die ihre Aussage bestätigen. Sie saß auch neben einer Freundin und Arbeitskollegin, Donna Croft, die in derselben Schicht arbeitete wie sie. Ich kann der Sache weiter nachgehen, um sie zu bestätigen, aber ich bin mir sicher, dass sie keinen Sex mit dem Freund ihres Vaters hatte.«

Emmas Scharfsinn war nicht zu unterschätzen. Wenn sie sich sicher war, dass zwischen Bradley und Sierra nichts lief, reichte Kate das.

»Wir sollten Bradley nach seinem vermissten Freund fragen und seinen Aufenthaltsort für Donnerstag noch einmal überprüfen«, warf Morgan ein.

Kate nickte. »Das müssen wir auch, denn mir ist nicht wohl angesichts Coopers plötzlichem Verschwinden.«

»Kate, du kannst jetzt hochkommen!« Ervins Stimme drang durch die drei Stockwerke, ohne dass er sie erheben musste.

»Bin auf dem Weg«, rief sie zurück und ging als Erste die Treppen hinauf.

Überall durchsuchten Beamte in weißen Anzügen nach einem einstudierten Muster die Wohnung. Einige knieten vor Schränken und durchwühlten Schubladen, andere beugten sich über Möbel und suchten nach Fingerabdrücken, während wieder andere von einem Bereich zum anderen liefen und die Schwebetreppe hinauf- oder hinunterstiegen.

Der Pathologe, Harvey Fuller, untersuchte noch immer Ians Leiche und schaute bei der Ankunft des Trios auf. »Es sieht so aus, als ob das gleiche oder ein ähnliches Gerät verwendet wurde.« Er leuchtete mit einer winzigen Taschenlampe in den Mund des Toten. Der Lichtstrahl offenbarte rot-graue Rillen am Gaumen, die ein Objekt hineingeschnitten hatte. Mit einem Spatel zeigte Harvey auf Verletzungen in den Wangen des Mannes. »Die Abdrücke sehen genauso aus wie jene, die ich in Alex Corbys Mund gefunden habe.«

»Und wieder gibt es keine Hinweise auf den Gegenstand, der sie verursacht hat?« Diese Tatsache verblüffte Kate.

»Keinerlei Anzeichen«, sagte Ervin, der sich zu ihnen gesellt hatte. »Das heißt, wir sind noch nicht darauf gestoßen.«

Harvey fuhr fort: »Wie Sie sehen können, befindet sich der Körper in dem, was wir das starre Stadium nennen. Die Muskeln des Opfers sind steif und sein Körperkern hat Raumtemperatur, und das wahrscheinlich schon seit einiger Zeit.« Kate wusste, dass ein Körper, der normalerweise eine Temperatur von siebenunddreißig Grad Celsius hatte, mit jeder Stunde, die das Herz nicht mehr schlug, einen halben Grad Wärme verlor, bis er schließlich Raumtemperatur erreichte. Harvey fuhr fort: »Ich vermute, dass er spät in der Nacht gestorben ist, vor etwa acht bis zwölf Stunden. Vielleicht kann ich Ihnen nach der Obduktion eine genauere Einschätzung geben.«

»Können Sie uns sonst noch etwas sagen?«, fragte Kate.

»Ich muss noch weitere Tests durchführen, aber es gibt deutliche asphyktische Veränderungen in seinem Rachen und dem verbliebenen Auge, die darauf hindeuten, dass er erstickt ist.«

»Wie Alex.«

»Ja, das würde ich so sagen.«

»Danke, Harvey.« Kate wandte sich von der grausigen Szene ab und suchte nach William. Sie entdeckte ihn nicht, dafür aber Faith, die gerade den Küchentresen überprüfte.

»Diese Tat wurde erneut akribisch ausgeführt«, meinte Ervin. Sein Gesicht war mit einer Maske bedeckt, sodass nur seine Augen zu sehen waren. Die vom Schlafmangel schweren Lider waren nicht zu übersehen.

Kate stimmte ihm zu. Wer auch immer das getan hatte, war gut vorbereitet gewesen. Es hatte keinen Grund zur Eile gegeben – ein Aspekt, auf den sie später bei der Nachbesprechung mit ihrem Team genauer eingehen würde. Sie mussten ein Profil der Person oder der Personen erstellen, die darin involviert waren.

»Ich nehme an, ihr habt noch nichts Brauchbares gefunden?«, fragte sie.

»Ich weiß, du fragst mich nur, weil du außerordentliches Vertrauen in meine Fähigkeiten hast, Hinweise und Beweise zu finden, aber hast du gesehen, wie groß dieser Tatort ist? Kannst du mir nicht ein paar Opfer suchen, die in normalen Häusern oder Einzimmerwohnungen leben so wie ich?« Seine Augen funkelten sie freundlich an, während er sprach.

»Ich werde mir das für das nächste Mal vormerken«, antwortete sie und erntete ein Glucksen. »Wie ich sehe, hast du Faith mitgebracht.«

»Ich dachte, es würde ihr gefallen, einmal an einem echten Tatort zu arbeiten. Seit sie hier ist, ist sie mit Laborarbeiten beschäftigt und nervt mich damit, auch praktische Erfahrungen sammeln zu wollen. Außerdem ist es bestimmt nützlich, eine unverbrauchte, enthusiastische Forensikerin vor Ort zu haben, um dieses abgestumpfte Exemplar hier auszugleichen.« Er drehte sich um und erhob seine Stimme. »Faith, wie kommen Sie voran?«

Ihr Kopf fuhr bei der Erwähnung ihres Namens hoch. Sie hob eine blau behandschuhte Hand. »Alles gut. Aber alles ist tadellos. Ian muss eine Zwangsstörung gehabt haben. Ich habe noch nie einen so sauberen Ort gesehen.«

»Vielleicht hat der Mörder hinter sich aufgeräumt«, sagte Morgan, der zu ihr hinübergegangen war.

Faith schüttelte den Kopf. »Nein, es ist viel wahrscheinlicher, dass Ian oder die Person, die er zum Putzen angestellt hat, dafür gesorgt hat. Der Kühlschrank ist blitzblank und alles riecht eher nach exzellenter Haushaltsführung als nach einem Reinigungsjob.«

Kate schlenderte zur Kücheninsel hinüber und starrte auf eine tiefschwarze Schale, in der Orangen, Äpfel und sogar

Kirschen nach Größe und Farbe geordnet waren. »Wer in aller Welt arrangiert so eine Obstschale?«

»Jemand mit einer Zwangsstörung«, antwortete Faith, bevor sie die Treppe hinaufging.

Kate besah sich das Obst genauer. Die Äpfel waren leuchtend rot und glänzten wie große Glaskugeln. Der Apfel auf dem Teller neben Ian war eine andere Sorte und hatte eine andere Farbe.

»Gibt es noch andere Äpfel in der Wohnung?«, fragte sie Ervin.

»Ich glaube nicht.« Er prüfte den Kühlschrank. »Hier ist keiner drin.«

»Kannst du bitte herausfinden, welche Sorte das ist?«, fragte sie und deutete auf die Stücke auf dem Teller.

Ervin sah sie überrascht an. »Gibt es verschiedene Sorten? Ich dachte, die sind rot, grün oder gelb.« Dieser schlagfertige Kommentar brachte Morgan zum Lachen und er zeigte Ervin einen Daumen nach oben.

Ervin machte eine kleine Verbeugung. »Sicher, ich werde das für dich überprüfen. Okay, ich mache jetzt besser weiter. Ich könnte schwören, der Mörder ist ein Geist. Bis jetzt gibt es nicht eine verdammte Spur.«

Kate entdeckte einen Hewlett-Packard-Laptop in einem Spurensicherungsbeutel neben einem ähnlich verpackten Handy, das neben den Bücherregalen lag.

»Können wir sein Telefon und seinen Laptop mitnehmen?«

»Ich glaube, Faith wollte sie untersuchen.« Ervin schaute sich nach ihr um, und als er sah, dass sie nicht mehr unten war, winkte er lässig mit den Gegenständen und meinte: »Nur zu, sie sind als Beweismittel aufgelistet und auf Fingerabdrücke untersucht worden, also nimm sie mit. Sie hat sowieso schon genug zu tun.«

»Danke. Ich schicke sie ins Labor, sobald wir sie uns angeschaut haben.«

»Kein Grund zur Eile. Wir stecken bis über beide Ohren in Arbeit.«

»Emma, Morgan ... Zeit zu gehen. Einer von euch nimmt den Laptop und das Telefon mit, okay?«

Sie traten in den Flur und zogen ihre Schutzkleidung aus.

»Erste Gedanken dazu?«, fragte Kate, als sie ihren Overall abstreifte.

»Wir suchen definitiv nach demselben Mörder«, sagte Morgan. »Die Sache mit der Folter lässt vermuten, dass er entweder Informationen aus den Opfern herausholen oder sie bestrafen will.«

»Aber wie sollten die Opfer mit aufgerissenem Mund Auskunft geben? So konnten sie nicht reden«, meinte Kate.

»Sie könnten Geräusche oder Gesten zu Ja-oder-Nein-Fragen machen«, schlug Morgan vor.

»Stimmt. Wir werden das in Betracht ziehen. Ich werde zu diesem Zeitpunkt keine Theorie ausschließen.«

Emma zog ihre Plastiküberschuhe aus, knüllte sie zusammen und warf sie in den Mülleimer. »Ich mache mir Sorgen wegen der Sache mit dem Augapfel. Wir haben zunächst geglaubt, wer auch immer Alex ermordet hat, hat sein Auge entfernt und als Trophäe behalten, aber das hat er nicht. Es wurde in einem Glas in Ians Cottage als Warnung zurückgelassen. Diese Vorgehensweise – die Äpfel, die Folter, das Ersticken der Opfer und dann das Stehlen eines Auges – ist ... ungewöhnlich. Ich weiß nicht, nach wem wir hier suchen, aber ich befürchte, dass der Täter Ians Auge seinem nächsten Opfer schicken wird.«

»Ich stimme zu, dass die Vorgehensweise höchst ungewöhnlich ist, aber wir können nicht automatisch davon ausgehen, dass es ein weiteres Opfer geben wird«, sagte Morgan. »Die Sache könnte auch erledigt sein. Der Mörder hat es aus einem bestimmten Grund auf diese beiden Männer abgesehen und ist fertig. Es gibt nicht viele Serienmörder, trotzdem vermutest du, dass wir es hier mit einem zu tun haben.«

»Wir sollten keine voreiligen Schlüsse ziehen, aber es könnte durchaus ein weiteres potenzielles Opfer geben«, sagte Kate. »Wir müssen herausfinden, was Alex und Ian verbindet, denn das könnte uns zum nächsten Opfer beziehungsweise dem Mörder führen.« Sie hatte bereits eine Verbindung – Dickson. Sie balancierte auf einem Bein, um ihren Schuhschutz zu entfernen, doch als eine Welle von Übelkeit und Schwindelgefühl sie überkam, setzte sie den Fuß wieder auf den Boden.

»Alles okay?«, fragte Emma.

»Ich habe nur kurz das Gleichgewicht verloren«, antwortete Kate und wartete darauf, dass die schwarzen Flecken vor ihren Augen verschwanden. Sie wollte weder Dicksons Beteiligung noch seine Beziehung zu den toten Männern erwähnen. Sie musste es vorerst für sich behalten, nicht nur, weil sie nicht wollte, dass er von ihrem Misstrauen erfuhr, sondern weil sie noch etwas mit ihm zu klären hatte. Er hatte alle ihre Bemühungen abgeblockt, sich einzumischen oder mehr über den Vorfall im Euston-Zug zu erfahren, und sie hatte noch nicht herausgefunden, warum. Vorerst wollte sie sich noch mit ihm gut stellen. Es war immer das Beste, seine Feinde nah bei sich zu halten.

Sie fand ihr Gleichgewicht wieder und zog den zweiten Überschuh aus. »Ich hatte vor, Ian zu fragen, was er über Alex weiß, aber jetzt können wir nur noch zu Alex' Familie gehen und sie nach Ian fragen. Den Mord an einem Geschäftsmann zu vertuschen, war eine Sache, aber wenn die Medien davon Wind bekommen und irgendeine Verbindung zwischen den beiden Männern herstellen oder etwas über das Auge im Glas herausfinden, könnte uns die Sache um die Ohren fliegen und wir werden sie kaum noch unter Kontrolle haben. Morgan, du treibst Bradley auf. Emma und ich treffen euch auf dem Revier. Ich muss mit DCI Chase besprechen, wie wir die Sache am besten handhaben. Emma, durchsuche sämtliche Datenbanken, Telefonaufzeichnungen und Ians Laptop nach einer Verbindung zwischen Alex und ihm.«

»Schon dabei.« Morgan stieß die Tür auf und sie traten aus dem Gebäude.

Eine kleine Gruppe von Reportern erwartete sie bereits. Kate hörte, wie ihr Name gerufen wurde, und schirmte ihr Gesicht vor den Kameras ab. Dann erstarrte sie …

* * *

»Kate, können Sie bestätigen, dass es sich hierbei um einen Einzeltäter handelt?«

»Wissen Sie, warum der Schütze das Feuer eröffnet hat?«

»Haben Sie mit den Familien der anderen Opfer gesprochen?«

»Kate, können Sie uns sagen …«

Alle Rufe verschwimmen zu einer Kakofonie von Lärm. Sie schließt die Augen nicht mehr vor den Kamerablitzen. Sie ist innerlich erstarrt und völlig taub. William geht neben ihr und hat seine Hand auf ihre Schulter gelegt. Das Gewicht ist beruhigend. Sie lässt sich von ihm durch das Meer von Gesichtern lenken, während er die Leute anbrüllt, sich zurückzuziehen. Vor dem Bahnhof wartet ein Auto mit offener Hecktür. William hilft ihr hinein und schirmt sie die ganze Zeit vor der schreienden Menge ab. Dann dreht er sich um, um einen aufdringlichen Fotografen anzubrüllen, weil er die emotional überforderte Polizistin fotografieren will.

Kate zieht sich in den Sitz zurück und starrt nach vorne. William steigt neben ihr ein und sie rasen davon und lassen den Tumult hinter sich. Der Innenraum des Wagens ist komfortabel und Kate möchte darin versinken und für immer verschwinden.

»Es wird leichter werden. Irgendwann hören sie auf, Fragen zu stellen«, sagt William nach ein paar Augenblicken.

Sie nickt, aber tief im Inneren weiß sie, dass sie weiter Fragen stellen muss.

Das ist der einzige Weg, wie sie jemals die Wahrheit herausfinden kann.

* * *

Die Journalisten bombardierten sie mit Fragen. Unfähig, die Füße zu bewegen, stand Kate da und starrte sie an.

»Stimmt es, dass einer der Hausbewohner tot aufgefunden wurde?«, rief eine Frauenstimme.

»Kein Kommentar«, blaffte Morgan. Seine Stimme riss Kate aus ihrem tranceartigen Zustand.

»Können Sie bestätigen, dass jemand unter verdächtigen Umständen gestorben ist?«

»Wie mein Kollege bereits sagte, kein Kommentar.« Flankiert von Emma und Morgan, bahnte sich Kate ihren Weg zum Parkplatz.

Erst als sie ihren Audi erreicht hatte und wieder hinter dem Steuer saß, brach sie zusammen. Während Emma und Morgan in verschiedene Richtungen davonrasten und Sirenen aufheulten, konnte Kate den Schlüssel nicht umdrehen, den sie in das Zündschloss gesteckt hatte. Immer wieder blitzten Erinnerungsfetzen auf: Gesichter, Blut, noch mehr Gesichter, alle starrten sie an.

Sie presste die Augen fest zusammen, aber immer noch tauchten die Gesichter aus dem Zug auf: der ältere Mann, der Geschäftsmann mit der leicht geöffneten Krawatte, die Frau, die mit dem Gesicht nach unten in einer Blutlache lag. Sie schlug mit beiden Händen auf das Lenkrad. »Stopp!«

Die Halluzination zog sich so schnell zurück, wie sie gekommen war, und sie holte zitternd Luft. Sie griff in ihre Tasche, nahm zwei Pillen heraus und schluckte sie mit einem Schluck aus einer Wasserflasche hinunter. Dann ließ sie den Motor an und fädelte sich in den Verkehr ein.

KAPITEL 27

SONNTAG, 6. JUNI – ABEND

William Chase war die Sorge in Person. Er marschierte auf Kate zu, zog sie in sein Büro und bot ihr einen Platz an.

»Du bist nicht zum Tatort gekommen«, sagte sie.

»Ich hatte etwas Dringendes zu erledigen. Bring mich auf den neuesten Stand.«

»Genau die gleiche Vorgehensweise wie bei Alex. Das Opfer erstickte an einem Apfelstück, und da elf Stücke auf dem Teller lagen, gehe ich davon aus, dass sich zwei Apfelstücke in Ian Wentworths Hals oder Magen befinden.«

»Glaubst du, dass diese Zahl irgendeine Bedeutung hat, abgesehen davon, dass sie für eine Unglückszahl gehalten wird?«

»Das könnte sein, aber ich lege mich nicht darauf fest.« Sie achtete auf jedes Zeichen, das darauf hinwies, dass William versuchte, sie in eine bestimmte Richtung zu drängen, aber seine Fragen kamen prompt.

»Welches Auge fehlte?«

»Das rechte. Wie bei Alex.«

William schürzte die Lippen. »Was gibt es sonst noch?«

»Wir glauben, dass das Werkzeug, mit dem Alex' Mund geöffnet wurde, auch bei diesem Opfer benutzt wurde.«

»Irgendeine Idee, was es war?«

»Überhaupt nicht.«

»Wie sieht dein Schlachtplan aus?«

»Wir versuchen, eine Verbindung zwischen den beiden Männern herzustellen.«

William räusperte sich. »Wir haben bereits eine. Superintendent Dickson war mit beiden befreundet. Ich habe sofort mit ihm gesprochen, nachdem du mich angerufen hast. Daher war ich auch nicht am Tatort. Die Sache liegt ihm offensichtlich sehr am Herzen.«

Dickson war keine andere Wahl geblieben, als seine Verbindung zu beiden Männern zu offenbaren. Er wusste, dass sie es irgendwann herausfinden würde, also kam er dem zuvor, indem er sicherstellte, dass die Nachricht von William kam, ›seinem Lieutenant‹, wie Chris ihn genannt hatte, um keinen Verdacht zu erregen.

Sie behielt ihr Pokerface. »Ich weiß, dass er mit Alex zur Schule gegangen war, aber in welcher Verbindung stand er zu Ian?«

»Sie lernten sich vor Jahren bei einem Skiurlaub in den französischen Alpen kennen und waren seitdem locker befreundet. Sie trafen sich in den ersten Jahren ein paarmal, in den letzten Jahren weniger.«

»Das hat dir der Superintendent gesagt?«

»Ja. Streng vertraulich.«

»Meinst du, ich sollte ihn befragen?«

William schüttelte den Kopf. »Ich bezweifle, dass er dir mehr sagen kann als mir. Während Alex und er in regelmäßigem Kontakt standen und sich sogar gelegentlich auf einen Drink trafen, sah er Ian nur selten – ›alle Jubeljahre‹«.

Es war nicht mehr, als sie erwartet hatte. Dickson hatte William benutzt, um genügend Informationen weiterzugeben, damit sie ihn in Ruhe ließ. »Wir befürchten, dass der Mörder Ians Auge seinem nächsten potenziellen Opfer schickt und dann erneut zuschlägt. Natürlich können wir nicht sicher sein, aber der Modus Operandi ist so ungewöhnlich, dass wir nicht ausschließen können, dass wir es mit einem – ich hasse diesen Begriff – Serienmörder zu tun haben.«

»Du hast im Moment nur zwei Morde, Kate.«

»Deshalb bin ich ja auch nicht bereit, zu diesem Zeitpunkt eine solche Schlussfolgerung zu ziehen. Es wäre jedoch unverantwortlich, diese Möglichkeit nicht zu erwägen. Und ich wüsste gern, welche Informationen wir an die Presse weitergeben sollen. Sie wird bald eins und eins zusammenzählen und erkennen, dass die Fälle irgendwie zusammenhängen.«

William trat ans Fenster und verschränkte die Hände hinter dem Rücken. Er starrte einen Moment lang hinaus und sagte dann: »John möchte, dass wir die Sache so diskret wie möglich behandeln. Wir werden nur wesentliche Informationen an die Presse weitergeben, und alle Details der Untersuchung bleiben strikt innerhalb des Teams. Du weißt, wie schnell die Leute voreilige Schlüsse ziehen, und wenn das Wort ›Serienmörder‹ in den Mund genommen wird, wird das eine Riesenwelle verursachen. Achte darauf, dass dein Team wortkarg bleibt und die Pressestelle Medienanfragen bearbeitet. Damit bist du doch einverstanden, oder nicht?« Die Frage war bewusst auf Zustimmung ausgelegt und wurde von einem stählernen Blick begleitet.

»Natürlich.«

»Gut. Danke, Kate. Ich wusste, dass du das verstehst. Wir dürfen uns keine Informationslecks erlauben. Das würde Unruhe stiften.«

Mit diesen Worten war Kate entlassen und fand sich auf dem Flur wieder. Sie war verblüfft, wie hartnäckig ihre Vorgesetzten darauf bestanden, alles unter Verschluss zu halten. Wenn dies das Werk eines Serienmörders war, würde es mehr als ein kleines Ermittlungsteam erfordern, das wiederum die Unterstützung der Medien bräuchte, um den oder die Verantwortlichen aufzuspüren. Die Antwort war unerreichbar.

Peng! Eine Tür schlug zu und der Korridor verschwamm vor ihren Augen. Eine Milchglastür mit der Aufschrift ›Erste Klasse‹ tauchte vor ihr auf. Sie blinzelte die Fata Morgana weg. Der Bewaffnete im Zug, William, Dickson und sie. Sie waren auf irgendeine Weise miteinander verbunden, so wie Ian und Alex es waren.

Unten saß Emma im Büro und brütete über Ians Laptop.

»Du hast das Passwort geknackt?«

»Aus irgendeinem seltsamen Grund war der Computer nicht passwortgeschützt. Das überrascht mich, zumal er auf Pornos stand ... Sieh mal, was ich noch gefunden habe.«

Kate durchquerte den kleinen Raum und studierte die Seite, die die Website der Cindi Kaufer Escort Agency bewarb.

»Er hat gestern Morgen die Website besucht«, sagte Emma.

»Das ist ein Zufall, den wir nicht ignorieren können. Rede mit den Leuten, die diese Agentur betreiben, und besorg dir Ians Profil. Ich will wissen, ob er jemals mit Rory ausgegangen ist.«

»Wird gemacht. Oh, und nur fürs Protokoll, er hatte keine Putzfrau, also hatte er entweder eine Zwangsstörung, wie Faith behauptet hat, oder der Mörder hat die Wohnung aufgeräumt.«

»Okay. Eine von Ians Nachbarinnen, Hayley King, dachte, sie hätte in den frühen Morgenstunden, gegen zwei Uhr, jemanden herumlungern sehen. Vielleicht willst du mit ihr reden. Sie wohnt im Erdgeschoss.«

»Ich glaube, sie hat bereits bei einem der Beamten eine Aussage gemacht. Ich werde das überprüfen.«

»Danke.«

Kate hörte Morgan schon, lange bevor er eintrat, als er die Treppe hinauf und den Korridor entlangdonnerte.

»Da hat aber jemand schlechte Laune«, bemerkte Emma, als der Boden im Takt seiner Schritte bebte.

Morgan blieb an der Tür stehen, das Gesicht zu einer finsteren Miene verzogen. »Bradley weigert sich, meine Fragen zu beantworten. Der Bastard sagt, er redet nur mit der Chefin.«

Kate stand auf. »Dann lasst uns mal hören, was er zu sagen hat.«

* * *

Bradley blieb regungslos auf seinem Stuhl sitzen, die Arme verschränkt, die Beine gespreizt und die Füße fest auf den Boden gestellt. Er beachtete Kate nicht, als Morgan und sie den Befragungsraum betraten. Sie begrüßte ihn trotzdem und nahm auf dem Stuhl ihm gegenüber Platz. Morgan setzte sich neben sie.

»Ich will ihn nicht hier haben«, sagte Bradley.

»Ich nehme an, dass Sie mit ›ihn‹ DS Meredith meinen, und er wird während dieser Befragung im Raum bleiben.«

»Dann habe ich nichts zu sagen.«

Kate schob ihren Stuhl zurück und stand rasch auf. »Okay. Ich werde meine Zeit nicht verschwenden. DS Meredith, würden Sie Mr Chapman bitte belehren und ihn in die Zelle bringen lassen?«

Bradley hob abwehrend die Arme. »Wow! Feuer einstellen. Ich wollte nur mit Ihnen unter vier Augen sprechen. Ich brauche keine Belehrung.«

Sie hielt inne. »Ich nehme an, Sie möchten diese Befragung fortsetzen?«

»Ja.«

»Dann bleibt DS Meredith anwesend. Haben wir uns verstanden?«

»Ja, in Ordnung.«

Kate nahm wieder Platz. »Wissen Sie, warum Sie hier sind, Mr Chapman?«

»Ja.«

»Möchten Sie einen Anwalt anrufen?«

»Das wird nicht nötig sein.«

»Ich möchte Sie daran erinnern, dass dieses Gespräch aufgezeichnet wird.« Sie zeigte auf die Kamera in der Ecke des Raumes. Bradley grunzte. »Fangen wir also an. Ich möchte mit Ihnen über Ihren Aufenthaltsort am Donnerstag, dem 3. Juni, zwischen elf Uhr, sprechen, als Sie Sierra Monroe verließen, und dreizehn Uhr dreißig, als Sie Charles Seagar zu seiner Fahrstunde abholten. Ihre Frau glaubt, dass Sie einen Teil dieser Zeit mit einer Geliebten zusammen waren.« Kate ließ ihre Worte wirken.

Bradley wurde durch diese Anschuldigung nicht aus der Fassung gebracht. Seine Antwort war ein ruhiges »Ich weiß, dass sie das tut. Sie hat es vorhin mit mir besprochen«.

»Und, waren Sie es?«

»Nein. Ich würde Gwen nicht verletzen.«

»Sie sagte, Sie hätten in der Vergangenheit Affären gehabt, immer mit Fahrschülerinnen.«

Er schüttelte den Kopf. »Es waren ein paar bedeutungslose Flirts, keine Affären, und das war vor langer Zeit, kurz nachdem ich die Army verlassen hatte. Ich habe ihr alles gebeichtet und wir haben das Ganze hinter uns gelassen. Ich habe sie seitdem nicht mehr betrogen.«

»Haben Sie Ihrer Frau gesagt, wo Sie zwischen elf Uhr und dreizehn Uhr dreißig waren?«

»Nein.«

»Warum nicht?«

»Ich habe jemandem ein Versprechen gegeben.«

»Mr Chapman, ich muss Sie nicht daran erinnern, dass Sie dieses Versprechen wahrscheinlich in große Schwierigkeiten bringen wird. Ist es das wert, dafür ins Gefängnis zu gehen? Ist es so wichtig, dass Sie bereit wären, Ihre Frau, Ihre Tochter und Ihre Enkelkinder im Stich zu lassen und eine Haftstrafe abzusitzen? Sagen Sie mir, wen Sie schützen.«

Er starrte sie mit Augen an, die die Farbe eines Eisfjords hatten, und antwortete: »Ich habe mich zwischen elf und zwölf Uhr mit Cooper getroffen. Nachdem ich ihn verlassen hatte, fuhr ich, wie gesagt, zum Browns Café und dann weiter nach Cannock zum Unterricht.«

»Wo haben Sie sich getroffen?«

»Bei ihm zu Hause. Nach ihrer Fahrstunde setzte ich Sierra vor ihrem Haus ab und nahm einen Anruf entgegen. Kurz nachdem sie zur Arbeit gegangen war, sah ich Cooper im Garten, also stieg ich aus und unterhielt mich mit ihm.«

»Man hatte mir erklärt, dass er donnerstags arbeitet.«

»Er hatte sich den Tag freigenommen, weil er sich nicht wohlfühlte.«

»Was war los mit ihm?«

»Depressionen. Er leidet schon eine Weile darunter. Er hatte einen schlechten Tag.«

»Wo ist Mr Monroe im Moment?«

»Ich weiß es wirklich nicht.«

»Sie machen es uns ziemlich schwer.«

»Das ist nicht meine Absicht. Ich habe keine Ahnung, wo er ist. Tatsache ist, dass ich am Donnerstagmorgen mit Cooper zusammen war und nicht in der Nähe von Alex' Haus, als er getötet wurde. Ich habe ihn an diesem Morgen nicht besucht und ... ich glaube nicht, dass Sie mir das Gegenteil beweisen können. Ich weiß, dass sie keine DNA oder meine Fingerabdrücke gefunden haben, schlicht und einfach, weil ich ... nicht ... dort war.« Der ehemalige Soldat war zurück, die Augen funkelten gefährlich. Er hatte ihr gesagt, was sie wissen wollte, und befand sich nun in der Defensive.

Kate wechselte das Thema. »Kennen Sie Ian Wentworth?«

»Nein.«

»Haben Sie seinen Namen schon mal gehört? Vielleicht hat Alex ihn erwähnt.«

Er schüttelte den Kopf. »Bin ihm nie begegnet.«

Kate schob ihm ein Foto des Arztes zu, das von der Website des Little-Aston-Krankenhauses stammte. »Sind Sie sicher?«

Bradley starrte es eine Minute lang an. »Ich habe diesen Mann noch nie gesehen.«

»Sie haben sich das Foto ziemlich lange angeschaut.«

»Ich habe versucht herauszufinden, ob er eine Fahrstunde bei mir gebucht hatte, aber ich habe ihn noch nie getroffen und sein Gesicht kommt mir nicht bekannt vor.«

Kate zog das Foto wieder zurück und legte es beiseite. »Wo waren Sie gestern Abend, Mr Chapman?«

Er atmete tief aus und seufzte dann resigniert. »Ich war bei Cooper.«

»Schon wieder Mr Monroe!« Sie hielt absichtlich inne und musterte ihn wie eine Katze eine Maus. »Sie waren gestern Abend bei Mr Monroe, aber heute haben Sie keine Ahnung, wo er ist.«

Bradley blinzelte nicht, seine Augen waren auf sie fixiert. »Ich weiß nicht ... wo ... er ... ist. Klar?«

»Okay, nehmen wir an, Sie wissen es nicht. Hat er irgendeine Andeutung gemacht oder Ihnen gesagt, dass er vorhat wegzugehen?«

»Ja. Er sagte, ein paar Tage Auszeit könnten ihm helfen, den Kopf freizubekommen.«

»Er hat Ihnen nicht gesagt, wo er hinwollte?«

»Nein.«

»Ist er schon mal verschwunden?«

»Nicht verschwunden. Er nimmt sich öfter für ein paar Tage eine Auszeit. Wir sind sogar schon zusammen losgezogen, um im Snowdonia Nationalpark zu wandern. Das erinnert uns an unsere Ausbildungszeit. Kerle wie wir müssen manchmal weg vom gewöhnlichen Leben und eins werden mit der Natur. Cooper war in einer schlechten mentalen Verfassung und musste sich sortieren. Er wird in ein oder zwei Tagen zurück sein.«

»Wissen Sie zufällig, warum er so niedergeschlagen war?«

»Ich bin kein Psychiater und habe mich nicht in seine Gedanken vertieft. Wir sind doch alle manchmal niedergeschlagen, oder nicht?« Er streckte seinen kräftigen Hals nach links und dann nach rechts, bis es knackte. Kate konnte sich vorstellen, wie Cooper und er zusammen kämpften. Es gab zweifellos viele Dinge, die er verbarg und die er niemals preisgeben würde.

Morgan meldete sich zu Wort. »Sie sagten, Sie hätten telefoniert, bevor Sie Mr Monroe in seinem Garten sahen. Mit wem haben Sie gesprochen?«

»Mit einem Kunden. Er rief an, um eine Fahrstunde zu verschieben, weil er die Grippe hatte.«

»Wenn wir Ihre Telefonaufzeichnungen überprüfen, bestätigt sich diese Aussage dann?« Morgans unerwartete und aggressive Frage ließ Bradley eindeutig aufhorchen. Er zog das Handy aus seiner Tasche und schob es mit solcher Wucht über die Tischplatte auf Morgan zu, dass es in seinem Schoß landete.

»Ich gebe Ihnen seinen Namen und seine Nummer und Sie können selbst mit ihm sprechen, oder Sie überprüfen einfach mein Telefon. Phil Johnson.«

Kate, die bereit war einzugreifen, um die Situation zu entschärfen, war erleichtert, als Morgan ganz entspannt das Handy nahm, die Anrufliste überprüfte und, nachdem er sich vergewissert hatte, dass Bradley die Wahrheit gesagt hatte, zwei Finger auf das Telefon legte und es sanft über den Tisch zurück zu seinem Besitzer schob.

»Sind Sie sicher, dass Sie Phil nicht anrufen wollen?«, fragte Bradley und stachelte Morgan weiter an.

Kate sprach, bevor Morgan reagieren konnte. »Das wird nicht nötig sein.« Bradley riss seinen Blick von Morgans Gesicht los und sah wieder zu Kate, die fragte: »Sie haben am Donnerstagmorgen fast eine Stunde lang mit Cooper gesprochen. Worüber haben Sie sich unterhalten?«

»Ich bin nicht bereit, diese Information preiszugeben. Sie ist irrelevant.«

»Es muss ein ziemlich tiefgehendes und bedeutungsvolles Gespräch gewesen sein, wenn es eine ganze Stunde gedauert hat. Oder haben Sie einfach nur ein bisschen geplaudert?«

»Es geht Sie nichts an, worüber wir gesprochen haben.«

»Das kann kein Small Talk gewesen sein. Sie wären nicht so defensiv, wenn dem so wäre. Warum wollen Sie uns nichts darüber sagen?«

»Kein Kommentar.«

»Das hier ist keine Pressekonferenz.«

»Sie wollten wissen, wo ich am Donnerstagmorgen war, und ich habe es Ihnen gesagt. Und ich möchte noch einmal bestätigen, dass ich gestern Abend ebenfalls bei Cooper war. Ich habe keine Ahnung, wo er sein könnte, und ich möchte Ihnen nicht sagen, worüber wir gesprochen haben, weil es für Ihren Fall irrelevant ist.«

Kate widerstand dem Drang, laut zu seufzen. »Verständlich. Nur damit wir uns absolut sicher sein können, können Sie uns sagen, wo Sie sich gestern Abend mit Mr Monroe getroffen haben?«

»In seinem Haus.«

»War sonst noch jemand da, der Ihr Alibi bestätigen kann?«

»Nein. Sierra war bei der Arbeit und hat anschließend bei einer Freundin übernachtet.«

»Wie lange waren Sie dort?«

»Ein paar Stunden. Ich kam um acht Uhr an und ging in den frühen Morgenstunden, so um zwei oder halb drei.«

»Und was haben Mr Monroe und Sie die ganze Zeit gemacht?«

»Geredet.«

»Schon wieder geredet?«

»Ja.«

»Worüber haben Sie geredet?«

»Über Dinge, die weder Sie noch diese Ermittlung betreffen.«

»Und nachdem Sie geredet hatten, gingen Sie nach Hause?«

»Ja.«

Kate wog seine Antworten ab und kam zu dem einzigen Schluss, den sie ziehen konnte. »Es tut mir leid, aber bis Mr Monroe wieder auftaucht und Ihre Geschichte bestätigt, können wir uns nicht auf Ihr Wort verlassen.«

»Das ist Ihr gutes Recht. Sobald Sie ihn ausfindig gemacht haben, werden Sie herausfinden, dass ich nichts als ehrlich gewesen bin. Sie haben eine Erklärung für meine Bewegungen am vergangenen Donnerstag. Soweit ich es verstanden habe, steht es mir frei, jederzeit zu gehen, es sei denn, Sie werfen mir etwas Konkretes vor.«

Kate biss sich auf die Lippe. Da es keinen Grund gab, ihn anzuklagen oder ihn weiter festzuhalten, musste sie ihn gehen lassen. Ein Beamter begleitete ihn hinaus und sie blieb mit Morgan, der auf einem Daumennagel kaute und laut seufzte, im Befragungsraum zurück. »Entschuldigung, ich hätte mich nicht einmischen sollen.«

»Schon okay.«

»Er hat mich genervt. Der Mistkerl ist in psychologischer Taktik ausgebildet, also wusste er wahrscheinlich, welche Knöpfe er bei mir drücken musste.«

»Wir alle machen ab und an Fehler. Du hast dich zurückgehalten und bist nicht auf den Köder angesprungen, als er sein Telefon praktisch nach dir geworfen hat.« Das war nichts im Vergleich zu dem Schlamassel, den sie auf der Zugfahrt mit Dickson angerichtet hatte.

»Wir haben es mit einem Profi zu tun, nicht wahr? Er könnte gelogen haben, als er behauptete, Ian Wentworth nicht zu kennen.«

»Mein Bauchgefühl sagt mir, dass er die Wahrheit über Ian sagt. Er gab uns, worum wir gebeten hatten – ein Alibi und einen Namen, Cooper Monroe.«

»Dann sollten wir Cooper ausfindig machen.«

»Kann ich dich auf ihn ansetzen?«

»Klar. Ich würde wirklich gern herausfinden, ob Bradley uns die Wahrheit gesagt hat und warum zum Teufel Cooper sich praktischerweise unerlaubt von der Truppe entfernt hat.«

»Jetzt bist du dran.«

Morgan trottete in Richtung Büro und ließ Kate zurück, um über ihren nächsten Schritt nachzudenken. Superintendent John Dickson hatte Ian und Alex gekannt, aber es gab noch eine andere Person, die die beiden ebenfalls gekannt haben könnte – Rory Winters, der Gärtner. Mit frischer Entschlossenheit schob sie den Stuhl zurück. Mit etwas Glück konnte Emma herausfinden, ob Rory Ian zu irgendwelchen Veranstaltungen begleitet hatte, und wenn er das getan hatte, würde sie ihn weiterverfolgen.

Kapitel 28

SONNTAG, 6. JUNI – SPÄTER ABEND

Kate platzte in das Büro. »Wie kommst du voran?«, fragte sie Emma.

»Ich habe das Gefühl, einen Crashkurs in Otolaryngologie absolviert zu haben.«

»Wenn ich eine Ahnung hätte, was das bedeutet, würde ich dir applaudieren.«

»Alle Dokumente von Ian sind arbeitsbezogen. Die besuchten Websites sind zur Hälfte Arbeit und zur Hälfte Vergnügen. Er bevorzugt ältere Filme – ›Der unsichtbare Dritte‹, ›Der Malteser Falke‹, ›Sunset Boulevard‹. Er hat fast eine ganze Sammlung heruntergeladen. Offensichtlich interessierte er sich nicht für Sport, hat die ›Times‹ abonniert und online gelesen, Sudoku gespielt, sich beim Anschauen von Schwulenpornos vergnügt und … ist dieses Jahr viermal mit Rory Winters ausgegangen.« Emma reichte ihr das Notizbuch, in das sie die Daten geschrieben hatte, die ihr Cindi Kaufer von der Escort-Agentur gegeben hatte. »Wie willst du weiter vorgehen?«

»Wir werden uns mit Rory unterhalten.«

»Ich gebe den Laptop an die Techniker weiter. Es gibt Dinge, auf die ich nicht zugreifen kann.«

»Welches Motiv hätte er gehabt, die beiden zu töten?«, fragte Morgan.

»Ich glaube nicht, dass wir vorschnell handeln sollten«, sagte Kate, während sie in ihrer großen Umhängetasche kramte. Sie verzog das Gesicht. »Verdammt, wo sind sie denn?« Sie zog die Papiertüte heraus, die Annette-Hannah vom Truly Scrumptious Café ihr am Vortag gegeben hatte, und legte sie auf den Schreibtisch, während sie weitersuchte. Endlich fand sie ihre Autoschlüssel und klimperte mit ihnen vor Emma herum. »Wir nehmen mein Auto.« Sie schnappte sich die Tasche und ging zur Tür.

»Vergiss das hier nicht«, rief Emma, hob die Tüte auf und runzelte die Stirn über einen braunen Fleck auf dem Papier. »Ich glaube, da ist etwas zerquetscht worden. Was ist denn dadrin?«

»Oh, das ist für Chris – Schokoladenkuchen«, antwortete Kate geistesabwesend. Sie nahm die Tüte und ließ sie zurück in ihre Umhängetasche fallen.

* * *

Rorys Pick-up stand vor seinem Haus, die offene Ladefläche war mit quadratischen Jutesäcken gefüllt. Emma stellte sich auf Zehenspitzen und spähte in den ersten Sack.

»Rasenschnitt«, sagte sie zu Kate, die auf der Türschwelle stand, den Finger auf der Türklingel.

»Was haben Sie denn erwartet? Eine Leiche?«

Emma drehte sich in die Richtung der Stimme hinter ihr. Rory war aus dem Nichts aufgetaucht. Sein schmuddeliges T-Shirt war feucht vor Schweiß und klebte an seinen definierten Brustmuskeln.

Emma gewann ihre Fassung schnell wieder. »Es sind schon seltsamere Dinge passiert.«

»Nicht hier in der Gegend«, sagte Rory und zeigte seine weißen Zähne.

Kate meldete sich zu Wort. »Wir würden uns gern kurz mit Ihnen unterhalten.«

»Ich würde mich gern erst mal kurz waschen.«

»Es wird nicht lange dauern«, sagte Kate.

Er zuckte mit den Schultern. »Dann kommen Sie besser rein.« Er führte sie in eine gemütliche Küche mit einem Sessel in einer Ecke, über dem eine Schottenstoffdecke in Grau und Gelb lag, die mit dem hellgrauen Dekor harmonierte. Eine gelbe Retro-Wanduhr im Shabby-chic-Look hing an der Wand über einem Holztisch und trug zum allgemeinen Landhausstil bei.

Kate setzte sich auf einen gelb gepolsterten Stuhl neben dem Tisch und begann mit der Befragung. »Wir gehen davon aus, dass Sie Ian Wentworth kennen.«

Rory behielt sein Pokergesicht. »Und wenn dem so ist? Was hat das mit Alex' Tod zu tun?«

»Wie gut kannten Sie ihn?«

»Warum ist das wichtig?«

»Rory, ich habe keine Zeit, um mit Ihnen Spielchen zu spielen.«

»Ich kann Ihnen versichern, dass ich keine Spielchen spiele.«

Kate starrte ihn mit kaltem Blick an. Er wollte ablenken. »Beantworten Sie einfach die Frage und sagen Sie mir, was Sie über Ian Wentworth wissen. Die Alternative kennen Sie – einen Ausflug auf die Wache. Wir haben mit Cindi Kaufer gesprochen, die bestätigt hat, dass Sie Ian in diesem Jahr viermal begleitet haben.«

Rory verdrehte die Augen, bevor er einlenkte. »Na und, was macht das schon? Ja, ich habe Ian Anfang des Jahres begleitet.«

»Welche Veranstaltungen haben Sie besucht und wann?«, fragte Kate.

»Die genauen Daten weiß ich nicht mehr, aber ich habe sie irgendwo auf meinem Handy. Er wollte, dass ihn jemand ins Kino begleitet.« Während er sprach, wischte er mit dem Daumen über seinen Kalender und hielt ihn hoch, damit Kate den Bildschirm sehen konnte. Es waren die gleichen Daten, die Cindi ihnen gegeben hatte: 12. Februar, 19. März, 23. April und 21. Mai.

Kate runzelte die Stirn. »Er hat Sie ins Kino eingeladen? Das scheint mir eine seltsame Ortswahl zu sein. Begleiten Sie nicht normalerweise Leute zu gesellschaftlichen Anlässen und Abendveranstaltungen?«

»Er war anders. Er wollte jemanden, der mit ihm ins Kino geht.«

»Das war alles?«

Er warf die Hände in die Luft. »Das war alles.«

»In welchen Kinos waren Sie und was haben Sie sich angesehen?«

»Wir waren immer nur im Multiplex in Tamworth. Dort gibt es mehrere Säle. Wir haben uns ›Green Book. Eine besondere Freundschaft‹ angesehen. In diesem Film geht es um den Jazzpianisten Don Shirley und einen Türsteher, die in den 1960er-Jahren durch den tiefen Süden Amerikas touren. Außerdem waren wir in ›An der Schwelle zur Ewigkeit‹ über den Künstler Vincent van Gogh, in ›The White Crow‹ über Rudolf Nurejew und in einem von der Musik von Bruce Springsteen inspirierten Streifen namens ›Thunder Road‹.«

»Sie haben ein ausgezeichnetes Gedächtnis«, warf Emma ein.

»Ich merke mir viele Informationen. Die Leute unterhalten sich im Allgemeinen gern über Filme, Theater, Nachrichten, Bücher und Musik. Ich achte darauf, dass ich ihnen etwas Interessantes zu sagen habe. Das gehört dazu, wenn man ein guter Begleiter sein will. Ich bin in der Regel immer über Neuerscheinungen informiert.«

»Redete Ian viel?«

»Nein. Er war nicht gerade mein Lieblingskunde.«

»Warum nicht?«

Rory überlegte einen Moment. »Das hier ist vertraulich, oder?«

Kate nickte.

»Er hat mir ein Angebot gemacht.«

»Ein sexuelles Angebot?«

Rory wackelte unbehaglich mit dem Kopf. »Ja, allerdings erst beim vierten Treffen. Nach dem Kino gingen wir noch auf einen Drink in eine nahe gelegene Bar. Wir unterhielten uns über den Film, den wir gesehen hatten, und er schwelgte in Erinnerungen an alte Filme, dann kam er ins Schwärmen und erwähnte, wie schwierig es sei, jemanden zu finden, der dieselben Dinge mochte wie er. Er dachte, ich sähe aus wie ein Typ, der Spaß am Spiel habe, und wollte wissen, ob ich Sex mit ihm haben wolle. Ich sagte ihm, dass ich eine reine Begleitung sei und keine Extras anbiete. Er zuckte nicht mal mit der Wimper. Er starrte mich nur an und machte ›ts, ts‹, als ob ich plötzlich meine Meinung geändert hätte. Ich habe ihm klipp und klar gesagt, dass er sich jemand anderen suchen müsste, der mit ihm ins Kino geht, trank aus und ging.«

»Und dieses Gespräch fand am Freitag, dem 21. Mai, statt?«

»Ja.«

»Und das war das letzte Mal, dass Sie ihn gesehen haben?«

»Ja. Warum fragen Sie mich nach Ian? Ist ihm etwas zugestoßen?«

»Wir haben ihn heute Morgen tot in seiner Wohnung aufgefunden.«

»Verdammt! Wie ist er gestorben?«

»Ich kann im Moment keine Informationen preisgeben, aber ich würde gern wissen, wo Sie gestern Abend waren.«

Er rieb sich am Kinn. »Wow! Tot. Ähm, ja. Ich war hier zu Hause. Dafür gibt es auch einen Zeugen.«

»Wen?«

»Fiona Corby. Sie kam gestern Abend um neun Uhr vorbei und blieb bis kurz nach Mitternacht.«

Emma verzog überrascht das Gesicht. »Haben Mrs Corby und Sie noch eine Beziehung?«

Er ließ die Schultern sinken und schüttelte den Kopf. »Nein. Sie kam gestern Abend vorbei, um sie zu beenden.«

»Fiona war eine ganze Weile bei Ihnen, wenn man bedenkt, dass sie nur vorbeikam, um Ihnen zu sagen, dass es vorbei ist«, sagte Kate.

»Ich habe versucht, sie zu überzeugen, es sich anders zu überlegen. Es war … emotional. Tatsächlich ging einer meiner Nachbarn gerade mit seinem Hund spazieren, als sie wegging, und hielt an, um mit mir kurz über seinen Garten zu sprechen. Rufus kann Ihnen das bestätigen – Rufus Grimm. Er wohnt drei Häuser weiter. Das Haus mit der roten Tür.« Er zeigte nach rechts.

Emma notierte sich den Namen. Sein Alibi musste überprüft werden.

»Hat Ian mit Ihnen über irgendetwas anderes gesprochen oder etwas gesagt, das Ihnen seltsam vorkam?«

»Nicht damals. Um ehrlich zu sein, war ich verblüfft, als er mir das Angebot machte. Ich hatte das nicht kommen sehen. Der Kerl tat mir sogar leid, denn bei unserem ersten Kinobesuch gestand er mir, dass er Angst vor der Dunkelheit hätte. Deshalb hatte er mich gebucht. Er liebte Filme, aber er brauchte jemanden, der bei ihm war, damit er nicht in Panik geriet. Deshalb hat mich diese ganze ›Spaß am Spiel‹-Sache so überrascht. Oh ja, er sagte, ich sähe aus wie ein Mann, der es

›hart mag‹. Das hat mich verblüfft. Ich hätte nicht gedacht, dass er auf Sadomaso steht. Das zeigt, wie sehr man sich in manchen Menschen täuschen kann. Ich habe ihn völlig falsch eingeschätzt.« Er verdrehte die Augen und schüttelte gleichzeitig den Kopf.

Kate gab Emma ein Zeichen, die daraufhin ihren Notizblock einsteckte. »Wenn Ihnen noch etwas einfällt, was Ian Ihnen bei einem Ihrer Kinobesuche erzählt hat, lassen Sie es uns wissen. Sie haben ja meine Nummer.«

* * *

Es war kurz vor halb neun, als sie Rorys Haus verließen. Die Sonne ging gerade langsam unter. Kate beobachtete sie einen Moment, bevor sie in den Audi stieg.

Emma folgte ihr nach einer Weile, ließ sich auf den Beifahrersitz fallen und gähnte. »Der Nachbar hat Rory definitiv mit einer Frau gesehen, die auf Fionas Beschreibung passt und die gegen Mitternacht in einen weißen Mini stieg. Er sprach laut seiner Aussage eine ganze Weile mit Rory über einige kränkelnde Sträucher in seinem Garten. Sieht so aus, als ob wir in eine weitere Sackgasse geraten sind.«

»Es besteht immer noch die Möglichkeit, dass Rory Ian aufgesucht hat, nachdem Fiona gegangen war. Wir können ihn nicht komplett von der Liste der Verdächtigen streichen. Wir werden Fiona morgen dazu bringen, seine Geschichte zu bestätigen, und herausfinden, ob es irgendwelche Unstimmigkeiten gibt.«

»Er hat aber kein Motiv, Ian zu töten, oder? Alex vielleicht, falls er sein Geld und Fiona haben wollte, aber Ian? Ich habe das Gefühl, wir drehen uns ständig im Kreis«, sagte Emma.

Kate startete den Wagen und fuhr los. »Nach einer Nacht Schlaf siehst du das Ganze optimistischer.«

»Hoffentlich. Eine Nacht Schlaf wäre ein Luxus. Mein Kopf lässt mich nicht zur Ruhe kommen. Der dreht sich immer weiter, obwohl ich weiß, dass es sinnlos ist, und ich kann nicht schlafen.«

»Schlaflosigkeit geht Hand in Hand mit diesem Fall. Das gibt sich wieder, wenn wir ihn gelöst haben.«

»Was ist mit dir?«

»Was meinst du?«

»Wie kommst du mit … allem klar?«

»Die einfache Antwort ist, das tue ich nicht. Ich konzentriere mich immer nur auf eine Sache und hoffe, dass sie den ganzen anderen Mist überlagert, der in meinem Kopf rumort.«

Emma öffnete den Mund und schloss ihn sofort wieder, aber Kate bemerkte es. »Was wolltest du fragen, Emma?«

»Ich habe nicht die Ermittlungen gemeint. Ich …«

»Wie ich schon sagte. Ich konzentriere mich immer nur auf eine Sache.«

Emma gab ein leises »Aha« als Antwort und Kate konzentrierte sich auf die Straße. Das Gespräch brach ab.

KAPITEL 29

SONNTAG, 6. JUNI – SPÄTER ABEND

Kate war erst zehn Minuten zu Hause, als es an der Tür läutete. Sie öffnete sie und ihr Blick fiel auf Faith. Das gelbe, locker sitzende Oberteil und die engen Jeans, die sie trug, passten viel besser zu ihr als der Laborkittel oder die Schutzkleidung, in der Kate sie bisher immer gesehen hatte.

Faith hob eine Weinflasche hoch. »Ich weiß, es ist spät an einem Sonntagabend, aber ich war in der Gegend und Ervin meint ständig, ich sollte mal vorbeikommen und Ihnen Hallo sagen, also ... hier bin ich. Sie trinken doch Wein, oder? Er ist auch gekühlt.«

Kate hatte schon so lange keinen Besuch mehr gehabt, dass sie fast vergessen hatte, wie sie reagieren sollte. Ungewohnt nervös lud sie die Frau in ihr Haus ein. »Kommen Sie rein.«

»Nein, ich will Sie nicht stören. Ich bin nur vorbeigekommen, um Ihnen den Wein zu geben – als eine Art Dankeschön. Es war schön, neulich mit Ihnen zu plaudern ... und ich habe bisher nicht viele andere freundliche Gesichter getroffen.«

»Kommen Sie rein. Ich kann den nicht allein trinken.«

»Nur wenn es für Sie okay ist.«

Kate öffnete die Tür weit. »Ist es.«

Faith folgte ihr in die Küche, sah sich um und drehte sich einmal um die eigene Achse. »Wow! Sie haben ein wunderschönes Haus.«

Kate sah von einer Schublade auf, in der sie nach einem Korkenzieher kramte. »Danke.«

»Haben Sie das alles selbst gemacht?« Faith fuhr mit einer Hand über die rubinroten Keramikfliesen hinter dem Belfaster Spülbecken. Kate und Chris hatten sich deswegen gestritten. Sie hatte gewöhnliche cremefarbene Fliesen gewollt, aber er hatte sich für völlig übertreuerte entschieden, die in einem Brennofen in irgendeiner italienischen Provinzstadt gebrannt worden waren, und darauf bestanden, dass sie die klinisch wirkende Küche auflockern würden. Sie hatte schließlich eingewilligt und passend zu den Kacheln war auch rotes Kochgeschirr eingezogen, gefolgt von passenden Bilderrahmen und roten Hockern, und schließlich musste sie zugeben, dass er die ganze Zeit recht gehabt hatte. Das Haus hatte von den Farbtupfern profitiert. »Es hat uns dreiundzwanzig Monate gekostet, es so herzurichten – fast zwei Jahre, in denen wir in Staub und Unordnung gelebt und auf einem Camping-Gaskocher gekocht haben. Ich dachte, wir würden nie fertig werden. Es war ein verdammter Albtraum.«

»Aber es hat sich gelohnt. Es ist wunderschön.« Faith hob eine glänzende Schale aus Steingut hoch, die auf dem cremefarbenen Regal neben dem Herd stand. Kate zuckte zusammen. Sie hasste es, wenn Leute ihre wertvollen Gegenstände anfassten oder bewegten. Die rot glasierte Riffelschale war ein Geschenk von Chris und die teuerste Schale, die sie je besessen hatte ...

* * *

»Sie ist wunderschön«, sagt sie.

»Sie ist französisch, handgefertigt und, na ja ... ich weiß, sie kann deine nicht ersetzen, aber sie kommt von Herzen.«

Sie fühlt die Unebenheiten und streichelt das kühle Porzellan.
»Das macht nichts.«

»Wir beide wissen, dass dem nicht so ist.«

Er hatte die fragliche Schüssel versehentlich vom Spülbecken gestoßen und sie war auf dem Boden in Scherben zerbrochen. Es war eine schlichte grüne Schale mit einer verblassten Rose an der Seite und nichts Besonderes gewesen, aber sie hatte ihrer Mutter gehört und nur auf dem Abtropfbrett gestanden, weil sie verstaubt gewesen war und Kate sie gespült hatte. Sie hatte einen Schmerz gespürt, als sie zerbrochen war – einen echten Verlustschmerz. Sie hatte so wenige Erinnerungen an ihre Mutter, aber als sie Chris' Gesicht gesehen hatte, hatte sie kein Aufheben gemacht. Zu weinen oder sich über ihn zu ärgern, hätte die Schüssel nicht repariert. Sie war, wie ihre Mutter, für immer verschwunden. Sie hebt die neue Schale hoch und fängt seinen ernsten Blick ein. Er gibt sich Mühe, ihr zu gefallen und sie glücklich zu machen.

»Manchmal ist es besser, die Vergangenheit hinter sich zu lassen und neue Erinnerungen zu schaffen«, sagt sie.

Sie stellt die Schale auf das Regal. Sie bedeutet bereits jetzt die Welt für sie.

* * *

Kate reichte Faith ein Glas, die es erhob. »Zum Wohl. Und danke, dass Sie mich willkommen hießen.«

»Ich habe nichts getan.«

»Sie haben mich in Ihr Haus eingeladen ... an einem Sonntagabend, obwohl Sie wahrscheinlich müde sind und nur noch die Füße hochlegen wollen. Ich hoffe, es macht Ihnen nichts aus, dass ich Sie so überfallen habe.«

»Nein, es ist schön, Gesellschaft zu haben. Haben Sie sich gut eingelebt? Wie lange sind Sie schon hier?«

»Fast einen Monat. Ich war vorher in Coventry.«

»Ich dachte, Sie wären direkt vom UCL nach Stoke gekommen?«

»Das wollte ich, aber es gab keine freien Stellen, also nahm ich eine Stelle in Coventry an, bis bei Ervin etwas frei wurde. Das Warten hat sich gelohnt. Dieser Mann weiß so viel. Ich habe das Gefühl, dass ich jeden Tag enorm viel lerne.«

»Und was haben Sie in Coventry gemacht?«

»Digitale Forensik. Es war ... langweilig! Es ist so zeitaufwendig und mühsam und einsam. Ich habe allein in einem Labor gearbeitet und es kaum verlassen. Ich wusste bis letzte Woche nicht, dass Coventry eine Kathedrale hat!« Ihr Lachen war leicht und erfüllte den Raum. Es war lange her, dass in diesem Haus gelacht worden war.

Kate nippte an ihrem Wein und hörte sich Faiths Bericht über die Abteilung für Cyber-Kriminalität und ihre Zeit dort an. »Und Sie wissen nichts über Stoke, weil Ervin Sie in seinem Labor eingesperrt hält«, sagte sie schließlich.

»Nein ... aber ich bin hier viel glücklicher. Ervin ist großartig. Ich war überglücklich, als er mir schließlich eine Assistentenstelle anbot.«

Sie strahlte und Kate ertappte sich dabei, wie sie das Lächeln nachahmte. Die Anspannung löste sich aus ihren Schultermuskeln und sie merkte, dass sie sich zum ersten Mal entspannt fühlte – alles dank Faith und ihrer lockeren Art. »Haben Sie denn die Gelegenheit rauszugehen? Stoke ist ziemlich geschichtsträchtig und es gibt einige interessante Orte zu besichtigen. Trentham Gardens. Dort sollten Sie mal hingehen, und ins Wedgwood Museum.«

»Ich bin so viel im Labor, dass ich kaum Gelegenheit habe, mich in der Stadt umzusehen. Ich habe es noch nicht einmal geschafft, das Haupteinkaufszentrum zu besuchen. Man sollte meinen, ich hätte Zeit für eine Runde Frustshoppen gefunden.« Sie gluckste. »Es ist alles ganz anders als zu Hause.«

»Wo ist Ihr Zuhause?«, fragte Kate aufrichtig interessiert.

»Ich komme ursprünglich aus einer Stadt namens Juliasdale, aber ich habe drei Jahre lang in Harare gelebt und studiert, also wurde es zu meinem Zuhause, und dann war ich in London, wo ich aber nicht bleiben wollte. Zu groß und zu laut für mich.«

»Vermisst du Simbabwe?« Unbemerkt war Kate zum Du übergegangen, was Faith nicht zu stören schien.

Faith zuckte mit den Schultern. »Natürlich, aber ich wollte etwas von der Welt sehen, herausfinden, wie andere Institute in anderen Ländern Ermittlungen durchführen, und wenn ich endlich genug vom Reisen und Lernen habe, werde ich all das Wissen, das ich gesammelt habe, mitnehmen und einen Lehrauftrag an der Universität annehmen.«

Kate trank einen weiteren Schluck und wurde sich bewusst, dass es schon eine Weile her war, dass sie ein Glas Wein mit einem Freund geteilt hatte. »Was ist mit den anderen Studenten am UCL? Hast du zu dem einen oder anderen noch Kontakt?«

»Großer Gott, nein. Ich war zu sehr mit Lernen beschäftigt.«

»Hast du dir nie freigenommen?«

»Nicht wirklich. Mein Ziel war der Abschluss und dann in einen Master-Science-Kurs aufgenommen zu werden. Ich hatte kein Interesse daran, Kontakte zu knüpfen. Sicher, ich bin ab und zu mal ausgegangen, aber diese Freunde sind inzwischen alle weitergezogen.«

Kate konnte das verstehen. Sie war ebenso entschlossen gewesen, ihre eigene Karriere voranzutreiben, und bis sie Chris kennengelernt hatte, hatte sie kaum ein soziales Leben gehabt. »Was ist mit deiner Familie? Seht ihr euch manchmal über Skype oder FaceTime?«

Die Stimmung kippte plötzlich und Faith senkte den Blick. »Nein. Wie ich schon sagte – ich habe keinen Kontakt zu meiner Schwester und ansonsten habe ich keine Verwandten. Im Moment bin ich ganz gern hier. Es ist ziemlich befreiend, alles und jeden hinter sich zu lassen.«

Kate fragte sich, ob Tilly sich genauso gefühlt hatte, als sie in das Flugzeug nach Australien gestiegen war. Faiths Stimme klang wie am Ende eines Tunnels und die Ränder von Kates Welt nahmen eine vertraute Unschärfe an, hervorgerufen durch den Wein und die Pillen, die verlockend in ihrer Tasche geraschelt hatten, als sie nach Hause gekommen war.

»Und dann bekam ich diese großartige Gelegenheit, mit Ervin zu arbeiten.« Faith nahm einen weiteren Schluck Wein und als sie sich in der Küche umsah, fiel ihr Blick auf ein Foto von Kate und Chris in einem roten Holzrahmen. Es war während einer von Ervins berühmten Weihnachtsfeiern aufgenommen worden, als beide zu viel Alkohol getrunken hatten und Grimassen in die Kamera schnitten.

»Dein Mann?«

»Ja. Chris.«

»Ist er auch ein Polizist?«

»Journalist.«

Faith nickte zustimmend. »Gut aussehender Typ.«

Kate blickte wieder auf das Foto. Chris hatte auffallende Gesichtszüge und ein breites Lächeln, das ihn permanent lebensfroh aussehen ließ, und ernste, fast hypnotische Augen.

»Was ist mit dir?«, fragte sie Faith. »Gibt es da jemanden?«

»Ich war eine kurze Zeit verheiratet, mit einem Professor. Verrückt, wirklich. Es hat nicht geklappt. Ich war zu jung für eine solche Verpflichtung. Außerdem ist meine Arbeit meine große Liebe.«

»Ich war mit jemand anderem verlobt, bevor ich Chris traf.« Kate wusste nicht, warum sie sich einer völlig Fremden gegenüber öffnete. Die Tabletten ... Der Wein. Sie sollte den Mund halten, bevor sie zu viel sagte, aber trotzdem murmelte sie: »Er hat mich abserviert und mir das Herz gebrochen. Ich war danach nicht daran interessiert, nach einer neuen Liebe zu suchen, und vergrub mich in der Arbeit, ein bisschen wie du, und dann traf ich Chris. Ich bekam das Beste aus beiden Welten. Ich habe Glück gehabt.«

Faith hob ihr Glas. »Es gibt also immer noch eine Chance, dass ich mein Glück finde, so wie du.«

»Darauf trinke ich.«

»Erzähl mal«, sagte Faith und wechselte das Thema. »Habt ihr etwas Brauchbares auf Ian Wentworths Laptop gefunden?«

»Es war ziemlich viel gelöscht worden, aber wir fanden heraus, dass er auf Pornos, junge Männer und möglicherweise sogar auf SM stand.«

Faith schien diese Information nicht zu überraschen. »Es gibt halt solche und solche, nehme ich an. Ich frage mich, ob er so gestorben ist – durch einen wütenden Liebhaber. Wer weiß? Die Leute können sich auf unterschiedlichste Art seltsam verhalten. Ich nehme an, die Fälle hängen zusammen?«

»Wir sind uns ziemlich sicher, dass wir nach demselben Mörder oder denselben Mördern suchen, aber um ehrlich zu sein, kommen wir im Moment nicht weiter.«

»Kann die Kriminaltechnik die Dinge nicht beschleunigen?«

»Zaubert ein paar Beweise zusammen, damit wir wissen, wo wir als Nächstes suchen müssen.« Kate leerte ihr Glas, schob es von sich weg und beschloss, dass sie kein weiteres vertrug. Sie musste etwas essen und dann versuchen zu schlafen.

Faith musste ihren Stimmungswechsel bemerkt haben, denn auch sie trank ihr Glas in einem Schluck leer und griff dann nach ihrer Tasche. »Ich will nicht zu lange bleiben. Es ist spät und ich muss den Bus erwischen. Danke noch mal für die Einladung.«

»Nein, ich danke dir.«

»Lass es mich wissen, wenn ich etwas tun kann. Ganz egal was.«

Kate begleitete sie zur Tür und winkte ihr nach, während sie leichtfüßig in Richtung Bushaltestelle am Ende der Straße lief. Sie schloss die Tür. Wenn sie den Wein nicht getrunken hätte, hätte sie Faith angeboten, sie nach Hause zu fahren. Es war nett von ihr gewesen, sich die Mühe zu machen, sie zu besuchen.

Sie öffnete die Kühlschranktür und stellte fest, dass sie vergessen hatte einzukaufen. Er war fast leer, bis auf etwas Käse und ein paar Tomaten. Sie schnupperte an dem Brie, dann schob sie ihn zurück ins Regal. Sie konnte ihn nicht ertragen. Der Wein rumorte in ihrem Magen. Stattdessen knabberte sie an ein paar Reiswaffeln und ging kauend in Richtung Treppe. Sie zögerte vor Chris' Bürotür, bevor sie leise anklopfte. »Bist du da drin, Chris? Ich gehe jetzt ins Bett.«

Es kam keine Antwort.

KAPITEL 30

MONTAG, 7. JUNI – FRÜHER MORGEN

Patsch, patsch, patsch.
Kate joggte im Halbdunkel in gleichmäßigem Tempo. Es war nur eine Handvoll anderer frühmorgendlicher Läufer und Spaziergänger mit Hunden im Queen's Park unterwegs, einem Ort, an dem sie vor dem lebensverändernden Vorfall im Zug im Januar regelmäßig trainiert hatte. Seitdem war ihr Lebensrhythmus so gestört, dass sie es kaum schaffte, ein Fitnessprogramm aufrechtzuerhalten.

Sie war nach einer unruhigen Nacht früh aufgewacht und hatte beschlossen, die Auswirkungen des Alkohols und der Tabletten vom Vorabend zu vertreiben. Der Queen's Park war eine der historischen Parkanlagen der Stadt, in der es mehrere charakteristische Gebäude, ehemalige Logen sowie großzügige Erholungseinrichtungen gab. Er war bekannt für seine verschlungenen, von markanten Rotbuchen gesäumten Wege, seine Gartenarchitektur und seine Seen. An einem von ihnen lief sie gerade vorbei, begleitet von einer Kakofonie aus Flügelschlagen, Schreien und Krächzen der erwachenden Wildvögel.

Ein Jogger hechtete an ihr vorbei, den Kopf gesenkt, die Kopfhörer eingesteckt. Kate zog es vor, ohne Musik zu laufen.

Sie hörte gern, was um sie herum geschah. Ihre Sinne waren in ständiger Alarmbereitschaft. Sie lief weiter auf die Baumallee zu, die zu dem kunstvollen steinernen Uhrenturm führte, während sie in Gedanken bei Ian Wentworth war. War auch er unter Drogen gesetzt worden? Ein kleiner Terrier stürzte aus dem Gebüsch neben dem Turm und schnappte nach ihren Fersen, wodurch sie für einen Moment nach unten sah und aus dem Tritt kam. Sie stolperte und stürzte zu Boden, erschöpft und verwirrt ...

* * *

Kate nimmt große, schwere Atemzüge. Der Angreifer liegt zusammengekauert zu ihren Füßen auf dem Boden, das Gesicht wird von einer purpurroten Maske verdeckt. Die Seite seines Kopfes ist eingedrückt; an seiner Schläfe prangt ein breiiges Loch.

Kate gibt tiefe, gutturale Geräusche von sich, Laute, die sie nicht kontrollieren kann. Das Rauschen in ihrem Kopf kommt von dem Blut, das durch ihre Adern fließt. Ihr Blick fällt auf den Rücken einer Frau mit kastanienbraunem Haar. Der Bewaffnete hatte zweimal auf sie geschossen, einmal in den Kopf und einmal in den Rücken.

Sie werden nie herausfinden, warum dieser Mann so eine grausame, gefühllose Tat begangen hat. Ihre Augen füllen sich mit heißen Tränen, die über ihr Gesicht rinnen. Sie bringt es nicht über sich, die Leiche des Kindes zu den Füßen seiner Mutter anzusehen. Das würde ihr zum Verhängnis werden.

* * *

Eine Stimme holte sie zurück. »Sind Sie in Ordnung?« Es war der Läufer, der sie vorhin überholt hatte.

Sie rappelte sich auf. »Mir geht es gut. Danke. Ein Hund ...«
Sie sah sich nach dem Tier um, aber es war verschwunden.

»Ein kleiner Terrier?«

»Ja.«

»Er rannte um den Bowling-Rasen. Ich glaube, er ist ein Streuner.«

»Ich bin okay. Ein bisschen außer Atem, aber es ist nichts gebrochen.«

»Okay, wenn Sie sich sicher sind.«

»Ja. Danke, dass Sie angehalten haben.«

Der Mann steckte seine Ohrstöpsel wieder ein und rannte weiter. Kate prüfte, ob sie irgendwo blutete, und als sie nichts fand, joggte sie langsam zu ihrem Auto zurück. Der Gedanke, der ihr vor der Halluzination gekommen war, spukte immer noch in ihrem Kopf herum und sie musste darauf reagieren.

Sie rief Harvey Fuller aus ihrem Auto aus an. Er meldete sich nach mehrmaligem Klingeln.

»Morgen, Harvey. Sorry, dass ich so früh störe. Aber haben Sie die Obduktion von Ian Wentworth vielleicht schon abgeschlossen?«

Harveys Stimme klang schlaftrunken. »Morgen, Kate. Wie es der Zufall will, habe ich sie in den frühen Morgenstunden beendet und Ihnen den Bericht per E-Mail geschickt, bevor ich das Labor verließ.«

Kate warf einen Blick auf das Armaturenbrett. Laut der Digitalanzeige war es erst halb sieben. Harvey hatte im besten Fall kaum vier Stunden geschlafen.

»Haben Sie Ians Blut auf Drogen untersucht?«

»In Anbetracht des toxikologischen Berichts für Alex Corby haben wir ihn auf GHB untersucht und, bevor Sie fragen, ja, er wurde positiv getestet. Es befanden sich in der Tat größere Spuren davon in seinem Körper als in Alex'.«

»Hat er es geschluckt?«

»Überraschenderweise nicht. Es wurde ihm höchstwahrscheinlich durch eine Injektion verabreicht, was eine eher ungewöhnliche Methode ist, um es in das Blutsystem eines Menschen zu bekommen. Diese Droge wird leicht aufgenommen, daher mischt man sie gern in Getränke, aber wir fanden leichte Kratzer und etwas, das wie eine Einstichstelle an seinem Hals aussah, und glauben, dass der Angreifer sie direkt in die Halsvene verabreicht hat.«

»Das deutet darauf hin, dass der Mörder Ian überraschte und ihm die Tropfen injizierte, anstatt darauf zu warten, dass er sie zu sich nimmt.« Es musste unmöglich gewesen sein, Ian dazu zu bringen, sich hinzusetzen und zu trinken.

Harvey sprach immer noch. »Wird GHB durch den Magen absorbiert, kann es zwischen fünf und zehn Minuten dauern, sogar noch länger, bevor man die Folgen spürt. Indem das Mittel direkt in die Venen beider Opfer gespritzt wurde, haben diese Effekte – Schläfrigkeit, Entspannung, Schwindelgefühl, Verlust der motorischen Kontrolle – vermutlich viel früher eingesetzt.«

Kates Puls erhöhte sich. »Beider Opfer?«

»Nach der Entdeckung an Ians Körper untersuchte ich Alex und fand eine ähnliche Eintrittsstelle, wiederum am Hals, die bei der ersten Untersuchung übersehen wurde. Sie war mikroskopisch klein und angeschwollen. Folglich hatte man sie fälschlicherweise für Akne gehalten, aber jetzt denke ich, dass ihm dort das GHB injiziert wurde.«

»Haben Sie eine Idee zu den Verletzungen am Gaumen und an der Innenseite der Wangen?«

»Es handelt sich um fast identische Abschürfungen, die durch dasselbe oder ein sehr ähnliches Metallwerkzeug verursacht wurden. Die Forensiker haben einen Abstrich von Ians Mund auf fremde DNA gemacht und nichts gefunden. Wenn es Spuren von Alex' DNA auf dem Gerät gab, das bei ihm benutzt wurde, hätte sie auf Ians Mund übertragen werden müssen. Der

Mörder hat das Gerät entweder gründlich gereinigt, bevor er es bei Ian wieder benutzt hat, oder er hatte ein Ersatzgerät.«

»Sind Sie schon einmal auf solche Abdrücke gestoßen?«

»Nein, das kann ich nicht behaupten. Wenn man die Linien der Abschürfungen nachzeichnet, scheinen sie die Form eines Blattes zu bilden – anders kann ich sie nicht beschreiben.«

»Könnten Sie mir davon eine kurze Skizze machen und sie mir per E-Mail schicken?«

»Klar. Das mache ich sofort.«

»Danke, Harvey. Ich weiß Ihre schnelle Arbeit in diesem Fall sehr zu schätzen und entschuldige mich nochmals dafür, dass ich Sie so früh belästigt habe.«

»Ist schon okay. Ich musste sowieso bald aufstehen, um meine Töchter zur Schule zu bringen, und was das Tempo angeht, so hatte ich den Befehl, schnell zu arbeiten.«

»Von John Dickson?«

»Wenn er es nicht war, dann jemand anderes von ganz oben. William sagte mir, ich solle alle Register ziehen.«

»Haben Sie dem Superintendent eine Kopie des Berichts gemailt?«

»Nein. Aber William hat um eine Kopie gebeten. Ich habe sie ihm zeitgleich mit Ihrem Bericht geschickt.«

»Okay, danke noch mal.«

Kate beendete das Gespräch. Es war seltsam, dass William um eine Kopie des Obduktionsberichts gebeten hatte. Sie war für diesen Fall zuständig. Er hatte keinen Grund, sich einzumischen. Wollte er sicherstellen, dass nichts in den Akten stand, was Dickson belasten könnte? Oder interpretierte sie zu viel in die Situation hinein?

Sie machte sich auf den zehnminütigen Weg nach Hause, wo sie sich eine Schüssel mit Müsli gönnte. Sie lehnte sich gegen das Spülbecken, um es zu essen, nahm die Fernbedienung und schaltete den an der Wand befestigten Fernseher ein. Chris hatte darauf bestanden, einen Fernseher in der Küche zu haben, und wenn er zu Hause und nicht in die Arbeit vertieft war, lief das Gerät ununterbrochen. Er bekam jede Nachrichtensendung mit. Sie hob den Löffel an ihren Mund. Wie zu erwarten war, beherrschte Alex die Schlagzeilen. Eine Reporterin in blauem Kleid und weißer Jacke starrte traurig in die Kamera und kommentierte den mangelnden Fortschritt bei den Ermittlungen im Mordfall Alex Corby. Ein Teil der Tatortabsperrung, das der Wind losgerissen hatte, hatte sich in der Hecke über ihrem Kopf verfangen und flatterte matt im Wind, eine Erinnerung an den Horror, der sich hinter den fest verschlossenen Toren des Hauses der Corbys abgespielt hatte.

»Fiona Corby, Alex' Ehefrau, war für einen Kommentar nicht zu erreichen. Sie und ihre beiden Kinder sind in dieser furchtbaren Zeit bei Verwandten untergebracht. Die Polizei ist immer noch auf der Suche nach dem Eindringling, der Alex Corby am vergangenen Donnerstagmittag ermordet haben soll, und bittet um Zeugenhinweise. Das war Teresa Dulwich für ITV News, Hoar Cross, Staffordshire.«

Kate schaltete das Gerät aus. Wenigstens war ihr eigener Name nicht erwähnt worden. Sie ließ ihren Löffel in die leere Schüssel fallen und starrte auf den schwarzen Fernsehbildschirm. Sie musste endlich Gas geben und ihr Team mitreißen. Beiden Opfern war GHB gespritzt worden. Sie hatte noch ein weiteres Teil des Puzzles.

* * *

Harveys Skizze war in ihrem Posteingang, ebenso wie der Obduktionsbericht von Ian Wentworth. Sie las sich Letzteren durch und druckte dann das Bild aus. Harvey hatte einen Umriss gezeichnet, der eindeutig der Form eines Löffels, einer Birne oder eines Blattes ähnelte. Sie schlussfolgerte, dass es, was auch immer es war, stark sein musste, um den Kiefer zu öffnen und ihn so lange zu halten, wie der Mörder brauchte, um seine Opfer zu foltern und zu töten. Sie legte die Zeichnung beiseite und konzentrierte sich auf etwas anderes – Ians Cottage in der Nähe der Peaks.

Morgan und Emma trafen gemeinsam ein und unterhielten sich lautstark, während sie ins Büro marschierten.

»Verdammt noch mal, Emma. Ich werde etwas sagen. Wir müssen sie darauf ansprechen …«

»Du gehst die Sache völlig falsch an«, widersprach Emma.

»Welche Sache?«, fragte Kate. Morgan starrte sie verwirrt an.

»Die Jagd nach Cooper. Du solltest mit seinem Handy anfangen und herausfinden, wo es zuletzt benutzt wurde.«

»Du hast doch sein Handy überprüft, oder?«, fragte Kate.

»Ähm, nein«, antwortete Morgan.

»Am besten, du fängst gleich damit an. Es gibt Neuigkeiten von Harvey. Offensichtlich wurde beiden Opfern GHB gespritzt. Es fanden sich Einstichspuren an den Hälsen beider Leichen.«

»Was zum Teufel!« Emmas Augen weiteten sich.

»Laut Harvey wirkt das Medikament schneller, wenn es injiziert wird.«

»Dann muss der Mörder über gewisse Kenntnisse über das Medikament, seine Wirkung und die effektivste Art der Verabreichung verfügen«, schlussfolgerte Morgan.

»Oder er konnte es ihnen nicht durch ein Getränk verabreichen«, sagte Kate. »So oder so, wir wissen, dass beide Opfer unter Drogen gesetzt wurden. Die zweite Information ist das hier.« Sie hielt die Skizze hoch. »Was ist das eurer Meinung nach?«

Morgan antwortete zuerst. »Eine Birne.«

»Für mich sieht es wie ein ovoidisches Blatt aus«, sagte Emma.

Morgan verzog das Gesicht. »Was zum Teufel ist ein ovoidisches Blatt?«

»Es ist irgendwie oval mit einem spitzen Ende. Meine Oma hat früher in einem Gartencenter gearbeitet. Ich habe viele Wochenenden dort verbracht, um ihr zu helfen, und alles Mögliche gelernt.«

Kate blickte wieder auf das Foto. »Was für ein Blatt könnte das sein?«

»Es gibt viele, die der Zeichnung ähneln: Birke, Hainbuche, Erle, Buche – es gibt wirklich jede Menge. Warum?«

»Harvey sagte, was auch immer benutzt wurde, um die Münder der Opfer offen zu halten, sah so aus.«

»Dann kann es kein echtes Blatt sein.« Emma schaute sich die Skizze genauer an. »Ich habe keine Ahnung, was das ist.«

»Damit sind wir schon zu zweit«, sagte Morgan.

Kate legte die Zeichnung beiseite. Sie war ein Hinweis, aber bis sie das Objekt identifiziert hatten, kein nützlicher. »Ich denke, wir müssen noch tiefer in Ian Wentworths Leben graben. Ich möchte, dass einer von euch sein Cottage in der Nähe von Ashbourne durchsucht.«

»Die Jungs von Derbyshire werden darüber nicht glücklich sein«, sagte Morgan.

»Das ist unser Fall und Ian wurde in unserem Revier ermordet, also überprüfen wir sein Cottage. Emma, übernimmst du das?«

»Wonach suche ich?«

»Nach irgendetwas Verdächtigem.«

»Ich würde auch gern seine Telefonaufzeichnungen durchgehen«, fügte Kate hinzu.

Morgan fuhr sich mit der Hand über das Kinn. »Ich dachte, die Jungs von der Technik kümmern sich darum?«

»Tun sie das? Ich frage mal bei den Jungs nach. Irgendwelche Fragen oder etwas, das ihr noch hinzufügen möchtet?«

Als außer Kopfschütteln nichts kam, verabschiedete sich Kate, um mit dem Technikteam zu sprechen. Kaum hatte sie das Büro verlassen, hörte sie wütende Stimmen hinter sich. Ihre Kollegen waren nicht gut gelaunt. Die Untersuchung forderte ihren Tribut. Sie nahm die Pille, die in der unteren Tasche ihrer Jacke steckte, in die Hand, schluckte sie geistesabwesend herunter und ging in Richtung des Labors.

Kapitel 31

MONTAG, 7. JUNI – VORMITTAG

Die technische Abteilung war in einem separaten Gebäude untergebracht, das an Kates Arbeitsplatz angrenzte und über eine mit einem Code gesicherte Tür erreicht werden konnte. Kate tippte die richtigen Zahlen ein und betrat den Raum, in dem ein Tisch und zwei Bänke standen, die sie an den naturwissenschaftlichen Unterricht in der Schule erinnerten, sowie ein Büro mit Glasfront, in dem die gesuchte Person vor einem Computerbildschirm saß. Computerfreaks gab es zwar in allen Formen, Größen und Geschlechtern, aber Felicity Jolly entsprach keinem Klischee. Mit ihren siebenundfünfzig Jahren und ihrem stahlgrauen Haar besaß sie eine Autorität, die man normalerweise mit einer Schulleiterin oder einer Anwältin assoziierte.

Sie schaute über die Spitze der modischen Cath-Kidston-Brille mit orangefarbenem Gestell und seufzte. »Sieh mal, wer da ist! Ich nehme an, du bist nur zurückgekommen, um mich zu schikanieren.«

»Ich freu mich auch, dich zu sehen, Felicity. Wie geht es Bev?«

Bev war seit dreißig Jahren Felicitys Partnerin, eine Comicbuch-Illustratorin, die von Mangas besessen war und seit Kurzem auch Charaktere für ein beliebtes Computerspiel entwarf.

Felicity gluckste tief. »Zu beschäftigt. Verbringt die ganze Zeit über ihren Zeichentisch gebeugt. Ich habe ihr gesagt, dass sie noch zu einem weiblichen Quasimodo wird, wenn sie nicht aufpasst.« Sie stand plötzlich auf und nahm Kate in den Arm. Kate versank in ihrer beachtlichen Körpergröße, was sich seltsam beruhigend anfühlte. Dann hielt Felicity Kate auf Armlänge und taxierte sie von oben bis unten. »Es ist schön, dich zu sehen. Du siehst gut aus, wenn auch etwas dünn und angespannt. Ich schätze, innerlich bist du immer noch völlig fertig. Harte Zeiten, was?«

Kate wurde davor bewahrt, das Gespräch fortsetzen zu müssen, als Felicity sich ebenso schnell zurückzog und einige Schnellhefter in die Hand nahm. »Bist du wegen Ian Wentworth hier?«

»Seine Telefonaufzeichnungen. Seid ihr mit ihnen fertig?«

»Sind wir und es gibt nichts Ungewöhnliches zu berichten. Er hat mit der Praxis, mit Krankenhäusern, Kollegen und Sekretärinnen, mit Restaurants, Privatklubs und mit seinem Zahnarzt telefoniert. Das einzig Merkwürdige, was ich entdeckt habe, war, dass er anscheinend keine Freunde hatte. Ich glaube, ich habe noch nie eine Anrufliste analysiert, die keine Verwandten oder Freunde enthielt.«

»Keine?«

»Nicht einen. Wir sind bis zum Anfang dieses Jahres zurückgegangen und jeder Anruf, den er getätigt hat, hatte in irgendeiner Form mit der Arbeit zu tun. Der traurigste Typ, der mir je untergekommen ist.«

»Er muss ein paar Freunde gehabt haben. Hat er noch etwas anderes benutzt? Eine App oder soziale Medien?«

»Der Typ war ein angesehener Chirurg. Ich glaube nicht, dass er viele Gelegenheiten hatte, auf sozialen Medien herumzuhängen und Fotos von Haustieren anderer Leute zu liken.«

»Bist du in den sozialen Medien unterwegs?«

»Bin ich, aber ich bin unglaublich gesellig und nichts muntert mich mehr auf als ein Foto einer süßen Katze oder ein albernes Meme.« Felicity grinste wieder schief und schob ihre Brille zurück auf die Nase. »Wir haben auf seinem Handy ein paar Dating-Apps entdeckt, über die man mit anderen Personen chatten und Nachrichten senden kann. Er war unter anderem auf Grindr unterwegs. Wir arbeiten immer noch an der verschlüsselten Datei auf seinem Laptop. Ich melde mich, sobald wir damit durch sind. Fürs Erste ist hier eine Liste der gelöschten Seiten, die wir sowohl von seinem Telefon als auch von seinem Laptop wiederhergestellt haben.«

»Er hat sie gelöscht?«

»Er hat an seinem Todestag eine Menge Seiten gelöscht, auf den meisten gab es Pornos.«

»Ich frage mich, warum er beschlossen hat, sie an diesem Tag zu löschen.«

»Vielleicht hatte er Angst, dass jemand sein Telefon und seinen Laptop in die Finger bekommt.«

»Und warum hat er einige Seiten gelöscht und andere nicht?«

»Keine Ahnung. Vielleicht ist er nicht mehr dazu gekommen, sie alle zu löschen, oder er hat einen Teil seines Browserverlaufs sichtbar gelassen, um jemanden auf die falsche Fährte und weg von diesen gelöschten Seiten zu locken, deren Inhalt ziemlich eindeutig ist.«

Kate akzeptierte dies als Möglichkeit. Ian war ein intelligenter Mann gewesen und wenn er so technikaffin gewesen war, wie Felicity glaubte, hätte er jede Website, die er besuchte, leicht verstecken können.«Wie weit reichen diese Telefonaufzeichnungen zurück?«

»Ein Jahr. Willst du noch mehr?«

»Nein, das reicht, danke. Wo ich schon mal hier bin, was ist mit Alex Corby?«

»Wir konnten keine ungewöhnlichen Aktivitäten auf seinem Telefon finden. Wir haben alle seine Anrufe verfolgt, und auch bei ihm waren sie meist beruflicher Natur. Das Ganze hat länger gedauert als üblich, weil er so viele Anrufe ins Ausland getätigt hat und wir Schwierigkeiten hatten, alle Standorte zurückzuverfolgen. Warte kurz. Ich werde sehen, ob wir mit der Liste fertig sind. Oh, übrigens, wir haben Fiona Corby ihr Telefon zurückgeschickt. Ich habe die Abschrift all ihrer Nachrichten an ihren Liebhaber, Rory. Das liest sich wie ein Rosamunde-Pilcher-Roman – oder nein, eher wie Fifty Shades of Grey.«

Felicity verschwand in einem Hinterzimmer und ließ Kate wenig Zeit, das Gehörte zu verarbeiten, bevor sie mit zwei Schnellheftern wiederauftauchte. »Du hast Glück. Lance ist in diesem Moment mit Alex' Liste fertig geworden. Ein paar Nummern wurden markiert: Diese hier ist eine Nummer aus Derby, die wir nicht identifizieren konnten, und die andere gehört zu einem Klub in der Nähe von Stafford, dem Maddox Club. Der einzige Grund, warum wir sie rot markiert haben, ist, dass Ian Wentworth im Dezember letzten Jahres die gleiche Nummer zur selben Zeit angerufen hat.«

»Weißt du etwas über Ian Wentworth?«

»Ich? Noch nie von ihm gehört. Aber meine Klubzeit ist auch schon längst vorbei. Inzwischen bin ich eher der Typ, der eine Tasse Kakao trinkt, während er sich eine Doku ansieht.« Sie zwinkerte Kate zu. »Außerdem hat Bev mich auf den Gesundheitstrip gebracht: früh ins Bett, eklige

Gemüse-Smoothies zum Frühstück und kein verdammter Alkohol! Gott weiß, was ich in ihr sehe.«

Kate wusste, dass sie scherzte. Felicity verehrte Bev. »Die hier nehme ich mit und verschwinde wieder.«

»Viel Glück und lass mal wieder von dir hören.«

Mit den Akten in der Hand kehrte Kate in das inzwischen leere Büro zurück, wo sie die Abschriften der Gespräche zwischen Rory und Fiona durchblätterte. Nachdem sie festgestellt hatte, dass sie nur alles andere als jugendfreie Dialoge über ihr Sexualleben enthielten, konzentrierte sie sich auf die Telefonnummern, die Ian angerufen hatte. Felicity hatte jene farblich markiert, die wiederholt gewählt worden waren. Die Nummer für den Maddox Club war grün hervorgehoben. Kate ließ den Namen durch ihre Suchmaschine laufen und stellte fest, dass es sich um einen privaten Mitgliederklub handelte, der 2005 von Raymond Maddox gegründet worden war und von ihm betrieben wurde.

Kate wusste wenig über solche Organisationen, außer dass sie ursprünglich für Herren der Mittel- und Oberschicht ins Leben gerufen worden waren. Bei ihr erzeugten sie Bilder von alten Fossilien, die in Ohrensesseln dösten, wobei ihre Vorstellungen von Fernsehserien beeinflusst worden sein könnten, überlegte sie. Sie rief die Nummer an und sprach mit dem Manager, Xavier Durand, der ihr mitteilte, dass Mr Maddox im Laufe der nächsten Stunde in den Klub zurückkehren würde und sie herzlich willkommen sei, wenn sie ihn besuchen wolle. Sie nahm sein Angebot an.

* * *

Der Maddox Club befand sich in der Nähe von Lower Loxley auf einem kleinen Hügel mit Blick auf den Fluss Blithe, der eine gewundene Schneise durch die weite grüne Landschaft zog.

Ursprünglich war das Haus im 17. Jahrhundert für die Witwe des Gutsbesitzers errichtet worden, bevor man es renoviert und vergrößert hatte, damit es zu dem prächtigen elisabethanischen Gebäude mit drei Giebeln wurde, das es heute war.

Sein Inneres war beeindruckend. Ein verschnörkelter Steinkamin zierte den Empfang, der mit einem eleganten Mann in einem blauen Anzug besetzt war. Er streckte ihr die Hand entgegen und stellte sich als Xavier vor.

Sein französischer Akzent war seidig weich, sein Händedruck fest. »Mr Maddox sollte in Kürze zurückkehren. Möchten Sie vielleicht, dass ich Sie zuerst herumführe?«

Neugierig, was in einem privaten Mitgliederklub vor sich ging, folgte Kate dem schlanken Mann, der hinter dem Empfangstresen hervorsprang und sie in einen nahe gelegenen Raum führte. Der Klub glich einem Fünfsternehotel, mit elegantem Mobiliar und Teppichen, die so dick waren, dass ihre Füße in dem reichen Flor versanken. Xavier führte sie zuerst in die Bibliothek, die ganz anders als all jene war, die sie bisher besucht hatte, mit Bücherregalen mit gebundenen Büchern und Regalen mit Magazinen und Zeitungen im Erdgeschoss und einer breiten Wendeltreppe, die zu einem Podest mit Galerie führte, wo ein paar Männer in Plüschsesseln saßen und lasen.

»Hier können unsere Mitglieder frisch gebrühten Kaffee oder auch ein alkoholisches Getränk genießen. Wir bieten auch einen Butler-Service an.« Xavier deutete auf ein schwarz-bronzenes Telefon im Vintage-Stil mit Wählscheibe und Messinggriff, das auf dem Schreibtisch neben der Tür stand. Er hob eine Hand, um einen der Männer zu grüßen, der fragend von seiner Zeitung aufgeschaut hatte, und führte Kate wieder hinaus.

Xavier hüpfte leichtfüßig den Korridor entlang und deutete auf verschiedene Räume. »Wir bieten Ruhe, Entspannung und absolute Privatsphäre. Die Mitglieder können auch in einer unserer fünf Suiten übernachten oder ein Meeting in unserem privaten Veranstaltungsraum abhalten. Kurzum, wir sorgen für alle Bedürfnisse unserer Mitglieder. Unser Chefkoch ist ausgezeichnet. Er kommt aus der gleichen französischen Stadt wie ich – Albertville, kennen Sie sie?«

Kate schüttelte den Kopf.

»Sie liegt in den Savoyen und ist wunderschön.«

Der Rundgang dauerte etwa fünfzehn Minuten und endete am Empfangsbereich, wo Xavier sie zurückließ, um nachzusehen, ob Raymond Maddox inzwischen zurückgekehrt war. Er war es, und Kate wurde in sein Büro geführt.

Raymond war keinen Meter achtzig groß, wog kaum mehr als fünfzig Kilo und sah aus, als würde ihm ein langer Urlaub guttun. Er hatte dunkle Augenringe, die Lederhaut war gelblich verfärbt und sein schmales Kinn mit Bartstoppeln übersät. Er trank einen Schluck Wasser, wischte sich den Mund mit dem Handrücken ab und fragte sie, was sie wolle.

»Sagt Ihnen der Name Alex Corby etwas?«

»Ich kenne Alex. Er ist hier Mitglied.«

»Und Ian Wentworth?«

»Auch ein Mitglied. Warum?«

»Haben Sie in letzter Zeit nicht die Nachrichten gelesen oder gesehen?«

»Nein. Ich hatte unglaublich viel zu tun.«

»Dann tut es mir sehr leid, Ihnen zu sagen, dass beide Männer tot sind.«

Raymond schraubte den Deckel seiner Wasserflasche zu, während er den Blick auf einen Punkt hinter Kate fixierte. »Ich verstehe.«

Seine Reaktion war verhalten und er zeigte kein äußeres Zeichen der Verzweiflung. Entweder kannte Raymond die Männer nicht gut, mochte sie nicht besonders oder war von der Nachricht nicht überrascht.

»Wie gut kannten Sie die beiden?«

»Wir waren in der Anfangszeit befreundet. Sie haben mir geholfen, meinen Traum von einem echten privaten Mitgliederklub zu verwirklichen. Sie haben beide in dieses Projekt investiert und die Finanzierung bereitgestellt, nachdem die Bank sich geweigert hatte, mir das Geld zu leihen. In den Tagen, als der Klub noch in den Kinderschuhen steckte, haben wir uns ziemlich oft gesehen. Seitdem sind sie für ihren Glauben an mich reichlich belohnt worden.«

»Sind sie oft hierhergekommen?«

»Anfangs kamen sie mindestens einmal im Monat her, bevor sie immer mehr arbeiteten. Ich würde sagen, in den letzten fünf Jahren habe ich sie nur bei vier oder fünf Gelegenheiten gesehen.«

»Sie würden also nicht sagen, dass Sie enge Freunde waren?«

Er schüttelte den Kopf. »Nein«, antwortete er entschieden.

»Haben Sie sich überworfen?« Kate war neugierig, warum die Männer, die Geld in den Klub investiert hatten, die Freundschaft nicht aufrechterhalten hatten.

»Wir waren nie das, was man ›enge Freunde‹ nennen würde. Wir kamen ganz gut miteinander aus und hatten eher eine Geschäftsbeziehung als eine Freundschaft. Ein Teil ihrer Bezahlung war die lebenslange Mitgliedschaft im Klub, obwohl sie meines Wissens nach schon lange nicht mehr von den Vergünstigungen Gebrauch gemacht haben. Ich bin nicht immer vor Ort, sondern leite noch ein anderes Projekt nahe Nottingham.«

»Noch ein Klub wie dieser?«

Er nickte.

»Es besteht tatsächlich eine Nachfrage nach solchen Orten? Ich dachte, der Trend ginge in Richtung von Pärchen-Retreats und Wellnesstagen, nicht zu exklusiven Klubs nur für Männer.«

Raymonds dünne Lippen glichen eher einem Schlitz als einem Mund. Er dachte sorgfältig nach, bevor er antwortete.

»Viele Frauen genießen Verwöhntage mit ihren Freundinnen, während Männer männliche Gesellschaft genießen, Interessen teilen und einen Ort suchen, an den sie sich zurückziehen können. Wenn es Spas, Fitnessstudios und sogar Klubs nur für Frauen gibt, warum nicht auch einen Klub nur für Männer? Haben Sie ein Problem damit?«

»Ich? Nein. Ich versuche nur zu verstehen, was ein privater Klub nur für Männer ist und wer ihn aufsucht.«

»Es ist mehr als ein Café, ein Restaurant oder eine Bibliothek. Man hat das Gefühl, Teil einer kleinen Gemeinschaft zu sein. Ein Mitglied kann hier speisen, in einem unserer Zimmer übernachten oder einfach nur für eine oder zwei Stunden vorbeischauen, die Zeitung lesen und einen Brandy oder Kaffee im Salon trinken. Es ist sein zweites Zuhause, wo er bedient und mit Respekt behandelt wird.«

»Sie veranstalten keine speziellen Events oder Unterhaltungsabende?«

»Wir müssen keine Veranstaltungen durchführen, und wenn Sie mit ›Unterhaltung‹ auf Stripperinnen oder Ähnliches anspielen, wir laden sie nicht ins Haus ein.« Sein Gesicht blieb teilnahmslos.

»Wer hat das Sagen, wenn Sie nicht da sind?«

»Xavier ist der Manager. Er ist bei uns, seit wir eröffnet haben.«

»Und nur um sicherzugehen, Sie haben weder Alex noch Ian in den letzten Monaten gesehen?«

»Ich kann mich nicht erinnern, wann sie das letzte Mal hier waren.«

»Wir glauben, dass sie den Klub angerufen haben, um Reservierungen vorzunehmen – beide im Dezember letzten Jahres: Ian am dreißigsten und Alex am einunddreißigsten.«

»Ich kann mich nicht erinnern, sie hier gesehen zu haben.«

»Sie sagten, beide Männer haben in dieses Geschäft investiert. Erzählen Sie mir, wie es dazu kam.«

»Das ist Jahre her. Ich weiß es nicht mehr genau – es war auf einer Party, glaube ich. Damals war ich Manager eines Hotels in Stafford. Wir kamen ins Gespräch und sie fingen an, auf einen Drink nach der Arbeit oder zum Essen ins Hotel zu kommen, und die Idee eines Klubs nur für Mitglieder war geboren – ein Ort, an dem sich Männer nach der Arbeit, einer Geschäftsreise oder einem Meeting entspannen konnten.«

Kate wusste nicht, was sie noch fragen sollte, also bedankte sie sich und kehrte zur Rezeption zurück, wo Xavier gerade am Telefon eine Nachricht entgegennahm. Er bemerkte sie und hob einen Finger, um ihr zu signalisieren, dass es nur eine Minute dauern würde. Nachdem er den Anruf beendet hatte, richtete er seinen Blick auf sie und machte eine kleine Verbeugung.

»Xavier, wie gut kannten Sie Alex Corby?«

»So gut wie alle anderen Mitglieder auch. Ich kannte ihn beim Namen und wir tauschten gelegentlich Höflichkeiten aus.« Er hielt seine Augen auf eine fast herausfordernde Weise auf Kate gerichtet, die sie ziemlich seltsam fand.

»Und Ian Wentworth?«

Xavier schmollte leicht und seine Wangen blähten sich auf, bevor er die Luft ausstieß. »*Pouf!* Genauso.«

»Wie oft haben Sie die beiden Männer gesehen?«

Er legte einen Finger an sein Kinn und antwortete dann: »Ich müsste nachsehen, um es genau zu sagen, aber es war gar nicht so oft.« Er zuckte lässig mit den Schultern.

Seine Haltung war verwirrend – in der einen Minute war er unterwürfig, in der nächsten leicht aggressiv, und alle seine Gesten kamen Kate übertrieben vor. »Wann haben Sie sie zuletzt gesehen?«

Er saugte Luft durch die Zähne ein. »Das kann ich nicht sagen, ohne ins System zu schauen.«

»Müssen sich die Mitglieder anmelden?«

»Das System ist nicht so antiquiert. Jedes Mitglied hat eine Klubkarte, die bei der Ankunft eingelesen wird.« Xavier deutete auf ein kleines Gerät, das auf dem Schreibtisch stand. »Wir wissen dann, wann ein Mitglied anwesend ist, und wenn es irgendwelche Extras wie ein Abendessen oder eine Massage verlangt, werden diese automatisch zu seiner Rechnung hinzugefügt. Ich sehe kurz für Sie nach.« Seine Finger tanzten über die Tasten.

Kate fuhr mit ihren Fragen fort. »Haben Sie viele Mitglieder?«

Er hielt den Kopf gesenkt und antwortete: »Ungefähr zweihundert, aber natürlich kommen sie nicht alle gleichzeitig, sonst ginge es hier ziemlich chaotisch zu.«

»Haben Sie irgendwelche hohen Tiere hier?«

Er sah auf und seine dunklen Augenbrauen zogen sich zusammen. »Hohe Tiere? Meinen Sie Berühmtheiten? Ich fürchte, wir können keine Namen oder Berufe offenlegen. Einige sind sicherlich angesehene Persönlichkeiten, aber wir bieten hier absolute Diskretion. Wir können nicht zulassen, dass die Privatsphäre unserer Mitglieder kompromittiert wird.« Er senkte wieder den Kopf und sagte: »Ah, da ist es ja. Beide Männer meldeten sich am zweiten Januar an.«

»Hatten sie irgendwelche Extras?«

»Abendessen, und sie buchten jeweils eine Suite. Sie blieben über Nacht.«

»Und war Mr Maddox in dieser Nacht im Haus?«

»Wenn ich mich recht erinnere, war er im Urlaub auf den Malediven. Vielleicht sollten Sie das mit ihm klären.«

»Das werde ich. Ich danke Ihnen, Xavier.«

Kate machte sich auf den Weg zu ihrem Audi auf der anderen Seite des Parkplatzes. Sie stieg ein und starrte mit gerunzelter Stirn über die Kiesauffahrt. Xavier hatte gelogen. Sie hatte nichts anderes als ein Bauchgefühl, um ihren Verdacht zu stützen. Xaviers Reaktionen auf ihre Fragen waren ausgesprochen merkwürdig gewesen. Vielleicht war es einfach seine Natur, aber Kate war sich sicher, dass hinter dem falschen Lächeln etwas anderes steckte – etwas Verschlagenes. Er hielt etwas zurück und Raymonds Reaktion auf die Schicksale zweier seiner Investoren war seltsam ruhig ausgefallen. Kate war sich nicht sicher, ob ihr Urteilsvermögen gestört oder ob sie an etwas dran war. Sie hoffte, dass Letzteres zutraf.

KAPITEL 32

MONTAG, 7. JUNI – NACHMITTAG

Sobald Kate ins Büro zurückgekehrt war, kontaktierte sie jemanden, mit dem sie seit vielen Jahren nicht mehr gesprochen hatte: Lionel Gupping, ein pensionierter Zahnarzt, der in den Yorkshire Dales lebte.

»Um Himmels willen!«, rief er aus, als sie ihm sagte, wer sie war. »Ich habe dich nicht mehr gesehen, seit du fünfzehn Jahre alt warst. Der stärkste Biss, der mir je begegnet ist.«

Ihre Lippen zuckten bei der Erinnerung. Als Teenager hatte sie Lionel versehentlich am Finger verletzt, als er ihr nach der Reparatur eines beim Hockeyspiel abgebrochenen Zahnes befohlen hatte, fest auf eine Zahnrolle zu beißen. Er hatte ihr die Anweisung gegeben, bevor er seine Hand entfernt hatte, und die gehorsame Kate hatte fest auf das gebissen, was sie für die Watterolle hielt, nur um zu sehen, wie sich sein Gesicht vor Schmerz verzog. Sein Finger hatte es überlebt, aber Kate hatte ihn regelrecht eingeklemmt und einen Abdruck hinterlassen. Von da an hatte er immer Witze über ihren berühmten Biss gemacht.

»Es tat mir sehr leid, das mit deinem Vater zu hören. Ich erfuhr es erst einige Zeit nach seinem Tod. Hätte ich es früher gewusst, wäre ich gekommen, um ihm meinen Respekt zu zollen. Das Problem, wenn man mitten im Nirgendwo lebt, ist, dass sich Nachrichten nur im Schneckentempo verbreiten. Wie geht es dir?«

»Gut, danke.«

»Und wie sieht es aus? Verheiratet? Kinder?«

»Verheiratet, keine Kinder und ich bin DI in Stoke-on-Trent.«

Er klang erfreut. »Du warst immer so neugierig und, wenn ich mich recht erinnere, ziemlich aufgeweckt. Es überrascht mich nicht, dass du in die Fußstapfen deines Vaters getreten bist.«

Auch wenn sie sich gern mit ihm unterhalten hätte und so reizend Lionel auch war, sie musste zum Grund ihres Anrufs kommen. »Kannst du mir bei etwas helfen? Wenn ich mich recht erinnere, hattest du eine Menge seltsamer und wunderbarer Utensilien für deine Zahnbehandlungen. Du hast mir damals von einigen erzählt, erinnerst du dich?«

»Sicher. Wie ich schon sagte, du warst neugierig und aufgeweckt. Du warst die einzige Jugendliche, die ich behandelt habe, die alles über mein Handwerkszeug wissen wollte. Ich habe mich gefragt, ob du vielleicht selbst Zahnmedizin studiert hast.«

»Der Mund ist ein zu kleiner Raum für mich, um darin zu arbeiten. Ich hätte Angst, dass mir jemand den Finger abbeißt.« Sie genoss sein herzhaftes Lachen einen Moment, bevor sie fortfuhr. »Eigentlich habe ich dich angerufen, weil ich die Hilfe eines Experten brauche.«

»Natürlich. Rede weiter.«

»Gibt es in der Zahnmedizin irgendein Gerät, mit dem man den Mund eines Patienten gewaltsam öffnen ... und offen halten kann?«

»Meinst du vielleicht einen Mundspreizer nach Jennings? Wir verwenden ihn manchmal, um ein Loch im Zahn zu bearbeiten. Mit seiner Hilfe kann man den Mund auf den gewünschten Grad öffnen.«

»Das von mir gesuchte Gerät erzeugt einen blattförmigen Abdruck auf den Innenwangen.«

»Blattförmig? Das hört sich nicht nach ihm an. Soll ich dir die technischen Informationen über den Mundspreizer schicken?«

»Würdest du das tun?«

»Natürlich.«

»Das würde ich sehr zu schätzen wissen.«

»Ist mir ein Vergnügen. Es war schön, wieder von dir zu hören.«

»Ich habe mich auch gefreut, mit dir zu reden.«

»Wenn dein Mann und du irgendwann in dieser Gegend seid, schaut mal bei mir vorbei.«

»Wird gemacht. Tschüss, Lionel.«

Er hielt Wort und kurz nachdem sie mit ihm gesprochen hatte, traf das Bild ein, aber es schien nicht das Gerät zu sein, nach dem sie suchte. Die Form entsprach nicht der, die Harvey für sie gezeichnet hatte. Sie schickte eine E-Mail und Harveys Skizze an die medizinische Fakultät der Keele University, um zu fragen, ob sie auf etwas Ähnliches gestoßen waren, und wandte dann ihre Aufmerksamkeit wieder dem Maddox Club zu.

* * *

Kate hatte mit der Recherche über Xavier Durand begonnen und seinen Namen in die allgemeine Datenbank eingegeben. Geboren in Albertville in Savoyen, war er 2006 nach Großbritannien gezogen und hatte im selben Jahr die Stelle im Maddox Club angetreten. Sie suchte auf der Seite gerade nach weiteren Ergebnissen, als sie von einem Anruf von Emma unterbrochen wurde, die im Raven Cottage war.

»Hast du das Foto bekommen, das ich dir geschickt habe?«, fragte Emma.

»Ich habe mein Handy noch nicht überprüft. Ich habe mir etwas anderes angesehen.«

»Schau es dir an. Was hältst du davon?«

Sie wartete, während sich Kate das Foto von drei Gemälden ansah, auf denen jeweils Äpfel dargestellt waren – rote, gelbe und grüne – und die in passende Holzrahmen in denselben Farben gerahmt waren.

»Hängen sie in seinem Haus?«, fragte Kate.

»An der Küchenwand. Ich weiß nicht, ob sie wichtig sind, aber da der Mörder Äpfel benutzt, um die Opfer zu ermorden, dachte ich, es sei einen Hinweis wert.«

»Da stimme ich dir zu, obwohl ich ihre Relevanz im Moment nicht erkennen kann. Bilder wie diese gibt es in Alex' Haus nicht.«

»Vielleicht sind sie nicht wichtig, aber nachdem ich das Foto abgeschickt hatte, habe ich etwas anderes entdeckt, das definitiv wichtig ist. Oben gibt es ein voll ausgestattetes Bondage-Zimmer mit gepolstertem Tisch und Fesseln und eine Reisetruhe mit Sadomaso-Ausrüstung: verschiedene Seile und Handschuhe, Hauben, Analhaken, Penisringe. Er hat auch eine Auswahl an Knebeln, darunter ein Kopfgeschirr und einen Ballknebel sowie mehrere Schnuller. Ich habe keinen Zweifel daran, dass er dieses Haus zur sexuellen Befriedigung benutzt hat. Von außen ein unscheinbarer Ort, von innen schäbig und ungepflegt: abblätternde Farbe, abgewetzte Teppiche, schmuddelig eben. Kaum ein ›Cottage‹. Es ist das genaue Gegenteil seiner Wohnung in Lichfield und vor allem liegt es allein am Ende einer namenlosen Gasse, weit weg von neugierigen Blicken.«

»Kein Wunder, dass er nicht wollte, dass die Polizei von Derbyshire dort überall herumschnüffelte, als er den angeblichen Einbruch meldete.«

»Soll ich einen Teil dieser Ausstattung mitbringen?«

»Lass es an Ort und Stelle. Ruf Ervin an und frag ihn, ob er jemanden vorbeischicken kann, um die Fingerabdrücke zu prüfen und zu sehen, ob es Übereinstimmungen mit den Personen gibt, die wir bereits befragt haben. Sprich mit den Dorfbewohnern. Finde heraus, ob einer von ihnen Ian mit einer anderen Person in der Nacht gesehen hat, als das Glas mit Alex' Auge in seinem Haus zurückgelassen wurde.«

»Wird gemacht.« Emma zögerte. »Hast du schon was von Morgan gehört?«

»Noch nicht.«

»Ich wollte nur wissen, ob er sich gemeldet hat.«

»Nein. Er wird anrufen, wenn er etwas herausgefunden oder Cooper aufgespürt hat.« Kate zog es vor, ihren Beamten freie Hand zu lassen, um Hinweisen nachzugehen, ohne sie alle fünf Minuten zu belästigen. Sie vertraute ihnen genug, um zu wissen, dass sie ihren Nachforschungen nachgehen und nicht blaumachen würden. Wenn einer von ihnen sich nicht meldete, dann aus gutem Grund.

Kate dachte sich nichts bei Emmas Frage, bis sie Xaviers Lebenslauf durchging. Da erinnerte sie sich an den Hauch von Vorsicht in ihrer Stimme. Irgendetwas lief da zwischen Emma und Morgan: Flüstern, Blicke und Diskussionen. Sie hatte bisher nicht die Energie aufgebracht zu ergründen, was die beiden störte, und dann waren mit einem Mal alle Gedanken an sie verschwunden gewesen. Es war so offensichtlich gewesen, dass sie es fast übersehen hätte. Er hatte ihr sogar einen Hinweis gegeben. Xavier hatte mehrere Jahre als Kellner in Savoyen gearbeitet, unter anderem im mondänen Skiort Courchevel. Ihr fielen das Foto, das sie auf Alex' Schreibtisch gesehen hatte und das ihn mit seinen Freunden in einem Skigebiet zeigte, und Williams Worte wieder ein – Alex war mit John Dickson im Urlaub gewesen, als sie Ian in einem Hotel getroffen hatten. Könnten sie Xavier dort kennengelernt haben? Wieder Dickson. Wie tief war ihr Vorgesetzter in die ganze Sache verwickelt? Dies könnte die Gelegenheit sein, die sie brauchte, um mit ihm von Angesicht zu Angesicht zu sprechen. Er könnte ihr sagen, ob Xavier zu der Zeit, als Alex, Ian und er im Urlaub gewesen waren, im Hotel gearbeitet hatte. Wie sollte sie es angehen?

»Gehe so vor, wie du es tun würdest, wenn du Dickson für unschuldig hieltest. Er glaubt zweifellos, dass er dich überlistet hat und über jeden Verdacht erhaben ist. Bleib cool und sei vorsichtig, wie viele Informationen du preisgibst«, riet Chris.

»Meinst du wirklich?«

»Auf jeden Fall.«

Sie rief William an. »Ich muss dem Superintendent ein paar Fragen zum Fall stellen. Meinst du, er würde mit mir reden?«

»Ich fürchte, er ist auf einer Konferenz in London. Kann es warten, bis er zurückkommt, oder soll ich versuchen, ihm eine Nachricht zukommen zu lassen?«

Was sollte sie tun? William würde von ihr erwarten, dass sie ihn über ihre Fortschritte informierte. Sie konnte die Fakten nicht vor ihm verbergen. Sie hatte keine andere Wahl, als die Wahrheit zu sagen.

»Nein, Kate! Du willst nicht, dass Dickson vorgewarnt wird.« Chris' Worte waren eindringlich.

»Das kann warten, bis er zurückkommt«, sagte sie.

»Worum geht es denn? Vielleicht kann ich helfen?«

»Das bezweifle ich. Ich verfolge einige Hinweise auf ein paar Personen, die sowohl Ian als auch Alex gekannt haben könnten. Ich dachte, der Superintendent könnte sie vielleicht identifizieren.«

»Um wen handelt es sich?«

Chris stöhnte. »Verdammt! Sag es ihm nicht!«

»Mögliche Geschäftspartner.« Chris' Stimme spornte sie an und die Lüge fiel ihr leicht. Es war das Beste, wenn sie William im Dunkeln ließ, falls er mit Dickson sprach, um ihn vorzuwarnen. Sie wollte Dicksons Reaktionen selbst sehen und beurteilen, ob er die Wahrheit sagte, wenn sie ihn befragte.

»Ich werde versuchen, dass du mit ihm sprechen kannst, wenn er zurückkommt.«

»Danke, William.«

Kate legte auf, ihr Kopf dröhnte. Die Wirkung der Pillen ließ bereits nach, aber sie angelte nicht nach der Verpackung. Stattdessen schloss sie die Augen und dachte an Xavier. Wenn er Ian und Alex besser kannte, als er behauptete, verbarg er etwas. Etwas, das für die Ermittlungen relevant sein könnte. Ihre Gedanken schweiften ab. Ihr Vater hatte an den Instinkt eines Polizisten geglaubt und Kate gelehrt, ihm zu folgen. Im Großen und Ganzen war sie immer gut damit gefahren und im Moment sagte ihr Instinkt, dass sie sich nicht in die Karten schauen lassen sollte – von niemandem.

KAPITEL 33

MONTAG, 7. JUNI – SPÄTER NACHMITTAG

Es war am späten Montagnachmittag, als der Anruf der Keele University kam. Die medizinische Fakultät hatte kein Instrument identifizieren können, das zum Aufspreizen eines Mundes oder zum Hinterlassen von Schürfwunden, wie sie in den Mündern der Opfer gefunden wurden, verwendet worden sein könnte. Aber einer der Mitarbeiter hatte das Bild an den Fachbereich Geschichte weitergegeben, wo Professor Adam Chalmers, ein Spezialist für mittelalterliche Geschichte, bereit war, mit Kate zu sprechen.

Adam klang zufrieden mit sich selbst. »Ich glaube, ich habe das Objekt gefunden, das Sie suchen. Im Mittelalter wurde ein Gerät benutzt, um Menschen zu quälen, die sogenannte Spreizbirne, auch bekannt als Folterbirne.«

»Eine Folterbirne?«

»Es war ein teuflisches Gerät, das aus drei oder mehr blatt- oder blütenblattähnlichen Teilen bestand. Das ganze Ding ähnelte einer Birne, wenn es geschlossen war, aber wenn es in den Mund oder in andere Körperöffnungen wie Vagina oder Anus eingeführt und langsam mittels eines Griffes geöffnet wurde, der an einer langen zentralen Schraube befestigt war, drückte es die Öffnung weit auf. Man geht davon aus, dass einige Folterbirnen Blätter mit rasiermesserähnlichen Kanten enthielten, um das Fleisch für zusätzliche Qualen zu zerschneiden.«

»Haben Sie Bilder von dieser Folterbirne?«

»Ich habe sogar noch etwas Besseres. Ich kann Sie an einen Sammler namens Stefan Gaul verweisen, der in Stoke-on-Trent lebt und ein solches Gerät besitzt.«

»Danke. Sagen Sie mir, Adam, lässt sich dieses Gerät leicht besorgen?«

»Vielleicht haben Sie Glück und entdecken eines im Internet, aber die meisten befinden sich in Museen oder privaten Sammlungen. Das Interesse an Folterinstrumenten ist groß. Ich werde Ihnen gleich Stefans Kontaktdaten mailen und Sie können direkt mit ihm sprechen. Er weiß vielleicht, wo Sie eines bekommen können.«

Sie nannte ihm ihre E-Mail-Adresse, und noch bevor sie aufgelegt hatte, landeten die Details und ein Foto der Folterbirne mit einem lauten *Ping* in ihrem Posteingang.

»Sie sind angekommen«, sagte sie.

»Großartig. Lassen Sie mich wissen, wenn ich Ihnen weiterhelfen kann.«

Das Folterinstrument war genau wie beschrieben und die Blätter entsprachen den Markierungen, die Harvey skizziert hatte. Sie verschwendete keine Zeit, rief Stefan an und vereinbarte sofort einen Termin. Im Treppenhaus stieß sie mit Emma zusammen, die gerade aus Derbyshire zurückgekehrt war.

»Wir haben herausgefunden, womit die Opfer gefoltert wurden«, sagte Kate. »Es ist ein mittelalterliches Folterinstrument – eine Folterbirne. Ich habe Informationen darüber auf meinem Schreibtisch liegen, schau mal rein. Ich treffe mich gleich mit einem Sammler, der mir vielleicht mehr erzählen kann. Ich sollte nicht lange brauchen. Wie bist du vorangekommen?«

»Die Kriminaltechnik ist unterbesetzt, aber sie werden morgen früh jemanden zu Ians Cottage schicken, um nach Fingerabdrücken zu suchen.«

»Wirst du dich dort mit ihnen treffen?«

»Ja. Ich muss noch mit einigen Dorfbewohnern sprechen. Diejenigen, die ich bisher befragt habe, haben weder Ian noch irgendwelche Fremden am Freitagabend gesehen. Ich habe auch herausgefunden, dass er allein im Duck Inn gegessen hat – ein schickes Bistro, etwa zwanzig Minuten von dem Cottage entfernt. Offenbar hatte er einen Tisch für zwei reserviert, aber sein Gast kam nicht. Der Kellner hörte, wie er mit jemandem am Telefon sprach. Irgendwas mit einem verpassten Flug. Er bemerkte, dass Ian nach dem Anruf schlecht gelaunt war und sich über das Essen beschwerte.«

»Waren zu der Zeit noch andere Gäste im Restaurant?«

»Nur zwei andere Paare. Ich habe sie ausfindig gemacht. Sie erinnerten sich vage daran, Ian gesehen zu haben.«

»Okay, frage morgen noch einmal im Dorf herum. Ach ja, würdest du die Spurensicherung bitten, nach Fingerabdrücken von Rory Winters zu suchen, wenn sie schon dabei sind?«

»Aber Rory behauptet, er hätte Ians Annäherungsversuche zurückgewiesen. Da ist es doch unwahrscheinlich, dass er zum Cottage gegangen ist.«

»Das sollten wir unbedingt überprüfen. Die Leute haben die Angewohnheit zu lügen, um sich aus Schwierigkeiten herauszuwinden.«

Emma nickte, dann zögerte sie und fragte: »Ist Morgan inzwischen zurückgekommen?«

»Nein. Er rief vorhin an, um mich über seine mangelnden Fortschritte zu informieren. Cooper ist schwer zu fassen. Was ist das mit dir und Morgan?«

»Er benimmt sich im Moment einfach wie ein Idiot.«

»Klärt das, Emma. Ich will keine Streitereien im Team. Wir haben größere Probleme, um die wir uns kümmern müssen.«

»Ich weiß.«

Kate ließ es auf sich beruhen. Was immer es war, die beiden würden es klären.

* * *

Kate brauchte zwanzig Minuten, um die Strecke zu Stefans Haus zurückzulegen. Der Feierabendverkehr staute sich und sie hatte jede rote Ampel zwischen dem Bahnhof und der Hadley Street erwischt. Sie starrte auf die Rücklichter vor sich und überlegte, was sie als Nächstes tun sollte.

»Du musst Dickson befragen«, sagte Chris.

»Ich weiß, aber er ist bereits misstrauisch mir gegenüber und ich muss vorsichtig sein, was ich sage.«

»Bring ihn zu Fall.«

»Wie zum Teufel soll ich meinen Chef zu Fall bringen?«

»Beruhige dich, Kate. Denke logisch darüber nach. Xavier war zur gleichen Zeit in Courchevel wie Ian, Alex und Dickson. Sie waren Freunde. Folglich muss Dickson von Ians und Alex' Beteiligung am Maddox Club wissen und er muss Xavier kennen. Wenn er etwas anderes behauptet, dann weißt du, dass er lügt. Nutze diese Informationen.«

»Aber wie? Was soll ich Dickson eigentlich anhängen?« Chris verstummte und alles, was sie hören konnte, war das Pochen ihres eigenen Herzens. Sie schlug mit geballten Fäusten auf das Lenkrad. Hinter ihr hupte jemand. Die Ampel hatte von Rot auf Grün umgeschaltet, und sie war nicht losgefahren. Sie hob entschuldigend eine Hand und fuhr an.

* * *

Die Hadley Street war gesäumt von roten Backsteinhäusern mit passenden Backsteinmauern in unterschiedlichen Verfallsstadien und Vorgärten, die meist asphaltiert oder mit Kies bedeckt waren. Als sie an einer Reihe von heruntergekommenen Garagen vorbeikam, bemerkte sie eine Gruppe von Teenagern, die vor den abgeblätterten Fassaden E-Zigaretten rauchten und sie ignorierten, als sie vorbeifuhr. Dort, wo sie lebte, gab es keine Kinder. Ihr Haus lag in einer Siedlung, in der nur aufstrebende Ehepaare wohnten, ein Begriff, der sie zum Lachen gebracht hatte, als sie ihn zum ersten Mal gehört hatte. Dieser Ort erinnerte sie an ihre Wurzeln und das Reihenhaus, in dem ihr Vater und sie gewohnt hatten. Sie fuhr langsamer. Sie hatte die Nummer 167 fast erreicht, ein Reihenendhaus mit weißen Fensterrahmen und einer blauen Tür, fand einen Parkplatz an der Straße direkt vor dem Haus und stieg aus dem Auto aus.

Stefan Gaul öffnete die Tür, bevor sie klopfte. Im Hintergrund weinte ein Kleinkind. »Zahnprobleme«, meinte er, als das Weinen lauter wurde.

Stefan war Ende dreißig und sah aus wie ein Wikinger mit seinem blonden Vollbart und den rubinroten Wangen. Er war Notfallsanitäter beim West Midlands Ambulance Service und sprach sehr leise, obwohl er von großer Statur war. Sein Händedruck war herzlich. »Kommen Sie mit. Ich halte die Sache von den Kindern fern. Ich will nicht, dass sie sie in ihre klebrigen kleinen Händchen bekommen.«

Sie gingen direkt durch die Küche durch eine verschlossene Tür in die Garage, die nicht mit den üblichen Utensilien gefüllt war, die im Haus nicht mehr benötigt wurden. Stattdessen war sie zu einem Fitnessstudio umgebaut worden, mit einem oft benutzten Boxsack, der an einem Metallbalken hing, einer Reihe von Gewichten, die nach Größe sortiert neben einer Trainingsbank gestapelt waren, und einer Matte auf dem

Boden. In der hinteren Ecke stand ein Metallschrank. »Das ist mein ›Männerschuppen‹«, erklärte er. »Das Auto ist zu groß, um darin Platz zu finden, also nutze ich ihn für meine Hobbys – Fitnesstraining, Boxen und Sammeln.«

»Wie kamen Sie dazu, mittelalterliche Folterinstrumente zu sammeln?«

»Mein Vater war Entfesselungskünstler und ist durch ganz Europa gereist. Ich habe mir seine Flexibilität und sein Können nicht angeeignet, aber als er vor ein paar Jahren verstarb, habe ich seine Sammlung geerbt. Die Entfesselungskunst war seine Leidenschaft und er war fasziniert von den Vorrichtungen, die im Laufe der Jahrhunderte benutzt wurden, um Gefangene zu fesseln. Er begann, alle möglichen Geräte zu sammeln. Meine Frau war nicht glücklich darüber, dass ich sie behalten habe, obwohl manche sehr wertvoll sind, nicht nur historisch gesehen. Also habe ich schon einige der größeren Stücke verkauft.« Er entriegelte die Schranktür und öffnete sie.

In jedem Regal stand eine Reihe seltsamer Gegenstände. Kate erkannte Daumenschrauben und eine Peitsche, die neunschwänzige Katze genannt wurde, aber sonst nichts.

»Was ist das?«, fragte sie und zeigte auf eine scheinbar rostige Schere, an deren einem Ende eine Schraube befestigt war.

»Das ist ein Zungenausreißer. Der Folterknecht packte damit die Zunge und zog dann die Schraube an, sodass die Zunge buchstäblich aus dem Mund gerissen wurde. Er wurde meistens bei Ketzern eingesetzt.«

»Wie schön«, antwortete sie und verzog dabei das Gesicht.

»Hiernach haben Sie gefragt«, meinte er und hob ein verziertes Gerät aus dem obersten Regal. »Die Spreizbirne, auch Folterbirne genannt. Sie wurde auch in den Mund eines Gefangenen eingeführt, bevor diese Schraube angezogen wurde, sodass sie den Mund weit öffnete. Sie konnte erst wieder entfernt werden, nachdem die Schraube gelöst wurde.«

Kate streckte die Hand aus und besah sich das Metallobjekt genauer. Es sah definitiv wie eine Metallbirne aus. Der obere Teil ähnelte einem verzierten Schlüssel, auf dem zwei ziegenähnliche Menschen abgebildet waren, die sich gegenüberstanden und auf Trompeten oder Pfeifen spielten. Der Schlüssel war an einer dicken Schraube befestigt, die durch die Birne hindurchverlief und durch eine Feder mit einem der drei gravierten Blütenblätter verbunden war. Es wäre ein echtes Kunstwerk, wenn sein Zweck nicht so finster wäre, überlegte Kate.

»Wollen Sie sehen, wie es funktioniert?«

Kate beobachtete, wie Stefan den Schlüssel drehte und sich die Blütenblätter weit öffneten. Sie konnte sich gut vorstellen, wie unangenehm es sich im Mund anfühlen würde.

»Was haben die Gravuren auf dem Schlüssel zu bedeuten?«, fragte sie.

»Ich glaube, sie dienten dazu, die Birne von anderen zu unterscheiden – es gab verschiedene Birnen für verschiedene Körperöffnungen«, sagte er.

»Haben Sie eine Idee, wo man so etwas bekommen könnte?«

»Ich habe vor einem Jahr eine auf einer Antiquitäten-Website zum Verkauf gesehen, für etwa vierhundert Pfund. Wenn Sie eine haben wollen, müssen Sie einen Sammler wie mich kennen oder ein Antiquitätenhaus fragen, ob sie welche zum Verkauf anbieten. Diese hier ist für ein Museum in Deutschland bestimmt – das Mittelalterliche Foltermuseum in Rüdesheim am Rhein. Mein Vater würde sich freuen, wenn er wüsste, dass es in seine Heimat geht.«

»Es ist also nichts, was man leicht in die Hände bekommt?«

»Nicht einfach, aber nicht unmöglich. Sie tauchen von Zeit zu Zeit auf Webseiten über mittelalterliche Folter auf.«

»Hat in den letzten Monaten jemand versucht, Ihnen Ihre abzukaufen?«

Er schüttelte den Kopf.»Niemand, deshalb habe ich das Museum kontaktiert und gefragt, ob sie es kaufen möchten.«

»Und niemand konnte sich Zugang zu Ihrer Birne verschaffen?«

»Auf keinen Fall!«

»Kennen Sie noch jemanden, der eine Folterbirne besitzt?«

Er schüttelte den Kopf. »Nein. Gibt es sonst noch etwas, womit ich Ihnen helfen kann?« Er stellte die Birne zurück in das Regal und schloss den Schrank wieder, während er sprach.

»Nein, danke. Sie waren sehr hilfreich. Ich lasse Ihnen meine Karte da, falls Sie von jemandem hören, der eine haben könnte. Ich würde gern mit ihm sprechen.« Sie reichte ihm die Karte, die er sorgfältig einsteckte.

»Ich werde mal herumfragen.«

»Das würde mich sehr freuen. Vielen Dank.«

* * *

Es war ein langer Tag gewesen und Kate hielt im Supermarkt an, um dringend benötigte Vorräte zu besorgen. Während sie über die Möglichkeit nachdachte, dass die in der Kunst des Verhörs geschulten Ex-SAS-Soldaten Bradley und Cooper eine Folterbirne in ihrem Besitz haben könnten, füllte sie geistesabwesend den Einkaufskorb. Es musste kein Original sein. Das Werkzeug, das bei Alex und Ian verwendet wurde, könnte eine Nachbildung gewesen sein.

Es waren nur wenige Kunden in dem übermäßig hellen Laden und sie trottete durch die Gänge, griff nach Obst, Dosen und Paketen. Die Hintergrundmusik, die im ganzen Laden gespielt wurde, änderte sich und sie erkannte Eric Claptons »Wonderful Tonight«, den ersten Song, auf den Chris und sie bei ihrer Hochzeitsfeier getanzt hatten. Sie drosselte ihre Schritte, bis sie sich daran erinnerte, dass Einzelhändler Musik nutzten, um die Einkaufsgewohnheiten zu beeinflussen. Das langsame Tempo würde sie dazu bringen, gemächlich durch den Laden zu spazieren. Sie beschleunigte, ignorierte den Geruch von frisch gebackenem Brot, der aus der Backecke drang, und steuerte direkt auf die Kasse zu, wo ein gelangweilt aussehendes Mädchen ihren Korb nahm und begann, die Artikel zu scannen. Nachdem jeder Artikel mit einem Piepton durchgezogen wurde, schob Kate ihn in die Plastiktüte, die sie mitgebracht hatte.

»Zwölf Pfund zweiundfünfzig«, sagte das Mädchen und reichte Kate das letzte Teil.

Kate griff nach der extragroßen Müslipackung mit Schokostückchen, die Augen starr auf einen Zettel mit einem Smiley gerichtet, der auf der Packung klebte. »Die sind lecker. Bitte kaufe noch mehr davon.« Sie blinzelte heftig, um das Bild zu vertreiben, und wurde von einem Schmerz in der Brust überwältigt, der so stark war, dass er ihr den Atem raubte.

Die Kassiererin sprang auf. »Sind Sie okay?«

Kate riss sich zusammen. »Alles gut. Habe nur noch nichts gegessen.« Sie hielt ihre kontaktlose Karte vor den Automaten und griff nach der Schachtel. »Vergessen Sie die Quittung nicht«, rief das Mädchen, aber es war zu spät. Kate eilte nach draußen, wo sie die Luft einsaugte, das Gesicht in den Himmel reckte und gegen die Wut und die Angst ankämpfte, die sich um ihr Herz schlangen.

Kapitel 34

MONTAG, 7. JUNI – ABEND

Morgan hatte den ganzen Tag versucht, Cooper Monroe aufzuspüren. Es war eine fruchtlose Anstrengung gewesen und am Abend hatte er nur noch einen Ort zu überprüfen, das Lagerhaus von Corby International, in dem Cooper arbeitete. Er schob sein Handy zurück in die Tasche, das einen weiteren verpassten Anruf von Emma angezeigt hatte. Zweifellos war sie besorgt, dass er mit William über Kate sprechen würde. Er hatte keine Lust, mit ihr zu reden, und wenn er ehrlich war, ärgerte es ihn, dass sie nicht akzeptieren wollte, dass Kate offensichtlich Probleme oder sogar eine Art Zusammenbruch hatte. Das Problem war Heldenverehrung. Emma wollte so sein wie Kate und kein schlechtes Wort über diese Frau verlieren. Bis vor Kurzem hätte Morgan ihr voll und ganz zugestimmt. Kate Young war eine verdammt gute Polizistin und deshalb würde er vorerst nichts sagen, aber sollte er mitbekommen, dass sie noch mehr Medikamente nahm oder sich seltsam verhielt, würde er William informieren, egal was Emma dachte.

Er kam an den Lagerhallen von Corby International an und hielt vor einer Schranke, an der eine Kamera das Nummernschild seines Autos registrierte, bevor sie aufging und ihn einließ. Er parkte neben einer Baracke nur wenige Meter hinter der Einfahrt. Eine Gestalt mit Schirmmütze erwartete ihn.

Jack Pollock, Anfang fünfzig, mit schweren Augenbrauen und einem pockennarbigen Gesicht, bat den Beamten herein. Morgan sah sich in dem Raum um, der groß genug für zwei Männer war, mit zwei Stühlen vor einem langen Tisch, über dem fünfzehn Monitore hingen, von denen jeder Schwarz-Weiß-Bilder des Hofes und der Lagerhallen zeigte. Ein Becher Tee dampfte auf dem Tisch vor ihnen.

»Möchten Sie eine Tasse Tee?«

»Nein, danke.«

»Wenn Sie meinen. Setzen Sie sich.« Jack ließ sich auf seinen Stuhl fallen und hob seinen Becher an die Lippen. Morgan setzte sich neben ihn.

»Ich suche Cooper. Ich nehme nicht an, dass Sie eine Idee haben, wo er sein könnte, oder?«

»Ich habe ihn seit letzten Montag nicht mehr gesehen.«

»Wir müssen mit ihm sprechen. Er kann vielleicht Licht in unsere Ermittlungen bringen.«

»Über Alex Corbys Tod?«

»Ja.«

Jack nippte an seinem Tee. »Wissen Sie, der Chef ist in all den Jahren, in denen ich hier arbeite, nicht ein einziges Mal hierhergekommen. Ich bezweifle, dass Cooper Ihnen mehr helfen kann als ich.«

»Was können Sie mir über Cooper erzählen?«

»Was meinen Sie?«

»Nun, worüber unterhalten Sie sich, wenn Sie zusammen Schicht haben? Es gibt zwei Stühle in diesem Raum, also nehme ich an, dass Sie normalerweise zu zweit arbeiten?«

»Ja, das stimmt. Ich sollte heute Abend mit ihm arbeiten, aber der Lagerleiter konnte in letzter Minute keine Vertretung für ihn finden, also bin ich auf mich allein gestellt, bis er zurückkommt. Schade, dass ich nicht den doppelten Lohn dafür bekomme, wenn ich die Arbeit von zwei Männern mache.«

»Worüber reden Sie beide, wenn Sie die ganze Nacht hier herumsitzen?«, fragte Morgan noch einmal.

Jack dachte einen Moment nach. »Meistens über die Vergangenheit. Er war bei den Special Forces. War zwanzig Jahre lang dabei. Ziemlich lange, was? Ich war bei den Fallschirmjägern – insgesamt vierzehn Jahre, was für mich mehr als genug war, kann ich Ihnen sagen.«

»Hat er über seine Zeit beim SAS gesprochen?«

Jack zuckte mit den Schultern. »Typen wie wir müssen nicht in Erinnerungen schwelgen, was wir schon alles gesehen und getan haben. Er sagte jedoch etwas, das mich sehr berührt hat. Dass er manchmal das Gefühl hat, dass er nun sein Leben nicht mehr auf die Reihe kriegt. Er zieht den Krieg tatsächlich dem zivilen Leben vor. Ich verstehe, was er damit meint. Manche Ex-Soldaten verändern sich so sehr, dass sie sich beim Verlassen der Armee mit ihrer engen Gemeinschaft und ihren Freundschaften nicht mehr an das zivile Leben anpassen können. Cooper ist einer von diesen Männern.«

»Also ist er im Herzen immer noch ein Soldat?«

»Oh ja, durch und durch. Er hätte die Armee nie verlassen, wenn seine Frau nicht gewesen wäre. Seine Tochter Sierra war damals etwa dreizehn und machte eine schwere Zeit durch, wenn Sie verstehen, was ich meine. Hing mit den falschen Leuten rum, Drogen. Den Rest können Sie sich denken. Coopers Frau erklärte ihm, dass sie mit dem Mädchen nicht mehr zurechtkäme, und verließ die beiden. Ist nach Kanada abgehauen. Cooper hatte keine andere Wahl als zu kündigen und sich selbst um Sierra zu kümmern. Es ist sein Verdienst, dass sie sich zusammengerissen hat und wieder in die Spur gekommen ist und jetzt nicht nur einen Job hat, sondern auch noch nebenbei studiert. Und er ist mächtig stolz auf sie. Ehrlich gesagt, benimmt er sich wie ein Trottel, wenn es um sie geht. Ich glaube, manchmal ist sie der einzige Grund, warum er weitermacht.«

»Hat er Ihnen gesagt, dass er sich eine Auszeit nehmen wollte?«

»Nein, aber das überrascht mich nicht. Er hat sich in den letzten Wochen nicht gut gefühlt. Ich fragte ihn immer wieder, was los sei, aber er wollte es mir nicht sagen. Als er nicht zur Arbeit erschien, dachte ich, es sei wieder wegen der Depression.«

»Wieder?«

»Ja. Ist bei ihm ein Auf und Ab wie bei einem Jo-Jo.«

»Ist er früher schon einmal verschwunden?«

»Ja. Ein paar Mal, wenn ihm das alles zu viel wird. Normalerweise verzieht er sich in den Peak District oder irgendwo in die freie Natur und geht dort wandern.«

»Fällt Ihnen jemand ein, zu dem er gegangen sein könnte?«

Jack schüttelte den Kopf. »Nein. Er spricht nicht über seine Freunde, aber ich nehme an, er kennt viele Ex-Soldaten. Kriegskameraden fürs Leben, verstehen Sie?«

»Könnte er bei einem von ihnen untergekommen sein?«

»Könnte sein.« Er zuckte leicht mit den Schultern.

Morgan kritzelte seine Telefonnummer auf eine Seite seines Notizbuchs, riss sie heraus und reichte sie Jack. »Wenn er sich meldet, bitten Sie ihn, mich sofort anzurufen.«

Jack trank seinen Tee in einem Schluck leer und knallte die Tasse auf den Tisch. »Klar. Aber wenn er verschwunden ist, wird es einen Grund dafür geben, und ich bin mir ziemlich sicher, wenn Cooper nicht gefunden werden will, dann wird er auch nicht gefunden.«

* * *

Wieder zu Hause schaltete Kate durch die Fernsehkanäle und entschied sich für eine Kochsendung. Sie war keine große Köchin, aber anderen beim Backen zuzusehen, hatte eine therapeutische Wirkung. Sie dachte an das Café, in dem sie Fiona getroffen hatte. Sie sollte noch einmal mit der Frau sprechen. Gleich morgen früh.

Sie sah zu, wie ein Kandidat versuchte, Zuckerguss auf sein Werk zu spritzen, doch ihre Gedanken waren ganz woanders. An manchen Tagen hatte sie das Gefühl, außerhalb der Reichweite der realen Welt zu schweben. Ihr Verstand arbeitete, aber ihr Körper lag schlafend und träge da, ihre Augen sahen, aber registrierten nicht, was geschah.

Die plötzliche Erkenntnis ließ sie hochfahren. Die Tabletten. Es waren die verdammten Tabletten. Wie viele hatte sie genommen? Sie zwang sich, vom Sofa aufzustehen, wobei sie sich am Couchtisch festhielt, und stolperte in die Küche, wo sie ihre Handtasche und ihre Einkäufe abgestellt hatte. Sie hatte die Milch nicht in den Kühlschrank gestellt. Sie stand neben dem Müsli. Was war passiert, als sie nach Hause gekommen war?

Sie schleppte sich zu ihrer Tasche und kramte nach der Schachtel mit den Pillen, die sie mit zur Arbeit genommen hatte. Ungeschickt fingerte sie nach ihnen und starrte auf die Innenseite der Folie. Sie stöhnte auf. Sie hatte sie alle genommen – einen kompletten Streifen an einem Tag. Es war ein Wunder, dass sie noch laufen und sprechen konnte. Sie stieg die Treppe hinauf, klammerte sich am Geländer fest und schaffte es bis zum Badezimmer, wo sie sich unter dem laufenden Wasserhahn das Gesicht wusch und sich von dem kalten Wasser aus ihrer Benommenheit wecken ließ.

Einige Minuten später trocknete sie sich ab und starrte ihr Spiegelbild an. Sie hatte sich gehen lassen. Sie sah gequält und gezeichnet aus. Warum hatte sie nicht bemerkt, wie krank und alt sie aussah? Kein Wunder, dass die Leute immer wieder fragten, wie es ihr ging. Sie musste die Sache in die Hand nehmen. Die Pillen halfen nicht; wenn überhaupt, machten sie die Sache nur noch schlimmer. Sie öffnete den Medizinschrank. Eine Packung war noch übrig. Sie ließ sich vor der Toilette auf die Knie fallen und warf eine Pille nach der anderen in die Schüssel und spülte sie weg. Sie musste sich aus ihrem Griff befreien – einen kalten Entzug machen. Das war der einzige Weg.

KAPITEL 35

MONTAG, 7. JUNI – NACHT

Xavier Durand lauschte dem zuverlässigen Ticken der Standuhr in der Rezeption – ein Zeitmesser, der für den Besitzer Raymond Maddox mit erheblichem Aufwand restauriert worden war – und ging seine Optionen durch. Er hatte der Polizei Informationen vorenthalten, aber wenn er die Wahrheit gesagt hätte, hätte er sich selbst belastet. Er hatte eine Frau und drei Kinder zu versorgen. Er konnte den Polizisten nichts sagen, sonst würde er nicht nur seine Anstellung verlieren, sondern auch noch angeklagt werden.

Wie hatte er es nur geschafft, in so einen Schlamassel verwickelt zu werden? Loyalität. Die verdammte Loyalität. Er hätte sie verpfeifen sollen … und zur Hölle mit den Konsequenzen. Sie waren sowieso nichts weiter als ein Haufen rotznäsiger Bastarde. Sie behandelten ihn alle wie einen Lakaien, nicht wie den Manager eines elitären Privatklubs. Bei diesem letzten Gedanken schnaubte er. Wie naiv er gewesen war, als Raymond ihn geholt hatte, um den Laden zu leiten, und ihm versprochen hatte, dass er es mit dem englischen Adel zu tun haben würde. So dumm und fasziniert von seinen eigenen falschen Vorstellungen von der britischen Upperclass-Kultur, wie er gewesen war, hatte er zugestimmt. Heute hatte er eine anspruchsvolle Frau, streitsüchtige Kinder und eine fette Hypothek. Er war wie der mythologische Titan Atlas, der das Gewicht des Himmels auf seinen Schultern trug: Xavier Durand – der Mann, der die Probleme der verdammten Welt schleppte. Zumindest fühlte es sich so an.

Das Ticken der Uhr ging ihm auf die Nerven. Er hatte nicht mehr geschlafen, seit er erfahren hatte, dass sowohl Alex als auch Ian unter verdächtigen Umständen gestorben waren, aber die genauen Umstände herauszufinden, hatte sich als unmöglich erwiesen. Keiner seiner Kontakte wusste etwas oder war bereit, über den Tod der Männer zu sprechen. So viel dazu, dass er für die meisten dieser Kunden eine Vertrauensperson war. Das Problem war natürlich, dass er keiner ›von ihnen‹ war. Er fuhr keinen tollen Wagen, besaß kein Cottage in den Cotswolds oder Spanien und hatte auch nie eine Privatschule besucht. Er war ein gewöhnlicher Mann aus einem kleinen Dorf in Frankreich. Sie würden ihn nie als gleichwertig betrachten. Die konnten ihn mal! Alle miteinander!

Es war nach elf Uhr und keines der Mitglieder würde über Nacht bleiben. Die Zahl der Übernachtungsgäste war seit Januar stark zurückgegangen. Wenn es nach ihm gegangen wäre, hätte er den Betrieb weitergeführt, aber Raymond war in Panik geraten und inzwischen mussten sich die Mitglieder mit einem gewöhnlichen Privatklub mit ausgezeichneter Ausstattung, aber ohne Extras zufriedengeben.

Die beiden letzten Mitglieder verließen den Salon, in dem sie in der letzten Stunde jeweils einen Whisky getrunken hatten. Xavier erhob sich und wünschte ihnen einen schönen Abend. Als ihre Stimmen verstummt waren, wurde es still. Der Rest des Personals war schon längst nach Hause gegangen. Raymond setzte nur noch selten einen Fuß in den Laden, also war es an Xavier abzuschließen. Er schlenderte zum Eingang und lauschte dem kehligen Rumpeln des Jaguars, als er aus dem Parkhaus fuhr. Er sah zu, wie er auf die Hauptstraße einbog und mit hoher Geschwindigkeit davonbrauste, schob die schwere Tür zu und schloss sie ab. Er würde sich eine neue Stelle suchen – lieber gehen, als weiter herumgestoßen zu werden. Es war klar, dass Raymond nicht mehr mit dem Herzen beim Geschäft war, und jetzt, da der Gold-Service nicht mehr angeboten wurde, verdiente Xavier nicht mehr die Trinkgelder oder Boni, die er einst eingestrichen hatte. Er machte sich auf den Weg in den Salon, um hinter den Männern aufzuräumen und ihre leeren Gläser in die Bar zurückzubringen. Der Raum war eichengetäfelt und mit Möbeln im Stil Louis' XIV ausgestattet, Bürotische und Spiegel mit verschnörkelten Goldrahmen und Stühle mit steifer Rückenlehne, goldenen Armlehnen und üppigen roten Sitzen. Reproduktionen von Henri de Toulouse-Lautrecs berühmten Cancan-Tänzerinnen aus dem Moulin Rouge schmückten die Wände und verliehen dem ganzen Raum einen Hauch von Pariser Chic. Es war mit Abstand Xaviers Lieblingsraum im ganzen Gebäude.

Er schaute sich um, um sicherzugehen, dass alles in Ordnung war, obwohl er wusste, dass die Reinigungskräfte gleich morgen früh kommen würden. Er zog an seiner Krawatte, lockerte sie, stützte sich mit den Ellbogen auf der Bar ab und atmete geräuschvoll aus. Endlich konnte er zu seiner Familie zurückkehren. Sein Dienst begann erst wieder um vierzehn Uhr.

Er starrte auf sein Spiegelbild hinter der Bar – ein erschöpftes Gesicht mit schweren Augen und Dreitagebart. Er musste weiterziehen und eine neue Stelle finden. Er war fertig mit diesem Ort. Sein Spiegelbild verschwand, als der Raum in Dunkelheit versank, und bevor er sich bewegen konnte, fiel die Tür zu. Sie löschte das Licht der Rezeption und ließ Xavier blinzelnd in der Schwärze zurück. Er blieb starr stehen, unfähig zu begreifen, was geschah. Das stechende Gefühl kam aus heiterem Himmel. Zuerst dachte er, er sei von einer Wespe oder einer

Biene gestochen worden, und schlug sich eine Hand an den Hals, um die Kreatur plattzumachen. Dann merkte er, dass dort etwas hing – ein dünnes Metallstück, das sofort wieder herausgezogen wurde. Erst da begriff er den Ernst der Lage. Jemand war hier.

Seine Reflexe waren langsam und als er sich drehte, um zurückzuschlagen, war es bereits zu spät. Sein Angreifer war mit der Dunkelheit verschmolzen.

»Was wollen Sie?«, rief er.

Er wurde von einer Mauer des Schweigens empfangen. Sein Handy. Er könnte das Licht nutzen, um den Weg nach draußen zu finden. Er nestelte in seiner Tasche danach, dann fiel ihm ein, dass es im Büro lag. Verdammt! Er ließ sich auf alle viere fallen, um den Angreifer zu täuschen, der erwarten würde, dass er im Dunkeln herumtastete. Er würde zur Tür hinüberhuschen. Er wusste, wo die Möbel standen. Er war oft genug in dem Raum gewesen, um den Weg nach draußen mit verbundenen Augen zu kennen. Links von ihm stand ein Stuhl. Mit zitternden Fingerspitzen fuhr er an dem starren geraden Bein entlang. Wenn er nach rechts krabbelte, könnte er dem großen Tisch im vorderen Teil des Raumes ausweichen und die Tür erreichen, bevor derjenige, der hier drin war, erkannte, was er vorhatte.

Kaum war ihm dieser Gedanken gekommen, verschwamm er wieder. Xavier konnte sich nicht erinnern, ob seine Finger das vordere oder das hintere Bein des Stuhles berührt hatten, und als er zu schwanken begann, hörte er Gelächter.

Durch das Geräusch wachgerüttelt, huschte er über den dicken Teppich in Richtung Freiheit, der Flor rieb an den Handflächen und verursachte Reibungsverbrennungen, als er darüber rutschte, aber das war ihm egal. Er rutschte weiter, verzweifelt darauf bedacht, das Ende des Raumes zu erreichen, das scheinbar meilenweit entfernt war, statt der wenigen

Meter, die es tatsächlich waren. Er stieß gegen eines der sechs gedrechselten Beine des Bibliothekstischs, jedes mit einer leichten Ausbuchtung in der Mitte, die an eine griechische Säule erinnerte. Er war fast da.

Ein Tritt brachte ihn aus dem Gleichgewicht und drückte ihn seitlich auf den Boden. Er würde sich nicht von dem Wahnsinnigen erwischen lassen. Er schob sich zurück auf die Knie und stand auf, bereit zum Kampf. Seine Hände fanden den Bibliothekstisch und er tastete nach dem Gegenstand, von dem er wusste, dass er darauf lag.

»Ich habe dich gefunden.«

Die Flüsterstimme überraschte ihn. Er griff nach dem bronzenen Sphinx-Briefbeschwerer – einen von einem Paar – und hielt ihn zur Seite, während er versuchte, den Angreifer zu lokalisieren. Sein Verstand begann sich zu trüben und dann, ohne Vorwarnung, wurde sein Arm, der den Briefbeschwerer umklammerte, so heftig nach hinten gerissen, dass er dachte, seine Schulterpfanne würde herausfallen. Er versuchte, die Sphinx festzuhalten, aber sie rutschte ihm aus der Hand. Die Person fluchte und lockerte für eine Sekunde ihren Griff. Xavier versuchte zu flüchten, aber seine Gliedmaßen wollten nicht gehorchen und seine beiden Hände wurden gepackt und nach hinten gezogen. Er hatte keine Kraft zum Kämpfen. Sein Körper weigerte sich zu kooperieren, und eine plötzliche Welle der Missachtung seiner Sicherheit überspülte ihn und betäubte seine Sinne für seine missliche Lage. »Warum?« Das Wort klang, als ob jemand anderes es gesprochen hätte.

»Muss ich dir wirklich sagen, warum?« Die Stimme war scharf und voller Hass.

Hände packten ihn an den Schultern, woraufhin er stolperte und wie betrunken neben seinem Angreifer taumelte, der ihn zu einem gepolsterten Sitz führte und daraufallen ließ. Euphorie ersetzte die Angst. Er kannte diesen Stuhl. Er rieb seine Hände an der vergoldeten Löwentatzen-Armlehne und fühlte sich in eine Zeit zurückversetzt, die er nur von Bildern und aus dem Fernsehen kannte. Er saß auf einem rot-goldenen Thron wie einst Ludwig XIV. Die Lichter im Salon wurden angeschaltet. Er gluckste bei einem neuen Gedanken: Xavier war der Sonnenkönig.

Er driftete hin und her, überquerte die Brücke zwischen Realität und Fantasie und schrie erst auf, als er sah, was sein Angreifer ihm vor das Gesicht hielt – ein furchterregendes Metallgerät, das ihm zweifellos erhebliche Schmerzen zufügen würde.

KAPITEL 36

DIENSTAG, 8. JUNI – VORMITTAG

Die Tür zum Erste-Klasse-Waggon öffnet sich unerwartet, und sie zuckt zusammen. Der junge Beamte, der durch die Türöffnung kommt, stöhnt leise bei dem Anblick. Hinter ihm kommt ein weiterer Beamter im weißen Anzug, gefolgt von einem dritten. Sie spürt ein Ziehen an ihrem Ellbogen. Sie kann sich nicht bewegen. Sie ist noch nicht bereit zu gehen.
»Kate, komm.«
Sie schüttelt den Kopf.
Williams Hand verstärkt ihren Griff. »Du hast genug gesehen.«

* * *

Kate konnte sich nicht auf den Fernseher konzentrieren. Die Gesichter der Morgenmoderatoren, die auf einem roten Sofa saßen und sich angeregt mit den Gästen unterhielten, hatten sich allmählich in die Gesichter der Menschen verwandelt, die im Januar Opfer des Amoklaufs im Zug geworden waren. Eine Frau in einem blassrosa Spitzentop mit blonden gelockten Haaren verwandelte sich in eine der beiden Freundinnen, die zusammen einen Tagesausflug nach London gemacht hatten und nicht mehr nach Hause kamen. Der Moderator verwandelte sich in den Geschäftsmann und eine ältere Frau wurde zu einem weiteren Opfer, deren Gehstöcke auf der Gepäckablage über ihrer Leiche entdeckt worden waren.

Tränen rannen Kates Gesicht hinunter und fielen auf ihren Schoß. Das Klingeln ihres Handys holte sie in die Realität zurück und sie tastete danach, erleichtert, aus dem Horror ihrer Halluzinationen zurückgeholt zu werden.

»DI Kate Young?« Die Stimme klang freundlich, sanft und weich.

»Wer ist da?«

»Mein Name ist Dan Corrance. Ich habe vor einer Weile mit Chris an einer Geschichte in Manchester über einen Pädophilenring gearbeitet.«

Bei der Erwähnung des Namens ihres Mannes wickelten sich eisige Tentakel um ihr Herz und drückten zu. Sie hielt die Luft an. »Sie sind der Journalist von neulich. Ich habe Ihnen nichts zu sagen.«

»Bitte legen Sie nicht auf. Ich muss mit Ihnen über Chris reden.«

Sie zögerte eine Sekunde lang. »Was ist mit ihm?«

»Können wir uns treffen? Ich muss mit Ihnen persönlich reden.«

»Worüber?«

»Ich möchte das lieber nicht am Telefon besprechen.«

»Worum geht es?«, wiederholte sie.

»Ich möchte Ihnen helfen, die Wahrheit über Chris herauszufinden.«

Der unsichtbare Tentakel verstärkte seinen Griff und graue Flecken erschienen vor ihren Augen. Sie kämpfte darum, die Kontrolle wiederzuerlangen. Chris? Was konnte Dan schon wissen? Das war ein Trick. Der Mann wollte nur Informationen über die Ermittlungen aus ihr herausquetschen. Sie drückte auf ›Anruf beenden‹.

Das Unbehagen in ihrer Brust ließ nach, aber sie rieb sich trotzdem den Bereich unter den Rippen. Ein dumpfer Schmerz wanderte von der Halswirbelsäule in den Scheitel, eine Folge der vielen Pillen, die sie eingenommen hatte. Gott sei Dank hatte sie die Kraft gefunden, sie ein für alle Mal loszuwerden. Sie musste ohne sie auskommen. Sie musste bei klarem Verstand sein und ihr übermäßiges Vertrauen in die Tabletten drohte, sie und die Ermittlungen zu behindern. Die Ermittlungen. Das sollte ihr Hauptaugenmerk sein.

Sie schaltete den Fernseher aus und schaute auf ihr Telefon, wobei sie noch einmal Emmas Foto der drei Äpfel an Ians Küchenwand betrachtete. Die Bilder waren wahrscheinlich nicht mehr als ein ironischer Zufall, doch die Vorstellung, dass der Mörder einen Apfel zum Töten auswählt, faszinierte sie.

Sie massierte ihren Nacken und blätterte durch Informationen über die Folterbirne, dann besuchte sie unendlich viele Internetseiten, konnte aber keine zum Verkauf finden. Als sie schließlich auf die Uhr sah, war es fünf nach acht, Zeit, Fiona Corby anzurufen.

Fiona klang müde und erschöpft. »Gibt es Neuigkeiten?«, fragte sie ohne lange Vorrede.

»Ich muss noch einmal mit Ihnen reden. Passt es gerade?«

»Können wir das nicht am Telefon machen? Ich muss die Jungs in ein paar Minuten zur Schule bringen.«

»Sie gehen schon wieder zur Schule?« Kate versuchte, sich ihre Überraschung nicht anmerken zu lassen. Sie hatte angenommen, dass sie mehr Zeit brauchten, um den Tod ihres Vaters zu verarbeiten.

Fionas Antwort war eisig. »Sie vermissen ihre Freunde und das Schulleben. Es wird ihnen dort besser gehen, als hier Trübsal zu blasen. Außerdem werden wir von Journalisten belagert. Wir können nicht aus dem Haus gehen, ohne bedrängt zu werden. In der Schule wird es wenigstens den Anschein von Normalität geben. Wie kann ich Ihnen helfen?«

»Zunächst muss ich Ihnen noch eine Frage über Rory stellen. Wann haben Sie ihn zuletzt gesehen?«

»Samstagabend bei ihm zu Hause.«

»Um wie viel Uhr sind Sie gegangen?«

»Spät. Ich kann die genaue Uhrzeit nicht sagen, aber ich kam gegen halb eins nach Hause. Wir hatten einige Dinge zu klären«, sagte sie leise.

»Er hat uns erzählt, dass Sie mit ihm Schluss gemacht haben.«

»Tief im Inneren wusste ich immer, dass ich die Sache mit ihm beenden würde. Das mit uns hätte nie geklappt.«

Rorys Alibi hatte standgehalten, aber sie hatte noch mehr Fragen. »Kennen Sie jemanden namens Ian Wentworth?«

»Nein. Ich habe noch nie von ihm gehört.«

»Er ist ein HNO-Arzt.«

»Keiner von uns hat je einen HNO-Arzt aufgesucht.«

»Hat Alex Ihnen gegenüber jemals den Namen erwähnt?«

»Nein. Sollte er?«

»Vielleicht. Ian war ein Bekannter von ihm. Sie haben sich in Courchevel kennengelernt.«

»Oh, das war lange vor meiner Zeit. Das Skifahren hat er schon vor Jahren aufgegeben. Nein, den Namen hat er nie erwähnt.«

»Was ist mit Raymond Maddox? Hat Alex ihn Ihnen gegenüber jemals erwähnt?«

»Definitiv nicht.«

»Xavier Durand?«

»Nein. Ich habe noch nie von einem dieser Leute gehört.« Sie seufzte schwer. »Haben Sie eine Ahnung, wer meinen Mann getötet hat?«

»Sobald wir etwas wissen oder jemanden verhaften, melde ich mich. Es tut mir leid, Fiona. Ich verstehe, wie schwierig das für Sie ist.«

»Ich glaube nicht, dass Sie verstehen können, wie es ist, nicht zu wissen, wie Ihr Mann gestorben ist. Mir wurde nur gesagt, dass er überfallen wurde. Niemand will uns weitere Details nennen, und das lässt mich das Schlimmste vermuten und mich fragen, wie sehr Alex gelitten hat.« Ihre Stimme brach.

Kate verstand sie, konnte aber keine Details preisgeben, nicht bevor sie den Mörder zur Rechenschaft gezogen hatten. Sie konnte nur ein wenig Trost spenden. »Alex war sich wahrscheinlich nicht wirklich bewusst, was passierte. Wir glauben, dass er zu diesem Zeitpunkt unter Drogeneinfluss stand.«

»Unter Drogeneinfluss«, wiederholte Fiona. »Jemand hat ihm etwas ins Essen oder Getränk getan?«

Da sie die Injektion nicht erwähnen konnte, schwieg Kate, während Fiona darüber nachdachte. »Aber er hat nie zu Mittag gegessen, also muss es in einem Getränk gewesen sein. Man kann keine Drogen in eine Banane stecken.«

»Eine Banane?«, fragte Kate.

»Ja, Alex hat tagsüber nie etwas gegessen, weil er sagte, dass ihn das träge mache. Er ernährte sich von Bananen. Die Kinder gaben ihm den Spitznamen Bananenmann, weil er sie ständig aß.«

Kate hörte die Tränen, die die Stimme der Frau erstickten, aber ein Kribbeln in ihrer Kopfhaut brachte sie dazu, ihr ins Wort zu fallen. »Hat Alex noch anderes Obst gegessen? Äpfel vielleicht?«

Fiona schwieg einen Moment. »Er mochte keine Äpfel. Oder Orangen.«

»Waren Äpfel im Haus gewesen?«

»Nein. Ich bin auch nicht verrückt nach Äpfeln, und da ich nach Frankreich gefahren bin, habe ich keine für die Kinder gekauft.«

Das Kribbeln verstärkte sich. Der Apfel muss dem Mörder gehört haben.

»Ist das wichtig?« Fiona klang alarmiert.

»Das könnte sein. Ich muss erst mit einem Kollegen sprechen, Fiona. Ich melde mich so schnell wie möglich bei Ihnen.«

»Sie werden mir doch sagen, was mit ihm passiert ist, oder?«

»Das werde ich, sobald wir alle Fakten kennen.«

»Bitte. Ich muss es wissen.«

Kate legte auf. Sie hatte eine Spur. Sie wischte durch die Kontaktliste auf ihrem Handy und wählte Ervins Namen aus.

Er hob fast sofort ab. »Morgen, Kate. Was kann ich für dich tun?«

»Hi, Ervin. Es geht um den Apfel in Ians Wohnung. Habt ihr schon herausgefunden, um welche Sorte es sich handelt?«

»Noch nicht. Er wird noch analysiert. Hast du eine Ahnung, wie viele Apfelsorten es gibt? Weltweit fast siebentausendfünfhundert!«

Sie konnte sich das spöttische Entsetzen auf seinem Gesicht vorstellen, als er das sagte. Ervin blühte auf, wenn es um nebensächliche Details ging. »Mehr als ich erwartet habe. Würdest du ihn mit dem Apfel vergleichen, den ihr in Alex' Haus gefunden habt?«

»Natürlich. Glaubst du, dass es die gleiche Sorte ist?«

»Das könnte sein. Ich habe herausgefunden, dass Alex nie Äpfel gegessen hat, und es waren auch keine im Haus. Also ist es wahrscheinlich, dass der Mörder ihn mitgebracht hat.«

»Warum gerade ein Apfel?«

»Das weiß ich noch nicht, aber der Mörder misst dem offensichtlich eine gewisse Bedeutung bei.«

»Ich überprüfe sofort, ob es sich um die gleiche Sorte handelt. Und wenn dem so ist?«

»So weit kann ich noch nicht denken, aber wenn ja, dann könnte der Mörder sie aus einem bestimmten Grund ausgewählt haben. Oder beide Äpfel wurden zur gleichen Zeit aus der gleichen Lieferung gekauft.«

»Ich bin im Moment allein, also kümmere ich mich persönlich darum. Wir sind extrem unterbesetzt und ich habe sogar Faith verloren. Ich musste sie zu Ians Cottage schicken, um Fingerabdrücke zu nehmen. Ich melde mich so schnell wie möglich bei dir.«

»Das würde mich sehr freuen. Danke, Ervin.«

Kate ließ ihr Handy in ihre Tasche fallen, stellte ihren leeren Teebecher in die Spüle und machte sich auf den Weg zur Wache. Emma war bereits zu Ians Cottage aufgebrochen, um sich Faith anzuschließen, aber vielleicht war Morgan da und sie hoffte, dass er Neuigkeiten über Cooper hatte.

Sie war schon halb auf der Straße, als ihr Handy wieder klingelte. Es war William. »Kate, kannst du mich in der Lodge treffen?«

Die Lodge war ein neu gebautes Haus in der wohlhabenden Gegend des Trentham Estate, im Südwesten von Stoke-on-Trent gelegen und mit dem Auto fünfzehn Minuten von ihrem eigenen Haus entfernt. Dort wohnte Superintendent Dickson.

»Alles in Ordnung, William?«

»Nein. John hat ein unwillkommenes Geschenk erhalten.«

Kapitel 37

DIENSTAG, 8. JUNI – VORMITTAG

Emma Donaldson war mächtig sauer. Morgan ging nicht an sein Telefon und sie konnte nur vermuten, dass es an dem Streit lag, den Kate teilweise mitgehört hatte, als sie am Tag zuvor das Büro betreten hatten. Idiot! Er hatte sich über Kate ausgelassen, als sie zusammen die Treppe hinaufgegangen waren …

* * *

»Sie ist nicht ganz richtig im Kopf. Dieser verdammte Kuchen – alles zermatscht in ihrer Tasche und dann sind da noch die Pillen. Sie wirft sie ein wie Bonbons.«

»Halt dich zurück, du Schwachkopf. Sie ist okay. Sie ist durch die Hölle gegangen. Gönne ihr verdammt noch mal eine Pause.«

»William hat uns gesagt, dass wir sie im Auge behalten sollen, und du weißt so gut wie ich, dass sie noch nicht so weit ist.«

»Sie hat bisher bei diesen Ermittlungen nichts falsch gemacht, oder? Sie geht allen Hinweisen nach, die wir haben, und sie hat nichts Ungewöhnliches getan. Ich weiß nicht, was dein Problem ist, aber du kannst nicht zum DCI gehen und sie verpfeifen, nur weil du gesehen hast, dass sie ein paar Tabletten genommen hat, oder

weil sie sich ein bisschen seltsam verhält. Welche Zweifel du auch immer an ihr hast, vergiss sie. Und sage weder dem DCI noch dem Superintendent etwas. Kümmere dich um die Ermittlungen. Kate wird sich schon wieder fangen.«

»Was ist, wenn die Ermittlungen in diesem Fall durch ihre psychische Gesundheit gefährdet sind? Ihr geht es eindeutig nicht gut. Verdammt noch mal, Emma. Ich werde etwas sagen. Wir müssen sie darauf ansprechen ...«

* * *

Sie hoffte, dass Kate nichts davon mitbekommen hatte. Sie hatten das Thema gewechselt, sobald sie Kate im Büro gesehen hatten, und so getan, als würden sie sich wegen Cooper streiten. Sie rief Morgan zum dritten Mal an, aber er nahm wieder nicht ab.

Sie hinterließ eine weitere Nachricht. »Morgan, du bist ein Idiot. Geh endlich ans Telefon!«

Sie stapfte die Auffahrt zum Raven Cottage hinauf. Über ihr sangen die Lerchen am Himmel, und die Strahlen der Morgensonne wärmten ihren Rücken, aber nichts konnte ihre Stimmung aufhellen. Die Wahrheit war, dass Kate sich seltsam verhielt, vor sich hinmurmelte, und auch Emma hatte bemerkt, dass ihre Chefin offensichtlich auf Medikamente angewiesen war. Sie hatte großen Respekt vor Kate und wollte nicht sehen, wie sie die Kontrolle verlor. Sie hoffte, dass der Fall die Aufmerksamkeit ihrer Chefin aufrechterhalten und sie von dem Schrecken ablenken würde, den sie im Januar erlebt hatte.

* * *

Faith stieg aus ihrem VW Polo und gesellte sich zu Emma, die vor dem Raven Cottage wartete.

»Hallo. Tut mir leid, dass ich zu spät bin. Das Navi hat mich falsch geführt. Ervin sagte, Sie wollen Fingerabdrücke nehmen, nach DNA suchen und so weiter?«

»Ja. Da sind ein paar perverse Sachen drin, die wir gern prüfen würden.« Emma ging den Weg hinauf zum Haus voran, wo sie beide Plastiküberschuhe und Handschuhe anzogen, bevor sie über die Schwelle traten.

»Wohin zuerst?«

»Nach oben«, sagte Emma.

Faith drehte den Kopf hin und her und rümpfte die Nase über die verblichene Blumentapete, während sie die Treppe hinaufstieg. »Das hier ist ganz anders als seine Wohnung.«

»Ich glaube, dieser Ort diente einem anderen Zweck und die Einrichtung war ihm nicht wirklich wichtig.« Emma erreichte den Treppenabsatz und machte eine schwungvolle Bewegung in Richtung des Fesseltischs. »Sehen Sie, was ich meine?«

»Oh!«

»Und in der Reisetruhe sind noch ein paar andere Sachen.«

Sie gingen zu der Kiste und Faith spähte hinein. »Er hatte sicher Spaß am Experimentieren. Das ist eine ganz schöne Ausbeute.«

Emma grunzte als Antwort. Sie wollte nicht noch einmal alles durchsehen, und als ihr Telefon klingelte, entschuldigte sie sich und stürmte die Treppe hinunter, wobei sie zwei Stufen auf einmal nahm.

»Warum hast du mich nicht angerufen?«, zischte sie Morgan an.

»Das tue ich doch gerade.«

»Idiot. Ich meinte früher.«

»Ich war beschäftigt. Ich habe versucht, Cooper ausfindig zu machen.«

»Ich dachte, du hättest ein Schwätzchen mit DCI Chase geführt.«

Morgan klang beleidigt. »Wir haben darüber gesprochen. Ich habe deinen Rat befolgt. Kate weiß, was sie tut.«

»Freut mich, das zu hören.«

»Jedenfalls hatte ich Glück. Es stellte sich heraus, dass Cooper heimlich in einem anderen Etablissement arbeitet – einem Privatklub in Stafford.«

»Hast du das Kate erzählt?«

»Nein, ich habe dich angerufen, weil da zwanzig Anrufe von dir in Abwesenheit waren und ich dachte, du müsstest dringend mit mir sprechen.«

»Zwanzig? Du übertreibst. Vielleicht drei oder vier.«

»Oder acht.«

»Okay, acht.«

»Ich dachte, du würdest dich nach mir verzehren und ich sollte dich zuerst anrufen, bevor du dich zu Tode quälst«, sagte er.

»Bilde dir bloß nichts darauf ein. Ich wollte nur mit dir in Kontakt bleiben. Ich bin mit Faith drüben in Ians Cottage. Sie überprüft dieses Bondage-Zeug, das ich hier gefunden habe.«

»Ich verkneife mir jeden Kommentar.«

»Haha!«

»Hör mal, wir treffen uns später auf dem Revier. Ich beobachte hier etwas, in der Hoffnung, dass es mich zu Cooper führen wird. Ich glaube, ich habe herausgefunden, was seine Achillesferse ist – Sierra, seine Tochter. Sie ist sein Ein und Alles, also wird er sich nicht verstecken, ohne wenigstens zu versuchen, mit ihr zu kommunizieren und sie wissen zu lassen, dass es ihm gut geht.«

»Klingt nach einer guten Taktik und könnte funktionieren. Viel Glück.«

»Viel Glück mit deiner Spielzeugkiste.« Sie hörte ihn lachen, während er auflegte.

Nachdem sie wieder ins Haus zurückgegangen war, schaute sie sich im Erdgeschoss um, anstatt wieder nach oben in das Bondage-Zimmer zu gehen. Dort lag nicht viel herum, aber ihr Blick blieb an einem spiralförmigen Notizblock auf dem Schreibtisch hängen, auf dem das Glas gestanden hatte. Faith rief nach ihr und sie ging mit dem Block in der Hand die Treppe hinauf.

»Soll ich auch das andere Schlafzimmer überprüfen?«, fragte Faith.

»Ja, bitte, obwohl ich denke, wir sollten uns auf sein ›Spielzimmer‹ konzentrieren.« Emma blätterte durch die Seiten des Buches. Sie waren leer.

»Okay. Cool. Was haben Sie da?«

»Oh, nichts Wichtiges. Ein Notizblock, aber er ist leer; keine Namen von Liebhabern oder Hinweise. Sieht aus, als wären ein paar Seiten herausgerissen worden.«

»Lassen Sie mal sehen.«

Emma reichte ihn ihr und trat dann ans Fenster, um nach draußen zu schauen, damit sie nicht auf den Fesseltisch starren musste.

Faith untersuchte ihn. »Je nach Druck auf den Bleistift oder Stift können wir manchmal erkennen, was geschrieben wurde, weil es bis zu den darunterliegenden Blättern durchdrückt. Soll ich nachsehen, ob etwas Wichtiges draufstand?«

Emma drehte sich um. »Na dann los. Wir haben nichts zu verlieren.«

Faith öffnete ihren Koffer auf dem Boden, fingerte am Deckel eines Plastikbehälters herum und streute Pulver, ähnlich wie Kopierertoner, in einen flachen Kunststoffbehälter.

»Versuchen wir das mal«, sagte sie und wählte aus einem Bündel Pinsel einen Schminkpinsel aus, den sie erst leicht über den Puder und dann über das leere Blatt Papier strich. Emma sah zu, wie sie die Rückstände in den Behälter schüttelte und mit einem leichten Klopfen auf die Rückseite des Buches das überschüssige Pulver entfernte.

Die Botschaft war für beide Frauen klar. Sie lautete:
    Chris Young
    Gazette
    Mittwoch 14.00 Uhr
    Maddox Club

Kapitel 38

DIENSTAG, 8. JUNI – SPÄTER VORMITTAG

Die Lodge, das Zuhause von Superintendent John Dickson, lag weit hinten an einer begrünten Straße und bot dank einer Weißdornhecke ein gewisses Maß an Privatsphäre.

William stand auf dem Bürgersteig neben seinem Auto, ein Telefon ans Ohr geklemmt. Kate gesellte sich zu ihm und wartete, bis er aufgelegt hatte.

»Ervin ist auf dem Weg«, sagte er, sobald er den Anruf beendet hatte. Er begleitete sie den Weg hinunter zum Haus mit der breiten Glasfront, in dem John Dickson wartete. Ihn in Zivilkleidung zu sehen, war ein seltsamer Anblick: eine Jeans und ein locker sitzendes Sweatshirt.

Er kratzte sich im Nacken. »Danke, dass Sie so schnell gekommen sind, Kate. William sagte mir, dass Ian etwas Ähnliches erhalten hat.«

Sie warf einen Blick auf das Glasobjekt auf dem Boden. »Wo haben Sie es gefunden?«

»Hier.«

»Die Tür war nicht verschlossen?«

»Wir lassen die Tür für Paketzustellungen immer unverschlossen. Meine Frau kauft regelmäßig online ein, daher ist es einfacher, die Waren hier zu deponieren, wenn wir beide unterwegs sind, als sie bei den Nachbarn zu lassen. Natürlich ist die Vordertür verschlossen und alarmgesichert, es besteht also keine Gefahr, dass eingebrochen wird.«

»Keiner von Ihnen hat es angefasst?«

»Nein, meine Frau ist in Kent und kümmert sich um ihre Mutter. Ich war gestern auf einer Konferenz und habe in London übernachtet. Ich bin gleich heute Morgen zurückgereist, und als ich hier ankam, wartete dies auf mich.«

»Ich verstehe. War das Glas in einer Schachtel?«

»Nein. Es war genau so, wie Sie es sehen.«

Kate hockte sich hin, um es genauer zu untersuchen. Das Glasgefäß hatte einen Schraubdeckel und entsprach der Art, die zum Einlegen oder für Marmelade verwendet wurde. Es war mit einer durchsichtigen Flüssigkeit gefüllt, in der ein Auge schwamm, dessen Iris den gleichen Blauton hatte wie Ians. Es lag höchstwahrscheinlich in einer Art Fixiermittel, vermutlich Formaldehyd oder Formalin. »Gibt es irgendwelche Anzeichen für einen Einbruch?«

John schüttelte den Kopf. »Alles scheint so zu sein, wie ich es verlassen habe.«

»Ich nehme an, es ist Ians Auge, nicht wahr?«

»Auf jeden Fall passt es zu seiner Augenfarbe, Sir.«

Dickson atmete schwer aus. »Wenn es seines ist, können wir logischerweise davon ausgehen, dass ich das nächste potenzielle Opfer des Mörders bin.«

»Was ist mit Ihrer Frau? Hat sie irgendeine Verbindung zu Alex oder Ian?«

Er schüttelte den Kopf. »Nein. Elaine ist keinem der beiden je begegnet. Sie können nicht wirklich glauben, dass sie das Ziel ist.«

»Das Glas wurde hierher geliefert, aber nicht an Sie adressiert, Sir. Es besteht also die Wahrscheinlichkeit, dass es für sie bestimmt ist.« Kate musste die Möglichkeit in Betracht ziehen, ungeachtet des entgeisterten Gesichtsausdrucks ihres Vorgesetzten.

Er blinzelte wiederholt, bevor er langsam den Kopf schüttelte. »Sie sind auf dem Holzweg. Elaine ist seit über vierzehn Tagen bei ihrer Mutter und wird wahrscheinlich noch zwei weitere Wochen dort bleiben, wenn nicht noch länger. Wenn es für sie bestimmt gewesen wäre, hätte der Mörder es in Kent deponiert.«

»Bis nach Kent ist es ein weiter Weg«, beharrte Kate und erntete einen finsteren Blick.

»Wollen Sie diese Drohung ernst nehmen?«, fragte er.

»In der Tat, das will ich, aber ich würde meinen Job nicht richtig machen, wenn ich nicht alle Möglichkeiten in Betracht ziehen würde.«

Dickson schürzte die Lippen, bereit zu widersprechen, hob dann aber ergebend beide Hände. »Sie haben recht. Ich werde dafür sorgen, dass ein Beamter vor dem Haus ihrer Mutter abgestellt wird. Sie sollten besser reinkommen. William sagte, Sie wollten mir ein paar Fragen stellen.«

Kate folgte ihm ins Haus, durch den mit pfirsichfarbenem Teppich ausgelegten Flur, vorbei an gerahmten Fotografien, die an der Wand hingen. Die meisten zeigten Dickson mit verschiedenen Personen, von denen Kate einige sofort erkannte – den örtlichen Parlamentsabgeordneten, einige Fußballer, einen bekannten Schauspieler und den Premierminister. Sie waren auf Polizeibällen oder Galaveranstaltungen aufgenommen worden und zeigten Dickson in voller Uniform neben einer sympathischen Frau mit sandbraunem Haar in einem Ballkleid. Ein Schrank mit Porzellanfiguren stand am Ende des Korridors, an dem Dickson stehen blieb, eine Tür öffnete und Kate und William hineinführte.

Das Wohnzimmer gab den Blick auf einen fachmännisch gestalteten Garten inklusive einem Steinpfad frei, der sich zwischen pastellfarbenen Blumenrabatten an einen mit Lilien bewachsenen Teich schlängelte und zu einer Laube in der Farbe eines fahlblauen Himmels führte. Statt des cremefarbenen, mit Blumenkissen gefüllten Sofas wurde Kate ein runder Ledersessel angeboten, der strategisch so positioniert war, dass er einem an der Wand montierten Fernseher gegenüberstand. »Schießen Sie los, Kate«, sagte Dickson und nahm auf einem Hocker Platz, den er herübergeschleppt hatte. Das Sofa war offensichtlich für Besucher und Dickson tabu.

»Was können Sie mir über Raymond Maddox und Xavier Durand sagen?«

Er dachte über seine Antwort nach und rieb sich die unregelmäßigen Bartstoppeln am Kinn. Sie hatte ihn nie anders gesehen als makellos gekleidet, mit zurückgekämmten Haaren und sauber rasiert. »Ich lernte Raymond während eines Skiurlaubs in Courchevel kennen, damals im Jahr 2000. Ich war zu der Zeit mit Alex und ein paar anderen Jungs aus meiner Stammkneipe unterwegs. Wir trafen sowohl Raymond als auch Ian in der Hotelbar. Wir kamen ins Gespräch, fanden heraus, dass wir alle aus Staffordshire stammten, und fuhren in den folgenden Tagen gemeinsam die Pisten ab und unterhielten uns abends. Ein paar Jahre lang blieben wir in Kontakt – wir fuhren sogar noch einmal als Gruppe nach Courchevel und trafen uns danach ein paar Mal, aber ich habe Raymond schon lange nicht mehr gesehen. Was Xavier betrifft, so leitete er die Hotelbar im Ski Lodge Hotel, wo wir alle übernachteten, also kannten wir ihn. Inzwischen leitet er den Maddox Club.«

»Was wissen Sie über den Maddox Club?«, fragte Kate.

»Er war Raymonds Projekt. Er hat ihn mit der Hilfe von ein paar von uns aufgebaut – Alex und Ian haben beide in das Unternehmen investiert. Ich bin mir nicht sicher, wer noch.«

»Sie auch?«

Er schüttelte den Kopf. »Ich hatte kein Geld übrig, das ich in irgendwelche Geschäftsideen stecken konnte.«

»Waren Sie schon mal in diesem Klub?«

»Mehrmals. Dort habe ich Ian auch das letzte Mal gesehen. Alex hatte mich eingeladen, mit ihm und Ian dort zu essen. Einer von Ians Artikeln sollte in einer medizinischen Fachzeitschrift veröffentlicht werden, was er feiern wollte. Das Ganze verwandelte sich in ein heftiges Trinkgelage und ich ging schließlich vor den beiden ins Bett. Ich habe Ian am nächsten Morgen nicht mehr gesehen.«

»Sie haben also im Klub übernachtet?«

»Das haben wir alle. Sie haben dort ein paar Zimmer. Alex oder Ian haben das geklärt. Ich kann mich nicht genau erinnern, wer von beiden.«

»Wann war das?«

»In der ersten Januarwoche. Ich müsste in meinem Terminkalender nachsehen.«

»Alex und Ian waren beide Mitglieder des Klubs, nicht wahr?«

»Korrekt. Raymond gewährte ihnen eine lebenslange Mitgliedschaft, weil sie ihm geholfen hatten, das Projekt auf die Beine zu stellen.«

»Sir, fällt Ihnen ein Grund ein, warum jemand einem der beiden Männer nach dem Leben trachten könnte?«

Er fuhr sich wieder mit den Händen über das Kinn, und Kate fragte sich, warum er sich nicht rasiert hatte, bevor er London verlassen hatte. »Nein. Ich wünschte, das würde es. Es würde Ihren Nachforschungen helfen, wenn ich irgendeinen Hinweis oder sogar eine Theorie liefern könnte, warum die beiden einem Mord zum Opfer fielen. Noch wichtiger ist, dass es vielleicht etwas Licht darauf wirft, warum das Glas vor meiner Tür abgestellt wurde.« Er schaute zu William, der die ganze Zeit über schweigend dagesessen hatte. »William, ich denke, unter den gegebenen Umständen wäre es klug für mich, in einen geheimen Unterschlupf zu ziehen, während Kates Team weiterermittelt. Wenn Ian kurz nach dem Erhalt von Alex' Auge ermordet wurde, kann ich die Tatsache nicht ignorieren, dass der Mörder mich im Visier haben könnte.«

»Das sehe ich genauso.«

Kate öffnete den Mund, um zu fragen, warum sie nicht mehr Leute für diesen Fall abstellten, nachdem zwei hochrangige Opfer getötet worden waren, aber Dickson starrte sie an. »Wie weit sind Sie mit den Ermittlungen, Kate?«

»Wir verfolgen immer noch mehrere Spuren«, antwortete sie.

»Ich brauche Ihnen sicher nicht zu sagen, wie wichtig es ist, den Täter schnell zu identifizieren, bevor er erneut zuschlägt.«

»In der Tat, und was das angeht, Sir, meinen Sie nicht, dass wir unser Personal aufstocken sollten? Wenn wir es mit einem Serienmörder zu tun haben, sollten wir mehr Beamte hinzuziehen.«

»Das sehe ich nicht so. Ich glaube, dass Sie und Ihr Team am besten geeignet sind, die Gründe für diese Morde herauszufinden und den oder die Verantwortlichen zu ermitteln.«

»Das ist eine ziemliche Forderung, Sir. Wir sind nur zu dritt.«

»Drei außergewöhnliche Polizisten.«

Kate überging die Schmeichelei. »Ich denke immer noch, dass es eine große Herausforderung für ein so kleines Team ist.«

»Wir werden uns also darauf einigen, dass wir in dieser Sache unterschiedlicher Meinung sind. Eine Aufstockung des Teams würde nur suggerieren, dass wir es allein nicht schaffen.«

»Es würde mit Sicherheit zeigen, dass wir die Sache ernst nehmen ...«

Er hob eine Hand, seine Stimme war forsch. »Die Medien werden sich auf die Tatsache stürzen, dass wir das Personal aufgestockt haben, und daraus alle möglichen Schlüsse ziehen. Ich möchte nicht, dass dies zu einer Art Medienzirkus wird und die Öffentlichkeit als Folge davon in Panik versetzt wird. Außerdem erwarten sie sofortige Ergebnisse, die bei einer großen Operation auch prompt geliefert werden müssen.«

»Und das wird wahrscheinlich so sein, wenn Sie mehr Beamte abstellen ...«

Wieder wurde sie zum Schweigen gebracht, dieses Mal mit einem kalten Blick. »Es ist wichtig, dass wir die Sache so gut wie möglich unter Verschluss halten. Bis jetzt haben wir zwei Opfer. Und ich könnte das potenzielle dritte sein. Warum man es auf mich abgesehen hat, ist mir ein Rätsel, und obwohl ich es für klug halte, mich für den Moment aus der Öffentlichkeit zurückzuziehen, bezweifle ich, dass dieser Fall etwas mit einer Gruppe von Männern zu tun hat, die sich im Urlaub getroffen hat.«

»Sir, bei allem Respekt, wir können diese Verbindung nicht ignorieren.«

Er seufzte müde. »Ich verstehe Ihr Unbehagen, aber ich empfehle Ihnen dringend, sich bei Ihren Ermittlungen nicht auf diese Richtung zu konzentrieren. Das würde nur dazu führen, dass die gesamten Ermittlungen in diesem Fall in die Irre führen.«

Sie folgte seiner Logik nicht. Ihr zu sagen, sie solle woanders nach dem Täter suchen, ergab nur Sinn, wenn er sie vom Urlaub in Courchevel ablenken wollte – wenn er etwas vertuschen oder jemanden schützen wollte. Und warum machte es ihn nicht betroffen, das Auge seines Freundes erhalten zu haben? Sie hätte erwartet, dass er ihnen helfen wollte, Ideen einbrachte, um möglicherweise sein Leben zu retten. Das ergab keinen Sinn. Tatsache war, dass sie Dickson nicht trauen konnte, weshalb es das Klügste war, sich seiner Meinung anzuschließen. »Verstehe ich das richtig, dass Sie nicht wollen, dass bekannt wird, dass Sie ins Visier des Mörders geraten sind?«

»Wir haben genug Schwierigkeiten, die Moral innerhalb der Polizei hochzuhalten, ohne dass so etwas bekannt wird. Ganz zu schweigen davon, dass wir unser Gesicht in der Öffentlichkeit verlieren würden.«

»Ich wüsste nicht wie, Sir.«

Er trommelte wieder mit den Fingern. »Stellen Sie sich die Schlagzeilen vor: ›Killer verspottet die Polizei von Staffordshire, indem er einen hochrangigen Beamten ins Visier nimmt‹ oder ›Hochrangiger Beamter taucht unter‹. Das ist eine Frage der öffentlichen Wahrnehmung. Verstehen Sie das wirklich nicht?«

Sie gab nach, obwohl sie seine Argumentation als schwach empfand. Das war nicht die Zeit zum Streiten. Sie musste sich zurückziehen, bevor er die Nerven verlor und sie von dem Fall abzog. »Ich verstehe. Könnten Sie mir eine Liste mit den Namen der Männer geben, die in Ihrer Skigruppe waren?«

»Das war vor fast zwanzig Jahren. Es ist nichts Schlimmes passiert. Es war ein Skiausflug nach Courchevel, Kate, einem exklusiven Ferienort in den französischen Alpen, nicht irgendeine Orgie an einem Strand auf Ibiza. Und wir waren respektable Männer Ende dreißig, Anfang vierzig, keine betrunkenen Studenten in den Semesterferien.« Spucke flog in einem leichten Sprühnebel von seinen Lippen, während er sprach.

»Ich behaupte nicht das Gegenteil, aber wenn ich wüsste, wer noch auf dieser Reise dabei war, könnte ich vielleicht einige Verbindungen herstellen. Bisher kann ich außer dem Skiausflug keine andere Verbindung zwischen Ihnen, Ian und Alex finden.«

»Vielleicht sollten Sie besser genauer hinsehen, Detective. Ich habe Sie ausgewählt, diese Ermittlungen zu leiten, weil Sie scharfsinnig und genau sind. Es scheint, dass mein Leben jetzt von Ihnen abhängen könnte. Glauben Sie nicht, dass ich es

Ihnen sagen würde, wenn mir ein guter Grund einfiele, warum Alex, Ian und ich von einem Verrückten ins Visier genommen wurden?«

Kate stimmte zu. Wenn Dicksons Leben in Gefahr war, hatte sie die Pflicht, ihn zu beschützen und den Täter schnell zu finden, bevor dieser wieder zuschlagen konnte. »Ich werde Ervin das Auge untersuchen lassen. In der Zwischenzeit wäre es klug, wenn Sie sich in einen geheimen Unterschlupf begeben würden.«

William schob sich auf seinem Sitz nach vorne. »Ich werde das klären. Bist du bereit, schon heute umzuziehen, John?«

»Ja.«

»Dann werden wir das vorerst so machen.« William stand auf und Kate folgte ihm.

Sie kehrte zu ihrem Auto zurück, wo sie Ervin anrief, ihn auf den neuesten Stand brachte und Vorkehrungen traf, damit das Auge von Dicksons Haus abgeholt wurde. Sie legte auf und seufzte schwer. Dickson könnte das nächste potenzielle Opfer des Mörders sein. Wenn das der Fall war, warum hatte man es auf ihn abgesehen?

»Sieh an, sieh an, sieh an! Dickson spielt ein cleveres Spiel. Er lässt euch alle herumlaufen, um ihn zu beschützen, obwohl wir beide wissen, dass er nicht in Gefahr ist. Er hat dafür gesorgt, dass Ians Auge zu seinem Haus geliefert wurde, während er praktischerweise auf einer Konferenz war und seine Frau bei ihrer Mutter ist, um euch auf eine falsche Fährte zu locken. Er entzieht sich alldem, indem er sich rechtmäßig versteckt, und er hat William um den Finger gewickelt. Entweder das, oder William weiß mehr, als er zugibt«, sagte Chris.

»Willst du damit andeuten, dass er an Ians Tod beteiligt war und wahrscheinlich auch an dem von Alex? Nein, Chris. Das ist verrückt.«

»Natürlich ist er darin involviert. Komm schon, Kate. Benutze deinen Verstand, wie ich es dir beigebracht habe.«

»Ich bin nicht so gut wie du, wenn es darum geht, die Wahrheit aufzudecken. Du hast einen ausgeprägten journalistischen Instinkt. Ich nicht. Ich kann nicht das große Ganze sehen.«

»Du hast Instinkt, Kate. Jede Menge davon. Du wirst bald das größere Bild sehen. Bleib an dem Fall dran.«

Morgans eingehender Anruf unterbrach ihre Unterhaltung. »Chefin, ich habe endlich ein paar Infos über Cooper Monroe.«

»Schieß los.«

»Er arbeitete nicht nur als Sicherheitsmann für Alex, sondern auch als Wachmann für einen Privatklub namens Maddox Club. Offenbar brauchten sie manchmal einen ›schweren Jungen‹, um die Kunden in Schach zu halten.«

»Ich weiß, welchen Klub du meinst. Ich war dort. Sein Besitzer kannte Alex und Ian.«

Morgan fuhr fort. »Nun, laut einem seiner Arbeitskollegen erzählte Cooper, dass die Mitglieder manchmal vom Unterhaltungsprogramm im Klub mitgerissen wurden und zur Ordnung gerufen werden mussten. Daher war er zur Stelle, um jeden hinauszukomplimentieren, der sich danebenbenahm. Ich habe ihn bedrängt, aber das war alles, was er wusste.«

»Mir wurde gesagt, dass dort kein Unterhaltungsprogramm geboten wird!«

»Das ist nicht das, was ich gehört habe.«

»Dann lügt hier jemand. Ich werde diesen Behauptungen selbst nachgehen. Konntest du Cooper schon ausfindig machen?«

»Ich bin immer noch auf der Jagd nach ihm.«

»Was ist mit seinem Telefonanbieter?«

»Kein Glück. Ich verfolge im Moment einige Spuren.«

»Wurde er schon als vermisst gemeldet?«

»Sierra sagt, das sei nicht ungewöhnlich für ihn. Ihr Vater gehe oft in den Bergen wandern und melde sich dann nicht oder habe keinen Empfang.«

»Glaubst du ihr?« Kate fragte sich, ob Sierra ihren Vater decken wollte.

»Ja. Sowohl Bradley als auch der Wachmann, Jack, sagten genau dasselbe. Cooper leidet unter Depressionen und das ist seine Art, damit umzugehen«, sagte Morgan.

Seine Worte überzeugten Kate nicht. »Macht sich Sierra keine Sorgen, dass ihr Vater seit über achtundvierzig Stunden vermisst wird?«

»Nein. Sie ist sich sicher, dass er in ein paar Tagen zurück ist.«

»Sie könnte mehr wissen, als sie dir sagt. Ich kann nicht glauben, dass sie überhaupt nicht besorgt ist. Selbst ich mache mir Sorgen, dass der Mörder Cooper im Visier hat oder bereits zugeschlagen hat. Rede noch mal mit ihr.« Morgan sagte, dass er das tun würde. Sie starrte auf den Bildschirm des Telefons. Lag im Maddox Club die Antwort dieses Falls? Es war ein Ort, der alle Männer miteinander verband. Sie verschwendete keine Zeit mehr. Vielleicht würde sie Xavier bei der Arbeit erwischen. Vielleicht konnte er ihr von Dickson erzählen und sie darüber aufklären, warum der Maddox Club einen Türsteher brauchte.

Kapitel 39

DIENSTAG, 8. JUNI – SPÄTER VORMITTAG

Draußen auf dem mit Unkraut überwucherten Pfad zum Raven Cottage trat Emma von einem Fuß auf den anderen. Der kühle Wind, der aufgekommen war, peitschte ihr Haarsträhnen ins Gesicht, aber selbst mit brennenden Wangen war es besser, draußen zu sein als in dem düsteren Cottage.

Kate hob schnell ab.

»Hi, Kate. Wir sind auf etwas gestoßen, das du wissen solltest.«

Kates Stimme klang verhalten. »Was, Emma?«

»Es ist ein Durchdruck auf einem Notizblock, eine Notiz, die darauf schließen lässt, dass sich Ian Wentworth mit Chris Young um vierzehn Uhr im Maddox Club verabredet hat, aber wir können den Tag nicht ausmachen. Ich dachte, du solltest das wissen.«

»Es gibt viele Leute, die Chris Young heißen. Warum sollte es mein Chris sein?«

»Er hat ›Gazette‹ neben seinen Namen geschrieben.«

Kate holte tief Luft. »Okay, überlass das mir. Ich werde dem nachgehen.«

»Kate, dir ist schon klar, dass, wenn Chris irgendwie involviert ist, dies die Ermittlungen gefährdet und du den Fall abgeben musst?«

Kate zögerte nicht. »Ich verstehe. Hast du vor, diese Informationen mit jemand anderem zu teilen?«

»Nein. Ich dachte, du solltest diesen Anruf machen.«

»Danke. Ich hatte gehofft, dass du das sagst. Ich kümmere mich darum. Wenn mir auch nur für einen Moment der Gedanke kommt, dass ich den Fall jemand anderem überlassen sollte, dann werde ich das tun. Für den Moment sollten wir über dieses Gespräch Stillschweigen bewahren.«

»Abgemacht.«

»Gut. Und Emma ... danke.«

Emma legte auf. Sie war auf halbem Weg zurück zum Cottage, als Faith aus dem Haus kam. Ihr Mund war kaum mehr als eine dünne Linie, ihre Augen funkelten.

»Was ist los?«

»Die Fingerabdrücke auf dem Tisch sind zu klein, um von Erwachsenen zu stammen.«

»Kinder? Er hatte Sex mit Kindern?«

»Mit Sicherheit. Ich werde den Tisch ins Labor bringen lassen, aber den Reisekoffer und seinen Inhalt nehme ich für eine gründlichere Untersuchung mit. Ich habe oben nach Fingerabdrücken gesucht und Abstriche von etwas gemacht, das wie Blut aussieht, um es zu analysieren. Ich kann nirgendwo Fingerabdrücke finden, die mit Rorys übereinstimmen. Fahren Sie gleich wieder auf die Wache zurück?«

»Ja. Ich schließe hinter Ihnen ab, sobald wir die Truhe verladen haben.«

»Haben Sie Kate gegenüber die Notiz erwähnt?«

»Das habe ich. Hören Sie, würden Sie es im Moment für sich behalten, bis wir herausgefunden haben, wie wir am besten damit umgehen oder die Bedeutung dieser Notiz herausfinden?«

»Ich bin Forensikerin. Es geht mich nichts an, wie Sie Ihre Ermittlungen führen. Kein Wort darüber. Außerdem mag ich Kate. Ich will sie nicht auflaufen lassen.«

»Danke. Haben Sie eine Ahnung, wann die Nachricht geschrieben worden sein könnte?«

»Sorry, es gibt keinen Hinweis darauf, wann Ian den Notizblock das letzte Mal benutzt hat. Aber er ist von einer Staubschicht bedeckt, also nehme ich an, dass es schon eine Weile her ist. Ich hoffe, die Notiz hat keine Relevanz für die Ermittlungen.« Faith schaute auf ihr Handy. »Ich muss jetzt los. Ich melde mich mit den Ergebnissen.«

Emma half ihr beim Beladen des Autos und ging in Richtung Cottage, nachdem sie weggefahren war. Blätter raschelten so laut, dass es klang wie das Rasseln Hunderter Maracas, und dazu kam das Krächzen einer riesigen Krähe über ihr, die auf einem abgestorbenen Ast einer Eiche hockte und ihre Bewegungen mit glänzenden Augen beobachtete. Eine zweite Krähe gesellte sich dazu und schwang sich im Tiefflug über ihren Kopf, bevor sie sich dicht neben ihrer Gefährtin niederließ, deren Federn sich im Wind hoben. Sie musste die Türklinke kräftig in den Rahmen ziehen, bevor der Schlüssel einrastete. Es war, als ob das Haus gegen sie ankämpfte, und als sie abgeschlossen hatte, kehrte sie mit schnellen Schritten zu ihrem Auto zurück, begleitet von einem Gefühl der Feindseligkeit. Raven Cottage hatte sie verwirrt zurückgelassen, und das nicht nur wegen dem, was sie dort entdeckt hatte.

* * *

Kate lehnte den Kopf gegen das Lenkrad und ließ sich die Stirn kühlen. Chris hatte ein Treffen mit Ian Wentworth vereinbart, aber warum? Worüber war er gestolpert? Er hatte Ian ihr gegenüber nie erwähnt.

»Chris, was zum Teufel hattest du vor?«
»Für einen Artikel recherchieren.«
»Welchen Artikel?«
Es folgte Schweigen. »Chris. Rede mit mir!«
Keine Antwort.

Sie würde zu ihrem Haus abbiegen, das auf halbem Weg zwischen Stafford und Stoke lag. Xavier konnte warten. Sie musste Chris' Sachen durchsehen.

Zu Hause stieß sie die Tür zu seinem Büro auf und rümpfte die Nase über den muffigen Geruch. Es gab kein Fenster, das sie öffnen konnte, um frische Luft hereinzulassen, und sie war gezwungen, das Licht einzuschalten, um den kleinen Raum zu beleuchten. Seine Computertastatur war dick mit Staub bedeckt, aber sie warf keinen Blick darauf, sondern untersuchte stattdessen seinen Kalender von 2021. Es gab keine Einträge für ein Treffen mit Ian Wentworth.

Sie öffnete den Aktenschrank und blätterte durch die Hefter, wobei ihr Blick Namen streifte, die ihr wenig sagten, bis sie den Buchstaben ›M‹ erreichte und den Namen Maddox las. Ihr Herz schlug gegen ihren Brustkorb. Inwiefern war Chris in die Sache involviert? Ihre Hand schwebte über der Akte. Sollte sie?

Das schrille Klingeln ihres Handys hinderte sie daran. William Chase war atemlos, jedes Wort wurde von einem kurzen Keuchen begleitet. »Xavier ... Durand ist tot. Er ist ... im Klub.«

Sie knallte die Schublade zu. Sie konnte sich nicht dazu durchringen, die Akte anzuschauen, und sie musste sofort zum Maddox Club.

KAPITEL 40

DIENSTAG, 8. JUNI – NACHMITTAG

Nachdem er mit Jack, dem Wachmann, und einem weiteren Kollegen von Cooper gesprochen hatte, war sich Morgan sicher, dass der Mann trotz seiner SAS-Ausbildung immer noch nach seiner Tochter sehen würde, selbst wenn er untergetaucht wäre. Im Moment konnten sie sein Handy nicht orten; es war ausgeschaltet und sendete kein Signal. Morgan hatte das Technikteam hinzugezogen und darum gebeten, Sierras Telefon auf ungewöhnliche Aktivitäten zu überwachen, insbesondere auf Anrufe von Prepaidhandys. Cooper könnte auch ein Wegwerfhandy mitgenommen haben. Wenn er versuchen würde, das Mädchen damit zu kontaktieren, ständen sie bereit, es zu verfolgen.

Morgan war hartnäckig gewesen und hatte erneut versucht, mit Sierra zu reden, aber sie war genauso wenig kooperativ wie Coopers SAS-Freund Bradley, den Morgan gerade beobachtete. Sollte Bradley plötzlich abhauen, würde Morgan ihm sicher folgen. Das Technikteam überwachte außerdem die Anrufe, die sowohl auf dem mobilen Gerät des Mannes als auch auf dem Haustelefon getätigt wurden. Cooper müsste irgendwann Kontakt zu Bradley oder seiner Tochter aufnehmen.

Im Moment war Bradley vor seinem Haus und wusch sein Auto. Morgan beobachtete ihn durch ein Fernglas. Er war sich nicht sicher, ob er gegen das Protokoll verstieß oder nicht, aber Kate hatte ihm gesagt, er solle Cooper finden, und genau das tat er jetzt. Sie arbeiteten als Spezialteam an diesem Fall, also nahm er an, dass sie ein wenig Spielraum bei der Umsetzung ihrer Aktionen hatten.

Eine Benachrichtigung piepte auf seinem Telefon: Sie besagte, dass eine unbekannte Nummer – eine kostenpflichtige – versuchte, Sierra Monroe zu kontaktieren. Morgan überprüfte die Angaben. Der Anrufer hielt sich im Peak District auf, in der Nähe von Hartington. Er schlich sich unbemerkt davon. Er kannte Hartington, ein beliebtes Ziel für Touristen und Wanderer. Dort gab es zahlreiche Übernachtungsmöglichkeiten, unter anderem einen Campingplatz auf einer Farm.

Morgan schlenderte in Richtung seines Autos, das ein Stück weiter unten an der Straße geparkt war, und gab seine verdeckte Operation auf. Er musste schnell sein, wenn er Cooper ausfindig machen wollte, bevor der Mann weiterzog, vielleicht tiefer in den Peak District. Er schwang sich auf den Fahrersitz und während er die Gassen hinunterfuhr, rief er Kate über die Freisprechanlage an. Sie ging nicht ran. Er war allein auf der Suche nach diesem Mann, einem gut ausgebildeten Soldaten, der durchaus gefährlich sein konnte. Er brauchte vielleicht Unterstützung. Also rief er die Person an, von der er wusste, dass sie ihm immer den Rücken freihalten würde – Emma.

* * *

Wie die anderen Opfer war auch Xavier Durand an Händen und Füßen mit Kabeln gefesselt und tot auf einem Stuhl zurückgelassen worden. Es gab jedoch keine Anzeichen von Äpfeln und beide Augen waren unbeschädigt.

Kate kniete neben der Leiche des Mannes, dessen Kopf auf die Brust gesackt war.

»Man kann ganz deutlich sehen, wo ihm etwas injiziert wurde, was ich für GHB halte, obwohl ich erst mehr weiß, wenn ich ihn untersucht habe«, sagte Harvey und zeigte auf den knallroten Fleck an Xaviers Hals. »Er ist seit gut elf Stunden tot und wurde wahrscheinlich irgendwann in der letzten Nacht oder in den frühen Morgenstunden ermordet.«

»Was, denken Sie, war die Todesursache?«

»Ohne Zweifel: Ersticken.«

»Verursacht durch das Verschlucken eines Apfels?«

Harvey schüttelte den Kopf und holte ein Röhrchen aus seinem Koffer, in dem sich ein kleiner Gegenstand befand. »Nicht in diesem Fall. Die Atemwege wurden nicht durch ein Apfelstück, sondern durch diese Erdnuss verschlossen.«

»Können Sie mir sonst noch etwas sagen?«, fragte Kate.

»Da sind Schnitte an den Innenseiten seiner Wangen und seines Mundes.«

»Irgendwelche blattförmigen Spuren?«

»Das ist schwer zu sagen, weil die Haut zerfetzt und von geronnenem Blut bedeckt ist. Ich kann keine klaren Umrisse ausmachen. Er hat sich eindeutig gewehrt und deshalb gibt es eine Menge Schäden, die alle offensichtlichen Markierungen verdecken.«

»Sie können also nicht sagen, ob dasselbe Gerät verwendet wurde?«

»Nicht ohne weitere Untersuchungen im Labor. Durch die Fesseln wurden Abschürfungen an beiden Handgelenken und Knöcheln verursacht. Außerdem hat er an den Handflächen Schürfwunden, die Reibungs- oder Teppichverbrennungen ähneln. Ervin hat sie auf Fasern untersucht. Und schließlich fanden wir unter einem Fingernagel einen Splitter von etwas, das wie ein weißer Faden aussah. Mehr habe ich im Moment nicht zu bieten.«

Harvey fuhr fort, seine Utensilien zusammenzupacken, und Kate ließ ihn damit allein. Sie durchquerte den Raum, wobei sie den Beamten auswich, und ging zur Bar in der Ecke, wo zwei leere Whiskybecher in Asservatenbeuteln auf der Marmorplatte standen und daneben, in einer weiteren Plastiktüte, eine Keramikschale mit gesalzenen Erdnüssen. Ervin hockte in der Nähe und kratzte an einem Tischbein herum. Sie wandte sich an ihn und sagte: »Hast du kurz Zeit, um mir zu sagen, was du hast?«

»Rasende Kopfschmerzen. Ich weiß nicht, wie viele Leute diesen Raum besucht haben, aber es wird ewig dauern, alle Fingerabdrücke zu identifizieren«, brummte er.

»Harvey sagt, Xavier habe sich an einer Erdnuss verschluckt, und auf der Bar steht eine Schale mit Erdnüssen«, sagte Kate. Sie sah sich um. Die Möbel in dem Zimmer schienen nicht verschoben worden zu sein. Es gab keine offensichtlichen Anzeichen für einen Kampf. »Auf dem Boden neben dem Bibliothekstisch liegt ein forensischer Marker. Warum?«

»Da haben wir einen Briefbeschwerer gefunden – eine liegende Bronzesphinx auf einem Marmorsockel – ungefähr achtzehn Zentimeter hoch, acht Zentimeter breit und dreizehn Zentimeter tief. Sie gehört zu einem Paar. Das Gegenstück liegt noch auf dem Tisch.«

Sie entdeckte das betreffende Objekt. »Glaubst du, er wurde aus Versehen heruntergeworfen?«

Ervin stand auf. »Unwahrscheinlich. Wir haben Xaviers Fingerabdrücke darauf gefunden, was nicht der Fall wäre, wenn er ihn versehentlich umgestoßen hätte. Ich möchte dir nicht zu viele Hoffnungen machen, aber mit Luminol haben wir mikroskopische Blutspuren darauf entdeckt und wir haben auch einen Tropfen auf dem Teppich in der Nähe des Tisches gefunden. Xavier könnte den Briefbeschwerer benutzt haben, um sich gegen seinen Angreifer zu wehren.«

Das Zischen in ihren Ohren klang wie ein Zug, der durch ihren Kopf fuhr ...

* * *

Die Leiche des Schützen liegt mit dem Gesicht nach unten im Gang. Eine andere Leiche bedeckt seine Beine.

»Einer der Passagiere verhinderte, dass er noch jemanden tötete. Er wurde angeschossen, schaffte es aber trotzdem, ihn anzugreifen. Damit hat er ihn geschlagen.«

Die Worte wollen nicht kommen. Ihre Lippen sind taub, die Kehle ist wie zugeschnürt. Der Gegenstand ist braun gefärbt, aber unbeschädigt. Der schwere Kristallpreis ist mit einer Namensgravur versehen. Sie liest die Inschrift und der Atem bleibt ihr in der Kehle stecken. Sie schnappt nach Luft, ihre Augen weiten sich.

* * *

Ervin hatte Kates plötzliche Unkonzentriertheit nicht bemerkt und erklärte ihr immer noch seine Theorie darüber, was sich abgespielt hatte. »Wenn das Blut, das wir auf dem Teppich gefunden haben, nicht von Xavier stammt, dann haben wir vielleicht einen Hinweis auf die Identität des Mörders.«

Kate war wieder konzentriert. Das könnte der Glücksgriff sein, den sie brauchten. »Wann wirst du es mit Sicherheit wissen?«

»Bald. Tom drüben am Fenster führt ein paar Tests durch, unter anderem einen kolorimetrischen Test.«

»Was ist das?«

»Willst du die Kurzversion oder einen Vortrag?«

»So kurz wie möglich.«

»Das ist ein Biomarker. Männer und Frauen haben leicht unterschiedliche Werte von Kreatinkinase und Alanintransaminase im Blut. Indem wir die Probe gegen bekannte Farben testen, können wir herausfinden, ob sie von einem Mann oder einer Frau stammt. Das ist eine brandneue Version, die wir aus den Staaten bekommen haben. Normalerweise machen wir das im Labor, aber dies ist eine Version für den Einsatz vor Ort. Sie ist nicht so genau wie ein DNA-Test, aber ziemlich gut.«

Kate wurde wieder von Xaviers Leiche angezogen. Der Mörder hatte seine Vorgehensweise geändert. Er hatte ihn nicht gefoltert oder ein Auge entfernt und Xavier war nicht zu Hause ermordet worden. »Warum hat der Mörder seine Vorgehensweise geändert, Ervin?«

»Vielleicht wird er übermütig oder er hatte keine Zeit, die ganze Apfel- und Tellersache durchzuziehen.«

Kate stimmte zu, dass das möglich war, aber sie war sich sicher, dass es einen anderen Grund geben musste. Diesmal fühlte es sich anders an. »Ich nehme an, dass Faith noch nicht aus Raven Cottage zurückgekehrt ist?«

»Ich habe nichts von ihr gehört, also nehme ich an, dass sie immer noch dort ist oder auf dem Weg zurück ins Labor. Das ist verrückt. Über wie viele Opfer werden wir noch stolpern? Wir hatten schon drei in etwas mehr als einer Woche.«

»Nur wenn es ein und derselbe Täter ist«, sagte Kate abwesend. »Hattest du schon die Möglichkeit herauszufinden, ob es Ians Auge war, das Dickson erhalten hat?«

»Es wird noch analysiert. Du solltest bald die Ergebnisse bekommen. Es wurde als oberste Priorität gekennzeichnet.«

In dem Moment traf die Trage ein, um Xavier wegzubringen. Tom rief Ervin zum Fenster hinüber und mit gesenkten Köpfen verfielen sie in eine angeregte Diskussion. Kate sah zu, wie zwei Sanitäter Xavier auf die Bahre hoben. Hatte der

Angreifer aus Frustration darüber, dass er Dickson nicht erreichen konnte, seine Vorgehensweise geändert oder war dies das Werk eines anderen Mörders?

Ervin kehrte wieder zu ihr zurück. »Wir haben ein Ergebnis für das Blut auf Teppich und Briefbeschwerer und sie passen zusammen.«

»Ich höre da ein ›Aber‹«, sagte Kate.

»So etwas in der Art. Die Biomarker deuten auf das Fehlen des Y-Chromosoms hin.«

»Bist du sicher?«

»So sicher, wie wir sein können. Tom hat den Test dreimal durchgeführt. Das Ergebnis war immer dasselbe.«

»Oh, verdammt! Entweder ist es eine Mörderin oder das Blut hat nichts mit der Tat zu tun. Es könnte von einer Besucherin stammen oder von einer Reinigungskraft, die sich an etwas Scharfem geschnitten hat. Ich werde nachfragen, wer hier drin gewesen sein könnte.«

William Chase erschien in der Tür und winkte sie zu sich. Sie eilte zu ihm.

»Die Reinigungskraft steht draußen bei seinem Wagen und wartet auf die Befragung. Er machte bei den ersten Beamten am Tatort eine Aussage, aber ich bat ihn zu bleiben. Willst du mit ihm reden?«

»Mit ihm?«

»Ja.«

»Dann ja, definitiv. Bleibst du noch lange hier?«

»Nein, ich werde auf dem Revier gebraucht. Ich überlasse das dir. Lass mich wissen, wenn ich dir irgendwie helfen kann.«

»Hast du mit Superintendent Dickson gesprochen?«

»Ich musste ihn natürlich von dieser Entwicklung in Kenntnis setzen und es versteht sich von selbst, dass wir ihn aus der Gefahrenzone heraushalten. Wenn du mich jetzt entschuldigen würdest …«

Sie sah ihm nach, als er davoneilte: lange, zielstrebige Schritte durch die Lobby in Richtung Haupteingang, ohne einen Blick zurückzuwerfen. Bildete sie sich das nur ein oder war er gereizter als sonst und wollte schnell verschwinden, sobald sie Dickson erwähnte?

Die Reinigungskraft, ein Mann Ende zwanzig oder Anfang dreißig, dünn und mit blassem Gesicht, lehnte an der Seite eines Lieferwagens, auf dem der Name ABeClean prangte. Er bemerkte Kate, die sich näherte, und ließ eine halb gerauchte Zigarette fallen, die er mit dem Absatz seines Turnschuhs im Kies zertrat.

»Hallo. Geht es Ihnen gut?«

»Was glauben Sie denn?«

»Ich glaube, dass es ein ziemlich furchtbarer Schock war. Ich bin DI Kate Young.«

»Ich bin Mike. Mike Blythe.«

»Machen Sie hier regelmäßig sauber, Mike?«

»Ironischerweise nicht. ABeClean ist das Geschäft meiner Freundin, Tabitha Grant. Normalerweise putzt sie hier zusammen mit einer anderen Frau, aber gerade macht ein Magen-Darm-Virus die Runde, der ihr gesamtes Team außer Gefecht gesetzt hat. Tabitha fühlte sich heute Morgen nicht so gut. Wahrscheinlich hat sie sich angesteckt. Also habe ich mich freiwillig gemeldet, um für sie einzuspringen. Ich habe hier schon ein paarmal gearbeitet.«

»Arbeiten Sie für sie?«

»Nur wenn sie Hilfe braucht. Ich bin Musiker – Gitarrist in einer lokalen Band.«

»Kannten Sie den Mann, der ermordet wurde?«

»Ich habe ein paarmal mit ihm gesprochen.«

»Sie haben sonst niemanden gesehen, oder?«

»Nein, und es standen auch keine Autos auf dem Parkplatz, als ich um neun Uhr ankam. Der Klub öffnet normalerweise erst gegen halb zwölf, also war die Eingangstür verschlossen, wie immer. Tabitha hat einen Schlüssel, also habe ich mich selbst über die Rezeption reingelassen und zuerst die untere Etage geputzt, vom Esszimmer den Flur entlang, wobei ich jedes Zimmer der Reihe nach gereinigt habe. Der Salon war der letzte Raum im Erdgeschoss.«

»Sie sagten, Sie haben hier schon mal gearbeitet. Wann war das?«

»Als Tabitha den Auftrag bekam, hier zu putzen, haben wir beide das immer zusammen gemacht, bis sie das Geschäft ausbauen und weitere Reinigungskräfte einstellen konnte. Als wir Anfang des Jahres unterbesetzt waren, habe ich auch wieder ausgeholfen.«

»Kannten Sie Alex Corby?«

»Sollte ich?«

»Er war hier Mitglied.«

»Der Name sagt mir nichts.«

»Und was ist mit Ian Wentworth?«

Mike verzog das Gesicht. »Ich erinnere mich an ihn – nicht an den Typen, aber mit Sicherheit an seinen Namen. Er und ein paar andere Mitglieder übernachteten Anfang Januar im Klub. Er stahl eine Bettdecke aus Seidensamt. Tabitha hat es Xavier erzählt, aber er meinte, sie hätte sich geirrt.«

»Liefert Tabitha die gesamte Bettwäsche?«

»Nein, sie stellt sie nicht zur Verfügung, aber als sie den Reinigungsvertrag übernommen hat, war die Bedingung, dass sie sich auch um die Gästezimmer kümmert. Alle Handtücher, Laken und so weiter werden zum Waschen und Bügeln an einen lokalen Wäscheservice geschickt.«

»Könnte die Tagesdecke auf einer Liste übersehen worden sein?«

»Auf keinen Fall. Es war direkt nach der Weihnachts- und Neujahrspause, das Personal war noch im Urlaub, also haben

Tabitha und ich alle Zimmer gemeinsam geputzt und hergerichtet. Das Bett hatte auf jeden Fall eine Tagesdecke drauf – eine dunkelbraune. Alle Betten werden auf die gleiche Weise vorbereitet, mit einer passenden Tagesdecke und einem Kissenset.«

»Haben Sie Ian damit konfrontiert?«

»Dafür gab es keinen Grund. Die Wäsche gehört dem Klub. Wenn sie eines ihrer Mitglieder Bettdecken stehlen lassen wollen, dann ist das ihr Verlust, nicht unserer.«

»Sagen Sie mir, woher wussten Sie, dass Ian Wentworth in diesem bestimmten Zimmer wohnte?«

»Tabitha sprach mit dem Küchenpersonal über den Diebstahl und einer der Kellner meinte, er wisse, wer dort übernachtet habe. Ian ließ sich Brandy auf sein Zimmer liefern.«

»Wissen Sie, mit welchem Kellner sie gesprochen hat?«

»Nein. Aber Tabitha müsste es Ihnen sagen können.«

»Kennen Sie den Chef, Raymond Maddox?«

»Ich habe ihn nie getroffen. Xavier war in der Regel unser Ansprechpartner, aber Tabitha hat immer mit ihm gesprochen.« Seufzend schob er die Hände tief in die Hosentaschen.

»Möchten Sie lieber reingehen oder vielleicht in meinem Auto weiterreden?«

Er hob den Kopf. »Mir geht es hier draußen besser, danke. An der frischen Luft.«

»Ich möchte Ihnen nur noch ein paar Fragen stellen. Ist das für Sie okay?«

»Ja, sicher.«

»Ist Ihnen irgendetwas seltsam vorgekommen, als Sie heute Morgen eintrafen?«

Er schüttelte den Kopf. »Nein, nichts. Alles schien wie immer zu sein. Ich habe … die Leiche nicht bemerkt … bis ich den Salon betrat.«

»Haben Sie im Zimmer etwas umgestoßen oder bewegt?«

»Nein, definitiv nicht. Ich rannte sofort hinaus und rief die Polizei.«

»Und Sie haben nichts bemerkt, was offensichtlich fehl am Platz war?«

»Nein. Oh, warten Sie, da lag ein Ziergegenstand auf dem Boden neben der Tür. Ich habe ihn dort gelassen.«

»Sie haben ihn nicht umgestoßen?«

»Nein. Er lag definitiv schon vorher auf dem Boden.«

»Wie viele weibliche Reinigungskräfte arbeiten für Tabitha?«

»Sechs.«

»Und hat eine von ihnen auch schon mal hier im Klub geputzt?«

»Nein. Normalerweise machen das nur Tabitha und Poppy, es sei denn, sie brauchen ein zusätzliches Paar Hände oder einer kann aus irgendeinem Grund nicht.«

»Poppy?«

»Poppy Notts.«

»Hat eine der anderen Frauen in letzter Zeit hier geputzt?«

Er zuckte leicht mit den Schultern. »Das glaube ich nicht.«

»Ich werde mit Poppy sprechen müssen. Haben Sie ihre Kontaktdaten?«

»Ich nicht, aber Tabitha hat sie sicher. Ich weiß, dass sie in der Nähe des Bahnhofs in Stoke wohnt, aber ich kenne weder ihre Adresse noch ihre Telefonnummer.«

»Könnten Sie sie mir besorgen?«

»Ja, aber warum?«

Kate wischte seine Bedenken beiseite. »Es dient nur zum Ausschluss. Da drinnen gibt es einen Blutstropfen, der von ihr oder Tabitha stammen könnte. Ich würde außerdem gern so schnell wie möglich mit Ihrer Freundin sprechen.«

»Sie war heute Morgen total weggetreten, aber ich werde sehen, ob ich sie dazu bringen kann, Sie anzurufen.«

»Wenn Ihnen noch etwas einfällt, hier ist meine Karte. Rufen Sie mich an.«

Mike steckte die Karte ein, die sie ihm hinhielt, und blickte kurz über den Parkplatz in Richtung des weißen Vans der Spurensicherung vor dem großen Haus. Seine Worte waren zurückhaltend. »Ich glaube nicht, dass ich jemals vergessen werde, ihn so gefesselt zu sehen. Das Bild wird doch irgendwann verblassen, oder?«

Eine Leiche, quer über den schmalen Gang gestreckt, die Lippen verzogen, sie stumm verurteilend, weil sie zu spät gekommen war, um zu helfen.

Sie schenkte ihm ein angestrengtes halbes Lächeln und tat so, als ob sie es für eine rhetorische Frage hielt. Sie konnte ihm nicht die Gewissheit geben, die er wollte. Sie hatte mit ihren eigenen Dämonen zu kämpfen.

Kapitel 41

DIENSTAG, 8. JUNI – SPÄTER NACHMITTAG

Chris war nicht in seiner Höhle. Zögernd betrat Kate den Raum und hielt nur inne, um den anhaltenden Duft von Bergamotte und Orangen seines Lieblingsaftershaves einzuatmen, bevor sie den Aktenschrank öffnete und die Akte mit der Aufschrift »Maddox« herauszog.

In der Küche angekommen, ließ sie sie auf den Tisch fallen, goss sich ein Glas Wasser ein und leerte es in einem Zug. Ihr Kopf begann wieder zu pochen, eine Folge des Pillenentzugs: *Du entgiftest.* Das Wasser würde helfen. Sie ließ sich auf einen Hocker fallen und schlug die Akte auf. Sie war in drei Abschnitte unterteilt. Der Erste mit dem Titel »Private Klubs« enthielt eine Reihe von Artikeln über die Entstehung solcher Vereinigungen. Der Zweite hieß »Traditionen« und enthielt Links zu Websites über das, was in ihnen vor sich ging, angezogen wurde sie jedoch vom Dritten, den Chris »Gold-Service« genannt hatte. Er bestand aus einer Liste von Namen und Telefonnummern, von denen sie drei sofort erkannte – Alex Corby, John Dickson und Ian Wentworth.

Warum hatte Chris ein Treffen mit Ian arrangiert? Sie nahm das Telefon, um ihn anzurufen, änderte dann aber ihre

Meinung und rief stattdessen die erste Nummer auf der Liste an, doch Raymond nahm nicht ab. Sie ging die Namen vor sich durch, um herauszufinden, bei wem sie es als Nächstes versuchen sollte. Sie entschied sich für den zweiten, Stephen Brown, ein Winzer aus Stafford. Auch bei ihm sprang direkt der Anrufbeantworter an. Sie fluchte laut. Der Klub war von Bedeutung. Sie hatte eine direkte Verbindung sowohl zu ihm als auch zu John Dickson. Wie Wäsche in einer Waschmaschine wurden ihre Gedanken durcheinandergewirbelt. Warum um alles in der Welt hatte Chris Dicksons Namen in die Gold-Service-Akte geschrieben?

Ihr Handy klingelte und sie schnappte es sich vom Tisch, in der Hoffnung, dass es Raymond war.

Ervin war am anderen Ende der Leitung. »Ich habe ein paar nützliche Informationen für dich, Kate. Erstens, das Auge, das vor dem Haus von Superintendent Dickson zurückgelassen wurde, gehörte definitiv zu Ian Wentworth. Zweitens, dein Apfel. Ich musste einen Experten für Apfelsorten hinzuziehen, der bei der Bestimmung helfen sollte. Es stellte sich heraus, dass es sich bei den beiden an den Tatorten zurückgelassenen Äpfeln um eine Sorte namens Macoun handelt, die nach dem kanadischen Gärtnermeister T. W. Macoun benannt ist und hauptsächlich in den USA angebaut wird. Meinem Fachmann zufolge ist es ein mittelroter Apfel mit schneeweißem Fruchtfleisch.«

Sie hatte diesen Namen noch nie gehört.

Ervin hatte noch mehr Neuigkeiten. »Auf der Erdnussschale, die du an der Bar gesehen hast, befinden sich Fingerabdrücke von drei Personen – eine von ihnen ist Xavier. Die anderen sind identisch mit denen, die man von den Whiskygläsern genommen hat. Meine Vermutung ist, dass zwei Mitglieder etwas getrunken und sich eine Schale mit Nüssen geteilt haben, bevor sie gegangen sind. Wenn du herausfinden kannst, wer sie waren, werden wir das Nötige tun, um die Abdrücke abzugleichen. Ich kann mir nicht vorstellen, dass einer der beiden zum Täter gehört.«

Sie konnte ihm nur zustimmen. Der Mörder hatte bisher keine Fehler gemacht. »Das wäre zu viel erhofft. Danke für das Update.«

»Ich melde mich bei dir, sobald wir weitere Informationen haben.« Ervin legte auf und ließ Kate zurück, die ins Leere starrte und über ihren nächsten Schritt nachdachte.

Sie musste ihr Team auf den neuesten Stand bringen und herausfinden, ob das Blut auf dem Ziergegenstand und dem Teppich von Poppy oder Tabitha stammte. Soweit ihr bekannt war, gab es keine anderen Mitarbeiterinnen im Klub. Wenn sie nur Raymond erreichen und ihn fragen könnte. Sie rief Morgan an, bei dem sofort die Mailbox ansprang. Bei Emma hatte sie mehr Glück.

»Es gibt Neuigkeiten«, sagte Kate. »Xavier Durand wurde im Maddox Club getötet, irgendwann gestern spät in der Nacht oder am frühen Morgen.« Sie gab durch, was sie wusste.

»Glaubst du, dass das Blut vom Täter stammt?«, fragte Emma.

»Da er bisher unheimlich clever vorgegangen ist, halte ich es für unwahrscheinlich, dass er einen Hinweis hinterlassen hat. Die Vorgehensweise war anders als bei den anderen Taten, also haben wir es vielleicht sogar mit zwei Mördern zu tun.«

Emma pfiff leise. »Das wird immer verrückter.«

»Bist du auf der Wache?«

»Nein. Morgan hat einen Hinweis auf Coopers Aufenthaltsort und bat mich um Unterstützung. Ich bin nicht weit vom Treffpunkt entfernt. Soll ich zurückkommen?«

»Nein. Verfolge weiter Coopers Spur. Ich habe das Gefühl, dass er eine Schlüsselrolle in diesem Fall spielt, und wir können es uns nicht leisten, ihn entwischen zu lassen. Ich fahre jetzt zum Revier und treffe dich später. Ich muss selbst ein paar Nachforschungen anstellen.« Nachdem sie den Anruf beendet hatte, starrte Kate auf den Bildschirm ihres Handys. »Ian, Alex, Xavier und Cooper. Sie alle sind auf irgendeine Weise mit dem Maddox Club verbunden.«

»Und Dickson. Vergiss Dickson nicht«, sagte Chris.

»Er hat im Januar dort eine Nacht verbracht. Ich frage mich, ob es dieselbe Nacht war, in der die Bettdecke aus Ians Zimmer verschwand.«

»Das musst du herausfinden.«

»Ja, das weiß ich, aber ich weiß nicht, wie ich ihn kontaktieren kann. Er ist in einem geheimen Unterschlupf.«

»Ist das nicht praktisch? Aus dem Weg, damit du nicht mit ihm sprechen kannst.«

»Chris, warum hast du Nachforschungen über den Klub angestellt?«

»Vergiss das für den Moment. Es ist wichtiger, dass du mit Dickson sprichst.«

Chris hatte recht. Und es gab nur einen Weg, wie sie den Superintendent kontaktieren konnte: über William.

Doch William blockte ihre Anfrage ab. »Wir können nicht riskieren, dass der Mörder seinen Aufenthaltsort entdeckt.«

»Er ist die einzige Person, die Licht in diese Sache bringen kann. Drei Männer, die mit dem Klub in Verbindung standen, wurden innerhalb weniger Tage ermordet. So etwas hat es bisher noch nicht gegeben. Was, wenn der Mörder eine lange Liste potenzieller Opfer hat, die möglicherweise alle mit dem Maddox Club in Verbindung stehen? Wir müssen ihn aufhalten, bevor er seine Mordserie fortsetzt. Sag mir bitte, wo ich Dickson finde.«

Sie nahm die Stille am anderen Ende des Telefons als Zeichen dafür, dass William ihr Argument überdachte. Seine Antwort war kaum mehr als ein Grunzen. »Okay.«

»Wo soll ich dich treffen?«
»In meinem Haus, in fünfzehn Minuten.«

* * *

William lebte außerhalb von Stafford in einem Haus, das einst eine Reihe von Reihenhäusern für Landarbeiter gewesen war. Es war in ein langes Haus umgebaut worden, wobei sein alter Charme jedoch erhalten geblieben war. William hatte viele Merkmale belassen, wie die schwarzen Schlösser und alten Türen mit knorrigen Ästen in der Maserung und die alten Kamine in jedem der Zimmer. Eine weiße langhaarige Katze mit saphirblauen Augen streckte sich träge, bevor sie vom Küchenstuhl sprang.

»Hallo, Wayan«, sagte sie und bückte sich, um ihren Kopf zu kraulen. William besaß zwei balinesische Katzen mit seidigem, fließendem Fell und buschigen Schwänzen und hatte sie nach balinesischem Brauch benannt.

Wayan schmiegte sich an ihre Beine. Kate stand beim Klang von Dicksons Stimme schnell auf.

»Sie wollten noch einmal mit mir reden, Kate«, sagte er, als er an der Küchentür erschien.

»Ja, Sir. Ich kann Raymond Maddox nicht erreichen und brauche dringend ein paar Antworten.«

William hob die Katze auf, trat neben das Spülbecken und streichelte ihren Kopf, während Kate sprach. »Was können Sie mir über den Gold-Service im Maddox Club erzählen?«

Der Superintendent blickte William an. »Könntest du uns für einen Moment allein lassen?«

William stand auf und verschwand in seinem schönen Garten.

»Das hier bleibt unter uns, verstanden?«
»Sir.«

»Lassen Sie mich klarstellen, dass ich bis zu dem Abend, an dem ich zu Alex und Ian in den Klub eingeladen wurde, nichts von dem Service wusste.« Das Seufzen, das folgte, schien tief aus seiner Brust zu kommen. Er schüttelte den Kopf bei der Erinnerung. »Wenn Sie es unbedingt wissen müssen, der Gold-Service bestand darin, Mitglieder mit Prostituierten zu versorgen.«

»Ich verstehe. Und Sie wussten vor dem 2. Januar nicht, dass es diesen Service gab?«

»Nein.« Er kniff die Augen zusammen. »Darf ich Sie daran erinnern, dass ich höchst persönliche Informationen preisgegeben habe, von denen ich erwarte, dass Sie sie für sich behalten?«

»Ja, Sir. Verstanden. Können Sie mir mehr über den Abend erzählen, bevor Sie zu Bett gingen? Wie es dazu kam?«

»Es kam aus heiterem Himmel. Ich war keine gute Gesellschaft. Meine Frau und ich hatten eine schwierige Zeit hinter uns, und ich hatte zu viel getrunken und erwähnte beim Essen beiläufig unsere Eheprobleme. Ian erzählte mir dann von dem Service, den er nach dem Essen wie Alex unbedingt in Anspruch nehmen wollte. Die beiden dachten, es würde mich ›aufmuntern‹, und sorgten dafür, dass in meinem Zimmer ebenfalls jemand wartete. Also ja, ich war betrunken, und ja, ich habe mit einer Prostituierten geschlafen. Aber das war eine einmalige Sache.«

»Haben Sie einen der beiden Männer am nächsten Morgen gesehen?«

»Ich habe mit Alex gefrühstückt, aber Ian war offensichtlich schon gegangen, bevor wir aufgestanden sind. Xavier hatte ihm ein Taxi gerufen, das ihn nach Hause gebracht hat.«

»Waren Sie überrascht, dass er schon weg war?«

»Ja. Er hatte am Abend zuvor nicht erwähnt, dass er früher gehen wollte. Vielmehr hatte er gemeint, wir würden uns beim

Frühstück sehen, aber wir nahmen an, er sei einfach zu verkatert, um zu erscheinen.«

»Haben Sie nach diesem Abend noch einmal mit ihm gesprochen?«

»Nein. Ich schämte mich für das, was ich getan hatte, und machte keine Anstalten, ihn zu kontaktieren.«

»Aber Alex haben Sie danach noch gesehen?«

»Nur noch ein paar Mal.«

»Wissen Sie zufällig, ob der Gold-Service noch immer im Klub angeboten wird?«

»Alex hat mir gesagt, dass er nach dieser Nacht eingestellt wurde.«

»Haben Sie eine Ahnung, warum?«

»Überhaupt nicht. Ich weiß nicht, wohin uns diese Art der Befragung führt.«

»Es tut mir leid, Sir, aber es gibt sonst niemanden, mit dem ich darüber sprechen kann. Xavier ist tot. Raymond geht nicht an sein Telefon. Wäre es in Ordnung, wenn ich weitermache?«

Er seufzte erneut, stimmte aber zu.

»Haben Sie eine Ahnung, wer den Besuch der Prostituierten organisiert hat?«

»Ich nehme an, es war Xavier. Er hat immer alle Extras arrangiert und außerdem beaufsichtigte er den gesamten Betrieb des Hauses. Er war der Manager. Niemand hätte den Dienst hinter seinem Rücken betreiben können.«

»Raymond schon.«

»Unwahrscheinlich. Nach allem, was man hört, war er nicht oft im Klub.«

»War er am 2. Januar da?«

»Ich habe ihn nicht gesehen, aber ich habe gehört, dass er vorbeigeschaut hat.«

Xavier hatte ihr erzählt, dass Maddox zu der Zeit auf den Malediven war – eine weitere Lüge.

»Kate, ich habe dem Ganzen nichts mehr hinzuzufügen. Sie wissen genauso viel wie ich. Wenn ich das mal so sagen darf: Ich glaube nicht, dass es in diesem Fall der richtige Weg ist, sich in das Privatleben von Menschen einzumischen. Sie müssen sich weiter umsehen.«

»Sir.«

Er musterte sie sehr genau. »Ich wollte, dass Sie die Ermittlungen in diesem Fall leiten, aber wir haben jetzt drei Opfer, Kate ... drei, und ... nun, ich frage mich inzwischen, ob das nicht eine Fehleinschätzung war. Ich bin nicht überzeugt, dass Sie die Sache im Griff haben.«

Sie hielt den Kopf erhoben. »Wir arbeiten an dem Fall, verfolgen Spuren und befolgen die Vorschriften, Sir. Wenn ich mich recht erinnere, habe ich gefragt, ob wir nicht mehr Polizisten einsetzen sollten, aber Sie wollten jedes Aufsehen vermeiden.«

Er hob warnend einen Finger und richtete ihn auf sie. »Kommen Sie mir ja nicht oberschlau daher.«

»Das war nicht meine Absicht. Wir arbeiten mit Hochdruck und schöpfen alle Möglichkeiten aus. Wir wollen keine Fehler machen, Sir.«

Er schürzte die Lippen. »Ich weiß nicht. Ich wollte Ihnen die Chance geben, wieder auf die Beine zu kommen und uns zu zeigen, dass Sie immer noch das Zeug dazu haben, eine Mordermittlung zu leiten. Nun frage ich mich, ob es falsch war, Sie ins kalte Wasser zu werfen. Vielleicht wären leichtere Aufgaben angemessener gewesen.«

»Ich bin mehr als in der Lage, damit umzugehen, Sir.«

»Das sagen Sie, und doch stehen Sie hier und fragen nach einem Service für Klubmitglieder, den es nicht mehr gibt, anstatt Verdächtige zu verhaften.« Er wartete einen Moment. »Vielleicht war es zu früh für Sie zurückzukehren.«

»Es gibt keinen Grund für Sie, an meinen Fähigkeiten zu zweifeln.«

Er antwortete nicht. Sein Schweigen war zermürbend, aber Kate hielt den Augenkontakt, bis er ihn abbrach. »Ich will bald Ergebnisse sehen. Ich kann mich nicht mehr lange verstecken, und wenn Sie nicht schnell vorankommen, muss ich ein neues Team zusammenstellen.«

»Sir.«

Er machte auf dem Absatz kehrt und ließ sie allein im Zimmer zurück. Verflucht war der Mann! Er hatte gerade sein wahres Gesicht gezeigt. Chris hatte recht. Dickson verheimlichte etwas und sie wollte verdammt noch mal herausfinden, was genau es war.

Kapitel 42

DIENSTAG, 8. JUNI – SPÄTER NACHMITTAG

Hartington, ein malerisches Dorf in einer Region, die als White Peak bekannt war und den südlichen Teil des Peak District National Park bildete, wimmelte nur so von Besuchern. Emma parkte hinter einem Bus, sah sich suchend nach Morgan um und entdeckte ihn schließlich neben dem Dorfteich. Cooper hätte keinen besseren Ort finden können, um sich zu verstecken, sinnierte sie, während Schulkinder in Zweierreihen mit Klemmbrettern in den Händen an ihrem Auto vorbeimarschierten. Sie winkte Morgan zu und er steuerte in ihre Richtung.

»Hallo, ich habe ihn noch nicht gesichtet«, sagte er.

»O Mann, Sherlock! Hast du die Unmenge an Touristen hier gezählt? Das erinnert an die Zuschauermenge bei einem Pokalendspiel.«

Er hob sein Handy hoch und zeigte ein Bild von Cooper: rasierter Kopf, große Augen und eine breite, flache Nase. »Ich habe sein Foto. Wir können nicht mehr tun, als nach ihm zu fragen.«

»Schick es mir auf mein Handy. Wir teilen uns auf und fragen herum.« Nachdem sie das Bild erhalten hatte, machte sich Emma in die entgegengesetzte Richtung von Morgan auf und hielt jeden an, um zu fragen, ob er den Mann gesehen hätte. Sie wollte gerade ihr Glück in einer urigen Reetdach-Kneipe versuchen, neben deren Tür bunte Körbe hingen, als Morgan zu ihr hinübersprintete und auf die dreibogige Fassade des Rathauses zeigte.

»Die Frau dort drüben hat ihn erst vor wenigen Minuten gesehen.«

»Wo?«

»Vor der Hartington Hall, wie er auf einer Bank vor einem Pub sitzt und auf eine Karte starrt.«

Emma rannte los. »Komm schon. Er könnte von dort aus über den Tissington Trail abhauen und dann verlieren wir ihn für immer.«

Morgan war ihr dicht auf den Fersen, als sie die Straße mit grünen Hügeln und mittelalterlichen Steinmauern im Hintergrund hinunterliefen. Sie rannten weiter, vorbei an weiß getünchten Pubs und Tischen mit Feiernden, bis sie einer Gruppe von Wanderern auswichen und das Herrenhaus in Sicht kam. Am Eingang wurden sie langsamer, weil sie von Paaren und Familien aufgehalten wurden, die sich an diesem warmen Nachmittag draußen vergnügten.

»Wenn er nicht mehr auf dem Gelände ist, sollten wir in Richtung Parsley Hays gehen«, sagte Emma.

»Wie kommst du darauf, dass er diesen Weg nehmen wird?«

»Dort gibt es sowohl eine Bahnlinie als auch einen Radweg, was ihm mehr Möglichkeiten verschafft. Ich würde dort entlanggehen, wenn ich mich allmählich tiefer in den Peak District vorarbeiten wollte.«

Das Herrenhaus war eine Attraktion für sich, erbaut aus regionalen Steinen nach einem H-Grundriss mit drei Stockwerken und Erkern. Inzwischen befanden sich darin eine Jugendherberge, die günstige Unterkünfte anbot, eine Bar und ein Restaurant. Außerdem war es ein beliebter Ort für Hochzeitsfeiern. Sie umgingen die Menschenmassen, und Emma war die Erste, die Cooper entdeckte, der gerade eine Karte zusammenfaltete.

»Er ist noch hier. Auf der Bank. Auf zehn Uhr.«

Sie gingen weiter den Weg entlang, nur wenige Meter von Cooper entfernt, der sie beobachtete. Ohne Vorwarnung stand er auf, schulterte seinen Rucksack und lief los.

»Ihm nach!« Morgan sprintete los, aber der Ex-Soldat war ziemlich schnell und konnte den Abstand zu seinen Verfolgern vergrößern. Morgan lief um die Bank herum und sprang über einen kleinen Busch. Emma rannte hinter den beiden her und bog nach links ab, um Cooper den Weg zu versperren. Cooper sprintete hinter das Gebäude, verfolgt von Morgan, der schnell auf den älteren Mann aufholte.

»Polizei! Mr Monroe, wir müssen mit Ihnen reden.«

Cooper hielt abrupt inne und hob die Hände. »Polizei? Gott sei Dank.«

* * *

Cooper war gefügig und höflich. Er saß inzwischen auf einer anderen Bank, flankiert von den beiden Beamten, und entschuldigte sich erneut. »Es tut mir leid, ich bin total durchgedreht. Ich war mir so sicher, dass Sie Auftragskiller sind.«

»Warum sollten Auftragskiller hinter Ihnen her sein?«

»Das ist eine lange Geschichte und ich werde Sie Ihnen erzählen, aber darf ich zuerst fragen, warum Sie mich gesucht haben?«

»Es geht um Bradley Chapman.«

»Was hat er getan?«

»Ich weiß nicht. Was hat er getan?«, sagte Emma und starrte ihn an.

Cooper lachte. »Sie sind eine harte Nuss, was? Ich habe schon früher Frauen wie Sie getroffen. Sie sind ziemlich empfindlich und müssen sich selbst was beweisen. Meines Wissens nach hat Bradley nichts Falsches getan, okay?«

Emma blickte finster drein, ihre dunklen Augenbrauen trafen sich fast. »Sein Alibi für den Mord an Corby ist nicht wasserdicht. Können Sie etwas Licht ins Dunkel bringen?«

»Was wollen Sie von mir wissen?«

»An welchem Tag – oder Tagen – haben Sie ihn letzte Woche gesehen?«

»Ich habe ihn letzte Woche zwei Mal getroffen. Das erste Mal war, nachdem er meine Tochter Sierra nach einer Fahrstunde zu Hause abgesetzt hat. Sierra rannte los, um den Bus zu erwischen, und Bradley saß in seinem Auto und telefonierte, als er mich im Garten sah. Er stieg aus seinem Auto aus und kam zu mir. Er blieb eine Stunde, vielleicht auch etwas weniger, und musste dann gehen. Er hatte am Nachmittag noch eine Unterrichtsstunde und musste etwas zu Mittag essen. Ich sah ihn ein paar Tage später wieder – am Samstagabend. Er kam vorbei, um sich mit mir zu unterhalten.«

»Worüber haben Sie geredet?«

»Über das Leben und wie mies es ist.«

»Wirklich?« Emma konnte ihre Überraschung nicht verbergen. Cooper drehte sich zu ihr um. Das Weiß in seinen Augen war blutunterlaufen und sein Atem roch säuerlich. »Hören Sie, Sie müssen mir nicht glauben, aber Sie wissen nichts über mich oder mein Leben und Sie sind nicht in der Position, über mich zu urteilen oder abfällige Bemerkungen zu machen. Ich hatte einen ziemlich schlechten Tag und Bradley hat mir geholfen. Okay?«

»Okay. Ich entschuldige mich«, sagte sie.

Er musterte sie erneut. »Gut. Danke.«

»Und fürs Protokoll: Ich muss niemandem etwas beweisen«, fügte sie hinzu.

Er lachte halbherzig. »Sie haben Temperament.«

Emma schenkte ihm ein knappes Lächeln. »Ich verstehe, dass Sie eine Auszeit brauchten, aber ich verstehe nicht, warum Sie ein Wegwerfhandy mitgenommen haben, um Ihre Tochter zu kontaktieren. Wozu die ganze Geheimniskrämerei, Mr Monroe? Warum rufen Sie sie nicht mit Ihrem üblichen Handy an?«

Cooper antwortete zunächst nicht, aber als Emma den Mund wieder öffnete, hielt er eine Hand hoch. »Ich war ... besorgt. Ich bin in den letzten Monaten immer paranoider geworden. Ich dachte, jemand würde mich verfolgen, und in letzter Zeit bekam ich zu Hause ein paar anonyme Anrufe, bei denen der Anrufer auflegte, sobald ich mich meldete. Ich habe mein Handy zu Hause in der Schublade gelassen, damit niemand weiß, wo ich bin, falls jemand es aufspürt, und ich habe das Wegwerfhandy nur benutzt, um nach Sierra zu sehen.«

»Jemand könnte sich verwählt haben«, sagte Morgan.

»Nein. Ich bin mir ziemlich sicher, dass mich jemand beobachtet hat. Ich war zu meiner Zeit an genug verdeckten Operationen beteiligt, um einen Instinkt für solche Dinge zu entwickeln.«

»Sie sind also hergekommen, um sich zu verstecken?«

»Nein, ich bin hierhergekommen, um zu entscheiden, was ich mit dem Chaos anfangen soll, in das ich mich gebracht habe.«

»Welches Chaos?«

»Das ist eine lange Geschichte.«

»Wir haben Zeit.«

»Ich wurde in etwas verwickelt, das zum Tod von mehreren unschuldigen Menschen führte.«

»Geht das etwas genauer?«

Er presste die Finger an die Schläfen und atmete tief ein. »Ich glaube, ich bin mitverantwortlich für den Anschlag auf den Euston-Zug am 16. Januar.«

Morgan setzte sich wieder hin und wartete auf das Geständnis. Als Cooper weitersprach, wurden Emmas Augen immer größer.

Kapitel 43

DIENSTAG, 8. JUNI – ABEND

Ervin hatte im Maddox Club nichts mehr entdeckt. »Hör mal, warum schaust du nicht im Labor vorbei und siehst nach Faith? Sie hat an ein paar Sachen aus Ian Wentworths Wohnung gearbeitet und könnte etwas über die weiße Faser herausgefunden haben, die Harvey unter Xaviers Fingernagel gefunden hat. Sie wird nichts dagegen haben, wenn du sie störst – im Gegenteil, sie wird sich wahrscheinlich über etwas Gesellschaft freuen.«

»Ja, okay. Ich werde bei ihr vorbeischauen.«

»Gut. Wir reden morgen weiter.«

Kate beendete den Anruf und starrte wieder auf die Namen, die Chris notiert hatte: die Männer, die den Gold-Service genutzt hatten. Sie hatte auch viel Zeit damit verbracht, alle Informationen durchzugehen, die sie über Dickson finden konnte, nur um herauszufinden, was sie bereits wusste: Er war ein angesehener Beamter mit einer makellosen Akte. Ein Ausflug in den Klub und eine Nacht mit einer Prostituierten sollten nicht die Alarmglocken läuten lassen, die bei ihr schrillten. Niemand, den sie kontaktiert hatte, war bereit gewesen, über den Gold-Service zu sprechen. Vielmehr meinten alle, sie hätten nichts falsch gemacht und kein Verbrechen begangen.

Raymond ging immer noch nicht an sein Telefon und schien, wie Cooper, verschwunden zu sein.

Der Bleistift, den sie an beiden Enden gehalten hatte, brach entzwei und sie warf die Hälften auf den Schreibtisch. Die Frustration hatte sich den ganzen Tag über aufgestaut und zu wissen, dass Dickson sie jeden Moment vom Fall abziehen konnte, machte die Sache noch schlimmer. Sie kam der Antwort immer näher, das wusste sie. Faith könnte das fehlende Puzzleteil haben.

Es war Rushhour in Stoke-on-Trent, und obwohl sie nicht weit fahren musste, schlängelte sie sich auf dem Queensway an anderen frustrierten Pendlern vorbei und versuchte, das Stadtzentrum zu umfahren. Sie war gerade auf die A52 aufgefahren und befand sich auf Höhe des Hanley Parks, als ihr Telefon erneut klingelte.

Diesmal war es der Pathologe, der sprach. »Ich habe Ihr letztes Opfer untersucht, Xavier Durand. Ich habe eine weiße Faser aus seiner Nasenhöhle geborgen, die derjenigen verdächtig ähnlich ist, die ich unter seinem Nagel gefunden habe. Ich werde sie per Kurier an die Kriminaltechnik schicken, sobald ich fertig bin. Ich dachte, es würde Sie vielleicht auch interessieren, dass sich in seinem Magen und Verdauungstrakt eine Handvoll unverdauter Erdnüsse befand – insgesamt zwanzig Stück, aber kein Apfel. Ich habe das Innere seines Mundes gesäubert, und obwohl sich erhebliche Schäden an der Zunge, den Wangeninnenseiten und dem weichen Gaumen befinden, glaube ich, dass es ein oder zwei ähnliche Spuren gibt, wie wir sie bei den anderen Opfern gefunden haben. Ich kann nicht mit hundertprozentiger Sicherheit sagen, dass derselbe Gegenstand benutzt wurde, um seinen Mund aufzureißen, aber ich würde sagen, dass die Wahrscheinlichkeit recht hoch ist. Ich bin noch nicht fertig, aber ich werde Sie auf dem Laufenden halten, falls ich noch etwas Ungewöhnliches finde.«

»Ich weiß das zu schätzen, Harvey. Danke.«

Obwohl sie sich nicht sicher sein konnte, sagte Kates Instinkt ihr, dass der Mörder die Nüsse mithilfe einer Würgevorrichtung in Xaviers Kehle gestopft hatte. Es war derselbe Täter, obwohl er dieses Opfer nicht gefoltert hatte. Lag es daran, dass ihm zu wenig Zeit blieb, oder daran, dass er schlampig wurde?

Wenige Minuten später traf sie auf dem Universitätsparkplatz ein, betrat das gläserne Gebäude und fuhr mit dem Aufzug in die oberste Etage. Im Labor wurde sie von einem Techniker empfangen, der gerade auf dem Weg nach draußen war. Er erkannte sie und hielt ihr die Tür auf, um ihr zu sagen, dass Faith nur kurz rausgegangen war. Kate wanderte zum Fenster hinüber und starrte hinaus auf die Bäume, bevor sie durch das Labor schlenderte und alles in sich aufnahm.

Obwohl es erst ein paar Tage her war, seit sie das letzte Mal hier gewesen war, fühlte es sich wie eine Ewigkeit an. Ihre Aufmerksamkeit wurde auf ein Mobiltelefon auf dem Arbeitstisch gelenkt, das plötzlich aufleuchtete. Sie ließ es klingeln, und als sie ein Bild von Faith entdeckte, nahm sie das Handy in die Hand, um es sich genauer anzusehen. Es war eine Frau, die Faith sehr ähnlich sah, aber mit einem fülligeren Gesicht. Sie hatte ihre Arme um die Taille eines gut aussehenden Jungen im späten Teenageralter gelegt, der Shorts, T-Shirt und ein geflochtenes Armband in Grün, Gold, Rot, Schwarz und Weiß trug – die Farben der simbabwischen Flagge, wenn sie sich richtig erinnerte. Kate starrte das Bild an, das das Glück der Frau und des Teenagers widerspiegelte. Es fesselte sie und erinnerte sie an ihren Vater. Irgendwo in ihrem Haus befand sich ein auffallend ähnliches Foto von ihnen beiden, die Arme ihres Vaters um sie geschlungen, während sie in die Kamera strahlte.

»Was machst du da?«

Der scharfe Ton ließ Kate zusammenzucken. »Dein Handy hat geklingelt. Ich glaube, es war Ervin. Mir ist das Foto aufgefallen, also habe ich es mir genauer angesehen.«

Faith streckte die Hand nach ihrem Telefon aus.

Kate ließ es in ihre Handfläche fallen. »Deine Schwester? Ihr seht euch sehr ähnlich – das gleiche Lächeln, die gleichen Augen.«

»Ja. Ich nehme an, dass wir gewisse Eigenschaften gemeinsam haben.«

»Ist das ihr Sohn?«

»Ja.«

»Also ist er dein Neffe. Ich habe auch einen Neffen, obwohl ich ihn nie wirklich getroffen habe. Daniel lebt in Australien mit meiner Stiefschwester, Tilly. Er ist vier. Wie alt ist er?«

»Er war vierzehn, als das Bild … Er lebt nicht mehr.« Faiths Gesicht verdüsterte sich.

»Oh, das tut mir leid. Ich wollte nicht … Ich war nur …«

»Ich weiß. Schon gut. Aber wenn es dir nichts ausmacht, möchte ich lieber nicht darüber reden.«

»Klar.«

Faith schob das Handy in die Tasche ihres Laborkittels. »Ich habe dich nicht erwartet. Wie kann ich dir helfen?«

»Ervin meinte, dass ich dich aufsuchen sollte, für den Fall, dass du auf etwas Nützliches über die Gegenstände aus Ians Haus gestoßen bist.«

»Sorry, ich habe noch nichts gefunden, aber ich muss noch viele weitere Tests durchführen.«

»Er hat auch einen weißen Faden rübergeschickt. Hattest du schon Gelegenheit, ihn zu analysieren?«

Faith nickte. »Ich habe ihn sofort untersucht, als ich ihn bekommen habe. Das ist auch der Grund, warum ich noch nicht alles aus Ians Cottage überprüft habe. Es handelt sich um eine Art Seidenpapier und passt zu identischen Fäden einer führenden Marke von Luxus-Toilettenpapier.«

Xavier muss den Faden bei seinem letzten Toilettenbesuch aufgenommen haben; vielleicht hatte er sich sogar mit einem Stück Toilettenpapier die Nase geschnäuzt, was die Faser in seiner Nase erklären würde. »Mist!«

Faith legte die Fingerspitzen aneinander; eine kleine Geste des Bedauerns. »Es tut mir leid, dass ich nicht die erhofften Neuigkeiten habe. Das ist das Problem mit forensischen Beweisen. Wir sammeln eine Menge, aber nicht alles davon ist für die Ermittlungen relevant.«

»Ich hatte gehofft, dass die Faser ein Hinweis sein würde.«

»Ich habe andere Neuigkeiten für dich, was Ian Wentworth betrifft. Ich habe im Raven Cottage Fingerabdrücke gefunden, die eindeutig zu Kindern gehören.«

»Oh nein!«

»Ich fürchte doch. Ich arbeite mich noch durch die Abdrücke, aber es ist offensichtlich, was dort vor sich ging.«

Kate schluckte schwer.

Faith schien sie einen Moment lang zu studieren. »Ist es … ist dieser Fall schwieriger als andere, die du geleitet hast?«

»In gewisser Weise, ja. Kennst du das Sprichwort ›Zwei Schritte vor und einen zurück‹? Nun, ich scheine einige Schritte zurück und keinen vorwärts zu machen.«

»Ich bin sicher, du machst Fortschritte. Ihr arbeitet alle wirklich hart daran. Ich frage mich immer, wie es wäre, eine Ermittlung zu leiten.«

»Anstrengend.«

»Das kann ich mir vorstellen.«

»Es gibt Tage, da kämen wir ohne die Forensik nicht weiter.«

»Und an manchen Tagen kommt ihr selbst mit unserer Hilfe nicht weiter«, sagte Faith und zog die Augenbrauen hoch.

Der Versuch, einen Witz zu machen, brachte Kate zum Grinsen. »Ja, genau.«

»Passt der Tatort im Maddox Club zu den anderen?«

»Es gibt Ähnlichkeiten.«

Faith saß auf einem Hocker, die Füße nebeneinander aufgestellt. »Welche Ähnlichkeiten?«

»Das Opfer wurde unter Drogen gesetzt und starb an Erstickung. Es wurde an einen Stuhl gefesselt aufgefunden.«

»Also genau wie die anderen Opfer?« Faiths Eifer war unübersehbar und Kate verstand, warum Ervin ihre Leidenschaft schätzte. Sie kam seiner eigenen gleich. »Hat der Täter das Opfer mit Apfelstücken erstickt?«

»Nein, aber wie gesagt, es gibt Ähnlichkeiten.«

»Ich bin mir sicher, dass du einen Durchbruch erzielen wirst.«

Kate schüttelte den Kopf. »Wenn nicht schnell etwas auftaucht, hänge ich in der Luft. Der Täter ist wie ein Geist. Hinterlässt nie eine Spur.«

»Was, überhaupt keine Beweise? Irgendwas muss es doch geben.«

»Es gibt Fingerabdrücke, aber ich vermute, dass sie von Klubmitgliedern oder Mitarbeitern stammen. Und es gab einen Blutfleck auf dem Teppich und auf einem Ziergegenstand.«

Faiths Augenbrauen hoben sich leicht. »Blut? Das hat niemand zur Analyse rübergeschickt.«

»Ervin hat ein neues Biomarker-Spielzeug getestet, das er aus den Staaten bekommen hatte, und bestimmt, dass es von einer Frau stammt. Wir sollten mit dem Reinigungspersonal sprechen und Wangenabstriche zum Vergleich und zum Ausschluss erhalten. Ich hätte schon früher dafür gesorgt, wenn wir Zeit gehabt hätten. Ich gehe der Sache nach.«

»Wenn du diese Blutproben aus dem Klub rüberschicken willst, werde ich den Tests für dich Priorität einräumen.«

»Großartig.«

Faiths Augenbrauen zogen sich zusammen. »Ich würde die Ergebnisse der Biomarker nicht überbewerten. Sie sind nicht immer wirklich genau. Das Blut muss unter Laborbedingungen ordnungsgemäß analysiert und geprüft werden. Wir sollten weitere Tests durchführen, um sicherzugehen.«

»Ich bin mir sicher, dass Ervin das tun wird.«

»Du hast recht. Er würde den amerikanischen Tests nicht mehr trauen als ich. Sie sind bekannt dafür, Ergebnisse zu verfälschen. Trotzdem, wenn sie recht haben und der Mörder eine Frau ist, an wen denkst du dann?«

Kate zuckte mit den Schultern. »Alex' Frau?«

»Fiona war in Frankreich, als Alex getötet wurde.«

»Ihre Mutter?«

Kate starrte sie an. Faith begegnete ihrem Blick, errötete leicht und stand auf, wobei sie imaginären Staub von ihrem Laborkittel strich. »Oh, tut mir leid. Ich wollte mich nicht in deine Ermittlungen einmischen. Ich bin einfach fasziniert von alldem und manchmal lasse ich mich mitreißen. Eine richtige Nancy Drew, was? Ich werde die Blutprobe noch einmal überprüfen, sobald sie auftaucht, und sicherstellen, ob ihr ein Y-Chromosom fehlt.«

Kate wusste, wie es war, begeistert zu sein und Erfolg haben zu wollen, und Faith kämpfte nur darum, die Beste zu sein. »Danke.«

Faith befühlte ihre Kitteltasche. »Jemand ruft mich an.« Sie zog das Handy heraus und blickte auf das Display. »Schon wieder Ervin.«

»Ich lasse dich besser allein.«

Faith machte Zeichen, dass sie bleiben sollte, aber Kate hob eine Hand und schlüpfte aus dem Labor. Sie sollte veranlassen, dass bei Tabitha Grant und Poppy Notts, den Frauen, die im Maddox Club geputzt hatten, Abstriche genommen wurden.

Sie war so sehr mit der Suche nach Informationen über Dickson beschäftigt gewesen, dass sie das völlig vergessen hatte. Das war untypisch für sie. Sie lief die Treppe hinunter und ärgerte sich über sich selbst angesichts dieses Versäumnisses. Vielleicht hatte Dickson recht und sie hatte die Situation nicht unter Kontrolle.

Zurück in ihrem Auto nahm sie einen Anruf von der Technikerin Felicity Jolly entgegen.

»Kate, die verschlüsselte Datei, die wir auf Ian Wentworths Laptop gefunden haben, hat etwas versteckt – sein IPS. Dein Opfer war im Darknet unterwegs.«

»Wonach hat er gesucht?«

»Er suchte Leibwächter und angeheuerte Schläger.«

»Er muss geglaubt haben, dass er in Gefahr war.«

»Dazu kann ich nichts sagen. Ich bin nur eine Technikerin. Es liegt an euch klugen Köpfen in der Verbrechensabteilung, diese Ergebnisse zu interpretieren. Ich schicke dir eine E-Mail mit allen Webseiten, die er besucht hat.«

»Danke, du warst eine große Hilfe.«

»War mir ein Vergnügen. Ich hoffe, du kommst bald mal wieder vorbei, und sei es nur, um Hallo zu sagen.«

* * *

Cooper befeuchtete seine Lippen, bevor er sprach. »Ich habe den Job im Maddox Club dank Alex Corby bekommen. Er erzählte mir Ende November 2020, dass sie jemanden suchen, der diskret ein paar Extraschichten im Klub arbeitet, und fragte, ob ich Interesse hätte. Ich musste nur ein paar Mädchen und Jungen zum Klub hin und von dort wieder weg begleiten. Wenn ich sage Mädchen und Jungen, dann waren sie genau das, nämlich Jugendliche – einige sprachen kein Englisch, andere waren ziemlich geschwätzig. Sie waren allesamt Immigranten, die von einem Typen namens Farai geschickt wurden. Xavier und er waren Kumpel. Ich glaube, er war eine Art Zuhälter.

Ich holte die Jungen und Mädchen von einem Treffpunkt in der Nähe des großen Supermarkts außerhalb von Stafford ab, fuhr sie zum Klub und begleitete sie durch die Hintertür hinein. Xavier übernahm sie dort und regelte alles Weitere. Normalerweise wartete ich in der Küche, fungierte als inoffizieller Türsteher, bis alle Mitglieder gegangen waren, und machte dann bis zum Morgen ein Nickerchen im Salon, bevor ich die Kinder zurück zum Treffpunkt brachte. Xavier war besorgt, dass sie versuchen könnten, die Mitglieder zu bestehlen, also war ich seine Versicherung, wenn man so will. Mit mir als Aufpasser würden sie ihre Kunden wohl kaum übers Ohr hauen.«

Emma hörte aufmerksam zu, ihr Körper war starr, während sie an seinen Lippen hing.

»Am Mittwoch, dem 2. Januar 2021, holte ich zwei Mädchen und einen Jungen ab und fuhr mit ihnen zum Maddox Club. Die Mädchen kamen aus Bulgarien und kicherten die ganze Fahrt über. Der Junge hingegen war schüchtern und sah so nervös aus, dass ich ihn fragte, ob er wirklich in den Klub gehen wolle. Der Blick, mit dem er mich ansah, war wie der eines Welpen, der getreten worden war – anders kann ich ihn nicht beschreiben. ›Ich muss‹, sagte er, ›ist für meine Familie.‹ Ich wusste nicht, was ich sagen sollte. Armes Kind. Er war ein gut aussehender Junge afrikanischer Herkunft mit haselnussbraunen Augen. Sein Blick verfolgt mich heute noch und ich frage mich immer wieder, warum ich nicht einfach den Wagen gewendet und ihm gesagt habe, er solle es vergessen.« Cooper ballte die Hände zu Fäusten und holte tief Luft.

»Alles in Ordnung?«, fragte Morgan.

Cooper nickte. »Ja. Geben Sie mir einen Moment.«

Er holte noch einmal tief Luft, bevor er fortfuhr. »Es war gegen vier Uhr morgens, als ich geweckt wurde. Ich war im

Salon eingenickt. Xavier stand über mir und sah richtig schlecht aus. Er brauchte meine Hilfe. Irgendetwas war oben ernsthaft schiefgelaufen und der Junge war versehentlich gestorben – an einer Überdosis oder so. Xavier weigerte sich, es der Polizei zu melden – der Junge war ein illegaler Einwanderer und sie wussten nichts über ihn oder seine Familie und, was noch wichtiger war, sie mussten das Mitglied schützen, das an dem Vorfall beteiligt war. Ich wollte von Anfang an nichts damit zu tun haben, aber Xavier sagte, ich sei bereits in die Sache verwickelt, und wenn er unterginge, würde ich es auch tun. Schließlich war ich derjenige, der die Kinder abgeholt hatte, und ich würde mit hineingezogen werden, wenn es herauskäme. Ich musste an meine Tochter denken. Sie ist alles, was ich habe. Ich konnte nicht angeklagt werden oder ins Gefängnis gehen. Xavier bot mir zwanzigtausend Pfund an, damit ich schweige. Das beteiligte Mitglied, Ian Wentworth, würde mich bezahlen, wenn ich die Leiche entsorgen würde. Gott steh mir bei, ich habe das verdammte Geld genommen. So eine hohe Summe bedeutete mir sehr viel. Ich kam gerade so über die Runden, nachdem meine Schlampe von Frau mich verlassen hatte, und mit den Zwanzigtausend konnte ich so viel machen. Der Junge war bereits tot. Ich hatte ihn nicht umgebracht. Niemand wusste, dass er im Maddox Club war, außer mir, Xavier, Wentworth – und den bulgarischen Mädchen natürlich, aber die würden keine Ahnung haben, wo er war, und annehmen, dass er zu einer anderen Zeit nach Hause gegangen war. Ich ging mit Xavier die Treppe hinauf zu Wentworths Zimmer. Der junge Mann lag nackt auf dem Bett, gefesselt, mit einer Plastiktüte über dem Kopf. Er war bei irgendeinem Sexspiel erstickt. Das Ganze war verdammt krank, das kann ich Ihnen sagen. Seine Leiche war so mit Striemen übersät, dass ich kaum hinsehen konnte. Xavier und ich banden ihn los, wickelten ihn in die Bettdecke auf dem Boden und trugen ihn zu meinem Auto.

Xavier bat mich, die Leiche des Jungen zu entsorgen. Er könnte das nicht. Also fuhr ich nach Hause, holte eine Schaufel und kehrte zum Klub zurück. Ich dachte, dass der Junge im Wald hinter dem Haus nie entdeckt werden würde.«

»Können Sie uns die Stelle zeigen?«

»Ja.«

»Was war mit den anderen Klubmitgliedern? Wussten sie davon?«

»Das glaube ich nicht. Draußen war es stockdunkel. Außerdem waren nur zwei weitere Mitglieder über Nacht geblieben, und die waren mit den bulgarischen Mädchen beschäftigt.«

»Und danach hatten Sie ein schlechtes Gewissen?«, fragte Emma.

»Hätten Sie das nicht? Ich habe in meinem Leben schon ziemlich viel Mist gesehen, aber der Anblick dieses Jungen hat mich mehr angewidert als alles andere, was mir je begegnet ist. Ich meine, er hat sich wirklich in mein Gedächtnis eingebrannt. Ich konnte danach tagelang nicht schlafen. Konnte mich nicht konzentrieren. Ich brauchte jede Nacht ein paar Whisky, um einschlafen zu können, und dann wurde es immer mehr und schließlich stürmte ich schon zur Whiskyflasche, sobald ich von der Arbeit nach Hause kam.«

»Und Sie haben Bradley davon erzählt?«

»Einen Scheiß habe ich! Auf keinen Fall.«

Morgan runzelte die Stirn.

Cooper hob eine Hand. »Ich bin noch nicht fertig. Lassen Sie mich ausreden. Ungefähr eine Woche später rief mich Ian Wentworth an, um mich um einen Gefallen zu bitten. Er wollte, dass ich einen Journalisten zum Schweigen bringe. Er ging davon aus, dass ich mit meinem Hintergrund in der Lage sein würde, dem Mann Angst einzujagen, ihn ein bisschen aufzumischen und aus dem Weg zu räumen. Weiß der Himmel, wie er das herausgefunden hatte, aber er hatte mit Wentworth gesprochen und angefangen, Fragen zu stellen. Wentworth hatte eine Scheißangst, dass er das mit dem Jungen herausfinden würde. Ich habe ihm gesagt, dass ich kein angeheuerter Schläger sei. Ich schlage keine unschuldigen Menschen zusammen und wollte ihm nicht helfen. Ich hatte schon mehr als genug getan. Also sagte ich ihm, er solle sich jemand anderen suchen. Ich hätte nicht gedacht, dass er das wirklich tun würde oder könnte, aber er hat es getan. Im Darknet hat er irgendeinen gemeingefährlichen Typen aufgespürt – einen komplett Verrückten – und ihn im Voraus in Bitcoins bezahlt. Kurz nachdem er den Kerl angeheuert hatte, rief Wentworth mich an. Er hatte es sich anders überlegt und wollte die Sache wieder abblasen, aber der Typ sagte ihm, er könne ihn mal, er würde trotzdem weitermachen. Er wollte, dass ich den Mistkerl aufhalte, aber ich sagte ihm, er solle zur Hölle fahren. Ich hätte eingreifen sollen. Ich hätte vielleicht verhindern können, was passiert ist. Der Bastard hat das Ganze in ein komplettes Blutbad verwandelt. Er hat den Reporter nicht eingeschüchtert oder verprügelt – er hat ihn erschossen, und nicht nur ihn, sondern einen ganzen Zugwaggon voller unschuldiger Menschen.«

* * *

Cooper saß auf dem Rücksitz von Morgans Auto, die Augen geschlossen.

»Wer wird mit ihr sprechen?«, fragte Emma.

»Verdammt, ich weiß es nicht. Rede mit William. Er soll das machen.«

»Sie wird durchdrehen.«

»Was vielleicht nicht das Schlechteste wäre. Sie verhält sich sowieso schon seltsam. Vielleicht wird sie dadurch wachgerüttelt oder es hilft ihr abzuschließen, oder was auch immer die Psychiater sagen, dass es helfen wird.«

»Okay. Wir rufen William an. Das ist … einfach nur furchtbar.«

Morgan konnte ihr nicht widersprechen.

Emma wühlte in ihrer Tasche, zog eine Münze heraus und machte sich bereit, sie in die Luft zu schnippen. »Kopf oder Zahl?«

»Oh, bitte. Ich werde mit William reden, okay?«, meinte Morgan.

»Gut. Das hatte ich gehofft. Ich fahre Cooper zurück und besorge mir auf dem Revier seine offizielle Aussage. Du kannst mir dann erzählen, was William gesagt hat.«

»Was, wenn Kate Wind davon bekommt, dass Cooper da ist?«

»Du solltest hoffen, dass William ihr erzählt, was mit Chris passiert ist, bevor es dazu kommt, und dir einen Plan ausdenken, denn ich habe keine Ahnung, wie sie reagieren wird.«

»Dann lass dir Zeit, um zum Revier zurückzufahren. Ich rufe William von unterwegs aus an.«

»Alles klar. Ich nehme die Strecke übers Land. Und, Morgan …«

»Was?«

»Danke.«

KAPITEL 44

DIENSTAG, 8. JUNI – SPÄTER ABEND

Kate überprüfte ihre Nachrichten und fand eine von Mike Blythe, der Reinigungskraft, die Xaviers Leiche gefunden hatte. Er hatte Adresse und Telefonnummer von Poppy Notts durchgegeben, die für ABeClean arbeitete und regelmäßig im Maddox Club putzte.

Sie rief ihn sofort zurück. »Hi, Mike. Hier spricht DI Young. Wie geht es Ihnen?«

»Ich bin immer noch ziemlich fertig. Haben Sie meine Nachricht erhalten?«

»Ja, danke. Das ist auch der Grund für meinen Anruf. Könnte ich vielleicht mit Tabitha sprechen?«

»Sie schläft gerade. Der Virus hat sie völlig ausgeknockt. Kann das bis morgen früh warten?«

»Okay. Ich werde dafür sorgen, dass jemand vorbeikommt und eine DNA-Probe von ihr nimmt. Es ist nur ein einfacher Wischtest. Sagen Sie ihr Bescheid?«

»Ja, mach ich.«

»Danke.«

Sie war wieder auf dem richtigen Weg. Sie rief bei Poppy an, erwischte nur den Anrufbeantworter und hinterließ eine

Nachricht. Hoffentlich würde sie am Morgen mit den beiden Frauen sprechen können und herausfinden, ob das Blut auf dem Teppich und dem Ziergegenstand von einer von ihnen stammte. Es war schon spät und sie hatte den ganzen Tag noch keine richtige Pause gemacht. Ihr Kopf pochte – ihr Körper rebellierte gegen den Mangel an Tabletten und Nahrung. Sie musste zu Hause einen Zwischenstopp einlegen, einen Happen essen und ein paar Kopfschmerztabletten nehmen, bevor sie weiterfuhr.

Sie bog in ihre Einfahrt ein und sprang aus dem Auto. Die Stimme überraschte sie. Es war der Journalist, der sie seit Längerem bedrängte. Sie hatte seinen dunklen Volvo, der auf der Straße parkte, nicht bemerkt. Sie hatte nicht die Energie, ihn anzubrüllen, weil er vor ihrem Haus auftauchte. »Oh, um Himmels willen. Hauen Sie einfach ab und lassen mich in Ruhe, ja?«

Dan trat auf sie zu und legte eine Hand auf ihren Arm. »Kate, bitte. Chris war ein guter Kumpel.«

»War? Habt ihr euch zerstritten?«

Er hielt mit offenem Mund inne, schüttelte sich dann leicht und fuhr mit sanfter Stimme fort. »Natürlich haben wir uns nicht zerstritten. Wir waren Kumpel. Kate, ist alles in Ordnung? Du scheinst ... verwirrt zu sein.«

Kate rieb sich die Stirn, gab ihm aber keine Antwort.

»Okay, hör zu. Ich habe etwas sehr Wichtiges für dich. Chris teilte einige seiner Informationen mit mir – seine Verdächtigungen bezüglich Ian Wentworth. Er war einer großen Sache auf der Spur und ich bin es ihm schuldig, sie weiterzuverfolgen. Das ist mehr als ein Knüller.«

Sie hielt in ihren Bewegungen inne. Warum hatte Chris nicht mit ihr darüber gesprochen? »Was weißt du über Ian Wentworth?«

»Chris und ich haben gegen einen Pädophilenring ermittelt. Chris war sich sicher, dass Ian darin verwickelt war, aber du weißt ja, wie er war – er ließ sich nie in die Karten schauen, und nach … nun … nach dem, was im Zug mit ihm passiert ist, hatte ich nicht genügend Informationen, um weiter dranzubleiben. Er hatte den Großteil herausgefunden und ich hatte keinen Zugriff auf seine Aufzeichnungen. Außerdem musste ich mich um andere Dinge kümmern. Wie auch immer, ich habe Chris' Schreibtisch übernommen und vor ein paar Wochen hatte ich Probleme mit der unteren Schublade, die sich nicht öffnen ließ. Der Hausmeister hat sie letzte Woche repariert und dabei dieses Notizbuch entdeckt, das an die Unterseite geklebt war. Ich wollte es mir selbst ansehen, aber ein paar Tage, nachdem ich es in die Hände bekommen hatte, wurde Ian Wentworth ermordet. Ich bin es Chris schuldig, es an dich weiterzugeben.«

Sie starrte auf das kleine schwarze Buch in seiner Hand. Chris hätte es ihr geben oder ihr zumindest davon erzählen sollen. Sie nahm es, öffnete es und erkannte die saubere Handschrift ihres Mannes.

Sie wollte etwas sagen, aber Dan kam ihr zuvor. »Wenn du über das reden willst, was wir aufgedeckt haben, bin ich gern dazu bereit. Ich möchte das Andenken von Chris ehren. Er war ein toller Kerl – der beste Journalist, den ich je getroffen habe.« Er ging zu seinem Auto zurück und öffnete die Tür.

Sie brachte ein leises »Danke« über die Lippen, bevor er in seinem Wagen verschwand und den Motor startete.

Sie zögerte nicht. Das Buch könnte durchaus die Hinweise enthalten, von denen Chris gewollt hatte, dass sie sie fand, als er sie vor ihren Kollegen warnte, vor allem vor John Dickson. Das kleine schwarze Buch brannte in ihrer Hand, als sie die Tür zuschlug und ins Wohnzimmer eilte, wo sie sich auf das Sofa fallen ließ.

»Chris, ich habe dein Tagebuch.«

Stille.

»Du hast es versteckt. Zu gut, verdammt. Gut, dass die Schublade klemmte, sonst hätten wir es nie gefunden. Warum zum Teufel hast du es nicht zu Hause gelassen?«

»Weil du nie in meine Höhle gehst, Kate. Du hast zu viel Angst, der Wahrheit darüber, was passiert ist, ins Auge zu sehen. Du verdrängst es und verlässt dich auf Pillen, die dein Gehirn verwirren und dich in einer Blase leben lassen.«

Das Zittern setzte fast umgehend ein. Etwas bewegte sich in ihrem Kopf, als würde jemand einen Vorhang aufziehen. Sie wollte ihn wieder zuziehen, sich dahinter verstecken und ihren Schmerz durch Tabletten auslöschen. Die Realität wurde schärfer und brachte die Klarheit, die sie seit Monaten vermieden hatte. Der Drang, mit Chris zu sprechen, war überwältigend. Sie tastete nach ihrem Handy, blätterte in den Nachrichten und rief diejenige auf, die sie erst vor ein paar Tagen am Fischwagen gelesen hatte:

Sorry, Schatz

Schlechter Empfang hier.

Melde mich bald.

Ich liebe dich.

Ein brennender Schmerz durchfuhr ihr Herz, als sie das Datum registrierte, an dem die Nachricht tatsächlich gesendet worden war: 16. Januar – der Tag, an dem Chris getötet worden war.

Die Welle der Erinnerungen nahm ihr den Atem und sie presste die Hände an den Kopf. Sie brach über sie herein und Kate hatte keine Chance, sie zu ignorieren …

* * *

Sie ist auf dem Weg nach Hause, als der Ruf ›Alle Einheiten melden‹ eingeht, und da sie nur zwei Minuten vom Bahnhof entfernt ist, antwortet sie.

* * *

Sie ließ den Kopf in die Arme fallen. *Stopp*, flehte sie, aber es hörte nicht auf …

* * *

Man hatte den gesamten Bahnhof abgesperrt und Polizisten haben das Areal gesichert. Die Passagiere sind ausgestiegen und werden zur Befragung in ein Gebäude gebracht. Der Zug steht an Bahnsteig 1 und Bahnhofsmitarbeiter stehen mit gläsernem Blick vor dem Kaffeestand, während sie mit anderen Polizisten die Stufen zum Zug hinaufsteigt und das Erste-Klasse-Abteil betritt.

Der Geruch ist der des Todes. Die Sitze sind karminrot gefärbt und die Fenster mit Blut bespritzt wie rote Paintballs. Ein älterer Mann blockiert den Gang und sie muss über seinen leblosen Körper steigen, um weiterzugehen. Ihr Blick streift den Geschäftsmann, der auf dem Sitz nebenan zusammengesackt ist, mit einem Loch in der Stirn und offenem Mund. Zwei Plätze weiter liegt eine blonde Frau mit dem Gesicht nach unten auf dem Tisch, ihre Freundin kauert in der Ecke ihres Sitzes. Vorne, auf dem Boden, liegt die Leiche des Schützen, seine Waffe liegt neben ihm. Eine Leiche liegt mit gespreizten Beinen auf ihm, aber Kate kann ihren Blick nicht von der Frau mit dem kastanienbraunen Haar losreißen, die beim Versuch gestorben ist, das Kind unter ihrem Sitz zu schützen. Der Anblick der bestrumpften Beine des Kindes und des Spielzeugbären an seiner Seite bricht Kate das Herz. Sie hört kaum, wie sich die Beamten neben ihr mit leiser Stimme unterhalten.

»Einer der Passagiere verhinderte, dass dieser Bastard noch jemanden tötete. Er wurde angeschossen, schaffte es aber trotzdem, ihn anzugreifen. Damit hat er ihn niedergeschlagen.«

Sie blickt auf. Die Worte wollen nicht kommen. Ihre Lippen sind wie betäubt, ihre Kehle ist wie zugeschnürt.

Der Gegenstand ist braun gefärbt, aber unbeschädigt. Der schwere Kristallpreis ist mit einer Namensgravur versehen. Sie liest die Inschrift und der Atem bleibt ihr in der Kehle stecken. Sie schnappt nach Luft, ihre Augen weiten sich.

Journalist des Jahres
Chris Young

Warum war Chris in diesem Zug? Sie hatte ihn erst viel später zu Hause erwartet, nach der Party zur Feier dieser Auszeichnung. Sie starrt auf den gekrümmten Körper ihres tapferen Mannes, der versucht hatte, seine Mitreisenden zu retten, und ihre Knie knicken ein. William ist blitzschnell an ihrer Seite.

»Kate, komm. Komm weg von hier. Kann mir hier bitte jemand helfen?«

* * *

Ihr Mann war als Held gestorben, aber der Fall, der zunächst dem Terrorismuskommando und dann einer anderen Abteilung zugewiesen wurde, konnte nicht aufgeklärt werden. Warum der Mann Amok gelaufen war, war ein Rätsel. Sie erinnerte sich an den damaligen Artikel in der Lokalzeitung. Sie kannte jedes Wort auswendig ...

Mutiger Journalist rettet Passagieren während eines Amoklaufs das Leben

Ein Anschlag auf einen passagierreichen Zug hat die Pendler in Aufruhr versetzt. Vor zwei Tagen, am Mittwoch, dem 16. Januar, erlebten die Fahrgäste des Zuges, der ab 16.30 von Euston nach Manchester Piccadilly fuhr, eine schreckliche Tragödie, als ein einzelner Schütze im Abteil der ersten Klasse randalierte und die Insassen tötete.

Wäre der Journalist Chris Young zu diesem Zeitpunkt nicht so mutig gewesen, wären mit Sicherheit noch viel mehr Menschen getötet worden.

Der schnell handelnde Chris Young (38) aus Stoke-on-Trent, der gerade als Journalist des Jahres ausgezeichnet worden war, war auf dem Rückweg von der Preisverleihung, als der Bewaffnete, der als Edward Blancher (51) identifiziert wurde, in seinem Abteil das Feuer eröffnete. Obwohl Blancher ihm in die Brust geschossen hatte, verfolgte Chris den Amokschützen. Es gelang ihm, ihn auszuschalten und so das Leben vieler anderer Passagiere im Zug zu retten.

Der Alarm wurde ausgelöst, als der Zug im Bahnhof Stoke-on-Trent hielt. DI Kate Young (34), die Ehefrau von Chris, war eine der ersten Beamten, die den Tatort aufsuchten, stand aber für einen Kommentar nicht zur Verfügung.

Kates Vorgesetzter, DCI William Chase, lobte Chris für seine Tapferkeit und sein zügiges Handeln. »Hätte er nicht so schnell reagiert, wäre es mit Sicherheit zu einem noch tragischeren Ereignis mit noch mehr Toten gekommen. Aber wir sind natürlich alle sehr traurig über den Verlust von Chris und unsere Gedanken sind in dieser Zeit bei Kate.«

Wie die Polizei versicherte, handelte es sich um einen einzelnen Anschlag. Sie bittet jedoch alle Pendler, während der Fahrt wachsam zu sein und verdächtige Vorfälle entweder dem Zugbegleiter oder der Polizei zu melden.

Ein Schluchzen wie ein seismisches Erdbeben begann im Zentrum ihrer Seele und ließ ihren ganzen Körper erschaudern. Es stieg stetig an, kroch durch Brust und Herz bis in die Kehle. Sie warf den Kopf zurück und heulte wie ein verwundetes Tier auf, bis sie jeder Energie beraubt war.

KAPITEL 45

MITTWOCH, 9. JUNI – FRÜHER MORGEN

Kate fuhr aus dem Schlaf hoch. Sie trug immer noch ihre Kleidung vom Vortag, als sie ihr Handy vom Couchtisch nahm, um die Uhrzeit herauszufinden, und sah, dass sie mehrere Anrufe versäumt hatte.

»Chris?«, flüsterte sie, obwohl sie wusste, dass er ihr nicht antworten würde und konnte.

Stille hüllte sie ein und sie würgte die Tränen hinunter. Selbstmitleid war ein Luxus, den sie sich nicht leisten konnte. Sie hörte sich die Nachrichten an: Die Erste stammte von Emma, um ihr zu sagen, dass sie Cooper über Nacht in Gewahrsam hielten. Es gab noch zwei weitere Nachrichten von ihr und dann noch vier von William Chase, der wissen wollte, wo Kate war und warum sie nicht an ihr Telefon ging.

Die Letzte kam von Ervin: »Hi, Kate. Hier ein kurzes Update. Ich habe gerade eine zweite weiße Faser untersucht, die Harvey in Xaviers Nasenhöhle gefunden hat und von der ich annahm, dass sie dieselbe ist wie die, die unter seinem Fingernagel gefunden wurde. Laut Faiths Bericht stammte der erste Faden von einem Toilettenpapier, aber dieser hier nicht, also werde ich weitere Tests durchführen, um festzustellen, woher er stammt. Das ist für den Moment alles. Tschüss.«

Kate schickte Emma eine Nachricht, dass sie auf dem Weg zur Wache sei. William würde warten müssen. Sie hatte noch keine Ahnung, was sie ihm sagen würde, aber es würde sicher nicht die Wahrheit sein. Sie wusste nicht, wem sie vertrauen konnte, und bis sie die Gelegenheit bekam, Chris' Tagebuch zu lesen, würde sie das Treffen mit Dan, dem Reporter, für sich behalten. Das Notizbuch befand sich in ihrer Handtasche, und auf der Suche nach einem sicheren Ort, wo sie es lassen konnte, entschied sie sich schließlich für die leere Müslipackung mit dem Smiley-Gesicht.

»Du bist nicht hier, Chris, oder? Mein Verstand hat mich beschützt ... Er hat mich von der Realität abgeschirmt und die Pillen, die verdammten Pillen, haben ihren Teil dazu beigetragen. Sie haben mich in einen permanenten Fluchtzustand in eine andere Welt versetzt. Ich habe seit Januar in einem Traum gelebt.« Sie blinzelte weitere Tränen zurück. Sie konnte nicht mehr weinen. Nicht jetzt. Nicht, solange sie eine Aufgabe zu erfüllen hatte.

»Du warst so tapfer. Ich weiß nicht, wie viele Unschuldige noch gestorben wären, wenn du nichts getan hättest.« Mit einer Fingerspitze zeichnete sie das grinsende Gesicht nach. »Oh, Chris! Ich kann nicht ganz ohne dich leben. Ich kann es einfach nicht.«

»Ich kann immer noch hier sein, wenn du mich brauchst«, kam die Antwort.

Erleichterung durchflutete sie. »Das würde mich sehr freuen.«

Sie steckte das Notizbuch in die Schachtel und schob mehrere Plastiktüten darüber, stellte sie auf die Arbeitsplatte in der Küche, wo es gut sichtbar versteckt sein würde, und eilte dann die Treppe hinauf, um zu duschen und sich anzuziehen.

Sie musste ihre Rolle als leitende Ermittlerin wiederaufnehmen und durfte keinen Verdacht erregen.

* * *

Es war Viertel nach sechs, als sie die Wache erreichte. Sie hatte Williams Auto auf dem Parkplatz gesehen und war daher nicht überrascht, als der diensthabende Wachmann ihr mitteilte, dass DCI Chase sie sofort nach ihrer Ankunft zu sehen wünschte.

Sie wappnete sich für die unvermeidliche Abmahnung. Immerhin war sie während eines entscheidenden Teiles der Ermittlungen abwesend und nicht erreichbar gewesen. Sie hatte Dickson dummerweise die Munition gegeben, die er brauchte, um sie rauszuschmeißen, und sie würde kämpfen müssen, um zu bleiben. Sie zupfte ihre Bluse zurecht, straffte die Schultern und klopfte an Williams Tür.

»Herein.«

Sie trat ein, den Kopf hoch erhoben, bereit zum Kampf, und war überrascht, als William aufsprang und ihr einen Stuhl anbot. »Ah, Kate. Setz dich.«

Er wartete, bis sie Platz genommen hatte, dann legte er die Hände wie zum Gebet zusammen, die Finger an den Lippen, bevor er sprach. »Wir haben vielleicht einen Durchbruch in diesem Fall, aber zuerst gibt es etwas, das du wissen solltest. Es geht um Chris.«

»Chris?«

»Und Edward Blancher.«

»Was ist mit ihm?« Sie konnte sich nicht dazu durchringen, den Namen des Schützen auszusprechen, der ihr Leben und das vieler anderer zerstört hatte.

»Morgan und Emma haben einige wichtige neue Informationen aufgedeckt und an mich weitergegeben.«

»Neue Informationen?«, wiederholte sie und fragte sich, warum Morgan und Emma es ihr nicht direkt gesagt hatten.

»Blancher wurde angeheuert, um Chris zu töten.«

»Und was ist mit all den anderen Leuten im Zug?«

»Offensichtlich hat Ian Wentworth Blancher für seine Dienste bezahlt. Er gab ihm den Auftrag, deinen Mann zu ermorden.« Er reckte den Hals und wartete auf ein Zeichen, dass sie zusammenbrechen würde.

Kate atmete tief durch den Mund ein, hielt ein paar Sekunden lang die Luft an und stieß sie durch die zusammengepressten Lippen wieder aus, um ihre erhöhte Herzfrequenz zu beruhigen. »Ich verstehe.«

William fuhr fort: »Blancher sollte eigentlich nur auf Chris zielen, aber aus irgendeinem unbekannten Grund schoss er auf alle Passagiere im Abteil.«

»Das Team der Londoner Kriminalpolizei, das den Fall untersuchte, hat nie herausgefunden, warum er um sich geschossen hatte, oder?«

Williams Gesicht war vom Kummer gezeichnet. »Sie haben nur festgestellt, dass er in psychiatrischer Behandlung war. Es tut mir leid, Kate.«

»Wir hätten die Ermittlungen übernehmen sollen. Die Antwort lag ganz nah. Sie hätten nie abgegeben werden dürfen«, begann sie. William versuchte, sie zu unterbrechen, aber sie war nicht bereit, sich zurückzuhalten. Dies war ein weiterer Beweis dafür, dass Dickson involviert war. Er hatte dafür gesorgt, dass man nicht nur ihr den Fall weggenommen hatte, sondern jedem im Revier, der sie auf dem Laufenden gehalten hätte. In Anbetracht dessen, was sie herausgefunden hatten, ergab diese Entscheidung durchaus Sinn. Er hatte einen Freund geschützt.

»Ich möchte Zugang zu diesen Akten.«

»Kate …«

»Ich möchte Zugang zu ihnen.«

»Ich glaube nicht, dass das eine gute Idee ist. Die Ermittlungen sind abgeschlossen; der Täter wurde ermittelt.«

»Aber du hast doch neue Beweise, die darauf hindeuten, dass der Schütze im Auftrag von jemandem gehandelt hat.«

»Das ändert nichts am Ergebnis! Blancher war für all die Todesfälle verantwortlich.« Sein Blick war voller väterlicher Sorge.

»Warum wurde mir während der Ermittlungen der Zugang verweigert?«

»Was glaubst du denn? Du warst zerbrechlich, Kate. Wir haben uns Sorgen um dich gemacht. Du hast versucht, eine Fassade aufrechtzuerhalten, und warst fest entschlossen weiterzumachen, als wäre nichts geschehen. Du kamst fast sofort wieder zur Arbeit, gegen ärztlichen Rat, und jeder konnte sehen, dass du nicht du selbst warst. Ja, du warst mutig, entschlossen, professionell, aber sehr zerbrechlich. Superintendent Dickson besprach die Angelegenheit mit mir, und ich habe mich hinter dich gestellt und ihm gesagt, dass es besser für dich ist, wenn du arbeiten kannst. Ich weiß, was dir dieser Job bedeutet, und es kam mir grausam vor, dich von ihm fernzuhalten, als du ihn am meisten brauchtest. Er stimmte jedoch nur unter der Bedingung zu, dass wir ein Auge auf dich haben, dein Verhalten überwachen und alle Versuche blockieren, die du unternehmen könntest, um Informationen zu erhalten oder in die Euston-Ermittlungen verwickelt zu werden. Das war zu deinem eigenen Besten. Die Entscheidung, wer die Ermittlungen leitet, lag nicht bei uns. Der Befehl kam von weiter oben und glaube mir, wir haben ihn angefochten, aber uns wurde gesagt, Blancher sei in London in den Zug gestiegen, also sollte die Untersuchung von einem Londoner Team durchgeführt werden.« Seine Stimme war ruhig, die Hände lagen entspannt in seinem Schoß. Es gab keine körperlichen Anzeichen dafür, dass er log.

Sie hob den Blick noch einmal und sah ihn an, suchte in seinen Augen nach Empathie und fand Leere. Sie glaubte ihm nicht. Sie schluckte schwer und es dauerte einen Moment, bis sie wieder sprechen konnte. »Wissen wir, warum Ian diesen Mann angeheuert hat, um Chris zu töten?«

»Wir glauben, dass er ihn so zum Schweigen bringen wollte. Chris war über etwas gestolpert, das nicht nur Ians Ruf ruiniert, sondern auch zu seiner Verhaftung geführt hätte. Es hatte etwas mit dem Maddox Club zu tun, mit dem Gold-Service, der dort angeboten wurde.«

»Von wem habt ihr diese Informationen?«

»Von Cooper Monroe.«

William fasste zusammen, was Cooper Emma und Morgan erzählt hatte, und die ganze Zeit über nahm Kate die Details auf, ihre Augen auf Williams Mund gerichtet, während die Worte nur so hervorsprudelten, und fühlte nichts. Ihr waren einfach die Emotionen ausgegangen.

»Willst du mich von dem Fall abziehen?«

William machte eine hilflose Geste mit seinen Händen. »Hier besteht ein Interessenskonflikt.«

»Ich sehe nicht, wie das Wissen, dass ein Attentäter von einem der Opfer angeheuert wurde, um meinen Mann zu töten, mein Urteilsvermögen beeinflussen könnte. Ian Wentworth ist tot. Es ist unwahrscheinlich, dass ich auf einen Rachefeldzug gegen ihn aus bin. William, ich habe hart gearbeitet, um diesen Mörder aufzuspüren, und meine Motivation bleibt dieselbe wie zu Beginn der Ermittlungen. Ich muss mir etwas beweisen, nicht dir oder Superintendent Dickson, sondern mir selbst. Als ich Chris verloren habe, habe ich alles verloren und ich muss mir ein neues Leben aufbauen. Das hier wird mir helfen, einen Abschluss zu finden. Du schuldest mir was, William. Du kannst mich nicht wieder zu Hause zappeln lassen, ohne etwas, auf das ich mich konzentrieren kann, oder ohne einen Grund zu existieren. Als du mich angefleht hast, diesen Fall zu übernehmen, hast du selbst gesagt, dass du die alte Kate zurückhaben willst. Du meintest, sie sei nur vorübergehend außer Sichtweite. Nun, sie ist jetzt hier und sie braucht diesen Fall.« William schüttelte den Kopf, aber sie redete mit ruhiger Stimme weiter. »Wir sind schon zu weit gekommen, um jemand Neues ins Boot zu holen. Du hast mich auf diesen Fall angesetzt, weil du mir vertraut hast, den Mörder von Alex Corby aufzuspüren – du und Superintendent Dickson. Und ihr könnt mir immer noch vertrauen, dass ich den Täter vor Gericht bringe. Mein Ruf hängt davon ab.«

»Ich weiß nicht, Kate. Der Superintendent macht sich Sorgen, dass du der Aufgabe nicht gewachsen bist.«

»Und du, William, was denkst du?«

»Du bist gestern Abend verschwunden, bist nicht ans Telefon gegangen ... Ich bin seiner Meinung.«

»Ich war damit beschäftigt, meinen Job zu machen, mögliche Verdächtige aufzuspüren und andere Personen zu entlasten. Ich habe dafür gesorgt, dass Emma und Morgan Cooper befragen, und ich hatte noch andere wichtige Spuren zu verfolgen. Wenn wir ein komplettes Team hätten, wie es bei Ermittlungen dieser Größenordnung der Fall sein sollte, müsste ich mich nicht an der aktiven Feldarbeit beteiligen und könnte die Untersuchung als DI dirigieren. Die Kommunikation ist nicht immer möglich, wenn man im Feldeinsatz ist. Du weißt das alles, William. Erinnerst du dich daran, wie es war, als du und Dad zusammengearbeitet habt? Manchmal konntet ihr stundenlang keinen Kontakt halten. Die Polizeiarbeit hat sich seither nicht großartig verändert. Tatsache ist nach wie vor, dass wir kurz davor sind, den Täter zu fassen, und wenn du mich von dem Fall abziehst, musst du einen geeigneten Ersatz finden und noch einmal von vorne beginnen. Ein anderer DI wäre vielleicht nicht bereit, so im Stillen zu operieren.«

William tippte die Spitzen seiner Finger lautlos aneinander. »Okay, aber verschwinde nicht mehr von der Bildfläche, und wenn ich auch nur eine Sekunde den Verdacht habe, dass du auf einer Art Rachefeldzug bist, werde ich dich von dem Fall abziehen.«

»Okay.«

»Kate, du und ich, wir haben eine gemeinsame Vergangenheit. Dein Vater wollte, dass ich auf dich aufpasse, und ich möchte, dass du weißt, dass ich nur dein Bestes will.«

»Danke.«

»Ich bitte dich um eine Sache ... Du hältst mich über alles auf dem Laufenden.«

»Das werde ich.«

Damit war sie entlassen und verließ sein Büro. Sie hatte nicht die Absicht, ihn vollständig zu informieren. Was sie über Ian herausgefunden hatte, stärkte nur ihre Entschlossenheit, Dicksons Rolle aufzudecken. Ian hatte nicht allein gehandelt. Da war sie sich sicher. Zuerst würde sie mit Cooper sprechen und später würde sie das Tagebuch lesen, das Dan ihr gegeben hatte. In ihrem Büro brannte Licht und Emma und Morgan waren beide drinnen.

»Guten Morgen, ihr beiden. Wir haben nicht viel Zeit für eine ausführliche Nachbesprechung, also werde ich es so kurz wie möglich zusammenfassen. Wie ihr wisst, wurde Xavier Durand, Manager im Maddox Club, irgendwann am Montagabend oder am frühen Dienstagmorgen ermordet. Ich war nicht in der Lage, Raymond Maddox zu kontaktieren, und möchte, dass er als vermisst gemeldet und sein Telefon zurückverfolgt wird. Ich habe noch keine endgültige Bestätigung, aber es scheint, dass Xavier mit der gleichen Art von Gerät ermordet wurde, von dem wir glauben, dass es eine Folterbirne ist. Bei diesem Mord änderte der Täter seine Vorgehensweise. Er entfernte kein Auge und sein Opfer erstickte an einer Erdnuss, die aus einer Schale in der Bar stammte. Was von Bedeutung sein könnte, ist etwas Blut, von dem man annimmt, dass es weibliches Blut ist. Es wurde auf einem Briefbeschwerer und auf dem Teppich gefunden. Wir müssen mit Tabitha Grant, der Eigentümerin von ABeClean, und einer ihrer Reinigungskräfte, Poppy Notts, sprechen, um herauszufinden, ob sich eine von ihnen beim Reinigen eines bronzenen Briefbeschwerers in Form einer Sphinx im Salon des Maddox Clubs geschnitten hat. Ich habe veranlasst, dass ein uniformierter Beamter von beiden DNA-Abstriche nimmt, aber ich würde trotzdem gern mit ihnen sprechen. Das ginge schneller, als auf die Ergebnisse zu warten. Habt ihr noch Fragen?«

Ihr Schnelldurchlauf hatte Morgan und Emma sprachlos gemacht. Sie gab ihnen ein paar Sekunden, um zu antworten, und als sie es nicht taten, fuhr sie fort: »Und nur damit ihr beide Bescheid wisst, ich weiß, dass Ian Wentworth Edward Blancher beauftragt hat, Chris zu töten. William hat mir alles erzählt. Ich würde gern Coopers Version der Geschehnisse aus erster Hand hören, also werde ich ihn befragen.«

Die Anspannung wich aus Emmas Gesicht. »Hat er dir auch erzählt, dass Chris im Maddox Club wegen des Gold-Services nachgeforscht hatte?«

Kate brachte sie mit einer Geste zum Schweigen. »Ist schon okay. Er hat mir alles erzählt und die fehlenden Puzzleteile bekomme ich, wenn ich mit Cooper spreche.«

Morgan wand sich unbehaglich und fragte: »Leitest du immer noch diese Ermittlungen?«

»DCI Chase hat zugestimmt, dass ich weitermache. Wir hatten ursprünglich den Auftrag, Alex' Mörder zu entlarven, und obwohl uns das auf diese Spur geführt hat, können wir noch nicht mit Sicherheit sagen, ob diese Todesfälle mit dem Anschlag im Euston-Zug zusammenhängen. Deshalb machen wir weiter wie bisher. Ich habe vollstes Vertrauen in unsere

Fähigkeiten als Team, denjenigen zu ermitteln, der Alex, Ian und Xavier getötet hat. Das ist mein primäres Ziel bei alldem. Ich würde gern mit Cooper sprechen. Morgan, würdest du dabei sein? Und Emma, kannst du dich um das Reinigungspersonal kümmern?«

Emma nickte.

»Gut. Morgan, würdest du Cooper bitte zu einem Befragungsraum bringen? Ich bin in einer Minute unten.«

Sobald er außer Hörweite war, sagte Emma zu Kate. »Ich habe mir Sorgen gemacht, wie du reagieren würdest.«

»Auf was?«

»Auf die Neuigkeiten über Chris' Tod. Du warst in den letzten Tagen ein bisschen ... seltsam ... Die Tabletten ... Das Stück Kuchen für Chris in deiner Tasche.«

Kate legte den Kopf schief. »Ich war nicht ganz in Form. Die verordneten Medikamente haben meinen Kopf durcheinandergebracht. Ich habe bis vor Kurzem nicht begriffen, wie sehr sie mich beeinträchtigt haben. Ich habe sie entsorgt und werde sie definitiv nicht mehr nehmen. Ich fühle mich inzwischen schon mehr wie mein altes Ich – fokussierter.«

»Wir haben uns eine ganze Weile Sorgen um dich gemacht.«

»Wirklich, mir geht es gut.«

»Wenn du es sagst.« Emma warf ihr einen ernsten Blick zu.

Kate schenkte ihr ein warmes Lächeln. »Ich meine es auch so. Danke, dass du die Notiz in Ians Cottage nicht erwähnt hast.«

»Ich wollte niemanden verärgern und war mir sicher, dass du das richtig handhaben würdest. Außerdem bemerkte Faith, dass der Notizblock ziemlich verstaubt war, also musste das Treffen schon vor einigen Monaten stattgefunden haben. Mit dem Wissen, was wir jetzt haben, könnte es sogar um den Gold-Service gegangen sein.«

Das Treffen, das Ian in Panik versetzt hatte und ihn einen Attentäter anheuern ließ, der ihren Mann ermorden sollte.

Emma schaute auf die Uhr und sagte: »Ich rufe besser Tabitha an.«

Kate überließ sie ihrer Arbeit und eilte den Korridor hinunter in Richtung des Befragungsraums, um mit Cooper zu sprechen. Chris war an ihrer Seite.

»Da bist du ja wieder«, sagte sie. Mit ihm zu reden war krankhaft, doch es war der einzige Trost, den sie hatte, und sie sehnte sich danach.

»Du brauchst Unterstützung. Irgendetwas an dieser Sache fühlt sich nicht richtig an. Ich bin überrascht, dass Ian eine so extreme Methode gefunden hat, mich zum Schweigen zu bringen. Er hätte das auf so viele andere Arten erreichen können: Geld, Erpressung, Drohungen, mich zusammenschlagen … Aber ein Auftragskiller?«

»Das sehe ich genauso. Ich verstehe, dass er in Panik geriet, als er dachte, dass du das mit dem toten Jungen herausfinden würdest, aber sich so einen krassen Plan auszudenken, und das auch noch allein … Ich hätte gedacht, er hätte vorher mit Xavier oder jemand anderem darüber gesprochen. Vielleicht gestand er es sogar seinen engen Freunden – Alex und Dickson – und fragte sie um Rat.«

»Genau. Das würde erklären, warum Dickson wollte, dass der Fall außer Kontrolle gerät.«

»Du glaubst, er war beteiligt?«

»Da bin ich mir ziemlich sicher. Du nicht?«

»Er muss die Schreie gehört haben, die aus Ians Zimmer kamen, und wurde misstrauisch. Und warum hat er nicht hinterfragt, warum Ian am nächsten Morgen so früh abgereist ist? Er hat behauptet, nichts zu wissen, und wir können nicht das Gegenteil beweisen, weil die einzigen anderen Leute, die wussten, was passiert ist, tot sind. Er weiß mehr, als er zugibt. Ich werde der Sache auf den Grund gehen.«

»Ich bin so stolz auf dich, Kate. Du hast dich in Williams Büro und vor Morgan und Emma gut geschlagen. Sie denken, sie haben die alte, vertrauenswürdige Kate zurück. Du hast deinen Verdacht gut verborgen. Behalte ihn für dich.« Seine Stimme wurde zu einem Flüstern. »Irgendjemand hat Ian davon überzeugt, einen Auftragskiller anzuheuern. Auf diese Idee ist er nicht selbst gekommen. Und wer auch immer das getan hat, wird dafür sorgen, dass Ian als der Schuldige dasteht.«

»Ich weiß, aber das werde ich nicht zulassen. Ich werde dafür sorgen, dass die Beteiligten zur Rechenschaft gezogen werden.«

»Das ist mein Mädchen!«

»Kommst du mit mir in den Befragungsraum?«

»Darauf kannst du wetten.«

* * *

Cooper Monroe nippte an einem heißen Getränk. Kate schloss die Tür zum Befragungsraum und streckte eine Hand zur Begrüßung aus. Er nahm sie an und gab ihr einen festen Händedruck, wobei seine schwielige Handfläche die ihre berührte.

Sie setzte sich, Morgan nahm neben ihr Platz. »Mr Monroe, ich habe gehört, dass Sie am Mittwoch, dem 2. Januar, in einen Vorfall im Maddox Club verwickelt waren.«

»Ja, ich war an einer Vertuschung beteiligt, für die ich eine saftige Bestechung angenommen habe«, antwortete er.

»Kannten Sie einen der Männer, die den Gold-Service bestellt und in der Nacht des 2. Januar im Klub übernachtet haben?«

»Nein.«

»Ein Kellner hat Ihnen gesagt, dass Ian Wentworth im Klub war?«

»Ja.«

»Wer war dieser Kellner? Kann er Ihre Geschichte bestätigen?«

»Ich kenne nur seinen Vornamen – Christophe. Es war seine letzte Woche dort. Er ist in der darauffolgenden Woche nach Frankreich zurückgekehrt, also lautet die Antwort: Nein, er kann meine Geschichte nicht bestätigen. Raymond hat vielleicht seine Kontaktdaten.«

»Gehe ich recht in der Annahme, dass Sie die Namen der anderen Mitglieder nicht kannten, die über Nacht geblieben sind?«

»Ja.«

»Würde es Sie überraschen, wenn Sie wüssten, dass Alex Corby in dieser Nacht auch dort war?«

In diesem Moment veränderte sich Coopers Miene. »Alex war da? Oh, verdammt! Ich weiß, worauf Sie hinauswollen. Hören Sie, ich wusste nicht, wer dort noch zu Gast war, okay? Meine Aufgabe war es, zwei junge Frauen und einen jungen Mann von einem Treffpunkt zum Klub zu fahren. Bis zu dem Moment, als Xavier mich aufweckte und mich um Hilfe bat, hatte ich keine Ahnung, was dort vor sich ging. Ich machte meinen Job, verdiente ein bisschen Geld dazu und stellte keine Fragen. Das war's. Ich hatte Alex noch nie im Klub gesehen. Er war mein Chef und der Schwiegersohn meines besten Freundes. Sie können doch nicht ernsthaft glauben, dass ich ihn umgebracht habe.«

»Unseres Wissens nach hatte Bradley sehr wenig für seinen Schwiegersohn übrig. Sie könnten mit ihm unter einer Decke stecken«, sagte Kate.

Cooper knallte den Becher auf den Tisch, hielt ihn aber fest in den Händen. »Ich habe niemanden, ich wiederhole, niemanden getötet – nicht den Jungen, nicht Alex und nicht Ian Wentworth.«

»Oder Xavier Durand?«

»Xavier ist tot?«

»Ja.«

Cooper stöhnte und rieb sich mit einer tätowierten Hand über den kahlen Kopf. »Mein Gott! So ein Mist.«

»Wir müssen Ihr Alibi für die fraglichen Tage überprüfen.«

»Ja ... ja. Welche Tage?«

»Das werden wir gleich besprechen.« Sie schob ihm eine detailreiche Skizze zu. »Das ist eine Karte des Klubs und seiner Umgebung. Können Sie mir sagen, wo Sie die Leiche des jungen Mannes vergraben haben?«

Er beugte sich über den Tisch und zeigte auf eine Stelle inmitten eines Wäldchens. »Es war ungefähr dort. Ich kann es Ihnen genauer zeigen, wenn wir dorthin gehen. So etwas vergisst man nicht so leicht.«

»Kannten Sie den Namen des Jungen?«

»Nein. Ich habe mich nicht auf ein Gespräch mit ihm eingelassen.«

»Gibt es irgendetwas an ihm, an das Sie sich erinnern? Irgendwelche besonderen Merkmale?«

»Er war einfach nur ein Junge – jünger als meine Tochter. Ein gut aussehender Junge mit auffallend haselnussbraunen Augen und ... resigniertem Blick. Er wog so gut wie nichts.« Er verzog das Gesicht, als hätte man ihn geschlagen. »Ich habe einen riesengroßen Fehler gemacht, als ich diesem Stück Scheiße geholfen habe.«

»Ian Wentworth?«

»Ja.«

»Waren Sie damals wütend auf Ian Wentworth gewesen?«

»Darauf können Sie wetten, aber am meisten ... am meisten empfand ich Ekel.«

»Und trotzdem haben Sie ihm geholfen, dieses Verbrechen zu vertuschen?«

»Ich schäme mich zu sagen, dass ich das getan habe. Ich hatte die Wahl zwischen Pest und Cholera. Ich war bereits in die Sache involviert. Ich wusste, was im Klub vor sich ging, und ich brauchte das Geld, das Wentworth mir für mein Schweigen bot. Es hat meiner Tochter Sierra den Besuch des College ermöglicht. Sie hat so viel Mist durchgemacht und ich war nicht da gewesen, als sie mich gebraucht hat. Ihre Mutter und ich hatten ihre Vergangenheit ruiniert, aber das Geld bedeutete, dass ich ihr eine Zukunft geben konnte. Der Junge war tot. Er würde nicht zurückkommen, aber Sierra lebte. Ziemlich verkorkst, was?«

»Sie haben die Leute, die Sie in den Klub gebracht haben, ›Mädchen und Jungen‹ genannt. Waren sie minderjährig?«

»Vielleicht … wahrscheinlich … aber ehrlich gesagt, ich weiß es nicht. Man kann ihnen das Alter nicht ansehen, oder? Ich habe sie so genannt, weil sie für mich alle Kinder sind. Jeder, der jünger als einundzwanzig aussieht, ist in meinen Augen ein Kind.«

Obwohl ihr Instinkt ihr sagte, dass Cooper nicht für den Tod von Alex, Ian und Xavier verantwortlich war, musste sie trotzdem dem üblichen Verfahren folgen und fragte: »Können Sie uns sagen, wo Sie letzten Donnerstagmorgen waren?«

»Ich war zu Hause. Ich war seit dem Abend zuvor auf Tour gewesen. Sierra war mit Bradley zu einer Fahrstunde unterwegs. Als er sie absetzte, bemerkte er mich im Garten. Ich war in einem miserablen Zustand, taumelte draußen herum und schluchzte wie ein Baby. Er brachte mich wieder ins Haus und machte mir einen Kaffee. Wir haben geredet.«

»Ich nehme an, Sie meinen mit Tour, dass Sie viel getrunken haben?«

»Ja. Ich stand noch total neben mir, als Bradley auftauchte.«

»Haben Sie mit Bradley über den Jungen gesprochen, den Sie begraben haben?«

»Nein.«

»Können Sie sich dessen sicher sein? Sie haben selbst zugegeben, dass Sie viel getrunken hatten und niedergeschlagen waren wegen dem, was Sie getan hatten.«

»Ich rede nicht, wenn ich betrunken bin. Ganz im Gegenteil. Ich werde wortkarg.«

»Aber er ist ein sehr guter Freund. Sie hätten sich ihm gegenüber öffnen können.«

»Wir kämpften Seite an Seite, als wir bei der SAS waren. Ich würde ihm mein Leben anvertrauen, aber Bradley hat einen strengen Moralkodex, besonders wenn es um Kinder und Familie geht. Er würde absolut alles für Fiona und die Enkelkinder tun. Wenn ich ihm alles gesagt hätte, hätte er darauf bestanden, dass ich mich stelle, oder er hätte Ihnen selbst berichtet, was passiert ist, also habe ich ihm nur eine verkürzte Version der Ereignisse gegeben. Ich erzählte ihm, dass Ian Wentworth mich gebeten hatte, einen lästigen Reporter aufzumischen, und mich dann angefleht hatte, den Söldner aufzuhalten, den er angeheuert hatte, um den Mann zu töten. Aber ich hatte mich geweigert, ihm zu helfen, und bedauerte die Entscheidung von ganzem Herzen. Ich sagte, ich wünschte, ich hätte zugestimmt, denn mit meiner Ausbildung und meinem Freundeskreis hätte ich diesen Verrückten mit einer Waffe gestoppt, bevor er einen einzigen Schuss hätte abgeben können.«

»Wie hat Bradley reagiert?«

»Er war ... verständnisvoll. Weshalb ich mich umso schlimmer fühlte, weil ich ihm die Sache vorenthielt, denn er wiederholte immer wieder, dass der Amoklauf in dem Zug nicht mein Werk gewesen war. Ich hätte nicht vorhersehen können, was passieren würde, und ich sollte nicht mir die Schuld daran geben. Vielleicht vermutete er, dass ich ihm nicht alles gesagt hatte, denn obwohl er mir zustimmte, dass ich das Richtige getan hatte, indem ich mich weigerte, den Journalisten zu verprügeln, bestand er darauf, dass ich mich der Polizei stellte, weil Ian Wentworth für seine Taten zur Rechenschaft gezogen werden müsste.« Er hob den Kopf zur Decke, seine Augen waren feucht von Tränen. »Ich hätte sofort handeln sollen, aber ich brauchte etwas Zeit, um mich auf die Folgen vorzubereiten. Dann, am selben Tag, wurde Alex ermordet, und als ich herausfand, dass auch Wentworth getötet worden war, wurde mir klar, dass ihre Ermordung mit dieser Nacht im Klub zusammenhing. Ich dachte, mein eigenes Leben sei in Gefahr, also bat ich Bradley, auf Sierra aufzupassen, während ich für eine Weile verschwand, und ließ ihn versprechen, Stillschweigen über das zu bewahren, was ich ihm erzählt hatte. Er stimmte zu und stellte keine weiteren Fragen.« Er schluckte schwer. »Der Reporter war Ihr Mann, nicht wahr?«

»Ja.«

»Es tut mir aufrichtig leid.«

»Sie haben ihn nicht umgebracht, Mr Monroe. Und ich bezweifle, dass es Ihnen selbst mit Ihren vielen Fähigkeiten gelungen wäre, den Mann aufzuspüren, der das getan hat.«

Er ließ bei ihren Worten den Kopf hängen. »Ich hätte es wenigstens versuchen können.«

»Helfen Sie uns. Zeigen Sie uns, wo Sie den Jungen begraben haben.«

Kate schob ihren Stuhl zurück. Ihr Herz klopfte fest. Zum ersten Mal seit einer ganzen Weile war sie klar und fokussiert. Sie war sich bewusst, dass Chris ihr über die Schulter schaute. Die Gesichter der Toten aus dem Zugabteil erhoben sich vor ihren Augen. Sie starrten sie nicht an, sie drängten sie weiter.

KAPITEL 46

MITTWOCH, 9. JUNI – VORMITTAG

Emma rief Bradley an. »Sir, hier spricht DS Donaldson aus Stoke-on-Trent. Mr Monroe ist auf dem Revier und hilft uns bei unseren Nachforschungen und wir würden gern einige Details mit Ihnen besprechen.«

»Ja, ich werde vorbeikommen. Sergeant ... Cooper ist tief im Inneren ein guter Mensch. Seien Sie nachsichtig mit ihm.«

Emmas nächster Anruf galt der Reinigungsfirma ABeClean, um herauszufinden, ob sich eine der Reinigungskräfte beim Abwischen des Briefbeschwerers verletzt hatte, aber Tabitha, die sich ziemlich fertig anhörte, war sich hundertprozentig sicher, dass weder sie noch Poppy zu irgendeinem Zeitpunkt Verletzungen davongetragen hatten.

Kaum hatte sie das Gespräch beendet, tauchten Kate und Morgan wieder auf.

»Wir fahren mit Cooper in den Maddox Club«, informierte Kate sie. »Er wird uns zeigen, wo er den Jungen vergraben hat. Ich möchte, dass du mit uns kommst. Hast du in Bezug auf das Blut, das im Klub gefunden wurde, etwas erreicht?«

»Nein. Es stammt nicht von den Reinigungskräften. Sollen wir eine Liste des Personals anfordern, das dort arbeitet, für den Fall, dass irgendwelche weiblichen Angestellten mit dem Gegenstand in Berührung gekommen sein könnten?«

»Ich bin sicher, dass sie nur Männer beschäftigen, aber die Anfrage könnte sich trotzdem lohnen. Das ändert allerdings die Sachlage und wirft die Frage auf, ob unser Täter eine Frau ist.«

»Wer zum Teufel könnte das sein?«, fragte Morgan.

»Jemand, der Ian, Alex und Xavier hasst ... und vielleicht sogar den Superintendent«, meinte Emma. »Was ist mit den Mädchen, die von den Mitgliedern benutzt wurden – die Prostituierten?«

Kate stimmte ihr zu. »Das ist eine Möglichkeit. Wir werden uns das genauer ansehen, wenn wir zurück sind.«

* * *

Während Emma und Morgan Cooper zum Auto brachten, rief Kate Ervin an.

»Hi, Ervin. Hier ist Kate. Bist du noch im Maddox Club?«

»Nein, ich bin im Labor. Ich untersuche gerade diese Faser, die Harvey in Xaviers Nase gefunden hat. Es scheint sich um kunststoffgeschütztes Papier zu handeln, ähnlich dem Stoff, aus dem unsere forensischen Papieranzüge gemacht sind. Falls sie von einem von uns stammt, verstehe ich nicht, wie es zu der Kontamination kommen konnte. Nur Harvey, du und ich waren in der Nähe des Verstorbenen und zu diesem Zeitpunkt war er natürlich nicht mehr in der Lage, etwas einzuatmen.«

»Bist du sicher, dass sie von einem Papieranzug stammt?«

»Fast sicher, obwohl ich auch auf andere Möglichkeiten testen werde, für den Fall, dass ich mich irre.«

Kate schnalzte mit der Zunge. Ervin irrte sich nie. »Du kannst forensische Anzüge online oder sogar in Fachgeschäften kaufen. Wenn der Mörder während der Taten Schutzkleidung trug, würde das erklären, warum er keine Spuren hinterlassen hat.«

»Mir kam der gleiche Gedanke. Ich werde weiter an dieser Faser arbeiten und sehen, was ich noch für dich herausfinden kann.«

»Könntest du jemand anderen daransetzen? Auf dem Gelände des Maddox Clubs liegt ein unbekanntes Opfer begraben, und ich wäre dir sehr dankbar, wenn du dorthin kämest.«

»Ein weiteres Opfer? Wir treffen uns dort.«

* * *

Die Temperaturen waren gestiegen und der Tag war unangenehm schwül geworden, aber das dichte Blätterdach spendete Schatten. In der Kühle des Wäldchens bildete sich eine Gänsehaut auf Kates Unterarmen, während ihr Team und sie über den farnbedeckten Boden stapften. Vögel hockten hoch über ihren Köpfen und schnatterten sich gegenseitig Warnungen zu, während die Gruppe sich ihren Weg zwischen den Bäumen zu einer Lichtung bahnte. Das flackernde Sonnenlicht, das durch die gelegentlichen Lücken fiel, verwandelte die Blätter von einem einfarbigen Dunkelgrün in eine Mischung aus verschiedenen Schattierungen und Farbtönen: Salbei, Olive, Jade, Seegrün und Limette. Kate richtete ihre Aufmerksamkeit auf Cooper vor sich, der die Schritte zurückverfolgte, die er zuletzt im Januar gemacht hatte. Ihre Finger strichen leicht über breite Baumstämme, als sie auf das Licht zugingen. Zehn Meter ... fünf, und dann trat Cooper links von einer Eiche auf die Lichtung.

Er neigte den Kopf. »Hier.«

Kate und ihr Team kamen zu einer kleinen Gruppe zusammen. Ervin gab Anweisungen an seine beiden Kriminaltechniker, die sich daraufhin auf den Erdhügel zubewegten und zu graben begannen. Cooper trat zur Seite und starrte in den Himmel, anstatt ihnen zuzusehen. Kate schob die Hände in die Jackentaschen, als die Spaten in das flache Grab schlugen, und wartete schweigend.

Innerhalb weniger Minuten rief ein Beamter Ervin zu: »Wir haben etwas.«

»Geht es langsam an und räumt zuerst den Schmutz weg. Wir wollen keinen Schaden anrichten.«

Von dort, wo sie stand, entdeckte Kate ein Stück Stoff. Sie erkannte die Farbe, auch wenn sie verschmutzt war. Es war der Rand einer kastanienbraunen Seidensamtdecke. Die tiefbraune Erde wurde mit der Hand beiseite gewischt, die Bettdecke angehoben und vorsichtig auf den Boden gelegt. Das Team näherte sich Ervin, als er das Tuch entfaltete, um das nackte, unkenntliche Gesicht und den Torso zu enthüllen, die darin verborgen waren. Ein forensischer Anthropologe wäre in der Lage, sein Gesicht zu rekonstruieren, aber seine Identifizierung würde einige Zeit in Anspruch nehmen, vor allem, wenn der Junge nicht in Großbritannien gemeldet war, wie Cooper vermutete. Kates Augen wanderten seinen etwa ein Meter achtzig langen Körper entlang und ihr Blick fiel auf seine Hände, an denen ein Gegenstand ihre Aufmerksamkeit erregte.

»Was ist das?«, fragte sie.

Ervin hockte sich hin und untersuchte es. »Das ist ein geflochtenes Armband.«

Kates Synapsen zischten und knisterten. Sie eilte an Ervins Seite, beugte sich über den Körper und studierte die ineinander verwobenen Stränge. Sie hatte dieses Armband schon einmal gesehen. Sie zählte die Farben – fünf an der Zahl: grün, gold, rot, schwarz und weiß. Die Erkenntnis raubte ihr den Atem.

»Ich glaube, ich weiß, wer das sein könnte. Faith hatte einen Neffen. Ich habe ein Foto von ihm auf ihrem Bildschirmschoner gesehen. Er trug ein identisches Armband.«

»Warte, Kate. Es könnte Hunderte von solchen Armbändern geben. Du darfst keine voreiligen Schlüsse ziehen«, sagte Ervin und stand auf.

Angesichts ihrer Erkenntnis sprang Kate auf. »Denk doch mal nach. Sie hat Zugang zu forensischen Papieranzügen. Sie weiß genug über forensische Wissenschaft, um wenig bis keine Spuren zu hinterlassen. Sie hat mich über den Tatort im Maddox Club ausgefragt und wollte erfahren, wie viel wir schon wissen.«

Ervin schüttelte den Kopf. »Nein, Kate, tut mir leid. Das werde ich nicht zulassen. Sie ist eine kluge und engagierte Assistentin. Sie ist zu keinem der Morde fähig. Das geht einen Schritt zu weit.«

Kate schaute Morgan an. Die Falten auf seiner Stirn waren ein deutliches Zeichen. Er glaubte ihr nicht. Emma starrte auf den Boden. Sie alle dachten, dass sie sich irrte, und glaubten wahrscheinlich, dass sie den Verstand verloren habe. Aber sie wusste, dass sie recht hatte.

»Wo ist Faith heute?«, fragte Kate.

»Sie hat sich heute Morgen krankgemeldet. Sie hat sich das Magen-Darm-Virus eingefangen, das gerade die Runde macht.«

»Ich muss mit ihr sprechen.«

»Kate ...«

»Was ist mit den Fasern, Ervin? Die an Xaviers Leiche gefundenen Fasern waren sicher identisch. Es ergibt keinen Sinn, dass die eine von Toilettenpapier und die andere von einem forensischen Anzug stammt. Sie hat gelogen. Sie hat gelogen, um ihre Spuren zu verwischen. Überprüfe diese beiden Fasern noch einmal und du wirst sehen, dass ich recht habe.«

Ervin kratzte sich am Kinn. »Also ...«

»Und das Blut auf dem bronzenen Ziergegenstand und dem Teppich? Dein Testset hat ergeben, dass es von einer Frau stammt. Es war nicht das Blut der Reinigungskraft, und als ich es Faith gegenüber erwähnte, sagte sie mir, dass diese Testsets oft fehlerhaft seien, und bot mir an, es selbst noch einmal zu untersuchen.« Sie schüttelte den Kopf. »Wir hätten das bemerken müssen!«

Emma schürzte ihre Lippen. »Wir sollten keine voreiligen Schlüsse ziehen.«

»Sie erzählte mir, dass ihr Neffe tot sei und dass sie nicht mehr mit ihrer Schwester spreche. Trotzdem hat sie ein Foto der beiden als Bildschirmschoner auf ihrem Handy. Warum?«

»Wahrscheinlich bedeutet es ihr etwas, besonders wenn der Junge tot ist«, sagte Morgan.

Kate warf seufzend die Hände in die Luft. »In Ordnung. Wir gehen Schritt für Schritt vor: Findet heraus, wer dieser Junge ist, überprüft Faiths Geschichte über ihre Schwester und ihren Neffen und stellt fest, wann und wo er gestorben ist. Es wird Aufzeichnungen geben, wenn er in Simbabwe gestorben ist. Ervin, bitte führe diese Tests noch einmal an den Fasern durch und überprüfe, ob ich recht habe. Finde heraus, welche Blutgruppe Faith hat und ob sie mit dem Tröpfchen auf dem Teppich übereinstimmt. Wenn das ihr Neffe ist, dann hat sie das Motiv, das sie brauchte – Rache. Sie hat es auf die Menschen abgesehen, die mit diesem Tod in Verbindung stehen.«

»Warum sollte sie Alex töten?«, wollte Emma wissen.

»Er war in der Nacht im Club, in der ihr Neffe starb. Er, Ian, Superintendent Dickson und Xavier. Sie hat es auf alle abgesehen!«

Morgan nickte in Coopers Richtung: »Und was sollen wir mit ihm machen?«

»Belehre ihn und bringe ihn zurück auf die Wache. Wir werden die Anschuldigungen später klären.«

Morgan ging hinüber zu den Bäumen, wo Cooper gedankenverloren stand und sich nicht an dem leisen Gespräch neben dem Grab beteiligte.

»Was nun?«, fragte Cooper.

Morgan begann: »Cooper Monroe, Sie haben das Recht zu schweigen ...«

»Aber ich habe Ihnen geholfen!«

Kate kam zu ihnen hinüber und zeigte mit einem Finger auf ihn. »Sie hätten schon viel früher helfen können, wenn Sie nicht einem Mörder geholfen, diese Leiche versteckt und darüber geschwiegen hätten. Oder wenn Sie der Polizei von Ian Wentworths Absichten erzählt hätten, einen Auftragskiller zu engagieren. Dann hätten Sie geholfen – Sie hätten geholfen, viele Leben zu retten. Machen Sie weiter, DS Meredith.«

Sie drehte sich auf dem Absatz um. Sie hatte die verdammten Hinweise übersehen. Sie war so sehr damit beschäftigt gewesen, John Dickson etwas anzuhängen, dass sie übersehen hatte, was direkt vor ihrer Nase gewesen war, und das ärgerte sie. Faith hatte eine Show abgezogen. Jedes Mal, wenn Kate Vertrauen gefasst und mit der Frau gesprochen hatte, war sie manipuliert worden. Faith hatte ein Spiel gespielt. Sie wusste, dass Kate verletzlich war und eine Freundin brauchte, und hatte sie wie eine Marionette benutzt! Sie ballte die Fäuste. Verdammt!

Ein gleichmäßiger Takt pulsierte so laut in ihren Ohren, dass sie Ervins leises »Sobald ich hier fertig bin, überprüfe ich das Blut, das ihr im Club gefunden habt« nicht hörte. Sie nickte vage zustimmend und ging zielstrebig davon, wobei sie Emma ein Zeichen gab, sich ihr anzuschließen. Damit würde die Frau nicht davonkommen. Niemand legte sich mit Kate an und kam damit davon.

Kapitel 47

MITTWOCH, 9. JUNI – NACHMITTAG

Der Wohnblock war ein Mischmasch aus roten und grauen Ziegeln mit Fenstern in allen Größen und Formen, als hätte ein Kind aus ungeraden, riesigen Legosteinen wahllos ein L-förmiges Gebäude zusammengesteckt. Es war in der Höhe so aufgebaut, dass der erste Abschnitt sechs Stockwerke enthielt, der mittlere Abschnitt vier und der letzte drei. Kate und Emma betraten den höchsten Teil und stiegen die runde Steintreppe in den dritten Stock hinauf, wo sich Faiths Wohnung befand.

»Faith, mach auf! Ich bin's, Kate.« Keine Antwort, also versuchte sie es noch einmal, diesmal lauter, und drehte sich um, als ein leises Knarren zu hören war. Die Tür neben Faiths Wohnung öffnete sich einen Spaltbreit.

»Hallo. Sie wissen nicht zufällig, wo Faith ist, oder?«, fragte Kate.

Die Tür öffnete sich weiter und eine dürre junge Frau im Morgenmantel mit einem Handtuch um den Kopf spähte mit großen Augen heraus. »Faith?«

Emma hielt ihren Dienstausweis hoch. »Die Frau, die neben Ihnen wohnt.«

»Welche von ihnen?«

Emma warf Kate einen Blick zu, bevor sie fragte: »Wie viele Frauen wohnen denn Ihrer Meinung nach hier?«

»Zwei. Zuerst wohnte nur eine dort, dann zog eine zweite ein.«

»Sind Sie sicher?«

»Die Wand meines Schlafzimmers grenzt an das Wohnzimmer nebenan und in den letzten Wochen habe ich definitiv zwei Frauenstimmen gehört. Die Wände in diesem Haus sind hauchdünn. Man kann die Leute in ihren Badezimmern pinkeln hören.«

Kate hatte sich an die Tür geschoben. »Ich nehme an, Sie haben keinen der beiden Namen mitbekommen, oder?«

»Nein.« Das Handtuch wackelte.

»Können Sie die Frauen beschreiben?«

»Nein. Ich habe nur eine von ihnen ein paarmal gesehen. Ich glaube, sie könnte eine Ärztin sein. Sie trägt einen weißen Kittel wie die Ärzte in diesen Arztserien. Ich sah sie heute Morgen, als ich von der Arbeit kam, das war gegen sechs Uhr. Sie war auf dem Weg hinaus, als ich hereinkam.«

»Hat sie mit Ihnen gesprochen?«

»Sie hat gegrüßt.«

»Wie wirkte sie?«

»Wie immer.«

»Sie sah nicht krank aus?«

»Nein.«

»Sie haben heute keine Bewegungen oder Geräusche in ihrer Wohnung gehört, oder?«

»Nein, nichts. Ich glaube, die andere Frau ist auch weg.«

»Haben Sie jemals gehört, worüber sie gesprochen haben?«

»Nein. Wenn man hier wohnt, gewöhnt man sich daran, alle Geräusche auszublenden, und es interessiert mich nicht, was nebenan oder irgendwo im Block vor sich geht.«

»Und Sie sind sicher, dass in dieser Wohnung zwei Frauen leben?«

»Absolut.« Sie wartete ab, ob es noch weitere Fragen gab, entschuldigte sich dann und schloss die Tür wieder.

Kate drehte sich zu Emma um. »Wir müssen uns Zugang verschaffen. Lass uns zum Revier zurückfahren und die nötigen Vorkehrungen treffen.«

* * *

Zurück auf der Wache hatte Morgan alles über Faith zusammengetragen, was er finden konnte, und las vor, was er herausgefunden hatte. »Ich konnte nur ein paar grundlegende Informationen bekommen. Sie kam im September 2018 nach Großbritannien, um einen Forensikkurs am UCL College zu absolvieren. Sie verbrachte ein weiteres Jahr mit einem Masterstudiengang und arbeitete seit August 2020 für den forensischen Wissenschaftsdienst in Coventry, bis sie im April dieses Jahres die Stelle in Stoke-on-Trent bekam.«

»Warum ist sie nach nur acht Monaten aus Coventry weggezogen?«, fragte Emma.

»Das habe ich noch nicht herausgefunden.«

»Sie sagte, sie habe unbedingt mit Ervin zusammenarbeiten wollen. Aber inzwischen bin ich mir da nicht mehr so sicher.« Kate ging noch einmal die Fakten durch. Lisa Handsworth war eine pathologische Lügnerin, Faith dagegen eine Meisterin der Täuschung. Sie hatte sie alle hinters Licht geführt: Ervin, ihre Kollegen und Kate. Sie hatte sie alle hereingelegt. Was Kate jedoch am meisten ärgerte, war, dass sie die Frau tatsächlich gemocht hatte. »Es wäre vielleicht eine gute Idee, mit ihren Arbeitgebern in Coventry zu sprechen und ihre Version zu hören. Ich weiß, dass Ervin gesagt hat, dass sie ihn immer wieder um eine Stelle gebeten hatte, aber nun denke ich, dass sie einen Hintergedanken hatte.«

»Vielleicht wollte sie wirklich nur mit ihm arbeiten«, sagte Morgan. Emma grunzte als Antwort.

Morgan zuckte mit den Schultern. »Es scheint, als wäre vieles davon reine Spekulation. Wir haben noch keine wirklichen Beweise, die auf ihre Schuld hindeuten.«

Sobald die Tests abgeschlossen waren, würden sie alle Beweise haben, die sie brauchten. »Redet mit ihren Kollegen. Was kannst du uns noch über sie erzählen, Morgan?«

Morgan fuhr fort: »Laut dem UCL war sie eine Musterschülerin. Hat alle ihre Prüfungen bestanden. Ich habe bei der Verwaltung der Universität in Harare angefragt, an der sie studiert hat, warte aber noch auf den Rückruf. Laut ihrer Personalakte ist sie alleinstehend, die Eltern sind verstorben und die nächste Verwandte ist Hope Masuku, fünfunddreißig Jahre alt, die in Harare lebt. Ich habe die Nummer angerufen, die dort hinterlegt ist, aber es meldete sich niemand.«

»Faith hat mir erzählt, dass sie geschieden sei«, meinte Kate.

»Laut ihren Unterlagen ist sie das nicht.«

Das war ein weiteres Märchen gewesen, um Kates Vertrauen zu gewinnen. Sie ballte die Faust und schlug auf den Tisch. »In Ordnung, was ist mit Hope? Hast du irgendwelche Informationen über sie?«

»Ich habe die Botschaft von Simbabwe für weitere Informationen kontaktiert.«

»Sie hat einen Vorsprung.«

»Wir wissen nicht, ob sie weg ist«, sagte Morgan.

Kate zählte an den Fingern ab: »Sie hat sich krankgemeldet, wurde aber um sechs Uhr morgens beim Verlassen des Gebäudes gesehen. Sie sah nicht krank aus. Sie war den ganzen Tag nicht in ihrer Wohnung. Ihr Telefon ist ausgeschaltet. Auf dem Rückweg haben wir zweimal angerufen, aber es meldete sich nur die Mailbox.«

»Sie könnte blaumachen.«

»Morgan!«, schnauzte Emma ihn an. »Hör auf, dich ständig querzustellen.«

»Ich bin bloß vernünftig. Ihr stürzt euch da ohne Fakten oder Beweise zur Absicherung hinein.«

Kate hob beide Hände hoch. »Okay, beruhigen wir uns. Können wir ihr Auto verfolgen?«

Morgan schüttelte den Kopf. »Ich habe es schon versucht. Sie besitzt keines. Sie leiht sich immer Fahrzeuge aus dem Fuhrpark des Labors.«

»Kontaktiere ihren Mobilfunkanbieter und finde heraus, wann und wo der letzte Anruf getätigt oder empfangen wurde.«

Morgan sprang auf. Emma machte sich auf die Suche nach einer Nummer für den gerichtsmedizinischen Dienst in Coventry. Kate lief in dem kleinen Raum auf und ab und ließ jedes Gespräch Revue passieren, das sie mit Faith geführt hatte. Sie blieb stehen, um den Kopf an die kühle Fensterscheibe zu lehnen, und stöhnte innerlich auf. Plötzlich ergab alles einen Sinn. Es war ihre Schuld, dass Faith sich aus dem Staub gemacht hatte. Sie hatte ihr dummerweise erzählt, dass das Blut auf dem Teppich von einer Frau stammte. Sie hatte unwissentlich Informationen weitergegeben, die Faith dazu gebracht hatten unterzutauchen. Das Blut würde sie mit dem Tatort in Verbindung bringen. Kate wusste, dass es das würde. Wenn sie sich doch nur mehr auf den Fall und nicht auf Dickson konzentriert hätte!

Morgan hatte sein Gespräch beendet. »Der letzte Anruf wurde gestern Nachmittag um drei Uhr getätigt, an eine unbekannte kostenpflichtige Nummer. Ich warte auf die vollständigen Telefonaufzeichnungen, die bald eintreffen sollten.«

»Wie hat sie sich heute krankgemeldet, wenn sie ihr Telefon nicht benutzt hat?«

Morgan zuckte mit den Schultern.

»Sie muss irgendein Telefon benutzt haben.« Sie kaute für einen Moment am Daumen herum. Draußen schlängelte sich der Verkehr unaufhörlich an dem Gebäude vorbei: Lieferwagen, Autos und Lastwagen, verbunden durch eine unsichtbare Schnur. »Verdammt!« Sie drehte sich wieder um. »Wir sitzen fest, bis Ervin sich meldet oder wir von jemandem etwas hören. Wir haben keine andere Möglichkeit, als ihre Wohnung nach Hinweisen auf ihren Verbleib zu durchsuchen. Ihre Nachbarin sagte, dass eine andere Frau mit ihr in der Wohnung gelebt hat, konnte uns aber keine Beschreibung geben. Morgan, ich möchte, dass du dorthin gehst, mit anderen Bewohnern des Blockes sprichst und herausfindest, ob noch jemand eine der beiden Frauen gesehen oder getroffen hat. Nimm die Ramme mit. Wir treffen uns in einer halben Stunde vor Faiths Wohnung. Ich muss noch einen Durchsuchungsbefehl beantragen.«

»Was ist mit Cooper?«, fragte Morgan.

»Lass ihn schmoren. Unsere Priorität ist Faith. Emma, mach du hier weiter und ruf mich an, falls du mich brauchst oder irgendwelche Informationen hast. Wir müssen sie finden.«

* * *

Während Morgan und Kate Faiths Wohnung durchsuchten, kam Emma schnell voran und kontaktierte den Einsatzleiter der Spurensicherung in Coventry. Sie sprach über Skype mit Oliver Bradshaw, ein Mann mittleren Alters, der sich ein jungenhaftes Gesicht mit vollen Wangen, vielen Sommersprossen und einem dichten roten Haarschopf bewahrt hatte.

»Ich erinnere mich gut an Faith – eine charmante Frau.«

»Können Sie mir sagen, aus welchem Grund Sie sie eingestellt haben?«

Oliver lehnte sich in seinem Stuhl zurück und fummelte an einem silbernen Kugelschreiber herum. »Sie war es, die uns gefunden hat. Sie bewarb sich über einen Zeitraum von sechs Monaten auf drei verschiedene Stellen bei uns. Wir waren der Meinung, dass sie für alle überqualifiziert war, also haben wir ihre Bewerbungen abgelehnt. Im Juli 2020 boten wir jedoch eine Stelle im Bereich der digitalen Forensik an und sie bewarb sich nicht nur darauf, sondern rief mich persönlich an, um ein Vorstellungsgespräch zu führen.«

»Fanden Sie das seltsam?«

»Zuerst schon, aber sie war unglaublich enthusiastisch und mit Abstand die beste Bewerberin, also haben wir sie eingestellt.« Er tippte auf die Spitze seines Stiftes, ein sich wiederholendes *Klick, Klick, Klick*, während er sprach, bevor er ihn in den offenen Händen eines Miniaturritters balancierte, der als Stifthalter auf seinem Schreibtisch stand. »Sie kam Anfang August zu uns.«

»Und ich nehme an, sie machte sich gut?«

»Oh ja, sie war extrem gut. So gut, dass ich ihr die Beförderung anbot, als eine Stelle als Abteilungsleiterin frei wurde. Aber sie lehnte glatt ab.«

»Ihre Antwort kam sicher überraschend.«

»Ja, natürlich. Noch überraschter war ich jedoch, als sie uns plötzlich verließ, um eine niedrigere Position in Stoke anzunehmen. Es schien eine seltsame Entscheidung zu sein, wo sie hier Abteilungsleiterin hätte werden können.«

»Hat sie ihre Entscheidung erklärt?«

»Offenbar hatte sie Freunde in Stoke und wollte in deren Nähe sein.«

»Hat sie in Coventry Freunde gefunden? Wenn ja, würden wir gern mit einem oder zwei von ihnen sprechen.«

»Sie kam mit allen in der Abteilung aus, hat aber meines Wissens nach keine richtigen Freundschaften geschlossen.«

»Hat sie ihre Familie erwähnt?«

»Nein, nie.«

»Hatten Sie Kontakt zu ihr, seit sie weg ist?«

»Nein. Dieser Job ist wie jeder andere. Die Leute ziehen weiter, wenn auch vielleicht nicht so schnell wie sie, und ich bin immer noch verblüfft, warum sie die Beförderung nicht angenommen hat. Sie ist eine äußerst intelligente Frau und, so glaubte ich, karriereorientiert. Ich muss sie falsch eingeschätzt haben.«

»Sie sagten, sie behauptete, Freunde in Stoke zu haben. Hat sie irgendwelche Namen genannt?«

»Nein, obwohl ich zufällig weiß, dass sie an den meisten Wochenenden oder an ihren freien Tagen dorthin fuhr.«

»Mit dem Auto?«

»Sie besaß kein eigenes Auto. Ich nehme an, sie hat den Zug genommen.«

»Gibt es noch etwas, was Sie mir über sie erzählen können?«

Er griff nach einem Handkreisel und drehte ihn beiläufig zwischen seinen Fingern. »Da fällt mir nichts mehr ein. Sie blieb immer für sich.«

»Falls Ihnen noch etwas einfällt, lassen Sie es mich bitte wissen.«

»Das werde ich. War nett, mit Ihnen zu plaudern.«

»Gleichfalls.«

Emma beendete ihr Gespräch. Es wurde ihr immer klarer, dass Faith sich aus einem bestimmten Grund entschieden hatte, nach Stoke zu kommen, und dass sie sogar bereit gewesen war, einen Job anzunehmen, der unter ihren Fähigkeiten lag, um hierherzukommen.

Ein Benachrichtigungston für ihren Posteingang erklang und kündigte eine neue E-Mail an. Faiths Mobilfunkanbieter hatte ein Einsehen und übermittelte eine Liste aller getätigten und empfangenen Anrufe, die bis in den September 2018 zurückreichte, als das Konto zum ersten Mal eingerichtet worden war. Sie blätterte durch 2019 und 2020. Es gab zahlreiche Anrufe zu Nummern mit der Vorwahl Stoke-on-Trent, auch wenn Faith in Coventry gearbeitet hatte. Emma erkannte Ervins Nummer und die des Labors, aber zwei fielen ihr besonders ins Auge: eine ausländische Nummer mit der Vorwahl +263 – zweifellos die internationale Vorwahl für Simbabwe – und eine kostenpflichtige Nummer, die erst in den beiden letzten Wochen angerufen und am Tag zuvor angewählt worden war. Sie griff zum internen Telefon, um mit einem Mitarbeiter der technischen Abteilung zu sprechen. Wenn sie den Besitzer dieser Nummer ausfindig machen konnte, hatten sie vielleicht gerade die Spur gefunden, die sie brauchten.

Kapitel 48

MITTWOCH, 9. JUNI – NACHMITTAG

Kate verfluchte sich selbst, als sie zu dem Wohnblock fuhr, den sie erst eine Stunde zuvor verlassen hatte. Sie hatte diese Untersuchung schlecht geführt und wertvolle Zeit verschwendet, aber sie würde sie wieder aufholen. Die Ampel in der Nähe der Kirche schaltete auf Rot, als sie sich näherte, und sie trommelte ungeduldig auf das Lenkrad. Auf der anderen Straßenseite fuhr ein Bus vor und auf dem Fußgängerüberweg vor ihr überquerten Fahrgäste die Straße: eine Frau, die die Hand eines fünf- oder sechsjährigen Jungen hielt. Dahinter Menschen, die Einkaufstüten trugen, auf denen leuchtende Slogans prangten, und eine Gruppe von Teenagern, die nach dem Wechsel der Ampel über die Straße schlenderten und den Blicken irritierter Autofahrer auswichen. Es war schon eine Weile her, dass sie zum Spaß einkaufen gegangen war. Es war wiederum aber auch schon eine ganze Weile her, dass sie sich wie ein voll funktionsfähiger, normaler Mensch verhalten hatte.

Sie fuhr weiter, vorbei an dem Pub, dessen cremefarbene Fassade von den Autoabgasen grau geworden war, und musste erneut anhalten, als ein dunkelhäutiger Mann mit einem Pappkarton einer Pizzeria in den Händen über die Straße flitzte.

Er grinste zum Dank, seine weißen Zähne blitzten ähnlich wie die des Neffen von Faith auf dem Foto, das sie gesehen hatte. Sie suchte das Handgelenk des Mannes nach einem geflochtenen Armband ab, entdeckte aber keines, und überlegte dann, ob solche Armbänder beliebt waren: Sie könnte sich geirrt haben, als sie die Verbindung zwischen dem Jungen in dem flachen Grab und Faiths Neffen hergestellt hatte.

Chris meldete sich zu Wort. »Nein. Du bist auf der richtigen Spur. Faith ist definitiv irgendwie in die Sache verwickelt. Okay, vielleicht ist sie nicht für die eigentlichen Morde verantwortlich, aber sie ist trotzdem involviert. Der Junge, den ihr im Maddox Club gefunden habt, wird sich als ihr Neffe herausstellen. Du weißt natürlich nicht, wer die zweite Frau ist, oder? Sie könnte eine Komplizin sein oder sogar die Mörderin. Es wäre hilfreich, wenn du sie identifizieren könntest.«

»Ich brauche Glück in dieser Abteilung, und ein paar Beweise oder Hinweise würden auch nicht schaden.«

»Alles zu seiner Zeit. Halte dich an das Verfahren, grabe weiter und du wirst die Ergebnisse erhalten, nach denen du suchst, Kate. Du hast schon immer so gearbeitet und es hat immer zu Ergebnissen geführt.«

»Und ich dachte, dass das der richtige Weg sei, aber ... sind es immer die richtigen Ergebnisse? Ich behaupte, dass Faith in diese Morde verwickelt oder dafür verantwortlich ist, aber was ist, wenn ich jemand anderen übersehen habe, der es geschafft hat, unter dem Radar durchzuschlüpfen?«

»Du denkst an Dickson, oder?«

»Ja. Er war in der Nacht im Klub, in der der Junge starb.«

»Ich bin mir sicher, dass er in die Sache verwickelt ist, aber du musst es irgendwie beweisen und dazu musst du Faith finden. Du machst deine Sache sehr gut. Mach dich nicht verrückt. Denk daran, dass ich an dich glaube.«

Sie wartete, bis sich ein Auto in eine Parklücke am Straßenrand manövriert hatte, bevor sie weiterfuhr. »Ich mag es, dass du hier bist und mit mir über alles redest, so wie früher, bevor …«

»Ich weiß, dass du das tust.«

»Lass mich nicht allein.«

»Ich bin so lange hier, wie du das möchtest.«

»Gut.«

* * *

Morgan stand im Treppenhaus und hielt einen kleinen Rammbock in den Händen. Er redete sofort drauflos, als Kate erschien. »Kein Glück bei der Identifizierung von Faiths geheimnisvollem Gast, aber einige Leute sind noch auf der Arbeit. Ich werde es später noch einmal versuchen.«

Kate bezweifelte, dass er später mehr Glück haben würde. Wie der Mörder waren auch die Frauen wie Geister, die leise und unbemerkt kamen und gingen. Sie hämmerte wieder an Faiths Tür. Niemand kam heraus, um nachzusehen, was es mit dem ganzen Tohuwabohu auf sich hatte, was ihren Verdacht noch verstärkte, dass vermutlich niemand die Frauen gesehen hatte. Die Leute in diesem Gebäude blieben unter sich. Das war wahrscheinlich einer der Gründe, warum Faith sich entschieden hatte, hier zu wohnen.

»Öffne sie«, sagte sie zu Morgan und trat zurück, während er den Rammbock gegen die Tür schwang. Sie gab ohne jeden Protest nach und es gab nur einen kurzen Knall. Er stieß sie mit dem Fuß auf und sie öffnete sich weit in ein Wohn- und Esszimmer: ein weiß beschichteter Esstisch mit Holzbeinen und passenden Stühlen zu ihrer Rechten und ein zweisitziges schwarzes Stoffsofa und ein Holztisch, auf dem ein kleiner tragbarer Fernseher am anderen Ende des Raumes stand. Jemand hatte die Wände weiß gestrichen und Vorhänge mit goldenem Blattmuster vor die Fenster gehängt. Kate bezweifelte, dass es Faith gewesen war. Mit seinen einfachen, leicht zu montierenden Billigmöbeln erinnerte alles an eine möblierte Mietwohnung.

Morgans Gesicht verzog sich aufgrund des starken Geruchs von Bleichmittel.

»Jemand hat hier kürzlich gründlich sauber gemacht.«

Fußböden, Arbeitsplatten und sämtliche Oberflächen waren zweifellos geschrubbt worden. Eine Tür führte in einen Flur, an dessen einem Ende sich eine Einbauküche mit weißen Schränken, schwarzen Arbeitsplatten und einem Kühlschrank mit Gefrierfach befand. Die Utensilien des täglichen Lebens fehlten – keine herumliegenden Zeitschriften, keine Hausschuhe, Tassen oder andere Kleinigkeiten, die darauf schließen ließen, dass hier jemand lebte. Kate zog sich Plastikhandschuhe an und warf einen Blick in den Kühlschrank. Er war blitzsauber und leer. Sie drehte sich auf dem Absatz um und marschierte den Flur entlang, vorbei an einer offenen Tür. Sie spähte in den Raum, entdeckte eine Dusche und sagte: »Du übernimmst das hier.« Am Ende des Flures fand sie sich in einem Schlafzimmer wieder. Das Bett war abgezogen. Kate schob einen pfauenblauen Vorhang beiseite und enthüllte eine Reihe von Regalen, über denen sich eine Kleiderstange befand. Sie war leer.

»Im Badezimmer ist nichts. Nicht einmal eine Zahnbürste«, rief Morgan.

»Sie ist definitiv weg.« Sie kehrten in den düsteren Flur zurück. Kate verstummte für einen Moment, Fragen explodierten in ihrem Kopf. Schließlich sprach sie. »Sie kann nicht alles mitgenommen haben. Sie hat diesen Ort akribisch geputzt und keinen Hinweis darauf hinterlassen, dass sie jemals hier gewesen ist. Es war allgemein bekannt, dass sie hier lebte, also muss sie die Spuren von etwas oder jemand anderem beseitigt haben.«

»Die Frau, die hier bei ihr war?«

»Genau. Sie hatte nicht erwartet, heute zu gehen. Irgendetwas hat diesen plötzlichen Aufbruch ausgelöst.« *Du, Kate.* »Sie hat das Bett abgezogen, die Laken mitgenommen und alle ihre persönlichen Sachen entfernt, aber sie muss einige Dinge zurückgelassen haben, die sie nicht mitnehmen konnte – ungegessenes Essen, Milch, Vorräte. Wenn sie mit dem Zug gefahren ist, kann sie nicht alles tragen, und wenn sie eine Mitfahrgelegenheit gefunden oder ein Auto gemietet hat, wird sie nicht das Risiko eingehen, beim Hin- und Herlaufen mit den Sachen entdeckt zu werden. Sie wird sie stattdessen entsorgt haben. Es muss Gemeinschaftsmülleimer für diese Wohnungen geben.«

Im Treppenhaus hallten ihre Schritte wider, als sie die Treppe nach unten liefen und nach einem Hinterausgang suchten. Eine schmuddelige Tür führte zu einem Bereich, in dem zwei große Müllcontainer nebeneinander aufgestellt waren. Kate zog ein zweites Paar Plastikhandschuhe über das erste, hob den Deckel des verschlossenen Mülleimers an und schreckte vor dem Geruch zurück. Sie hielt den Atem an und spähte erneut hinein. »Da drin liegt etwa ein Dutzend Tüten. Wir müssen sie alle durchsuchen.«

Morgan blies die Backen auf. »An manchen Tagen hasse ich diesen Job.«

»Hör auf zu jammern und fang an«, sagte sie, während sie die nächstgelegene schwarze Tüte herauszog. Sie landete mit einem dumpfen Aufprall vor ihren Füßen, und sie machte sich daran, sie zu öffnen. Halb gegessene Pizzen und andere Abfälle ergossen sich auf den Boden. Sie ging die Sachen vorsichtig durch. Als sie auf Gläser mit Babynahrung und Windelsäcke stieß, schaufelte sie den Abfall zusammen und schob ihn zurück in die Plastiktüte. Er hatte eindeutig zu einer Familie gehört. Morgan durchsuchte einen anderen Beutel, das Gesicht zu einer Grimasse verzogen, als er verrottende Bananenschalen und schleimige Pappschachteln herauszog. Kate zog einen dritten heraus, der leichter als der erste und so ordentlich und fest zusammengebunden war, dass Kate den Knoten nicht lösen konnte. Als sie ein Loch in die Seite riss, sah sie, was sie erwartet hatte: noch verpackter Käse und eine halb aufgegessene Packung Butter. »Ich habe ihn!«

Morgan gab seine Suche auf. Kate zog einen Gegenstand heraus und hielt ihn hoch.

Morgan beäugte den roten Apfel. »Nun, er hat die gleiche Farbe wie die, die wir an den Tatorten gefunden haben.«

»Ich wette, du wirst feststellen, dass es dieselbe Sorte ist wie die, die der Mörder benutzt hat – Macoun. Sieh nach, ob du noch mehr finden kannst.«

Morgan seufzte und steckte seinen langen Arm in den Container.

* * *

Emma kratzte sich am Kinn. Sie hatte den Großteil der Telefonnummern auf der Liste identifiziert und langsam begann sich ein Bild zu formen. Faith hatte nach jemandem gesucht.

In dem Moment riss Morgan die Tür auf und stapfte hinein. »Sieht aus, als wäre Faith unsere Mörderin oder zumindest an den Morden beteiligt.«

»Was ist passiert?«

»Sie hat sich aus dem Staub gemacht, aber wir haben ein paar Äpfel gefunden, die wie jene aussehen, die an den Tatorten zurückgelassen wurden. Ich möchte aber noch etwas überprüfen, also gib mir eine Sekunde.«

»Wo ist Kate?«

»Bei der Kriminaltechnik. Wir mussten einen Müllsack bei ihnen abgeben. Ich erzähle es dir gleich.« Er konzentrierte sich einen Moment auf seine Tastatur, dann murmelte er: »Es deutet alles auf Faith hin. Kate glaubt, dass es sich bei den Äpfeln um eine Sorte namens Macoun handelt. Sie werden eigentlich in den USA angebaut, aber es gibt wohl eine Frau in Simbabwe, die sie ebenfalls anbaut. Sie hat sich mit dem Anbau von Äpfeln in Juliasdale selbstständig gemacht. Sie beschäftigt eine ganze Reihe von Leuten. Und Faith stammt aus Juliasdale.«

»Interessant, wir haben eine Verbindung zu den Macoun-Äpfeln gefunden. Aber wir wissen immer noch nichts über die Frau, die in Faiths Wohnung gewohnt hat. Sie könnte auch beteiligt sein. Ich habe da eine Theorie.«

»Verrätst du sie mir?«

»Seit September 2018 ruft Faith gewissenhaft jede Woche diese Nummer in Simbabwe an – sie gehört ihrer Schwester Hope. Vor zwei Wochen hörten diese Anrufe auf. Gleichzeitig tauchte diese kostenpflichtige Nummer in ihrer Kontaktliste auf, und Faith rief sie täglich an und wurde von dieser Nummer angerufen, manchmal drei oder vier Mal am Tag.«

»Hast du ihre Schwester unter der Nummer aus Simbabwe angerufen?«

»Ja, aber es meldete sich niemand. Auch nicht vom Handy aus. Faiths Nachbarin war sich sicher, dass zwei Frauen in Faiths Wohnung lebten. Ich vermute, Hope kam nach Großbritannien, zog zu Faith und bekam das Bezahlhandy, damit sie in Kontakt bleiben konnten.«

»Was glaubst du, warum die Schwester aufgetaucht ist?«, fragte Morgan.

»Jetzt komm schon, Morgan. Faith suchte seit August letzten Jahres nach jemandem in der Gegend von Stoke. Sie rief verschiedene Obdachlosenhilfsorganisationen, die Bibliothek und die Kirchengemeinden an, bis Mitte Januar dieses Jahres. Dann gab es keine Anrufe mehr.«

Er nickte langsam. »Weil sie denjenigen gefunden hat, den sie gesucht hatte.«

»Dann hat sie im April ihren Job in Coventry gekündigt und ist hierhergezogen.«

»Es muss ihr Neffe sein, nicht wahr? Ich werde dieses Bezahlhandy zurückverfolgen und vielleicht kann ich bei der Grenzpolizei herausfinden, ob Hope das Land betreten oder verlassen hat.«

»Wer hat das Land verlassen?« Kate stand in der Tür.

* * *

Als sie hereinkam, erzählte Emma ihr, was Morgan und sie über Faith und die Äpfel herausgefunden hatten.

Kate hörte sich ihre Theorien aufmerksam an. »Ich glaube, wir sind da tatsächlich auf etwas gestoßen. Ich wüsste nicht, warum sie sonst von Coventry nach Stoke ziehen sollte, vor allem da eine Beförderung anstand.«

Emma stimmte zu. »Sie erzählte Oliver, dass all ihre Freunde in der Gegend von Stoke-on-Trent wohnen.«

Kate hatte geglaubt, dass Faith und sie Freundinnen waren oder zumindest Freundinnen werden würden. Der Gedanke wurmte sie, aber sie verdrängte ihn. »Nun, wir wissen, dass sie gelogen hat. Ervin machte sich Sorgen um sie, gerade weil sie hier keine Freunde hat. Nicht einen einzigen.«

»Das passt nicht zusammen, oder?«, sagte Emma. »Sie bewarb sich auf drei verschiedene Stellen in Coventry, bevor sie sich dort einen Job ergaunerte, den sie dann aber aufgab, um einen schlechter bezahlten Job in Stoke anzunehmen. Es deutet alles darauf hin, dass sie in Stoke sein wollte, um ihren Neffen zu finden. Ich hatte noch keine Gelegenheit, einer dieser Telefonnummern aus Stoke nachzugehen, die Faith angerufen hat. Ich werde das sofort tun. Vielleicht kann jemand unseren Verdacht bestätigen.«

»Das ist definitiv der richtige Weg«, sagte Kate. »Prüfe, ob eine Frau nach einem Jungen aus Simbabwe gefragt hat. Kennen wir seinen Namen?«

»Wir haben noch keine Antwort von der Botschaft bekommen«, sagte Morgan.

»Ruf sie noch einmal an. Sag ihnen, dass es dringend ist und dass es möglicherweise um den Tod eines ihrer Bürger geht.«

Morgan machte sich auf den Weg zum internen Telefon, aber Kate hielt ihn auf: »Warte einen Moment. Wenn Faith oder Hope oder beide hinter diesen Morden stecken, können wir davon ausgehen, dass sie auf Rache aus sind. Sie könnten andere für den Tod des Jungen verantwortlich machen – Raymond Maddox, Cooper Monroe und Superintendent Dickson. Jemand, der so versessen auf Vergeltung ist, wird noch nicht aufgeben. Sie denken, dass sie uns überlistet haben, und wissen vermutlich nicht, dass wir seine Leiche entdeckt haben, also ist es sehr wahrscheinlich, dass sie an ihrem Plan festhalten werden. Es ist nur die Frage, wen sie als Nächstes überfallen werden.«

»Raymond«, schlug Morgan vor. »Ihm gehört der Klub. Und außerdem sind die anderen beiden außer Gefahr. Cooper ist in Gewahrsam und der Superintendent in einem geheimen Unterschlupf.«

Der Gedanke an Dickson rüttelte ihre Erinnerungen wach. Es war fast achtzehn Uhr und Kate hatte immer noch nicht Chris' Tagebuch gelesen. Sie hatte sich nicht dazu durchringen können, es zu öffnen. Jetzt war es an der Zeit. Es könnte etwas darin stehen, das ihr helfen würde, Dickson in das Zentrum dieser Ermittlungen zu rücken. Er hatte Ians Auge aus einem bestimmten Grund erhalten. »Ich werde darum bitten, dass Superintendent Dickson vorerst im Unterschlupf bleibt, bis wir Faith und vielleicht ihre Schwester ausfindig machen können. Was Raymond angeht, so werden wir ihn warnen. Wenn wir ihn nicht finden können, kann es der Mörder wahrscheinlich auch nicht. Es steht viel auf dem Spiel, und wenn wir uns irren ...« Ihre Worte hingen einen Moment schwer in der Luft, dann sprangen alle auf.

Kates Telefon summte. Ervin hatte Neuigkeiten. Sie stellte ihn auf laut, damit sie alle hören konnten, was er zu sagen hatte. »Mein Apfelexperte sagt, dass die Äpfel, die ihr in der Mülltonne gefunden habt, die gleiche Sorte sind. Wir überprüfen sie auf DNA, aber wie ihr wisst, dauert das. Terry Wiggins untersucht die Leiche, die wir heute Morgen gefunden haben.« Terry war ein forensischer Anthropologe, der eng mit Ervin in einem Labor weiter unten auf derselben Etage arbeitete. »Wir haben DNA-Proben entnommen, aber wir können ihn noch nicht identifizieren. Es scheint keine zahnärztlichen Unterlagen von ihm zu geben oder irgendetwas, das darauf hindeutet, wer er war, außer einem jungen afrikanischen Mann im Alter von etwa fünfzehn Jahren.«

»Keine besonderen Merkmale?«

»Nein, nichts. Mein Team durchsucht den Abfall, den du hergebracht hast, aber wir haben noch nichts Interessantes gefunden.«

»Könnt ihr nach Hinweisen auf eine zweite Person außer Faith suchen?«

»Es gibt nicht viel, was auf jemanden schließen lässt. Nicht einmal auf der Butterpackung oder der Milchflasche sind Fingerabdrücke. Sie wurden mit Bleichmittel abgewischt.«

»Wer reinigt eine Milchflasche so gründlich, bevor er sie wegwirft?«, fragte Morgan.

»Jemand, der sich mit Fingerabdrücken und DNA auskennt und weiß, dass sie zur Identifizierung führen. Faith wollte nicht, dass derjenige, der sich in der Wohnung aufhält, entdeckt wird«, antwortete Kate.

»Ich weiß, dass ich angedeutet habe, dass Hope bei ihrer Schwester war«, sagte Emma. »Aber das war reine Spekulation. Was ist, wenn Faith in Wirklichkeit keine Ahnung hat, was vor sich geht? Was ist, wenn die Person, die bei ihr wohnt, nicht Hope ist und in Wirklichkeit die Mörderin? Sie könnte ihre Wohnung leer geräumt und sogar Faith entführt oder verletzt haben.«

Kate hielt einen Herzschlag lang inne. War das möglich? Wenn dem so wäre, würde das ihre Theorie zum Einstürzen bringen. Sie würde keine Anzeichen von Zweifel zeigen. »Nein, wir lassen nicht locker. Wir wissen, dass Faith in Stoke nach jemandem gesucht hat. Verfolgt das weiter und wir haben vielleicht eine Antwort. Gibt es sonst noch etwas, Ervin?«

»Ja. Das Blut, das wir auf dem Teppich und auf dem Briefbeschwerer gefunden haben, stammt definitiv von einer Frau und ... du hattest recht. Die Faser, von der Faith behauptete, sie stamme von Toilettenpapier, ist identisch mit der Faser, die wir in Xaviers Nase gefunden haben. Ich glaube, ihr seid auf der richtigen Spur, wenn ihr nach Faith sucht.«

Kate verschränkte die Arme. Es musste eine Möglichkeit geben, die Identität des Jungen auf der Lichtung festzustellen. »Ervin, könnt ihr einen DNA-Vergleich zwischen dem Blut und dem Opfer durchführen, das wir heute gefunden haben?«

»Ja, können wir. Glaubst du wirklich, dass der Junge mit Faith verwandt ist?«

»Darauf würde ich mein Leben verwetten«, antwortete Kate.

»Dann werde ich sehen, was ich tun kann.«

Ervin legte auf, und während Morgan und Emma sich ihren Aufgaben widmeten, hatte Kate noch zwei unbeantwortete Fragen. Wie war Dickson in all das verwickelt und wie konnte sie beweisen, dass er es war? Die Antwort könnte in dem Tagebuch in ihrem Haus zu finden sein.

Kapitel 49

MITTWOCH, 9. JUNI – SPÄTER ABEND

Faith schaute auf ihre Uhr. Es war kurz vor halb zwölf und sie saß schon seit über einer halben Stunde in ihrem Auto in Position. Sie hatte vor einer Stunde mit dem Prepaidhandy im Haus angerufen und niemand hatte abgenommen. Cooper war nicht da, aber sie war geduldig und wusste, dass seine Tochter von ihrer Spätschicht im Kino zurückkommen würde. Das Mädchen würde seinen Aufenthaltsort kennen. Und Faith würde dafür sorgen, dass sie ihn ihr verriet.

Sie lehnte den Kopf gegen die gepolsterte Kopfstütze. Sie war müde – geistig und körperlich erschöpft, aber das Feuer, das seit Monaten in ihr brannte, würde nicht erlöschen, bis sie alles erreicht hatte, was sie sich vorgenommen hatte. Sie hätte mehr Zeit gebraucht haben können, aber Kate Young hatte einen sechsten Sinn, wenn es um Mordermittlungen ging, und war viel zu nah dran, um sich in Sicherheit zu wiegen. Es war an der Zeit auszusteigen. Sie würden bald das Blut identifizieren, das sie im Maddox Club zurückgelassen hatte. Sie hatte die Verletzung nicht bemerkt, weil sie geglaubt hatte, dass sie bei dem Handgemenge mit Xavier nur Prellungen erlitten hatte, und verfluchte sich für ihre Unachtsamkeit. Jetzt blieb ihr nur wenig Zeit, um herauszufinden, was sie wissen musste. Kate kam immer näher. Sie war hartnäckig und verdammt gut in ihrem Job. Ein anderer Polizist hätte vielleicht nicht Ian Wentworths Laptop mitgenommen, um Faith daran zu hindern, ihn als Erstes zu untersuchen und alle Hinweise zu löschen. Und ein anderer DI wäre nicht auf die Idee gekommen, nach Apfelsorten zu fragen. Macoun-Äpfel. Es war Faiths privater Scherz gewesen – eine Sorte, die nicht nur in Juliasdale wuchs, sondern auf derselben Obstplantage, auf der ihre Schwester gearbeitet hatte. Äpfel, eine Frucht, die mit Versuchung in Verbindung gebracht wird …

* * *

Alex Corby öffnet die Tür. »Wie kann ich Ihnen helfen?«

Sie zeigt ihren Ausweis. »Ich gehöre zu einem Team, das einen heiklen Fall untersucht, bei dem Sie mir vielleicht helfen können.«

Eine tiefe Furche erscheint zwischen seinen Augen. »Ich wüsste nicht, wie ich Ihnen behilflich sein kann.«

»Es geht um diesen jungen Mann.« Sie hält ein Foto von Joseph hoch und Alex studiert sein Gesicht. Er zeigt keine Überraschung, nur Verwirrung.

»Ich kenne ihn nicht«, sagt er.

»Darf ich kurz reinkommen?« Sie schenkt ihm ein leichtes Lächeln und sieht ihn offen an – ein Bild der Unschuld.

Er zögert. »Nun, ich weiß nicht, wie ich Ihnen helfen kann, aber sicher, kommen Sie rein.«

Er führt sie in einen riesigen Salon, der perfekt für das ist, was sie vorhat, und als er ihr einen Platz anbietet, zieht sie eine Spritze heraus und sticht sie ihm in den Hals. Seine Augen werden glasig und er stürzt zu Boden.

* * *

Als Alex zu sich kommt, ist er an den Stuhl gefesselt, erschöpft, aber wach genug, um zu erkennen, dass er in Gefahr ist.

»Was?«, *lallt er.*

»Spare dir deine Energie«, *sagt sie.* »Ich brauche Antworten, und zwar schnell. Warst du im Januar im Maddox Club?«

Er blinzelt, versucht, einen klaren Kopf zu bekommen. »Ich glaube ... ja.«

»Mit wem bist du dorthin gegangen?«

Das Medikament wirkt. Er ist verwirrt. »Ian ... und John. Dinner.«

»Ian wer?«

»Wentworth. Mein Freund, Ian.«

»Und wie heißt John mit Nachnamen?«

»Dickson.«

»Wer ist John?«

»Er ist bei der Polizei. Super...« *Er verliert kurz das Bewusstsein.*

Diese Enthüllung überrascht sie nicht. Es gibt in allen Berufen Personen, die einen Fetisch haben. Sie verpasst ihm eine Ohrfeige und er kommt zu sich.

»Was ist der Gold-Service?«

»Woher wissen Sie davon?« *Seine Stimme bricht.*

»Was ist das?«

»Ein Prostituierten-Service für Mitglieder.«

»Sie hatten im Januar Sex mit einer Prostituierten, nicht wahr?«

»Ja ... sorry, Fiona ... Fehler.« *Sein Kopf sackt zur Seite. Die Droge, GHB, verwirrt ihn und lässt ihn glauben, dass er das alles träumt.*

»Hattest du auch Sex mit einem Jungen?«

»Neiiin.«

»John Dickson?«

»Ich ... weiß nicht.«

»Habt ihr nicht darüber geredet?«
»Nein. Ian ... war weg am Morgen.«
»Weg?«
»Frühstück mit John. Ian weg.«
»Ian Wentworth ist in der Nacht verschwunden?«
»Ja.«
»Hat er mit einer Prostituierten geschlafen?«
»Ja ... Junge ... viel Lärm ... Schreie.«
»Du hast jemanden in seinem Zimmer schreien hören?«
»Schreie, Lärm.«
»Du bist nicht hingegangen, um nachzusehen, wer geschrien hat?«
»Nein. Mit Mädchen. Viagra. Konnte nicht aufhören. Es tut mir leid, Fiona. Das Mädchen bedeutete nichts. Ich liebe dich.«
Sie gibt ihm noch eine Ohrfeige, woraufhin er die Augen aufschlägt und murmelt: »Ian ist ein guter Kerl ... Fehler. Bezahlt. Sie wurden bezahlt.«
»Ian hat ihm wehgetan.«
»Ich will jetzt schlafen.«
»Was ist mit dem Jungen passiert?«
»Weiß nicht.«
»Hast du ihn gesehen?«
»Nein.«
»Hat Ian über ihn gesprochen?«
»Geh weg. Es geht mich nichts an, was passiert ist«, murmelt er, bevor er wieder das Bewusstsein verliert.

Seine Antwort verärgert sie. Er deckt seinen Freund. Alex ist genauso schuldig wie der Bastard, der ihren Neffen zum Schreien gebracht hat. Schweiß kribbelt in ihrem Nacken. Ian hat ihren Neffen verletzt oder getötet und dieser Mann hat nichts unternommen. Sie greift nach der Folterbirne, ein Werkzeug, das sie extra für diesen Zweck anfertigen ließ. Sie ist ein Nachbau eines Originals, funktioniert aber genauso gut wie ihre Vorlage. Ursprünglich für

Ketzer und Lügner verwendet, ist es das geeignetste Gerät, das sie sich für diese Aufgabe vorstellen kann. Sie schiebt sie in seinen schlaffen Mund und spreizt ihn mithilfe der Schraube auseinander. Seine Augen öffnen sich und er versucht zu sprechen.

»*Du hattest deine Chance, alles zu gestehen und mir zu sagen, was passiert ist. Jedes Mal, wenn du lügst, werde ich dir ein Stück Apfel in den Hals fallen lassen und du erstickst vielleicht daran oder auch nicht.*«

Er wehrt sich kaum und Faith nimmt das erste Apfelstück, das die Form eines winzigen Würfels hat. Sie schwenkt es vor seinen Augen hin und her.

»*Ist mein Neffe tot? Einmal blinzeln für nein. Zweimal blinzeln für ja.*« *Ein Blinzeln.*

Sie lässt den Apfel los und seine Augen weiten sich, als er in den hinteren Teil seines Halses fällt und verschwindet. Er würgt und zappelt. Seine Augen tränen, aber das Teil löst sich von allein und er lebt noch. Sie greift nach einem zweiten Stück.

»*Ist er tot?*«

Alex blinzelt zweimal schnell.

»*Gut, jetzt kommen wir weiter. Hat Ian ihn getötet?*« *Zwei Lidschläge.*

»*Weißt du, was er mit der Leiche gemacht hat?*« *Ein Lidschlag.*

»*Oje. Nicht hilfreich.*«

Sie beobachtet, wie er beim Anblick des Apfels zusammenzuckt. Sie lässt das Stück los. Dieses Mal sind die Geräusche rau und panisch, aber er überlebt.

»*Hast du ihm geholfen, Joseph zu beseitigen?*« *Zwei Lidschläge.*

»*Habt ihr ihn in der Nähe von Ians Wohnung beseitigt?*« *Zwei Lidschläge.*

»*Im Park in der Nähe seiner Wohnung?*« *Zwei Lidschläge.*

»*Im See im Park?*« *Zwei Lidschläge.*

Sie seufzt. Er lügt. Sie weiß, dass Joseph nicht in der Nähe der Wohnung ist. Alex lügt, um seine Haut zu retten, aber es ist zu spät.

Sie nimmt ein Stück Apfel, sieht ihm zu, wie er immer wieder blinzelt, dann lässt sie es fallen. Sie wird nichts mehr aus Alex Corby herausbekommen.

* * *

Draußen auf der Straße war alles ruhig. Faith machte das nichts aus. Sie war geduldig. Geduldiger als erwartet. Sie hatte alles perfekt geplant und wollte es bis zum Ende durchziehen. Sie wollte wissen, wo Joseph begraben worden war, und würde nicht eher ruhen, bis sie es wusste. Was die restlichen zwei Personen betraf, die ihren Teil dazu beigetragen hatten ... vielleicht musste sie sie am Leben lassen. Auch wenn sie das ärgerte, musste sie an ihre eigene Selbsterhaltung denken. Sie musste immer einen Schritt voraus sein. Sie erlaubte sich ein kleines Lächeln. Sie war immer einen Schritt voraus.

KAPITEL 50

MITTWOCH, 9. JUNI – SPÄTER ABEND

Morgan gähnte und streckte sich, die Arme über den Kopf erhoben. »Es ist unwahrscheinlich, dass wir bis morgen etwas von der Botschaft in Simbabwe hören. Ich habe mehrere E-Mails geschickt, aber offensichtlich sind ihre Telefonleitungen geschlossen.«

Kate stimmte zu, dass sie keine weiteren Fortschritte machen konnten. Sie hatte Emma geholfen, indem sie alle Wohlfahrtsverbände, Wohnheime und Kirchenvorsteher kontaktiert hatte, die Faith angerufen hatte – ohne Erfolg. In vielen Fällen waren die Mitarbeiter inzwischen weggegangen und die, mit denen sie sprachen, waren erst seit ein paar Monaten ehrenamtlich tätig, lange nach der Zeit, in der Faith dort angerufen hatte. Emma sprach gerade mit jemandem in der Kirche von St. George's und St. Martin, und Kate beschloss, dass es Zeit war, für heute Schluss zu machen. Sie waren alle erschöpft. Sie stand auf und löste die Verspannungen in ihrem Rücken und Nacken. Sie hatten inzwischen viele Puzzleteile zusammengetragen, aber noch keinen Mörder. *Noch nicht.* Aber sie würden ihn finden.

Emma erregte ihre Aufmerksamkeit. »Der Pfarrer erinnert sich, dass Faith ihn angerufen hat. Sie fragte nach zwei Jungen.«

»Zwei?«

»Sie war auf der Suche nach zwei Flüchtlingen, die sich in die Gegend verirrt hatten und im Freien lebten. Sie wurden dabei beobachtet, wie sie in seiner Kirche schliefen. Er sagt, er habe einmal mit ihnen gesprochen, ihnen Unterschlupf gewährt und sie dann nicht mehr gesehen. Sie sagten ihm, sie hießen Abel und Joseph.«

»Kein Nachname?«

»Nein, aber Faith sagte, dass einer der Jungen, Joseph, ihr Neffe sei.«

»Die Leiche, die wir entdeckten, könnte Joseph oder Abel sein«, sagte Morgan.

Kate runzelte die Stirn. Das änderte alles. »Wenn ich nach dem geflochtenen Armband am Handgelenk des Jungen gehe, dann würde ich sagen, es war Joseph, aber ich nehme an, es könnte auch Abel sein.«

»Wenn der vergrabene Junge nicht ihr Neffe ist, wird das die ganze Untersuchung verändern«, sagte Emma.

Kate setzte sich wieder hin. Alles deutete darauf hin, dass Faith die Mörderin war, aber was, wenn sie es nicht war? Was, wenn jemand anderes dahintersteckte, der mit Abel verwandt war? Sie musste nachdenken, aber sie konnte es nicht. Ihr Kopf war mit widersprüchlichen Argumenten vollgestopft, bis zu dem Punkt, an dem er zu explodieren drohte. »Macht Schluss für heute. Vielleicht können wir uns morgen besser konzentrieren. Und vielleicht taucht Ervin mit neuen Beweisen auf.« Sie griff nach ihrer Tasche. Sie war ausgelaugt.

Das interne Telefon klingelte, und Morgan nahm den Anruf entgegen. Kate, die in ihrer Tasche nach den Autoschlüsseln suchte, hätte fast die plötzliche Energie in seiner Stimme nicht wahrgenommen. »Richtig. Danke, Kollege.«

»Wer war das?«, fragte sie.

»Einer von der Technik. Das Prepaidhandy wurde aktiviert.«

»Wo?«

»In Abbots Bromley.«

Kate ließ ihre Tasche los, die mit einem dumpfen Schlag auf den Boden fiel. »Cooper lebt in Abbots Bromley. Sie ist hinter Cooper her! Sie weiß nicht, dass er in Gewahrsam ist. Wann haben sie das Signal empfangen?«

»Vor zwei Minuten.«

Kate stützte die Finger auf die Tischkante und senkte den Kopf. Sie mussten etwas tun. *Denk nach!* Ein Schauer lief ihr über die Schulterblätter. Coopers Tochter ist vielleicht allein zu Hause. »Ruft bei ihm zu Hause an, sofort!«

»Sierra arbeitet im Cinebowl Entertainment Centre in Uttoxeter«, sagte Emma und suchte in ihrem Notizbuch nach der Telefonnummer des Mädchens. »Es schließt spät. Ich bezweifle, dass sie schon zu Hause ist.«

»Wann hat sie Feierabend?«, fragte Kate.

Emma schaute auf ihre Uhr. »Wahrscheinlich ungefähr jetzt.«

»Verdammt! Wir brauchen mindestens eine halbe Stunde nach Abbots Bromley.«

»Sie muss den Bus ab Uttoxeter nehmen. Vielleicht reicht die Zeit«, sagte Emma. »Hab sie.«

»Gib sie Morgan. Morgan, ruf sie an und erkläre ihr, dass sie nicht nach Hause gehen darf, schick einen örtlichen Beamten vorbei, der auf sie aufpasst und komm dann nach. Wir fahren zum Haus. Komm schon, Emma.« Kate schnappte sich wieder ihre Tasche und war in Windeseile aus der Tür. Sie schaute zu den Sternen am Nachthimmel und hoffte, dass sie zu ihren Gunsten standen. Wenn sie richtiglag, könnte der Mörder in der Nähe des Hauses sein und hoffen, Cooper aufzuspüren.

Und wenn nicht? Diese Möglichkeit wollte sie nicht in Betracht ziehen.

* * *

Während Kate mit eingeschaltetem Blaulicht über die A50 raste, rief sie William über die Freisprechanlage an.

»Was habt ihr herausgefunden?«

»Im Moment wissen wir nicht, ob wir einen oder zwei Verdächtige haben. Wir fahren in Richtung Abbots Bromley, zu Cooper Monroes Haus.«

»Braucht ihr Verstärkung?«

»Dafür ist es vielleicht noch zu früh und ich möchte keinen Mörder auf unsere Anwesenheit aufmerksam machen. Erst einmal kümmern wir uns allein darum.« Sie legte auf.

Emma starrte sie vom Beifahrersitz aus an. »Du hast ihm nicht gesagt, dass wir hinter Faith her sind.«

Kate antwortete nicht. Ihr Bauchgefühl sagte ihr, dass sie William nicht alles verraten sollte. Aus irgendeinem verrückten Grund war sie sich sicher, dass er alles an Dickson weiterleitete, und bis sie Chris' Tagebuch nicht gelesen hatte, wollte sie nicht, dass er Bescheid wusste. Ein Anruf von Morgan bewahrte sie vor einer Antwort.

»Sierra geht nicht an ihr Handy. Ich habe im Kino angerufen und sie ist vor einer Viertelstunde gegangen. Nach meinen Berechnungen müsste sie bald zu Hause sein.«

»Verdammt! Okay, wir treffen uns dort. Sorge dafür, dass du Blaulicht und Sirenen ausschaltest. Ich will nicht, dass Faith, oder wer immer es sein mag, unsere Ankunft bemerkt. Parke unten an der Straße und gehe zu Fuß weiter. Was ist deine geschätzte Ankunftszeit?«

»In achtzehn Minuten.« Er war nicht weit hinter ihnen.

»Sag uns Bescheid, wenn du ankommst.«

* * *

Faiths Geduld wurde belohnt. Sierra ging mit gesenktem Kopf die Straße entlang, ohne zu bemerken, dass Faith sie von unter den Bäumen gegenüber ihres Hauses aus beobachtete. Sie wartete, während das Mädchen die Haustür aufschloss und das Licht anging. Die Vorhänge in der Küche waren nicht zugezogen und Faith sah zu, wie Sierra ihren Mantel ablegte und mehrmals den Raum durchquerte und mit einer Dose und einer Schüssel hantierte. Sie hörte das Mädchen rufen: »Crystal! Hier, Kätzchen. Na los. Abendessen!« Den Rufen folgten das Klappern eines Blechtellers und ein Knall, als sich die Hintertür wieder schloss. Das Mädchen kehrte in die Küche zurück und lief geschäftig im Raum umher. Es war an der Zeit.

Faith rollte den Pullover auf, den sie in der Hand hielt, stopfte ihn unter Rockbund und Bluse und formte ihn zu einem runden Klumpen. Dann riss sie den Absatz ihres linken Schuhes ab, zog an ihren Augenlidern, bis die kühle Luft sie zum Tränen brachte, und rieb sie kräftig, bis sie gerötet waren. Sie überquerte die Straße und klopfte an die Tür.

Sie öffnete sich einen Spalt, gehalten von einer Kette, und ein weißes Gesicht erschien – Sierras.

»Gott sei Dank«, jammerte Faith. »Niemand sonst ist da. Mein Freund und ich hatten einen schrecklichen Streit und er hat mich aus dem Auto geworfen. Ich habe weder meine Tasche noch mein Telefon dabei und komme nicht nach Hause. Könntest du mir bitte ein Taxi rufen?«

Sierra sah Faith aufmerksam an. »Okay, aber Sie müssen draußen warten, während ich das mache.«

»Ja, natürlich. Danke, vielen Dank. Ich bin schon lange gelaufen und hatte eine Heidenangst. Ich kenne diese Gegend überhaupt nicht.« Sie lehnte sich an den Türrahmen und zog ihren Schuh aus, betrachtete den Absatz und schluchzte laut.

»Ich hasse ihn!« Sie legte eine Hand auf ihren dicken Bauch, um Sierras Aufmerksamkeit darauf zu lenken.

»Sie sind schwanger?«

»Ich habe nur noch einen Monat«, sagte Faith.

»Kommen Sie rein und setzen Sie sich. Ich rufe Ihnen ein Taxi.« Sierra schloss die Tür auf.

Kaum war Faith drin, stürzte sie sich auf das Mädchen und warf es zu Boden. Während sie rittlings auf Sierra saß, zog sie eine Spritze heraus und stach sie ihr in den Hals.

* * *

Die Dunkelheit war intensiv, und als die Scheinwerferlichter des Streifenwagens auf Hecken und Bäume fielen, beschworen sie bedrohliche Schatten herauf, Kobolde und Gespenster, die aus dem Nichts auftauchten und ein paar Sekunden lang tanzten, bevor sie kleiner wurden und in der Nacht verschwanden. Schwarze, formlose Häuser, die nur durch matt leuchtende Fenster zu erkennen waren, zogen verschwommen vorbei. Die tiefschwarze Talsperre glitzerte bedrohlich, als sie sie überquerten. Gerüchte besagten, dass ein ganzes Dorf in den Fluten versunken war, als sie gebaut wurde. Kate wusste, dass das nicht wahr war, aber heute Abend schienen sich hundert Geister zu erheben, zu winken und sie zur Eile zu drängen, als sie den Damm entlangfuhren und die Yeatsall Lane hinunter, um nur hundert Meter von Coopers Haus entfernt abzubiegen. Sie glitt aus dem Auto in die Stille. Eine Kuh – ein junges Kalb, das nach seiner Mutter rief – muhte mehrmals. Die klagenden Schreie gingen Kate durch Mark und Bein. Das Geräusch verstummte und wurde durch eine unheimliche Ruhe ersetzt.

Emma und sie huschten die Straße hinauf und hielten nur beim kläglichen Schnattern der Gänse inne, die sich in der Ferne auf dem Wasser niederließen. Emma zog an Kates Ärmel.

»Da!«

Vor einem Tor zu einem Feld war ein schwarzer Kia geparkt.

»Überprüfe das Nummernschild.«

Emma wählte eine Nummer, murmelte leise etwas in ihr Telefon, gesellte sich dann zu Kate in der Nähe des Eingangstors und flüsterte: »Mietwagen.«

»Eine Ahnung, wer ihn gemietet hat?«

»Sie prüfen das gerade.«

Eine Gestalt näherte sich, groß und breit, aber leichtfüßig. Morgan hatte sie eingeholt.

»Du schaust dich hinten um, okay? Sei äußerst vorsichtig. Wahrscheinlich ist schon jemand da. Da drüben parkt ein Mietwagen.«

Morgan huschte davon. Die Vorhänge an einem der Fenster im Erdgeschoss waren nicht ganz zugezogen und ein Lichtstreifen fiel wie ein leuchtendes Schwert auf das Gras draußen. Kate ging unterhalb der Höhe des Fensterrahmens auf die Knie und schob sich an der Wand entlang, bis sie direkt unter dem Sims war. Sie lauschte, und als sie sicher war, dass von drinnen kein Geräusch zu hören war, hob sie den Kopf und schaute in die Küche. Als sie die Augen zusammenkniff, konnte sie einen Tisch und eine Person erkennen. Sie richtete sich auf, um besser sehen zu können, und stellte sich vor, es könnte der Mörder sein, aber dem war nicht so. Es war Sierra, die an einen Stuhl gefesselt war. Ihr Kopf war nach hinten geneigt. Sie waren zu spät gekommen. Eine Bewegung und eine erhobene Stimme brachten ihr Herz wieder in Schwung. Sierra fuhr auf dem Stuhl hoch und Kate ließ den Atem aus, den sie angehalten hatte. Das Mädchen lebte noch. Doch gerade als Kate einen Anflug von Erleichterung spürte, umschloss erneut eine eisige Hand ihr Herz. Faith tauchte auf und schwang ein Küchenmesser. Es blieb wenig Zeit zum Handeln.

Ihr Herz klopfte wie wild. *Denk nach!* Eine Vision von Chris ...

* * *

Sterne explodieren vor Chris Youngs Augen und Blut rinnt über seine Lippen. Er stirbt. Er weiß das. Der Schütze erschoss drei Menschen, bevor Chris überhaupt registrierte, was geschah, und nun geht er mit erhobener Waffe den Gang hinauf und tötet jeden im Abteil. Chris bleibt wenig Zeit zum Handeln. Der Kristallpreis wiegt schwer in seiner Hand, in seinem geschwächten Zustand noch mehr. Er erinnert sich, wie er das schiere Gewicht spürte, als man ihm den Preis überreichte und er ihn stolz in die Höhe hielt. Bester Journalist. *Eine schöne Auszeichnung, aber sie wird einem größeren Zweck dienen, wenn er nur die Energie dafür aufbringen kann. Er beschwört die Erscheinung seiner Frau herauf, der tapferen Kate, die vor all den Jahren seine Hand hielt, als er in einem Autowrack eingeklemmt war, und die seither an seiner Seite ist. Er schöpft Kraft aus ihr, genau wie am Tag des Autounfalls. Sie ist der mutigste Mensch, den er je getroffen hat. Das Bild ist stark und er sieht ihr ernstes Gesicht deutlich vor sich.*

»Verlass mich nicht«, flüstert er.

»Das werde ich ... niemals tun«, antwortet sie.

Er zwingt sich von seinem blutgetränkten Sitz, stolpert den Gang hinunter und folgt dem Mann. Er kommt zu spät. Links und rechts von ihm sind Leichen zu sehen und vor ihm schreien eine Mutter und ein Kind. Er muss sie retten. Er schnappt nach Luft, drängt aber vorwärts und ignoriert die unerträglichen Qualen, die seinen Körper durchziehen. Der Mann hört ihn erst im letzten Moment und dreht sich um. Chris hebt den Preis hoch, wie er es während der Zeremonie getan hat, und lässt ihn auf den Kopf des Mannes krachen. Er starrt Chris ausdruckslos an, bevor er zusammenbricht und zu Boden fällt.

Die Anstrengung hat ihn ausgelaugt. Chris' Knie knicken ein und er fällt nach vorne auf den Körper des toten Mannes. Er hinterfragt nicht, warum der Mann mit der Waffe das getan hat. Seine letzten Gedanken gelten seiner wunderbaren Frau, die die ganze Zeit bei ihm geblieben war.

* * *

Die Gedanken an das, was Chris während seiner letzten Minuten im Zug durchgemacht hatte, zerrten an ihr. Wenn Chris tun konnte, was er getan hatte, dann konnte Kate das auch. Sie fuhr mit den Händen an der Wand entlang und bewegte sich zu einem zweiten, in Dunkelheit gehüllten Fenster, durch das kein Geräusch drang. Mit gesenktem Kopf huschte sie zurück zu Emma. Morgan erschien aus dem Nichts neben ihnen.

Er sprach leise. »Die Hintertür ist nicht verschlossen. Ich vermute, sie führt in die Küche oder in einen von ihr abgehenden Hauswirtschaftsraum.«

Kate zischte: »Wir müssen schnell handeln. Sierra ist in der Mitte der Küche an einen Stuhl gefesselt und Faith hat ein Messer.«

»Was ist mit ihrer Schwester?«

»Ich kann sonst niemanden sehen oder hören, aber denkt daran, dass Hope da sein könnte. Emma, wenn ich dir das Zeichen gebe, hämmerst du gegen die Tür und schreist Sierras Namen, so laut du kannst, was uns beiden genug Zeit geben sollte, das Haus von hinten zu betreten und Faith zu überwältigen. Das ist eine Geiselnahme, Morgan, deshalb möchte ich, dass Sierra deine oberste Priorität ist. Sorge dafür, dass ihr kein Schaden zugefügt werden kann. Emma, sobald du an die Tür geklopft hast, kommst du hinter das Haus zu uns. Alles klar?«

»Alles klar.«

Morgan und sie verschwanden in den Schatten und stahlen sich zur Hintertür. Das Kalb begann wieder zu rufen, aber diesmal ignorierte Kate es und konzentrierte sich stattdessen darauf, die Klinke der Hintertür herunterzudrücken und hineinzuschlüpfen, in einen Raum, der nach tropischen Blumen roch. Sie stand in dem, was Morgan korrekt als Waschküche definiert hatte – nur groß genug, um eine Waschmaschine und ein Waschbecken unterzubringen, aber auch groß genug für die beiden, um auf Emma zu warten.

Faith schrie: »Ein letztes Mal. Wo zum Teufel ist er?«

Sierra schluchzte eine Antwort. »Ich weiß nicht, wo er ist. Er sagte, er käme bald nach Hause.«

Wie aufs Stichwort hämmerte Emma an die Tür und rief Sierras Namen. »Sierra, hier ist die Polizei. Aufmachen!«

Faith eilte zum Fenster neben der Spüle, um zu sehen, wer da war, und genau in diesem Moment stürmten Morgan und Kate in die Küche. Morgan rannte über den gefliesten Boden auf Sierra zu und schob seine massige Gestalt zwischen Faith und sie. Faith ließ das Messer fallen und griff nach einer Bratpfanne, die an der Wand hing. Sie schwang sie wild zwischen den beiden hin und her, während sie sich näherten. »Bleibt zurück«, zischte sie.

Kate sagte mit ruhiger Stimme. »Leg sie hin, Faith. Es ist vorbei. Wir haben dich umzingelt.«

Morgan kam einen Schritt näher, und Faith holte aus und schlug ihm die Pfanne in die Leiste, sodass er vornüber fiel. Kate flog auf die Frau zu und stieß sie mit solcher Wucht gegen das Spülbecken, dass Faith ihren Griff um die Waffe löste, die scheppernd zu Boden fiel. Arme, Hände und Beine vermischten sich, während sie miteinander rangen. Faith trat aus, erwischte Kates Schienbein und ließ den Schmerz in ihrem Bein explodieren. Kate zuckte zusammen, die Augen tränten, aber sie hielt sich fest, die Finger gruben sich in Faiths Arm. Rasend vor Wut schüttelte Faith sich frei und stieß Kate so heftig weg, dass sie auf den Rücken fiel und mit dem Kopf gegen ein Stuhlbein stieß. Für einen Moment wurde ihr schwarz vor Augen. Als sie sie wieder öffnete, saß Faith rittlings auf ihr.

Kate drehte ihren Körper scharf nach links, dann nach rechts und versuchte, Faith abzuschütteln und ihre Hände zu befreien, doch vergeblich. Knochige Knie gruben sich in ihre Rippen und machten es unmöglich, sich zu bewegen. Faith fletschte die Zähne wie ein wildes Tier und krümmte ihre langen Finger. Mit unmittelbarer Klarheit verstand Kate, was sie im Begriff war zu tun. Sie würde ihre Finger in Kates Augen krallen. Jeder Muskel spannte sich an, als sie sich wand, was Faith so weit destabilisierte, dass ihre Nägel das Fleisch ihrer Wangen streiften und ihr Ziel verfehlten. »Schlampe!«, zischte Faith. Heftige Schläge hagelten auf Kate nieder. Das war nicht die Frau, mit der sie ein Glas Wein getrunken hatte.

Kate fand ihren Fokus und ließ den Schmerz hinter sich. Alles geschah zu schnell, und sie atmete ein, verlangsamte das Geschehen, wurde sich der Verachtung, die über Faiths Gesicht flackerte, voll bewusst und sah, wie Morgan sich auf die Beine kämpfte. Sie hatte ihre eigenen Hände befreit, behielt sie aber für den Moment an der Seite. Die Zeit verlangsamte sich weiter und Faiths und ihr Blick trafen sich. Sie schenkte ihr ein entspanntes Lächeln und wartete darauf, dass die Frau wieder zuschlagen würde. Faith knurrte, krümmte ihre Finger und hob die Hände, und erst dann reagierte Kate mit blitzschnellen Reflexen, packte die Handgelenke der Frau und riss sie mit so viel Kraft, wie sie aufbringen konnte, nach hinten. Faith schrie auf.

Morgan tauchte auf, schlang die starken Arme um Faiths Oberkörper und zog sie von Kate herunter, bevor er sie auf den Boden warf und sich auf ihre Beine fallen ließ. Innerhalb von

Sekunden war Emma bei ihm. Er legte Faith Handschellen an und kam auf die Knie, den Kopf in den Nacken gelegt.

»Bist du okay?«, fragte Emma.

»Die Schlampe hat mir in die Kronjuwelen geschlagen, aber ich werde es überleben.«

Kate wischte sich mit dem Handrücken das Blut von ihren zerkratzten Wangen und sah zu Sierra hinüber. »Wie viele Frauen? Wie viele sind reingekommen?«

Das Gesicht des Mädchens war aschfahl. »Nur sie.«

Morgan und Emma zogen die überwältigte Faith auf die Beine und brachten sie nach draußen, während Kate die Kabelbinder durchtrennte, die Sierra fesselten, und ihr half aufzustehen.

»Geht es dir gut?«, fragte Kate.

Sierra rieb sich die zarten Handgelenke und nickte. »Sie hat mich zu Tode erschreckt. Sie wollte mich umbringen. Sie wollte Dad auch umbringen. Wissen Sie, wo er ist?«

»Er ist in Sicherheit. Er ist auf dem Revier. Du kannst ihn bald sehen. Bist du sicher, dass du nicht verletzt bist?«

»Ich bin okay. Ich habe sie nur reingelassen, weil sie schwanger und aufgeregt und ihr Schuh kaputt war.«

»Sie ist nicht schwanger.«

»Sie hatte einen dicken Bauch.«

»Sie hat ihn nur vorgetäuscht.« Kate hielt den Pullover hoch, der während des Handgemenges herausgefallen war. »Sie hat sich das ausgedacht, damit du sie reinlässt.«

Das Mädchen starrte mit großen Augen auf den Pullover.

»Du stehst unter Schock. Wir werden dich mitnehmen zur Wache. Gibt es jemanden, den wir anrufen können, damit er mit dir mitkommt? Einen Verwandten vielleicht?«

»Nur meinen Vater. Er ist alles, was ich habe.« Sierras Stimme brach und Kate wurde schwer ums Herz. Das Mädchen war dabei, den einen Menschen zu verlieren, der ihr alles bedeutete. Cooper würde höchstwahrscheinlich ins Gefängnis kommen. Kate wusste, wie es war, die zu verlieren, die einem am meisten am Herzen lagen, aber so war das Leben. Es gab grausame Schläge und man musste lernen zu überleben. Sierra würde, wie Kate, schnell genug lernen.

»Du wirst dort mit deinem Vater reden können«, sagte sie, zuversichtlich, dass sie das arrangieren könnte, damit sie etwas Zeit miteinander verbringen konnten. Sie wünschte sich, sie hätte mehr Zeit mit Chris haben können, auch wenn es nur fünf Minuten gewesen wären.

KAPITEL 51

DONNERSTAG, 10. JUNI – FRÜHER MORGEN

Faith konnte leicht für die Inquisitorin gehalten werden und nicht für die Angeklagte. Ihr Blick suchte in Kates Augen nach Anzeichen von Schwäche. Sie saß aufrecht da, die Hände locker im Schoß gefaltet. Nichts in ihrer Körpersprache deutete darauf hin, dass sie eine Mörderin war. Kate fand ihre Haltung nervtötend. Sie hatte sich dieser Frau geöffnet, ihr Dinge über sich selbst erzählt, die sie vorher niemandem erzählt hatte, und sie hatte ihre Taten nicht durchschaut. Die Pillen und ihre Fixierung auf Dickson hatten ihr alle Sinne vernebelt und sie fast diese Ermittlungen gekostet. Während Kate über Faiths Täuschung wütend war, war sie noch wütender auf sich selbst. Ihr Kopf schrie ihr zu, diese Frau zu bestrafen und so hart wie möglich mit ihr zu sein, doch sie musste Faith auf ihrer Seite behalten, weil sie ihr helfen könnte, Dickson zu Fall zu bringen.

»Wir haben genügend Beweise dafür, dass du im Maddox Club warst. Das Blut, das wir auf dem Briefbeschwerer und auf dem Teppich gefunden haben, ist deines. Wir haben Fläschchen mit der Droge GHB in einer Tasche im Kofferraum eines auf deinen Namen gemieteten Kia entdeckt. Außerdem haben wir den toten Jungen als deinen Neffen identifiziert, Joseph

Masuku. Wir wissen, dass du Alex Corby, Ian Wentworth und Xavier Durand ermordet hast. Die Technikabteilung untersuchte das Navi in dem VW Polo, den du aus dem Fuhrpark geliehen hast, und konnten alle deine Bewegungen nachverfolgen. Du dachtest vielleicht, du hättest den Verlauf gelöscht, aber wie du weißt, verfügt unser Team über enorme Fähigkeiten und hat die Informationen wiederhergestellt. Nicht nur, dass du am Montagabend im Maddox Club warst, du warst auch am Donnerstagmorgen in Alex' Haus. Du kamst um elf Uhr fünfzig und gingst zwei Stunden später. Wir wissen auch, dass du nach Lichfield gefahren bist und am Samstag zweimal auf dem Parkplatz in der Nähe des Festival House geparkt hast – einmal nachmittags um ein Uhr fünfzehn für eine halbe Stunde und dann noch einmal abends von acht Uhr dreißig bis 23.24 Uhr. Gibt es etwas, was du dazu sagen möchtest?«

»Kein Kommentar.«

Kate warf einen Blick auf die junge Anwältin mit dem ausdruckslosen Gesicht und der steifen Haltung, der man den Fall zugeteilt hatte. Sie sah nicht viel älter aus als Sierra. Ihr Gesicht war so unbeweglich wie das einer Porzellanpuppe und ihre Augen waren auf ihren Notizblock fixiert. Sie hatte eindeutig nicht vor, ihre Mandantin zu ermutigen, irgendwelche Informationen preiszugeben. Kate würde die einzige Waffe einsetzen müssen, die sie hatte. Sie warf Morgan einen Blick zu, der neben ihr stand und sich ihrer Absichten bewusst war.

»Dann lässt du mir keine Wahl. Ich bin sicher, dass Hope entgegenkommender sein wird, obwohl ich sie wegen Beihilfe zu einem Verbrechen anklagen muss.«

Faith schluckte den Köder. »Hope ist in Simbabwe.«

Morgan schüttelte den Kopf. »Hope Masuku wurde bereits am Flughafen Heathrow festgenommen und befindet sich derzeit in einem Polizeifahrzeug auf dem Weg hierher, um im Zusammenhang mit diesen Morden befragt zu werden.«

»Nein. Sie bluffen nur«, höhnte Faith.

Kate antwortete mit ruhiger Stimme: »Ich kann dir versichern, dass DS Meredith die Wahrheit sagt. Er hat mit dem Beamten gesprochen, der sie am Gate festgenommen hat.«

»Sie ist gestern Morgen mit einem Bus vom Bahnhof in Stoke losgefahren. Ich habe sie selbst hineingesetzt. Ihr Flug ging am Abend. Sie ist nicht hier.«

Morgan drehte den Ausdruck einer E-Mail auf dem Schreibtisch vor sich um und las: »Gestern Abend wurde Mrs Hope Masuku um 22.07 Uhr festgenommen, während sie an Gate B38 auf den um zwei Stunden verspäteten Emirates-Flug nach Harare wartete. Sie hat sich der Festnahme nicht widersetzt und wurde über Nacht von der Metropolitan Police festgehalten.«

Faith blieb stumm, ihre Nasenlöcher bebten.

»Gut, dann schlage ich vor, dass wir dieses Gespräch beenden. DS Meredith, wenn es Ihnen nichts ausmachen würde, das Aufnahmegerät auszuschalten und Faith in ihre Zelle zu begleiten. Wir reden später weiter. Und, DS Meredith, bitte rufen Sie mich an, wenn Hope Masuku eintrifft.« Kate schob ihren Stuhl zurück.

Bevor sie die Tür erreichte, meldete sich Faith zu Wort. »Hope hat mit alldem nichts zu tun.«

Kate drehte sich um. »Womit?«

»Mit den Todesfällen. Sie wollte nur, dass ich Joseph finde.«

Kate kehrte auf ihren Platz zurück, schürzte gedankenverloren die Lippen und schüttelte dann den Kopf. »Nein, tut mir leid. Das glaube ich nicht. Das ist das einzige Mal, dass Hope dich besucht hat, seit du in Großbritannien bist, und dieser Besuch fällt mit dem Tod von drei Männern zusammen. Sie wohnte in deiner Wohnung. Sie wird sicherlich geahnt haben, was vor sich ging. Ich fürchte, wir werden sie anklagen müssen.«

»Sie weiß überhaupt nichts. Sie weiß nicht einmal, dass Joseph tot ist. Ich konnte es ihr nicht sagen. Nicht bevor ich ihn gefunden habe.«

»Ich kann dich leider nicht beim Wort nehmen.« Kate verschränkte die Arme und legte den Kopf schief. »Es liegt also an dir, Faith. Du erzählst mir alles – jedes noch so kleine Detail – oder wir finden jede Menge Gründe, deine Schwester anzuklagen. Es ist deine Entscheidung.«

Faiths Lippen kräuselten sich. »Du miese Schlampe!«

* * *

Faith packt ihre Notizen mit einem Gefühl von Zielstrebigkeit und Zufriedenheit weg. Der Job in Coventry ist nicht anspruchsvoll, aber ihr Ruf wird immer besser. Wenn sie sich weiterhin so gut schlägt, wird sie befördert, und wenn die Zeit reif ist, kehrt sie nach Hause zurück und hält Vorlesungen in Harare, um anderen vielleicht die gleichen Möglichkeiten zu bieten, die sie hatte. Nicht schlecht für ein armes Mädchen aus Juliasdale, das nach Meinung der Leute kaum eine Perspektive hatte. Sie hat es ihnen allen gezeigt. Nur ihre Schwester hatte an sie geglaubt. Hope ermutigte sie bei jedem Schritt und hatte ihr sogar Geld geschickt, das sie eigentlich nicht entbehren konnte, um ihr durch ihr Studium in Harare zu helfen. In Großbritannien hat Faith es geschafft, zu studieren und in Teilzeit als Spülhilfe in einem Restaurant zu arbeiten, sodass sie ihrer Schwester helfen konnte.

Sie schließt gerade ihre abgenutzte Ledertasche, als ihr Telefon klingelt. Ihre Schwester ist in Tränen aufgelöst.

»Hope, was ist los?«

Hope arbeitet auf einer Obstplantage außerhalb von Juliasdale. Es ist ein schlecht bezahlter Job, aber es ist alles, was sie bekommen kann, da sie mit fünfzehn Jahren schwanger wurde, ihre Ausbildung nicht beendet hat und seit drei Jahren verwitwet ist.

»*Er ist weg. Joseph ist weg. Er und Abel sind weggelaufen.*«

»*Sie werden zurückkommen. Du weißt doch, wie sie sind. Eine Woche auf sich allein gestellt, und sie kehren mit eingezogenem Schwanz zurück.*« *Obwohl die Worte beruhigend gemeint sind, flattert Faiths Herz wie ein Schmetterling, der in einem Netz gefangen ist. Der vierzehnjährige Joseph ist alles für Hope, und auch für sie. Er ist ein hübscher und freundlicher Junge. Abel hingegen ist ein Unruhestifter – ein sympathischer Junge, aber nicht abgeneigt, das Gesetz zu brechen. Die beiden stehen sich unglaublich nahe und sie befürchtet, dass Joseph von seinem Freund dazu verleitet wurde, sich auf etwas einzulassen, was er nicht tun sollte.*

»*Daniel sagt, sie haben jemanden bezahlt, der sie ins Ausland bringt, nach Großbritannien.*« *Daniel ist ein anderer Freund von Joseph und Abel, aber Faith kann die Geschichte kaum glauben.*

»*Woher sollten sie das Geld nehmen, um jemanden dafür zu bezahlen, sie irgendwohin zu bringen?*«

»*Abel ... er ist wieder in Drogengeschäfte verwickelt. Es waren Männer in der Stadt. Ich habe gehört, dass sie überall erzählt haben, dass sie Leute rausbringen können, nach Europa. Ich hätte nie gedacht ...*« *Das Schluchzen macht sie sprachlos.*

Faith steht da wie erstarrt. Sie hat von Landsleuten gehört, die versuchen, die lächerlich lange Reise zu machen, um der Armut und sogar der politischen Situation in ihrem eigenen Land zu entkommen, aber Joseph? »*Warum sollte er so etwas tun?*«

»*Elijah Falade.*«

Elijah wurde in Juliasdale sehr geschätzt. Einem lokalen Mythos zufolge machte er sich im Jahr 2000 im Alter von siebzehn Jahren auf den Weg nach Großbritannien, wo er zunächst in einem Restaurant arbeitete, dort innerhalb weniger Jahre zum Manager aufstieg und schließlich in die USA zog, wo er sein eigenes Restaurant eröffnete. Seine Mutter und sein Cousin waren eines

Nachts verschwunden und alle glaubten, sie seien zu Elijah gegangen. Faith hatte ihren eigenen Verdacht, was den Wahrheitsgehalt der Geschichte betraf, aber die Jugendlichen in der Stadt hatten sie geglaubt und Abel zum Beispiel hatte oft davon gesprochen, so erfolgreich wie Elijah zu werden.

»*Was sollen wir tun?*«*, fragt Hope.*

»*Hast du ihn als vermisst gemeldet?*«

»*Sei nicht dumm! Niemand wird mir oder meinem Jungen helfen. Es interessiert sie nicht. Die Polizei wird keine Zeit damit verschwenden, einen potenziellen Flüchtling zu jagen.*«

Das stimmt. Faith weiß, dass sie ihn niemals aufspüren würden, und wenn die Jungen lebendig in Großbritannien angekommen waren, würden die Behörden nicht nach ihnen suchen. »*Was denken Abels Eltern?*«

»*Es sei gut, dass er weg ist. Sie haben noch fünf andere Mäuler zu stopfen und Abel geriet immer in Schwierigkeiten – Schwierigkeiten, auf die sie gut verzichten können. Aber du weißt, dass Joseph alles für mich ist*«*, sagt Hope.* »*Er ist das einzig Gute in meinem Leben ... so wie sein Vater. Wenn ich in seine Augen schaue, sehe ich Timothy.*« *Ihr Stöhnen hält eine Ewigkeit an.* »*Es ist, als ob ich meinen Mann noch einmal verliere. Ich kann diesen Schmerz nicht ein zweites Mal ertragen.*«

Faith ist untröstlich. Hope und Joseph sind ihr eigen Fleisch und Blut. Sie liebt sie beide von ganzem Herzen. »*Was kann ich tun, Hope?*«

»*Du bist in England. Finde ihn, bitte. Bitte finde meinen Jungen.*«

* * *

Faith sprach in einem monotonen Tonfall, als ob ihr jedes Wort nur widerwillig von den Lippen käme. »Wir hatten keine andere

Möglichkeit, als ihn selbst zu finden. Wir sprachen mit all ihren Freunden und fanden schließlich heraus, dass die Jungs auf dem Weg nach Stoke-on-Trent waren, um einen Mann namens Farai zu treffen, den Abel über seine Kontakte im Drogenhandel kannte. Ich hatte zwar die Stelle in Coventry, musste aber in Stoke vor Ort sein, um sie zu suchen, also mailte ich Ervin. Er sagte, es gäbe keine freien Stellen, aber er würde mich im Hinterkopf behalten, wenn er jemanden für das Team suchte. Ich saß in Coventry fest und reiste in meiner Freizeit zwischen den beiden Städten hin und her. Es vergingen mehrere Monate, in denen wir von keinem der beiden Jungen eine Nachricht erhielten. Aber schließlich fand ich eine Spur.«

* * *

Seit Hopes Anruf ist Faith jedes Wochenende durch Stoke gefahren und hat jedes Flüchtlingszentrum, jedes Hostel, jede Kirche, Bibliothek und Obdachlosenhilfe aufgesucht, die sie finden konnte. Bisher hatte sie wenig Glück, außer einer Spur von einem Reverend Father, aber heute hat sie gehört, wo sie Farai finden könnte, den Mann, nach dem die Jungen gesucht haben. Es hat sie hundert Pfund ihres Gehalts gekostet und sie findet sich nun an einem dunklen Januarmorgen unter einer Brücke wieder. Es riecht nach Urin und etwas anderem, dem abgestandenen Gestank von ungewaschenen Menschen. Hier landen nachts viele der Obdachlosen der Stadt, wenn sie sich nicht mehr in den warmen Bibliotheken oder Anlaufstellen verstecken können. Sie wickelt ihren Schal fester um den Hals. Sie muss in einer Stunde zur Arbeit und sie muss noch zurück nach Coventry fahren. Sie wird sich verspäten, aber wenn sie Neuigkeiten über Joseph und Abel bekommt, wird es das wert sein. Sie dreht sich um, als sie sich nähernde Schritte hört. Eine große, hagere Gestalt kommt auf sie zu und neben ihr ein kleinerer Lump, den sie sofort wiedererkennt. Es ist Abel. Sie eilt mit leuchtenden Augen auf den Jungen zu. Endlich hat sie ihn gefunden. Er steht starr in ihrer Umarmung, nicht die Reaktion, die sie erwartet hatte, und sie hält ihn auf Armeslänge, starrt in seine trüben Augen.

»*Abel, ich bin's, Faith. Josephs Tante. Ich habe euch gesucht, um euch wieder nach Hause zu bringen.*«

Sein Haar ist verfilzt und er fährt sich mit einer schmutzigen Hand unter die Nase. »*Ich gehe nicht zurück.*«

Sie schaut den mageren Mann an, dessen Wangen so eingefallen sind, dass sein Gesicht einem Totenkopf ähnelt. »*Was hast du mit ihm gemacht?*«

»*Ich? Nichts*«*, brummt er mit tiefer Stimme.* »*Wenn der Junge nicht zurückwill, dann werde ich ihn nicht dazu zwingen. Du hast ihn gesehen, also kannst du jetzt gehen.*«

»*Warte einen Moment. Wo ist Joseph?*«

»*Ich kenne keinen Joseph. Ich hänge hier nur mit meinem Bruder Abel ab. Er ist ein guter Junge. Er hilft bei den Geschäften.*«

Sie begreift, was er meint. Abel ist Teil eines Drogenrings und seinem Aussehen nach zu urteilen, nimmt er mehr, als er sollte. Sie versucht es erneut und spricht den Jungen direkt an. »*Deine Familie vermisst dich.*«

Der Mann lacht lautstark. »*Sicher tut sie das. Ich habe sie herumlaufen sehen, auf der Suche nach ihm. Sie will dich nur verrückt machen, kleiner Mann. Deiner Familie bist du scheißegal. Na komm. Wir gehen.*« *Er geht los. Abel folgt ihm wie ein gehorsames Hündchen.*

Faith schreit: »*Nein! Ich bezahle dich.*«

Der Mann dreht sich um. »*Zweihundert.*«

»*Ich habe keine zweihundert.*«

»*Wie viel hast du?*«

Sie holt ihre Brieftasche heraus. Es sind etwa einhundertzwanzig Pfund für Essen und Fahrt drin. Es ist alles, was sie hat, bis sie das nächste Mal bezahlt wird. »Nimm alles, aber sag mir, wo ich Joseph finden kann.«

Sie zieht die Scheine heraus, winkt ihm zu und seine gelben Augen zählen sie gierig. Er hält seine Hände auf.

»Sag es mir zuerst.«

Er fährt sich mit der Zunge über die Lippen. »Joseph war zu schön für dieses Spiel. Er war für einen anderen Berufszweig bestimmt.«

»Das ergibt doch keinen Sinn.«

Abel öffnet den Mund. »Er meint als Sexarbeiter.«

Faith bekommt kaum noch Luft. »Was? Wie?«

»Du hast deine Informationen bekommen. Jetzt gib mir das Geld«, *sagt Farai.*

Sie fleht Abel an. »Wo ist er, Abel? Ihm kann diese Arbeit doch keinen Spaß machen. Sag mir, wo er ist, damit ich wenigstens mit ihm reden kann. Bitte! Seine Mutter wird verrückt vor Sorge. Ich habe monatelang versucht, ihn zu finden. Hilf uns.«

Der große Mann leckt sich wieder über die Lippen. »Du kannst nicht mit ihm reden. Er ist von einem Auftrag nicht zurückgekommen.«

»Was meinst du damit?« *Die Worte sprudeln aus ihr heraus.*

Zum ersten Mal zeigt sich in Farais Gesicht ein Hauch von Traurigkeit, von Menschlichkeit. »Ich meine, Schwester, dein Junge, Joseph, ging zu irgendeinem Privatklub, um einen Kunden zu beglücken, und er kam nie zurück.«

»Zu welchem Klub?«

»Der Laden heißt Maddox Club.«

»Wen hat Joseph dort getroffen?«

»Einen feinen Gentleman. Josephs Zuhälter sagt, sie seien keine Gentlemen. Sie bieten einen Gold-Service an und nutzen seine Mädchen und Jungen schon seit einer Weile. Er weiß ganz genau, was sie in den Klubzimmern treiben. Am Tag nach Josephs Verschwinden wurde dem Zuhälter gesagt, dass es keinen

Gold-Service mehr gäbe, und wenn er jemals ein Wort darüber verliere, dass er Jungs und Mädchen an den Maddox Club vermietet hat, wird ihn das teuer zu stehen kommen. Sie haben Freunde in hohen Positionen.«

»*Wann war das?*«

»*Am 2. Januar.*«

Faiths Herz hämmert wie verrückt in ihrer Brust. »*Ist er … Ist Joseph tot?*«

»*Er hätte Abel nie verlassen. Sie waren unzertrennlich. Ihm muss etwas Schlimmes passiert sein, sonst wäre er nach Hause gekommen.*«

»*Abel?*«

Der Junge zuckt mit den Schultern. »*Es ist wahr.*«

»*Mit wem kann ich sprechen? Ich muss genau wissen, was passiert ist. Bitte, Farai. Du bist der Einzige, der mir helfen kann.*«

Er starrt sie ausdruckslos an. Sie ist sich sicher, dass er mehr weiß. »*Bitte, Farai. Seiner Mutter zuliebe.*«

»*Okay. Da gib es jemanden. In dieser Nacht war eines der Mädchen mit einem anderen Kunden in dem Zimmer neben Josephs. Sie hörte Schreie. Sie bat den Gentleman, nach nebenan zu gehen und sich zu vergewissern, dass es Joseph gut geht, aber er wollte nicht. Er war total breit, wenn du verstehst, was ich meine. Der Mistkerl heißt Alex Corby.*«

»*Alex Corby. Kann ich mit dem Mädchen sprechen?*«

»*Nein. Ich habe dir gesagt, was sie ihrem Zuhälter erzählt hat. Suche Alex Corby und frage ihn nach dem Gold-Service.*«

»*Ist das der einzige Name, den sie kannte?*«

»*Reicht das nicht?*«

»*Wer war bei Joseph? Bitte. Vielleicht hat das Mädchen noch einen anderen Namen gehört. Bitte, Farai. Joseph und seine Mama sind alles, was ich auf der Welt habe.*«

»Vielleicht ein anderer Name. Jemand hat Ian angerufen. Er ist Alex' Freund. Frag Alex nach ihm. Mehr weiß der Zuhälter nicht.«

»Wer ist dieser Zuhälter? Ich möchte mit ihm sprechen.«

»Das hast du gerade, Schwester. Das ist alles, was er weiß. Und jetzt gib das Geld her.«

Sie tut es, die Augen wieder auf Abel gerichtet. »Abel, komm mit mir zurück. Du musst das nicht tun.«

Abels Blick ist verschwommen. »Ich bin hier glücklich, Faith. Ich mag Farai. Er ist gut zu mir.«

»Aber ich kann mich um dich kümmern«, sagt sie.

Farai legt dem Jungen eine Hand auf die Schulter. »Mach dir keine Sorgen um Abel. Ich werde auf ihn aufpassen. Es wird ihm gut gehen.«

»Bitte. Bitte pass auf ihn auf.« Ihre Worte verpuffen, als die beiden sich umdrehen und weggehen. Sie ist innerlich leer. Jede Emotion wurde herausgezogen und ihr bleibt nur noch ein Gedanke – Rache.

* * *

Der Raum war warm und stickig, und unter Kates Armen hatten sich feuchte Flecken gebildet. Die Traurigkeit der Geschichte wirkte sich auf sie aus und der Entzug von den Medikamenten machte sie zunehmend unruhig, aber sie brach die Vernehmung nicht ab. Sie wurde auf Video aufgezeichnet und nebenan würden Emma und William beobachten, wie sie alles handhabte. Sie durfte sich keinen Aussetzer erlauben.

Faith hatte ihr unwissentlich einen Hinweis gegeben. Er hatte eine Drohung erwähnt: »Freunde in hohen Positionen«. Dickson? Sie konnte diesen Aspekt im Moment nicht weiterverfolgen, nicht mit William als Beobachter, aber sie hoffte, dass sie Farai aufspüren konnten, um ihn zu befragen. Faith sah müde aus; dunkle Flecken unter ihren Augen deuteten auf Schlafmangel hin. Diese Suche hatte ihren Tribut gefordert. Für den Bruchteil einer Sekunde fühlte Kate so etwas wie Mitleid, aber es verschwand so schnell, wie es gekommen war.

»Erzähl mir, was mit Ian Wentworth passiert ist. Warum bist du zweimal in seine Wohnung zurückgegangen?«

»Ich nahm mir den Tag frei und plante, ihn zu töten, aber kaum hatte ich ihn betäubt, schickte mir Ervin eine Nachricht und bat mich, zur Arbeit zu kommen, weil sie so wenig Personal hätten. Ich gab Ian einen extragroßen Schuss GHB, damit er bewusstlos blieb, ließ ihn gefesselt zurück und kehrte später am selben Tag in seine Wohnung zurück.«

»Ich habe am Samstagabend im Labor mit dir gesprochen.«

»Ja. Ich wollte schon früher gehen, aber Ervin musste raus und bat mich, noch zu bleiben, um mit dir zu sprechen. Das war ein bisschen lästig, aber es war besser, die Rolle zu spielen, als zu verschwinden und die Aufmerksamkeit auf mich zu ziehen. Ich ging, sobald du weg warst, und fuhr zurück nach Lichfield.«

* * *

Ians fette Wange hängt an der Seite herunter, sein Hals ist geknickt wie ein Elefantenrüssel. Er kann sich kaum artikulieren, aber ein weiterer Schub der Droge hat ihn gefügig gemacht und er beantwortet ihre Fragen.

»Kennst du einen Jungen namens Joseph?«

»Wunderschöner Junge. Der Beste.«

»Hattest du Sex mit ihm im Maddox Club?«

»Armer Junge. So perfekt ... So herrlich ... Ich habe ihn kaputtgemacht!«, jammert er.

»Wie hast du ihn kaputtgemacht?«

»Nein ... nein ... nein. Schrecklich. Fehler. Ich hätte ihm die Tüte rechtzeitig vom Kopf nehmen sollen, aber ich hatte so viel Spaß und ...« Tränen fließen aus seinen Augen. *»Kaputt«*, flüstert er.

»Was ist mit seiner Leiche passiert?«

»Xavier ... Xavier hat sich darum gekümmert. Es tut mir leid. So leid.«

»Xavier wer?«

»Manager.« *Ian fällt in die Bewusstlosigkeit zurück und ihr ist übel. Diese abstoßende Kreatur ruinierte den wertvollsten Menschen, entmenschlichte ihn für seine Selbstbefriedigung und sein perverses Vergnügen. Sie zwingt ihm den Mund auf und schiebt die Folterbirne hinein. Sie wird ihn umbringen. Diesmal braucht sie keine Fragen zu stellen, sondern ihm nur deutlich zu machen, warum sie ihn quält. Sie wartet. Er wird bald wieder zu sich kommen.*

* * *

Die Wände im Befragungsraum schlossen sich um Kate. Der Drang, nach John Dickson zu fragen, war stark, aber sie hatte Angst, dass das, was Faith ihr erzählte, die Ohren des Superintendent erreichen würde, bevor sie die Chance bekam, darauf zu reagieren. Vielleicht sah er sich die Befragung sogar an, eingepfercht im Raum neben Emma und William. Sie musste vorsichtig vorgehen. »Warum hast du Ians Auge vor die Tür von Superintendent Dickson gelegt?«

Faith hielt ihrem Blick stand, die Arme locker an ihrer Seite, ihr ganzes Gesicht entspannt. »Was glaubst du denn?«

»Ich habe dich gefragt.«

»Er war in der Nacht im Club, in der Joseph starb. Er war im Zimmer neben Ian und muss die Schreie gehört haben. Wenn Alex Corby sie gehört hat, dann hat er es auch und ist genauso schuldig wie Alex. Nein, ihn trifft sogar noch größere Schuld. Er ist ein Polizeibeamter. Er hätte sich wie einer verhalten müssen.«

Obwohl Kate zustimmte und wusste, dass Dickson hätte misstrauisch sein müssen, vor allem, als Ian beim Frühstück nicht auftauchte, wollte sie dieses Thema nicht weiterverfolgen. Sie musste sich so verhalten, als würde sie den Mann voll unterstützen. »War er dein nächstes potenzielles Opfer?«

»Ja, aber er wurde in einen geheimen Unterschlupf gebracht. Ihr kümmert euch gut um euresgleichen, nicht wahr?«

»Was meinst du damit?«

»Ihr habt ihm Schutz gewährt, Cooper und Xavier aber keinen angeboten.«

»In diesem Stadium der Ermittlungen wussten wir nichts von ihrer Beteiligung.«

Faith hob eine Augenbraue. »Komm schon! Superintendent Dickson wusste, wer mit ihm im Klub war. Er wird die Informationen an dich weitergegeben haben.«

Kate setzte ein Pokerface auf, obwohl ihre innere Stimme Faith zustimmte. Dickson hätte seine Ängste teilen können und müssen, aber er hatte sich entschieden, es nicht zu tun, und das war an sich schon verdächtig. Sie machte weiter, darauf bedacht, solche Gedanken für sich zu behalten. Faith konnte nicht wissen, was geteilt und was nicht geteilt wurde. Sie glaubte, Dickson hätte es ihnen gesagt.

»Hat Xavier dir von Cooper Monroes Beteiligung erzählt?«

»Ja. Er hat geplappert und mich angefleht, ihn nicht zu töten. Er winselte und schwor, dass er nichts davon gewusst hatte, dass Joseph im Klub gewesen war. Ihm zufolge war der Gold-Service allein Ians Idee gewesen, und angeblich hat er erst von Joseph erfahren, als Ian ihn über das interne Telefon anrief und nach Cooper fragte. Ich habe ihn direkt durchschaut. Farai sagte mir, er habe mit dem Klubmanager gesprochen, nicht mit einem Mitglied. Xavier sorgte dafür, dass die Prostituierten in den Klub gebracht wurden.«

»Warum hast du Xavier nicht auf die gleiche Weise gefoltert wie die anderen?«

Faith zuckte mit den Schultern. »Ich habe die Geduld mit ihm verloren. Ich habe die Erdnüsse in der Schüssel gesehen und diese anstelle eines Apfels verwendet. Es war ein interessantes Ende seines Lebens. Ich glaube, er hat es aufrichtig bereut.«

Die Anwältin saß mit steinerner Miene da, wie sie es das ganze Gespräch über getan hatte, die Beine ordentlich an den Knöcheln gekreuzt, und machte sich in einer winzigen Handschrift Notizen auf ihrem Block.

»Das bringt mich zu dem Werkzeug, das du benutzt hast. Warum hast du dich für eine Folterbirne entschieden?«

»Wegen meines Ex-Mannes. Ich lernte ihn während meines Studiums in Harare kennen. Er lehrte europäische Geschichte und spezialisierte sich auf das Mittelalter. In einer Glasvitrine in seinem Büro bewahrte er eine kleine Sammlung von Foltergeräten auf, darunter auch eine Folterbirne. Unsere Ehe ging in die Brüche, aber die Folterbirne habe ich nie vergessen, und als ich beschloss, meine Opfer zu foltern, entschied ich, dass sie meinem Zweck dienen würde. Ich konnte nicht einfach eine kaufen, also habe ich sie anfertigen lassen.«

»Von wem?«

»Von einem Hufschmied aus Derby namens George Coombs. Ich habe ihm meine Zeichnung gemailt und ihn gebeten, sie für mich zu machen. Ich sagte ihm, es sei ein Geschenk für meinen Mann, einen Historiker.«

»Und er fand das nicht merkwürdig?«

»Er hat keine Fragen gestellt und mein Geld gern genommen. Er schien mir zu glauben. Ich kann sehr überzeugend sein, wenn ich will.«

Kate ballte leicht die Fäuste. Faith hatte sie ganz schön in die Irre geführt. »Warum hast du Äpfel gewählt, Faith?«

»Ist das nicht offensichtlich für dich? Du bist doch eine intelligente Frau.«

»Er ist ein Symbol für Fruchtbarkeit und ich kenne seine Bedeutung in der Bibel, als Eva Adam mit einem Apfel verführte – das Symbol der Erbsünde. Hast du ihn deshalb ausgewählt?«

»Zum Teil. Ich habe jeden der Männer aufgeklärt, die für das verantwortlich sind, was mit Joseph passiert ist. Der Apfel ist ein komplexes Symbol. Er kann Liebe, Freude, Weisheit, Luxus oder Tod bedeuten, je nach dem Kontext, in dem du ihn betrachtest. Aber ich bevorzuge die Vorstellung, dass es das biblische Symbol der Erbsünde ist. Die Sünde, die den Sündenfall der Menschen herbeiführte. Mit Sicherheit hat er den Sturz dieser Männer herbeigeführt.«

Da war kein Gefühl des Bedauerns oder der Reue. Faith hatte ein Unrecht gerächt und ihrer Meinung nach war das akzeptabel.

»Gab es einen Grund, warum du dich für die Sorte Macoun entschieden hast? War es, weil deine Schwester auf einer Obstplantage arbeitet, wo die gleiche Sorte angebaut wird?«

Die Frau legte ihre Hände zusammen und applaudierte leicht. »Gut gemacht.«

»Was hat es mit der Stückzahl auf sich? Du hast sie in dreizehn Stücke geschnitten.«

Faith spottete. »Ich muss es doch nicht buchstabieren, oder?«

»Ich würde trotzdem gern deine Meinung hören.«

Sie seufzte. »Die Dreizehn wird mit Pech assoziiert. Der Aberglaube stammt wiederum aus der Bibel, wo der dreizehnte Gast, der während des letzten Abendmahls am Tisch saß, Judas Ischariot war, der später Jesus verriet. Das erschien mir passend.

Schließlich wollte ich, dass sie ihre Freunde verraten, und sie waren im Begriff, die schlimmste Art von Glück zu erhalten – den Tod.«

»Und warum hast du deinen Opfern ein Auge entfernt? Bezog sich das auch auf die Bibel – Auge um Auge?«

»In gewisser Weise. Es war mehr, weil ich ihnen Angst machen wollte, sie wissen lassen wollte, dass jemand ein Auge auf sie geworfen hatte, dass jemand wusste, was sie getan hatten. Es schien eine passende Botschaft zu sein.«

»Damit bleibt nur noch Cooper. Ich nehme an, du wolltest ihn auch töten? Du hast die Folterbirne mitgenommen. Wir haben sie in deinem Auto gefunden, aber keine Äpfel. Was hattest du mit ihm vor?«

»Man kann einen Mann wie ihn nicht foltern. Er hat eine spezielle Ausbildung genossen und würde nie etwas gestehen. Cooper ist die einzige Person, die weiß, wo Joseph begraben ist. Er hätte mir gesagt, was ich wissen wollte, denn ich hätte seine Tochter als Geisel genommen. Er hätte nicht gewollt, dass ihr etwas zustößt.«

»Du sagtest, du hättest Hope nicht gesagt, dass ihr Sohn tot ist.«

»Korrekt. Ich wollte einen unwiderlegbaren Beweis. Ich versprach, ihn zu finden, und ich hatte vor, mein Versprechen zu halten. Wo hast du ihn gefunden?«

Kate sah auf den Schreibtisch hinunter und hielt einen Herzschlag lang inne, bevor sie Faith erzählte, was sie so lange herauszufinden versucht hatte. »Auf einer Lichtung im Wald auf dem Gelände des Maddox Clubs.«

»Ich vermutete, dass Cooper ihn irgendwo in der Nähe versteckt hatte. Kann ich ihn sehen?«

»Vielleicht können wir das arrangieren. Warum ist Hope nach Großbritannien gekommen?«

Faiths Mundwinkel verzogen sich nach unten. »Sie hatte versucht, nach Großbritannien zu kommen, seit Joseph verschwunden war. Sie hat das ganze Geld gespart, das ich ihr geschickt habe. Sie hatte mir nicht gesagt, dass sie endlich ein Visum bekommen hatte, und tauchte einfach aus heiterem Himmel auf. Sie hätte fast meine Pläne durchkreuzt.«

»Das verstehe ich nicht. Du hast drei Menschen getötet, während sie bei dir war. Du warst rund um die Uhr unterwegs, während sie bei dir wohnte, und doch hatte sie keine Ahnung, was du vorhattest.«

»Zum Glück fing sie sich ein Magenvirus ein und war die meiste Zeit ans Bett gefesselt. Ich sagte ihr, ich unterstütze polizeiliche Ermittlungen, was meine Arbeitszeiten erklärte, und ich bestand darauf, dass sie zu Hause blieb, wenn ich unterwegs war.«

»Das Virus hält nur ein paar Tage an. Sie hätte sich innerhalb von vier Tagen erholt.«

»Nein. Ich habe dafür gesorgt, dass sie das nicht tat. Ich habe ihr kleine Dosen Abführmittel ins Essen gemischt. Es war die einzige Möglichkeit, sie aus alldem herauszuhalten. Sie hatte keine Ahnung. Das schwöre ich.«

Kate war immer noch nicht überzeugt. Hope und Faith standen sich extrem nahe. Da war die Wahrscheinlichkeit groß, dass Hope genau wusste, was ihre Schwester vorhatte, und nun beschützte Faith sie. Kate würde sehen müssen, wie sie bei einem Verhör reagierte.

Faith starrte vor sich hin, ihre perfekten Züge ungetrübt von Traurigkeit, aber ihre Stimme war schwer, als sie sagte: »Wenn der Flug pünktlich gewesen wäre, wäre sie in diesem Moment auf dem Weg nach Hause.«

Kate hatte noch eine wichtige Frage. »Warum hast du dir so viel Mühe gegeben, diese Männer zu foltern und zu ermorden? Du hättest einfach zur Polizei gehen können, nachdem du mit

Farai gesprochen hattest, anstatt die Sache selbst in die Hand zu nehmen.«

»Zur Polizei gehen? Um Hilfe flehen? Glaubst du wirklich, dass die Polizei wertvolle Ressourcen bei der Suche nach einem illegalen Einwanderer verschwendet hätte, der sich prostituierte? Dass ich nicht lache. Du bist verrückt, wenn du das auch nur eine Sekunde lang glaubst.«

»Sein Verschwinden wäre untersucht worden.«

»Glaubst *du*, dass das ein faires System ist, DI Young? Ein gerechtes System, in dem jeder Bürger gleich behandelt wird?«

Kate hielt ihrem Blick stand. »Ich denke, wir belassen es vorerst dabei. Du hättest die Sache nicht selbst in die Hand nehmen sollen, Faith. Die Polizei hätte das für dich erledigt.«

Es gab eine Pause und Kate dachte, sie wären am Ende des Gesprächs angelangt. Aber Faith rührte sich nicht, die Augen waren auf ihre gerichtet. Sie senkte ihre Stimme. »Das glaubst du doch nicht wirklich, oder? Mach die Augen auf und sieh dich um, Kate.«

Ihr kalter Blick war von Feindseligkeit erfüllt. Kate verfluchte sich dafür, dass sie sich von dieser Frau hatte täuschen lassen, die nur die Absicht gehabt hatte, sie für ihre eigenen Zwecke zu benutzen. Sie schluckte den bitteren Geschmack hinunter, der in ihrem Mund aufstieg. Faith war kalt, berechnend und rachsüchtig. Trotz alledem konnte Kate ihr in diesem Punkt nicht widersprechen. Hätte sie ihren Verdacht der Polizei gemeldet, wäre ihm mit ziemlicher Sicherheit nicht die gebührende Aufmerksamkeit zuteilgeworden, vor allem wenn man bedachte, dass John Dickson in den Maddox Club verwickelt und mit Alex und Ian befreundet war.

Faith hielt ihren Blick weiterhin fest. Sie mochten keine Freundinnen sein, aber sie teilten gemeinsame Ziele: den Wunsch, die Wahrheit aufzudecken und die Verantwortlichen für ihre Taten zur Rechenschaft zu ziehen. Es war unwahrscheinlich, dass Faith für ihren Neffen die Gerechtigkeit bekommen hätte, die sie wirklich wollte, genauso wenig wie Kate für Chris' Tod. Nicht, wenn sie die Sache nicht selbst in die Hand nahm. Kate zuckte bei Faiths Worten nicht zusammen. Sie wusste, dass die Frau recht hatte, und sie hatte ein Tagebuch, das diese Behauptungen untermauern würde.

KAPITEL 52

DONNERSTAG, 10. JUNI – FRÜHER MORGEN

Schließlich wurde Faith angeklagt. Ihre Schwester Hope musste zwar noch befragt werden, aber Kate gönnte sich eine Verschnaufpause. Sie stand vor dem Revier. Es war drei Uhr morgens und das einzige Geräusch kam von dem einen oder anderen Auto, das auf der Hauptstraße vorbeifuhr. Sie spürte William neben sich, bevor sie ihn hörte.

»Gute Arbeit, Kate.«

»Das denke ich nicht. Es wäre besser gewesen, wenn wir die Sache im Griff gehabt hätten, bevor sie außer Kontrolle geriet. Sie hat uns ziemlich lange zum Narren gehalten.«

»Du warst ihr auf den Fersen.«

Kate atmete leise aus. »Und sie hat recht. Wenn sie aufs Revier gekommen wäre und von ihrem Neffen erzählt hätte, wäre er nur als vermisst gemeldet worden. Wir hätten nicht so viele Arbeitsstunden mit der Suche nach ihm verbracht, wie wir in diesem Fall gezwungen waren.«

»Kate, hör mir zu. Du hast Sierra und Cooper gerettet. Vielleicht hast du sogar Raymond Maddox gerettet, der übrigens in der Nacht, in der Joseph starb, nicht im Klub war. Mir wurde versichert, dass er nur am Abend des 2. Januar auf dem

Weg zum Flughafen kurz dort vorbeigekommen war. Seine Geschichte bestätigt das. Du hast hervorragende Arbeit geleistet. Du gehörst zu den besten Polizisten, die wir haben.«

»Dann stehe der Himmel uns allen bei«, antwortete sie und ging ohne ein weiteres Wort wieder hinein.

* * *

Drei Stunden später hielt sie vor ihrem eigenen Haus an. Amseln sangen aus voller Kehle, als sie ihre Haustür aufschloss.

»Ich bin zu Hause«, rief sie.

Wie sie erwartet hatte, kam keine Antwort. Obwohl er tot war, konnte sie sich einfach nicht von der Gewohnheit lösen, mit ihm zu sprechen.

Das Tagebuch war genau dort, wo sie es gelassen hatte – in der Müslipackung. Sie holte es aus seinem Versteck und setzte sich an den Küchentisch. Ein unsichtbarer Nebel der Traurigkeit umhüllte sie, als sie die Kerben auf der Außenseite fühlte, wissend, dass Chris' Hände es berührt hatten, und hoffte, dass durch irgendeinen Prozess der Osmose jegliche noch verbliebene Energie auf sie übertragen werden würde. Sie vermisste ihn mit ihrem ganzen Herzen, ihrer Seele und jeder Faser ihres Körpers.

Sie schlug die erste Seite auf, las die Namen und Details, die Chris mit Füllfederhalter geschrieben hatte. Das waren Leute, die er verdächtigte, Teil eines Pädophilenrings zu sein, vermutlich der, gegen den Dan und er ermittelt hatten. Wie Chris all das aufgedeckt hatte, war ein Rätsel, aber er hatte Opfer befragt und ein umfassendes Paket zusammengestellt, das auf eine Reihe von Personen hinwies, darunter Namen, die sie wiedererkannte: Prominente, Leiter von Institutionen und Bildungseinrichtungen und sogar einige Geistliche. Hätte er den oder die Artikel geschrieben, wären Karrieren,

Familien und Leben zerbrochen. Auf den Seiten waren Daten und Internetseiten und sogar Treffen dokumentiert, bei denen Opfer und Täter zusammengekommen waren. Sie vergaß die Zeit, während sie weiterlas, und erst als ihr Blick verschwamm und an vier Wörtern hängen blieb, hielt sie inne. Chris hatte geschrieben: »Gold-Service, Maddox Club«.

* * *

»Du hast es gewusst«, flüsterte sie.

»Ich hatte einen Verdacht, aber du hast die Wahrheit aufgedeckt. Ich war kurz davor, sie zu entlarven.«

Sie las weiter. »Die Prostituierten waren nicht volljährig.«

»Einige waren es, aber Xavier verlangte auch Kinder, vor allem Jungen.«

»Glaubst du, dass Dickson mit einem minderjährigen Mädchen geschlafen hat?«

»Ja, das tue ich, aber du müsstest es beweisen.«

»Faith erwähnte einen Zuhälter namens Farai. Wenn ich ihn ausfindig machen könnte, könnte er mir vielleicht sagen, wen er am 2. Januar geschickt hat, als Dickson, Corby und Wentworth im Club waren. Joseph war minderjährig. Die bulgarischen Mädchen könnten es auch gewesen sein.«

* * *

Sie sprang auf. Sie musste Chris' Höhle durchsuchen. Dort könnten noch mehr Informationen sein.

Die Tür öffnete sich leise. Sie schaltete die Lampe ein und wartete, bis sie einen sanften Schein abgab, bevor sie eintrat. Eine leuchtend blaue Flasche lag neben der staubigen Tastatur. Der Computer auf dem Schreibtisch war zwar noch eingesteckt, aber er war passwortgeschützt, sodass sie nicht einmal versucht hatte, ihn einzuschalten. Es wäre sinnlos gewesen. Sie kannte seinen Zugangscode nicht.

Sie musste Farai aufspüren und mit ihm sprechen.

»Was wirst du tun, wenn du ihn findest und er gesteht, dass die Mädchen minderjährig waren?«

»Das weiß ich noch nicht. Ein Schritt nach dem anderen. Es wäre etwas, das beweist, dass Dickson gelogen hat.«

»Denk darüber nach, bevor du dich darauf einlässt. Wer wird der Aussage eines Zuhälters gegen einen Polizeipräsidenten glauben? Er steht vielleicht dumm da, weil er ein Mal mit einer Prostituierten geschlafen hat, aber er wird seine Position nicht verlieren. Das würde ihn nicht entlarven«, sagte Chris.

»Aber er wusste von Ian und Joseph. Er hätte in dieser Nacht einschreiten oder zumindest helfen müssen, die Ermittlungen in die richtige Richtung zu lenken.«

»Kate, du musst dagegen vorgehen. Du wirst diejenige sein, die in diesem Kampf leiden wird. Du wirst mehr Munition brauchen als Vermutungen und das Wort eines Zuhälters.«

Sie ließ den Kopf nach hinten gegen Chris' Ledersessel fallen und stöhnte. Chris hatte recht. Mit solch fadenscheinigen Beweisen konnte sie ihren Vorgesetzten nicht zu Fall bringen. Die Glühbirne wurde schwächer und das Licht flackerte, als würde es gleich erlöschen. Sie griff nach vorne, um die Schreibtischlampe anzuschalten, und ihre Hand strich über die Tastatur. Der Computer erwachte mit einem müden Keuchen zum Leben, als ob er gedöst hätte. Es gab kein Passwort, wie sie gedacht hatte. Chris musste es entfernt haben. Hinter dem staubigen Bildschirm sah sie ihre Gesichter – Chris und sie, lachend, glücklich, und ihre Augen füllten sich erneut. Sie drückte die Starttaste und las die Dateinamen der Dokumente, wobei sie von einem mit dem Titel »Kate« angezogen wurde.

Sie klickte darauf und runzelte die Stirn bei der Überschrift: »Potenziell korrupt – Sensible Informationen«.

Die Fotos zeigten vertraute Gesichter, Polizisten, die sie kannte und mit denen sie gearbeitet hatte. Wie um alles in der Welt war Chris auf diese Leute gestoßen und was hatte ihn vermuten lassen, dass sie korrupt waren? Es waren so viele – fünf, sechs, sieben. Sie hielt inne, der Cursor schwebte über der Person, die sie zu Fall zu bringen hoffte – John Dickson. Ihr Puls beschleunigte sich. Diesmal würde er ihr vielleicht entwischen, aber sie würde ihn weiter verfolgen, bis sie etwas fand, das zu seinem Sturz führte. Da war noch ein weiteres Foto unter Dicksons. Sie scrollte herunter, und als sein Gesicht auftauchte, blieb ihr der Mund offen stehen. Nein. Das konnte nicht sein.

Vom Bildschirm aus schaute sie der beste Freund ihres Vaters und ihr Mentor an, DCI William Chase.

Danksagung

Obwohl mein Name auf der Titelseite dieses Buches steht, kann ich nicht den ganzen Ruhm dafür einheimsen. Vielleicht habe ich es geschrieben, aber ich bin sehr dankbar, dass ich ein so erstklassiges Team von Fachleuten hinter mir habe, die alle dazu beigetragen haben, dass »Die Frucht der Rache« veröffentlicht wurde.

Ein herzliches Dankeschön für die Unterstützung meines Manuskripts geht an alle Mitarbeitenden der Jane Rotrosen Agency, insbesondere an meine Agentin Amy Tannenbaum.

An meinen hervorragenden Redakteur, Jack Butler, der weiteres Potenzial im Manuskript erkannte, mich durch die ersten Prozesse führte und mit dem wirklich großartigen Russel McLean zusammenbrachte. Russel brachte Unmengen an Enthusiasmus und Einsicht in den Überarbeitungsprozess ein und verwandelte »Die Frucht der Rache« von einem guten Buch in eines, das mich unglaublich stolz macht, es mein Werk zu nennen. Danke für das Lachen auf dem Weg dorthin, Russel.

An meine scharfsichtige Korrektorin Gill Harvey und meine erstaunliche Lektorin Sarah Day, die ohne Zweifel die Besten sind, mit denen ich je gearbeitet habe.

An das gesamte Team von Thomas & Mercer, das an der Veröffentlichung dieses Buches beteiligt war und dessen Professionalität und Fachwissen ich sehr zu schätzen weiß.

An mein Team auf der Straße und die zahlreichen Buchblogger und Rezensenten, die mich so großzügig unterstützen. Unterschätzt niemals, wie wertvoll eure Unterstützung für uns Autoren ist.

Und an euch für den Kauf von »Die Frucht der Rache«. Danke für eure freundlichen Nachrichten und E-Mails, in denen ihr mir erzählt, wie sehr euch meine Bücher gefallen. Sie bedeuten mir mehr, als ich mit Worten sagen kann.

Und schließlich danke ich meiner anderen Hälfte, Mr Grumpy. Danke für deine Geduld und deine immerwährende Unterstützung. Du bist alles für mich.